Fischer TaschenBibliothek

Vier Frauen, ein Mann und eine Bar direkt am Strand: der perfekte Sommerroman – große Liebe inklusive

Grace Stanton ist eine erfolgreiche Lifestyle-Bloggerin. Als sie jedoch ihren Ehemann dabei erwischt, wie er sie mit ihrer Assistentin betrügt, gehen die Pferde mit ihr durch: Sie fährt seinen teuren, heißgeliebten Sportwagen in den Swimmingpool. Kurze Zeit später passt ihr Haustürschlüssel nicht mehr, ihre Kreditkarten sind gesperrt, und auch der Zugang zu ihrem Blog ist gelöscht. Sie reicht die Scheidung ein, doch der Richter verdonnert sie erst einmal zu einer Trennungsbewältigungstherapie. Das hat ihr gerade noch gefehlt!
Am Anfang denkt Grace noch, dass sie mit den anderen vier Teilnehmern absolut nichts gemeinsam hat. Doch dann verhält sich die Therapeutin so seltsam, dass die fünf beschließen, ihre eigene Gruppensitzung jeden Mittwochabend in der Strandbar *Sandbox* abzuhalten. Dabei stellen sie schnell fest, dass sie doch mehr verbindet, als sie dachten. Können sie ihr Schicksal selbst in die Hand nehmen und zusammen einen neuen Weg ins Leben finden?

Mary Kay Andrews wuchs in Florida, USA, auf und lebt mit ihrer Familie in Atlanta. Im Sommer zieht es sie zu ihrem liebevoll restaurierten Ferienhaus auf Tybee Island, einer wunderschönen Insel vor der Küste Georgias. Seit ihrem Bestseller »Die Sommerfrauen« gilt sie als Garantin für die perfekte Urlaubslektüre.

Weitere Titel der Autorin:

»Die Sommerfrauen«, »Sommerprickeln«, »Ein Ja im Sommer«, »Kein Sommer ohne Liebe«, »Sommernachtsträume«, »Weihnachtsglitzern«, »Winterfunkeln«, »Zurück auf Liebe«, »Liebe kann alles«, »Mit Liebe gewürzt«, »Auf Liebe gebaut«, »Zweimal Herzschlag, einmal Liebe«, »Liebe und andere Notlügen«

Weitere Informationen finden Sie auf www.fischerverlage.de

Mary Kay Andrews

Sommer im Herzen

Roman

Aus dem Amerikanischen
von Andrea Fischer

FISCHER TaschenBibliothek

MIX
Papier aus verantwortungsvollen Quellen
FSC® C083411
www.fsc.org

Erschienen bei FISCHER Taschenbuch
Frankfurt am Main, Juni 2017

Die Originalausgabe erschien 2013
unter dem Titel ›Ladies' Night‹
im Verlag St. Martin's Press LLC, New York.

Dieses Werk wurde im Auftrag von
St. Martin's Press LLC durch die
Literarische Agentur Thomas Schlück GmbH,
30827 Garbsen, vermittelt.

Für die deutschsprachige Ausgabe:

Umschlaggestaltung: bürosüd°, München
Umschlagabbildung: Envision/Corbis
und Jeremy Samuelson/Getty Images
Satz: Pinkuin Satz und Datentechnik, Berlin
Druck und Bindung: CPI books GmbH, Leck
Printed in Germany
ISBN 978-3-596-52142-5

1

Hätte Grace Stanton geahnt, dass ihr gewohntes Leben an jenem unauffälligen Maiabend enden würde, wäre sie besser vorbereitet gewesen. Auf jeden Fall hätte sie mehr Unterwäsche und einen anständigen BH eingepackt, ganz zu schweigen von ihrer Feuchtigkeitscreme und dem Aufladegerät fürs iPhone.

Doch Grace verrichtete völlig ahnungslos ihre Arbeit. Sie schrieb Texte und machte Fotos für *Gracenotes*, ihren Blog, der den eigenen Lebensstil glamourös und verlockend in Szene setzte, so dass völlig normale Frauen (und schwule Männer) ihr Lebenskonzept über Bord warfen, um sich dem Vorbild von Grace anzuschließen.

Sie spähte durch das Objektiv ihrer Nikon D7000 und runzelte kurz die Stirn. Ben hatte ihr eingeimpft, dass sich ein Runzeln in die Haut einbrannte. Grace versuchte, die Falten auf ihrer Stirn zu glätten, dann konzentrierte sie sich wieder auf das Stillleben vor ihr.

Sie hatte den alten Kieferntisch geschrubbt, bis er stumpf glänzte, und nun schimmerte das durchs Esszimmerfenster einfallende Licht auf dem alten Holz. Mit der rechten Hand rückte Grace eine der zwei nicht ganz zueinander passenden weißen Steinplatten zurecht, die sie auf einem kunstvoll zerknitterten alten französischen Tischläufer aus grobem Leinen platziert hatte. Dann legte sie die riesigen alten Gabeln aus Sterlingsilber wieder auf den Rand, die Zinken nach unten. Sollte sie noch Messer holen? Oder Löffel? Besser nicht. Ihr Markenzeichen hieß »Schlichtheit«.

Zurückhaltung und Minimalismus, dachte Grace und nickte sich fast unmerklich zu. Weniger war mehr. Behauptete Ben jedenfalls immer.

So. Nun die Tischdeko in der Mitte. Grace hatte zuvor drei kleine Palmwedel in der vom Gartenarchitekten neu gestalteten Auffahrt abgeschnitten … Nein, korrigierte sie sich. Auf der Website des Bauunternehmers nannte sich so etwas »Wagenhof«. Die Palmwedel trieben sie noch in den Wahnsinn. Sie hatte sie in eine mit Muscheln besetzte blassblaue Flasche gestellt, die sie am vergangenen Wochenende auf dem Flohmarkt in einer Kiste mit ausrangierten Gegenständen entdeckt hatte. Eigentlich musste das super aussehen. Tat es aber nicht. Die Palmwedel waren zu steif. Zu sperrig. Zu senkrecht.

Grace legte die Wedel neben einen Pappkarton

mit dicken roten Tomaten. Besser. Die leuchtende Farbe bildete einen schönen Kontrast zum groben Leinenstoff des Läufers. Auch die runden Formen und leuchtend grünen und gelben Streifen auf dem ungleich gewachsenen Gemüse wirkten apart. Vielleicht konnte sie den Karton leicht kippen und die Tomaten herauskullern lassen? Ja. Viel besser.

Grace holte ein Messer aus dem Sideboard und schnitt eine Tomate auf, drückte vorsichtig auf das Fleisch, bis Samen und Saft auf den Tisch tropften.

Perfekt. Sie hielt die Luft an und drückte auf den Auslöser der Kamera. Klick, klick, klick. Sie zoomte auf die blassen, glibberigen Samen im Vordergrund. Dann stellte sie auf Weitwinkel, und aus den Tomaten wurde ein verschwommener roter Fleck, neben dem die alten Steingutplatten mit ihren altersbedingten Rissen, Sprüngen und braunen Flecken plastisch hervortraten.

»Sehr hübsch«, raunte ihr eine Stimme ins Ohr.

Grace fuhr zusammen.

Ben legte ihr die Hand auf die Schulter und betrachtete das Stillleben.

»Ist das für dein Posting morgen? Für ›Favoriten am Freitag‹?«, fragte er.

»M-hm. Ich hab's mit Palmwedeln, einem Korb Muscheln und mit grünen Mangos probiert, aber ich finde, mit den Tomaten sieht's am besten aus, oder?«

Er zuckte mit den Schultern. »Wenn du meinst.«

»Wieso?« Grace studierte sein Gesicht auf der Suche nach Anerkennung. »Gefallen dir die Tomaten nicht?«

»Doch, nett. Sieht nur ein bisschen nach Möchtegern-Künstler aus.«

Sie schob sich eine hellbraune Haarsträhne aus der Stirn und trat einen Schritt zurück. Eine Stunde lang hatte sie die Gegenstände auf dem Tisch nun drapiert und umarrangiert, was sich ihrer Meinung nach im Ergebnis niederschlug. Aber Ben gefiel es offenbar nicht.

»Zu viel Friede, Freude, Landleben?«, fragte Grace mit Seitenblick auf ihren Mann. Bens geübtem Auge entging einfach nichts. Er arbeitete schon seit Ewigkeiten in der Werbung, weshalb ihm kein Detail zu klein oder unbedeutend erschien. Das war der Grund, warum sie so ein tolles Team waren.

»Ist ja dein Blog«, erinnerte er Grace. »Dein Name steht drunter. Und eigentlich sollte das Geschäftliche deine künstlerische Freiheit nicht beschneiden, aber …«

»Aber was? Komm! Ich bin ein großes Mädchen. Ich kann mit Kritik umgehen.«

»Die Leute von Aviento haben uns eine große Kiste mit Musterstücken ihrer neuen Herbstkollektion zur Ansicht für deine Tipps am Montag geschickt«, sagte Ben langsam. »›Toskanische Träume‹ heißt das neue Design. Vielleicht könntest du die Tomaten in eine Schüssel von Aviento legen?«

Grace zog die Nase kraus. »Das ist wirklich das hässlichste Geschirr, das ich je gesehen habe. Es ist ungefähr so italienisch wie Nudeln aus der Dose.«

»Du brauchst ja nicht den ganzen Tisch damit zu decken. Leg doch einfach nur ein paar Tomaten in eine Schüssel. Schließlich gibt Aviento inzwischen eine Menge Geld für Anzeigen bei uns aus, da wäre es nicht schlecht, wenn wir auf unserer Seite auch mal … du weißt schon.«

»Meinen gedeckten Tisch für ›Favoriten am Freitag‹ mit ihren Produkten versauen«, ergänzte Grace seinen Satz. »Hast du versprochen, dass ich ihre Sachen verwende? Sag mir die Wahrheit, Ben!«

»Nein!«, gab er scharf zurück. »Ich würde niemals versuchen, dich auf diese Weise zu beeinflussen. Aber wäre es denn so schlimm, wenn du mal ein paar Fotos mit einer von den Schüsseln probierst? Oder mit einer Schale?«

»Ich werd's versuchen. Aber wenn das scheiße aussieht, wovon ich ausgehe, setze ich es nicht in den Blog. Okay? Ich erinnere an unsere Vereinbarung, als wir den Blog auf gewerbliche Nutzung umgestellt haben, dass ich mich nicht verkaufen muss, sondern weiterhin die Produkte unserer Werbepartner so verwende, wie es meinem ästhetischen Gefühl entspricht.«

»Ist deine Entscheidung«, sagte Ben, griff zu einer Tomate und untersuchte sie. »Die sehen komisch aus. Was ist das für ’ne Sorte?«

»Keine Ahnung«, sagte Grace, nahm ihm die Tomate vorsichtig wieder ab und legte sie auf den Tisch. »J’Aimee hat sie auf dem Bauernmarkt gefunden.«

»Das Mädchen hat ein gutes Auge«, sagte Ben und warf erneut einen Blick auf den Tisch. »Wie lange brauchst du noch?«

»Gut eine Stunde? Ich mach jetzt noch ein paar Fotos mit den Schalen von Aviento. Dann muss ich die Fotos bearbeiten und den Beitrag dazu noch schreiben.« Sie schaute auf die Uhr. »Lieber Himmel! Ist schon nach sechs. Seit Stunden probier ich jetzt an diesem Tisch herum. Warum hast du denn nichts gesagt?«

»Wollte das Genie nicht bei der Arbeit stören«, entgegnete Ben. »Aber da wir beim Thema sind: Haben wir was Essbares für diese schönen Platten?«

»Nee«, erwiderte Grace entschuldigend. »Tut mir leid. Ich habe die Zeit total aus den Augen verloren. Hör zu, ich knipse noch schnell ein paar Fotos mit dem toskanischen Tand, dann fahr ich rüber zu Publix und hol uns ein bisschen Sushi. Oder vielleicht einen schönen Fisch zum Grillen. Um acht kann ich das Essen auf dem Tisch haben. In Ordnung?«

»Mach lieber deine Bilder«, erwiderte Ben leichthin. »J’Aimee kann uns doch was zu essen besorgen.«

»Nein, ich gehe. J'Aimee musste schon den ganzen Nachmittag Besorgungen für mich machen.«

Ben drückte seiner Frau einen Kuss auf die Stirn. »Dafür sind Assistentinnen doch da, Grace.«

»Aber ich belästige sie nicht gern«, gab sie zurück. »J'Aimee ist erst vor einer Stunde nach Hause gegangen.«

Grace wies auf die Garage hinter dem »Wagenhof«. Seit ihrer Einstellung vor drei Monaten wohnte die 26-jährige Assistentin J'Aimee in dem Apartment über der Garage. Ihr klappriger weißer Honda Accord stand in der dritten Parkbucht, neben Bens schwarzem Audi Cabrio.

Der Bauunternehmer hatte die Wohnung »Schwiegermuttersuite« oder »Kindermädchenwohnung« genannt. Aber Grace' Mutter wohnte nicht weit entfernt in dem Fischerdorf Cortez und wäre nicht mal unter Androhung von Gewalt in das »Möchtegernschloss« gezogen, wie sie es nannte. Bens Mutter ihrerseits lebte glücklich und zufrieden in Coconut Grove. Und da der Gynäkologe, bei dem Grace in Behandlung war, nicht so recht herausbekam, warum sie nicht schwanger wurde, war das Apartment fürs Erste die perfekte Unterbringungsmöglichkeit für ihre Assistentin.

»Mach die Fotos fertig«, besiegelte Ben die Angelegenheit. »Ich geh rüber und sag J'Aimee Bescheid. Oder noch besser, ich fahre mit ihr zum Supermarkt.«

»Danke.« Grace ging wieder zu ihrer Kamera. »Du bist der Beste.«

Ben tätschelte ihr den Hintern. »Das höre ich gerne.«

Grace verschwand in der Küche. Die schwere Holzkiste mit dem Versandetikett von Aviento stand auf der Arbeitsfläche aus glänzend schwarzem Granit. Wie immer wischte sie ein paar Krümel in die Spüle. Grace konnte den schwarzen Granit nicht ausstehen. Man sah darauf selbst das winzigste Körnchen Meersalz, und sie verbrauchte jede Woche fast einen Liter Glasreiniger, um die Platte zum Glänzen zu bringen.

Aber Ben hatte sich mit dem Innenarchitekten gegen Grace verschworen und diesen Granit bestellt, nachdem der Hersteller angeboten hatte, die Arbeitsplatten gegen eine kleine Anzeige bei *Gracenotes* zum Selbstkostenpreis zu liefern.

Bald war sie wieder in ihre Arbeit vertieft und registrierte kaum das vertraute Brummen von Bens Wagen, als dieser rückwärts aus der Garage fuhr. Gerade noch rechtzeitig schaute Grace auf und sah, dass er das Verdeck unten hatte. Ben wendete in der Einfahrt und winkte Grace fröhlich zu, bevor er auf die Straße abbog, den Arm lässig über die Rückenlehne des Beifahrersitzes gelegt, wo J'Aimees langes rotes Haar anmutig im Wind wehte.

Ben erinnerte Grace immer an Cary Grant in

Über den Dächern von Nizza: ein faszinierender Mann, elegant, distanziert, geheimnisvoll, vielleicht sogar ein bisschen gefährlich? Kurz dachte sie, wie ungerecht das Leben doch war. Mit vierundvierzig war Ben zwar sechs Jahre älter als sie, doch man sah es ihm nicht an. Er nahm kein einziges Gramm zu und schien nicht zu altern. Das ganze Jahr über hatte er seine Tennisbräune, und in seinen wunderbar glänzenden, dunkelbraunen Haaren war noch keine einzige graue Strähne zu sehen. Ja, sogar die zarten Krähenfüße um seine Augen verliehen ihm einen Ausdruck von Weisheit, nicht von Tattrigkeit.

Grace hingegen verschwendete, wie sie fand, besorgniserregend viel Zeit auf die Instandhaltung ihres Körpers. Bei ihrer Körpergröße von 1,60 m wanderte jedes zusätzliche Kilo direkt an den Hintern oder den Bauch. Seit zwei Jahren färbte sie sich auf Anregung ihrer Friseurin Ruthanne das hellbraune Haar. Grace hatte außerdem ein herzförmiges Gesicht, das nach nur dreißig Minuten in der Sonne Floridas eine puterrote Farbe annahm. Das verlieh ihr noch mehr Ähnlichkeit mit einer kleinen Holländerin, zudem Ruthanne es mit den blonden Strähnen etwas zu gut gemeint hatte. Ben bekräftigte zwar jedes Mal, sie sei immer noch so hübsch wie vor sechs Jahren, als sie sich kennengelernt hatten, dennoch war klar, dass Grace nun, da ihre Blogger-

Karriere langsam Fahrt aufnahm, noch mehr Wert auf ihr Äußeres legen musste.

Eine Karriere als Bloggerin?

Wenn ihr vor zwei Jahren jemand gesagt hätte, sie könne ihren Lebensunterhalt mit Berichten über ihren Kampf für ein schöneres Leben verdienen, hätte sie denjenigen vermutlich ausgelacht. Und wenn dieser Jemand auch noch behauptet hätte, sie würde so erfolgreich sein, dass Ben seine Stelle aufgäbe, um ihre Karriere zu managen ... Also, den Menschen hätte sie wohl als komplett verrückt abgestempelt.

Doch genau so war es gekommen. Ben und Grace standen kurz vor dem großen Durchbruch. Ihr Haus, ein 600 Quadratmeter großer Bau im spanischen Kolonialstil, war ein Musterhaus in der mit einem Golfplatz ausgestatteten geschlossenen Siedlung. Der Bauunternehmer, dessen Frau eine eifrige Leserin von *Gracenotes* war, hatte ihnen im Gegenzug für ein Werbebanner oben im Blog ein unglaublich gutes Angebot gemacht. Die anderen kostspieligen Ausstattungsmerkmale – Gartengestaltung, Swimmingpool, die Wellnessoase und ihr umwerfendes Badezimmer – waren ebenfalls mit Werbeanzeigen verrechnet worden.

Grace hatte schon immer gerne geschrieben und jahrelang mit dem Fotoapparat herumprobiert, doch kaum hatte der Blog Fahrt aufgenommen, war er verschiedenen Chefredakteuren und Fernsehproduzen-

ten ins Auge gefallen. Daraufhin wurde nicht nur in einem halben Dutzend Zeitschriften über ihr Haus berichtet, Grace bekam auch Aufträge für Artikel, Fotostrecken und als Innenarchitektin. Inzwischen war sie Regionalredakteurin bei den Zeitschriften *Country Living* und *Bay Life*, und im nächsten Monat würden sie mit einer TV-Produktionsfirma aus Kalifornien beginnen, eine Fernsehsendung für *Home and Garden TV* zu drehen.

Das alles nur wegen ihres albernen kleinen Blogs.

Sie hätte nicht sagen können, warum sie aufwachte. Normalerweise war Grace eingeschlummert, sobald ihr Kopf auf dem Kissen lag, und schlief so fest, dass sie sogar den Hurrikan Elise verpasst hatte. Ben neckte sie immer wieder damit, sich nicht mal gerührt zu haben, als der Wind das komplette Dach von der Veranda ihres ehemaligen Hauses in einer der etwas heruntergekommenen Gegenden von Bradenton riss.

Nach dem Abendessen hatte sich Grace in ihr Arbeitszimmer zurückgezogen, den Beitrag für *Gracenotes* verfasst und redigiert und die Fotos bearbeitet, bis sie schließlich um kurz vor elf auf »Veröffentlichen« klickte und neben ihren bereits schlafenden Mann in die Federn kroch.

Aus welchem Grund auch immer saß sie nun aufrecht im Bett. Es war nach ein Uhr nachts. Ihr Herz

klopfte, ihr Mund war trocken. Schlecht geträumt? Grace konnte es nicht sagen. Sie schaute zu Bens Seite hinüber. Niemand da.

Sie rieb sich die Augen. Ben war bestimmt unten im Medienraum und sah sich ein Golfturnier im Fernsehen an, oder er war in der Küche und suchte etwas Essbares. Gähnend taperte Grace die Treppe hinunter, überlegte, was sie selbst essen wollte.

Doch das Erdgeschoss lag im Dunkeln, der Medienraum war leer. Grace ging in die Küche. Auch dort keine Spur von ihrem Mann. Die Küche war so makellos wie vor drei Stunden, nachdem sie das Geschirr vom Abendessen gewaschen und die vermeintlich toskanische Keramik wieder verstaut hatte. Weder Glas noch Löffel lagen in der Spüle.

Grace runzelte die Stirn, und diesmal dachte sie dabei nicht an die Falten. Sie sah im Gästeklo unten nach, doch auch da war Ben nicht zu finden. Sie lief wieder nach oben und spähte in die beiden Gästezimmer, aber die waren einsam und verlassen. Zögernd ging Grace zurück ins Schlafzimmer und überlegte, ob sie Ben auf dem Handy anrufen solle. Als sie das Telefon zusammen mit seiner Brieftasche auf einer Kommode liegen sah, entspannte sie sich ein wenig. Dann fiel ihr auf, dass die Schlüssel vom Audi fehlten, und ihr Herz setzte kurz aus. Sie ging zum Fenster und schaute hinaus, konnte aber nichts erkennen. Der Mond war nur eine schmale Sichel,

die zudem von einer großen Wolke verdeckt wurde. Der Garten war in Dunkelheit getaucht. Grace konnte nicht einmal die Garage ausmachen.

»Schon gut«, sagte sie zu sich selbst und staunte gleichzeitig, dass sie Selbstgespräche führte. Sie zog ihr Nachthemd aus und schlüpfte in eine Shorts und ein T-Shirt, die Füße schob sie in ein Paar Flipflops. »Ihm ist sicher nichts passiert. Vielleicht ist er draußen am Pool und raucht heimlich eine Zigarre.«

Die Flipflops klatschten laut über die Marmorstufen, das Geräusch hallte im hohen Treppenhaus wider. An der Hintertür streifte Grace die Schlappen ab und stellte vorsichtig die Alarmanlage aus, ehe sie auf die Terrasse trat. Sie hielt inne, legte die Hand aufs Herz und befürchtete, es würde ihr jeden Moment aus der Brust springen.

»Ben?«, flüsterte sie. Es war stockdunkel, man sah nur das blass türkisblaue Wasser des Pools und die unheimlichen grünen Strahler, die die Dattelpalmen hinten im Garten beleuchteten. Zikaden zirpten, in der Ferne hörte man einen Lkw über die Straße rumpeln. Mit ausgestreckten Händen schlich Grace voran, schob sich an den beiden Liegen am Rande der Terrasse vorbei, spürte den groben Korallenkies unter ihren Füßen.

Allmählich gewöhnten sich ihre Augen an die Dunkelheit. Nirgends auf der Terrasse oder im Garten war eine glühende Zigarre zu erkennen. Grace schaute zur Garage hinüber. In J'Aimees Apartment brannte kein Licht, das Tor war geschlossen. Ob Bens Auto wohl da war?

Für einen kurzen Augenblick verselbständigte sich ihre Phantasie. Ben ohnmächtig oder sogar tot am Lenkrad seines Wagens, ein Unbekannter hinter der Ecke lauernd. Sollte sie zurück ins Haus huschen, irgendeine Waffe suchen oder sogar die Polizei rufen?

»Stell dich nicht so an!«, murmelte Grace vor sich hin. »Du bist ein großes Mädchen. Guck jetzt einfach in der Garage nach. Du wohnst in einer bewachten Siedlung, Herrgott nochmal. Das schlimmste Verbrechen ist hier, wenn ein Hund auf den Rasen kackt.«

Auf Zehenspitzen schlich sie zur Garage, machte dabei einen Bogen um die elektronisch gesicherten Metalltore, begab sich in Richtung Seitentür und versuchte sich zu erinnern, ob diese verschlossen war oder nicht.

War sie nicht, zum Glück. Der Knauf ließ sich leicht drehen, Grace trat in den dunklen Raum, tastete nach dem Lichtschalter an der Wand.

Dann hörte sie etwas … schweren Atem. Sie erstarrte. Eine Männerstimme. Die Worte waren nicht zu verstehen, aber es war eindeutig Ben. Ihre Hand suchte nach dem Schalter, fand ihn, und die Garage wurde in helles Licht getaucht.

Eine Frau kreischte auf.

Grace blinzelte in die blendende Lampe. Sie sah Ben auf dem Fahrersitz des Audis. Er hatte einen nackten Oberkörper, mit der rechten Hand schützte er seine Augen vor der Helligkeit. Sein Haar war zerzaust, seine Wangen leuchteten rot.

»Grace?« Hektisch schaute er sich um.

In dem Moment wurde ihr klar, dass er nicht allein im Auto saß. Ihre erster Instinkt war, auf dem Absatz kehrtzumachen und wegzulaufen, aber sie wurde von dem schwarzen Sportwagen angezogen wie eine Motte vom Licht. Das Verdeck war unten. Grace schaute hinein und erkannte die unverwechselbare flammrote Mähne.

J'Aimee, ihre treue, unschätzbar wertvolle Assistentin, kauerte nackt im Fußraum des Beifahrersitzes und versuchte sich in Luft aufzulösen.

»Was ist das denn?!?«, schrie Grace und riss an der Beifahrertür.

»Es tut mir leid, Grace, es tut mir so leid«, stieß J'Aimee aus, die Augen so groß wie Untertassen.

Ihre Kleidung war überall in der Garage verstreut, und da Grace nun genauer hinsah, erkannte sie, dass es Bens Hemd war, das über der Windschutzscheibe hing. Es war sein teures, maßgeschneidertes blassblaues Hemd aus ägyptischer Baumwolle mit Monogramm, das Grace ihm zum Geburtstag geschenkt hatte.

Durch die geöffnete Beifahrertür konnte sie ohne große Schwierigkeiten sehen, dass auch ihr Mann nackt war – falls man es als nackt bezeichnen konnte, wenn man die Jeans um die Knöchel hängen hatte.

Kurz fragte sich Grace, ob sie gerade einen besonders schlechten Traum erlebte. Hatte sie nicht eben noch geschlafen? Das konnte doch nicht Wirklichkeit sein. Doch nicht Ben! Ben liebte sie. Er würde sie niemals betrügen. Entschlossen schüttelte sie den Kopf, schloss die Augen, öffnete sie wieder.

Nein, es war kein Albtraum. Und es war nicht zu verkennen, wobei sie die beiden gerade gestört hatte. Heiße Wut kochte in ihr hoch.

»Schlampe!«, keifte Grace und riss J'Aimee mit einem heftigen Ruck am Oberarm aus dem Auto.

»Au«, jammerte ihre Assistentin.

Grace stieß sie gegen die Wagentür.

»Hör auf!«, weinte J'Aimee. Sie war blass, ihre Sommersprossen hoben sich stark von ihrer milchigweißen Haut ab. Aus irgendeinem Grund registrierte ein kranker Winkel von Grace' Hirn zufrieden, dass J'Aimee für eine so junge Frau seltsam pendelförmige Brüste hatte. Und sie war nicht einmal von Natur aus rothaarig.

»Hör du auf!«, rief Grace und ließ ihre Assistentin los.

»Mein Gott!«, keuchte J'Aimee. Sie hielt sich die Arme schützend vors Gesicht, und Grace zögerte.

Noch nie hatte sie jemanden geschlagen. Sie ließ die Hand sinken und sah die junge Frau böse an.

»Hey, Grace«, mischte sich Ben ein. Er rutschte auf seinem Sitz herum, versuchte vergeblich, unauffällig die Hose hochzuziehen. »Versteh das jetzt bitte nicht falsch. Das …«

»Schnauze, halt einfach die Schnauze!«, schrie Grace mit glühenden Augen. Kurzfristig vergaß sie J'Aimee. Sie flitzte zur Seite ihres Mannes, doch bevor sie dort ankam, war es ihm gelungen, hinterm Lenkrad hervorzuschlüpfen, seine Hose hochzuziehen und den Reißverschluss zu schließen.

»Wie kannst du nur!« Grace trommelte mit den Fäusten auf seinen Kopf und Oberkörper ein, ohne erkennbare Wirkung. Ihr war bewusst, dass sie wie eine Verrückte kreischte, konnte die Gefühle aber nicht kontrollieren. »Du und J'Aimee? Meine Assistentin? Hast du sie gebumst? Unter meinem Dach?«

Ben griff nach ihren Händen und hielt sie fest. »Nein!«, log er. »Es ist nicht so, wie du denkst. Hör zu, wenn du dich beruhigst, können wir darüber reden, ja? Ich weiß, dass das hier nicht gut aussieht, aber es gibt für alles eine einleuchtende Erklärung.«

»Ach ja, welche denn? Seid ihr beide mitten in der Nacht nach draußen in die Garage geschlichen, um in deinem Wagen ein Meeting abzuhalten? Bei freier Kleiderwahl? Und auf einmal kam J'Aimee auf die Idee, Wiederbelebungsversuche an deinem Penis durchzuführen? Ist das die einleuchtende Erklärung für das hier?«

»Beruhige dich«, wiederholte Ben. »Du regst dich viel zu sehr auf …«

Aus dem Augenwinkel nahm Grace eine Bewegung wahr und sah gerade noch rechtzeitig, wie J'Aimee ihre Sachen aufsammelte und verschwinden wollte.

»O nein!«, sagte Grace. »So einfach kommst du mir nicht davon.« J'Aimee war schon durch die Tür geschlüpft, Grace folgte ihr.

»Lass mich in Ruhe!«, keuchte die Assistentin und lief in Richtung Haus. »Ich rufe die Polizei, wenn du mir zu nahe kommst … Das ist tätliche Bedrohung!«

»Du weißt gar nicht, was ›tätlich‹ bedeutet«, rief Grace. Als ihre nackten Füße auf den Rasen traten, der von den automatischen Sprengern feucht war, zuckte sie zusammen, blieb aber nicht stehen, sondern lief weiter J'Aimee nach, die für eine unbekleidete junge Frau erstaunlich langsam war. Grace war nur noch wenige Meter hinter ihrer Assistentin. Sie streckte die Hand aus, um J'Aimee an den Haaren festzuhalten, doch die Mähne entwischte ihr.

»Fass mich nicht an!«, keifte J'Aimee und entfernte sich rückwärts. »Das meine ich ernst!«

Grace war schneller als erwartet. Sie bekam J'Aimees Arm zu fassen, das Mädchen begann zu schreien.

Im Haus nebenan ging das Licht an. Hinten auf dem Grundstück begann ein Hund zu bellen.

»Hau ab!«, kreischte J'Aimee, ließ ihre Kleidung auf den Rasen fallen und fuchtelte mit den Armen in Grace' Richtung. »Hau ab!«

Plötzlich hörten sie das tiefe Summen und metallische Klappern des sich öffnenden Garagentors. Grace schaute über die Schulter zurück und sah Ben auf sich zukommen. »Bist du verrückt?«, rief er. »Um Himmels willen, Grace, lass sie los!«

Fuchsteufelswild wandte sich Grace zu ihrem Mann um, und J'Aimee nutzte diesen Moment, um sich flink aus ihrem Griff zu befreien. Sprachlos beobachtete Grace, wie ihre Assistentin nackt über die Terrasse huschte. Kurz darauf verschwand sie hinter einer dichten Hibiskushecke, die das Grundstück der Stantons von dem der Nachbarn trennte.

»Sieh zu, dass du wegkommst, du Schlampe!«, kreischte Grace. »Du bist gefeuert! Hast du mich verstanden? Ich kündige deinem fetten Arsch!«

Lässig schlenderte Ben über den Rasen, die Hände zu einer vorsichtigen Kapitulationsgeste erhoben. »Schon gut, Grace«, sagte er und machte dabei tiefe, beruhigende Geräusche, so als versuche er, eine Katze aus dem Baumwipfel zu locken. »Alles gut. Ich weiß, dass du sauer bist. Das verstehe ich. Können wir jetzt reingehen? Du machst dich hier gerade zum Affen. Komm, gehen wir rein, ja?

Ich koche uns einen Kaffee, dann können wir in Ruhe …«

»Wir gehen *nicht* ins Haus«, fuhr Grace ihn an. »Was soll ich mit Kaffee? Willst du mich verarschen? Glaubst du, ein Löffel Starbucks Extra Bold macht alles wieder gut? Wir bleiben hier stehen. Hast du mich verstanden?«

»Die gesamte Nachbarschaft kann dich hören. Könntest du bitte etwas leiser sprechen? Deine Stimme ein klein wenig senken?«

»Einen Teufel werd ich tun!« Seine Ruhe machte sie noch aggressiver, als sie eh schon war. Grace formte mit den Händen einen Trichter um den Mund. »Hey, Leute! Alle Nachbarn – aufgewacht! Hier ist Grace Stanton. Ich habe meinen Mann Ben Stanton gerade dabei erwischt, wie er meine Assistentin bumste!«

»Hör auf«, zischte Ben. »Ich habe sie nicht *gebumst.*«

»Fehler«, grölte Grace in den Himmel. »Sie hat ihm einen geblasen. Mein Fehler, Leute.«

»Du bist verrückt«, fuhr Ben sie an. »Diesen Blödsinn werde ich mir nicht länger anhören.« Er stapfte in Richtung Haus. »Wir können uns unterhalten, wenn du dich wieder beruhigt hast.«

»Eine Frage noch, Ben!« Grace lief ihm nach und packte ihn an der Schulter. »Diese Antwort bist du mir schuldig.«

»Was?« Starr vor Zorn wirbelte er herum. Grace

entdeckte drei kleine rote Punkte an seinem Schlüsselbein. Knutschflecke? Ihr 44-jähriger Ehemann hatte Knutschflecke? Plötzlich wurde ihr übel. Sie musste schlucken.

»Wie lange läuft das jetzt? Wie lange vögelst du sie schon?«

»Ich …« Er zuckte die Achseln. »Komm mit rein, ja?«

»Wie lange?« Grace spürte, wie ihr heiße Tränen in die Augen sprangen. »Sag es mir, verdammt nochmal. Das war heute nicht das erste Mal, oder? Sag mir die Wahrheit: seit wann?«

»Egal was ich sage, du wirst mir nicht glauben«, erwiderte Ben leise.

»Sag mir die Wahrheit, dann glaube ich dir«, gab Grace zurück.

»Nein«, sagte er sanft. »Es war nicht das erste Mal. Aber wir bekommen das wieder hin, Grace.«

»Wir bekommen das hin?« Grace explodierte vor weißglühender Wut. »Wir bekommen das hin?«, schrie sie in den Himmel. »Er bumst sie schon wer weiß wie lange und meint, dass wir es wieder hinbekommen.«

»Jetzt reicht es«, sagte Ben. »Ich stehe nicht hier rum, um mich von dir demütigen zu lassen.«

»Wag es nicht, jetzt abzuhauen«, drohte Grace.

»Ich bin weg«, entgegnete er. Getreu seiner Ankündigung ging er ins Haus.

Sie flitzte zur Hintertür und stellte fest, dass Ben abgeschlossen hatte.

»Lass mich rein, verdammt nochmal!«, kreischte Grace und hämmerte gegen das Holz.

Keine Reaktion. Sie trat gegen die Tür. Nichts.

Grace sah sich um, suchte irgendwas, um die Glasscheibe einzuschlagen. Da fiel ihr Blick auf den Kleiderberg, den J'Aimee bei ihrer übereilten Flucht zurückgelassen hatte.

Sie sammelte die Kleidungsstücke auf und ging damit zur Terrasse. Mit gerecktem Hals suchte sie die Hibiskushecke in der Hoffnung ab, dort J'Aimees knochigen weißen Arsch zu entdecken, falls sie sich zwischen den Blättern versteckte, oder besser noch, vom Nachbarhund, einem bösartigen Chow-Chow-Mischling namens Peaches, gebissen wurde. Doch nichts regte sich im Laub.

Grace hatte eine Idee. Sie ging zurück zur Terrasse und knipste das Licht der Außenküche mit den Granitarbeitsflächen und dem sechsflammigen Gasgrill an.

Im Mai hatte sie auf *Gracenotes* einen Beitrag übers Grillen verfasst:

Mr. Stanton und ich haben das Glück, in Florida zu leben, wo eigentlich immer Grillsaison ist. Doch nur weil wir draußen essen, muss ich noch lange keine verbrannten Würstchen auf dünnen weißen Papptel-

lern servieren. Ich lege gerne ein weißes Matelassé-Betttuch diagonal auf die Glasplatte unseres Terrassentischs und beschwere es mit zwei mächtigen schmiedeeisernen Kerzenhaltern. Wenn es sehr windig ist, stelle ich Votivkerzen in alten Einmachgläsern auf, gefüllt mit gebleichten Muscheln. Gerade für einen zwanglosen Anlass wie diesen braucht man keine passenden Teller. Ich verrate Ihnen ein Geheimnis: Ich hasse es, wenn alles zu einheitlich ist! Stattdessen bevorzuge ich eine Kombination bunter Teller in frischen Farben wie Türkis, Grün, Rosa, Gelb und Orange, die ich im Laufe der Jahre auf Flohmärkten und in Billigläden gefunden habe. Dazu Besteck mit elfenbeinfarbenen Bakelitgriffen, übergroße schlichte weiße Geschirrtücher von IKEA und ein Gesteck aus leuchtenden Zinnien aus dem Garten – so ist die Botschaft an meine Gäste perfekt: Der Spaß kann beginnen!

Apropos Spaß – Grace schmunzelte vor sich hin, als sie J'Aimees Klamotten (ein T-Shirt, eine Shorts, einen BH und einen rosa Tanga) auf die Granitfläche legte, in den Barkühlschrank aus Edelstahl griff und eine perfekt gekühlte Flasche Corona herausnahm. Eigentlich mochte sie Bier nicht besonders, auch hatte sie keine Limette zur Hand, aber das war jetzt nicht zu ändern. Grace öffnete die Flasche und trank einen langen Schluck, dann einen zweiten. Sie drückte auf den Zündknopf der vorderen Kochstelle, und die blaue Flamme schoss mit einem befriedigenden Zischen hervor.

Das Bier war gar nicht so schlecht. Grace trank noch einen Schluck und warf den Slip in die Flamme. Der kleine Fetzen aus Synthetik entzündete sich sofort und war nach ein oder zwei Sekunden verglüht – was eine Enttäuschung war. Die kurze Hose gab schon mehr her. Grace sah gebannt zwei, drei Minuten lang zu, bis sie zögernd das T-Shirt und nach weiteren fünf Minuten den BH dazulegte. Der dick gepolsterte BH schwelte einige Minuten vor sich hin und ließ eine stinkende schwarze Wolke aufsteigen.

Grace sah sich um, suchte mehr, das sie ins Feuer werfen konnte. Da fiel ihr Bens Hemd ein, das noch auf der Windschutzscheibe des Audis lag.

Ben liebte teure Dinge. Grace hingegen, die über der Kneipe ihrer Eltern im nahe gelegenen Fischerort Cortez groß geworden war, hatte sich mit den Luxusgütern nie so richtig wohl gefühlt, an die ihr Mann als das verhätschelte Einzelkind eines Bankdirektors in Miami gewöhnt war. An dem Tag, als sie das Hemd für 350 Dollar bei Neiman-Marcus gekauft hatte, war sie zuvor zweimal wieder gegangen, bis sie sich endlich zum Kauf des verfluchten Teils überwunden hatte.

Grace stand im offenen Garagentor und betrachtete mit böse funkelndem Blick den Audi. Wenn Ben das Hemd liebte, so war der Audi, ein Spyder-R8-Cabrio von 2013, sein Ein und Alles. Er war besessen von dem Wagen. Ben hatte den Audi direkt nach der Unterzeichnung des Vertrags mit *Home and Garden TV* gekauft, ohne Rücksprache mit Grace zu halten. Auch später wollte er nicht sagen, was er dafür bezahlt hatte, behauptete nur, er hätte einen »Deal« ausgehandelt. Doch als sie im Internet nach den Preisen forschte, stellte sie schockiert fest, dass die Karre für 175 000 Dollar in der Liste stand! Irgendwie war es Grace gelungen, die Verärgerung darüber hinunterzuschlucken, dass sie nicht in die Entscheidung einbezogen worden war. Ben als Finanzminister der Firma konnte sicher abschätzen, ob sie sich den Wagen leisten konnten.

Grace ging zur Fahrerseite herum und zupfte das Hemd von der Windschutzscheibe. Der Schlüssel steckte noch im Zündschloss.

Ehe sie sich versah, wischte sie mit dem Hemd über das Lederpolster des Schalensitzes – nur für den Fall – und schob sich hinter das Lenkrad. Sie drehte den Schlüssel und lächelte, als der kraftvolle Motor zum Leben erwachte.

Ben hatte ihr nicht gerade verboten, den Audi zu fahren, aber ermutigt hatte er sie auch nicht dazu. Er behauptete, es sei »eine Menge Auto« für eine Frau, und wies darauf hin, dass ihre Erfahrung mit Gangschaltungen begrenzt war. Dabei hatte sie das Autofahren im ramponierten Chevy-Pick-up ihres Vaters gelernt, der ebenfalls eine Gangschaltung hatte.

Vielleicht, dachte Grace, würde sie mit dem Auto einfach eine kleine Spritztour durchs Viertel machen. Das würde Ben so richtig auf die Palme bringen. Sie hoffte, er sah von einem der Fenster im ersten Stock aus zu. Er würde einen Schlag bekommen, wenn er sie hinter dem Lenkrad entdeckte. Grace legte den Rückwärtsgang ein und rollte vorsichtig aus der Garage.

Mit einem Wendemanöver wie aus dem Bilderbuch wollte sie die Einfahrt hinter sich lassen. Da wurde die Küchentür aufgerissen.

»Grace!«, rief Ben. »Was glaubst du, was du da tust?«

»Mach 'ne Spritztour«, gab sie fröhlich zurück und prostete ihm mit der Corona-Flasche zu.

»Spinnst du?«, fuhr er sie an und kam nach draußen. »Du hast was getrunken und bist nicht in der Lage zu fahren. Steig aus meinem Auto!«

»Dein Auto?« Sie hob die Augenbraue.

»Du weißt, was ich meine«, sagte er. »Du hast deinen Spaß gehabt. Jetzt treibst du es zu weit.«

Zu weit? Grace ließ den Motor aufheulen, legte den ersten Gang ein und fuhr mit kreischenden Reifen an Ben vorbei, der wie von Sinnen fluchte und tobte. Sie rempelte die Liegestühle und den schmiedeeisernen

Tisch mit dem knallgelben Sonnenschirm am Ende der Terrasse um. Die türkisblau schimmernde Wasserfläche des Pools war direkt vor ihr. Grace schloss die Augen, hielt sich die Nase zu und trat aufs Gas. Das kalte Wasser machte ihr auf der Stelle klar: Dies war kein Albtraum. Sie war wach.

2

Grace war zwar am Hafen groß geworden, doch schwimmen konnte sie nicht besonders gut. Wenn es die Gelegenheit erforderte, konnte sie sich paddelnd über Wasser halten und auch einigermaßen brustschwimmen. Der Schock des Eintauchens ins kalte Wasser raubte ihr kurzfristig die Orientierung, aber schnell befreite sie sich aus dem Sitz und stieß sich in Richtung Wasseroberfläche ab, wo sie blinzelnd nach Luft schnappte.

Kaum war sie oben, wurde ihr in aller Deutlichkeit bewusst, was sie gerade getan hatte. Sie schob sich das Haar aus den Augen und sah Ben am Beckenrand stehen. Er starrte sie mit irrem Blick an, zorniger als sie ihn je erlebt hatte. »Verdammt, Grace!«, schrie er. »Mein Auto! Was hast du mit meinem Auto angestellt?«

Er war nicht allein. Neben ihm stand ein Polizeibeamter in Uniform, der eine große Taschenlampe auf den Pool richtete. Grace wäre am liebsten wieder abgetaucht und hätte sich im Kofferraum des Audi versteckt. Zumindest so lange, bis sich alles wieder ein bisschen beruhigte.

»Ma'am?« Der Polizist war noch jung, hatte kurzgeschorenes Haar und einen besorgten Gesichtsausdruck, der Grace' Mann erstaunlicherweise völlig abging. »Ist alles in Ordnung?«

Hustend schob sich Grace eine Haarsträhne aus dem Gesicht und machte Schwimmbewegungen auf der Stelle, um nicht unterzugehen. »Alles in Ordnung«, erwiderte sie zögernd, spreizte zur Sicherheit die Zehen und prüfte ihre Hände. Nicht ein Kratzer, dachte sie erfreut. Schließlich war sie nicht selbstmordgefährdet, sondern mordsgefährlich.

»Bei dir ist nicht alles in Ordnung«, rief Ben. »Du bist total übergeschnappt.«

»Ma'am, könnten Sie bitte aus dem Pool kommen?«, fragte der Cop.

Grace reckte den Hals. »Wo ist die alte Schlampe?«, rief sie aus dem Wasser.

Der Polizist war verwirrt. »Wer?«

»J'Aimee. Die Schlampe. Ich komme erst raus, wenn sie weg ist.«

»Wer ist Jamie?«

Grace wies mit dem Kinn auf Ben. »Fragen Sie ihn!« Da ihre Beine etwas müde vom Paddeln wurden, ließ sie sich auf dem Rücken treiben und schaute hoch in den Himmel. Es war ein wunderschöner

Abend. Die Wolken hatten sich aufgelöst, die Sterne funkelten am tiefblauen Firmament und wirkten so nah, dass Grace beinahe das Gefühl hatte, sie pflücken zu können. Schade, dass sie nicht länger hier treiben und den Anblick genießen konnte.

»Sir?«, hörte sie den Polizisten sagen.

»Nicht Jamie, sondern J'Aimee, mit der Betonung auf der zweiten Silbe«, sagte Ben. »Das ist unsere Assistentin. Die Frau, die heute Abend von meiner Gattin attackiert wurde. Grace hat sie verjagt. Ich weiß nicht, wo sie jetzt ist.«

»Unsere Assistentin?«, wiederholte Grace. »Ich dachte, sie wäre *meine* Assistentin. Das war natürlich, bevor ich sie dabei überraschte, wie sie dir heute Abend assistierte.« Sie schaute den jungen Beamten an. »Ich hab die beiden erwischt, wie sie es trieben, direkt in der Garage. Auf dem Vordersitz des Audi. Sie verstehen bestimmt, warum ich sichergehen will, dass die Tussi weg ist, oder?«

Der Polizist errötete, was ihn noch jünger wirken ließ. Er hustete, verschränkte die Arme vor der Brust und sah Ben fragend an. »Stimmt das?«

»Nein, das stimmt nicht«, sagte Ben. »Meine Frau bildet sich ein, etwas gesehen zu haben, was gar nicht stattgefunden hat, und bläst sich ganz fürchterlich auf.«

»Ich blase mich auf?«, rief Grace und strampelte mit den Beinen. Ihre Stimme klang überdreht fröhlich. »Ich würde eher sagen: Du wurdest aufgeblasen! Nur, dass ich nicht diejenige war, die geblasen hat!«

»Du bist abartig«, sagte Ben, dann an den Beamten gewandt: »Sie hat was getrunken.«

Der Polizist schaute Grace streng an. »Ma'am, haben Sie etwas getrunken?«

»Ein halbes Bier«, antwortete sie. »Soll ich einen Alkoholtest machen? Möchten Sie mir Blut abnehmen?« Sie streckte den Arm in die Luft, als könnte er an Ort und Stelle ihre Vene anzapfen.

Während der junge Beamte noch darüber nachdachte, rauschte das Funkgerät an seiner Schulter. Er wandte Grace den Rücken zu, sprach schnell etwas hinein und drehte sich wieder um.

»Ich denke, Sie kommen jetzt mal besser aus dem Wasser«, sagte er. Dann fragte er Ben: »Sie haben der Leitstelle gesagt, Sie hätten Angst, dass sie verletzt sein könnte. Oder jemand anderen verletzt. Haben Sie immer noch diese Sorge?«

Ben zuckte mit den Achseln. »Eher nicht.«

»Was ist mit Ihnen?«, fragte der Polizeibeamte Grace. »Hat Ihr Mann Sie geschlagen oder irgendwie gedroht, Sie zu verletzen?«

»Eigentlich nicht«, gab Grace zu.

»Was ist mit dieser J'Aimee? Muss ich deren Aussage aufnehmen?«

Grace schwamm zum flachen Ende des Pools und hievte sich hoch zur Terrasse aus Korallenkies. Trotz der lauen Mainacht stand sie tropfend und zitternd da.

Ben sprach ganz leise. »Das wird nicht nötig sein.«

»Ich möchte eine Aussage von ihr«, rief Grace und richtete sich auf. Sie wies auf die Hibiskushecke. »Sie ist da lang gelaufen.«

Ihre Zähne klapperten, sie schlang die Arme um sich. »Entschuldigung«, sagte sie zu dem Beamten. »Ich hole mir nur schnell ein Handtuch, um mich abzutrocknen.«

Grace fand ein dickes gelb-grün gestreiftes Strandtuch im Schuppen neben der Terrasse und wickelte sich hinein. Ein zweites Handtuch schlang sie sich wie einen Turban um den Kopf. Auf einmal wurden ihre Beine weich. Schnell setzte sie sich auf die einzige Liege, die sie nicht niedergemäht hatte.

Der junge Polizist betrachtete sie mit einem Ausdruck unaussprechlichen Mitleids. »Geht es Ihnen wirklich gut? Haben Sie sich auch nicht den Kopf gestoßen oder so?«

»Meinem Kopf geht's gut«, sagte Grace, und Tränen sprangen ihr in die Augen. Von ihrem Herzen konnte sie das nicht behaupten. Es fühlte sich an, als würde ihre Brust zerspringen.

»Wie geht es jetzt weiter?«, fragte Ben mit rauer Stimme. Er war zehn Meter entfernt und blieb auf Distanz, damit Grace' Verrücktheit nicht auf ihn abfärbte.

»Es passiert gar nichts, es sei denn, einer von Ihnen will Anzeige erstatten«, erklärte der Beamte. »Ich schlage vor, dass Sie Ihre Frau mit ins Haus nehmen und ihr trockene Kleidung geben.«

»Die kann sie sich selbst holen«, entgegnete Ben.

»Angesichts der … ähm … Umstände wäre es vielleicht das Beste, wenn Sie beide den Rest der Nacht nicht in einem Haus verbringen«, fuhr der Beamte fort. Er schaute Ben an. »Können Sie vielleicht einen Freund anrufen? Oder in einem Motel unterkommen?«

»Ich bleibe auf jeden Fall hier!«, rief Ben empört. »Das ist mein Haus.« Er sah zu Grace hinüber. »Außerdem bin ich ja nicht gerade mobil, da mein Wagen momentan auf dem Grund des Swimmingpools steht.«

»Keine Sorge, ich haue ab«, sagte Grace und mühte sich, auf die Beine zu kommen. Sie schielte zum Haus hinüber. Im Schlafzimmer und in der Küche hatte sie Licht brennen lassen. Der Bau wirkte riesengroß, wie die Häuser, die man normalerweise nur in Zeitschriften sah. Oder in einer Immobilienanzeige. Das Ganze wirkte irreal. Nicht wie ein Heim. Alles andere als ein Heim.

Der Polizeibeamte schaute von Ben zu Grace. Wieder rauschte sein Funkgerät. »Wären wir dann so weit?«

»Wir wären so weit«, entgegnete Grace müde.

Ben stapfte hinüber zum Haus. Kurz darauf erlosch das Außenlicht, es wurde ganz dunkel im Garten. Der Polizist hustete nervös, verschwand aber nicht. Er schaltete seine Taschenlampe an und richtete sie auf den Boden neben sich.

»Ähm«, begann er. Grace merkte, dass er schon wieder rot anlief.

»Ich verspreche, dass ich nicht gewalttätig werde«, sagte Grace. »Ich möchte Ihnen nur gerne mitteilen, egal wozu das gut ist, dass ich eigentlich ein ganz normaler, friedliebender Mensch bin. In meinem ganzen Leben habe ich so etwas noch nicht getan.«

Sie sah ihm ins Gesicht, um festzustellen, ob er ihr glaubte.

»Hören Sie«, gab der Beamte zurück. »Ich wollte das nicht in Gegenwart Ihres Mannes sagen, aber ich bin ein großer Fan Ihres Blogs.«

»Sie lesen *Gracenotes*?« Grace wusste nicht, ob sie sich peinlich berührt oder geschmeichelt fühlen sollte. »Wirklich?«

»Oh ja! Ich habe es sogar abonniert. Ich bin gerade mit meiner Freundin zusammengezogen, und wir renovieren das Haus, da lesen wir beide gerne *Gracenotes*. Nächstes Wochenende wollen wir die Decke im Badezimmer in derselben Farbe streichen wie Ihr Gäste-WC.«

»Wasserfall-Blau! Ach, wie hübsch!«

»Also, wir wollen die Farbe zu fünfzig Prozent

verdünnen, so wie Sie es vorgeschlagen haben«, erklärte er. »Aber Amy, also meine Freundin, die hat die Wände schon in Wolkenweiß gestrichen. Was glauben Sie, passt das zusammen?«

»Ganz toll!«, versicherte Grace ihm. »Das ist einer meiner Lieblings-Weißtöne. Und die Farbe von Benjamin Moore ist hervorragend. Die nehme ich immer.«

Stehe ich hier gerade wirklich herum und unterhalte mich mit einem Bullen über Wandfarben? Keine Stunde nachdem mein Leben in die Luft geflogen ist?

»Super«, sagte der Beamte. Er griff in seine Tasche und zog eine Visitenkarte hervor. »Hören Sie, das mit heute Abend tut mir leid. Sagen Sie's nicht weiter, aber ich kann Ihnen irgendwie nicht verübeln, was Sie mit dem Auto gemacht haben. Ich meine, was für ein Trottel tut so was?«

»Die Sorte, mit der ich verheiratet bin«, erwiderte Grace. Sie nahm die Visitenkarte, und er leuchtete mit der Taschenlampe darauf, damit sie die Schrift lesen konnte. »Officer Strivecky.«

»Pete«, gab er zurück. »Meine Handynummer steht auch drauf, falls Sie mich heute Nacht noch mal brauchen. Ich bin bis sieben im Dienst, ja?«

»Okay«, sagte Grace, gerührt von seiner Freundlichkeit. »Danke, dass Sie mich nicht festgenommen haben.«

»Können Sie irgendwo hin?«, fragte er. »Es ist wirklich keine gute Idee, hier zu bleiben.«

»Keine Sorge«, erwiderte Grace, und ein Schauer lief ihr über den Rücken. »Ich pack schnell ein paar Sachen zusammen, dann bin ich weg. Meine Mutter wohnt drüben in Cortez. Ich fahre zu ihr rüber. So viel Geld können Sie mir gar nicht geben, dass ich hier noch eine einzige Nacht verbringe. Wo ich nun weiß, was direkt vor meiner Nase passiert ist –«

»Ich kann noch ein bisschen bleiben.« Pete Strivecky zeigte auf das Haus. »Um sicherzugehen, dass er keine Tricks probiert.«

»Tut er nicht«, sagte Grace. »Er ist ein Trottel, wie Sie gerade sagten, aber er ist nicht gefährlich.«

Der Beamte wandte sich zum Gehen.

»Officer Strivecky? Pete?«

»Ja?« Er blieb am Rand des Schwimmbeckens stehen und schielte zu dem abgesoffenen Audi hinunter.

»Darf ich vielleicht fragen, wie alt Sie sind? Sie sehen für einen Polizeibeamten so jung aus.«

Er lachte. »Das höre ich ständig. Das liegt an den roten Haaren und den Sommersprossen. Ich bin sechsundzwanzig. Schon seit drei Jahren dabei.«

»Sechsundzwanzig«, wiederholte Grace sehnsüchtig. »So jung …« Sie wies mit dem Kopf in Richtung Haus. »Kommt mir ewig lange her vor.«

»Ja, Ma'am«, sagte er.

Grace hatte eine Idee. »Hey, schicken Sie mir doch ein Foto von Ihrem Badezimmer, wenn es fertig ist, ja? Für meinen Blog? Ich würde gerne sehen, wie es wirkt.«

»Mache ich«, versprach er. »Und Sie passen auf sich auf.«

Auf der Arbeitsfläche in der Küche stand eine Flasche Chivas Regal. Grace hörte den Fernseher im Medienraum. Die Tür war geschlossen, aber Ben hatte die Lautstärke des Dolby-Surround-Systems aufgedreht, so dass Grace die Stimme von Bruce Willis erkannte. Er sah sich wieder einen *Stirb langsam* an. Für Ben wurde es nie langweilig, den Bösen dabei zuzusehen, wie sie Gebäude in die Luft jagten und Flugzeuge abschossen.

Sie stieg die hintere Treppe empor ins Schlafzimmer. Auf ihrer Seite des gemeinsamen Badezimmers schälte sie sich aus der klatschnassen Hose und dem T-Shirt und hängte beides ordentlich über die Handtuchstange neben ihrer Jacuzzi-Wanne. Grace holte die Kulturtasche aus einer Schublade der Schminkkommode und packte verschiedene Utensilien ein: Shampoo und Spülung, Deo, Vitamintabletten. Ihre Hand schwebte über der Packung mit den Fruchtbarkeitshormonen. Eigentlich sollte sie beim nächsten Zyklus mit der Einnahme beginnen, in zwei Wochen.

Es hatte zwei Jahre gedauert, bis Grace Ben überredet hatte, sich bei einem Reproduktionsmediziner vorzustellen. Da sie selbst Einzelkind war, hatte sie sich immer mehrere Kinder gewünscht. Ben behauptete das auch von sich, sah aber nicht ein, warum sie nicht einfach »abwarten und Tee trinken« konnten, bis sie irgendwann auf »natürlichem Wege« schwanger werden würde, wie er es nannte. Vor zwei Monaten dann hatte er endlich nachgegeben. »Jetzt oder nie«, hatte er gesagt.

»Nie«, sagte Grace laut und warf die Tabletten in den Mülleimer. Sie fragte sich, ob Ben bereits mit J'Aimee geschlafen hatte, als sie sich für die Hormonbehandlung entschieden hatte. Aber eigentlich wollte sie nicht darüber nachdenken. Was passiert war, war passiert. Sie und Ben waren Geschichte.

In ihrem begehbaren Kleiderschrank zog sie sich schnell eine weiße Jeans und ihren bevorzugten dunkelblauen Strickpulli über. Mit den Füßen schlüpfte sie in ein Paar Sandalen von Jack Rogers. Grace öffnete einen Koffer, der auf einer Ablage mit den gefalteten Kleidungsstücken wartete, und packte wahllos ein: Slips und BHs, kurze Hosen und Sonnentops, eine Jeans. Obenauf warf sie Laufschuhe und Socken, dann zog sie den Reißverschluss zu.

Grace ging ins Schlafzimmer und schaute sich um. Ein letztes Mal, sagte sie sich. Sie betrachtete die Fotos in den silbernen Rahmen, die Ben und sie in glücklicheren Tagen zeigten, die von ihr gesammelten Gemälde an der Wand und die hübschen, extra angefertigten Leinenvorhänge. Es war das schönste Zimmer, das ihr je gehört hatte, und jetzt war sie kurz davor, es hinter sich zu lassen.

Ihre Handtasche lag auf der Bank mit dem samtenen Knopfpolster am Fuße des Bettes. Grace schlang sich den Riemen über die Schulter, hob den Koffer an und wuchtete ihn die Treppe hinunter. Dann ging sie in ihr Arbeitszimmer, wo sie ihren Laptop und mehrere Aktenordner in eine große Schultertasche steckte. Obenauf legte sie ihre Kamera, hievte die Tasche auf die andere Schulter und schleppte sich mühsam zur Küchentür.

Die Flasche Chivas stand nicht mehr auf der Arbeitsfläche, die Tür zum Medienraum war aber wieder geschlossen. Dahinter zeigte Bruce Willis seinen Gegnern, wo der Hammer hing.

Grace blieb vor der Tür stehen. Sie hob die Hand, um zu klopfen, überlegte es sich aber anders. Durch die Küchentür verließ sie das Haus, ging zur Garage und stieg in ihr eigenes Auto, einen vier Jahre alten Subaru. »Jetzt oder nie«, flüsterte sie.

3

Gelangweilt zappte Grace durch die Programme auf dem riesengroßen Fernseher in der *Sandbox*, der Kneipe ihrer Mutter in Cortez, die tatsächlich nur sieben Meilen, aber vom Stil her Lichtjahre von Grace' Haus auf der Sand Dollar Lane entfernt war.

»Lass mal das Vierte an!«, sagte Rochelle. »Bitte!«

Grace warf ihr einen vielsagenden Blick zu.

»Du weißt doch, dass ich morgens immer die Nachrichten im Vierten gucke«, erklärte Rochelle. »Ich kann die Frisur von dem Wettertypen im achten Programm nicht ertragen.«

Grace seufzte leidend und tat wie befohlen. Sie stellte auf den Lieblingssender ihrer Mutter zurück, gerade noch rechtzeitig, um eine Reporterin in ihrem eigenen Vorgarten stehen zu sehen.

»Heilige Scheiße«, flüsterte Rochelle. »Ist es das, wofür ich es halte?«

»Guten Morgen«, sagte die Reporterin, eine Farbige, die ein Zugpferd dieses Lokalsenders war, solange Grace sich erinnern konnte. Camryn Nobles. Grace starrte auf den Bildschirm. Wie zum Teufel war Camryn Nobles an der Schranke vorbeigekommen?

»Ich stehe hier in der exklusiven geschlossenen Wohnsiedlung Gulf Vista auf Siesta Key, wo heute in den frühen Morgenstunden die Polizei zu einer, wie sie sich ausdrückte, eskalierenden Familienstreitigkeit gerufen wurde. Berichtenswert, ja faszinierend macht diese Geschichte aber erst der Umstand, dass es sich bei den Hauptdarstellern dieses Dramas um eine landesweit bekannte Innenarchitektin und ihren Ehemann handelt – oder darf man sagen: um ihren baldigen Ex-Ehemann?«

Die Kamera schwenkte herum und zeigte die blassrosa verputzte zweistöckige Villa im spanischen Kolonialstil mit roten Dachpfannen, vor der sich ein smaragdgrüner Rasen erstreckte, eingerahmt von bunten Beeten mit Tropenblumen. Vor dem Haus stand ein halbes Dutzend schwarzweißer Einsatzfahrzeuge des Sheriffs von Sarasota County, dazu ein Feuerwehrauto, ein Rettungswagen und ein großer schwarzer Abschleppwagen. Ein Hubschrauber von der Redaktion des CBS in Tampa dröhnte in der Luft.

»Du bist eine Fernsehmeldung«, bemerkte Rochelle, und Grace warf ihr einen warnenden Blick zu.

»Falls einigen von Ihnen dieses palastartige Haus und das Grundstück bekannt vorkommen sollte«, fuhr Camryn Nobles mit vertraulich gesenkter Stimme fort, »dann liegt es daran, dass es sich hierbei um das Heim der Lifestyle-Bloggerin Grace Stanton handelt, die den ungeheuer beliebten Blog *Gracenotes* verfasst. Das Haus wurde bereits in zahlreichen Zeitschriften vorgestellt, und Mrs. Stanton ist häufig zu Gast in Sendungen wie *Oprah*, *Ellen* und, ja, auch in der *Today Show*, oder unserem *Morgenmagazin*, wo sie im Laufe der letzten zwei Jahre als Expertin für Lifestyle geradezu eine feste Einrichtung geworden ist.«

Während Camryn erzählte, schlenderte sie an der Seite des Hauses über den langen Weg aus Korallenkies entlang nach hinten in den Garten.

»Grace Stanton ist eine erfolgreiche Innenarchitektin, die hier aus der Region stammt. Sie wuchs in einfachen Verhältnissen im nahen Cortez auf«, erklärte Camryn. »Nach ihrem Umzug nach South Florida und ihrer Hochzeit führte sie ein gutgehendes Innenarchitekturbüro, siedelte aber 2009 zurück an die Suncoast. Ihr Mann Ben, 44, arbeitete als Werbefachmann, gab aber vor zwei Jahren seinen Beruf auf, um sich mit ganzer Kraft der florierenden Firma seiner Frau zu widmen. Grace und Ben Stanton sind feste Größen in der örtlichen Gesellschaft; noch im Oktober gaben sie eine Benefizparty für das örtliche Kinderheim direkt hier in diesem hübschen Garten mit Pool. Von offizieller Seite wird bestätigt, dass dieses friedliche Idyll irgendwann nach Mitternacht seine Unschuld verlor. Dies ist der panische Anruf, den die Polizei freigegeben hat; er ging um Viertel nach eins von Ben Stanton ein. Wir möchten uns schon im Voraus für die teilweise deftige Sprache bei unseren Zuschauern entschuldigen.«

»Ja, ich brauche wohl ein bisschen Unterstützung. Meine … ähm … meine Frau dreht gerade durch.«

Die weibliche Stimme in der Leitstelle klang gelangweilt. *»Sir, werden Sie körperlich bedroht?«*

»Was? Keine Ahnung. Sie ist einfach durchgedreht. So hab ich sie noch nie gesehen. Hören Sie, schicken Sie besser einen Beamten rüber, bevor sie noch jemandem weh tut.«

Im Hintergrund waren deutlich Schreie zu vernehmen. Dann hörte man wieder Ben Stantons Stimme, jetzt schwächer.

»Grace, was machst du da? Das ist kein Spaß! Bist du verrückt? Was zum … Verdammt nochmal, hau ab da!«

Eine Wagentür schlug zu, dann heulte ein mächtiger Motor auf, Reifen quietschten über Pflastersteine. Schließlich ein lautes Platschen.

»O Gott! Grace, verdammt nochmal, was hast du …? Du meine Scheiße …«

»Sir? Befinden Sie sich in einer lebensbedrohlichen Situation?«

Als Ben wieder ans Telefon kam, war seine Stimme unerbittlich. »*Wenn die Alte jetzt nicht ertrunken ist, bringe ich sie eigenhändig um.*«

»Mach das bitte aus«, sagte Grace und wandte dem Fernseher den Rücken zu.

Rochelle stellte die Lautstärke leiser, schaute aber weiter hin.

Mit Blick in die Kamera ging Camryn zur Terrasse, die von einer üppigen Hecke aus Seetrauben gesäumt wurde. Elegante Kokospalmen und Hibiskusbüsche standen in großen Töpfen, auch die Außenküche und eine strohgedeckte Cocktailbar waren zu sehen.

Die Reporterin wies auf eine zweistöckige Garage mit drei Toren. »Die Polizei gibt keine Auskunft, wodurch die Auseinandersetzung zwischen Grace und Ben Stanton in der vergangenen Nacht ausgelöst wurde, aber ich habe mich mit einer Nachbarin unterhalten, die behauptet, einen, wie sie sagt, ›angeregten Austausch‹ zwischen dem Ehepaar mitbekommen zu haben. Die Nachbarin sagt, Ursache des Ganzen sei Mrs. Stantons hübsche 26-jährige Assistentin gewesen, die seit einigen Monaten in dem Apartment über der Garage wohnt. Laut Aussage der Nachbarin flüchtete die Assistentin, deren Namen wir nicht freigeben, lediglich in ein Strandlaken gehüllt in den frühen Morgenstunden voller Angst durch diese Hecke.« Camryn wies auf den Hibiskus.

»Keiner der Stantons stand für einen Kommentar zur Verfügung«, fuhr Camryn fort, immer noch auf der Terrasse. »Doch trotz mangelnder Zeugenaussagen und fehlender Kooperation seitens der Beteiligten können wir einige Schlussfolgerungen darüber ziehen, was sich hier in der letzten Nacht ereignet haben muss.«

Die Kamera fuhr zurück und zeigte eine Garage mit drei leeren Stellplätzen, dann schwenkte sie hinüber zum Swimmingpool, einer individuell geformten und schimmernden türkisfarbenen Oase, die von Platten aus Korallenkalk eingefasst war. Am flachen Ende des Wassers führten Treppenstufen in einen eingebauten Whirlpool. Und am tiefen Ende?

Camryn Nobles stand am Rand des Beckens und schaute hinab. Die Kamera folgte ihrem Blick. Ein zitronengelber Sonnenschirm aus Segeltuch trieb auf dem Wasser, ebenso vier tannengrüne Loungekissen aus Vinyl. Auf dem Grund des Beckens befand sich ein bedrohlich wirkender länglicher schwarzer Umriss.

»Und das«, sagte Camryn mit düsterer Stimme, »ist offenbar der neue Audi Spyder Cabrio von Ben Stanton, käuflich zu erwerben für rund 175 000 Dollar.«

Rochelle Davenport richtete die Fernbedienung auf den Fernseher und schaltete ihn gnädigerweise endlich aus.

»Du hast wirklich ein Auto im Wert von

175 000 Dollar in den Pool gefahren?«, fragte sie ihre Tochter.

Grace zuckte mit den Schultern. »Ich bezweifle, dass er so viel dafür bezahlt hat. Wie ich Ben kenne, hat er irgendeinen Werbedeal mit dem Händler gemacht.«

»Das sieht dir überhaupt nicht ähnlich«, sagte Rochelle. »Ich meine, ich werfe dir das nicht vor, aber das passt überhaupt nicht zu dir.«

»Vorübergehende geistige Umnachtung«, erwiderte Grace. »Das ist die einzige Erklärung, die mir einfällt.«

»Du hättest ertrinken können«, sagte Rochelle. »Hast du daran gedacht? Du hättest mich zu einer kinderlosen Witwe gemacht.«

»Und Ben hätte die Lebensversicherung über zwei Millionen Dollar kassiert, die wir letztes Jahr abgeschlossen haben«, murmelte Grace. »Das muss ich dringend ändern.«

»Das war eine große Dummheit«, beharrte Rochelle. »Im Ernst.«

»Ich konnte nicht ertrinken. Das Verdeck war doch unten.« Grace war wieder ganz die Alte, logisch und stringent. »Ich schätze, es wurde ein bisschen heiß in der Garage, als sie ihm …«

»*Als sie ihm einen blies?*«, ergänzte Rochelle.

»Genau. Auf dem Vordersitz des Audi.«

»Ich kann kaum glauben, dass Ben einfach nur

zugeguckt hat, als du den Wagen im Pool versenkt hast«, sagte Rochelle. »Wie genau ist das passiert?«

»Darüber will ich jetzt nicht reden.« Schlechtgelaunt starrte Grace auf ihr Glas Eistee. »Davon bekomme ich Kopfschmerzen.«

Rochelle griff hinter die Theke nach dem großen Glas mit Ibuprofen-Tabletten, das sie dort aufbewahrte, schüttelte zwei heraus und reichte sie ihrer Tochter.

»Danke«, sagte Grace und schluckte die Pillen. »Hast du irgendwas zu essen da? Eigentlich sagt man ja, bei Liebeskummer würde einem der Appetit vergehen, aber ich habe seit zwölf Stunden nichts mehr gegessen, ich könnte wirklich die Zähne in meinen eigenen Arm schlagen.«

Rochelle schob zwei in Plastik laminierte Speisekarten über die Theke.

Grace überflog die Speisekarte der *Sandbox*, die sich, soweit sie wusste, in den letzten fünfzehn Jahren nicht verändert hatte. »Chicken Wings. Gefüllte Ofenkartoffeln. Gefüllte Ofenkartoffeln mit Chicken-Wing-Sauce. Zwiebelringe. Frittierte Austern. Frittierte Shrimps.« Sie schaute ihre Mutter an. »Ernsthaft? Wie kannst du immer noch leben, wenn du die ganze Zeit diesen Kram isst?«

»Ich esse diesen Scheiß doch nicht«, erwiderte Rochelle entrüstet. »Willst du mich veräppeln? Dann wäre ich schon so fett wie ein Nilpferd.«

Sie gönnte sich einen selbstzufriedenen Blick in den Spiegel hinter der Theke. Mit ihren neunundfünfzig Jahren war Rochelle stolz auf ihre immer noch knackige Figur. Sie pflegte sich, cremte sich dick mit Sonnenmilch ein, bevor sie jeden Morgen die zwei Meilen am Strand von Bradenton entlangging. Sie färbte sich das Haar zu Hause in einem sanften Braunton und gönnte sich abends meistens ein Glas herzstärkenden Rotwein oder hin und wieder ein Bier. Als Grace noch klein war, hatte sie aufgehört zu rauchen, und ihr Arzt sagte, sie habe die Knochendichte einer 18-Jährigen.

»Ich schiebe mir immer ein Menü von Lean Cuisine in die Mikrowelle, schon lange. Und zum Frühstück safte ich.«

»Du saftest? Ist das ein Verb?«

»Sei nicht so frech«, gab Rochelle zurück. Mit dem Kinn wies sie auf den riesigen Mixer hinter der Theke. »Felipe, ein wirklich netter Mexikaner, kommt sonntags immer mit seiner Fußballmannschaft her. Seine Mutter hat einen Stand auf dem Markt, und er bringt mir alle möglichen Gemüse- und Obstsorten mit, immer frisch. Spinat, Grünkohl, Chayote, Erdbeeren, Ananas, Mangos. Auch Kräuter. Ich mag Minze und Ingwer. Die tu ich überall mit rein.«

»Das klingt gar nicht schlecht«, gab Grace zu. »Hast du noch was da, das du mir machen könntest? Außer Grünkohl.« Sie rümpfte die Nase.

»Tut mir leid«, sagte Rochelle. »Heute Morgen habe ich die letzten Reste aufgebraucht. Ich kann dir vielleicht noch ein Sandwich machen. Wären Schinken, Tomate und Salat eine Beleidigung für deinen verwöhnten Gaumen?«

»Nein, wäre super«, sagte Grace, legte die Wange auf die Theke und verschränkte die Arme vor dem Kopf. Ihre Schultern schmerzten, sie stieß einen unterdrückten Seufzer aus. Es war das erste Mal, dass Rochelle ihre Tochter seit ihrer Jugend weinen sah, und es zerriss ihr wie damals das Herz.

Rochelle zögerte, dann strich sie Grace über das zerzauste Haar. »Keine Sorge, Spätzchen. Das bekommen wir wieder hin. Wir schaffen das schon.«

Grace hob den Kopf. Tränen strömten ihr über die Wangen. Sie sah ihre Mutter an. »Wir bekommen das hin? Genau das hat Ben auch gesagt: Wir bekommen das wieder hin. Und dann gab er zu, dass es nicht das erste Mal gewesen war. Wie sollen wir das wieder hinbekommen, Mom? Ich habe ihn geliebt. Ich dachte, er würde mich auch lieben. Aber es war alles gelogen. Von vorne bis hinten gelogen. Was soll ich jetzt tun?«

Rochelle gab ihr ein Blatt von der Haushaltsrolle. »Putz dir die Nase. Trockne deine Augen. Iss was. Und dann rufen wir Onkel Dennis an und ziehen das Schwein bis aufs letzte Hemd aus.«

»Onkel Dennis ist Anwalt für Immobilienrecht«,

sagte Grace schniefend. »Er macht keine Scheidungen.«

»Nein, aber er wurde selbst schon zweimal geschieden, deshalb weiß er, wen wir anrufen können und wem wir besser aus dem Weg gehen.«

Grace trank einen Schluck Eistee. »Ich weiß noch nicht mal, ob ich mich scheiden lassen will.«

»Du machst ja wohl Witze«, sagte Rochelle. »Du hast Ben in eurer Garage beim Sex mit deiner Assistentin erwischt, die er mit Sicherheit schon seit Monaten in deinem Haus pimpert, und du bist dir nicht sicher, ob es aus ist?«

»Ich weiß es nicht«, jammerte Grace. »So hatte ich mir mein Leben nicht vorgestellt. Ich verstehe das alles nicht. Ich dachte, ich würde für immer verheiratet sein, so wie du und Daddy.«

Rochelle dachte nach, wollte etwas sagen, überlegte es sich aber anders. Jetzt war nicht der richtige Zeitpunkt.

»Hast du seit gestern Abend mit Ben gesprochen?«

»Nein.«

»Hast du es denn vor?«

Grace zuckte mit den Achseln. »Ich muss bald mal rüber und mir neue Klamotten holen. Und ich sollte mir überlegen, wie es mit dem Blog, der Pilotsendung auf *Home and Garten TV* und den ganzen Sachen weitergehen soll.«

Rochelle machte sich daran, ihrer Tochter das

Sandwich zuzubereiten. Sie steckte zwei Scheiben Brot in den Toaster, legte Schinkenspeck auf das Grillblech und nahm eine dicke rote Tomate aus einer Schüssel auf der Theke. Gerade setzte sie zum Schneiden an, als Grace sie unterbrach: »Könntest du die bitte schälen?«

Ihre Mutter warf ihr einen genervten Blick zu. »Ich habe dir in deinem Leben schon eine Million Sandwiches mit Tomate gemacht, und auf einmal willst du die Tomate geschält haben? So ein Affentheater!«

Grace stand auf und ging hinter die Theke. »Schon gut. Dann mach ich es selbst, wenn es so schwer ist.«

»Das ist nicht schwer. Ich verstehe bloß nicht, warum das auf einmal sein muss. In der Schale stecken die meisten Vitamine.«

»Das stimmt nicht«, gab Grace lustlos zurück, nahm ihrer Mutter das Messer ab und begann, die Tomate zu häuten.

Rochelle trat einen Schritt zurück und stemmte die Hände in die Hüfte. »Stimmt garantiert doch!«

»Sagt wer?«

»Hab ich vergessen«, erwiderte Rochelle stur. »Vielleicht habe ich das in einer Kochsendung im Fernsehen gehört.«

Kopfschüttelnd holte Grace den Salatkopf aus dem Kühlschrank. Sie zupfte ein Blatt ab und stieß einen leidenden Seufzer aus.

»Was ist jetzt schon wieder? Magst du meinen Salat nicht?«

»Ich bin halt kein großer Fan von Eisbergsalat«, gab Grace zurück. »Romana ist viel geschmackvoller. Und sieht besser aus. Außerdem ist er gesünder, wenn wir schon von Vitaminen sprechen.«

»Ich mag aber Eisbergsalat.« Rochelles Stimme war kühl. »Den kaufe ich seit Ewigkeiten. Bis jetzt war er immer gut genug für dich.«

Grace sah ihrer Mutter ins Gesicht. »Geht das jetzt schon wieder los, Mom? Ich mag halt nun mal gute Dinge. Es tut mir leid, wenn es dich beleidigt, dass ich nicht mehr dieselben Gerichte mag wie früher: Makkaroni mit Käse, Tiefkühlkroketten und Aufläufe aus Pilzsuppe und Zwiebelringen aus der Dose. Oder Asti Spumante.« Unwillkürlich schüttelte sie sich bei dem Gedanken an den Schaumwein.

»Hühnchenauflauf war immer dein Leibgericht«, sagte Rochelle. »Hast du dir jedes Jahr zum Geburtstag gewünscht.«

»Da war ich noch klein«, sagte Grace. »Inzwischen hat sich mein Geschmack geändert. Verfeinert, wenn du so willst.«

Rochelle verdrehte die Augen und klappte das Sandwich zusammen. Sie legte es auf einen Teller und schnitt es diagonal in zwei Dreiecke, dann reichte sie es ihrer Tochter.

»Danke«, sagte Grace, kehrte zu ihrem Barhocker zurück und aß langsam das Sandwich.

Rochelle wischte die Brotkrumen vom Schneidebrett. »Diese Trennung kann ziemlich schnell verdammt hässlich werden, weißt du? Ben kennt deine Firma in- und auswendig. Du kannst ihn zwar verlassen, aber kannst du auch alles zurücklassen, was ihr gemeinsam aufgebaut habt? Ganz zu schweigen vom Haus?«

Grace zuckte mit den Schultern, weil sie keine Antwort parat hatte, und kaute weiter.

»Eheberatung?«, schlug Rochelle vor.

Grace schüttelte heftig den Kopf, biss wieder vom Sandwich ab und trank einen Schluck Eistee.

»Schon gut«, sagte ihre Mutter und warf einen bedeutungsvollen Blick auf die Neonwerbung von Budweiser, die über der verspiegelten Rückwand der Theke hing. »Ist schon nach elf. Bald kommen die ersten Gäste zum Mittagessen.«

»Hab schon verstanden«, sagte Grace und verputzte den Rest des Sandwiches. Sie schob den leeren Teller beiseite und stand auf. »Ich gehe nach oben in mein altes Zimmer und versuche ein bisschen was zu erledigen. Montag poste ich eine Empfehlung für dieses hässliche toskanische Geschirr, dafür muss ich den Eintrag noch verfassen. Außerdem muss ich mir überlegen, worüber ich morgen schreiben will.«

Sie griff zu ihrer Laptoptasche. »Du hast doch Wi-Fi, oder?«

Rochelle runzelte die Stirn. »Glaub schon. Die haben hier irgendeinen Internet-Kram eingerichtet, als ich im Frühjahr den Kabelanbieter gewechselt habe.«

»Passwort?«

»Keine Ahnung.«

»Schon gut, finde ich selbst raus«, sagte Grace und ging zur Treppe, die in die Wohnung im ersten Stock führte. Dann aber blieb sie stehen und schob den Kopf um die Ecke. »Wenn Ben für mich anruft, hast du mich nicht gesehen und weißt auch nicht, wo ich bin.«

»Kapiert«, sagte Rochelle. »Ich hoffe, er meldet sich. Dem Schweinehund verpasse ich einen Einlauf.«

»Danke.« Grace lächelte matt. »Gut zu wissen, dass du hinter mir stehst.«

»Allerdings«, bestätigte Rochelle. »Ich geb dir Feuerschutz, das ist doch klar.«

Mit der Hüfte schob Grace die Tür zu ihrem Zimmer auf. Sie hatte es mit vierzehn Jahren selbst eingerichtet, und seitdem hatte sich dort nicht viel verändert.

Damals hatte sie ihre Laura-Ashley-Phase gehabt. Lange hatte sie von einer weiß-rosa gestreiften Tapete geträumt, die sie in einer Einrichtungszeitschrift gesehen hatte. Aber da sie kein Geld hatte, war sie auf die Idee gekommen, die mit billigem Kiefernholz vertäfelten Wände abzukleben und rosa Streifen darauf zu malen. Bei der Heilsarmee hatte Grace ein klappriges Himmelbett mit Mahagonifurnier gefunden und es weiß gestrichen. Danach hatte sie eine kitschige Schablone ausgeschnitten und das Kopfteil mit grünen Weinranken, rosa Gänseblümchen und blauen Schleifen bemalt.

Verächtlich trat Grace gegen den abgenutzten, fleckigen Bodenbelag. Damals hatte sie ihren Vater angefleht, den Teppichboden herausreißen zu dürfen, der in der gesamten Wohnung verlegt war. Aber Butch war unnachgiebig geblieben. »Weißt du, wie teuer das Zeug gewesen ist?«

Grace setzte sich auf die verschlissene rosa Chintz-Tagesdecke, klappte den Laptop auf und klickte auf das Icon von *Gracenotes*. Erneut las sie das Posting durch, das sie am Vorabend verfasst hatte. Es schien ihr, als stamme es aus einer anderen Welt. Sie hatte bereits siebenundvierzig Kommentare. Ob ihre Leser die prächtige Szene vorm Haus in den Nachrichten gesehen hatten? Fürs Erste beschloss Grace, die Kommentare nicht zu lesen. Vielleicht später.

Stattdessen konzentrierte sie sich auf das Posting für Montag, eine Weiterführung des Themas, das sie vor einer Woche angerissen hatte: Wie und wo man günstige Schnäppchen von Designerstoffen fand. Es dauerte nicht lange, da tippte sie vor sich hin, fügte Bilder ihrer Lieblingsstoffe und bevorzugten Designs ein, kopierte Links zu Websites und verlor sich im kreativen Schaffensprozess.

Als sie von ihrer Arbeit aufsah, stellte sie fest, dass zwei Stunden vergangen waren. Ihr Handy auf dem Nachttisch hatte weder geklingelt noch durch sein Piepsen eingehende SMS-Nachrichten angekündigt. Eigentlich hatte sie damit gerechnet, dass Ben sich melden würde, entweder niedergeschlagen, zerknirscht oder stinksauer und aggressiv. Das Schweigen verhieß nichts Gutes. Wütend funkelte Grace das Telefon an, das endlich klingeln sollte. Sie selbst würde ihn nicht anrufen. So viel stand fest. Sollte sich das Schwein doch melden und sie anflehen, zu ihm zurückzukommen.

Grace begab sich wieder an die Arbeit. Sie prüfte den Text auf Tippfehler, Orthographie, nicht mehr funktionierende Links und Größe der Fotos. Zufrieden mit ihrem Werk, öffnete sie schließlich die Blog-Seite von *Gracenotes*, klickte auf den Button zum Anmelden und gab ihr Passwort ein.

Ein rot unterlegter Satz in Kursivschrift leuchtete auf.

Passwort ungültig. Erneuter Versuch?

Grace runzelte die Stirn und gab das Passwort noch einmal ein: *GraceBen4ever*.

Passwort ungültig. Schreibweise prüfen?

Das konnte nicht sein. Wieder tippte sie das Wort ein, doch das Ergebnis blieb dasselbe.

Passwort ändern?

Sie sah in ihren E-Mails nach, ob sie ein neues Passwort zugeschickt bekommen hatte. Tatsächlich gab es eine Mail vom Blog-Betreiber. Als Grace sie öffnete, starrte sie ungläubig auf den Text:

Passwort kann nicht geändert werden. Ungültiger Mitgliedsname. Bitte wenden Sie sich an den technischen Support, wenn Ihnen diese Nachricht irrtümlicherweise geschickt worden ist.

Vor Wut schnaubend wählte sie die angegebene Nummer und hing zehn Minuten in der Warteschleife. Schließlich meldete sich ein junger Mann, der sich als Hans vorstellte.

»Hallo«, sagte Grace betont locker. »Ich heiße Grace Stanton und verfasse einen Blog namens Gracenotes. Ich habe gerade eine halbe Stunde lang versucht, an mein Dashboard zu kommen, um ein neues Posting zu erstellen. Leider erhalte ich immer wieder Fehlermeldungen, und jetzt habe ich sogar eine Nachricht bekommen, dass ich mein Passwort nicht ändern kann, weil mein Mitgliedsname ungültig sei. Aber der ist nicht ungültig. Ich schreibe diesen Blog seit drei Jahren unter diesem Namen. Ich verstehe nicht, was da los ist.«

»Ich schaue mal eben nach«, sagte Hans. Sie hörte, wie er etwas in die Tastatur eingab. »Kleinen Moment«, sagte er und schob Grace in die Warteschleife.

Kurz darauf meldete er sich wieder. »Mrs. Stanton?«

»Ms. Stanton«, verbesserte Grace spitz.

»Okay, gut. Also, die Sache ist die, Sie haben keinen Zugang mehr zu Ihrem Blog-Dashboard.«

»Das habe ich gemerkt«, sagte sie scharf. »Deshalb rufe ich ja an. Weil ich Zugang haben muss. Das ist mein Blog.«

»Tjaaa«, sagte er gedehnt. »Soweit ich das sehen kann, hat der Domain-Inhaber den Mitgliedsnamen und das Passwort geändert. Das erklärt, warum Sie nicht mehr reinkommen.«

»Das kann nicht sein«, sagte Grace und spürte, wie sie vor Zorn rot anlief. »Ich bin der Domain-Inhaber. Der Blog heißt Gracenotes. Ich bin Grace Stanton.«

Am anderen Ende herrschte bedeutungsschweres Schweigen. »Genaugenommen«, sagte Hans dann, »lautet der Name des Domain-Inhabers unseren Unterlagen zufolge Ben Stanton. Und dieser Mr. Stanton hat offenbar die Zugangsdaten geändert.«

»Das kann er nicht!«, rief Grace. »Ändern Sie sofort die Einstellung! Das ist mein Blog. Ich habe ihn erfunden, ich schreibe ihn, er gehört mir. Ich möchte, dass Sie das geänderte Passwort zurücksetzen, damit ich Zugang zu meinem eigenen Blog bekomme.«

»Es tut mir leid, Ms. Stanton, aber dazu bin ich nicht berechtigt«, sagte Hans. »Kann ich Ihnen sonst noch irgendwie helfen?«

Unten in der Kneipe zapfte Rochelle ein großes Glas Sweetwater Pale, als sie ein schrilles Kreischen aus dem ersten Stock vernahm.

Frank, ein Postbote, der gerade seine Schicht beendet hatte, sah sie fragend an.

»Meine Tochter«, sagte Rochelle entschuldigend. »Sie hat eine Ehekrise.«

4

Es war erst drei Tage her, dass Grace ihr Haus auf der Sand Dollar Lane verlassen hatte. Doch sie fühlten sich wie die längsten, elendsten Tage ihres Lebens an. Tagsüber versuchte sie in der *Sandbox* auszuhelfen, stand hinter der Theke und bediente an den Tischen. Zeitweise sprang Grace sogar in der Küche ein, bis ihre Mutter sie sang- und klanglos feuerte, weil sie Grace dabei erwischt hatte, wie sie im *Sandbox*-Burger, der Spezialität des Hauses, das Rinderhack durch Putenfleisch ersetzte.

»Ich weiß ja, dass du es nur gut meinst«, sagte Rochelle, ihre Tochter aus der Küche scheuchend, »aber meine Gäste kümmern sich nicht um gesättigte Fettsäuren, Natrium oder Antioxidantien. Sie wollen einen dicken, fetten, salzigen Burger auf pappigen, industriell hergestellten Weißmehlbrötchen mit einer Scheibe klebrigem gelben Käse obendrauf. Ganz bestimmt aber wollen sie keine Belehrung über gesundes Essen.«

Abends schloss sich Grace in ihrem Zimmer ein und verfasste stundenlang Blog-Einträge, die sie aber nicht posten konnte. Wenn sie mit dem Schreiben und Bearbeiten der Texte fertig war, ging sie auf den Balkon im ersten Stock, von dem man auf den Hafen von Cortez blickte. Als Kind hatte sie diese Umgebung gehasst. Sie verabscheute den Gestank des Diesels aus den Bootsmotoren und das schrille Kreischen der in der Luft kreisenden Möwen, wenn die Krabbenkutter und Fischer mit ihrem Fang an die Anleger zurückkehrten. Sie hasste das schmierige Wasser, das gegen die Ufermauern platschte, und das ewige Ein und Aus von Gästen, Fischern und Stammkunden, für die die *Sandbox* ein zweites Zuhause war.

Am meisten aber verachtete Grace, wo sie wohnte. Die Jungs, mit denen sie zu Highschoolzeiten ausging, fanden es cool, dass sie direkt am Meer und dann noch über einer Kneipe lebte. Aber sie hatte nicht am Hafen aufwachsen wollen, sondern sich nach einem schlichten Haus im Grünen mit gepflegtem Rasen gesehnt. Und auch wenn sie ihre Eltern liebte, hatte sie sich einen Vater gewünscht, der im Büro arbeitete und eine Krawatte trug, und eine Mutter, die zu Hause war, sich mit anderen Frauen zum Bridgespielen traf und jeden Donnerstag zum Friseur ging.

Die einzigen Krawatten, die Butch Davenport

trug, waren schnurdünne Cowboybolos, die er mit seinen nicht auszurottenden grellbunten Hawaiihemden kombinierte. Rochelle wiederum schnitt sich selbst die Haare und wusste mit größter Sicherheit gar nicht, wie man Bridge spielte, vermutete Grace, auch wenn ihre Mutter in anderen Kartenspielen wie Binokel teuflisch gut war.

Aus unerfindlichen Gründen waren in diesem Moment der Anblick und die Geräusche des Hafens, das Wasser unter den verwitterten grauen Planken der Stege seltsam tröstlich. Wenn Grace nicht schlafen konnte, was oft geschah, schlich sie im Nachthemd nach draußen auf den Balkon, saß stundenlang da, die Knie an die Brust gezogen, und schaute auf das glitzernde schwarze Meer und die dunklen Umrisse der am Dock vertäuten Fischerboote hinab.

In dieser Position hatte Rochelle ihre Tochter auch am ersten Morgen nach Grace' Auszug gefunden, als sie um sieben Uhr aufstand und sich einen Kaffee kochen wollte. Sie ließ sich auf den Stuhl neben Grace sinken und reichte ihr wortlos einen dampfenden Becher. Grace nickte zum Dank und trank.

»Wird wieder heiß heute«, sagte Rochelle schließlich mit Blick auf den sich rosa färbenden Himmel.

»Heißer als die Hunde der Hölle«, rezitierte Grace den Lieblingsspruch ihres Vaters.

»Hast du ein bisschen geschlafen?«, erkundigte sich Rochelle.

»Ein bisschen«, log Grace.

»Ich habe Tabletten da, wenn du willst«, schlug ihre Mutter vor.

Überrascht sah Grace sie an. Die einzigen Tabletten, die sie ihre Mutter je hatte nehmen sehen, waren Aspirin.

»Guck nicht so«, sagte Rochelle. »Die hat mir der Arzt verschrieben, als dein Vater starb. Hab nur eine davon genommen und danach vierzehn Stunden am Stück geschlafen. Als ich endlich aufwachte, hatte ich fast einen ganzen Pekannusskuchen verdrückt, den jemand nach der Beerdigung vorbeigebracht hatte. Hab im Computer nachgesehen. So was gibt es wirklich. ›Essen im Schlaf‹ nennt sich das. Manometer, ich esse schon genug, wenn ich wach bin. Ich brauche keine Pille, mit der ich einen ganzen Kuchen esse, ohne dass ich mich dran erinnern kann.«

Grace musste grinsen.

»Hast du was vom Arschloch gehört?«, fragte Rochelle.

»Nicht ein Wort«, sagte Grace.

»Hast du genug Geld?«, wollte Rochelle wissen.

»Momentan noch«, log Grace.

Rochelle wusste, dass dies nicht stimmte, widersprach ihrer Tochter aber nicht. Stattdessen seufzte sie und warf Grace einen Seitenblick zu. »Ich glaube, du rufst mal besser deinen Onkel Dennis an.«

Als Grace keinen Zugang zu ihrem Blog bekam, hatte sie sich voller Widerwillen bei Ben gemeldet, musste aber eine Nachricht hinterlassen, da er nicht abnahm. Drei Tage später hatte Ben Grace' Telefonanruf immer noch nicht erwidert. Doch er war in der Zwischenzeit nicht untätig gewesen, ganz im Gegenteil. Er hatte die PINs für sämtliche gemeinsamen Giro- und Sparkonten geändert und ihre American-Express- und Visa-Karte sperren lassen. Und obwohl Grace höchstpersönlich in der Bank vorstellig geworden war, zweimal, und dem Zweigstellenleiter ihre Situation geschildert hatte, wollte keiner verstehen, dass der von ihr getrennt lebende Ehemann ihr den Zugang zu ihrem eigenen hart verdienten Geld verwehrte. Und als Grace ins Fitnessstudio ging, um ihren Frust in einem Zumba-Kurs abzubauen, empfing man sie mit der unerfreulichen Nachricht, dass die Mitgliedschaft aufgehoben worden war, da das Studio ihren monatlichen Beitrag nicht hatte vom Konto einziehen können.

»Ruf Dickie Murphree an«, riet Onkel Dennis, als Grace ihn schließlich ans Telefon bekam. »Ich war leider erst bei der zweiten Scheidung so schlau, ihn zu engagieren. Er ist der beste Scheidungsanwalt in der Stadt. Warst du nicht mit ihm auf der Highschool?«

»Dickie! Na klar!«, sagte Grace, und ihre trübe Laune hob sich ein klein wenig. »Das ist eine super Idee. Mit Dickie hatte ich mein erstes richtiges Date im Auto. Hab ihn schon seit ein paar Jahren nicht mehr gesehen.«

»Grüß ihn von mir, wenn du mit ihm sprichst«, sagte Onkel Dennis. »Und sag ihm, dass ich ihn hoffentlich niemals wiedersehe. Nichts für ungut.«

An den darauffolgenden Tagen versuchte Grace zweimal, in der Anwaltskanzlei von Murphree-Baggett-Hopkins anzurufen, und bat die Angestellte am Telefon, Dickie möge sie bitte in einer dringenden Angelegenheit zurückrufen.

»Er ist bei Gericht«, erklärte ihr die Empfangsdame.

»Ich weiß, aber ich bin eine alte Freundin«, erwiderte Grace und nannte der Frau ihren Mädchennamen. Es war Zeit, sich wieder umzugewöhnen, dachte sie verbittert.

Die Situation wurde immer schlimmer, und sosehr Grace auch eine weitere Konfrontation mit Ben scheute, sie musste mit ihm reden. Abgesehen vom Geschäftlichen, das geklärt werden musste, brauchte sie mehr Klamotten, ihre geliebten Bücher über Innenarchitektur, ihre Zeitschriften und das Weitwinkelobjektiv für die Kamera. Und Unterwäsche.

Schließlich beschloss sie, es mit einer List zu versuchen. Sie kleidete sich bewusst für ihr Vorhaben, oder besser so bewusst, wie es in Anbetracht der Tatsache möglich war, dass ihr übereilt gepackter Koffer nur drei verwaschene T-Shirts, zwei Yoga-Hosen, ihre Jogginghose und eine enge weiße Jeans enthielt, die ihr eigentlich schon seit zwei Jahren nicht mehr passte.

Doch die Jeans ließ sich nun problemlos schließen. Liebeskummer, dachte Grace trübselig, war doch die ultimative Diät.

Noch einmal versuchte sie Ben anzurufen, aber als sie direkt an die Mailbox weitergeleitet wurde, setzte sie sich entschlossen hinter das Lenkrad ihres Subaru und fuhr die zehn Meilen nach Siesta Key. Ihr war so schlecht vor Aufregung, dass sie nach einer Meile an die Seite fahren und in einen weißen Oleander spucken musste.

Dennoch gelang es ihr irgendwie, sich zurechtzulegen, was sie sagen wollte:

»Hallo, Ben! Ich weiß, dass du mir aus dem Weg gehst, wahrscheinlich bist du immer noch sauer, weil ich den Audi im Pool versenkt habe, aber weißt du was? Ich bin auch immer noch sauer, weil ich dich mit J'Aimee im Auto beim Pimpern erwischt habe. Sagen wir einfach, es steht 1:1. Lass uns also am besten überlegen, wie wir das alles mit Anstand und Sitte hinter uns bringen können.«

Das hielt sie für einen hervorragenden Anfang. Als Nächstes würde sie ihm dann mitteilen, dass er ihr auf der Stelle Zugang zu Konten und Kreditkarten und zu ihrem Blog gewähren musste.

»Dieses Unternehmen habe ich aufgebaut, Ben. Es heißt *Gracenotes*, verdammt nochmal! Mich davon abzuhalten, es weiterzuführen, ist dumm und kurzsichtig.«

Damit würde sie ihn kriegen, denn bei Ben ging es immer ums Geschäft. Da er den Kontakt zu den Werbekunden pflegte, hatte er sicherlich ein Interesse daran, dass sie zufrieden waren und die Einnahmen weiter flossen, oder? Er musste einfach Einsicht zeigen, wenn er genug Zeit gehabt hatte, mal nüchtern über alles nachzudenken.

Vor Grace tauchte der große smaragdgrüne Schutzwall auf, der die Siedlung von Gulf Vista umgab. Eine stattliche Reihe von Königspalmen, zu deren Füßen dichte Beete von Asparagus gepflanzt waren, säumte beide Straßenseiten, und eine klassisch geschwungene weiße Brücke führte über einen Kanal. Hundert Meter weiter sichtete Grace das Wachhäuschen. Plötzlich wurde sie von einer heftigen Panikattacke ergriffen, die sie derart aus dem Gleichgewicht warf, dass sie sich am Lenkrad festklammern musste, um nicht kehrtzumachen und in die andere Richtung zu flüchten.

Hör auf! Das ist eine rein geschäftliche Angelegenheit, schimpfte sie mit sich. *Gefühle sind da fehl am Platz. Sei stark!*

Sie hielt neben dem elektronischen Lesegerät, zog ihre Plastikkarte durch den Schlitz und wartete geduldig darauf, dass das schwere Eisentor zur Seite glitt.

Nichts. Das Tor bewegte sich keinen Millimeter. Grace wischte die Karte an ihrer Jeans ab, ein Trick, den sie oft angewandt hatte, wenn das zimperliche Lesegerät sich weigerte, Sesam-öffne-dich zu spielen.

Dreimal wiederholte sie den Vorgang, immer mit demselben Ergebnis. Obwohl sie die Klimaanlage des Subaru auf eine arktische Temperatur gestellt hatte, standen ihr Schweißtropfen auf der Stirn. Ihr Mund war trocken, die Hände, die die Plastikkarte hielten, waren feucht.

Der Fahrer eines schwarzen Lexus hinter ihr drückte ungeduldig auf die Hupe, aber Grace konnte ihm nicht Platz machen. Das Tor wollte sich partout nicht öffnen, und hinter dem Lexus warteten schon zwei weitere Wagen.

Wieder hupte der Fahrer. Den Tränen nahe ließ Grace die Fensterscheibe hinunter, um die Situation zu erklären. »Tut mir leid!«, rief sie und wedelte mit ihrer Karte. »Sie funktioniert nicht. Können Sie rückwärts fahren, damit ich hier rauskomme?«

Der Mann im Lexus, ein älterer Herr mit silbergrauem Haar, gestikulierte hektisch. Schließlich setzten alle drei Wagen zurück, so dass Grace die Einfahrt räumen konnte. Sie parkte am Straßenrand und begab sich zum Wachhäuschen mit den schwarzgefärbten Scheiben. Schon bevor sie das gefürchtete Ziel erreichte hatte, fühlte sie sich schwach und unterlegen.

Sie klopfte an die Fensterscheibe, bis endlich ein Wachmann in Uniform, ein Typ mittleren Alters mit einem grauen Armeestoppelschnitt, die Tür öffnete. Grace war dankbar für die kühle Woge klimatisierter Luft. Der Wachmann trat nach draußen, und Grace erkannte ihn sofort.

»Oh, hallo, Sheldon!« Sie schenkte ihm ein Lächeln. »Da bin ich aber froh, dass Sie Dienst haben.« Sie hielt ihm ihre Zugangskarte hin. »Ich bin Grace Stanton. Meine Karte funktioniert nicht. Können Sie die reparieren?«

Er runzelte die Stirn, nahm die Karte und drehte sie hin und her, um sie genauer zu untersuchen. »Sieht ganz normal aus.«

»Ich weiß, aber sie funktioniert nicht«, gab Grace zurück.

»Kleinen Moment«, sagte Sheldon und verschwand im Wachhäuschen. Ein Moskito summte vor Grace' Gesicht, sie wedelte ihn fort. Die Sonne brannte ihr so heiß auf den Kopf, dass sie meinte, schmelzen zu müssen.

Die Tür ging wieder auf, doch nur wenige Zentimeter weit. Das freundliche Lächeln des Wachmanns war verschwunden. Er sah sie ernst an. »Tut mir leid. Ich kann Ihnen nicht helfen.«

»Was?« Grace war verblüfft. »Warum nicht?«

»Es verbietet sich mir, darüber mit Ihnen zu reden«, gab Sheldon zurück und wollte die Tür wieder schließen, doch Grace hielt den Türknauf fest.

»Moment mal«, sagte sie. Sie spürte, wie ihr Gesicht immer roter wurde. »Was ist hier los? Warum können Sie meine Karte nicht reparieren?«

Er sah sich um, wollte sicherstellen, dass er nicht belauscht wurde – aber wer sollte ihn schon belauschen?

»Ich kann Ihnen nicht helfen, weil Ihre Karte ungültig ist.«

»Das ist doch wohl ein Witz!«, rief Grace. »Ist das wegen meiner … Eheprobleme? Hat mein Mann hier angerufen und Ihnen gesagt, Sie dürften mich nicht reinlassen? Dazu hat er kein Recht! Ich wohne hier. Sand Dollar Lane 27.«

»Ich habe die Vorschriften nicht gemacht, Ma'am«, gab Sheldon zurück. »Ich weiß nur, dass Sie laut Computer nicht mehr als Bewohner von Gulf Vista aufgelistet werden.«

»Das kann er nicht machen«, stieß Grace durch zusammengebissene Zähne hervor. »Bitte! Hören Sie, ich will hier keine Szene machen …«

»Dann lassen Sie's auch sein«, sagte Sheldon. Er wies auf sein Walkie-Talkie. »Mein Vorgesetzter lässt Ihnen ausrichten, dass Sie sich an einen Anwalt wenden sollten, wenn Sie ein Problem mit der

Karte haben. Solange uns kein offizielles Dokument vorliegt, darf ich Sie nicht reinlassen.« Er schob die Hand nach draußen und löste Grace' Finger vorsichtig vom Türknauf. »Tut mir leid.«

Hinter ihnen ertönte eine helle Hupe. Ein weißer Lincoln blieb neben Grace stehen, die Fensterscheibe auf der Beifahrerseite glitt hinunter. Anita McKenna, eine ältere Frau, die Grace aus dem Country Club kannte, lächelte sie freundlich an. »Hi! Sie sind Grace, richtig? Haben Sie Probleme mit dem Wagen? Kann ich Ihnen irgendwie helfen?«

»Hallo, Anita«, sagte Grace erfreut und trat auf das weiße Auto zu. »Ehrlich gesagt, gibt es hier ein kleines …«

Jemand klopfte ihr auf die Schulter. Grace sah sich um und sah Sheldon hinter sich stehen. »Mrs. Stanton? Mein Vorgesetzter wünscht, dass Sie das Grundstück auf der Stelle verlassen.« Er deutete auf sein Walkie-Talkie.

Grace spürte, wie sich ihr Rücken versteifte. »Ich wollte nur …«

Anita McKenna schaute von Sheldon zu Grace. »Oh«, machte sie. »Du liebe Güte! Das war mir nicht klar.« Die Scheibe fuhr wieder hoch, und der Lincoln brauste durch das Tor.

Auf dem Rückweg nach Cortez rief Grace nochmals in Dickie Murphrees Büro an. Schließlich erlaubte ihr die Empfangsdame, ihm eine Nachricht auf die Mailbox zu sprechen.

»Hallo, Dickie!« Grace kämpfte mit den Tränen. »Hier ist Grace Davenport. Ich habe schon zigmal versucht, dich zu erreichen. Ich muss wirklich dringend mit dir sprechen. Ich habe Ben verlassen, was du vielleicht in den Nachrichten gehört hast. Jetzt hat er all unsere Konten eingefroren und meine Kreditkarten gesperrt – er hat es sogar geschafft, dafür zu sorgen, dass ich nicht mehr in unser Haus kann, um Klamotten und andere Sachen zu holen. Bitte, Dickie, ruf mich an!«

Grace hielt auf dem Muschelsplitt neben der *Sandbox*, als ihr Handy klingelte. Sie sah die Nummer von Murphree-Baggett-Hopkins.

»Ja?«

»Hi, Gracie«, sagte Dickie. »Ich hab gerade deine Nachricht gesehen. Tut mir leid, dass ich mich erst so spät zurückmelde. Ich bin diese Woche vor Gericht, und der verfluchte Richter hat uns erst jetzt zur Mittagspause rausgelassen. Wie geht's deinem Onkel Dennis?«

»Dem geht's gut«, erwiderte sie. »Er lässt dich grüßen. Hör mal, Dickie, du hast ja meine Nachricht gehört und weißt, dass ich großen Ärger habe. Können wir uns treffen?«

»Aaalso«, zögerte Dickie. »Ich glaube, das ist keine gute Idee.«

»Warum nicht?«, fragte Grace verdattert. »Onkel Dennis hat dich empfohlen, weil du der beste Scheidungsanwalt der Stadt seist.«

»Supertyp, dein Onkel.« Dickie schmunzelte. »Reitet sich immer wieder in den Mist, nicht?«

»Warum willst du nicht, dass ich dich besuche?«

»Ach, Grace«, stöhnte Dickie. »Du weißt doch, dass ich enorm viel von dir halte, oder? Und wir hatten Riesenspaß zusammen, damals auf der Highschool. Um ehrlich zu sein, du hast mir das Herz gebrochen, als du mich damals in der Zehnten für diesen Basketballer sitzengelassen hast. Wie hieß der noch mal? Hat später am College gespielt, oder? Hat echt Jahre gedauert, bis ich über dich hinweg war.«

»Das ist lieb von dir, Dickie«, sagte Grace ungeduldig. »Der Typ hieß Calvin Becker. Aber könnten wir jetzt vielleicht zum Aktuellen kommen? Da wäre meine Scheidung.«

»Tja, eigentlich gern, aber wir sollten uns lieber nicht unterhalten, Grace«, erwiderte Dickie. »Eigentlich darf ich überhaupt nicht mir dir sprechen, aber ich dachte, ich bin dir eine Erklärung schuldig.«

»Erklärung für was?«

»Dass ich dich nicht vertreten kann. Weil ich bereits Ben vertrete.«

Grace legte das Handy in den Schoß. Sie schloss die Augen und lehnte die Stirn erschöpft gegen das Lenkrad.

»Grace?« Dickies Stimme klang schwach aus dem Apparat. »Grace? Bist du noch da?«

Sie drückte auf die rote Taste.

5

»Ich nehme an, es lief nicht besonders gut mit dem Arschloch?« Rochelle schenkte ein großes Glas Eistee ein und schob es ihrer Tochter über die Theke zu. »Trink das. Ist mit Zucker. Du hast schon so viel abgenommen, dass ich es langsam mit der Angst bekomme.«

Grace trank einen Schluck Tee und lutschte an einem Eiswürfel. »Ich habe Ben gar nicht gesehen. Bin nicht mal durchs Tor gekommen. Er hat meine Zugangskarte sperren lassen.«

»Dieser Dreckskerl«, sagte Rochelle und schenkte sich selbst einen Eistee ein. Die geschäftige Mittagszeit war vorüber, und es saßen nur noch zwei Gäste alleine an der Theke. Einer sah sich das Spiel der Rays im Fernsehen an, der andere war mit seinem Smartphone beschäftigt.

»Hat Onkel Dennis' Anwalt wenigstens zurückgerufen?«, fragte Rochelle.

Grace rührte mit dem Strohhalm in ihrem Tee.

»Dickie Murphree? Ja, der hat angerufen. Aber ich kann ihn nicht engagieren.«

»Warum nicht? Weil ihr vor Jahren mal was miteinander hattet?«

»Ben war schneller als ich.« Grace schaute ihrer Mutter in die Augen. »Der beste Scheidungsanwalt der Stadt wurde bereits von Ben engagiert. Scheiße, Mom, ich bin geliefert.«

»Quatsch, bist du nicht«, sagte Rochelle. »Die Gelben Seiten sind voll von Scheidungsanwälten. In dieser Stadt kann man doch keine drei Meter weit laufen, ohne einen Anwalt zu treffen. Wir müssen bloß den richtigen für dich finden.« Sie trommelte mit den Fingern auf die zerkratzte Holztheke. Dann verschwand sie in der Küche.

Als sie zurückkam, reichte sie ihrer Tochter eine abgegriffene Visitenkarte.

»Mitzi Stilwell, Rechtsanwältin«, las Grace und hob eine Augenbraue. »Wer ist das?«

»Eine Anwältin, die ich kenne«, erwiderte Rochelle. »Ruf sie einfach an.«

Mitzi Stilwell verlor keine Zeit mit Höflichkeitsfloskeln. Seit über zwölf Jahren beschäftigte sie sich mit Familienrecht und war zu der Überzeugung gekommen, dass ihre Mandanten Aufrichtigkeit nötiger hätten als Augenwischerei.

Geduldig hörte sie zu, während Grace ausführlich

schilderte, wie sie in die gegenwärtige Krise geraten war. Hin und wieder nickte die Anwältin und schrieb einige Stichworte in einen gelben Block.

»So«, sagte Grace, als sie fertig war. »Was meinen Sie? Können Sie mir helfen?«

Mitzi klopfte mit dem Stift auf den Block. »*Sie* haben das Haus verlassen – obwohl Ihr Mann derjenige war, der Sie betrogen hat?«

»Ja.«

Mitzi legte den Kopf schräg, und eine graumelierte Haarsträhne fiel ihr in die Augen. Sie war inzwischen Anfang fünfzig, aber als ihre Haare vor über zwanzig Jahren grau geworden waren, hatte sie beschlossen, sie nicht zu färben, damit sie älter und erfahrener wirkte. Privat bevorzugte Mitzi bunte Farben und körperbetonte Kleidung, die ihre hart erarbeitete Figur betonte. Vor Gericht wählte Mitzi hingegen fast ausschließlich teure maßgeschneiderte Kostüme in neutralen Farben, die gerade so weiblich wirkten, dass ihre Mandanten – und die Geschworenen – wussten, dass sie es mit einer Frau zu tun hatten.

»Wissen Sie, Grace, eigentlich läuft es andersrum. Sie hätten ihn aus dem Haus werfen müssen.«

»Tut mir leid«, antwortete Grace. »Das war alles neu für mich. Ich bin überhaupt nicht auf die Idee gekommen, ihn zum Gehen aufzufordern. Nachdem ich sein Auto im Pool versenkt hatte, hatte ich schließlich meinen Standpunkt klargemacht.«

Mitzi lachte.

»Ich habe im Lauf der Jahre schon Hunderte von Scheidungskandidaten vertreten, aber Sie sind die erste Mandantin, die in ihrer Trauer und Wut einen Wagen versenkt hat.« Sie erhob sich leicht und verbeugte sich vor Grace. »Starke Aktion! Wenn auch nicht gerade klug.«

Sie setzte sich wieder und betrachtete ihre Notizen. »Wie sieht es finanziell aus?«

»Ehrlich gesagt, ich bin pleite. Ben hat unsere Konten eingefroren und meine Kreditkarten sperren lassen. Ich musste meine Mutter um Geld zum Tanken anschnorren, damit ich heute überhaupt zu Ihnen fahren konnte.«

Die Anwältin nickte. »Alles nicht ungewöhnlich. Wir müssen das Gericht überzeugen, dass Ihr Mann sich mit Ihnen finanziell einigen muss.«

Sie kritzelte etwas auf ihren Block und überlegte, ob ihre Mandantin eine weitere unangenehme Mitteilung verkraftete. Nur ungern belastete die Anwältin Grace Stanton, deren Leben eine hässliche Wendung genommen hatte.

Grace begriff, dass der mitleidvolle Blick ihrer Anwältin nichts Gutes bedeuten konnte.

»Was ist?«, fragte sie und schob sich eine Locke hinters Ohr. »Sie gucken so komisch.«

»Wie denn?«, fragte Mitzi.

»So wie ein Arzt den Patienten anguckt, bevor er

ihm sagt, dass er unheilbar krank ist. So wie mein Professor am College geguckt hat, bevor er mir verkündete, ich hätte nur eine Vier in Statistik. So wie Ben mich angeguckt hat, kurz bevor er zugab, dass die Nacht mit J'Aimee nicht die einzige gewesen ist. Los, Mitzi, raus mit der Sprache!«

Die Anwältin seufzte. »Ihr Fall wurde an einen Richter übergeben, und wir haben ein Datum für die erste Anhörung.«

»Aber das ist doch gut, oder? Je früher das alles geregelt wird, desto schneller bekomme ich mein Leben wieder in den Griff.«

»Das könnte tatsächlich eine gute Nachricht sein«, gab Mitzi zu. »Sieht man davon ab, dass Sie leider Stackpole erwischt haben.«

»Wer ist das? Ein alter Saufkumpan von Ben?«

»Schön wär's«, sagte Mitzi. »Könnten wir beweisen, dass er irgendwas mit Ihrem Ex zu tun hat, wäre das ein Grund, um den Richter abzulehnen. Aber ich bezweifle, dass Ben jemals Bekanntschaft mit Cedric Stackpole gemacht hat.«

»Warum ist dieser Stackpole dann so schlimm?«

»Weil«, setzte Mitzi an, »weil Cedric N. Stackpole Jr. der inoffizielle Vorsitzende des Frauenhasserclubs ist.«

»Warum das denn?«

»Weiß keiner. Stackpole hasst Frauen generell, und Klägerinnen ganz besonders.«

»Aber er ist Richter. Er muss doch neutral sein, oder?«

»Sollte er eigentlich«, gab Mitzi zu. »Nur ist das bei Stackpole nie angekommen. Er ist ein berüchtigter Frauenfeind. Bisher hatte ich das Glück, erst einmal bei einer Scheidung mit ihm zu tun zu haben.«

»Und wie ging das Ganze aus?«

Mitzis Blick schweifte zu den gerahmten Diplomen an der Wand gegenüber ihrem Schreibtisch. »Fragen Sie besser nicht! Meine Mandantin wurde so was von über den Tisch gezogen. Ihr Mann hatte sie mit den beiden kleinen Kindern sitzenlassen, buchstäblich ohne einen Penny, während er die Puppen tanzen ließ und das gesamte gemeinsame Vermögen in eine Scheinfirma steckte. Wir hatten eindeutige Beweise dafür, dass er Gelder unterschlagen hatte, aber Stackpole weigerte sich, uns auch nur anzuhören. Meine Mandantin musste sich einen Job suchen, um sich und die Kinder über Wasser zu halten. Irgendwann lernte sie einen anständigen Mann kennen, der bei ihr einzog, bevor das Scheidungsurteil gesprochen war. Stackpole war daraufhin der Meinung, sie sei als Mutter untauglich. Er sprach das Sorgerecht dem Ex zu und zwang die Frau, aus dem Haus auszuziehen und den Verkaufserlös mit dem Ex zu teilen – der bereits mehrfacher Millionär war.«

Bei der Erinnerung an den Fall schüttelte es Mitzi. »Dabei wollte der Ex die Kinder gar nicht. Er wollte bloß keinen Unterhalt für sie zahlen. Das war so mies.«

»Wie kann ein Richter mit solchen Urteilen davonkommen?«, fragte Grace entsetzt. »Kann man den nicht anzeigen oder so?«

»So läuft das leider nicht«, erwiderte Mitzi. »Wir müssen einfach das Beste hoffen. Wir werden ihm die Fakten darlegen; *Gracenotes* ist Ihre Firma, trägt Ihren Namen, und die Beiträge werden allein von Ihnen getextet und fotografiert. Wenn Ben Ihnen den Zugang zu Ihrer eigenen Website verweigert, raubt er letztlich Ihren Namen, und der ist ja wohl urheberrechtlich geschützt, oder?«

Grace schüttelte den Kopf. »Ich *wollte* ihn schützen lassen, aber bin einfach noch nicht dazu gekommen. Ich dachte, Ben würde sich darum kümmern.«

»Das ist nicht gut.« Mitzi machte sich erneut eine Notiz. »Okay. Die gute Nachricht ist, dass wir zumindest wissen, womit wir es zu tun haben.«

»Wenn das eine gute Nachricht ist, dann möchte ich die schlechte erst gar nicht hören«, sagte Grace. Sie sammelte ihre Unterlagen ein und fuhr nach Hause, um sich zu überlegen, wie sie weiter verfahren wollte.

6

Sie waren früh dran. Der Gerichtssaal war zur Hälfte besetzt, es lief noch eine andere Verhandlung. Mitzi Stilwell führte Grace den rechten Gang hoch und wies auf einen Stuhl im vorderen Drittel des Raums.

Grace musterte den Richter, der aufrecht auf dem Stuhl mit der hohen Rückenlehne saß und aufmerksam lauschte. Er schien Ende vierzig zu sein, hatte schütteres rotblondes Haar, das er streng aus der hohen Stirn nach hinten gekämmt hatte. Er trug eine Nickelbrille und hatte ein langes, schmales, sehr ernstes Gesicht. »Ist das unser Richter?«

»Das ist Stackpole, wie er leibt und lebt«, sagte Mitzi.

»Ich hatte ihn mir älter vorgestellt.«

»An der juristischen Fakultät war er zwei Jahrgänge unter mir«, erklärte die Anwältin. »Und er war schon damals eine Nervensäge, allerdings eher in politischen Belangen. Mit vierzig wurde er zum Richter ernannt.«

Eine junge farbige Gerichtsdienerin in Uniform mit platinblond gefärbten, in Wellen gelegten Haaren stand am Seiteneingang des Gerichtssaals und fing Mitzis Blick auf. Kaum wahrnehmbar schüttelte sie den Kopf.

»Wir müssen den Mund halten«, murmelte Mitzi. »Sonst lässt er uns von der Gerichtsdienerin rausschmeißen.«

Ein Anwalt erhob sich von einem Stuhl auf der linken Seite des Raumes und sprach ins Mikrophon: »Euer Ehren, wir möchten dem Gericht gerne dieses Video vorführen, das die Art und Weise zeigt, wie meine Mandantin von ihrem Mann terrorisiert wird.«

Grace konnte nur den kahlen Hinterkopf und den schicken dunklen Anzug, nicht aber das Gesicht des Anwalts sehen.

Eine ältere Frau am Tisch gegenüber erhob sich. »Euer Ehren, da wir das Video noch nicht gesehen haben, darf es als Beweismittel nicht zugelassen werden.«

Der Richter lächelte sie freudlos an. »Wir sehen es uns jetzt alle gemeinsam an, was meinen Sie, Ms. Entwhistle?«

»Mein Mandant wurde von Mrs. Keelers Freund absichtlich in eine Falle gelockt. Seit Monaten verletzen Mrs. Keeler und Luke Grigsby die Abmachungen der Sorgerechtsvereinbarung, indem sie Bo entweder zu spät oder überhaupt nicht zu den Treffen mit seinem Vater abliefern, auf die mein Mandant das Recht hat.«

»Nun, Ms. Entwhistle, mir ist nicht bekannt, dass Sie das Gericht darüber informiert hätten«, erwiderte Stackpole ausdruckslos.

»Nein, Sir«, gab Ms. Entwhistle zurück. »Mein Mandant hat dem Kind zuliebe versucht, das Ganze freundschaftlich zu lösen. An dem Tag, als das Video aufgenommen wurde, sollte Bo vorm Mittagessen zu seinem Vater gebracht werden. Mrs. Keeler war bekannt, dass Bo um vier Uhr nachmittags ein Baseballspiel hatte. Mein Mandant schickte ihr sogar eine Textnachricht, in der er sie daran erinnerte. Aber das Kind tauchte nicht zum verabredeten Zeitpunkt auf. Mrs. Keeler informierte meinen Mandanten auch nicht über Bos Aufenthaltsort, sondern setzte ihn eine halbe Stunde nach Beginn des Spiels ohne Trikot und Ausrüstung am Stadion ab. Das Kind war in Tränen aufgelöst, weil es glaubte, seine Mannschaft im Stich gelassen zu haben.«

Der Anwalt der Gegenpartei erhob sich. »Euer Ehren, wenn Sie sich das Video genau anschauen, werden Sie sehen, dass Bo – falls es wirklich Tränen gab, was meine Mandantin bestreitet – wahrscheinlich nur Angst hatte, dass Wyatt Keeler, der zufälligerweise auch sein Trainer und ein sehr launischer Mensch ist, böse auf ihn sein würde.«

Der Mann, der neben der Anwältin am Tisch gesessen hatte, sprang auf. Er trug kein Jackett, sondern ein blassgelbes Hemd mit langen Ärmeln und eine blaue Krawatte. Er musste Ende dreißig, Anfang vierzig sein. Sein glattrasierter Schädel war stark gebräunt und glänzte im Licht der Deckenlampen. »Das stimmt nicht«, rief Wyatt Keeler, und seine Stimme überschlug sich vor Zorn. »Mein Sohn hatte noch nie Angst vor mir! Er hat geweint, weil es ein wichtiges Spiel war und Callie und Luke keine Lust hatten, ihn rechtzeitig zu bringen.«

»Es reicht, Mr. Keeler«, fuhr der Richter ihn an. »Noch einen Ton, und ich lasse Sie aus dem Saal entfernen.« Kurz schloss er die Augen und rieb sich über den Nasenrücken. »Gut«, sagte er dann und gab der jungen Gerichtsdienerin ein Zeichen, die schon Grace und Mitzi zum Schweigen gebracht hatte. »Wir sind spät dran. Ich will jetzt sofort das Video sehen.«

In null Komma nichts waren Projektor und Leinwand aufgebaut und die Deckenleuchten heruntergedimmt. Das Video war offensichtlich mit einem Handy aufgenommen worden, denn das Bild war grobkörnig und die Bewegungen abgehackt.

Grace und die anderen Zuschauer im Gerichtssaal sahen, wie Wyatt Keeler in einem türkisfarbenen T-Shirt mit dem Aufdruck der MARASOTA MAULERS auf die Kamera zustürmte. Seine Augen waren zusammengekniffen, das Kinn wütend vorgeschoben und die Fäuste geballt.

»Mit dir bin ich noch lange nicht fertig!«, schrie er.

Jetzt sah man einen zweiten Mann mit dunklem, zurückgegeltem Haar, der eine Khakihose und ein rotes Poloshirt trug und auf die Kamera zueilte. Er hatte eine dunkle Sonnenbrille auf. *»Pass auf, dass du alles drauf hast, Callie!«*, rief er mit Blick über die Schulter. Eine Frauenstimme sagte: *»Hab ich.«*

Wyatt Keeler stürzte sich auf den dunkelhaarigen Mann, packte ihn von hinten an den Schultern und drehte ihn zu sich. Es sah aus, als würde er etwas sagen, aber die Stimmen waren zu dumpf, um sie zu verstehen.

Man hörte die Frau rufen: *»Hände weg von ihm, Wyatt!«*

Der Sonnenbrillentyp befreite sich aus Wyatt Keelers Griff und rannte davon, Keeler folgte ihm im Laufschritt.

»Hau ab, Wyatt!«, rief die Frauenstimme. *»Wenn du Luke noch einmal anfasst, rufe ich die Bullen! Das ist mein Ernst!«*

Erschrocken blickte Wyatt Keeler direkt in die Kamera. Er verlangsamte seinen Lauf, sein Gesichtsausdruck wurde etwas weicher. Die Kamera zog sich ein wenig zurück, zeigte einen strahlend weißen Sportwagen im Vordergrund.

»Hör auf damit, Callie«, flehte Keeler. *»Bo braucht*

mich. Du kannst ihn mir nicht einfach so wegnehmen. Das lasse ich nicht zu. Dies ist sein Zuhause.«

»Nicht mehr lange«, höhnte Luke Grigsby, der nun fast auf Höhe der Fahrertür des Sportwagens angekommen war. *»Das soll ein Zuhause sein, ein Trailer? Da hat das Kind ja nicht mal sein eigenes Zimmer! Er kommt mit uns nach Birmingham, und damit basta!«*

»Fick dich, Luke!« Wyatt Keeler kam wieder näher, sein Gesichtsausdruck wirkte bedrohlich.

»Steig ein, Callie!«, rief Luke. *»Komm, bevor dieser Verrückte noch jemanden verletzt!«*

Luke öffnete die Fahrertür und rutschte hinters Lenkrad. Die Kamera bewegte sich, das Bild wurde holprig und verschwommen. Grace sah gebannt hin. Grigsbys Kopf tauchte nun im Fenster auf. *»See you later, alligator«*, sagte er grinsend, bevor er die Autotür zuschlug.

Wyatt Keeler stürzte sich auf den Wagen. *»Zur Hölle mit dir!«*, schrie er und schlug mit der Faust gegen die Scheibe.

»Hör auf, Wyatt!«, kreischte die Frau. Der schrille Schrei durchschnitt den Gerichtssaal. Das Video blieb stehen, kurz darauf wurde das Licht im Saal wieder angeknipst.

Entsetzt starrte Grace auf die jetzt weiße Leinwand.

»Ms. Entwhistle?« Das Gesicht von Richter Stackpole war völlig ausdruckslos. »Ich verstehe, warum Sie nicht wollten, dass das Video vor Gericht gezeigt wird.« Er wandte sich an Wyatt Keeler. »Sie, Sir, können von Glück sagen, dass dieser gute Herr Sie nicht wegen tätlichen Angriffs angezeigt hat. Ehrlich gesagt, bei dem, was ich gerade gesehen habe, dreht sich mir der Magen um.«

Wyatt Keeler senkte den Kopf und schlug die Hände vors Gesicht.

Der Anwalt seiner Frau erkannte seine Chance. »Euer Ehren, wie Sie sehen können, ist Wyatt Keeler als Vater völlig ungeeignet, er ist ein schlechtes Vorbild. Wir werden das Gericht bitten, dem Antrag meiner Mandantin stattzugeben, so dass sie, wie geplant, mit ihrem Verlobten Mr. Grigsby nach Alabama ziehen darf. Und natürlich möchten wir die bisherige Sorgerechtsvereinbarung abgeändert wissen. Mrs. Keeler wäre bereit, dem Vater einmal pro Monat ein Besuchswochenende in Anwesenheit einer dritten Person zu gestatten; sie wäre auch bereit, über eine abwechselnde Ferienregelung und eventuelle Sommerurlaube von bis zu einer Woche zu sprechen. Die ebenfalls von einem Außenstehenden neutral überwacht werden müssten.«

Wyatt Keeler hob den Kopf. »Ein Wochenende im Monat? Wir sprechen hier von meinem Sohn!«

»Ruhe, Mr. Keeler!«, dröhnte Stackpole.

Betsy Entwhistle stand auf und legte ihrem Mandanten warnend die Hand auf die Schulter. »Ich entschuldige mich für den Gefühlsausbruch meines Mandanten. Es wird nicht wieder vorkommen. Ich möchte betonen, dass er nicht stolz auf sein Verhalten an jenem Tag ist. Aber, Euer Ehren, Sie müssen doch selbst zu der Schlussfolgerung gekommen sein, dass dieses Video von Mrs. Keeler und Mr. Grigsby regelrecht provoziert wurde. Es wäre daher angebracht darauf zu achten, was man nicht sieht. Das Video zeigt zum Beispiel nicht, dass Mr. Grigsby meinem Mandanten vorsätzlich einen Köder hinwirft …«

»Ich habe alles gesehen, was ich sehen muss«, unterbrach Stackpole die Anwältin und machte eine wegwerfende Handbewegung. »Mr. Keeler?«

Betsy Entwhistle nickte kurz, und ihr Mandant erhob sich.

Stackpoles Blick bohrte sich in den unglücklichen Wyatt Keeler. »Ungeachtet dessen, was dieses Video gezeigt oder nicht gezeigt hat, finde ich das dort dokumentierte Verhalten höchst alarmierend, wenn nicht sogar kriminell.« Er schaute zum Anwalt der Gegenseite hinüber. »Wann planen Mrs. Keeler und Mr. Grigsby nach Birmingham zu ziehen?«

Nach kurzer Beratung im Flüsterton räusperte sich der Anwalt. »Anfang August, Euer Ehren. Mr. Grigsby wird allerdings schon in Kürze umziehen. Mrs. Keeler braucht noch ein wenig mehr Zeit, um vor Ort einige Dinge zu erledigen. Aber wir möchten Sie bitten, die Sorgerechtsvereinbarung unverzüglich zu ändern.«

Stackpole dachte nach. »Ich sehe keinen Anlass zur Eile. Ich werde mir diesen Fall durch den Kopf gehen lassen. Ich konnte bereits zu einem Standpunkt kommen und werde eine Entscheidung wahrscheinlich noch heute vor Geschäftsschluss bekanntgeben.« Böse funkelte er Wyatt Keeler an. »Und Sie, Sir, halten sich bitte von Mr. Grigsby fern. Wenn das Gericht erfährt, dass Sie auch nur ansatzweise aggressiv geworden sind, werde ich ein einstweiliges Kontaktverbot gegen Sie erlassen. Ist das klar?«

»Verstanden«, sagte Betsy Entwhistle.

»Verstanden«, echote ihr Mandant.

Stackpoles Augen streiften Callie Keeler, die ein hochgeschlossenes blassblaues Kleid mit langen Ärmeln trug. »Mrs. Keeler, wenn es noch weitere derartige Vorfälle gibt, dürfen Sie das gerne dem Gericht mitteilen.«

»Oh, das werde ich, Euer Ehren«, sagte Callie mit trotziger Stimme. »Das können Sie mir glauben.«

Stackpole gab der Gerichtsdienerin ein Zeichen. »Zehn Minuten Pause. Dann verhandele ich den nächsten Fall.«

Mitzi berührte Grace' Arm. »Gehen wir schnell noch mal zur Toilette, bevor wir aufgerufen werden.«

Grace folgte ihrer Anwältin durch einen langen schmalen Gang, der aus dem Gerichtssaal führte.

Unterwegs entdeckte Grace Wyatt Keeler. Er saß auf einer Holzbank und war in ein Gespräch mit seiner Anwältin vertieft. Er war stark gebräunt, und aus dem Augenwinkel konnte Grace erkennen, dass sein Oberhemd schlecht saß. Der Kragen war zu groß, die Ärmel zu lang. Offenbar hatte er es gerade erst ausgepackt, denn die Fabrikfaltung war noch zu sehen.

Die Anwältin schaute auf, als Mitzi und Grace vorbeigingen. »Hey, Betsy«, murmelte Mitzi und nickte der Kollegin zu. »Sieht aus, als wäre Stackpole wieder mal in Höchstform.«

Betsy Entwhistle verdrehte die Augen. Ihr Mandant blickte auf die beiden Frauen und errötete. Dann senkte er den Blick. Grace fiel auf, dass er einen dicken Verband um die rechte Hand trug.

»Ja, er ist ein richtiges Schätzchen heute«, gab Betsy zurück. »Ich hab dich im Gerichtssaal gesehen. Stehst du heute auch noch auf seiner Tagesordnung?«

»Leider«, sagte Mitzi und wies auf Grace. »Das ist meine Mandantin Grace Stanton.«

»Und dies ist mein Neffe Wyatt Keeler«, sagte Betsy.

Wyatt lächelte sie feierlich an, so dass sich Grübchen in den Pausbacken bildeten. Seine Augen waren von einem dunklen Schokoladenbraun und von schweren schwarzen Wimpern umrahmt. Selbst wenn er saß, konnte man sehen, dass er einen schlanken, durchtrainierten Körper hatte und viel Zeit im Freien verbrachte. »Ich hoffe, Ihnen ergeht es mit dem Typen besser als mir«, sagte er leise.

Aus der Nähe, fand Grace, sah er nicht wie der aggressive Schläger aus, den das Video seiner Frau gezeigt hatte. Vielmehr wirkte er traurig. So, als hätte er bereits kapituliert.

»Ich habe gerade zu Wyatt gesagt, er könne sich glücklich schätzen, dass Stackpole nicht angeordnet hat, ihn direkt kastrieren zu lassen«, witzelte Betsy.

»Er wirkte heute tatsächlich aufgebracht«, stimmte Mitzi ihrer Kollegin zu. »Normalerweise ist er ja immer auf der Seite der Männer.«

»Der verfluchte Film war nicht gerade hilfreich«, sagte Betsy unverblümt.

Mitzi schaute auf die Uhr. »Ups, so spät schon. Tut mir leid, aber wir müssen noch schnell einen Boxenstopp einlegen, bevor der Richter die Verhandlung aufnimmt.«

»Viel Glück da drinnen«, sagte Wyatt.

Sie huschten auf ihre Plätze vorne im Saal, als die Gerichtsdienerin gerade die Türen schließen wollte.

Mitzi Stilwell warf Grace einen Seitenblick zu. »Alles in Ordnung?«

Grace nickte. »Den Umständen entsprechend.« Sie drehte sich leicht zur Seite und schaute sich im

Gerichtssaal um. Von Ben oder seinem Anwalt war nichts zu sehen. Grace wusste nicht, ob sie sich darüber freuen oder aufregen sollte.

»Wie läuft das jetzt ab?«, fragte sie ihre Anwältin.

»Es müsste ziemlich schnell über die Bühne gehen«, erklärte Mitzi. »Wir haben den Richter gebeten, Ben zu einer Einigung bezüglich einer finanziellen Vereinbarung zu verdonnern, der er sich bis jetzt widersetzt hat. Wir haben eine Menge Dokumente vorgelegt, die beweisen, dass es sich um Ihre Firma handelt und er Sie in eine unzumutbare Lage gebracht hat. Selbst Stackpole sollte einsehen, dass Sie es sind, die bei *Gracenotes* das Geld macht.«

»Und dann?«

»Dann müssen wir uns überlegen, wie das Ehevermögen aufgeteilt werden soll, und Sie von Stackpole für geschieden erklären lassen.«

»Bei Ihnen klingt das so einfach.«

Mitzi zuckte die Achseln. »Ist es aber nicht. Der Gesetzgeber will es Paaren nicht zu einfach machen, sich scheiden zu lassen. Aber wenn Stackpole Ben zwingt, sich an die Vorgaben zu halten und die Güter aufzuteilen, sollte es nicht allzu kompliziert sein.«

Grace hörte Schritte im Mittelgang des Gerichtssaals, drehte sich vorsichtig um und wandte sich schnell wieder Mitzi zu. »Er ist da! O Gott. Ich glaube, ich bekomme keine Luft mehr!«

Seit der Nacht, als Bens Audi im Pool gelandet

war, hatte sie ihren Mann nicht mehr gesehen. Er schritt an ihr vorbei, den Blick nach vorn gerichtet, und setzte sich an einen Tisch rechts von Grace. Ben trug einen konservativen dunkelgrauen Anzug, ein makelloses weißes Businesshemd und eine violette Seidenkrawatte. Sein glänzendes Haar sah frisch geschnitten aus, die schwarzen Gucci-Slipper glänzten. Er hatte eine Aktentasche dabei, die Grace seit Jahren nicht mehr gesehen hatte. Ben gab sich geschäftig, ließ die Tasche aufschnappen und ging seine Akten durch.

Etwas in Grace' Brust zog sich zusammen. »Immer schön weiteratmen«, wies Mitzi sie leise an. »Ein und aus. Sie schaffen das, Grace. Lassen Sie sich von dem Schweinehund nicht durcheinanderbringen.«

»Aber ich *bin* durcheinander«, erwiderte Grace und lief rot an. In dem Moment legte ihr jemand eine Hand auf die Schulter. Grace schaute auf.

Dickie Murphree lächelte sie an. »Gracie«, sagte er und ließ seine Hand etwas länger ruhen. »Schön, dich zu sehen.«

Dickie hatte sich eigentlich kaum verändert seit ihrer letzten Begegnung in einem teuren Restaurant am St. Armand's Circle, kurz nachdem Grace mit Ben zurück in die Stadt gezogen war. War das schon drei Jahre her? Dickies schütteres braunes Haar war im Nacken ein wenig zu lang, er trug einen Schnäuzer und hatte dasselbe Lausbubengrinsen, mit dem er sich schon erfolgreich durch die Highschool geschummelt hatte.

»Sei mir nicht böse, Grace, okay? So was passiert halt. Du kommst drüber hinweg, das wird schon wieder, stimmt's?«

Sei mir nicht böse? Grace fiel die Kinnlade runter. Mit Dickies Hilfe war es Ben gelungen, sie völlig zu ruinieren. In diesem Moment trug sie die schicksten Sachen, die sie noch besaß: ein abgelegtes Paar Sandalen von ihrer Mutter und ein schlechtsitzendes Rayonkleid, das sie für 3,60 Dollar in einem Secondhandladen unweit des Krankenhauses gekauft hatte. So was passiert halt! Vor gar nicht langer Zeit hätte Grace dieses Kleid als Putzlumpen benutzt. Aber Dickie erwartete gar keine Antwort von ihr. Er nickte Mitzi zu und ließ sein unbekümmertes Lächeln blitzen. »Hallo, Ms. Stilwell.«

»Dickie.« Mitzi nickte ihm knapp und abschätzig zu.

Endlich ließ er Grace los und setzte sich neben Ben.

Ben beschäftigte sich immer noch mit seinen Akten und wich Grace' Blick aus.

»Und schön wieder ausatmen«, flüsterte Mitzi. »Denken Sie an einen schönen Ort.«

»Ich habe keinen schönen Ort mehr«, wisperte Grace zurück. »Den hat sich Ben unter den Nagel gerissen.«

»Dann machen Sie's so: Stellen Sie sich vor, dass

sich Ihr Ex mit dem Schwanz in einer Mausefalle verfangen hat.«

Erstaunlicherweise musste Grace grinsen. Erschrocken hielt sie sich den Mund zu, doch schon wurde aus dem Kichern ein schallendes Lachen. Schlagartig sah Ben zu ihr hinüber. Er kniff die Augen zusammen und machte ein angewidertes Gesicht. Dann schaute er nach hinten in den Saal und zuckte kaum wahrnehmbar mit den Schultern, bevor er weiter seine Papiere sortierte.

»Besser?«, fragte Mitzi schmunzelnd.

»Viel besser«, sagte Grace. Ihre Augen folgten Bens Blick nach hinten. In der letzten Reihe saß in einem enganliegenden tannengrünen Kleid und mit dunkler Sonnenbrille eine Frau mit rabenschwarzen Haaren, die auf ihr Handy schaute und die Fingerspitzen über die Tastatur fliegen ließ. Wahrscheinlich schickte sie Ben Sex-Nachrichten.

»Das glaube ich einfach nicht!« Grace' Fröhlichkeit war wie weggeblasen. »Sie ist tatsächlich hier. Im Gerichtssaal! Sie hat eine Sonnenbrille auf und sich die Haare gefärbt, aber das ist auf jeden Fall J'Aimee. Unfassbar, dass er auch noch die Frechheit besitzt, sie hierher mitzubringen.«

Mitzi drehte sich demonstrativ auf dem Stuhl um *und stierte* ungeniert nach hinten. »Oh! In dem grünen Kleid, ja? Wie alt ist sie, dreizehn? Durfte er sie überhaupt so früh von der Schule abholen?

In dem Moment ging die blonde Gerichtsdienerin an ihnen vorbei nach vorn. »Erheben Sie sich für den vorsitzenden Richter Cedric N. Stackpole.«

7

Mitzi schilderte dem Richter den Fall ausführlich, teilte ihm mit, dass Ben Grace nicht mehr in das gemeinsame Haus ließ, ihre Kreditkarten gesperrt hatte und ihr den Zugang zum Giro- und Sparkonto verwehrte.

»Euer Ehren«, Mitzi wies auf Grace, die aufrecht auf ihrem Stuhl saß, den Blick nach vorn gerichtet hielt und sich wie eine brave Schülerin an ihrem ersten Schultag fühlte, »Mr. Stanton hat meine Mandantin praktisch arm gemacht. Sie hat keine Mittel, kein Haus und dank ihm keine Möglichkeit, Geld zu verdienen.«

»Keine Möglichkeit zu arbeiten?« Stackpole war erstaunt. »Wie kann das sein? Haben Sie nicht gesagt, Ms. Stanton sei eine Art Schriftstellerin?«

»Ja, Sir«, bestätigte Mitzi. »Ms. Stanton ist – beziehungsweise war bis vor kurzem – eine der erfolgreichsten Lifestyle-Bloggerinnen in diesem Land.«

»Eine Bloggerin?« Stackpoles hohe Stirn legte

sich in Falten, seine Lippen wurden schmal vor Verachtung. Mit einer abschätzigen Handbewegung wies er auf die Ausdrucke der letzten sechs Monate von *Gracenotes*, die Grace gesammelt hatte. »Wollen Sie damit sagen, dass Ms. Stanton tatsächlich vom Schreiben dieser Texte leben kann?« Er nahm ein Blatt in die Hand und überflog den Inhalt.

»Rezepte? Fotos von Sofas? Tipps, wie man einen alten Tisch streicht? Das sieht für mich wie ein Hobby aus, Ms. Stilwell.«

Grace sank der Mut. Mitzi hatte sie gewarnt, dass Stackpole ihre Arbeit womöglich nicht ernst nehmen würde.

»Nein, Sir«, gab Mitzi scharf zurück. »Das ist ganz und gar kein Hobby. Ms. Stantons Blog hat über 450 000 Follower. Und das sind nur die Leute, die den RSS-Feed abonniert haben. Der Blog wird jeden Monat 1,3 Millionen Mal aufgerufen. Und seit *Gracenotes* gewerblich betrieben wird, das heißt, seit Ms. Stanton Verträge mit Werbepartnern macht, generiert die Seite zwanzigtausend Dollar an Einnahmen pro Monat.«

»Beeindruckend«, gab der Richter zu.

Mitzi strahlte. »Das finden wir auch, Euer Ehren. *Gracenotes* wurde nach Grace Stanton benannt. Sie hat den Blog erfunden, sie allein schreibt die Texte und macht die Fotos. Es gibt auch keine freien Autoren. Anders ausgedrückt: Dieser Blog ist geistiges

Eigentum von Ms. Stanton und gehört als solches ihr. Doch der von ihr getrennt lebende Ehemann Ben Stanton verwehrt ihr den Zugang zu ihrem Blog.«

»Verstehe«, sagte Stackpole. Er schaute nach links und lächelte Dickie Murphree an. »Was sagen Sie dazu, Mr. Murphree?«

Dickie stopfte die Hände in die Hosentaschen und zuckte übertrieben mit den Schultern. »Natürlich bestreiten wir alles, was Ms. Stilwell gerade gesagt hat, Euer Ehren. Grace Stanton kann schreiben, was immer sie möchte, wann immer sie möchte, und es gibt niemanden, der sie davon abhält. Das Internet ist ein riesengroßer Marktplatz, der genug Raum für alle bietet, wie ich gehört habe.«

»M-hm«, machte Stackpole. »Und was sagen Sie zu der angespannten finanziellen Situation der getrennt lebenden Ehefrau Ihres Mandanten? Ms. Stilwell hat überzeugend argumentiert, dass Ihr Mandant seiner Noch-Ehefrau praktisch den Zugang zu allen gemeinschaftlichen Vermögenswerten verwehrt.«

Dickies Gesicht nahm einen Ausdruck an, der aufrichtig entsetzt wirken sollte. Grace fragte sich gehässig, ob er in seinem Leben überhaupt jemals etwas getan hatte, das aufrichtig war.

»*Euer Ehren*, ich möchte Sie nur darauf hinweisen, dass Mrs. Stanton diejenige war, die die Turbulenzen in dieser Ehe ausgelöst hat. Sie war es, die meinen

Mandanten verlassen hat und aus freien Stücken ausgezogen ist, nachdem sie einen aggressiven Wutausbruch hatte. Und, dies möchte ich hinzufügen, sie tat es auf eine Art und Weise, die meinen Mandanten demütigen und blamieren sollte – nicht nur vor den unmittelbaren Nachbarn, sondern letztendlich vor allen Menschen im ganzen Land. Wenn das Unternehmen von Mrs. Stanton Schaden genommen haben sollte, dann durch ihr eigenes Verhalten.«

»Er macht es tatsächlich«, murmelte Mitzi vor sich hin. »Das hätte ich wissen sollen.«

»Tut mir leid, ich verstehe nicht«, sagte Stackpole.

Der Anwalt klopfte Ben aufmunternd auf die Schulter. »Euer Ehren, ich bedauere zutiefst, was ich nun zu erzählen habe. Mein Mandant wollte nicht, dass das alles an die Öffentlichkeit gezerrt wird, aber manchmal ist die Wahrheit doch besser, Sir.«

»Was denn?«, Stackpole lehnte sich zurück.

Dickie stieß einen geplagten Seufzer aus. »Tja, also, das ist eine lange Geschichte, Richter Stackpole.«

Mitzi stand auf. »Euer Ehren? Falls Mr. Murphree von der Sache spricht, die ich vermute, so hat sie keinen direkten Einfluss auf das Recht meiner Mandantin, Zugang zu den ehelichen Vermögenswerten zu erhalten.«

»Was für eine Sache?«, fragte Stackpole genervt.

Dickie zuckte mit den Achseln. »Dass Mrs. Stanton den 175 000 Dollar teuren Audi Cabrio meines Mandanten absichtlich in den Swimmingpool seines Hauses auf der Sand Dollar Lane gefahren und damit zerstört hat. Und dass sie die Angestellte meines Mandanten angegriffen und beleidigt hat.«

»Was?« Stackpoles Augenbrauen schossen hoch. »Wann war das?«

»In der Nacht des achten Mai«, sagte Dickie. »Mrs. Stanton verstand eine Unterhaltung zwischen meinem Mandanten und seiner Angestellten falsch und bekam einen Wutanfall. Daraufhin schloss sich mein Mandant aus Angst um sein Leben im Haus ein und rief die Polizei, die leider erst eintraf, nachdem Mrs. Stanton den Audi zerstört hatte.«

Stackpole sah Grace streng an. »Stimmt das?«

Grace' Stimme glich einem Piepsen. »Es stimmt, dass ich den Wagen in den Pool gefahren habe, Sir, ja. Aber es stimmt nicht, dass ich J'Aimee angegriffen habe. Ich hätte es getan, aber ich bekam sie nicht in die Finger. Außerdem war sie meine Assistentin, nicht Bens. Und es ist ein Witz, dass Ben Angst vor mir gehabt haben soll. Außerdem haben Sie noch nicht die ganze Geschichte gehört, Euer Ehren.«

»Das stimmt, Richter Stackpole«, warf Dickie schnell ein. »Sie wissen noch nicht, dass Mrs. Stanton *so einen Aufruhr* veranstaltet hat, dass die gesamte Nachbarschaft bei dieser privaten ehelichen Auseinandersetzung zuhören konnte. Und ich gehe davon aus, dass Sie nicht die Berichterstattung in den Nachrichten gesehen haben, die zeigt, wie Mr. Stantons Pkw auf dem Grunde des Pools lag?«

Stackpoles Augenbrauen schnellten erneut in die Höhe. »Das kam in den Nachrichten?«

»Damit hatte ich nichts zu tun«, warf Grace ein.

»Es reicht!« Stackpole funkelte sie über seinen Brillenrand böse an.

Dickie hielt ein kleines Plastikteil in die Höhe. »Ich habe den Nachrichtenbeitrag direkt hier auf einem USB-Stick, falls Euer Ehren das gerne sehen möchte.«

»Das habe ich nicht vor«, sagte Stackpole. »Kommen wir zurück zu der Frage der Finanzen. Mr. Murphree, ich möchte, dass Ihr Mandant eine gerechte Einigung mit Ms. Stanton trifft.« Er blätterte durch die Akten vor sich.

»Ms. Stanton, Ihre Anwältin hat eine, wie mir scheint, exorbitant hohe Summe zur Deckung ihrer monatlichen Ausgaben gefordert. Es fällt mir schwer zu glauben, dass eine findige junge Frau wie Sie nicht von 2000 Dollar im Monat leben kann. Meine Frau kommt mit dieser Summe sehr gut zurecht.«

»Aber Richter Stackpole«, stotterte Mitzi, »Mrs. Stanton hat ein Anrecht auf deutlich mehr. Sie hat Kosten durch das Schreiben und Produzieren ihres Blogs. Und sie muss eine Unterkunft finden. Sie kann nicht weiter in der kleinen Wohnung ihrer

Mutter leben. Sie braucht Möbel … Außerdem ist es wirklich nebensächlich, wie viel Geld Sie Ihrer Ehefrau überlassen. Mrs. Stanton war die Hauptverdienerin in dieser Ehe …«

Dickie sprang auf. »Das stimmt nicht! Mr. Stanton hat *Gracenotes* gegründet. Er leitete das Unternehmen, verkaufte Werbeplätze, kümmerte sich um alle Aspekte des Geschäfts und machte so aus einem unbedeutenden Hobby das Geschäftsmodell, das es heute ist. Er ist Geschäftsführer von *Gracenotes* und Inhaber der Domain, unter anderem. Mrs. Stanton hingegen ließ sich wöchentlich auf Grundlage eines Werkvertrages bezahlen, weil sie nicht mit den Aufgaben der Firmenleitung belästigt werden wollte.«

»Was?«, kreischte Grace und schlug schnell die Hand vor den Mund. Verzweifelt zerrte sie an Mitzis Hand. »Ich habe mich nie mit irgendeiner wöchentlichen Bezahlung einverstanden erklärt«, flüsterte sie. »Ben hat einfach Geld vom Firmenkonto genommen und es auf unser Privatkonto eingezahlt. So war es wohl mit dem Steuerberater vereinbart.«

»Richter Stackpole«, begann Mitzi, doch der Richter hörte nicht zu.

»Zweitausend pro Monat«, verkündete er. »Es war offensichtlich Mrs. Stantons Entscheidung, diese Ehe *zu beenden, deshalb muss sie* auch mit den Folgen leben.«

»Danke, euer Ehren«, sagte Dickie schnell.

»Das ist noch nicht alles«, fuhr Stackpole fort. Er nahm seine Brille ab und rieb sich den Nasenrücken. »Mrs. Stanton, ich bin wirklich sprachlos, was Ihr Verhalten in diesem Fall angeht. Das ist heute das zweite Mal, dass die Beteiligten in einem Scheidungsverfahren ein aggressives, gewalttätiges, ja kriminelles Verhalten an den Tag legen. Das macht mir Sorgen. Große Sorgen.«

»Richter Stackpole, wenn Sie so freundlich wären, sich kurz anzuhören, was meine Mandantin provoziert hat«, setzte Mitzi an, doch Stackpole hob die Hand und unterbrach sie.

»Es gibt keine Rechtfertigung für die mutwillige Zerstörung von Eigentum oder für eine Beleidigung oder Tätlichkeit gegen einen Dritten. Genau das sind nämlich Verhaltensweisen, die letztendlich zur Eskalation und zu häuslicher Gewalt und bewaffneten Auseinandersetzungen und Gott weiß was noch führen.«

»Es wird nicht wieder vorkommen«, sagte Grace mit piepsiger Stimme.

»Ganz bestimmt nicht«, bestätigte Stackpole. »Wir schauen mal, wie Sie mit dieser neuen finanziellen Regelung klarkommen. In der Zwischenzeit arbeiten Sie beide die weiteren Einzelheiten Ihrer Scheidungsvereinbarung aus. Ich möchte ferner, Mrs. Stanton, dass Sie zu einer Therapeutin gehen, die eine Expertin für Scheidungs… ähm … Trennungsberatung ist. Und zwar sofort. Dr. Talbott-Sinclair leistet hervorragende Arbeit, das werden Sie sehen.« Er schaute in seinen Kalender. »Ich meine, sie hat eine Gruppensitzung am Mittwoch. Wenn Dr. Talbott-Sinclair es schafft, Sie noch in die Gruppe aufzunehmen, die sich morgen Abend trifft, bleiben Ihnen sechs Wochen.«

Mitzi starrte den Richter an. »Euer Ehren, verordnen Sie *Mr.* Stanton ebenfalls diese Gruppentherapie?«

»Nein!«, gab er gereizt zurück. »Mr. Stanton scheint seine Emotionen unter Kontrolle zu haben. So, zurück zu Mrs. Stanton. Wenn Dr. Talbott-Sinclair mir Ihre Resozialisierung bestätigt, werde ich das in meine Urteilsfindung Ende des Sommers einbeziehen. Einverstanden?«

Grace konnte nicht anders als nicken. Innerlich kochte sie jedoch.

Mitzi gab sich noch nicht geschlagen. »Richter Stackpole, Sie müssen immer noch die Eigentumsfrage an Mrs. Stantons Unternehmen klären. Derzeit wird Mrs. Stanton der Zugang zu ihrem Blog verwehrt, was ihr die Möglichkeit nimmt, Geld zu verdienen.«

»Warum kann sie nicht einfach einen neuen Blog schreiben?«, fragte Stackpole, sammelte seine Unterlagen ein und schloss die vor ihm liegende Akte. »Vom Schreiben hält sie doch niemand ab, oder?«

»Mr. Stanton hält sie vom Schreiben ab«, sagte Mitzi. Es klang müde und ungeduldig. »Er unterschlägt geistiges Eigentum.«

»Wir sprechen uns in sechs Wochen, wenn Ihre Therapie vorbei ist«, sagte Stackpole und gab der Gerichtsdienerin ein Zeichen. »Ich merke, dass mein Blutzucker fällt. Machen wir Mittagspause.«

Mitzi stopfte ihre Unterlagen in die Aktentasche. Als Ben aufstand und an ihr vorbeigehen wollte, griff Grace nach seinem Ärmel.

Er sah sie mit leerem Gesicht an. »Lass das!«, sagte er mit eisiger Stimme.

Grace sprang auf. »Was denn? Ich will wissen, warum du die Anrufe meiner Anwältin nicht beantwortest? Und mich nicht einigermaßen fair, einigermaßen anständig behandeln kannst, obwohl unsere Ehe vorbei ist? Warum machst du das? Wenn ich den Blog nicht schreiben kann, verdient keiner von uns beiden etwas. Das ist dir doch klar, oder?«

Dickie stellte sich neben Ben. »Hör zu, Gracie, das ist jetzt völlig unangebracht. Du hast gehört, was Richter Stackpole gerade gesagt hat. Du musst deine Probleme in den Griff bekommen. Wenn du Ben etwas sagen willst, musst du es deiner Anwältin ausrichten, die damit zu mir kommt.«

Ben sah Grace in die Augen. »Das heißt: keine Anrufe mehr. Keine Auftritte an der Schranke von Gulf

Vista, die den Wachleuten peinlich sind. Du wolltest, dass es vorbei ist, Grace, und das hast du nun davon. Es ist vorbei. Du führst dein Leben weiter und ich meins.«

Langsam löste er ihre Finger von seinem teuren Sakko, dann nahm er seine Aktentasche und schlenderte zur Tür, wo J'Aimee bereits auf ihn wartete. Sie hakte sich bei ihm unter und warf Grace im Gehen einen triumphierenden Blick zu.

8

Es war vier Uhr an einem schwülen Dienstagnachmittag. Der Familienvergnügungspark *Jungle Jerry* war so gut wie leer. Weit und breit waren weder Familien noch Vergnügungen zu sehen.

Vier Touristen aus Michigan mit violettgrauem Haar nutzten einen Coupon, den sie aus der Zeitung geschnitten hatten: »Einer bezahlt, der zweite darf gratis mit.« Sie amüsierten sich, schlenderten über die Pfade aus Muschelsplitt und bewunderten die ungewöhnliche Pflanzen- und Tierwelt, besonders den Teich mit den sich putzenden rosa Flamingos.

Falls ihnen auffiel, dass es weit über dreißig Grad war und die Luftfeuchtigkeit bei gefühlten 2000 Prozent lag, so sprachen sie nicht darüber, sondern fächelten sich mit den vergilbten Pappfächern des Jungle-Jerry-Fanclubs Luft zu, die sie für 1,99 Dollar im Souvenirshop gekauft hatten. Dazu atmeten sie den schweren Duft von Frangipani und Ingwerlilie ein.

Die vier unterbrachen ihren gemächlichen Bummel und schauen hinauf zu den krummen roten Zweigen eines besonders auffälligen Baums. »Was das wohl ist?«, fragte der einzige Mann in der Gruppe, ein rüstiger Sechsundsiebzigjähriger, der der Jüngste der vier war.

Wyatt Keeler war zufällig gerade in der Nähe und schnitt tote Zweige aus einem Oleander, der besonders unter der Trockenperiode litt.

Wyatt war so gekleidet wie immer, wenn er im Park unterwegs war: ein khakifarbenes Hemd mit Schulterklappen und Brusttaschen, bestickt mit dem Emblem von *Jungle Jerry*, dazu eine passende Cargoshorts in Khaki, Schnürstiefel und natürlich sein Safarihut.

Er ging zu den Besuchern, lächelte sie freundlich an und ließ seine Grübchen blitzen. Alte Damen waren verrückt nach seinen Grübchen. Liebevoll tätschelte er den Baumstamm, als handele es sich um ein Haustier. Genaugenommen war er das für Wyatt auch.

»Das ist ein Weißgummibaum«, erklärte er. »Er gehört zu den unbekannteren Arten hier im Park. Auf Latein heißt er *Bursera simaruba* und wächst in den tropischen Gebieten Floridas, aber auch in Mexiko, der Karibik, Brasilien und Venezuela. Er wird auch ›Touristenbaum‹ genannt, weil die Borke rot ist und sich schält – wie viele Touristen, die im Winter hierherkommen und sich einen Sonnenbrand einfangen.«

Die Gäste aus Michigan lachten, auch über sich selbst.

»Interessant«, murmelte eine der Frauen, eine kräftige fünfundachtzigjährige Witwe mit einem pinkfarbenen Sonnenschutz über der Stirn.

Wyatt spürte, dass seine kleinen Sprüche und die Kommentare der Touristen seine Laune hoben.

Die Älteste in der Gruppe, eine spindeldürre Neunzigjährige in einem dünnen Baumwollkittel, trat näher heran und spähte auf Wyatts Namensschild, das durch das jahrelange Waschen fast unkenntlich war.

»Sie sind nicht *Jungle Jerry*«, sagte sie streng. »Dafür sind Sie zu jung.«

»Nein, Ma'am. Ich bin Wyatt Keeler.« Er hielt ihr die Hand hin. »*Jungle Jerry* war mein Großvater. Er hat den Park 1961 gegründet, als das hier noch eine kommerzielle Orangenplantage war.«

Eine der Frauen drehte sich im Kreis. »Orangenbäume sieht man jetzt aber nicht mehr viele.«

»Stimmt«, sagte Wyatt. »Mein Großvater Jerry Brennan kaufte dreihundert Hektar an der County Line Road, zu einer Zeit, als man noch glaubte, hier befände man sich am Hintern der Welt. Er hoffte, der Orangenkönig von Manatee County werden zu können. Hätte vielleicht auch geklappt, wenn es 1963 nicht einen rekordverdächtigen Winter gegeben hätte. Das Thermometer fiel auf unter minus zehn Grad und blieb dort drei Tage. Mein Großvater wusste damals nicht genug über den Anbau von Zitrusfrüchten, sonst wäre ihm bekannt gewesen, dass er Kohlepfannen hätte anzünden müssen. Durch den Frost verlor er die meisten Orangenbäume und damit den Großteil seines Vermögens.«

»Schlimm«, murmelte der Mann.

»Zum Glück«, fuhr Wyatt fort, »lernte er kurz darauf meine Großmutter kennen. Und *deren* Familie hatte noch Geld. Großvaters Familie hatte einmal einen kleinen Vergnügungspark in Tulsa besessen, und da der Tourismus in Florida zu jener Zeit gerade gut lief, plante er, aus der alten Orangenplantage einen sogenannten ›Kinderpark‹ zu machen.«

Wyatt wies auf ein rostiges Klettergerüst, das teils von einer Hecke aus orange blühenden Büschen verdeckt wurde. »Er stellte alle möglichen Karussells und Spielgeräte auf, und weil meine Großmutter Winnie Blumen liebte, begannen die beiden, die abgestorbenen Orangenbäume auszugraben und neue Bäume und Sträucher zu pflanzen.«

»Es ist wunderschön«, sagte die Neunzigjährige. »Wir sind immer mit unseren Enkeln hergekommen, wenn wir im Frühjahr hier waren. Was ist denn mit den ganzen Wildtieren passiert? Ich habe meinen Freunden eben erzählt, dass es hier Löwen und sogar einen Tiger gab. Und ich meine mich noch an ein Zebra erinnern zu können.«

»Richtig, Ma'am«, sagte Wyatt lachend. »Die gab es alle, und noch mehr. Mein Großvater war in seiner Jugend ein großer Fan von Tarzan-Filmen, und wenn ein Wanderzirkus pleiteging, kaufte er ihm Tiere ab. Viele Zirkusunternehmen haben nämlich früher in dieser Gegend überwintert, wissen Sie. Großvater Jerry liebte Tiere über alles. Er gab sich den Namen *Jungle Jerry* und konnte einen pensionierten Löwenbändiger überreden, ihm ein paar Tricks beizubringen.«

»Richtig, ich meine mich an eine Löwendressur zu erinnern«, sagte die Frau. »Das war also der richtige *Jungle Jerry*?«

»Der einzig wahre«, sagte Wyatt. »Bis in die späten Siebziger hatten wir die großen Raubkatzen und Zoey, das Zebra, außerdem einen Elefanten und sogar einen Florida-Schwarzbär. Nachdem mein Großvater in Rente ging, übernahm mein Vater den Laden, und der entledigte sich der meisten großen Tiere.«

Die Frau mit dem Sonnenschutz funkelte Wyatt böse an. »Aber sie … wurden doch nicht umgebracht, oder? Sagen Sie mir, dass sie nicht umgebracht wurden.«

»Natürlich nicht«, versicherte Wyatt ihr. »Diese Tiere waren für meinen Großvater wie Kinder. Boo-

Boo, das war der Bär, starb im selben Jahr, als mein Opa in Rente ging. Monty, der Löwe, und Tonga, das war der Tiger, bekamen ihr Gnadenbrot in einem Tierheim in Ocala. Daphne, die Elefantenkuh, ging als Geschenk an den *Lowry Park Zoo* in Tampa.«

Die vier Touristen waren erleichtert. »Ich finde Ihre tropischen Vögel wirklich herrlich«, sagte die Frau in den weiten Shorts.

Wyatt legte die Finger auf die Lippen und stieß einen langen schrillen Pfiff aus. Man hörte ein Flattern, und plötzlich flog ein großer Graupapagei aus dem Wipfel eines Paradiesvogelbaums und setzte sich auf Wyatts Schulter.

»Oh!«, rief eine der Frauen und klatschte vor Freude in die Hände.

Der Vogel knabberte kurz an Wyatts Ohr, senkte den Kopf und schob auf der Suche nach einem Leckerchen den Schnabel in seine rechte Brusttasche.

»Das ist Cookie«, erklärte Wyatt. »Sie ist ein afrikanischer Graupapagei, eine absolute Diva und der Star der Papageienshow. Aber ich sollte mich nicht so mit ihr brüsten. Die Vögel waren die Idee meiner Mutter.«

»Hatten Sie nicht auch Affen?«, erkundigte sich die Neunzigjährige.

»*Sie* haben ein gutes Gedächtnis«, sagte Wyatt. »Affen gab es hier, als ich noch klein war. Aber als aus dem Umland ein Wohngebiet wurde und eine

Siedlung nach der anderen aus dem Boden schoss, gab es viele Beschwerden wegen ihnen. Die kleinen Gauner waren so gewitzt, dass sie immer wieder aus ihren Gehegen entkamen und die Nachbarn erschreckten. Schließlich mussten wir sie anderweitig unterbringen.«

Cookie fand ein Leckerchen in Wyatts Tasche und knabberte zufrieden daran herum.

»Das war wirklich sehr interessant, was Sie uns da erzählt haben«, sagte der alte Mann und schüttelte Wyatt noch einmal die Hand. »Ein toller Park ist das. Wir wundern uns ein bisschen, dass wir ihn ganz für uns alleine haben.«

Wyatt wunderte sich darüber nicht. Aber er bemühte sich tapfer, seinen Missmut runterzuschlucken.

»Sie haben einen ruhigen Tag erwischt«, log er. »An anderen Tagen sind hier massenweise Besucher.«

Auch das war gelogen. Schon seit Monaten beziehungsweise Jahren fehlten im *Jungle Jerry* die »Massen« von Besuchern. Seit Jahrzehnten, wenn man ganz ehrlich sein wollte. Seit es Disneyland gab, ließen sich Familien in klimatisierten Räumen von Audio-Tricktechnik und Spezialeffekten in Filmqualität bespaßen. Tierschützer wiederum hielten nichts davon, wenn exotische Vögel abwegige Tricks vorführten und beispielsweise mit einem kleinen

Fahrrad über ein Hochseil fuhren. Und die Kinder langweilten sich zu Tode, wenn sie sich Pflanzen und Bäume ansehen sollten.

Jungle Jerry war daher im Laufe der Jahre enorm geschrumpft. Momentan hatten sie nur noch um die fünfzig Hektar, da der Schwiegersohn von *Jungle Jerry*, Wyatts Vater Nelson, ein großes Stück Land hatte verkaufen müssen, um die Erbschaftssteuer zu bezahlen.

Wyatt hatte nicht vorgehabt, in den Familienbetrieb einzusteigen. Am College hatte er einen Abschluss in Gartenbau gemacht und war dann auf eine weiterführende Einrichtung in Clemson gegangen, um ein Aufbaustudium in Landschaftsarchitektur zu absolvieren. Dabei hatte er Callie Parker kennengelernt, eine zweiundzwanzigjährige Grafikerin aus Orangeburg in South Carolina. Callie und er hatten es nicht abwarten können zu heiraten, so dass Wyatt die Sache mit dem Master-Studium schnell aufgab, von der Schule abging und einen Job in einer Versand-Baumschule in Greenville annahm.

Dort hatte er vier Jahre gearbeitet, bis seine Mutter ihn anrief und anflehte, heimzukommen und *Jungle Jerry* zu übernehmen. Nelson hatte einen Herzinfarkt erlitten, und bei Wyatts Mutter Peggy war Brustkrebs diagnostiziert worden, auch wenn sie ihm das erst erzählte, nachdem er mit Callie nach Bradenton gezogen war.

Peggy lebte gerade noch lange genug, um Bo, getauft als Nelson William Keeler II, einmal in den Armen halten zu können. Dann erlag sie ihrem Krebs.

In den ersten Jahren als Parkleiter hatte Wyatt all seine Kraft in das Vorhaben gesteckt, den Verfall aufzuhalten. Er hatte Anzeigen geschaltet, war Vereinen beigetreten und hatte genetzwerkt. Die alten Kinderkarussells hatte er ausgemustert, weil sie zu rostenden Sicherheitsrisiken geworden waren. Im Gegenzug hatte er mehr Wert auf Umweltschutz und den botanischen Aspekt des Parks gelegt. Zunächst schien seine Rechnung aufzugehen. Die Besucherzahlen stiegen. Callie arbeitete im Park mit, entwarf Poster und Anzeigen, und Bo machte seine ersten Schritte, als er versuchte, Beezus, den Goldkopfsittich, zu fangen. Sie verdienten keine Reichtümer, aber sie waren jung und glücklich. Und dumm, dachte Wyatt jetzt. Zumindest er.

Ihr erstes Haus hatten sie in einer Neubausiedlung in der Nähe gekauft, Bo war in eine der besten Schulen des Bezirks gekommen. Wyatt machte unzählige Überstunden bei *Jungle Jerry*, Callie arbeitete sporadisch als Freie. Die meisten anderen Familien in ihrer Siedlung waren so wie sie, junge Paare mit ein oder zwei Kindern. Sie grillten gemeinsam, fuhren mit den Kindern an den Holmes Beach und taten alles, was man tut, wenn man jung ist und nicht viel Geld hat.

Der einzige Junggeselle in der Siedlung war Luke Grigsby, der als Außendienstler bei einem Pharmakonzern arbeitete. Er war der Lebenskünstler des Viertels, trug coole Klamotten und fuhr einen heißen weißen Sportwagen. Sein Haus war das größte und neueste, und da er einen Pool hatte, lud er oft Gäste ein.

Jedes Jahr veranstaltete Luke eine riesengroße Halloweenparty, und die Gäste übertrafen sich gegenseitig in ihren Kostümen. Wyatt war kein großer Fan von Partys, aber Callie machte sich gerne schick. In jenem Jahr beschloss sie, dass sie als Aladdin und Jasmin, die Figuren aus dem Disneyfilm, gehen würden.

Widerwillig ließ sich Wyatt überreden, einen Turban, eine vollkommen dämlich aussehende Pluderhose und, das Schlimmste, ein knappes besticktes Jäckchen über der nackten Brust zu tragen. Für ihr eigenes Kostüm übertraf Callie sich selbst. Sie beklebte einen alten Bikini mit unzähligen goldenen Pailletten und nähte an das Höschen einen durchsichtigen Stoff, damit es wie eine Haremshose aussah. Sie kaufte sich einen Fez-Hut, schnitt ein Loch hinein und zog ihren blonden Pferdeschwanz hindurch. Dann bastelte sie einen Schleier aus demselben durchsichtigen Stoff.

Callie verbot Wyatt, sie vor der Party in ihrem Kostüm zu sehen. Als sie das Schlafzimmer verließ, konnte er kaum glauben, dass er seine Frau vor sich hatte.

Sie hatte glitzernden blauen Lidschatten aufgetragen und die Augen mit schwarzem Eyeliner umrandet. Ihre Brüste quollen aus dem knappen Bikinioberteil, die Haremshose reichte nur knapp übers Schambein. Sie hatte ein halbes Dutzend klingelnder goldener Armbänder übergestreift, trug riesengroße Ohrringe und goldene Sandalen. Als i-Tüpfelchen war es ihr irgendwie gelungen, einen großen Strassstein im Bauchnabel zu befestigen.

Oberhalb des Schleiers, der die untere Hälfte ihres Gesichts verdeckte, huschten Callies Augen hin und her. Sie drehte eine kleine Pirouette und ließ einen anzüglichen Hüftschwung folgen, der ihre Armbänder zum Klirren brachte.

»Was meinst du?«

»Wo ist der Rest?«, fragte Wyatt.

Sie zog ein Schnütchen. »Was soll das heißen? Gefällt es dir nicht?«

Er sah über die Schulter zur Küche hin, wo ihr Babysitter zu erreichen versuchte, dass Bo seinen Teller leeraß. »Ich hätte große Lust, heute zu Hause zu bleiben, nur wir zwei«, sagte er leise und fuhr ihr mit dem Finger über den nackten Arm. »Aber meinst du nicht, dass es ein bisschen, hm, keine Ahnung, gewagt ist für eine Nachbarschaftsparty?«

»Nein, meine ich nicht«, fuhr Callie ihn an. »Seit

Wochen sitze ich an diesem Kostüm. Und an deinem übrigens auch. Und dir fällt nur ein, dass es gewagt aussieht?«

Er zuckte mit den Schultern. »Du hast schließlich gefragt.«

»Tja, ist mir egal, was du denkst. Ich finde, ich sehe heiß aus. Und süß.« Sie griff zu einer mit goldenen Perlen besetzten Tasche und öffnete die Haustür. »Kommst du?«

Er ging mit ihr zu der Party, trank ein paar Bier, unterhielt sich mit anderen Männern über Football und verfolgte mürrisch, wie sich seine Frau auf der anderen Seite des Raums ein halbes Dutzend Weinschorlen hinter die Binde kippte und dann mit jedem Typen im Raum flirtend tanzte.

Als Callie Luke gerade einen beschwipsten, aber höchst anzüglichen Bauchtanz vorführte, ging Wyatt nach draußen auf die Terrasse und tippte ihr auf die Schulter. Sie wirbelte herum und runzelte die Stirn, als sie ihren Mann erblickte. »Was ist?«

»Es ist halb zwölf«, sagte er mit Nachdruck. »Wir haben Melanie versprochen, dass sie vor zwölf wieder zu Hause ist.«

»Es ist Freitagabend. Morgen ist keine Schule! Ruf sie einfach an und sag ihr, dass wir etwas länger bleiben«, wies Callie ihn an. »Ist doch nicht schlimm.«

»Doch, das ist schlimm«, gab Wyatt zurück. »Sie muss früh aufstehen, weil sie mehrere Prüfungen hat.«

»Mein Gott nochmal«, sagte Callie. »Gerade, wenn die Party so richtig in Schwung kommt.« Sie schaute zu Luke hinüber und zeigte auf Wyatt. »Darf ich vorstellen? Aladdin – er hat seinen fliegenden Teppich gegen einen nassen Waschlappen eingetauscht.«

»Du musst ja nicht mitkommen«, sagte Wyatt steif. »Ich gehe vor, und Melanie ist ja mit ihrem eigenen Auto da.«

»Wirklich?« Callies Gesicht leuchtete auf, das Schmollgesicht war passé. »Ich bleibe auch nicht mehr sehr lange. Ich möchte nur noch sehen, wer den Preis für das beste Kostüm bekommt.«

Luke lachte und legte Callie den Arm um die Schultern. »Du weißt doch längst, wer gewonnen hat, Madame.« Er zwinkerte Wyatt zu. »Mach dir keine Sorgen um sie. Ich bringe sie persönlich nach Hause. Okay?«

Was sollte Wyatt sagen? Callie gab ihm einen flüchtigen Kuss auf die Stirn. Er ging die zwei Straßen nach Hause zu Fuß, bezahlte den Babysitter und brachte Melanie nach draußen zu ihrem Wagen. Er schaute nach Bo, der fest schlief, und ging dann selbst ins Bett. Allein. Um halb vier wachte er auf und schaute auf Callies Seite des Bettes. Sie war nicht da.

Danach konnte er nicht mehr schlafen. Schließlich stand er auf. Durch das Fenster spähend sah er, dass Luke und Callie über den Bürgersteig bummelten. Das Fenster war offen, die Vorhänge blähten sich in der leichten Brise. Callies Kichern wehte durch die Nachtluft herein, Luke sagte etwas mit leiser Stimme. Sie stützte sich schwer auf seinen Arm, den er um sie gelegt hatte. Wyatt sah, wie sie kurz vor der Einfahrt stehen blieben. Luke zog Callie vom Bürgersteig in den Schatten des brasilianischen Pfefferbaums auf dem Nachbargrundstück. Wyatt blieb das Herz stehen. Seine Hand umklammerte den Vorhangstoff, während er zusah, wie seine Frau die Arme um Lukes Hals schlang, sich an ihn drückte und dem Lebemann des Viertels einen langen, innigen Kuss gab.

Als Wyatt zurück ins Schlafzimmer ging, schaute er auf die Anzeige des Radioweckers neben dem Bett. Er merkte sich die Uhrzeit: 03:47. Das war der Moment, als in seiner, wie er meinte, absolut glücklichen Ehe die Zeit stehenblieb.

9

In jener Nacht kam Callie nicht mehr ins Bett. Am Morgen fand Wyatt sie schlafend auf dem Sofa im Wohnzimmer. Ihr Fez-Hut lag auf dem Boden, das Haar ergoss sich zerzaust über das Kissen. Der blaue Lidschatten und der schwarze Eyeliner verliehen ihr große Waschbäraugen. Eine Brust war aus dem Bikinioberteil gerutscht.

»Was ist mit Mommy?« Wyatt hatte nicht gehört, dass sein Sohn barfuß ins Zimmer getapert war. Entsetzt starrte der Kleine Callie an.

Wyatt zog eine Decke über Callies Schulter und nahm Bo auf den Arm. »Es ging ihr gestern Abend nicht so gut, als sie von der Party nach Hause kam, deshalb hat sie hier unten geschlafen. Komm, Kumpel, machen wir uns Frühstück.«

Monate später, nach der Trennung auf Probe, nach Tränen, Lügen und Vorwürfen, wurde Wyatt klar, dass er am Morgen nach der Halloweenparty etwas hätte sagen sollen. Wenn er Callie mit seiner

Beobachtung konfrontiert hätte, wenn er ihr gesagt hätte, dass er sie liebte und sie nicht verlieren wollte, dann wäre das Ganze vielleicht anders ausgegangen. Vielleicht hätte er ihr aber auch gestehen müssen, dass er sie nicht genug liebte. Nicht genug, um für sie zu kämpfen.

Aber so kam es nicht. Callie beichtete ihm irgendwann, dass Luke und sie sich ineinander verliebt hätten. Schließlich behauptete sie, dass die Ehe schon seit langem kaputt sei. Und so benahm sich Wyatt anständig, denn sie waren beide der Meinung, dass es wichtig für Bo sei, ein gewisses Maß an Normalität aufrechtzuerhalten. Callie sollte im Haus wohnen bleiben, damit Bo nicht die Schule wechseln musste. Wyatt war zu dem Zeitpunkt achtunddreißig, hatte eine kaputte Ehe und eine kränkelnde Firma.

Er zog von dem kleinen Haus in einen ramponierten überbreiten Trailer auf dem Gelände des Vergnügungsparks, der einst die Unterkunft des Wachmanns gewesen war, als tatsächlich noch Geld und Bedarf dafür bestanden hatte.

Als die Zeit gekommen war, die Scheidung in die Wege zu leiten, bot seine Tante Betsy ihm kostenlos Unterstützung an. Sie handelte ein Abkommen mit Callie aus, wie häufig Bo seinen Vater sehen würde. Wyatts Vater Nelson zog in das zweite Schlafzimmer im Trailer, um Wyatt am Wochenende und nach der Schule bei der Betreuung von Bo zu unterstützen.

Wyatt war entsetzt, wie schnell sich eine Ehe trennen ließ, und verblüfft darüber, wie schnell sich Callie änderte, kaum dass sie mit Luke zusammengezogen war.

Oder war sie schon immer so gewesen? Wyatt würde es nie erfahren.

Ihr vorläufiges Sorgerechts-Abkommen lief nur mühsam an. Am ersten Wochenende, das Bo bei Wyatt verbringen sollte, bekam er am Freitagabend einen tränenreichen Anruf von seinem Sohn, Stunden nachdem Callie ihn eigentlich bei *Jungle Jerry* hätte abliefern sollen.

»Daddy?«

»Hey, Bo!«, rief Wyatt, erleichtert, die Stimme seines Sohnes zu hören. »Opa und ich warten auf dich. Es gibt dein Lieblingsgericht, Makkaroni mit Käse.«

Bo schluchzte und sagte mit dünnem, wackligem Stimmchen: »Mom sagt, wenn du mich sehen willst, musst du mich abholen.«

Wyatt runzelte die Stirn, denn so war es nicht abgemacht gewesen.

»Klar«, sagte er. »Ich komme sofort vorbei.«

Bo begann zu weinen. »Aber ich bin nicht zu Hause. Ich bin bei Lukes Freund, und der ist weit weg.«

Wyatt hörte Callies Stimme im Hintergrund. »Sag ihm einfach, dass du morgen früh kommst. Das versteht dein Dad schon.«

»Aber ich will Daddy sehen«, hörte er Bo heulen. Wyatts Mut sank.

»Mein Gott nochmal!«, schimpfte Callie.

Dann war sie am Telefon. Sie klang forsch und ungerührt.

»Hör zu, Wy, bei uns hat sich eine kleine Änderung ergeben. Wir sind mit Luke rübergefahren nach St. Pete Beach, er hat hier beruflich zu tun, und bei dem Verkehr und so schaffen wir es heute Abend nicht mehr rechtzeitig zurück. Verstehst du doch, oder? Ich bringe Bo direkt morgen früh vorbei.«

»Lass den Scheiß, Callie!«, protestierte Wyatt. »Du solltest Bo direkt nach der Schule herbringen, vor vier Stunden. Und jetzt rufst du mich an und erzählst mir, du bist mit ihm nach St. Pete gefahren? Und das soll ich in Ordnung finden?«

»Es sollte dir darum gehen, was gut für deinen Sohn ist«, fuhr Callie ihn an. »Lukes Freunde wohnen hier direkt am Meer, sie haben einen Pool, und Bo hatte einen Riesenspaß, bis ihm auf einmal einfiel, dass er dringend mit dir reden müsste. Ehe ich mich versehe, heult er hier rum und will weg. Aber wenn wir jetzt fahren, bei dem Verkehr und so, dann schläft er eh, wenn wir bei dir ankommen. Was macht das also für einen Unterschied, ob wir ihn heute Abend oder morgen früh bringen?«

»Der Unterschied ist, dass ich ihn seit drei Tagen nicht gesehen habe«, gab Wyatt zurück. Vor Zorn zog sich seine Brust zusammen. »Wir hatten uns heute Abend was vorgenommen Bo, Dad und ich.«

»So 'n Pech aber auch«, gab sie zurück. »Schön, dann pack ich ihn jetzt ein, und wir steigen ins Auto und fahren die verflucht lange Strecke zu dir, damit du ihm noch kurz beim Schlafen zusehen kannst.«

Wyatt holte tief Luft. »Könntest du bitte aufhören, vor ihm zu fluchen? Schon in Ordnung, er kann dableiben. Solange du ihn direkt morgen früh bringst. Und da er heute Abend bei dir ist, wird er Sonntagabend bei mir schlafen.«

»Super.« Ohne ein weiteres Wort legte sie auf.

10

Egal, was Sie denken mögen: Ich bin ganz bestimmt kein Putzteufel. Auf meinem Schreibtisch herrscht meist ein großes Durcheinander, und Wollmäuse zählen in meinem Haushalt nicht zu den bedrohten Tierarten. Dennoch empfinde ich eine tiefe Befriedigung, wenn ich meine Umgebung verschönere.
Ich habe mir ein paar Tricks angeeignet, die die Hausarbeit weniger stumpfsinnig, vielmehr netter machen. Beispielsweise versuche ich jeden Abend vor dem Zubettgehen aufzuräumen: Das Geschirr kommt in die Spülmaschine – gibt es etwas Deprimierenderes, als morgens von einer Spüle voll schmutziger Teller begrüßt zu werden? Danach spritze ich Spüle und Arbeitsflächen mit meinem bevorzugten organischen Allzweckreiniger ein, mit verdünntem Weißweinessig.
Auch morgens nach dem Duschen verwende ich mein Essigspray, um Duschwanne und Armaturen zu putzen. Unter dem Waschbecken im Bad bewahre

ich einen speziellen Abzieher auf, mit dem ich die Duschtür säubere, damit sie keine ärgerlichen Wassertropfen oder -streifen bekommt.

Am Mittwoch nach dem Gerichtstermin stellte Grace die letzten schweren Holzstühle auf die Kneipentische. Sie tauchte den Wischmopp in einen Eimer voll heißer Lauge und wrang ihn mit Gummihandschuhen aus. Dann zog sie ihn über den groben Linoleumboden der *Sandbox*. Nebenbei hörte sie die Morgennachrichten: Verkehrsunfälle, aufbegehrende Steuerzahler und Mauscheleien in der Lokalpolitik.

Auf einmal legte sich das Aroma von Kaffee über den beißenden Geruch des Reinigers. Ihre Mutter stand an der Theke und hielt ihr einen frisch gebrühten Becher hin.

»Komm, Schätzchen«, drängte sie. »Ist noch früh. Mach mal 'ne Pause und trink eine Tasse. Der Boden läuft dir nicht weg.«

Es war noch keine acht Uhr. Seit sechs war Grace auf den Beinen, war noch vor der Dämmerung durch die stillen und relativ kühlen Straßen von Cortez gejoggt, dann hatte sie mit ihrem neuen Ritual begonnen, die Kneipe zu schrubben, vom Boden bis zur Decke.

Aus Langeweile und Verzweiflung hatte Grace einen einsamen Krieg gegen den jahrzehntealten

Schmutz, das Fett und Durcheinander in der *Sandbox* angezettelt.

Im Lager hatte sie angefangen, hatte ganze Containerladungen antiquierter Einrichtung aussortiert: eine Fritteuse, die ihr Vater immer hatte reparieren wollen; eine Eismaschine, die schon seit zehn Jahren nicht mehr funktionierte; Kartons und Kisten mit alten Unterlagen und Katalogen von Nahrungsmittellieferanten; kaputte Stühle und Tische.

Als Nächstes hatte sie mit der Küche weitergemacht, hatte erbarmungslos alles rausgeworfen, was nicht unmittelbar mit der Zubereitung von Lebensmitteln zu tun hatte. Sie hatte jedes Glas, jeden Teller, jedes Besteckteil geprüft und alles, was verbogen, beschädigt oder ausgebleicht war, in einer Kiste zur örtlichen Suppenküche für Obdachlose gebracht.

Im Zuge ihrer Putzaktion hatte sie ihre vornehmen Vorstellungen über Bord werfen müssen, denn verdünnter Essig und Backnatron waren bei ihren jetzigen Säuberungsaktionen nutzlos. Hier waren die Waffen der Wahl diverse Industriereiniger, die sie im örtlichen Geschäft für Hausmeisterbedarf fand.

Grace stellte den Mopp beiseite, schälte die Gummihandschuhe von den Fingern und trank den Kaffee. Sie machte eine ausholende Geste. »Ich habe das Gefühl, langsam ein bisschen Ordnung in die Bude zu bekommen, oder?«

Ihre Mutter zuckte mit den Schultern. »Hier riecht's nicht mal mehr wie in 'ner Kneipe. Du hast den letzten Rest *Sandbox*-Stimmung weggeschrubbt.«

»Mom, das war nicht Stimmung, das war Dreck. Eingebrannter, eingetretener Dreck aus mehreren Jahren. Es war ekelig. Kannst du nicht einfach zugeben, dass es sauber schöner ist?«

Rochelle strich über die alte Mahagonitheke. »Ich hab es so gemocht, wie es war«, erwiderte sie mit Nachdruck. »Hier war's schon schäbig, bevor Shabby Chic erfunden wurde. Jetzt ist es so steril wie im Krankenhaus, verdammt nochmal. Wer will da schon ein Bier trinken, geschweige denn einen Burger essen?«

»Es gibt einen kleinen, feinen Unterschied zwischen morbider Eleganz und Verfall«, sagte Grace. »Unsere Stammkunden werden vielleicht anfangs meckern, aber wart's nur ab, sie werden es noch zu schätzen wissen, wenn sie Bier aus einem Krug ohne kaputten Rand trinken oder mit einer Gabel ohne verbogenen Zinken essen.«

»*Meine* Stammkunden wissen gar nicht, was ein Zinken ist«, sagte Rochelle.

Vielleicht, hätte Grace am liebsten erwidert, *könnten wir auch eine Klientel anziehen, die bereit ist, 15 Dollar für eine anständige Vorspeise auszugeben, wenn wir hier ordentlich saubermachen, die Speisekarte ändern und den Standard ein wenig erhöhen.*

Doch bevor sie Rochelle mit dem nächsten sinnlosen Argument kommen konnte, sah sie zufällig hoch zum Fernseher und hielt mitten im Satz inne.

Rochelle folgte ihrem Blick. »Ach, du Scheiße. Geht das wieder los.«

Auf die Frühnachrichten folgte *Sunrise Sarasota*, ein morgendliches Plauderstündchen im Magazinformat. Die Moderatoren, ein unerträglich gutgelauntes Ehepaar namens Charley und Joe, standen in einer Studioküche. Charley, die Frau, versuchte einen Florida-Hummer zu knacken, während ihr Mann, Joe, in die höhere Kunst des Tischdeckens eingeführt wurde. Im Hintergrund vernahm Grace eine nur allzu bekannte, näselnde Stimme, bei der es ihr kalt den Rücken runterlief.

Der Gast, der Charley und Joe Anweisungen in der Küche gab, war niemand anders als J'Aimee. Ihre, beziehungsweise Bens, J'Aimee.

Rochelle griff nach der Fernbedienung, um umzuschalten, aber Grace war schneller und schnappte sie ihrer Mutter vor der Nase weg. Dann starrte sie fassungslos auf den Bildschirm.

»Bleiben Sie dran!«, sagte Charley. »Wir sind gleich wieder zurück und haben die Gracenotes-Bloggerin J'Aimee zu Gast.«

»Was?«, *kreischte* Grace. »Gracenotes-Bloggerin? Das kann doch nicht wahr sein!«

»Schalt doch einfach ab«, wollte Rochelle sie beruhigen. »Hör nicht hin. Das hat nichts zu bedeuten. Du regst dich für nichts und wieder nichts auf.«

»Meine Wut ist aber berechtigt«, gab Grace zurück und wandte den Blick nicht vom Bildschirm ab. »Das ist alles Bens Werk.« Sie tastete über die Theke und suchte ihr Handy.

»Ich rufe meine Anwältin an.« Grace scrollte durch die Nummern auf ihrer Kontaktliste. »Das kann er nicht bringen. Er kann sie nicht als Gracenotes-Bloggerin verkaufen. Er kann mich nicht durch sie ersetzen.«

»Sieht aus, als hätte er das bereits getan«, murmelte Rochelle.

Grace wurde auf Mitzi Stilwells Mailbox umgeleitet. »Mitzi! Hier ist Grace. Mach mal sofort *Sunrise Sarasota* an! Ben hat J'Aimee da reingeschleust, sie verkauft sich als Gracenotes-Bloggerin. Du musst was unternehmen, Mitzi! Ruf den Richter an, besorg ein Unterlassungsurteil oder irgendwas. Ruf mich zurück, ja?«

Die Werbepause war vorbei, Charley und Joe kehrten mit ihrem Gast zurück auf den Bildschirm.

»Guck dir diese Nutte an!«, grollte Grace. »Siehst du, wie sie rumläuft? Ich wette, Ben hat sie komplett neu eingekleidet. Sie wirkt ja fast schon elegant.«

J'Aimee trug ein ärmelloses pinkfarbenes Kleid; ihre frisch gefärbten dunklen Locken hatte sie hochgesteckt.

»Die müssen das Stacheldraht-Tattoo auf ihrem rechten Oberarm mit Camouflage-Make-up weggemacht haben«, murmelte Grace. »Und ich glaube fast, sie hat sich die Lippen unterspritzen lassen. Siehst du, wie voll die sind?«

Rochelle zuckte mit den Achseln. »Ich habe mir dieses Mädchen nie genauer angeguckt, um ehrlich zu sein.«

J'Aimee flirtete unverblümt mit Joe herum, klimperte mit ihren angeklebten Wimpern und warf kichernd mit einer Serviette nach ihm.

»Hey! Das ist meine verdammte Serviette.« Grace kletterte auf einen Barhocker, um besser sehen zu können. Sie wies auf den Bildschirm. »Das sind meine handgeblasenen mexikanischen Weingläser.« Tränen stiegen ihr in die Augen. »Die hab ich den ganzen Weg zurück von Puerto Vallarta auf dem Schoß gehabt!«

»Und da! Sie nimmt das potthässliche Geschirr von dem *Gracenotes*-Sponsor. Das ist mit Sicherheit Bens Idee gewesen.«

Grace sackte in sich zusammen, war jedoch nicht in der Lage, den Blick vom Fernseher zu lösen. J'Aimee stellte gerade eine große flache Glasschale mit glänzend grünen Avocados in die Mitte des Tisches.

»Ich beziehe *immer* gerne frisches regionales Obst und Gemüse in meine Tischdekoration ein«, erklärte sie Charley und rückte eine Avocado zurecht. »Dadurch bekommt eine Party eine gewisse Authentizität, nicht wahr?«

»Authentizität?«, höhnte Grace. »Die konnte eine Avocado nicht von 'ner Gurke unterscheiden, als ich sie eingestellt hab!«

Rochelle entwand die Fernbedienung vorsichtig Grace' Fingern, richtete sie auf den Fernseher und drückte darauf.

»Du regst dich wirklich umsonst auf«, sagte sie. »Ist doch egal, ob sie im Fernsehen ist oder Ben sie einen Blog in deinem Namen schreiben lässt! Sie ist nicht du. Sie ist ein billiges Flittchen. Du bist die wahre Grace! Du bist die Butter, und sie ist … sie ist nicht mal Margarine. Ben wird noch früh genug dahinterkommen. Und alle deine Leser werden erst recht dahinterkommen. Das wird sich alles von selbst regeln.«

»Nein, wird es nicht«, sagte Grace unter Tränen. »Sie hat mir alles gestohlen: mein Haus, meinen Mann, meine Servietten. Das war mein Hochzeitssilber, mit dem sie den Tisch gedeckt hat. Mein Repoussée-Silber, Mom.«

Rochelle seufzte und nahm ihre weinende Tochter in die Arme. »Das wird schon wieder, Grace. Wirklich. Ich weiß, dass es im Moment weh tut, aber du wirst es überstehen. Wirklich. Ich helf dir dabei.«

Grace schaute zu ihr auf. Tränen strömten ihr

über die Wangen. Ihre Augen waren rot, ihre Nase lief. Sie schniefte. »Wie denn, Mom?«

»Irgendwie«, versprach Rochelle. Sie griff zu dem Sprühreiniger, den Grace hinter der Theke hatte stehen lassen. »Du hast die Erlaubnis, als Nächstes das Büro sauberzumachen, ja? Du darfst rauswerfen, was du willst, und ich werde kein Wort dazu sagen.«

Da der Richter sich weigerte, Grace ihren Blog zurückzugeben, nahm sie sich vor, auf keinen Fall bei *Gracenotes* reinzusehen. Aber nachdem sie am Nachmittag den Müllcontainer der Kneipe mit verstaubten Akten und alten Sportzeitschriften gefüllt hatte, klappte sie ihren Laptop auf und klickte dennoch auf das Icon ihres ehemaligen Blogs.

»O nein, das darf doch nicht wahr sein!«, stöhnte sie, als sie die Homepage sah. Alles war völlig verändert. Inklusive des Namens. Jetzt hieß die Seite: *Gracenotes Living mit J'Aimee.* Das neue Banner war in einer fast unleserlichen Schrift gestaltet, die Farben eine grausige Kombination aus Orange und Petrol. Die Leisten rechts und links waren mit winzigen, zweieinhalb Zentimeter großen Quadraten zugepflastert, die nahezu alles vom *»Unglaublichen neuen Anti-Aging Serum«* über Kreditkarten und *Kreuzfahrten bis hin zu »Tiermedizin online«* anpriesen.

»Furchtbar!« Grace schüttelte den Kopf. »Ekelhaft.« Sie zählte über dreißig Anzeigen auf der Homepage. Ben musste zur Höchstform aufgelaufen sein, als er den maximalen Ertrag aus dem Blog holte, dachte sie, ein Jubeltag für sein gieriges Herz.

Sie las den Eintrag vom Vortag. Er trug die Überschrift »Wie man Möbel kauft«.

»Tatsächlich brillant«, bemerkte Grace, obwohl ihr beim Lesen fast übel wurde. Das gesamte Posting war nicht viel mehr als eine schlecht getarnte Werbung für Room in a Box, einen Möbelgroßhändler mit unzähligen Franchise-Unternehmen in Florida. Ebenjene Möbelfirma, deren Banner jetzt den gesamten oberen Teil der Homepage einnahm.

Die Marketingleute von Room in a Box hatten Grace über ein Jahr lang angefleht, ihre Möbel zu erwähnen. Sie hatten sogar den Nerv gehabt, ihr einen Fernsehsessel aus Kunstleder ins Haus zu schicken – als Anreiz beziehungsweise Bestechung dafür, dass sie eine Empfehlung für die Produkte schrieb.

»Nie im Leben«, hatte Grace gesagt, als Ben die Pappverpackung des Sessels aufschnitt – der tatsächlich mit einer Fernbedienung geliefert wurde, damit man ihn verstellen, vibrieren und sogar Musik abspielen konnte. »Pack das Teil wieder ein, und sag UPS, sie sollen ihn unverzüglich abholen. Ich möchte nicht, dass er über Nacht hier steht.«

Ben wusste, dass es sinnlos war, seiner Frau zu widersprechen. Offensichtlich hatte er aber gewartet, bis sie fort war, um in seinem Sinne tätig zu werden. Nun war jede Form von redaktionellen Grundsätzen dahin.

Angewidert schloss Grace den Blog, öffnete eine neue Datei und begann zu tippen. Ihre Finger huschten über die Tastatur.

Um vier Uhr meldete sie eine neue Domain auf ihren Namen an: *TrueGrace*. Vielleicht war das nicht gerade der originellste Name, aber er erfüllte den Zweck und vermittelte ihren Lesern hoffentlich, dass dies der wahre Blog war.

Diesmal, versprach sie sich, würde er ihr ganz allein gehören. Das erste Posting würde von ihren jüngsten Erfahrungen handeln.

Schluss mit der Schönfärberei, dachte sie und arbeitete sich regelrecht in einen Rausch. Irgendwann schaute sie auf die Uhr und sah, dass es fast sieben Uhr abends war. Sie klickte auf »Speichern«, klappte den Laptop zu und ging widerwillig nach unten.

Rochelle stand hinter der Theke und zapfte ein Bier für eine ältere Frau, die Grace nicht kannte. Aus dem Augenwinkel sah Rochelle, wie ihre Tochter auf die Kneipentür zusteuerte.

»Wo willst du hin?«, rief sie.

Grace verzog das Gesicht. »Zu meiner sogenannten Therapiegruppe.«

»In den Klamotten?«

Grace schaute an sich hinab. Sie trug ein verblichenes limettengrünes T-Shirt mit dem *Sandbox*-Logo, weiße Shorts und Flipflops; Kleidung, die sie nach dem Joggen am Morgen angezogen hatte. Ihr Haar war zu einem schlaffen Pferdeschwanz gebunden, und sie war nicht geschminkt.

»Der Richter hat gesagt, ich muss da hin.« Trotzig schob sie das Kinn vor. »Er hat nicht gesagt, dass ich mich fein machen muss.«

Rochelle reichte der Frau das Bier und eilte um die Theke herum zu ihrer Tochter. »Schätzchen, sei nicht so voreingenommen«, sagte sie leise. »Vielleicht sind diese Sitzungen sogar ganz hilfreich. Versuch doch mal, für neue Sachen aufgeschlossen zu sein. Und lass dir zumindest was mit deinen Haaren einfallen.«

Grace seufzte. Sie griff in den Glaskasten, in dem sie Werbeartikel der Kneipe aufbewahrten wie Dosenkühler, Golf-Tees, Aufkleber und Schlüsselanhänger. Sie nahm eine Baseballkappe heraus, die mit dem *Sandbox*-Logo bestickt war, drückte sie sich auf den Kopf und zog den Pferdeschwanz durch die Öffnung.

»Besser?«

Rochelles Antwort wartete sie gar nicht erst ab.

11

Grace musste die Adresse an der Tür mehrmals überprüfen, um sicherzugehen, dass sie vor dem richtigen Haus stand. Hier sollte die Praxis einer Therapeutin sein? Es war ein heruntergekommenes einstöckiges Haus mit einem Schaufenster am Ende einer Ladenzeile, in der es außerdem ein vietnamesisches Fingernagelstudio, einen Hörgeräteakustiker, ein Geschäft namens Windeldepot und einen Tattoo-Shop gab. Auf der verstaubten Fensterscheibe stand in goldumrandeten schwarzen Lettern: PAULA TALBOTT-SINCLAIR, FAMILIEN- UND EHEBERATUNG, SCHEIDUNGSVERARBEITUNG, EMOTIONALE HEILUNG.

»Emotionale Heilung«, murmelte Grace vor sich hin und trank einen letzten Schluck ihres lauwarmen Kaffees, bevor sie aus dem Auto stieg. »Klar. So weit *kommt es noch.*« Auf dem Parkplatz standen nur vier weitere Fahrzeuge. Eines war ein glänzend schwarzer VW-Käfer mit einem gelben Smiley auf der Stoßstange, der die Aufschrift trug: »*Change happens*«. Bestimmt der Wagen der Therapeutin, dachte Grace und hasste sie auf der Stelle.

Der Empfangsbereich von Paula Talbott-Sinclairs Praxis war nicht viel eindrucksvoller als das Schaufenster. Ein abgewetzter, verblichener brauner Teppichboden, ein flaches olivgrünes Kunstledersofa und mehrere Stühle ohne Armlehnen. Auf dem Empfangstresen standen ein Computer und ein Telefon, doch von einer Empfangsdame war nichts zu sehen. Lediglich ein Klemmbrett mit einem handgeschriebenen Hinweis lag auf dem Tisch: TEILNEHMER DER TRENNUNGSBEWÄLTIGUNGSGRUPPE BITTE HIER EINTRAGEN. Auf dem Blatt standen drei Namen, alle weiblich, stellte Grace fest.

Die Tür gegenüber dem Eingang war leicht angelehnt, Grace hörte leise Stimmen. Sie trug ihren Vornamen auf dem Zettel ein, zögerte kurz und notierte dann als Nachnamen DAVENPORT.

»Hallo?« Leise näherte sie sich der Tür. Eine Frau streckte den Kopf heraus. Grace schätzte sie auf Mitte vierzig. Ihr herzförmiges Gesicht wurde von einem Schopf hellblonder Locken gerahmt, sie hatte erstaunlich blaue Augen und trug eine Nickelbrille. Dazu war sie in ein figurbetontes schwarzes Tanktop und eine schwarze Yogahose gekleidet und hatte ein hauchdünnes schwarzes Halstuch über den knochigen Schultern. Außerdem war sie barfuß.

»Oh, hi!«, sagte sie fröhlich und musterte Grace von oben bis unten. Sie nahm Grace' Hände in ihre und drückte sie. »Ich bin Dr. Talbott-Sinclair, aber in der Gruppe sprechen wir uns alle mit Vornamen an. Also, ich bin Paula. Und du bist Grace Stanton?«

»Jetzt heiße ich wieder Davenport«, sagte Grace. »Wenn es dich nicht stört.«

»Aha«, machte Paula und spitzte die Lippen. »Nun, darüber werden wir noch sprechen, nicht?«

»Dass ich wieder meinen Mädchennamen annehme? Hat der Richter ein Problem damit?«

Paula legte den Kopf schräg und blinzelte. »Die Frage ist, Grace, ob du damit ein Problem hast. Machst du das lediglich aus Wut? Denn wir können nicht gesunden, solange unser Herz und Verstand verbittert sind. Ich denke, das wirst du irgendwann verstehen.«

»So heiße ich aber.« Grace war ungewöhnlich kratzbürstig. »Ich hieß viel länger Davenport als Stanton.«

»Gut«, sagte Paula und öffnete die Tür. »Merken wir uns diesen Gedanken für später. Aber jetzt komm erst mal rein und lern die anderen Teilnehmer kennen.«

Im Raum standen ein großer Glastisch und ein Drehsessel. Der Boden war mit demselben braunen Teppich wie im Empfang ausgelegt. Vor zwei kleineren Fenstern hingen kitschige schimmernde Gardinen aus durchsichtigem bronzefarbenen Stoff. Fünf Klappstühle standen in einem Halbkreis um den braunen Ledersessel mit der hohen Rückenlehne. An der Wand über dem Schreibtisch hingen gerahmte Diplome. Um einen kleinen Holztisch mit Kaffee und Styroporbechern drängten sich drei Frauen, denen offensichtlich unbehaglich zumute war. Sie unterhielten sich mit gedämpften Stimmen.

»Meine Damen!« Paula hob die Stimme, damit alle merkten, dass sie etwas Wichtiges zu verkünden hatte. »Meine Damen!«

Die Frauen wandten sich dem Neuankömmling zu. Wenn Grace irgendwelche Erwartungen gehabt hatte, wie eine Trennungsbewältigungsgruppe aussehen würde, dann hätte sie auf jeden Fall danebengelegen.

»Kenne ich dich nicht?« Eine große, elegant gekleidete Schwarze kam, die Hände in die Hüften gestützt, auf Grace zu und musterte sie ausgiebig. Sie hatte einen schnittigen Bob, und das Erste, was Grace an ihr auffiel, waren ihre Mandelaugen und die unerhört dichten Wimpern. Falsche?

»Ich … ich weiß nicht«, stotterte Grace. Sollte diese Gruppentherapie nicht anonym sein? Sollte Paula Talbott-Sinclair nicht die Identität der Teilnehmer schützen?

»Moment, jetzt weiß ich's!« Die Schwarze schnippte mit den Fingern. »Gracenotes, nicht wahr? Du bist die Lifestyle-Bloggerin, die den 175 000 Dollar teuren Schlitten ihres Ex versenkt hat. Scheiße nochmal! Ich war vor Ort, mein Bericht wurde von allen Sendern gekauft.« Sie klopfte Grace auf die Schulter. »Gut gemacht, Mädel.«

Grace spürte, wie sie vor Scham knallrot anlief. So viel zum Thema Anonymität.

»Ach! Du bist diese Reporterin! Camryn, nicht wahr? Camryn … und wie weiter? Du bist widerrechtlich in unsere Siedlung eingedrungen und hast mit meinen Nachbarn gesprochen.« Grace senkte die Stimme. »Bist du mir bis hierher gefolgt? Haben Leute wie du eigentlich überhaupt keinen Anstand?« Sie sah sich nach der Therapeutin um, wollte ihr Vorwürfe machen.

»Immer mit der Ruhe«, schmunzelte Camryn. »Warum soll ich dich verfolgen? Bilde dir bloß nichts ein. Ich bin aus demselben Grund hier wie du.«

Grace kniff die Augen zusammen. »Du hast auch den Wagen deines Mannes in den Pool gefahren?«

»Nicht ganz«, entgegnete Camryn. »Sagen wir einfach, ich hab was getan, das bei so manchem nicht besonders gut ankam.«

Eine weitere Frau gesellte sich zu ihnen. Sie war *jünger als Camryn Nobles*, aber älter als Grace, zierlich und schlank, hatte von der Sonne gebleichtes schulterlanges blondes Haar, das sie mit einer Designer-Sonnenbrille aus der Stirn geschoben hatte. Ihre Haut war makellos, sie trug Freizeitkleidung, eine weiße Caprihose, eine geblümte rosa-orange Tunika und dazu goldene Sandalen. Um den Hals hatte sie eine hübsche Goldkette, an der ein riesengroßer Diamant von mindestens drei Karat baumelte, schätzte Grace.

»Hey, Leute«, sagte sie mit gedehnter honigsüßer Stimme. Sie sah sich über die Schulter nach Paula Talbott-Sinclair um, die auf dem Drehstuhl Platz genommen hatte und erwartungsvoll zur Tür schaute. »Denkt ihr auch gerade das, was ich denke?«

»Nämlich?«, fragte Camryn.

»Tja, ich denke, dass uns hier eine Nummer vorgespielt wird. Ich meine, habt ihr euch diese Einkaufsstraße mal genauer angeguckt? Ich wohne schon mein Leben lang in Sarasota, und ich bin noch nie, wirklich noch nie in dieser Ecke gewesen. Was für ein Therapeut hat seine Praxis zwischen einem Tattoo-Laden und einem Windelgeschäft?«

»Ein Therapeut, der dreihundert Dollar pro Sitzung verlangt«, gab Camryn zurück. »Sieht so aus, als würde sie ihren Gewinn nicht in die Firma investieren.«

»Bestimmt nicht«, sagte die Blondine. »Mein Anwalt meint, dass ich meinen Ex wahrscheinlich nicht einmal dazu zwingen kann, die Sitzungen zu zahlen. Obwohl nicht ich diejenige war, die sich durch die

Gegend gevögelt hat. Aber vor diesem verfluchten Stackpole zieht mein Anwalt den Schwanz ein.«

»Stackpole?« Camryn schnaubte verächtlich. »Ist das dein Scheidungsrichter?«

»Allerdings«, sagte die Blondine. »Deiner auch?«

»Leider«, erwiderte Camryn und wandte sich an Grace. »Wie sieht's bei dir aus?«

»Leider ebenfalls«, sagte Grace. »Meine Anwältin sagt, er hasst Frauen und insbesondere weibliche Anwälte.«

»Mein Anwalt ist männlich, und trotzdem hab ich in die Röhre geguckt«, bemerkte Camryn.

»Ich auch«, sagte die Blondine. »Wir stecken wohl alle zusammen in der Scheiße, was? Ich bin übrigens Ashleigh Hartounian.«

»Ich glaube, wir sollen unsere Nachnamen eigentlich nicht nennen«, meinte Grace.

»Warum nicht?«, fuhr Camryn sie an. »Ich hab nichts zu verbergen. Ihr wisst sowieso alle, wie ich heiße, warum also soll ich eure Namen nicht wissen?«

Grace seufzte. »Was soll's, ich bin Grace Davenport.«

»Ich dachte, du heißt Stanton«, entgegnete Camryn.

»*Hieß ich*. Ich nehme wieder meinen Mädchennamen an.«

Camryn verdrehte die Augen. »Da wird der

Richter bestimmt begeistert sein.« Sie wandte sich an Ashleigh. »Ist dein Ex Boyce Hartounian? Der Schönheitschirurg?«

»Kennst du ihn?«

»Nur vom Hörensagen«, erwiderte die Reporterin. »Er hat bei einer Freundin im Sender die Augenlider gestrafft. Echt, die sieht jetzt zehn Jahre jünger aus.«

»Boyce ist kein schlechter Arzt«, gab Ashleigh zu.

Camryn trat an die junge Frau heran und untersuchte ihr Gesicht. »Und bei dir? Hat er bei dir auch was gemacht?«

»Ein bisschen«, gab sie schulterzuckend zu. »Er hat mir diese Brüste gemacht, kurz nachdem wir zusammenkamen. Und zum ersten Jahrestag hat er mir die Nase von Reese Witherspoon geschenkt.«

»Alle Achtung!«, sagte Camryn. »Die Brüste sehen super aus.«

Die vierte Frau im Raum gesellte sich zu ihnen. Sie machte einen zurückhaltenden Eindruck und war mit Anfang fünfzig älter als die anderen. Ihr dunkelbraunes Haar war von grauen Strähnen durchzogen, ihre Augen von einem Netz aus *Krähenfüßen* umgeben. Sie trug eine hellgraue Leinenbluse und eine graue Hose.

»Hallo«, sagte sie leise. »Ich stelle mich besser mal vor. Ich bin Suzanne.«

»Ashleigh.«

»Grace.«

»Ich bin Camryn. Hör mal, heißt dein Scheidungsrichter auch Stackpole?«

Suzanne erschrak. »Ehrlich gesagt: ja.«

»M-hm«, machte Camryn und stieß Grace an. »Und hast du deinem Ex auch irgendwie übel mitgespielt? Bist vielleicht ein bisschen ausgeflippt oder so?«

Suzanne wurde blass. »Ich kann nicht … ich hab … ich weiß nicht …«

»Schon gut«, sagte Grace. »Was auch immer du getan hast, dein Mann hat es bestimmt verdient.«

Suzanne biss sich auf die Lippe. »Ich kann immer noch nicht fassen, dass ich das wirklich durchgezogen habe. Und ich kann nicht glauben, dass ich heute Abend hier bin. Das kommt mir alles so unwirklich vor.«

»Unwirklich ist die Tatsache, dass diese Gruppe nur aus Frauen besteht«, sagte Camryn. »Das ist keine Gruppentherapie. Das ist ein Weiberabend.«

»Ein sehr, sehr teurer Weiberabend«, warf Grace ein.

»Die Damen …«, rief Paula ihnen vom Drehstuhl aus zu. »Fangen wir an, ja? Ich warte noch auf einen weiteren Teilnehmer, aber ich denke, wir legen trotzdem schon mal los. Setzt euch doch bitte!«

Grace nahm auf einem Klappstuhl Platz und schlug die Beine übereinander. Die anderen drei Frauen taten es ihr nach und setzten sich.

»Also«, sagte Paula und lächelte alle an. »Ich gehe mal davon aus, dass ihr euch schon miteinander bekannt gemacht habt. Ashleigh, Grace, Camryn und Suzanne. Heute ist ein wichtiger Tag für jede von euch. Stimmt's? Es ist der Tag, an dem eure Heilung beginnt. Und das Vergeben.«

»Niemals«, murmelte Camryn vor sich hin.

»Wie bitte?«, fragte Paula scharf.

»Ich habe gesagt: niemals. Von mir aus kann dieser Richter anordnen, dass ich zu diesen bescheuerten Therapiestunden gehen muss. Er kann anordnen, dass ich Wucherpreise dafür bezahle. Aber er kann mich nicht zwingen, Dexter Nobles zu vergeben.« Sie verschränkte die Arme vor der Brust. »Und von euch kann er das auch nicht verlangen.«

»Aha«, machte Paula. »Was ist mit dir, Ashleigh? Bist du heute ohne Vorurteile hier?«

»Ich bin mit einem offenen Scheckheft hier«, erwiderte Ashleigh. »Mehr kann ich im Moment nicht tun.«

Camryn grölte, Grace unterdrückte ein Lachen.

»Grace?« Paula sah sie erwartungsvoll an.

»Mein Mann hat mich aus meinem eigenen Haus gesperrt.« Grace spürte, wie ihr Hals eng wurde. »Er hat meine Konten eingefroren. Meine Kreditkarten gesperrt, so dass ich keinerlei Zugang zu irgendwelchem Geld habe. Ich wohne momentan bei meiner Mutter, helfe in der Kneipe aus, um meinen Lebensunterhalt zu verdienen. Er hingegen lebt in einem zwei Millionen Dollar teuren Haus, zusammen mit meiner sechsundzwanzigjährigen ehemaligen Assistentin. Also: nein. Ich bin momentan nicht bereit für das, was du Heilung und Vergebung nennst.«

Paula runzelte die Stirn. »Ihr seid alle so negativ … Das finde ich sehr traurig. Sehr enttäuschend.«

Na, Pech für dich, dachte Grace und warf erst Camryn Nobles, dann Ashleigh Hartounian einen kurzen Blick zu. Ihre Mienen waren undurchdringlich. Suzanne war höchst konzentriert.

»Uns steht eine Menge Arbeit bevor«, sagte Paula nach einer Weile. Sie ging zu ihrem Schreibtisch, nahm einen Stapel altmodischer schwarzer Kladden mit weißen Flecken herunter und reichte jeder Frau eine.

»Das hier«, sagte sie, »ist euer Scheidungstagebuch. Ich möchte, dass ihr euch angewöhnt hineinzuschreiben, mindestens einmal am Tag, am besten mehrmals.«

»Was sollen wir denn schreiben?«, fragte Ashleigh.

»Egal was. Alles. Wir werden verschiedene Visualisierungs-Übungen machen, die ich sehr hilfreich finde. Und ich möchte, dass ihr eure Seele erforscht, um ehrliche Antworten auf die Fragen zu finden, die ich euch stellen werde. Denn in diesem Raum geht nichts über Ehrlichkeit.«

Paula zeigte zum Fenster. »Da draußen, bei euren

Verwandten und Freunden, könnt ihr euren Kummer verbergen. Ihr könnt ihn verbergen, zensieren, verdrängen. Aber hier drin – in der Gruppe – erwarte ich nichts als die absolute Wahrheit.«

Sie zog die unterste Schublade ihres Schreibtischs auf, holte eine kastenförmige Polaroidkamera heraus und begab sich flink in den Halbkreis aus Stühlen. Bevor Grace sich wehren konnte, hatte sie ein Foto von ihr gemacht. Als es aus der Kamera geworfen wurde, reichte Paula es Grace und fotografierte Camryn, Suzanne und schließlich Ashleigh. Jede Frau bekam ihr Bild.

Grace beobachtete, wie der blassgraue Film vom Polaroid verschwand und sich ein grobkörniges Bild entwickelte. Sie war entsetzt von ihrem Anblick. Ihr ehemals volles, rundes Gesicht wirkte hager. Das Haar hing schlaff herunter und ließ einen dunklen Ansatz erkennen. Sie hatte sich keine Zeit zum Schminken mehr genommen, seit sie vom Wachmann in Gulf Vista verscheucht worden war. Grace hatte dunkle Ringe unter den Augen und tiefe Falten in den Mundwinkeln. Ihr fiel auf, dass sie sich nicht erinnern konnte, wann sie zum letzten Mal wirklich gelächelt hatte. Seit Tagen nicht. Sie sah traurig aus. Traurig und alt. Niedergeschlagen.

Sie schielte zu den anderen hinüber. Camryn und Ashleigh wirkten nicht minder schockiert von ihren Bildern. Ashleigh hatte sogar ein Puderdöschen aus ihrem Louis-Vuitton-Täschchen geholt und trug schnell noch etwas Lippenstift auf. Suzanne starrte ihr Foto an, als hätte sie noch nie zuvor eine Aufnahme von sich gesehen.

Paula reichte Grace einen Tacker. »Heftet das Polaroid bitte auf die erste Seite eures Scheidungstagebuchs. Das ist das Vorher-Bild. Dann blättert ihr um und beschreibt, was ihr auf diesem Foto seht. Schreibt auf, wo ihr heute seid und was ihr über diese Praxis denkt – einfach aus dem Bauch heraus. Wenn ihr wollt, könnt ihr über euren ersten Abend in der Gruppe schreiben. Seid ehrlich. Ich weiß, dass ihr nicht hier sein wollt.« Sie schaute auf die Uhr. »Ich gebe euch eine Viertelstunde Zeit. Wenn ich zurückkomme, möchte ich, dass ihr das Geschriebene dem Rest der Gruppe vorlest.«

»Und wenn ich keine Lust auf Vorlesen habe?« Ashleigh warf ihr Haar über die Schulter nach hinten. »Was ist, wenn ich keine Lust habe, überhaupt etwas zu schreiben?«

Paula lächelte künstlich. »Oh, Ashleigh, du weißt doch, dass Richter Stackpole deine Teilnahme an der Gruppe zur Voraussetzung für die Scheidung gemacht hat, nicht wahr?«

»Wie konnte ich das vergessen«, sagte Ashleigh.

»*Es läuft* nicht so einfach, dass ihr euch hier nur hinzusetzen braucht«, sagte Paula. »Richter Stackpole weiß, dass manche Therapieteilnehmer ihre

Fortschritte nur heucheln, damit sie schnell das Scheidungsurteil bekommen. Und auch wenn ihr alle anderer Meinung seid, muss ich euch sagen, dass Cedric Stackpole tatsächlich ein sehr kluger Mann ist. Er hat mich gebeten, euch ganz deutlich zu machen, was er von euch erwartet.« Sie lächelte.

»Jede Woche melde ich Richter Stackpole, welche Fortschritte die Gruppe macht. Und wenn ich das Gefühl habe, dass ihr euch nicht richtig anstrengt, dass ihr hier nur pro forma rumsitzt, dann werde ich eure Teilnahmebescheinigung nicht unterzeichnen.«

»Teilnahmebescheinigung?«, wiederholte Ashleigh. »Wie im Kindergarten? Ist das dein Ernst?«

»Mein voller Ernst«, sagte Paula. »Ihr habt fünfzehn Minuten Zeit. Ab jetzt.«

Sie verließ den Raum und schloss die Tür hinter sich.

Grace schrieb auf die zweite Seite des Tagebuchs:

Ich finde es unfassbar, dass ich zur »Gruppentherapie« verdonnert worden bin. Ich habe mit diesen Frauen nichts gemein. Und ich weiß nicht, wie es mir bei der Verarbeitung helfen soll, wenn ich ihre jämmerlichen Geschichten höre. Ich brauche keine Therapie. Ich brauche eine Scheidung. Ich wurde von meinem unehrlichen, verlogenen Ehemann betrogen.

Wie ich mich fühle? Ganz unterschiedlich, je nach Tagesform. Nachts kann ich meistens nicht schlafen. Ich weiß nicht, was mit meinem Leben los ist. Es quälen mich viele Fragen: Wie soll ich mein eigenes Geld verdienen? Wo soll ich wohnen? Ich kann nicht mehr lange bei meiner Mutter unterkommen, bloß habe ich im Moment leider keine andere Wahl. Ich habe überhaupt keine Wahl. Das ärgert mich, glaube ich, am meisten an dieser ganzen Geschichte. Dieses Gefühl von Machtlosigkeit, von Ausgeliefertsein. Das ist so verdammt ungerecht. Und über all diese Gefühle soll ich einfach so hinwegkommen? Ich soll einen Zustand erreichen, in dem ich nicht mehr diese brodelnde Wut in mir verspüre, die jeden Moment überzukochen droht? Meine Wut VERZEHRT mich! Wenn nicht, bin ich einfach nur traurig. Unheimlich traurig. Und einsam. Alles, was ich hatte, ist fort. Ich bin achtunddreißig. Und allein.

»So ein Schwachsinn«, sagte Camryn Nobles, die die erste Seite ihres Tagesbuchs mit großen geschwungenen Buchstaben füllte. »Mein Anwalt hat mir nichts davon gesagt, dass ich wie ein Schüler Tagebuch schreiben oder überhaupt irgendwie Auskunft geben muss. Ich ruf ihn heute Abend an, sobald ich hier raus bin. Dieser beschissene Richter kann uns nicht zu diesem Scheiß zwingen.«

»Psst«, machte Ashleigh und wies mit dem Kinn

in Richtung Tür. »Wenn sie dich hört, petzt sie dem Richter sicher, was du gesagt hast.«

»Ist mir scheißegal, was sie diesem verfluchten Richter erzählt«, fluchte Camryn. »Ich bin hier nicht im Gerichtssaal. Wir sind in Amerika, nicht in irgendeiner verkommenen Bananenrepublik mit Stackpole als Diktator, so dass wir salutieren müssen, wenn er einen Furz lässt.«

Grace musste lachen. »Mach doch für deinen Fernsehsender einen Beitrag über Stackpole.«

»Mach ich vielleicht wirklich«, gab Camryn zurück. »Sobald ich von Dexter Nobles geschieden bin.«

Dann war es still im Raum, man hörte nur das kratzende Geräusch der Stifte, während die Frauen ihre Gedanken in die billigen Kladden kritzelten.

Nachdem Grace zwei Seiten verfasst hatte, schaute sie auf die Uhr. »Schon eine halbe Stunde um. Wo Paula wohl bleibt?«

»Wen interessiert das?«, sagte Camryn. »Die ganze Sache hier ist doch Augenwischerei.«

»Ich guck mal nach«, sagte Grace. »Ich hab einen langen Tag hinter mir und will endlich nach Hause.«

Sie ging zur Tür, öffnete sie und spähte hinüber zum Empfang. Paula Talbott-Sinclair saß zusammengesunken auf dem Stuhl hinter dem Empfangstresen, das Kinn auf der Brust. Leise schnarchte sie vor sich hin.

Einen Moment lang blieb Grace stehen, unsicher, was sie machen sollte. Dann wurde die Tür zur Praxis geöffnet.

Ein Mann trat ein und sah sich unsicher um.

Er war groß, schlank und braungebrannt. Ungefähr in ihrem Alter, vermutete Grace. Zuerst glaubte sie, er habe eine Glatze, doch beim zweiten Hinsehen entdeckte sie einen feinen Flaum dunkler Stoppeln auf seinem Schädel. Er war wie ein Arbeiter gekleidet, trug eine weite, khakifarbene Cargohose, eine schmuddelige Safarimütze und hochgeschnürte Arbeitsstiefel. Seine Augen waren dunkel, fast schwarz und wurden von einem erstaunlichen Kranz schwerer, dichter Wimpern umrahmt. Und er hatte Grübchen. Die Grübchen erinnerten Grace daran, dass sie diesen Typen vor kurzem schon mal gesehen hatte.

»Hey.« Wyatt Keeler schaute finster drein. »Ich suche Dr. Talbott-Sinclair.«

Grace nickte in Richtung der schlummernden Therapeutin: »Die haben Sie gerade gefunden.«

12

»Soll das ein Witz sein?«, fragte Wyatt und kniff die Augen zusammen. Er zog einen Zettel aus der Tasche und las erneut die Karte, die der Richter ihm aufgenötigt hatte. Dann sah er Grace genauer an.

»Kennen wir uns nicht …«, er zögerte, »aus dem Gericht?«

»Stimmt«, sagte Grace.

»Ich soll mich hier melden für die … ähm … Trennungsbewältigungsgruppe«, sagte er.

»Tja, etwas spät«, gab Grace schnippisch zurück. »Die hat schon vor einer halben Stunde angefangen. Nicht, dass Sie viel verpasst hätten.«

»Verdammt«, sagte Wyatt. »Die Brücke war dicht. Mein Vogel ist krank, und ich musste mit ihm noch schnell zum Tierarzt, aber das Arschloch von Assistent hat nicht auf mich gewartet. Als ich endlich ankam, war die Praxis zu, deshalb musste ich zum Drugstore und Medikamente kaufen …«

»Wirklich?« Grace schnaubte verächtlich. »Was

Besseres fällt Ihnen nicht ein, wie? Der Hund hat Ihre Hausaufgaben gefressen?«

Wyatt riss sich zusammen. »Das ist die Wahrheit. Und außerdem, was geht Sie das überhaupt an?«

Grace zuckte mit den Achseln. »Gar nichts. Ich will einfach nur hier raus. Jetzt. Ich habe genug geschrieben.«

Wyatt wies auf Paula, die sich nicht gerührt hatte, obwohl sie nicht gerade leise gesprochen hatten.

»Was ist mit ihr?«

»Keine Ahnung, ist mir auch egal«, sagte Grace. »Es ist acht Uhr. Hab keine Zeit mehr.«

Sie ging zum Tisch und rüttelte die Therapeutin an der Schulter. »Paula«, sagte sie eindringlich. »Hey, Paula, aufwachen!«

Keine Reaktion.

»Ist sie krank oder so?« Wyatt trat einen Schritt näher. Er legte die Hand auf ihren Hals und suchte den Puls.

»Was ist?!?« Paula schlug die Augen auf und wischte Wyatts Hand fort. Panisch sah sie sich um. »Was ist hier los?«

»Du hast uns gesagt, wir sollen eine Viertelstunde schreiben, aber jetzt ist schon über eine halbe Stunde vergangen«, sagte Grace. »Ich wollte nach dir gucken, aber du hast tief und fest geschlafen. Oder warst weggetreten.«

»Lächerlich!«, rief Paula, stand auf, schüttelte

ihr Haar und glättete die Kleidung. Sie sah aus wie die Sängerin Stevie Nicks nach einer nächtelangen Sauftour. »Ich habe meditiert und gewartet, bis die Gruppe mit ihrer Visualisierungsübung fertig ist.« Sie musterte Wyatt vom Scheitel bis zur Sohle. »Und wer sind Sie?«

»Ich bin Wyatt«, erwiderte er. »Richter Stackpole hat angeordnet, dass ich mich bei Ihnen melden muss. Zur Trennungsbewältigungsgruppe.«

Er sprach das Wort mit derartiger Abscheu aus, dass Grace fast laut gelacht hätte.

»Hat der Richter Ihnen nicht gesagt, dass unsere Sitzung pünktlich um sieben beginnt?«

»Doch, hat er«, sagte Wyatt. »Aber ich hatte einen Notfall in der Familie. Und die Brücke war gesperrt. Aber jetzt bin ich ja da. Schon seit …« Er sah erst auf seine Uhr, dann schaute er Grace mit flehenden Augen an.

»Zwanzig Minuten«, ergänzte sie. »Wir wussten nicht, ob wir dich wecken sollen.«

Paula musterte Grace' Gesicht. »Wirklich?«

»Ja, klar«, erwiderte Grace achselzuckend. »Frag doch die anderen. Wir haben schon darauf gewartet, dass du wiederkommst und einen Blick in unsere Tagebücher wirfst, um zu sehen, ob wir auch alles richtig gemacht haben.«

Zerstreut winkte Paula ab. »Schon gut. Es ist spät. Ich lese mir das nächste Woche durch.«

»Das heißt … wir können jetzt gehen?«, fragte Grace. »Alle?«

»Habe ich das nicht gerade gesagt?«, gab Paula zurück.

Sie ging in den Therapieraum und klatschte in die Hände. »So! Das war's für heute. Wir sehen uns nächsten Mittwoch um sieben. Bringt eure Tagebücher mit!«

Sie reichte auch Wyatt ein Notizbuch. »Und nächste Woche bitte pünktlich!«

Camryn und Ashleigh standen schnell auf und eilten zur Tür, Suzanne schrieb noch weiter. »Meine Damen«, sagte Paula und wies auf den Nachzügler. »Bevor wir aufbrechen: das ist Wyatt. Er gehört in den nächsten Wochen mit zur Gruppe. Ich möchte, dass ihr ihn in unserem kleinen Kreis der Heilung begrüßt. Wyatt, das sind Ashleigh, Camryn und Suzanne. Grace hast du ja schon kennengelernt.«

Suzanne machte einen gequälten Eindruck. »Ähm, Paula, das ist nicht persönlich gemeint, aber ich dachte, in dieser Gruppe wären nur Frauen? Niemand hat gesagt, dass auch Männer mitmachen.«

»Wir nehmen jeden mit offenem Herzen auf, Suzanne«, erklärte Paula. »Wir duzen uns hier übrigens alle«, sagte sie an Wyatt gewandt.

»*Hey*«, murmelte Wyatt und errötete leicht, als die Frauen ihn kritisch von oben bis unten musterten.

»Hmmm«, schnurrte Ashleigh.

»Wie ist es bei dir gelaufen?«, wollte Camryn wissen. »Hat Stackpole dich auch zu dieser Therapie verdonnert? Ich dachte, er hätte nur was gegen Frauen.«

»Das reicht«, sagte Paula, griff zu ihrer Kamera und machte einen Schnappschuss vom überraschten Wyatt. Als das Foto sich entwickelt hatte, reichte sie es ihm.

»Was ist das?«, fragte er und betrachtete das Bild. Es war nicht gerade eine schmeichelhafte Aufnahme. Das grelle Deckenlicht warf tiefe Schatten auf sein Gesicht. Er musste sich dringend rasieren, stellte er fest, und am Ausschnitt seines Shirts war deutlich ein Schweißrand zu erkennen. Außerdem hatte er einen verräterischen weißen Fleck auf der Schulter. Papageienkot, von Cookie, die auf dem Weg zum Tierarzt unbedingt auf seiner Schulter hatte sitzen wollen.

»Das ist dein Vorher-Bild«, erklärte Paula. »Hefte es in deine Kladde. Das Tagebuch ist deine Hausaufgabe. Ich möchte, dass du mindestens einmal täglich etwas hineinschreibst, je öfter, desto besser. Die heutige Aufgabe lautet zu beschreiben, wie du dich fühlst und wo du dich auf deiner emotionalen Reise befindest.«

»A-ha«, machte Wyatt.

»Und noch was, Wyatt! Wie die Damen bereits wissen, erwarte ich von dieser Gruppe, abgesehen von Pünktlichkeit, absolute Ehrlichkeit. Keine Beschönigungen. Keine Lügen. Klar?«

Camryn schnaubte verächtlich. »Das ist ein Mann. Der ist genetisch auf Lügen programmiert.«

»Wenn man einem Mann sagt, er soll nicht lügen, kann man ihn genauso gut bitten, im Sitzen zu pinkeln«, ergänzte Ashleigh.

»Meine Damen!«, sagte Paula müde.

Wyatt hatte mehr als genug. Er spürte die Feindseligkeit deutlich, die jede Frau im Raum ausströmte. Männerhassende Emanzen, jede einzelne von ihnen.

»Und noch was!« Paula hob die Hand. »Eure Therapiegebühren müssen vor jeder Sitzung vollständig bezahlt werden. Haben eure Anwälte euch meine Gebührenliste gegeben? Ihr versteht sicherlich, dass ich keine Barschecks annehmen kann. Nur Kreditkarte, allerdings keine American Express, oder Bankschecks.«

»Haben sie«, sagte Wyatt. Er griff in die Tasche seiner kurzen Hose und zog ein aufgerolltes Geldbündel hervor. Die Banknoten waren zerknittert und blass, und als er sechs Fünfzig-Dollar-Scheine abzählte, dachte er daran, wofür das Geld eigentlich bestimmt gewesen war. Lebensmittel. Neue Sportschuhe für Bo und für die immer länger werdende Rechnung beim Tierarzt.

Er drückte Paula das Geld in die Hand.

»Bar?« Sie schaute auf die Scheine, als hätte er ihr Vogelkacke in die Hand geschmiert.

»Ja«, sagte er. »Kann ich eine Quittung dafür bekommen? Meine Anwältin hat gesagt, dass ich darauf bestehen soll. Um dem Richter zu beweisen, dass ich wirklich hier war.«

Als er endlich die Praxis verließ, atmete Wyatt tief die schwülheiße Nachtluft ein. Erst Mai, und es war schon brütend warm. Tja, so war das eben in Florida. Auf jeden Fall fühlte es sich gut an, wieder draußen zu sein. In der verfluchten Praxis war es eiskalt gewesen. Und wie die ganzen Frauen ihn angestarrt hatten! Als sei er eine Ausgeburt der Hölle. Und das nur, weil er ein Mann war.

Betsy hatte ihn gewarnt, dass es so kommen könnte. »Das ist eine Trennungsbewältigungsgruppe, Schätzchen. Eine Horde trauriger, wütender, depressiver, verklemmter Frauen. Sie werden die Schuld an all ihren Problemen einem Mann geben, der ihnen angeblich übel mitgespielt hat. Setz dich einfach da hin und hör es dir an. Mit ein bisschen Glück wird Richter Stackpole dich in sechs Wochen scheiden, dann kannst du mit Bo dein normales Leben weiterführen.«

Wyatts Wagen stand am hinteren Ende des Parkplatzes, hauptsächlich weil er verhindern wollte, dass jemand im Vorbeifahren sein Auto bei einem Seelenklempner entdeckte. Als er sich seinem Pick-up näherte, sah er, dass eine Frau davorstand, sich bückte und durch das offene Fenster hineinspähte.

Es war eine Frau aus der Gruppe. Wie hieß sie noch gleich? Grace, ja. Grace.

Forsch ging er auf sie zu.

»Gibt es ein Problem?«, fragte er mürrisch.

Verwirrt schaute sie sich um. Sie hat schöne Augen, dachte Wyatt, wenn sie nicht genervt ist.

»Du hast ja wirklich einen Vogel im Auto«, sagte sie erstaunt.

»Hab ich doch gesagt«, entgegnete er. »Glaubst du, jeder Mann ist ein Lügner?«

Sie überhörte die Frage und beobachtete Cookie, die auf dem Lenkrad hockte, den Kopf unterm Flügel, die Augen geschlossen.

»Das ist ein Papagei, oder? Was für eine Sorte?«

»Ein afrikanischer Graupapagei.«

»Hast du keine Angst, dass er wegfliegt, wenn du das Fenster offen lässt?«

Wyatt lachte. »Cookie? Nee.«

»Du hast gesagt, er sei krank – was hat er denn?«

»*Sie.* Immer wieder dasselbe«, erwiderte Wyatt. »Cookie frisst einfach alles, was sie in den Schnabel bekommt. Ein Kind im Park hat ihr heute irgendwas zugesteckt. Wahrscheinlich einen Wurm aus Weingummi. Das … ähm … bekam ihrem Verdauungstrakt nicht besonders gut.«

Grace betrachtete den schlafenden Vogel genauer. »Sieht aus, als hätte sie zigmal aufs Lenkrad gemacht.«

»Tja«, seufzte Wyatt. »Eine schlechte Angewohnheit.«

Grace drehte sich um und wies auf seine rechte Schulter. »Dein Hemd hat sie wohl auch erwischt, was?«

»Ich könnte jetzt einen Witz machen, dass ich von allen beschissen werde, aber dann würdest du denken, dass ich verbittert bin«, sagte Wyatt.

Grace richtete sich auf. »Bist du das denn nicht?«

»Doch, klar«, sagte er leichthin. »Ist nicht jeder irgendwie verbittert?«

Sie dachte darüber nach. »Das gebe ich zwar nicht gerne zu, aber es stimmt, so kommt es mir manchmal vor. Obwohl, meine Mutter ist nicht verbittert. Weiß Gott, warum nicht, aber ich glaube, sie hat wirklich null Verbitterung in sich.«

»Ich hab genug Verbitterung für zwei«, bemerkte Wyatt.

Grace betrachtete wieder Cookie. »Du hast was von einem Park erzählt. Bist du bei der Stadt oder beim Bezirk angestellt?«

»Nee, *keins von beidem*«, sagte er mit Nachdruck. »Ich bin selbständig. Mit dem *Jungle Jerry*.«

Grace' Gesicht leuchtete auf. »*Jungle Jerry*«, sagte sie selig. »Das kenne ich noch! Wir haben jedes Jahr in der Schule einen Ausflug dorthin gemacht. Ich mochte die Papageien und die kleinen Weißwedelhirsche so gerne. Die waren so niedlich! Habt ihr immer noch die Show mit den Papageien? Die mit einem kleinen Fahrrad über ein Hochseil fahren?«

»Ja doch.« Wyatt taute ein wenig auf. »Unsere Cookie hier ist der Star der Show – wenn sie nicht gerade Eisstiele oder Spielzeug aus dem Überraschungsei frisst.«

»*Jungle Jerry*«, sagte Grace voller Sehnsucht. »Da war ich seit Jahren nicht mehr. Ich wusste gar nicht, dass es das überhaupt noch gibt.«

»Da bist du nicht die Einzige in Florida«, sagte Wyatt. »Aber wir sind auf jeden Fall noch da.«

Er zögerte, dann griff er in die Hosentasche und zog eine orangefarbene Karte hervor. »Das ist ein Eintrittsgutschein. Wenn du irgendwann mal nichts zu tun hast, kommst du damit umsonst rein. Du kannst auch deine Kinder mitbringen, wenn du willst. Der gilt für die ganze Familie.«

»Hab keine Kinder«, sagte Grace leichthin. »Bin allein.«

»Vielleicht besser so«, sagte Wyatt. »Wo du dich ja scheiden lässt, oder?«

»Ja«, bestätigte Grace. »Vielleicht besser so, da er sich ja als Drecksack entpuppt hat.«

Sie presste die Lippen aufeinander und kniff die Augen zusammen. Jetzt sah sie wieder aus wie am Anfang, als er die Praxis der Therapeutin betreten hatte. Wyatt merkte, dass ihm ihr Lächeln schon jetzt fehlte, und er wünschte sich, es irgendwie wieder auf ihr Gesicht zaubern zu können.

»Ich fahr jetzt besser los«, sagte er und schloss den Pick-up auf.

»Ich auch«, sagte Grace. »Muss nach Hause und in mein Scheidungstagebuch schreiben.«

»Ja, genau.« Wyatt öffnete die Fahrertür und rutschte auf den Sitz. »Hey, ähm, danke!«

»Wofür?«

»Dass du mich bei der Therapeutin nicht verpetzt hast«, sagte er. »Ich kann es mir nicht leisten, es mir mit ihr oder dem verdammten Richter zu verscherzen.«

»Schon gut«, sagte Grace. »Wir sitzen ja irgendwie alle im selben Boot. Also scheidungstechnisch«, fügte sie hinzu.

»Ja, scheidungstechnisch.«

Grace wies auf Cookie, die aufgewacht war und über das Lenkrad hüpfte.

»Wird der Papagei wieder gesund?«

»Der geht's prächtig«, sagte Wyatt. »Ich hol gleich noch Magentabletten im Seven-Eleven, das sollte ihre Verdauung ein bisschen beruhigen.«

»Hey, kann sie auch sprechen?«

Wyatt lachte. »Nur wenn sie will und einen mag.«

Grace beugte sich vor, und Wyatt erhaschte einen Hauch ihres Dufts, der zart und süß wie Blumen im Park nach einem Frühlingsregen war. Grace streckte die Hand aus, und Cookie kletterte fröhlich auf den dargebotenen Zeigefinger.

»Uuuh«, hauchte Grace. »Ist das in Ordnung? Sie beißt doch nicht, oder?«

»Normalerweise nicht«, sagte Wyatt.

»Hallo, Cookie!«, begrüßte Grace den Vogel.

Der Papagei legte den Kopf schräg und blinzelte. »Was ist los?«, krähte der Vogel.

Grace kicherte so wie die Kinder im *Jungle Jerry*. »Will Cookie einen Cookie?« Sie schaute zu Wyatt hinüber. »Albern, nicht?«

Der Papagei wanderte an Grace' Unterarm hinauf und blieb in ihrer Ellenbogenbeuge hocken.

Allmählich wurde sie nervös. »Sie will doch nicht wegfliegen, oder?«

»Keine Spur«, sagte Wyatt. »Sie weiß, wo's was zu fressen gibt.«

»Gib mir 'n Bier!«, forderte Cookie. »Gib mir 'n Whisky! Gib mir Erdnüsse!«

»Du gibst ihr doch nicht wirklich Bier und Whisky zu trinken, oder?«

»Quatsch«, sagte Wyatt. »Das sagt sie nur, um die Leute zu schockieren. Aber Erdnüsse frisst sie wirklich gern.«

Grace lächelte wieder, und Wyatt grinste zurück.

»*Ich fahr jetzt besser* los. Heute ist Quizabend.«

»Machst du dabei mit?«

»Nicht richtig. Kann so was nicht gut. Nein, es

ist Quizabend in der Kneipe, wo ich arbeite, und zu dieser Zeit wird es immer ganz schön voll.«

»Du arbeitest in einer Kneipe?«

Grace reagierte gereizt. »Was dagegen?«

»Nee, Quatsch«, beeilte Wyatt sich zu sagen. »Überhaupt kein Problem. In welcher Kneipe denn?«

»Ist nur so 'ne kleine Klitsche. Drüben in Cortez. Wirst du nicht kennen.«

»Sag's trotzdem!«

»Die *Sandbox*.«

Er grinste. »Doch, den Laden kenne ich. Meine gesamte Softballmannschaft ging immer nach dem Spiel dorthin. Das heißt also, es gibt sie noch? Hab gehört, der Besitzer sei vor einiger Zeit gestorben. Wie hieß der noch mal? Butch?«

»Butch Davenport«, sagte Grace. »Ja, er ist jetzt seit ein paar Jahren tot.«

»Kanntest du ihn?«

»Er war mein Vater«, erklärte sie. »Jetzt führt meine Mutter die Kneipe. Ich bin nach der Trennung von meinem Ex bei ihr eingezogen.« Sie streckte den Arm und sah lachend zu, wie der Papagei den Unterarm hinunterkraxelte und im Pick-up verschwand.

»Gute Nacht, Cookie!« Grace sah den Besitzer des Vogels an und war überrascht, dass er sie mit seinen Chorknabengrübchen anlächelte.

»Gute Nacht, Wyatt.«

»Bis nächste Woche«, sagte er.

13

Als Wyatt nach Hause kam, schlief sein Vater mit der Fernbedienung in der Hand auf dem abgewetzten Ledersessel des kleinen Wohnzimmers. Im Fernsehen lief eine Kochsendung.

»Pop.« Vorsichtig schüttelte er den alten Mann an der Schulter. »Hey, Pop, komm! Warum gehst du nicht einfach ins Bett?«

Nelson gähnte und streckte sich. »Ich warte auf Rachel Ray. Ich schaue mir so gerne ihre schnellen Rezepte an.«

»Du guckst dir so gerne ihren süßen Hintern an«, korrigierte Wyatt. »Außerdem ist die Sendung vorbei. Geh ins Bett, ja?«

Mit Mühe erhob sich sein Vater aus dem Sessel. Er war erst vierundsiebzig, aber ein Leben voll körperlicher Arbeit im Park hatte dafür gesorgt, dass er *abends seine Knochen* spürte. »Ich muss eigentlich noch Bos Mittagessen vorbereiten und jede Menge Sachen in den Trockner stecken.«

»Das übernehme ich«, sagte Wyatt und schob seinen Vater sanft in Richtung Schlafzimmer. »Sonst alles glattgelaufen heute Abend?«

»Sicher«, sagte Nelson. »Bo und ich, wir haben Hotdogs und Krautsalat zu Abend gegessen. Er hat den Teller ratzeputz leergefegt. Ich glaube, das Kind hat ein Loch im Bauch.«

»Sag ich doch«, erwiderte Wyatt kläglich. »Er ist auch schon wieder aus der Hose rausgewachsen, die ich ihm Ostern gekauft habe. Und seine Zehen sprengen fast seine Turnschuhe.«

»Wie geht's Cookie?«, fragte Nelson. »Hat der Tierarzt ihr helfen können?«

»Der verfluchte Tierarzt hatte schon zu, als ich kam«, sagte Wyatt. »Aber ich glaube, es geht ihr besser. Ich habe sie gerade zurückgebracht. War sonst noch was im Park?«

»Wenig«, sagte Nelson. »Wie schon die ganze Woche über. Ist eigentlich sinnlos, den Laden offen zu halten, wenn keiner mehr kommt. Gegen halb acht hab ich die Tore geschlossen.« Sein Gesicht hellte sich auf. »Morgen kommt diese Pfadfinder-Truppe. Vierzehn kleine Mädchen, ihre Gruppenführer und ein paar Mütter. Ich hab mehrere Flaschen Limonade kaltgestellt, und ich dachte, ein paar Süßigkeiten, die wir verkaufen können, wären auch nicht schlecht.«

»Keine Süßigkeiten«, wies Wyatt ihn an. »Hol nur etwas Obst – vielleicht Weintrauben und Äpfel oder so. Die Gruppenführer von den Pfadfindern lassen die Kinder nicht mehr solchen Mist essen wie wir früher.«

»Hat dich nicht umgebracht«, bemerkte Nelson. Auf dem Weg zu seinem Zimmer drehte er sich noch einmal um.

»Callie hat angerufen.«

Wyatt seufzte. »Was ist denn jetzt schon wieder?«

»Keine Ahnung«, gestand Nelson. »Sie wollte nicht mit mir sprechen. Befahl mir nur, Bo ans Telefon zu holen. Hab ich gemacht, und als er auflegte, brach er in Tränen aus. Das ist der Lohn für meine Ehrlichkeit. Ich hätte ihr sagen sollen, dass er draußen spielt und nicht ans Telefon kommen kann.«

»Hat er gesagt, warum er so traurig war?« Wyatt sank der Mut. Callie wusste verdammt genau, dass er am Abend bei seiner sogenannten Trennungsgruppe gewesen war. Schließlich hatte sie im Gerichtssaal gesessen, als der Richter ihn zur Teilnahme verdonnert hatte.

»O ja«, antwortete Nelson. »Callie hat Bo gesagt, dass sie ihn am Freitag zusammen mit dem Arschloch direkt nach der Schule abholen würde, um am Wochenende in Birmingham nach einem neuen Haus zu suchen.«

»Verflucht«, sagte Wyatt. »Ich habe ihr doch gesagt, dass Scout am Freitag ihren Kindergeburtstag feiert. Ihre Mutter Anna geht mit den Kindern in den

neuen Wasserpark, anschließend wollen sie Pizza essen. Bo redet von nichts anderem mehr, seit er die Einladung vor zwei Wochen erhalten hat.«

»Wer ist noch mal Scout?«

»Bos beste Freundin und der Shortstop in unserem Kinderbaseballteam. Anna ist ihre Mutter.«

»Du hast recht«, sagte Nelson. »Bo hat seine Badehose seit Samstag auf der Kommode liegen. Armer Kerl. Jetzt verpasst er die Feier. Und das nur, weil Callie es nicht ertragen kann, wenn das Kind ohne sie Spaß hat. Kannst du sie nicht umstimmen?«

»Bezweifle ich«, sagte Wyatt und schob den Unterkiefer vor. »Es ist immerhin ihr Wochenende. Und genaugenommen fängt es Freitag direkt nach Schulschluss an. Auch wenn sie freitags meist in letzter Minute anruft und mich fragt, ob ich Bo nicht doch abholen könne, weil irgendwas ›dazwischengekommen‹ sei – zum Beispiel, dass sie sich gerade die Nägel machen lässt oder sich mit dem Arschloch Margaritas hinter die Binde kippt.«

»Unmöglich ist die«, murmelte Nelson.

»Ich kann sie aber eh nicht anrufen«, sagte Wyatt. »Sie hat den Richter gebeten, mir jegliche Kontaktaufnahme zu verbieten.«

»Ich weiß, das sagt man nicht, aber sie sollte ausgepeitscht werden«, brummte Nelson wütend. »Damit ist alles gesagt.«

Wyatt öffnete leise die Schlafzimmertür und zog sich im Dunkeln aus, als die Bettdecke raschelte.

»Dad?«

Er ging zu dem schmalen Bettchen, setzte sich auf die Kante und wuschelte seinem Sohn durch das hellbraune Haar. »Hey, Kumpel«, sagte er. »Wieso bist du noch wach?«

»Ich wollte auf dich warten, bin aber eingeschlafen«, sagte Bo.

»Du sollst auch schlafen«, tadelte Wyatt. »Du bist noch ein Kind. Du brauchst Schlaf, damit du auch morgen deine zehn Zentimeter wachsen kannst.«

»Ich bin total sauer auf Mom«, beschwerte sich Bo. »Sie will am Wochenende ins stinkdoofe Birmingham fahren, und deshalb kann ich nicht auf Scouts Geburtstagsfeier gehen.«

»Ich weiß«, erwiderte Wyatt. »Opa hat es mir erzählt. Das tut mir total leid. Ich weiß, wie gerne du in diesen Wasserpark fahren wolltest.«

Der Junge schniefte. »Cory war schon mal auf der Geburtstagsfeier von seinem Cousin da. Er meint, die hätten eine monstermäßige Wellenmaschine, und man würde sich vor Schiss in die Hose machen, wenn man die Wellen bloß sieht. Und die Wasserkanonen sind so stark, dass man damit ein Kind umschießen kann. Ich hab Mom gesagt, dass ich nicht mit nach Birmingham will. Und dass ich nicht mit ihr und Du-weißt-schon dahin ziehen will.«

»Ach, Bo-Bo!« Wyatt massierte seinem Sohn den Rücken. Er spürte die Wärme seiner Haut durch den dünnen Stoff des Schlafanzugoberteils.

»Dad?«

»Was ist, Sportsfreund?«

»Ich hab ein schlimmes Wort zu Mom gesagt. Hat Opa dir das erzählt?«

Wyatt musste ein Lachen unterdrücken. »Davon hat er nichts berichtet. Was für ein schlimmes Wort hast du denn zu deiner Mutter gesagt?«

Der Junge zögerte. »Opa meinte, wenn ich das noch einmal sage, muss er mir den Mund mit Seife auswaschen. Das hätte er bei dir als Kind auch schon gemacht.«

Jetzt lachte Wyatt laut auf. »Ich verrat dir mal ein Geheimnis über deinen Opa. Er hat 'ne große Klappe und nichts dahinter.«

»Hä?«

»Das bedeutet, dass er viel redet, aber nichts Schlimmes tut. Er hat mir nie den Mund mit Seife ausgewaschen. Niemals. So, was hast du nun zu deiner Mutter gesagt? Es bleibt auch ein Geheimnis zwischen uns Männern.«

Bo senkte die Stimme zu einem Flüstern. »Ich habe sie ›Dreckstück‹ genannt.«

Wyatt war dankbar für die Dunkelheit, die sein breites Grinsen verbarg. Dann zwang er sich zu einem ernsten Ton.

»Mein Sohn, das ist in der Tat keine besonders nette Bezeichnung für die eigene Mutter.«

»Ich war ganz, ganz, ganz sauer auf sie.«

»Das weiß ich. Aber du kannst nicht rumlaufen und ›Dreckstück‹ zu den Leuten sagen, nur weil du sauer bist.«

»Sie hat es zuerst gesagt«, meinte Bo.

»Wann denn das?«, fragte Wyatt überrascht.

»Direkt nachdem ich gesagt habe, dass ich dieses Wochenende bei dir bleiben und zu Scouts Geburtstagsfeier gehen will. Da hat sie gesagt: ›Hör mal zu, du kleines Dreckstück. Ich hole dich Freitag nach der Schule ab, und damit hat sich's.‹«

Wyatt wählte seine Worte sorgfältig. Betsy hatte ihn gewarnt, dass er sich in Bezug auf Callie auf dünnem Eis bewege, jetzt mehr als je zuvor.

»Das hätte deine Mutter nicht zu dir sagen dürfen, Bo«, begann er schließlich. »Aber das heißt noch lange nicht, dass auch du Schimpfwörter in den Mund nehmen solltest. Im Moment ist deine Mom einfach sauer, weil ich nicht will, dass sie mit dir so weit wegzieht. Deshalb kann es sein, dass sie Sachen sagt, die sie gar nicht so meint. Aber, Bo, auch wenn sie manchmal dumme Sachen sagt, deine Mom hat dich wirklich lieb. Wir beide. Das weißt du doch, *oder?«*

»Glaub schon. Aber ich will trotzdem nicht in das stinkdoofe Birmingham.«

Wyatt beugte sich vor und gab seinem Sohn einen Kuss auf die Wange. »Schlaf jetzt.«

Er stieg in das andere Bett und zog sich die verschlissene Decke über die Brust. Die alten Wände im Trailer waren so dünn, dass er seinen Vater nebenan schnarchen hören konnte. Kurz darauf vernahm er den weichen Atemrhythmus seines schlafenden Sohns. In diesem Moment war er froh über die beengten Wohnverhältnisse. Er streckte die Hand aus und legte sie vorsichtig auf Bos Arm. Zumindest in dieser Nacht konnte Callie sie nicht auseinanderbringen.

14

Schon bei der zweiten Gruppensitzung, die Grace insgeheim das Scheidungs-Camp getauft hatte, sah die Therapeutin Paula Talbott-Sinclair katastrophal aus. Sie hatte rot umrandete Augen, die dicke schwarze Wimperntusche war verschmiert. Ihr selbst schien nicht aufzufallen, dass ihre auf dem Kopf zusammengesteckten blonden Locken sich bereits auflösten und ihr türkisfarbenes Tanktop mit Krümeln übersät war.

Für die Sitzung hatte Paula ein Räucherstäbchen angezündet, und der durchdringende weiße Rauch ließ Grace' Augen tränen und ihre Nase jucken.

»Alle da?«, fragte Paula, sah sich um und zwinkerte Wyatt Keeler mit schweren Augenlidern zu. »Wyatt, du bis' ja diesmal pünktlich. Dassis schön. Sehr schön.«

Grace fand Paulas Aussprache sehr undeutlich. War sie betrunken oder gar bekifft? Grace schaute die anderen an. Niemandem schien Paulas Zustand aufzufallen. Vielleicht bildete sie es sich ja nur ein.

»So«, sagte die Therapeutin und klatschte in die Hände. Ein halbes Dutzend Armreifen klirrten aneinander. »Wer möcht seine Gesssischte der Heilung vorlesen?«

Schweigen.

»Keiner?« Paula runzelte die Stirn. »Freunde, wir sin hier, um unsere Erfahrungen zu teilen. Das gehört zur Heilung dazu. Also, wer brischt als Erster das Eis? Mussi jemanden aufrufen, oder meldet sich einer freiwillig?«

»Ich lese«, sagte Camryn. Sie trug ein Sportoutfit aus einem eng anliegenden Shirt von Nike in Fuchsia, einer schwarzen Radlerhose und leuchtend pinkfarbenen Joggingschuhen. Um die Haare hatte sie ein pinkes Tuch gewickelt, die falschen Wimpern fehlten heute.

Camryn öffnete ihre schwarzweiße Kladde und räusperte sich. »Gut«, sagte sie zögernd. »Los geht's.«

Sie fuhr mit der Fingerspitze eine Zeile entlang, holte tief Luft und begann zu lesen:

»*Ich fühle mich wie ein Opfer. Als Journalistin ist es meine Aufgabe, Menschen zu interviewen, ihre Geschichten zu erzählen, ihre Erfahrungen wiederzugeben. Dies hier ist meine Erfahrung. Ich werde ganz genau beschreiben, wie es dazu kam und wie ich mich dabei fühle, und wenn einer will, dass ich mich ent-*

schuldige, dann kann der mich mal, denn es tut mir nicht leid.

Mein Ehemann Dexter Nobles ist ein Dreckschwein. Er hat mich angelogen, er hat unsere Tochter belogen, er hat all unsere Freunde belogen. Schlimm genug, dass er fremdgegangen ist, aber er musste es ausgerechnet mit der besten Freundin unserer Tochter tun. Mit einer Einundzwanzigjährigen! Was glaubt ihr also, wie ich mich fühle, wenn ich in den Spiegel gucke? Wenn ich mein Abbild sehe, muss ich an die Opfer denken, die ich an Tatorten interviewe. Zum Beispiel an die alte Frau, die an einer Straßenecke von einem Räuber mit einer Pistole niedergeschlagen wurde, oder an den Typen, dessen Auto man beim Tanken klaute. Ich habe mich früher immer gefragt: Was macht die alte Frau überhaupt zu dieser Uhrzeit draußen? Und warum ist dieser Typ eigentlich mit seinem neuen Mercedes in dem Stadtteil unterwegs? Waren die wirklich so naiv? Heute weiß ich, dass es niemand darauf anlegt, bestohlen, geschlagen oder von jemandem betrogen zu werden. Zu diesem Schluss bin ich gekommen, weil ich selbst Opfer wurde. Irgendwie bin ich jetzt weniger als vorher. Und das gefällt mir überhaupt nicht.«

Camryn machte eine Pause und schaute die anderen einschließlich Dr. Paula Talbott-Sinclair an.

Paula Talbott-Sinclair musste kämpfen, damit ihr nicht die Augen zufielen. »Sehr … erhellend.« Einen

Moment lang schwieg sie, die Augen geschlossen, den blonden Knoten gegen die Kopfstütze des Ledersessels gelehnt.

»Sollen wir vielleicht was zu dem sagen, was Camryn geschrieben hat?«, fragte Ashleigh vorsichtig und beugte sich vor, die Hände auf die Knie gestützt.

Paula hielt die Augen geschlossen, gab Ashleigh aber ein Handzeichen. »Schieß los.«

»Wie konnte dein Ex nur so etwas machen? Die beste Freundin deiner Tochter zu bumsen! Auch noch in eurem Haus?«

»Mehrmals«, sagte Camryn. »In meinem Haus, meinem Wohnzimmer, meinem Bett. Aber auch in Motels und in der Wohnung, die sie sich mit meiner Tochter teilt. Hatte ich erwähnt, dass die zwei zusammenwohnen?«

»Oje«, sagte Ashleigh mit großen Augen. »Das ist abgebrüht.«

»Aber so was von«, stimmte Camryn zu und lächelte böse. »Aber ich hab mir das Früchtchen vorgeknöpft.«

»Wie? Was? Geht es wieder um Rache?« Paula schlug die Augen auf und schien sich kurz zurechtfinden zu müssen. »Schluss damit«, mahnte sie. »Keine Racheschwüre. Das bringt euch nicht voran.«

Ashleigh verdrehte die Augen.

»Wer is' jetzt dran?«, fragte Paula und blinzelte mehrmals. »Audrey?«

»Ich heiße Ashleigh. Ja, ich kann vorlesen, wenn du willst.«

Paula kippte ihren Sessel nach hinten und drehte sich um, so dass sie der Gruppe den Rücken zuwandte.

Was sollte das denn? Grace schaute Camryn vielsagend an, dann Wyatt, der mit den Achseln zuckte.

Theatralisch schlug Ashleigh ihr Büchlein auf und begann mit tiefer, dramatischer Stimme zu lesen:

»Ich sehe gut aus. Mal ganz ehrlich, warum sollte ich, nur weil Boyce sich fälschlicherweise einbildet, in eine andere verliebt zu sein, daran zweifeln? Durch meine Arbeit bei einem Schönheitschirurgen lerne ich viele Frauen kennen. Ich sehe Frauen mittleren Alters, die verzweifelt versuchen, jung zu bleiben, und ich sehe junge Mädchen, die sich einbilden, eine kleinere Nase, höhere Wangenknochen oder ein strafferer Hintern würde ihr Leben ändern oder sie zu einem anderem Menschen machen. Aber ich bin nicht so. Boyce hat sich damals in mich verliebt – in die wahre Ashleigh. Heute bin ich immer noch derselbe Mensch, in den er sich verliebte, nur ein bisschen älter. Und diese Nutte, mit der er jetzt zusammen ist? Ich weiß, wo sie wohnt. Ich beobachte sie, wenn sie nach Hause kommt – manchmal ist er dabei. Am liebsten würde ich ihr ins Gesicht lachen und sagen: ›Wart's nur ab! Du glaubst, er liebt dich? Er bleibt bei dir? Ha! Du weißt eins nicht: Du bist für ihn nicht besser als ein

Joghurtbecher im Supermarkt. Du hast ein Verfallsdatum, bloß kennst du es nicht, denn es steht auf deinem Hintern. Aber das wirst du erst begreifen, wenn Boyce Hartounian dich eines Morgens nicht mehr in die schicke Wohnung lässt und sich weigert, deinen neuen Benz zu bezahlen.‹«

Ashleigh schloss ihr Büchlein und sah die anderen erwartungsvoll an. »Und?«

Suzanne Beamon räusperte sich, und alle drehten sich zu ihr um. Sie hatte seit der ersten Gruppenstunde kaum ein Wort von sich gegeben, den anderen Teilnehmern nicht mal ins Gesicht gesehen.

»Das mit dem Verfallsdatum ist eine interessante Metapher für die Ehe«, sagte sie. »Ich bin Englischlehrerin am College«, fügte sie entschuldigend hinzu.

»Du beobachtest wirklich die neue Freundin deines Mannes?«, fragte Grace. »Das ist schon ein bisschen durchgeknallt, oder?«

»Man nennt so was Stalking«, warf Camryn ein. »Wenn der Richter das rausbekommt, kannst du dich auf was gefasst machen.«

»Bekommt er nicht«, sagte Ashleigh. »Was in dieser Runde passiert, bleibt unter uns, nicht wahr, Paula? Alles, was wir hier sagen, wird vertraulich behandelt, das hast du uns doch versprochen.«

Keine Antwort.

Camryn stand auf und drehte den Ledersessel vorsichtig um, so dass er wieder zur Gruppe zeigte.

Paulas Kopf ruhte in einem seltsamen Winkel auf ihrer Schulter, ihr Mund stand offen, eine kleine Speichelspur lief an ihrem Kinn hinunter, und die Augen waren fest geschlossen.

»Die ist wie ausgeknockt!« Camryn trat beiseite, damit die anderen es sehen konnten.

Suzanne kniete sich neben Paula Talbott-Sinclair auf den Boden und legte vorsichtig zwei Finger an ihren Hals, um den Puls zu fühlen. Ihre dunkelbraunen Augen schauten erleichtert durch die Schildpattbrille, als er gleichmäßig pochte.

»Tot ist sie nicht, Gott sei Dank! Aber was machen wir jetzt?«, fragte sie und sah sich um. »Sollen wir jemanden anrufen, der sie sicher nach Hause bringt?«

»Wen denn?«, fragte Grace und schaute sich in der Praxis um. »Wir wissen ja nicht mal, ob sie verheiratet ist. Oder wo sie wohnt.«

Camryn ging zum Schreibtisch in der Ecke, setzte sich und begann forsch, die Schubladen zu durchsuchen. Sie war eine Journalistin durch und durch.

»Hier ist ihre Handtasche«, verkündete sie und zog eine kleine bunte Häkeltasche aus der untersten Schublade.

Suzanne runzelte die Stirn. »Ist das wirklich nötig? Damit verletzen wir doch ihre Privatsphäre.« Sie erschauderte. »Ich würde nicht wollen, dass sich Fremde über meine Handtasche hermachen.«

»Wir sind keine Fremden. Wir sind ›Freunde‹.« Camryn malte Anführungsstriche in die Luft. Dann löste sie den Kordelzug, holte ein kleines Lederportemonnaie hervor und zog den Führerschein raus.

»Hier steht, dass sie auf der Insel Anna Maria wohnt.« Camryn hob die Augenbraue. »Sieht so aus, als ginge ihr ganzes Geld in die Rückzahlung der Hypothek, nicht in die Miete für dieses Loch.« Sie leerte den Rest des Portemonnaies auf den Schreibtisch und untersuchte jeden einzelnen Gegenstand.

»Lippenstift, so 'n billiges Teil aus der Drogerie. Desinfektionsmittel. Autoschlüssel.« Camryn hielt einen Schlüssel hoch. »Große Überraschung! Die Müsli-Maus fährt den VW-Käfer da draußen.« Sie legte den Schlüssel zurück in die Tasche. »Handy. Auch ein billiges Teil«, schimpfte sie. Camryn tippte auf das Display des Telefons, suchte vergeblich nach einem Anrufprotokoll.

»Aber hallo!«, rief sie auf einmal fröhlich und hielt eine kleine braune Pillendose in die Höhe. »Hier ist was Interessantes.«

Mit zusammengekniffenen Augen versuchte sie die kleine Schrift auf dem Etikett zu lesen. »Warum ist das immer so winzig gedruckt? Melasophenol?«

Ashleigh entriss ihr das Döschen. »Lass mich mal! Ich war mit einem Arzt verheiratet.«

Ruhig, aber bestimmt nahm sich Camryn die Pillen zurück. »Und ich war mit einem Anwalt verheiratet, aber deshalb bin ich noch lange nicht Perry Mason.« Sie drehte den Verschluss auf und klopfte sich zwei unterschiedliche Kapseln auf die Handfläche. »Mehr ist nicht drin. Schlaftabletten, möchte ich wetten.«

Ashleigh nahm eine Kapsel in die Hand. »Glaub mir, Schatz, es gibt keine Schlaftablette, die ich nicht ausprobiert habe. Also, auf dem Etikett steht ›Melasophenol‹, und das ist ein eher schwaches Beruhigungsmittel, aber diese blaue Pille hier« – sie hielt sie hoch –, »das ist nicht Melasophenol, denn die sind blassgelb.« Sie nahm die zweite, hellgelbe Tablette in die Hand. »Offensichtlich mischt sie das Beruhigungszeug mit anderen Pillen. Was der Grund dafür sein könnte, warum sie so neben sich steht.«

Ashleigh beugte sich vor und fuhr mit einem Finger sanft über die Wange der schlafenden Therapeutin. »Paula? Huhu! Ist da jemand?«

Die Frau rührte sich nicht, zuckte nicht einmal.

»Medizinisch gesehen, würde ich sagen, dass wir die für heute vergessen können«, stellte Ashleigh fest. »Verdrücken wir uns! Diese sogenannte Gruppentherapie ist so erbärmlich und deprimierend, dass ich versucht bin, selbst eine von diesen Schnuckis einzuwerfen. Aber ich hab bessere Sachen zu *tun.*«

Grace wollte ebenfalls schnell gehen. »Meint ihr, wir können sie hier einfach so liegen lassen? Ich meine, was wäre, wenn sie Atemversagen bekommt? Oder an ihrem Erbrochenen erstickt? Das liest man doch öfter von berühmten Leuten.«

»Wenn du sie mit nach Hause nehmen möchtest – von mir aus gerne!«, sagte Ashleigh auf dem Weg zur Tür. »Aber ich schätze mal, sie wird nicht gerade glücklich sein, wenn sie aufwacht und merkt, dass ihre Handtasche durchsucht und sie aus der Praxis verschleppt wurde.«

Schnell stopfte Camryn die Pillendose und das Portemonnaie zurück. »Wo sie recht hat, hat sie recht, Leute«, sagte sie. »Momentan brauche ich wirklich keine angepisste Paula, die dafür sorgt, dass der Richter wegen mir angepisst ist.« Sie legte die Tasche zurück in die Schublade und schloss sie vorsichtig.

»Ich würde sagen, wir lassen sie einfach hier liegen und gehen. Ich könnte auf jeden Fall was zu trinken vertragen. Wer kommt mit?«

»Das klingt super.« Ashleigh nickte eifrig. »Grace? Wyatt?« Nach einer kurzen Pause sprach sie auch die *ruhigste Teilnehmerin* an. »Suzanne?«

»Hab nichts gegen ein Gläschen einzuwenden«, gab Grace zu. »Aber legen wir Paula wenigstens auf das Sofa im Empfang. Wenn sie noch länger in dieser Lage verharrt, hat sie beim Aufwachen Nackenschmerzen.«

Ohne ein Wort zu sagen, beugte sich Wyatt vor,

hievte Paula hoch und trug sie aus dem Raum. Behutsam legte er sie auf das Sofa und schob ihr ein Kissen unter den Kopf. Sie schnarchte laut.

Ashleigh folgte Wyatt nach draußen in den Empfang und beobachtete ihn. »Gut gemacht«, schnurrte sie anerkennend. Die Therapeutin rührte sich nicht.

»Total weggeschossen«, verkündete Ashleigh. »Wyatt? Was ist jetzt mit der Kneipe?«

»Weiß nicht«, sagte er voller Unbehagen. »Ich muss morgen ziemlich früh raus, und mein Sohn ist heute bei mir …«

»Es ist doch noch keine acht Uhr«, warf Camryn ein, die hinter ihm auftauchte.

Grace hatte eigentlich nicht die Absicht, mehr Zeit als nötig mit diesen Menschen zu verbringen. Dennoch lag wieder ein langer Abend vor ihr, und sie hatte allmählich genug vom Alleinsein.

»Ich hab eine Idee«, sagte sie und fragte sich insgeheim, ob sie den Verstand verloren hatte. »Wir können in die Kneipe meiner Mutter fahren, in die *Sandbox*. Kennt ihr die? Drüben in Cortez?«

»In Cortez?« Ashleigh rümpfte ihr hübsches Näschen. »Ist das nicht so eine Spelunke?«

»Genau«, sagte Grace.

»Super«, meinte Camryn. »Ich liebe Spelunken. *Da kann man's krachen lassen!*« Sie fragte Suzanne: »Kommst du auch mit?«

»Also …« Suzanne runzelte die Stirn. »Ich hab

meiner Tochter Darby versprochen, dass ich nicht so spät zu Hause bin.«

»Bist du auch nicht«, erwiderte Camryn. »Nur ein Glas. Stell dir einfach vor, es ist Teil der Gruppentherapie.«

»Eins wird wohl nicht schaden«, sagte Suzanne schließlich. »Ich glaube, ich war noch nie in Cortez. Ist das sehr weit?«

»Zehn Minuten«, sagte Camryn. »Hab vor ein paar Monaten dort einen Beitrag gemacht. Ihr könnt mir einfach folgen. Ich fahre den weißen BMW.«

»Sollen wir abschließen?«, fragte Grace und sah sich um.

»Quatsch«, erklärte Ashleigh. »Welcher anständige Dieb würde was von diesem Scheiß wollen? Paula wacht bestimmt in ein paar Stunden auf und schläft dann ihren Rausch zu Hause aus. Ist jedenfalls ihr Problem, nicht unsers.«

15

In der *Sandbox* war nicht viel los. Rochelle saß auf einem Barhocker hinter der Theke und schaute aus dem Augenwinkel *Let's Dance*, als Grace hereinspaziert kam. Ihr folgten drei Frauen, die ihre Mutter noch nie gesehen hatte.

Grace wies auf einen Tisch in einer dunklen Ecke. Die anderen schlüpften auf die Bank und gaben ihre Bestellungen auf.

»Ich nehme eine Margarita«, sagte Ashleigh. »Mit Eis. Ohne Salz.«

»Wodka Tonic, extra viel Limette«, bestellte Camryn. »Ihr habt nicht zufällig Grey Goose?«

»Nee«, sagte Grace ruhig.

»Stoli?«

»Nee. Wir haben jeden Wodka, den du willst, solange du Smirnoff trinkst.« Das war einer der Lieblingssprüche von Butch gewesen. Grace wunderte sich, dass sie ihn nun selbst zitierte.

»Suzanne?« Grace wunderte sich insgeheim immer noch, dass Suzanne Beamon tatsächlich mitgekommen war. Sie saß in der hintersten Ecke und schaute sich so nervös um, als wäre sie noch nie zuvor in einer Kneipe gewesen.

»Äh … einfach Mineralwasser, wenn das geht.«

»Mineralwasser?« Ashleigh stieß Suzanne scherzhaft an. »Komm, Suzanne, entspann dich mal ein bisschen.«

Suzannes Nase wurde rot. »Ich muss noch fahren, ich wohne hinten in Bradenton. Und ich habe nicht vor, meinem Ex noch mehr Munition zu geben.«

»Klar, das versteh ich«, sagte Grace. »Bin sofort mit den Getränken zurück.«

Rochelle sah Grace mit erhobener Augenbraue entgegen.

»Meine Trennungsbewältigungsgruppe. Paula ist wieder mitten in der Sitzung eingeschlafen, da haben wir beschlossen, hier was trinken zu gehen.«

»Interessant«, sagte Rochelle und schaute an ihrer Tochter vorbei zu der Gruppe hinüber. »Hattest du nicht gesagt, es wäre auch ein Mann dabei? Wo ist denn der?«

»Zu Hause bei seinem kleinen Sohn«, erklärte Grace. »Heute sind nur die Mädels da.«

Die Getränke wurden serviert. Ashleigh nahm einen großen Schluck von ihrer Margarita. »Und … wer fängt an?«

»Womit?«, fragte Grace.

»Ach, du weißt schon. Mit seiner Story. Was wirklich in euren Ehen passiert ist. Wie ihr in der Trennungsgruppe gelandet seid.«

»So interessant ist das auch wieder nicht«, sagte Suzanne leise. »Wir alle wurden betrogen. Ende und aus.«

»Ah, das sehe ich anders«, warf Camryn ein. »Grace zum Beispiel hat eine sehr spannende Geschichte.«

»Du musst es ja wissen«, sagte Grace. »Egal, es weiß nun jeder, was ich getan habe und warum ich in dieser Gruppe gelandet bin. Dank dir, meine Liebe, weiß das wirklich jeder in Florida.«

»Ich nicht«, widersprach Suzanne. Als die anderen sie ungläubig anschauten, fügte sie hinzu: »Ich gucke nicht viel Fernsehen … war wohl mit meinem eigenen Drama beschäftigt.«

»Los, erzähl!«, drängte Ashleigh Grace. »Wir wollen deine Version der Geschichte hören.«

Grace erzählte eine verkürzte Fassung der Pool-Episode. »Als ich anschließend hierherfuhr, konnte ich nicht fassen, was ich getan hatte. Grace Stanton? Ähm, jetzt Davenport. Ich bin normalerweise kein *Mensch, der sich* so aufführt. Aber man merkt wohl erst, wozu man fähig ist, wenn man in so eine Situation gerät.«

Camryn schnaubte verächtlich. »Es war ja nur ein Auto. Ich hingegen bin eher ein Planer. Ja, verdammt nochmal, ich bin super im Planen. Besonders wenn es um solche Sachen geht. Kennt ihr das Sprichwort: Rache genießt man am besten kalt? Das kann ich voll und ganz unterschreiben.«

Suzanne beugte sich über den Tisch. Die kleine Kerze beleuchtete ihr Gesicht, so dass es grünlich schimmerte. »Hast du deinen Mann eigentlich mit diesem Mädchen erwischt?«

Camryns Gesichtsausdruck verhärtete sich. »Nein. Aber das macht die Sache umso schlimmer. Unsere Tochter Jana hat ihren Vater im Bett mit ihrer besten Freundin und Mitbewohnerin ertappt.«

»O nein!« Suzanne sah aus, als würde ihr schlecht.

Die anderen Frauen am Tisch schwiegen.

»Furchtbar«, murmelte Suzanne.

Grace betupfte den Tisch mit einer Papierserviette. »Hast du ihn zur Rede gestellt?«

»O ja!«

»Und, hat er es zugegeben?«

Camryn zuckte mit den Achseln. »Was sollte er sonst tun? Sein kleines Mädchen der Lüge bezichtigen? Aber dann fand ich diese kleine DVD von ihm.«

Sie wandte sich zu Grace um und ließ die Eiswürfel in ihrem leeren Glas klirren. »Meinst du, ich kann noch so einen bekommen?«

Grace schaute zur Theke und hielt Camryns Glas

hoch, als ihre Mutter herübersah. Rochelle nickte und stand kurz darauf wieder am Tisch. Sie schien es nicht eilig zu haben. Also stellte Grace sie den anderen Frauen vor. Rochelle schenkte allen nach, und ehe Grace sich versah, hatte ihre Mutter einen Stuhl herangezogen und sich dazugesetzt.

»Was war nun mit dieser DVD?«, fragte Ashleigh.

»Ach, ja. Der Idiot hatte sie in der Familienbibel versteckt. Wahrscheinlich dachte er, da Jesus Sünder liebt, würde er ihm vergeben. Aber nicht mit mir.« Camryn schüttelte den Kopf. »Nicht nachdem ich das gesehen hatte.«

»Ein Porno?« Suzanne rümpfte angeekelt die Nase.

»Könnte man so sagen«, gab Camryn zurück. »Dexter war richtig fleißig gewesen und hatte sich selbst gefilmt, wie er sich für ein Treffen schön machte. Und ja, was das angeht, hat er auch gelogen: Treena war nicht sein einziges ›Forever Your Girl‹. Genau, das war das Lied, mit dem er sich auf seine Abende vorbereitete. ›Forever Your Girl‹ von Paula Abdul, damit turnte er sich an. Aber was ihn am meisten aufgeilte, war sein eigener Anblick im Spiegel, wenn er mit einem roten Satintanga davor herumstolzierte.«

»Iiiih!«, machte Grace und schüttelte sich. »Einfach nur … ekelig.«

»*Bis jetzt mochte* ich das Lied wirklich gerne«, bemerkte Ashleigh.

»Du wirst es vor allem nie wieder vergessen, wenn

du erst mal dieses Video gesehen hast«, sagte Camryn spitz. »Hast du ein Smartphone?« Sie streckte die Hand aus. »Gib her, dann zeig ich dir, wie du's auf YouTube findest.«

»Uh, nein, danke.«

»Ähm …«, unterbrach Rochelle. »Wie ist denn das Video auf YouTube gelandet?«

»*Ich* hab's da reingestellt«, sagte Camryn. »Alle sollen die nackte Wahrheit über Dexter Nobles sehen – und zwar jede Menge *nackte* Wahrheit! Ich hoffe, sie lachen sich kaputt darüber, wie er das klitzekleine Höschen anzieht, sich für Geschäftstermine und Besprechungen mit der Bezirksvertretung schick macht. Man sieht doch, wie er das Gefühl des Satins unter dem Anzug genießt, wenn er mit der Gemeinde verhandelt!«

»Das hast du wirklich gemacht?«, fragte Ashleigh und schielte auf ihr Handy.

»Sicher. Das Video wurde über zwölftausendmal aufgerufen«, gab Camryn zurück.

»Und das hat Richter Stackpole auf den Plan gerufen«, schloss Grace. »Richtig?«

»Der Anwalt meines Mannes ließ das Video entfernen, aber kaum war es weg, wurde es von anderen wieder eingestellt. Der Schaden ist nicht mehr einzudämmen.«

»Weiß deine Tochter, dass du es bei YouTube hochgeladen hast?«, fragte Suzanne.

Camryn seufzte. »Ich hab's ihr nicht erzählt. Aber sie hat es rausgefunden. Ist stinksauer auf mich. Spricht nicht mehr mit mir.« Sie schaute die anderen an. »Findet ihr das gerecht? Dexter, das dreckige Schwein, hat mich mit ihrer Freundin betrogen. Aber sauer ist sie auf *mich* – weil ich ihn geoutet habe.«

»Kinder wollen nichts Schlimmes über ihre Eltern wissen«, sagte Rochelle.

»Zwischen Dexter und mir ist schon lange Funkstille. Jeder macht sein eigenes Ding«, gab Camryn zu. »Wir sind nur wegen Jana zusammengeblieben. Fehlen tut mir der armselige Kerl nicht. Kein bisschen. Aber meine Kleine, die fehlt mir.«

»Sie wird irgendwann über ihren Schatten springen«, versicherte Ashleigh. »Wie du eben selbst gesagt hast: Er ist ein Dreckschwein. Und ein Betrüger. Deine Tochter wird schon wieder zur Vernunft kommen.«

Camryn lächelte schief. »Hoffentlich. Und was ist mit dir, Miss Ashleigh? Was hast du getan, um dir einen Platz in der Trennungsgruppe zu verdienen?«

»So schlimm war das eigentlich gar nicht«, sagte Ashleigh. »Längst nicht so schlimm wie das, was ihr getan habt. Ich meine, das war schließlich nur *Farbe, ja? Das Ganze* wurde einfach unheimlich aufgebauscht.«

»Erzähl doch einfach, was passiert ist«, schlug

Grace vor. »Schließlich hast du auch gehört, wie es bei uns gelaufen ist.«

Ashleigh nahm ihren Kompaktpuder aus der Tasche, prüfte ihr Make-up, legte Lippenstift nach und warf das Haar über die Schultern.

»Also … Ihr wisst ja bereits, wer mein Mann ist. Boyce Hartounian. Wir lernten uns kennen, als ich als Versicherungssachbearbeiterin in seiner Praxis arbeitete.« Sie schaute Rochelle an. »Boyce gehört zu den besten Schönheitschirurgen in Florida. Er ist Spezialist für Brüste, falls es jemanden interessiert. Natürlich war er damals verheiratet, aber mal unter uns, diese alte Kuh Beverly war wirklich ein Witz. So kam das also.«

»Moment mal«, unterbrach Grace. »Was kam dann also? Haben wir was verpasst?«

»Dass sie sich trennten«, erklärte Ashleigh. »Die Alte engagierte so eine Ratte von Privatdetektiv, es gab ein paar unvorteilhafte Fotos, und dementsprechend, nun ja, kam Beverly bei der Scheidungsvereinbarung sehr, sehr gut weg.«

Suzanne unterbrach die Erzählung: »Tut mir leid, aber ich muss jetzt los.« Sie holte ihr Portemonnaie hervor und legte einen Fünf-Dollar-Schein auf den Tisch. »Ist das genug?«

»Mehr als genug«, versicherte ihr Grace. »Kannst du wirklich nicht länger bleiben?«

»Nein, das geht wirklich nicht«, entgegnete sie

nervös. »Meine Tochter Darby hat sich noch nicht daran gewöhnt, dass ihr Vater nicht mehr da ist. Sie bekommt Angst, wenn sie nachts allein ist.«

»Wie alt ist sie denn?«, fragte Camryn.

»Sie wird im Oktober achtzehn«, antwortete Suzanne. »Im Herbst beginnt ihr letztes Collegejahr. Die Trennung war sehr schwer für sie.« Sie sah sich um. »Gute Nacht, alle zusammen. Danke, dass ich dabei sein durfte.«

Camryn schaute Suzanne nach, dann sagte sie zu Grace: »Irgendetwas stimmt mit dieser Frau nicht. Sie hat Angst, eine Achtzehnjährige allein zu Hause zu lassen! Und sie hat immer noch keinen Mucks über sich erzählt.«

»Sie ist wohl sehr schüchtern«, sagte Grace.

»Ich weiß ja nicht, wie ihr das seht, aber ich will *unbedingt* wissen, was sie mit ihrem Ex angestellt hat«, sagte Camryn. »Stille Wasser sind bekanntlich tief. Es sind immer die Stillen, die ungeheuerliche Sachen anstellen.«

»Apropos ungeheuerlich«, warf Ashleigh ein, »Boyce und ich sind jetzt seit – wie lange? – vier Jahren verheiratet. Und es war umwerfend.«

»Und dann?«, fragte Grace.

»Mein größter Fehler war, die Arbeit aufzugeben. Boyce wollte nicht, dass ich so viel arbeite.« Betrübt schüttelte sie den Kopf. »Ich hätte schon damals den Braten riechen müssen.«

»Hallo?«, rief eine Männerstimme. »Rochelle? Bedient hier vielleicht noch jemand, verdammt nochmal?«

Alle Köpfe drehten sich zur Tür. Ein grauhaariger alter Mann mit nacktem Oberkörper und einer weiten Shorts, die ihm bis auf die Knie hing, stand an der Theke und klopfte mit seinem leeren Glas auf das Holz.

»Klappe, Milo!«, brüllte Rochelle zurück. Dann stand sie auf. »Moment mal kurz. Ich will die Geschichte auch hören. Bin sofort wieder da.«

Sie huschte hinter die Theke und zapfte dem Stammgast schimpfend ein Bier.

»Deine Mutter ist echt nett«, sagte Ashleigh zu Grace. »Du hast gesagt, dass ihr zusammen wohnt, oder? Wo denn?«

Grace wies mit dem Zeigefinger nach oben.

»Hier? Ihr wohnt über der Kneipe?«

»Ich bin hier groß geworden«, erklärte Grace. »Oben ist ein Apartment mit zwei Schlafzimmern, einem Wohnzimmer, Esszimmer und Küche. Nichts Besonderes, aber man gewöhnt sich dran. Immerhin ist es nah am Strand.«

»Bin wieder da!« Rochelle rutschte auf ihren Stuhl. »Wo waren wir stehengeblieben?«

»Lange Rede kurzer Sinn, Boyce wollte mich in Wirklichkeit nicht mehr in der Praxis haben, weil er eine Affäre mit dieser kleinen Pharmatante Suchita hatte.« Ashleigh lachte verbittert. »Er ging mit ihr sogar in dieselbe Suite im Ritz, wohin er mich immer mitgenommen hatte, als er noch mit Beverly verheiratet war.«

»Das ist ja wirklich geschmacklos«, sagte Rochelle. »Aber woher weißt du das?«

Ashleigh warf ihr Haar nach hinten. »Eine Kollegin aus der Praxis plauderte aus, dass er sich mit der Vertreterin von Juvenesse besonders gut verstand. Ich wusste sofort, dass es diese Suchita war. Also wartete ich auf der anderen Straßenseite und fuhr ihnen bis zum Ritz hinterher.«

Tränen traten ihr in die Augen. »Das war *unser* Hotel! Anschließend bin ich ihr nach Hause gefolgt, und als ich sah, in was für einer Ecke sie wohnt, war mir alles klar. Keine normale Pharmavertreterin kann es sich leisten, in Newtown zu wohnen. Deshalb beschloss ich, ihr eine Abreibung zu verpassen.«

»Ein Stück weiter war ein Heimwerkermarkt«, berichtete Ashleigh. »Ich fuhr nach Hause und zog mir mein Guerilla-Outfit an: schwarzes T-Shirt, schwarze Hose und schwarze Schuhe von Tory Burch. Nach Mitternacht kehrte ich zurück und schrieb in riesengroßen roten Lettern auf die Fassade ER IST VERHEIRATET. *Ach ja, und vorne* auf den BMW.«

»Du hattest Schuhe von Tory Burch bei einer verdeckten Operation an?« Camryn war beeindruckt.

»Die waren noch vom letzten Jahr und schon total ausgelatscht«, gab Ashleigh zurück. »So war das also. Seht ihr?« Sie schaute sich um. »Die ganze Sache wurde einfach total aufgebauscht.«

»Mit Sicherheit«, sagte Rochelle und bediente sich bei Grace' Pinot.

»Wirklich, die Folgen waren so maßlos übertrieben …« Ashleigh sah Grace an. »Offensichtlich ist es in diesem Staat ein Schwerverbrechen, wenn man das Haus der Geliebten seines Mannes streicht. Dann kam noch irgendein Scheiß über die Verunstaltung fremden Eigentums dazu … Um den ganzen Kram hat sich mein Anwalt gekümmert. Ich habe ein Bußgeld gezahlt und dachte, das Thema sei durch. Aber dann …« Sie machte eine kurze Pause. »Dann kam Stackpole dahinter. Und der flippte geradezu aus.«

»Und so bist du beim Weiberabend gelandet«, sagte Rochelle. Sie nahm Ashleighs leeres Glas. »Noch 'ne Runde?«

Camryn runzelte die Stirn. »Besser nicht. Ich bin bei meinem Sender auf ›Bewährung‹, seit die das mit dem YouTube-Film rausbekommen haben. Mein Anwalt meint, ich wäre nur deshalb nicht gefeuert worden, weil ich schon fast eine Institution bin. Das hört sich an, als wäre ich viel älter als zweiundvierzig, oder? Als wäre ich eine uralte Oma. Aber ich hab 26 345 Freunde bei Facebook.«

»Du bist erst zweiundvierzig?« Ashleigh beugte

sich weit über den Tisch vor, um Camryns Gesicht zu studieren. »Hast du schon mal an Botox gedacht?« Sie fuhr mit dem Finger über Camryns Stirn und hinunter zur Oberlippe. »Ich könnte dich super straffen. Boyce hat mir gezeigt, wie man sich selbst spritzt. Ist wirklich kinderleicht.«

Camryn entzog sich Ashleigh. »Ähm, vielen Dank auch. Ich glaube, ich habe momentan keine Lust auf Botox-Sitzungen zum Selbstkostenpreis.«

Ashleigh seufzte und sah auf die Uhr. »Ich fahr wohl auch besser nach Hause.« Sie nestelte an ihrem Portemonnaie herum, fand einen Zwanzig-Dollar-Schein und legte ihn auf den Tisch. »Danke, meine Damen. War lustig.«

Grace blieb noch in der Kneipe, machte schließlich Kassensturz, wusch die letzten schmutzigen Gläser und Teller und schaltete das Neonschild in der Eingangstür aus.

»Das ist eine aufregende Gruppe, in die du da hineingeraten bist«, sagte Rochelle, als sie zusammen zur Wohnung hochgingen.

»Weiß nicht, ob ich sie aufregend nennen würde«, sagte Grace. »Total durchgeknallt passt vielleicht eher. Ich hab mir ein bisschen Sorgen um Ashleigh gemacht. Die kippte sich die Margaritas ziemlich schnell hinter die Binde.«

»Keine Sorge«, sagte Rochelle. »Das waren in

Wirklichkeit ›Falsche Ritas‹. Die hatten kaum Kontakt mit der Tequila-Flasche.«

»Gut gemacht«, sagte Grace. »Und ich gebe gerne zu, dass es schon ein klein bisschen tröstet, Eheprobleme aus einer anderen Perspektive zu sehen und festzustellen, dass andere Schlimmeres als ich getan haben.«

»Bestimmt«, bestätigte Rochelle. »Vielleicht musst du mir noch zeigen, wie man sich das YouTube-Video angucken kann, von dem Camryn erzählt hat. Du weißt schon«, fügte sie schnell hinzu. »Nur um alles mal aus einer anderen Perspektive zu sehen.«

»Ich muss dauernd an Paula denken, unsere Therapeutin«, sagte Grace, als sie im Wohnzimmer ankamen. »Sie war so was von weggetreten. Ich hatte kein gutes Gefühl dabei, sie da ganz allein zu lassen.«

»Was hättest du tun sollen?«

»Ich hätte sicherstellen sollen, dass sie gesund nach Hause kommt«, entgegnete Grace, machte kehrt und ging zur Tür.

»Fährst du noch mal nach ihr gucken?«, fragte Rochelle.

»Yep.«

16

Die Einkaufszone sah mitten in der Nacht noch düsterer aus. Leere Bierflaschen und weggeworfenes Einwickelpapier flogen umher. Im Tattoo-Shop flackerte blaues Licht, Grace konnte einen stämmigen Mann mit bloßem Oberkörper ausmachen, der an einem Computer saß. Auf dem Parkplatz standen nur drei Fahrzeuge, aber keins davon war der leuchtend gelbe VW. Dafür stand dort ein Pick-up.

Grace hielt daneben und ließ die Scheibe hinunter. »Ich dachte, du müsstest nach Hause zu deinem kleinen Sohn.«

»Da war ich auch«, sagte Wyatt. »Er schläft. Mein Vater ist da, also alles in Butter.«

»Bist du auch noch mal hergekommen, um nach ihr zu sehen?«

Wyatt Keeler stieg aus und trat an Grace' Fah*rertür. »Paula ist weg.* Ich hab durch die Fenster reingeguckt und konnte das Sofa sehen. Aber da lag sie nicht mehr. Ich hab auch hinten nachgeguckt, nur um sicherzugehen, dass ihr Auto nicht dort steht.«

Grace stieß einen langen Seufzer aus. »Jetzt bin ich aber erleichtert.«

»Ich auch«, sagte Wyatt und klopfte auf ihr Wagendach. »Bin dann mal wieder weg. Bis dann!«

Grace ließ ihren Wagen noch nicht an. »Du bist gar nicht so ein aggressiver Typ, stimmt's?«

Er hob eine Augenbraue. »Wer behauptet denn, dass ich aggressiv bin?«

»Ich war damals im Gerichtssaal, als der Anwalt von deiner Ex dieses Video gezeigt hat, weißt du noch? Du hast die Autoscheibe mit der Faust eingeschlagen. Sah ziemlich heftig aus.«

Wyatt seufzte. »Wenn ich die Zeit zurückdrehen könnte, würde ich mich einfach abwenden und gehen. Nächstes Mal mache ich das so. Soll ich dir mal meine Version der Geschichte erzählen?«

»Was? Hier?« Grace schaute auf die Uhr im Armaturenbrett. »Können wir nicht irgendwo hinfahren? Hier finde ich es echt gruselig. Die Straße runter ist doch ein *Gus*, wo wir hin könnten.«

Sie folgte Wyatt in ihrem Wagen zu dem hell erleuchteten Donut-Laden wenige Meilen entfernt. Dort setzten sie sich neben zwei jugendliche Grufties an die Theke. Wyatt bestellte einen Kaffee und zwei Apfelkrapfen, Grace entschied sich für einen Eistee und einen Donut mit Schokoglasur.

Wyatt staunte.

»Ich esse normalerweise nicht viel Süßes«, erklärte Grace. »Aber ich habe abgenommen, seit … seit der Sache, und außerdem sind die Schokodonuts hier die besten.«

»Kommst du oft her?« Wyatt sah sich um. Der stumpfe grüne Linoleumboden hatte Risse und Macken, die roten Ledersitze wurden von Isoband zusammengehalten, und die weißen Fliesen an den Wänden waren mit vergilbten Zeitungsausschnitten und verblichenen Familienfotos geschmückt.

»Klar, als ich klein war, sind wir ständig zu *Gus* gefahren«, sagte Grace. »War immer ein Riesenspaß.«

»Und du bist wirklich über der *Sandbox* groß geworden?«

Sie nickte. »Und du?«

»In Sarasota. So ähnlich wie du. Wir lebten zwar nicht direkt über der Firma, aber wir hatten ein Haus um die Ecke von *Jungle Jerry*.«

»Stimmt«, sagte Grace. »Hab ich fast vergessen.«

Die Kellnerin brachte ihre Bestellung, und Wyatt biss ein großes Stück von seinem Apfelkrapfen ab. »Tut mir leid«, sagte er mit vollem Mund. »Ich hab heute nichts zu Abend gegessen. Der Magen hängt mir in den Kniekehlen.«

Er spülte das erste Gebäckstück mit Kaffee hinunter. »Hast du immer hier gelebt? Oder bist du auch mal woanders gewesen?«

»Ich war am Florida State College, da habe ich meinen Abschluss in Innenarchitektur gemacht, und nach dem College bin ich runter nach Miami gezogen. Wir sind erst vor ein paar Jahren zurückgekommen.«

»Miami. Hast du da auch deinen Mann kennengelernt?«

»Leider ja. Und du? Wo hast du … wie heißt sie noch?«

»Callie. Wir haben uns auf der Universität in Clemson kennengelernt. Aus irgendeinem Grund dachte ich, es sei wichtiger zu heiraten als meinen Master zu machen. Ich arbeitete damals bei einem Samenversandhandel in South Carolina, und Callie war schwanger mit Bo. *Jungle Jerry* lief nicht gut, mein Vater wollte sich zur Ruhe setzen, und meine Mutter flehte mich an, zurückzukommen und den Park zu übernehmen. Damals hatte sie schon Krebs, aber sie wollte nicht, dass meine Entscheidung davon beeinflusst wurde, deshalb erzählte sie es mir nicht. Egal. Wir kamen zurück, Bo wurde geboren, und meine Mutter starb wenige Monate später.«

»Das tut mir leid«, sagte Grace.

»Sie durfte ihn direkt nach der Geburt auf den Arm nehmen, hat ein paarmal auf ihn aufgepasst, bevor sie zu krank wurde«, erklärte Wyatt. »Und wir haben ihn nach ihrem Vater benannt, worüber sie sich sehr gefreut hat.«

»Wie alt ist Bo?«

»Sechs«, sagte Wyatt. »Er hat gerade die erste Klasse hinter sich.« Er griff nach seinem Handy, scrollte durch die Fotos und hielt Grace eines hin.

Ein kräftiger Junge mit Sommersprossen, brauner Ponyfrisur und den Grübchen seines Vaters grinste in die Kamera. Zwei Vorderzähne fehlten. Er hatte eine Baseballkappe in den Nacken geschoben und einen Aluminiumschläger über die rechte Schulter gelegt.

Wyatt fuhr mit der Fingerspitze über das Display. »Der Junge ist verrückt nach Baseball. So wie ich es in seinem Alter war.«

»Sehr süß«, sagte Grace und nahm das Handy, um den Kleinen genauer zu betrachten. »Welche Position spielt er?«

»Er ist Catcher. Genau wie ich. Ich hab versucht, ihn zu überreden, Shortstop zu werden, hab gesagt, er wolle doch nicht immer nur im Staub wühlen, aber er lässt sich nicht davon abbringen. Er ist wirklich nicht schlecht, auch wenn ich sein Vater bin. Und sein Trainer.«

Sie gab ihm sein Telefon zurück.

»Du hast gesagt, du hättest keine Kinder. Wolltest du keine?«

Grace lief rot an, und Wyatt spürte, dass er zu weit *gegangen war.*

»Tut mir leid«, sagte er. »Das ist eine ziemlich persönliche Frage. Vergiss sie einfach.«

Grace knibbelte mit dem Fingernagel an der Schokoglasur. »Schon gut«, sagte sie schließlich. »Ich wünsche mir Kinder. Beziehungsweise: wünschte. Ich war schon bei einem Reproduktionsmediziner …« Wieder errötete sie. »Wahrscheinlich ist es besser, dass es nicht so weit gekommen ist.« Sie warf Wyatt einen Seitenblick zu. »Ich weiß nicht, ob ich Lust hätte, eine alleinerziehende Mutter zu sein.«

»Manchmal hat man keine Wahl«, erwiderte er düster. »Ich hätte auch nie gedacht, dass ich mal alleinerziehender Vater sein würde, das kannst du mir glauben. Aber ich freue mich, dass wir Bo haben. Er ist das Beste, was mir je passiert ist.«

Grace brach ein Stückchen vom Donut ab und kaute. »Du hast gefragt, ob ich deine Version der Geschichte hören möchte. Warum du die Autoscheibe eingeschlagen hast. Ja, würde ich gerne, wenn es nicht zu weh tut.«

Wyatt hielt die Hand hoch. Sie war immer noch grünblau. »Weh tun? Bei mir? Nee.«

»Callie und Luke piesackten mich schon seit Monaten. An dem Tag auf dem Baseballplatz lief das Fass einfach über. Ich trainiere Bos Baseballmannschaft. Callie hat den Spielplan, weil ich ihn ihr persönlich gegeben habe. Trotzdem hat sie Bo das ganze Frühjahr lang ständig zu spät zu den Spielen gebracht, ohne Handschuhe oder Schuhe, sogar ohne Trikot.

Es ging so weit, dass ich eine zweite Garnitur kaufte und bei mir aufbewahrte. Die Woche vor jenem besagten Tag hatte ich ihn aber damit nach Hause geschickt. Callie und Luke brachten Bo erst zum zweiten Inning, und wieder ohne jede Ausrüstung. Der Arme war so fertig, dass er in Tränen ausbrach. Luke wiegelte ab. Wenn mir das nicht gefalle, hätte ich Pech gehabt.«

Wyatt dehnte die rechte Hand und zuckte zusammen. »Du hast gesehen, wie ich darauf reagiert habe. War nicht gerade meine Schokoladenseite.«

Er hatte das Gebäck gegessen, und der Kaffee war leer. Grace brach ihren Donut in der Mitte durch und legte die eine Hälfte auf Wyatts leeren Teller.

»Wirklich?«

»Ja. Ich glaube, ich wollte nur mal probieren. Um mich an die alten Zeiten zu erinnern. Kennst du so was?«

Wyatt genoss den Donut offensichtlich. »Ich verrat dir was: Mir geht's genauso mit den kleinen Hamburgern von *Krystal*.«

»Bäh!«, machte Grace. »Das ist doch was ganz anderes.«

»Als ich klein war, ist mein Großvater immer samstags mit mir zum Mittagessen zu *Krystal* gegangen«, erklärte Wyatt. »Nur wir beide. Dann bestellte er zwei Hamburger für mich und vier für sich. Wir aßen direkt aus der Papiertüte, auf dem Vordersitz seines alten rehbraunen Buick Regal. Hin und wieder, nicht besonders oft, aber manchmal fahre ich mit Bo zu *Krystal*, wenn ich ihn samstags habe, dann holen wir uns auch eine Tüte Mini-Hamburger, fahren damit raus nach Holmes Beach, setzen uns an den Strand und verschlingen die Teile.«

»Herrlich sentimental, aber trotzdem: fies!«, sagte Grace. »Weiß deine Ex davon?«

»Wenn sie das wüsste, würde sie mir wahrscheinlich den Kinderschutzbund auf den Hals hetzen.«

»Von Richter Stackpole ganz zu schweigen«, fügte Grace hinzu.

»Du hast ja gesehen, wie der mich behandelt hat«, sagte Wyatt und lehnte sich auf dem Hocker zurück. »Wie hast du dich geschlagen?«

»Sagen wir mal so«, entgegnete Grace, »nicht sehr gut. Mitzi – das ist meine Anwältin – tut ihr Bestes, aber trotzdem meldet sich sein Anwalt nicht bei uns, und ich hab letztlich immer noch keinen Zugang zu meiner Firma. Er soll mir zweitausend Dollar pro Monat geben, aber bis jetzt habe ich noch keinen *Penny* davon gesehen. Ach, und ganz nebenbei, das Geld, das er mir geben soll – das ist eigentlich meins. Außerdem macht er aus seiner neuen Freundin eine Grace 2.0.« Sie klimperte mit den Augenwimpern. »Hört sich das irgendwie verbittert an?«

»Irgendwie schon«, sagte Wyatt. »Andererseits ist Verbitterung für mich momentan auch kein

Fremdwort. Es sieht so aus, als würde Bo am Ende der Sommerferien nach Birmingham ziehen, und bis jetzt gibt es nichts, was ich dagegen tun könnte. Klar, theoretisch kann ich ihn an den Wochenenden sehen, aber wie soll ich das hinkriegen, wenn er neun Stunden entfernt lebt? Ich kann es mir nicht leisten, jedes Wochenende ein Flugticket zu kaufen. Außerdem habe ich einen Vergnügungspark zu leiten, beziehungsweise das, was davon noch übrig ist.«

»Das ist wirklich mies«, sagte Grace. »Ich finde es unfassbar, dass eine Mutter ihrem Kind den Umgang mit dem eigenen Vater verwehrt. Das ist einfach grausam.«

»Callie hat's momentan mit Grausamkeiten«, bemerkte Wyatt. »Sie lässt keine Gelegenheit aus, mir weh zu tun. Das Dumme daran ist: Ich weiß überhaupt nicht, was ich ihr getan habe, dass sie mich so hasst. Sie wollte raus aus der Ehe, ich ließ sie gehen. Sie wollte das Haus, ich überließ es ihr.« Er schüttelte den Kopf und gähnte.

»Du hast recht«, sagte Grace, stand auf und reckte sich. »Für mich ist es auch ziemlich spät.«

»Danke, dass ich mal Luft ablassen konnte.« Wyatt zögerte. »In Paulas Praxis hatte ich das Gefühl, ihr Frauen würdet nur darauf warten, mich zu viertei*len. Nur weil ich* ein Mann bin.«

Grace zuckte mit den Achseln. »Wir sind alle da, weil wir von einem Mann sitzengelassen wurden.«

»Hey, ich wurde auch sitzengelassen, ja?«, sagte Wyatt. »Schon vergessen?«

»Stimmt.«

Sie zahlten an der Kasse und gingen zu ihren Wagen. Wyatt drehte sich um zu dem altmodischen Neonschild mit *Gus's Donuts*. »Ich muss mal mit Bo in diesen Laden gehen. Würd ihm gefallen.«

»Wenn du dem Kind an einem Tag Hamburger bei *Krystal* und Donuts bei *Gus* kaufst, zeige ich dich höchstpersönlich bei Stackpole an«, drohte Grace lachend.

»Hey«, sagte Wyatt. »Danke noch mal, dass du mir zugehört hast.«

»Gern geschehen«, gab Grace aufrichtig zurück. »Bis nächste Woche.«

»Falls Paula bis dahin wieder wach ist. Glaubst du, sie ist medikamentenabhängig?«

»Irgendwas nimmt sie auf jeden Fall«, sagte Grace. »Meine Mutter würde sagen, sie hat nicht mehr alle Latten am Zaun.«

Wyatt lachte. »Stimmt, die hat wirklich nicht mehr *alle Tassen im Schrank*. Ich kann es kaum glauben, dass ich dreihundert Dollar pro Sitzung für diesen Scheiß hinblättern muss, noch zusätzlich zu dem Kindergeld, das ich Callie zahle.«

»Meinst du, es nützt was, sie anzuzeigen?«, fragte Grace und suchte nach ihrem Autoschlüssel.

»Wo anzeigen?«, fragte Wyatt. »Bei Stackpole? Ich

werde Betsy davon erzählen, was hier los ist, aber ich weiß schon, was sie dazu sagen wird: Geh da hin und halt den Rand.«

17

Grace saß im Schneidersitz auf ihrem Bett, den Laptop auf dem Schoß, und tippte auf der Tastatur.

Seit neuestem interessiere ich mich für die »Farm-to-Table«-Bewegung. Hier, wo ich lebe, an der Küste Floridas, herrscht die Meinung vor, dass sich sämtliche Erzeuger von Nahrungsmitteln im Mittleren Westen oder oben im Norden befänden. Aber das stimmt nicht. Überall um uns herum gibt es tolle kleine Höfe. Zitrusplantagen natürlich, auch kleine Avocadofarmen. Als ich anfing zu suchen, staunte ich, dass ich Imker, Geflügelbauern und sogar kleine Familienbetriebe fand, die wunderbaren Salat, Tomaten, Paprika, Gurken, Mais und natürlich Erdbeeren anpflanzen. Zusätzlich haben wir hier das Glück, dass die Fischer vor Ort uns mit frischem Fisch und Krustentieren versorgen, die sie direkt im Golf und in der Bay fangen. Dazu gibt es Rindfleisch von Höfen im Landesinneren, die ich schon seit meiner Kindheit kenne.

Felipe, der großzügige Bekannte meiner Mutter, brachte uns am Sonntag einen ganzen Scheffel Mais. Am selben Vormittag gepflückt, war er so süß, wie man es sich nur vorstellen kann. Wir genossen ihn zum Mittagessen, was mich zu der Überlegung anregte, wie man ihn wohl mit anderen lokalen Produkten kombinieren könne. Mir fiel ein Rezept für eine sämige Krabben-Mais-Suppe ein. Dazu braucht man Mais und Blaukrabben, die bei uns gerade jetzt gefangen werden, außerdem rote Paprikaschoten und Jalapeños, die es überall zu kaufen gibt. Kochen Sie es gerne einmal nach, und schreiben Sie mir, wie es Ihnen geschmeckt hat.

Grace überflog die Notizen, die sie sich zuvor in der Küche gemacht hatte. Die Krabben-Mais-Suppe war wirklich ein Triumph. Sie hatte kleine Zwiebeln, die Peperonis und die rote Paprika zusammen mit etwas Knoblauch in kleine Würfel geschnitten und mit Schinkenspeck in einem gusseisernen Schmortopf gedünstet. Rochelle hatte gebrummelt, wie ungeheuer nervig es sei, die Maiskörner von den Kolben zu schälen. Doch als sie die Körner mit kleingewürfelten neuen Kartoffeln ins Fett gegeben und den Topf mit Hühnerbrühe aufgefüllt hatten, wurde die Küche *der Sandbox von einem* unwiderstehlichen Aroma erfüllt. Nachdem alles rund zwanzig Minuten geköchelt hatte, gab Grace die Krabben dazu. Es waren einfache Strandkrabben, da Rochelle der Meinung gewesen war, man brauche kein edles Scherenfleisch für eine Suppe. Denn auch wenn die Krabben gerade Saison hatten, verlangten die Händler immer noch 6,99 Dollar pro Pfund.

Vorsichtig wurde Sahnemilch unter die Suppe gezogen – die auf Rochelles besonderen Wunsch großzügig mit Old Bay gewürzt war. Grace ließ das Ganze noch mal fünf Minuten kochen und schnitt derweil den knusprigen Schinkenspeck klein, den sie beiseitegelegt hatte.

Sie war nach draußen gegangen, um Schnittlauch aus den Kräutertöpfen zu ernten, die sie neben dem Eingang der *Sandbox* aufgestellt hatte. Als sie zurück in die Küche kam, hatte sie ihre Mutter dabei erwischt, wie sie mit der Old-Bay-Gewürzmischung in der Hand am Herd stand.

»Hey!«, rief Grace und entriss Rochelle die Dose.

»Ich hab nur ein bisschen nachgewürzt.« Rochelle legte einen Holzlöffel in die große Edelstahlspüle.

»Das braucht nicht nachgewürzt zu werden«, stieß Grace durch zusammengebissene Zähne hervor. »Hast du eine Ahnung, wie viel Salz in der Mischung ist? Von dem Natrium im Schinkenspeck ganz zu schweigen?«

»Das muss ich gar nicht wissen. Ich weiß nur, dass man keine Suppe – insbesondere keine Krabben-Mais-Suppe – ohne eine gute Prise Old Bay macht«, erwiderte Rochelle. »Ich koche schon viel länger, als du überhaupt auf der Welt bist, Madame, also halt mir keinen Vortrag über Salz. Oder übers Kochen.«

Grace biss sich auf die Lippe. Sie wollte ihre Mutter daran erinnern, dass sie bereits wegen Bluthochdruck behandelt wurde und ihr Arzt sie gedrängt hatte, weniger Natrium zu sich zu nehmen. Stattdessen schnippelte sie den Schnittlauch in ein Senfglas. »Wenn du noch mehr Old-Bay-Gewürzmischung in der Suppe haben willst, dann stell die Dose neben deinen Teller. Aber kipp es bitte nicht in den Topf, ja?«

»Hmpf.« Rochelle stellte schmutzige Teller in die Spüle, ein sicheres Zeichen dafür, dass sie beleidigt war.

Grace ignorierte die Muffeligkeit ihrer Mutter. Sie suchte zwei alte Eisbecher, die sie jeweils auf einen weißen Teller stellte. Bevor sie die Sherryflasche aus der Bar holte, machte sie noch einmal kehrt, griff nach der Dose mit Old Bay und nahm sie mit. Nur für den Fall.

Sie stellte die Flamme auf klein und gab einen Schuss Sherry in die Suppe, kostete und gab noch einen zweiten Spritzer hinzu.

Anschließend schnitt sie einen Laib kubanisches Brot, das am Morgen angeliefert worden war, in *schräge Scheiben*, träufelte Olivenöl darauf und schob es gerade so lange unter den Grill, dass es hellbraun wurde.

Grace legte auf jeden Teller eine Scheibe Brot, tauchte einen Schöpflöffel in den Topf und gab die Suppe vorsichtig in die beiden Eisbecher. Anschließend dekorierte sie jeden mit Schnittlauch und Speckwürfeln. Sie griff zu ihrer Kamera und machte ein paar Fotos.

»Seit wann serviert man Krabbensuppe im Eisbecher?«, fragte Rochelle.

»Gefiel mir einfach gut«, gab Grace zurück und knipste weiter. »Ungewöhnlich.«

»Komisch«, murmelte Rochelle von der Spüle aus. »Wollen wir jetzt essen oder fotografieren?«

»Essen«, erwiderte Grace und legte die Kamera beiseite. »Aber wenn das so gut schmeckt, wie es aussieht, wird das einen tollen Blog-Beitrag geben.«

Sie nahm zwei blauweiß gestreifte Geschirrtücher vom Stapel auf der Arbeitsfläche aus Edelstahl und legte sie sich über den Arm, bevor sie die Suppenbecher nahm und durch die Schwingtür in die Kneipe ging.

Sie legte die Geschirrtücher als Sets auf die Theke, stellte zwei Weingläser dazu, schenkte Weißwein ein und trat einen Schritt zurück, um alles zu betrachten. Schnell legte sie als Farbtupfer noch eine dünne Zitronenscheibe auf beide Tellerränder. Zufrieden mit der Wirkung, holte sie ihren Fotoapparat und machte noch ein paar Aufnahmen. »Komm, wir essen«, rief sie über die Schulter.

Rochelle beäugte die Platzsets auf der Theke. »Ganz schön schick für so ein Essen samstagsmittags nur für uns zwei.«

»Das Auge isst mit, weißt du.« Grace weigerte sich, mit ihrer Mutter zu streiten.

»Hmpf«, machte Rochelle, tauchte aber den Löffel in die Suppe und kostete mit geschlossenen Augen.

»Und?«

Sie probierte noch einen Löffel von der Suppe. »Nicht schlecht. Wirklich nicht schlecht.« Mit der Fingerspitze fischte sie ein schlaffes grünes Ästchen heraus und hielt es Grace hin.

»Was ist das?«

»Tut mir leid«, sagte Grace. »Das ist nur ein Zweig Estragon. Den wollte ich eigentlich vor dem Servieren rausholen, aber ich wurde abgelenkt. Und … schmeckt's dir wirklich?«

»Doch«, sagte Rochelle. Sie tauchte das gegrillte Brot in die Suppe und kaute.

Grace aß langsam und hielt zwischendurch inne, um sich Notizen in dem gelben Schreibblock zu machen, den sie immer bei sich trug. Beim nächsten Mal, überlegte sie, würde sie einen Käsetoast zur Suppe machen, vielleicht sogar Ziegenkäse in Scheiben auf das Brot legen. Sie prüfte die Konsistenz der Suppe und kam zu dem Schluss, dass sie einen Stabmixer in der Küche der *Sandbox* brauchte, um zukünftig einen Teil der Suppe pürieren zu können.

Ihr eigener Stabmixer befand sich in der Küche auf der Sand Dollar Lane. Wo jetzt Ben wohnte.

Als Rochelle aufgegessen hatte, stand sie auf, suchte ein Stück Kreide und schrieb auf die Tafel neben der Kasse:

Heute im Angebot:
KRABBEN-MAIS-SUPPE à la Grace, 10 $

»Meinst du wirklich, dass die Gäste das mögen?«, fragte Grace. Insgeheim war sie erfreut. Sie wohnte jetzt seit zwei Monaten bei Rochelle, und es kam ihr vor, als sei ihre Mutter zum ersten Mal zufrieden mit etwas, das sie in der Küche oder an der Theke gemacht hatte. »Und wichtiger noch: Sind sie wirklich bereit, zehn Dollar für einen Teller Suppe zu zahlen?«

»Die lecken sich die Finger danach«, versprach Rochelle. »Wir erzählen ihnen einfach nicht, wie gesund sie ist. Und falls jemand über den Preis meckert, zeige ich ihm die Rechnung vom Fischhändler.«

An dem Abend war viel zu tun. Eine der Softball-Ligen hatte ein Turnier, und offenbar hatte sich herumgesprochen, dass die *Sandbox* der Treffpunkt nach den Spielen war.

Um sieben Uhr war der erste Topf Suppe leer. Grace kochte noch einmal vier Liter und verbrauchte die restlichen Krabben aus dem großen Kühlhaus.

Um halb zehn musste sie Rochelle sagen, dass die Spezialität des Tages aus sei.

Ein lautes Stöhnen ging durch die Kneipe, als Rochelle das Gericht von der Tafel strich.

Um zehn Uhr kam die Ablösung: eine junge Latina namens Almina mit ihrem Mann Carlos. Rochelle und Grace waren erschöpft.

Während ihre Mutter duschte, hockte sich Grace hin, um ihren Blogbeitrag zu verfassen. Sie übertrug ihre Notizen, komplettierte den Text und bearbeitete die Fotos. Dann stellte sie das Posting in ihrem Blog ein und ergänzte es mit einer Liste örtlicher Bauernhöfe und deren Links.

Es war schon nach Mitternacht, als sie auf »Veröffentlichen« drückte. Zufrieden schaute sie sich den Post in seiner endgültigen Form an und lächelte. »Jetzt du bist du dran, J'Aimee«, murmelte sie, dann ging sie selbst duschen.

Am Sonntagmorgen lag Grace noch im Bett, als sie hörte, wie das Handy auf ihrem Nachtschrank mit einem leisen Klingeln eine neue Nachricht ankündigte.

Gähnend setzte sie sich auf und schaute aus dem Fenster. Es war fast noch dunkel. Doch als sie die Nachricht auf dem Telefon sah, war sie blitzartig wach.

HAST DU HEUTE SCHON DEINEN ALTEN BLOG GELESEN?

Die SMS stammte von ShadeeLadee, einer der ersten Follower von *Gracenotes* und selbst eine Lifestyle-Bloggerin aus Miami. Im Laufe der Jahre hatten sie sich auf verschiedenen Tagungen getroffen und angefreundet, und obwohl ShadeeLadee einen richtigen Namen hatte, nämlich Claire King, nannte Grace sie immer nur Shadee.

Sie klickte ihren alten Blog an und fluchte. Laut.

Dort prangte das Foto, das Grace selbst in der Nacht gepostet hatte, jedoch betitelt mit der Überschrift »Krabbe & Co«.

Es folgte das Rezept von Grace' Krabben-Mais-Suppe, mit dem Unterschied, dass J'Aimee (oder wohl eher Ben, dachte Grace) sie Krabben-Mais-Schaum getauft hatte. Geschickt war es geringfügig abgeändert worden; statt Estragon empfahl das Rezept einen Zweig Rosmarin, die Menge der Milchsahne war verringert. Aber ansonsten war es Grace' Rezept. Und es war auf jeden Fall Grace' Foto.

»Verdammt nochmal!«, rief sie. Sie scrollte nach unten, um zu sehen, wie viele Kommentare J'Aimee bisher gesammelt hatte. Es waren sechsundsiebzig, dabei war es erst halb acht am Sonntagmorgen, normalerweise der lahmste Tag zum Bloggen.

Schnell tippte sie selbst einen Kommentar ein.

»DIESES REZEPT UND DAS FOTO WURDEN VON *TrueGrace.com* GESTOHLEN. Zum deutlich besseren Originalrezept geht es hier.« Sie fügte einen Link zu ihrem Blog ein.

Höchstwahrscheinlich würde Ben als Administrator Grace' Kommentar löschen und sie blocken, damit sie nichts weiter kommentieren konnte, aber das war ihr egal.

Sie öffnete ihren eigenen Blog. Sonderbar. Ihr neues Banner war da, aber darunter prangte lediglich ein Link, der ihr unbekannt war. Instinktiv klickte sie darauf und bereute es auf der Stelle. Er leitete sie auf die ekeligste, abartigste Pornoseite, die sie sich vorstellen konnte.

Benommen starrte Grace auf den Bildschirm. Wie war das möglich? Sie musste gar nicht lange nachdenken, wer nicht nur ihre Post gelöscht, sondern ihren gesamten Blog lahmgelegt hatte. Es war Ben gewesen, sie wusste es. Sie hatte bloß keine Ahnung, wie.

Wie konnte er sich in ihren Blog schleichen? Sie hatte ein neues geschütztes Passwort; das konnte er doch nicht kennen, oder?

Wütend verließ sie den Blog und checkte ihre E-Mails. Im Posteingang waren achtundachtzig neue Nachrichten.

Grace las die erste und zuckte zusammen. Sie stammte von einer Lifestyle-Bloggerin namens Shana von *Style or die*.

Grace, was ist los bei dir? Dein Blog wurde gehackt. Jetzt ist nicht nur ein Porno-Link drauf, er infiziert auch jeden, der ihn öffnet, mit einem Virus. Mag dich gern, aber solange du das nicht auf die Reihe kriegst, entferne ich dich zum Schutz meiner Leser von meinem Blogroll.

Die nächste E-Mail stammte von Nathan Woods, einem einflussreichen Innendesigner, der als Blogger fast eine halbe Million Follower hatte. Grace hatte auf Wolke sieben geschwebt, als Nate ihr gemailt hatte, wie wunderbar er ihren Beitrag »Fensterdeko, die verboten werden sollte« fand. Er hatte diese Art von Deko »Alte Schachteln basteln« genannt. Zweimal hatte er mit Grace Cross-Promotions gemacht, was ihr eine Menge neuer Follower eingebracht hatte. Außerdem hatte er ihr wertvolle Tipps gegeben, welche Firmen man als Werbepartner für den eigenen Blog besser vermied.

Nathans E-Mail war kurz und prägnant:

Was soll der Scheiß??? Dahinter stand ein Link, der sie zu einem berüchtigten Online-Forum namens *Lästerterror* leitete, wo bösartige Beiträge über Berühmtheiten des Internets eingestellt werden konnten.

Die Überschrift lautete: I HATE NATE.

Dass der heimlich schwule Nathan Woods den Titel des »Supersäufers« für sich beansprucht, wurde niemals in Frage gestellt. In letzter Zeit jedoch fiel der Designer und Blogger aus Manhattan gleich mehrere Sprossen der Karriereleiter hinunter, denn der Textilriese F. Shumacher & Company *beendete seinen fünfjährigen Werbevertrag mit Woods, weil dessen lahmarschige Produktreihe mit natürlichen Stoffen aus pflanzlichen Materialien niemals den anfänglich hohen Erwartungen gerecht wurde. Offenbar war Woods der Einzige in der ansonsten eng verzahnten Designerwelt von New York, der von dieser Entscheidung überrascht wurde. Aus gut informierten Kreisen ist zu hören, dass Woods gebeten werden soll, seinen Posten als Redakteur von* Architectural Digest *zu verlassen. Außerdem kam uns zu Ohren, dass Woods' Angebeteter, sein Toyboy Marc Klein, aus Nates Liebesnest im East Village ausgezogen ist. Bleibt am Ball!*

Während die Beiträge auf *Lästerterror* normalerweise anonym waren, stand unter diesem Posting: Grace von *Gracenotes*.

Ihre Finger flogen über die Tastatur. »Ich habe niemals dergleichen geschrieben. Hinter all dem steckt Ben, mein zukünftiger Ex. Du musst mir glauben, Nathan, dass ich niemals im Leben so etwas verfassen würde. Ben hat meinen Blog gehackt und sabotiert mich nun auf jede erdenkliche Weise. Ich habe keine Ahnung, warum er das tut, aber ich werde diesen Beitrag löschen und bei Lästerterror einen Widerruf einstellen lassen, das verspreche ich dir.«

Wenig später antwortete Nathan. Seine Nachricht war wieder kurz und bündig: »Du bist tot für mich.«

Grace war am Boden zerstört. Angeekelt klappte sie den Laptop zu und stellte ihn auf den Boden, als wäre er krank und könnte Infektionskrankheiten übertragen.

18

Grace stürzte nach unten, wo Rochelle an der Theke saß und Kaffee trank. »Ich werde Ben umbringen, so wahr mir Gott helfe. Direkt nachdem ich diese kleine Zicke J'Aimee in Stücke gerissen habe.«

»Was haben sie nun wieder angestellt?«

Grace goss sich selbst Kaffee ein und setzte sich auf den Barhocker neben ihre Mutter. »Gestern habe ich stundenlang diese Krabbensuppe gekocht, fotografiert, das Rezept geschrieben, redigiert und ins Internet gestellt. Stundenlang!«

»Und? Wenn du noch mal gelobt werden willst, das kannst du gerne haben: Die Suppe war superlecker.«

»Sie war der Knaller«, rief Grace. »Und die Fotos waren der Knaller. So ein Knaller, dass Ben das Rezept fast Wort für Wort mit den Fotos geklaut hat, *mit meinen* Fotos, und alles in J'Aimees Blog gesetzt hat. Dann hat er es irgendwie geschafft, meinen Eintrag zu löschen. An die Stelle hat er einen Link zu einer der ekelhaftesten Pornoseiten im Internet gesetzt. Eine Seite, bei der man sich sofort einen Virus holt.«

»Bist du dir sicher, dass es Ben war?«, fragte Rochelle.

»Wer denn sonst? Er muss es gewesen sein. Ich weiß zwar nicht, wie er das Passwort zu meinem neuen Blog geknackt hat, aber er hat es irgendwie geschafft.«

Rochelle verdrehte die Augen. »Was für ein dreckiges Schwein. Schade, dass Ben nicht im Kofferraum lag, als du das Auto im Pool versenkt hast.«

»Das ist aber noch nicht alles«, sagte Grace. »Nachdem er mein Posting geklaut hat, ist er im Internet herumgesurft und hat verschiedene Leute gegen mich aufgewiegelt. Er hat in meinem Namen bösartige Kommentare auf den Blogs meiner Freunde hinterlassen und einen unglaublich fiesen Beitrag auf *Lästerterror* über Nathan Woods verfasst, ebenfalls mit meinem Namen darunter.«

»Wer ist Nathan Woods? Und was ist *Lästerterror*?«, fragte Rochelle. Sie verstand diesen ganzen Internet-Kram nicht.

»Ach, Mom, du hast seine Sendung manchmal samstagsvormittags gesehen. Er ist wahrscheinlich der bekannteste Innenarchitekt im Netz. Sein Blog hat um die, keine Ahnung, siebenhunderttausend Follower. Im Februar haben wir eine Cross-Promotion gemacht, worauf ich in den Rankings in die Höhe geschnellt bin. Und das nur, weil er mich in seinem Blog erwähnt hat.«

»Und was ist *Lästerterror*?«, hakte Rochelle nach.

»Ich weiß nicht, wie man das erklären soll. So was wie eine große Mülldeponie für Lifestyle-Blogger. Es ist eine Plattform, um hässliche Nachrichten über bekannte Blogger zu verbreiten. Ich hab das nie gelesen, aber Ben immer. Er fand das zum Brüllen komisch. Deshalb bin ich mir auch ziemlich sicher, dass er diesen Mist geschrieben hat. Das Dumme ist, dass Nathan wirklich stinksauer auf mich ist und mich mit dem A… nicht mehr anschauen wird. Und all meine anderen Blogger-Freunde hassen mich auch schon, und alles nur wegen Ben.«

Grace legte den Kopf auf die Theke. »Warum ich? Warum?«

»Hast du diesen Leuten wenigstens mitgeteilt, dass nicht du diesen Mist verfasst hast, sondern Ben, der sich an dir rächen will?«

»Na klar! Aber mir glaubt ja keiner. Ich werde aus Blogrolls entfernt und bei Facebook rausgeworfen. Wenn das so weitergeht, habe ich bald keinen einzigen Freund mehr in der Blogosphäre.« Grace sprang auf und lief vor der Theke auf und ab. Sie war den Tränen nahe.

»Grace?« Rochelles Stimme war streng. »Setz dich

hin und hör mir zu.« Sie hielte ihre Tochter am Ellenbogen fest.

»Was ist denn?« Grace wusste, dass sie sich wie ein hysterisches Kind aufführte, aber sie konnte nicht anders.

»Jeder, der glaubt, dass du in der Lage sein könntest, so etwas zu tun, der kennt dich nicht richtig. Und wenn du den Leuten versicherst, dass dir dein Ex übel mitspielt, und sie dir trotzdem nicht glauben, dann lass sie laufen. Dann sind sie eh keine richtigen Freunde.«

»Aber das waren sie«, beharrte Grace. »Die Blogosphäre tickt anders. Wir lesen die Postings der anderen, kommentieren, empfehlen und schreiben Gastbeiträge. Wir treffen uns ein- oder zweimal im Jahr bei Meetings. Mir bedeuten diese Menschen etwas, und ich bedeute ihnen was.«

Rochelle schüttelte energisch den Kopf. »Nein, tust du nicht. Hat einer von diesen sogenannten Freunden mal bei dir angerufen, nachdem die große Trennung von Ben überall in den Nachrichten zu sehen war? Ist einer von ihnen vorbeigekommen, mit dir essen gegangen oder hat dir zugehört, als du das brauchtest?«

»Aber so läuft das nicht in meiner Welt«, sagte Grace stur.

»Dann ist deine Welt wirklich krank. Du hast in den letzten zwei Monaten eine Menge mitgemacht, aber soweit ich weiß, ist nicht ein einziger Freund hier aufgetaucht. Und ich spreche nicht nur von diesen sogenannten Blogger-Freunden. Wo sind deine alten Freundinnen? Die Ehepaare, die auf den Partys waren, die ihr immer gegeben habt?«

Grace umklammerte ihren Kaffeebecher so fest, dass sie Angst hatte, er würde zerspringen. »Ich weiß es nicht«, flüsterte sie. »Einige haben Nachrichten auf meinem Handy hinterlassen. Aber ich hab mich einfach zu sehr geschämt, um sie zurückzurufen. Und nach einer Weile …«

»Meldeten sie sich nicht mehr«, beendete Rochelle ihren Satz. »Schönwetterfreunde, alle miteinander.«

»Ich nehme an, dass Ben unsere ganzen alten Freunde auf seine Seite gezogen hat.« Grace blinzelte, um die Tränen zurückzuhalten, und fragte sich, ob die Tränendrüsen wohl jemals eintrocknen würden. »Das tut weh. Ich versuche, mich zu beschäftigen, nicht immer über alles nachzudenken, aber jeden Tag passiert etwas Neues, und ich bekomme einen weiteren Schlag ins Gesicht. Mein Blog? Für dich klingt das wahrscheinlich dumm, Mom, aber das ist meine Arbeit. Wenn ich nicht mehr verheiratet bin und keine Freunde mehr habe, wenn ich nicht mal mehr meinen eigenen Lebensunterhalt verdienen kann, was bleibt mir dann noch? Was ist das für ein Leben?«

Rochelle reichte ihr ein Papiertuch. »Trockne dir

erst mal die Augen, Schätzchen. Dies ist nun mal dein Leben, also sei ein großes Mädchen und mach was daraus. Deine alten Freunde sind alle fort? Such dir neue. Ben macht dir das Leben schwer? Wehr dich. Geh in die Offensive. Meiner Meinung nach geht das am besten, wenn du dir überlegst, was du an besonderen Fähigkeiten besitzt, und sie dann gezielt einsetzt. Alles andere regelt sich von selbst.«

»Wie denn?« Grace' Stimme bebte vor Kummer.

Rochelle hob kapitulierend die Hände in die Luft. »Das weiß ich nicht, Grace. Ich bin nicht die Kummerkastentante. Aber du kannst nicht einfach aufgeben, hier rumhocken und heulen. So haben wir dich nicht erzogen.«

Sie beugte sich vor und lehnte den Kopf gegen den ihrer Tochter. »Überleg dir, was du haben willst. Und dann hol es dir.«

Grace hatte nie viel Kontakt mit den Inserenten von *Gracenotes* gehabt, das war Bens Aufgabenbereich gewesen. Aber zumindest mit den wichtigeren Kunden wie Home Depot, Levolor, Benjamin Moore, Viking, ein großer Teppichhersteller, und DeWalt, ein Produzent von Elektrowerkzeug, hatte sie korrespondiert.

Grace scrollte durch die Kontaktliste auf ihrem

Laptop, suchte die Anzeigenkunden und formulierte im Kopf die Nachricht, die sie ihnen schicken wollte.

Sehr geehrte Damen und Herren,
ich möchte mir kurz die Zeit nehmen und Ihnen für Ihre bisherige Unterstützung von Gracenotes *danken. Leider muss ich Sie von einer Veränderung der Unternehmensstruktur in Kenntnis setzen. Ich befinde mich momentan in einer unangenehmen Trennung von meinem Mann Ben. Infolgedessen ist* Gracenotes.com *zwar noch online, ich bin aber nicht mehr Autorin der dortigen Postings und somit nicht mehr für dortige Einträge verantwortlich. Ich habe einen neuen Blog gegründet,* TrueGrace.com, *und würde mich freuen, wenn Sie ihn einmal besuchen. Ferner muss ich Ihnen mitteilen, dass Ben mein urheberrechtlich geschütztes Eigentum – meine Texte, Rezepte und Fotos – entwendet und als sein Eigentum auf* Gracenotes *veröffentlicht. Des Weiteren sabotiert er meine Karriere als Bloggerin, indem er verleumderische, ordinäre Kommentare und Links auf anderen Lifestyle-Blogs einstellt und mit meinem Namen unterschreibt. Ich bin überzeugt, dass Ihr Unternehmen seine Integrität und seinen Markenwert nicht mit derartigen Machenschaften belasten will, und ich hoffe, dass Sie angemessene Schritte einleiten, um den Kontakt mit diesen unseriösen und hinterhältigen*

Geschäftspraktiken zu minimieren. Beste Grüße, Grace Davenport (ehemals Stanton), TrueGrace.com.

Sie drückte auf SENDEN, und zum ersten Mal seit Wochen fühlte sie sich lebendig. Als die wahre Grace.

19

Grace war nie besonders sportlich gewesen. Als Kind war sie eine Leseratte gewesen und hatte es vorgezogen, mit einem Buch in der Hand auf der Couch zu liegen, anstatt draußen mit einem Schläger oder Ball zu schwitzen.

Erst als sie nach ihrem zweiten Jahr am College nicht nur die obligatorischen fünf, sondern zehn Kilo zunahm, hatte sie widerwillig mit dem Joggen angefangen. Danach hatte sie es beibehalten. War gejoggt, um abzunehmen oder um den Alltagsstress aus dem Kopf zu bekommen.

In letzter Zeit war sie viel gejoggt, um nicht durchzudrehen. Seit der Trennung von Ben und dem Umzug in die Wohnung über der *Sandbox* hatte sie sich angewöhnt, vor Sonnenaufgang aufzustehen. Manchmal las sie dann, manchmal arbeitete sie an ihrem Blog, dann wieder schnürte sie ihre Laufschuhe und machte sich auf den Weg.

Auch am nächsten Tag war sie wütend und hilflos, nachdem sie nochmals alle E-Mails des gestrigen Tages gelesen hatte. Ben – oder wer immer ihm half – hatte gute Arbeit geleistet und ihre Internet-Identität gründlich verdorben. Unter ihrem Namen waren in sämtlichen Blogs ihrer alten Linksammlung hetzerische Kommentare verfasst worden. Das wusste Grace so genau, weil fast alle Blogger ihr gemailt hatten, dass sie nie wieder etwas von ihr hören wollten.

Sie musste raus. Es dämmerte noch, als Grace die Treppe hinunterschlich und durch den Nebeneingang nach draußen huschte.

Grace steckte die Knöpfe in die Ohren, stellte ihren iPod auf »Play« und lief die Straße hinunter. Sie war nicht schnell, und ihr Laufstil ließ viel zu wünschen übrig. Die Strecke, die sie sich vorgenommen hatte, führte über gewundene Straßen parallel zum Golf von Mexiko. Wenn sie nach links schaute, sah sie den dunkelblauen Morgenhimmel und manchmal blaugrüne Brandung zwischen den zotteligen Kasuarinabäumen und Palmen. Nachdem sie die Brücke von Cortez überquert hatte, lief sie durch Bradenton Beach, dann weiter nach Holmes und Anna Maria. Nach einer Stunde war ihr Nylontop durchgeschwitzt, die Sporthose klebte ihr am Hintern. Selbst von ihrem Pferdeschwanz tropfte es auf die Schultern.

Die letzte Meile nutzte sie zum Auslaufen. Langsam trabte sie eine halbe Meile am Strand entlang, unbewusst auf der Suche nach Muscheln, die in der Brandungszone lagen. Dabei beobachtete sie Möwen und Wasserläufer. Irgendwann blieb sie stehen und schaute einem riesengroßen Reiher zu, der reglos am Ufer stand. Der Vogel rührte sich nicht, als Grace näher kam und sein elegantes blaugraues Federkleid bestaunte. Dann lief sie weiter, ohne dass der Reiher aufgeschreckt wurde.

Es war immer noch früh am Montagmorgen, als sie in den ruhigen Straßen von Anna Maria ankam. Grace joggte über schmale Sandwege, wurde zunehmend langsamer und dampfte vor sich hin. Hin und wieder schaffte es eine schwache Brise zwischen den Bäumen hindurch. An den Straßen standen fast nur Cottages, viele mit einem Schild im Vorgarten, das sie als zu vermietende Ferienhäuser auswies.

Grace kannte die Gegend nicht. Sie verfiel in einen Spazierschritt, begutachtete die altmodischen Bauten aus Beton und Holz, die so ganz anders waren als die riesigen, protzigen Villen auf Gulf Vista. Sie hätte gerne ihre Kamera dabeigehabt, um die frühe Morgensonne und die tropischen Gärten mit Palmen, Bromelien, Krotons, Bougainvillea und Hibiskus im Bild festzuhalten.

Rasenflächen gab es hier nur wenige. Stattdessen waren die kleinen Gärten mit Ranken, Farnen und Blumen überwuchert. Eidechsen flitzten über die schmale versandete Straße, Kolibris schwebten über den dichten Ixorenhecken mit den sternförmigen korallenroten Blüten.

Das Ganze war traumhaft schön, bis auf ein auffälliges Haus, das wie ein bunter Hund zwischen all den sorgfältig gepflegten Heimen stand. Am Bordstein häufte sich Sperrmüll, der Vorgarten war voller Unkraut, toter Palmwedel und abgeknickter Zweige. Durch die ungepflegte Ficushecke erhaschte Grace einen Blick auf eine verblichene weiße Hausverkleidung, die teilweise von einem Müllberg verdeckt wurde.

Zwei riesengroße städtische Container waren mit Plastiktüten vollgestopft. Daneben standen aufgequollene Pappkartons mit alten Klamotten, Schuhen und anderen Gegenständen. Eine fleckige große Matratze, die von zwei billigen Nachttischen aus Hartfaserplatte gehalten wurde, lehnte an einem der Container.

Grace hörte, wie eine Fliegentür zuschlug, dann hievte ein alter Mann eine lange Rattancouch in den Vorgarten. Leise vor sich hin fluchend wuchtete er das Sofa bis an die Straße.

»Hey«, grüßte er, ohne Grace wirklich wahrzunehmen. Er setzte das Sofa ab, drehte sich um und ging zurück ins Haus.

Irgendetwas an dem Rattanmöbel fiel Grace ins Auge. Sie schielte hinüber zum Haus und prüfte, ob der Mann sie beobachtete. Der war aber bereits wieder verschwunden.

Der übrige Sperrmüll am Straßenrand war billig, kaputt, dreckig. Aber dieses Sofa … Grace hockte sich davor, um es genauer zu inspizieren.

Es war ein Dreisitzer und sah aus, dachte Grace, als sei es von Paul McCobb. Die Armlehnen hatten eine brezelartige Form. Das Rattangeflecht war in einem erstaunlich guten Zustand.

Kurz darauf ging die Fliegentür wieder auf, und der Mann trat erneut heraus, diesmal mit einer Schubkarre voll weißer Kissen, über die eine hässliche orange-rot karierte Synthetikdecke gebreitet war. Ohne jeden Kommentar lud er die Kissen ab und verschwand wieder im Haus.

Grace ging die Straße hinunter, den Häuserblock entlang, dann kehrte sie um. Sie war neugierig geworden. Das Ganze erinnerte sie an ein Theaterstück, dessen zweiten Akt sie einfach nicht verpassen wollte.

Inzwischen hatte sich ein zum Sofa passender Sessel dazugesellt. Und der Mann mit der Schubkarre war bereits mit einer neuen Ladung zur Stelle, brachte nun einen niedrigen, bumerangförmigen Couchtisch aus Rattan mit gelbbrauner Kiefernoberfläche. Kurzerhand stellte er ihn auf der schmalen Seite ab. Das Holz, sah Grace, war mit Brandflecken und Wasserringen übersät, aber die Tischbeine und das Rattangeflecht waren in einem ganz ordentlichen Zustand. Der Mann wirkte genervt über die Zuschauerin. Er war groß und hager, hatte eine hohe Stirn und schütteres graues Haar. In seinem Mundwinkel wippte eine Zigarette. Er trug eine weite khakifarbene Hose und ein formloses graues T-Shirt.

»Kann ich Ihnen helfen?«, fuhr er Grace an.

Sie errötete. »Ist jemand gestorben?«, platzte es aus ihr heraus.

»Schön wär's«, knurrte er. Er setzte die Schubkarre ab, zog ein knittriges Taschentuch aus der Gesäßtasche und wischte sich übers Gesicht.

»Meine verfluchten Mieter sind ausgezogen und haben diesen Saustall hinterlassen.« Er nahm seine Brille ab und putzte sie.

»Das ist ja furchtbar«, sagte Grace mitfühlend.

»Sie haben ja keine Ahnung«, gab er zurück. »Drei Monate Mietrückstand, und dann haben sie das Haus so zugemüllt, dass ich nicht weiß, wie lange ich brauche, um es wieder in einen vorzeigbaren Zustand zu bekommen.«

Er gaffte sie unverhohlen an, registrierte ihr verschwitztes, zerzaustes Aussehen. »Kenne ich Sie nicht?« Er wies auf ihre Baseballkappe mit dem Logo der *Sandbox*. »Aus der Kneipe vielleicht?«

Nun, da er Grace drauf ansprach, schien auch ihr eine Bekanntschaft nicht ausgeschlossen. »Kann sein. Ich bin Grace Davenport. Rochelles Tochter.«

»Aah, ja«, sagte er, wischte sich die Hände an der Hose ab und reichte sie Grace. »Ich bin Arthur Cater. Ich kannte Ihren Vater. Hab ihn ein paarmal mit rausgenommen zum Fischen. Butch war ein super Typ. Wie kommt Ihre Mutter so zurecht?«

»Ganz gut«, sagte Grace. »Er fehlt uns, aber wenn Sie Rochelle kennen, dann wissen Sie ja, dass sie ein zäher Knochen ist.«

»Das stimmt«, sagte Arthur lachend.

Er wies auf den Berg von Sperrmüll. »Hätte auf mein Bauchgefühl hören sollen. Aber das war so ein junges Paar, und meine Frau hatte Mitleid mit ihnen. Waren ihre letzten Worte.«

Grace schaute auf den Abfall. »Werfen Sie das alles weg? Haben Sie nicht mal bei Goodwill angerufen? Die könnten es doch abholen.«

Arthur schnaubte verächtlich. »Goodwill nimmt solchen Dreck nicht. Würden Sie das nehmen? Verschimmelt, durchgepinkelt. Die Leute hatten Hunde, obwohl der Mietvertrag Tierhaltung ausdrücklich untersagt. Es wimmelt da drin nur so von Flöhen.«

Grace erschauderte und machte einen Schritt zurück.

Arthur schlug mit dem Taschentuch auf das Rattansofa. »Das hat früher meiner Großmutter gehört. *Sie hat* mir das Haus hinterlassen, und die Couch stand immer drin, solange ich mich erinnern kann. Wir haben es möbliert vermietet, das lief fünfzehn

Jahre lang problemlos, bis diese Penner einzogen. Jetzt sieht es schlimmer aus als auf einer Müllhalde.«

Er trocknete sich den Hals. »Wenn Sie was sehen, das Ihnen gefällt, können Sie es gerne mitnehmen.«

»Die Rattanmöbel sind eigentlich sehr hübsch«, sagte Grace vorsichtig. »Wahrscheinlich aus den Vierzigern. Wollen Sie die wirklich nicht behalten? Vielleicht wenn die Kissen neu bezogen werden?«

»Nee«, winkte er ab. »Wir haben das ganze Haus voller Möbel. Und meine Frau mag den alten Omakram nicht.« Er musterte Grace. »Drinnen sind noch ein Beistelltisch und ein zweiter Sessel, die zu dieser Garnitur gehören. Falls Sie es haben wollen, müssten Sie es natürlich selbst abholen.«

»Eventuell würde ich es nehmen.« Grace war über ihre Spontanität selbst überrascht. Dann hatte sie eine Idee.

»Wäre es okay, wenn ich mal reinkomme und mir die anderen Möbel ansehe?«

»Haben Sie eine Wäscheklammer für die Nase dabei? Und machen Sie mir keine Vorwürfe, wenn Sie von den Flöhen gebissen werden.«

Der Weg zur Eingangstür war mit Ziegelsteinen gepflastert, die aber völlig mit Unkraut überwuchert waren. Das Haus stand auf Betonblocksäulen und war nicht unterkellert. Es hatte ein steiles Satteldach mit hölzernen Belüftungsschlitzen unter dem V-förmigen Giebel und eine Veranda mit einem Halbdach aus Zinkblech, dessen überragende Traufe von großen Holzträgern gehalten wurde. Die Verkleidung aus Aluminium löste sich an verschiedenen Stellen von der Außenwand.

Arthur Cater riss die Fliegenschutztür auf, Grace folgte ihm.

Ihre Augen brauchten einen Moment, um sich an die Dunkelheit zu gewöhnen. Sie stand auf einer mit Fliegengittern geschützten Veranda beziehungsweise dem, was davon noch übrig war. Die Gitter waren zerrissen, manche fehlten ganz. Zwei billige Plastikstühle lagen herum, auf dem Holzboden türmten sich Mülltüten.

Arthur stieß die Haustür auf. »Nach Ihnen«, sagte er mit einer Verbeugung. Ein beißender Geruch schlug Grace entgegen – eine Mischung aus Urin, Schimmel und abgestandenem Zigarettenqualm.

»O Gott«, stieß sie aus und zwang sich, durch den Mund zu atmen.

»Jetzt wissen Sie, was ich gemeint habe.«

Der vordere Teil des Hauses bestand nur aus einem Raum, dem Wohnzimmer. Die Fenster waren dreckverschmiert. Ein Rollo hing schief an einem Haken vor einem raumhohen Fenster, das auf die Veranda ging. Der Rattansessel stand vor einer Wand, darauf lagen ein alter Schlafsack und ein Kissen; der passende Beistelltisch war verkehrt herum draufgepackt worden.

»Das sind sie«, sagte der Mann. »Und ich warne Sie: Sie sind schwerer, als sie aussehen.«

Grace drehte den Tisch um und setzte ihn auf dem schmuddeligen avocadogrünen Zottelteppich ab. Die Oberfläche des Tischchens war ebenfalls mit Brandflecken und Wasserringen verunstaltet, aber Grace gefiel die abgerundete dreieckige Form. Vorsichtig nahm sie das Bettzeug vom Sessel und stellte fest, dass auch er noch in einem guten Zustand war, auch wenn das Kissen nichts mehr taugte.

»Wollen Sie die wirklich nicht?«, fragte sie Arthur, der sich in die Essecke am anderen Ende des Raumes begeben hatte. Die Einrichtung bestand aus einem klapprigen Kartentisch und zwei altmodischen Alu-Strandklappstühlen mit kaputtem Plastikgewebe. Ein billiger Messingkronleuchter hing über dem Tisch, alle Glühbirnen außer einer waren defekt.

»Was bitte?« Er drehte sich um. »Nee. Aber ich hätte gerne die Esszimmermöbel genommen, die hier früher standen.«

Grace ging zu ihm hinüber. »Haben die Mieter *Ihre Einrichtung gestohlen?*«

»Allerdings«, sagte Arthur. »Ein Mahagonitisch mit Stühlen und eine Art Büfett. Hat meiner Mutter gehört. Ich hatte überlegt, das Zeug hier rauszuholen, aber wir hatten keinen Platz im Haus, und ich dachte, in der Garage würde es kaputtgehen.« Er zuckte die Achseln. »Ich würde gerne wissen, wie die diese schweren Sachen hier rausbekommen haben. Die hatten nur ein Auto, und das war ein klappriger kleiner Kia.«

»M-hm.« Grace hörte nicht richtig zu. Sie sah sich das Haus an.

Es war ein für Florida typisches »Cracker House«. Die Wände bestanden aus Holzbohlen auf Lattenwerk, wahrscheinlich verbarg sich Pinienholz unter den vielen Farbschichten. Die Decke war ziemlich hoch, ebenfalls aus Holzplatten, die allerdings nicht gestrichen waren. Durch die Tür konnte sie auf die kleine Küchenzeile blicken.

»Darf ich mich mal umsehen, Arthur?«, fragte Grace.

»Passen Sie nur auf, wo Sie hintreten«, riet er und schleppte dann die nächste Ladung Müll auf die Straße.

Ein schmutziges Fenster über der Spüle ließ schwaches Licht herein. Grace fand einen Lichtschalter, und als die Deckenlampe flackernd zum Leben erwachte, huschten ein halbes Dutzend Kakerlaken in die Ecken. Sie schüttelte sich, war aber keineswegs überrascht. Kakerlaken gehörten ebenso zu Florida wie Palmen und Sonnenschein. Allerdings standen die Kleintiere weniger hoch im Kurs bei ihr.

In der Küche erlebte sie eine Art Zeitreise. Die Arbeitsflächen waren aus gesprenkeltem grauen Resopal, die Schränke aus Holz, obwohl die abgeplatzte weiße Emailfarbe beinahe gummiartig wirkte. Es gab zwei Oberschränke, rechts und links von der Spüle, und zwei Unterschränke, jeweils mit einer Schublade. Alle Schranktüren hingen schief. Grace sah eine traurige Sammlung von nicht zueinander passenden Töpfen und Pfannen, verschmierten Gläsern und gesprungenen Tellern. Ein alter matschgrüner Herd bildete den Abschluss der Arbeitsfläche, er war voller Fettspritzer und Flecken. Auf der vorderen Platte stand ein kleiner Stieltopf mit einer undefinierbaren verbrannten Masse darin. Die Ofentür war geöffnet. Als Grace sie zumachte, huschten wieder Kakerlaken davon.

Hinter ihr war der Kühlschrank. Er war etwas neuer als der Herd, aber die weiße Oberfläche war von Rost überzogen. Links davon war eine weitere Arbeitsfläche mit zwei Hängeschränken darüber. Unter der Arbeitsfläche lag lediglich ein umgekippter, stinkender Mülleimer aus Plastik.

Durch eine zweite Tür ging es in einen kleinen Flur und durch eine offene Tür ins Badezimmer. Der schwarzweiße Bodenbelag aus kleinen runden Fliesen war grau verschmiert. Das Waschbecken, das Klosett und die Badewanne waren blassrosa und stammten Grace' Schätzung zufolge aus den fünfziger Jahren.

Es gab noch zwei weitere Türen, beide waren geschlossen. Grace wollte die eine gerade öffnen, als sie ein schwaches Kratzen dahinter hörte.

Sie machte einen Schritt zurück. Ratten? Sie bekam es mit der Angst zu tun.

Arthur steckte den Kopf um die Ecke. »Ich würde die Tür nicht öffnen, es sei denn, Sie legen es darauf an, angegriffen zu werden«, warnte er.

Grace kam zu dem Schluss, sie habe genug von dem Haus gesehen.

»Schlimm genug, dass dieses Pack das Haus so hat verkommen lassen«, sagte er. »Aber dann hauen sie auch noch ab und lassen ihre verfluchte Töle hier. Mal ehrlich: Wer zieht aus und lässt einfach den Hund zurück?«

»O mein Gott«, sagte Grace entsetzt. »In dem Zimmer ist ein Hund? Kann ich ihn sehen?«

»Wenn Sie wollen«, sagte Arthur. »Ich habe ihn da drin eingesperrt, weil ich Angst hatte, dass er auf die Straße rennt und überfahren wird, wenn ich ständig rein und raus gehe. Ich bin ja kein Hundefreund, aber das würde selbst ich nicht schön finden.«

20

Während Grace und Arthur sprachen, wurde das Kratzen heftiger und ging schließlich in ein hohes Kläffen über. Grace legte vorsichtig die Hand auf den Knauf.

»Ich habe Sie gewarnt«, wiederholte Arthur.

Grace schob die Tür auf und betrat das Zimmer. Ein kleines braunes Fellknäuel, wie von Sinnen bellend und jaulend, sprang an ihr hoch.

»Hey«, sagte Grace sanft und bückte sich, um das Tier genauer zu betrachten. Der Hund hüpfte ihr auf den Schoß und leckte ihr mit seiner weichen rosa Zunge übers Kinn.

»Ach, du meine Güte«, sagte Grace und hielt das stinkende Tier auf Armeslänge Abstand. »Du armes Ding.«

Ihrer Meinung nach handelte es sich um eine Art Pudelmischung. Das war aber schwer zu sagen, weil das Fell verfilzt und dreckig war. Die gutmütigen braunen Augen waren trüb und von einer milchigen

Substanz überzogen, an der Schnauze klebte getrocknetes Blut.

Grace setzte das Tier vorsichtig auf den Boden und wischte sich die Hände an der Sporthose ab. Der Hund schaute Grace erwartungsvoll an.

»Erbärmlich, nicht?«, sagte Arthur hinter ihr im Flur. »Sie war in diesem Zimmer eingesperrt, als ich sie heute Morgen fand. Keine Ahnung, wie lange schon.« Er wies mit dem Kopf in die entsprechende Richtung. »Sie sehen ja, was die Kleine für einen Dreck gemacht hat. Kann man ihr natürlich nicht übelnehmen.«

Das Zimmer war, wie Arthur gesagt hatte, ein Drecksloch. Selbst wenn man durch den Mund atmete, roch man den Gestank.

Grace nahm den Hund wieder auf den Arm, trat in den Flur und schloss die Tür, um den Horror dahinter nicht mehr sehen zu müssen.

»Was haben Sie mit ihr vor?«, fragte sie, darauf bedacht, dass das miefende Tier nicht zu dicht an ihren Körper kam.

Arthur ging ins Badezimmer und holte ein verschlissenes Badehandtuch. »Hier. Wickeln Sie sie da rein. Sie hat ziemlich viele Flöhe.«

Als Grace das Handtuch um den Hund schlang, spürte sie, dass er heftig zitterte.

»Ich glaube, die Kleine ist krank«, sagte sie zu Arthur.

»Das ist doch logisch«, erwiderte er. »Als ich sie heute Morgen fand, hab ich ihr eine Schüssel Wasser und den Rest vom Würstchen gegeben, das ich noch im Wagen hatte, aber ich kann nicht sagen, wann sie das letzte Mal richtig was zu fressen bekommen hat.«

»Man sollte diese Leute ausfindig machen und ins Gefängnis stecken«, sagte Grace empört. Sie musste schlucken, so übel war ihr.

»Ich habe beim Sheriff Anzeige erstattet, aber keiner kann sagen, wie lange sie schon weg sind. Ich weiß, dass die Frau – ich glaube, dass sie verheiratet waren –, also, die hat irgendwann mal erzählt, dass sie Verwandte in Alabama hat.«

Er schaute auf das zitternde Fellknäuel in Grace' Armen. »Ich wollte sie später ins Tierheim bringen. Aber wenn Sie die Kleine nehmen, wäre mir das sehr viel lieber.« Er kraulte den Hund unterm Kinn, der sich vor Vergnügen räkelte. »Ist irgendwie süß, so dreckig sie auch ist.«

Grace betrachtete das Tier und seufzte. »Scheint ein richtiges Schätzchen zu sein. Aber ich wohne bei meiner Mutter über der Kneipe. Und wenn Sie Rochelle kennen, dann wissen Sie auch, dass sie nichts von Tieren im Haus hält.«

»Meine Frau hat drei große alte Kater, die Hunde genauso wenig mögen wie ich«, sagte Arthur. Er nahm Grace das Tier aus der Hand, öffnete die Tür, setzte es auf den Boden und zog die Tür entschlossen zu.

Das flehende Wimmern des Hundes zerriss Grace das Herz.

Arthur wusste genau, was er tat. Er ging ins Wohnzimmer und belud die Schubkarre erneut mit Müll.

Grace konnte das Heulen des Hundes nicht länger ertragen. »Was glauben Sie, wie lange es dauert, dieses Haus in Ordnung zu bringen?«, fragte sie.

»Wer weiß? Egal wie lange es dauert, es ist auf jeden Fall länger, als ich es mir leisten kann«, sagte Arthur. »Wir sind den Sommer über normalerweise oben in North Carolina. Nächste Woche wollten wir eigentlich los, und jetzt kommt das hier dazwischen.«

»Ich hätte eine Idee«, sagte Grace langsam. »Sie ist allerdings ein bisschen verrückt.«

»Verrückter als Mieter, die drei Monatsmieten unterschlagen?«, fragte Arthur.

Grace holte tief Luft. »Was halten Sie davon, wenn ich das Haus für Sie in Ordnung bringe?«

»Wieso sollten Sie so was machen?«, fragte er mit argwöhnisch zusammengekniffenen Augen.

»Ich bin Innenarchitektin und schreibe einen Blog über Gestaltung, Einrichtung und Design«, erklärte sie und wies auf das düstere Zimmer, in dem sie sich befanden. »Dieses Häuschen hat eigentlich eine gute Substanz. Es ist zwar klein, aber es könnte umwerfend sein. Ich könnte dafür sorgen, dass es umwerfend wird. Dabei könnte ich Fotos machen und meine Arbeit dokumentieren. Wenn Ihnen das recht ist.«

In Gedanken verfasste sie bereits die Postings, stellte sich die fertigen, vom Schmutz befreiten Zimmer vor. Das Cottage würde ein Schmuckstück einheimischer Architektur werden. Das sollte J'Aimee mal versuchen nachzumachen!

Arthur klopfte eine Zigarette aus der Packung, die er aus seiner Brusttasche geholt hatte. »Ich weiß ja nicht …«

»Schon gut«, sagte Grace leichthin. »Wie gesagt, war nur so eine Idee.«

Er zündete sich die Zigarette an und inhalierte. Der Rauch war tatsächlich angenehmer als der Gestank zuvor. »Was würden Sie dafür nehmen?«

»Ähm, nichts«, sagte Grace, um dann schnell hinzuzufügen: »Das heißt, Sie müssten das Material zahlen.« Sie drehte sich einmal im Kreis. »Farben, neue Lampen.«

»Teppich natürlich«, fügte er hinzu.

Grace bohrte den Schuh in den Zottelteppichboden. »Wissen Sie, was darunter ist?«

»Holzboden, soweit ich weiß«, sagte er. »Aber weiß Gott, in was für einem Zustand. Wir hatten Teppichboden drauf, solange ich mich erinnern kann.«

»Im besten Fall reiße ich diesen Teppich heraus und arbeite den Holzboden auf«, sagte Grace. »Das ist deutlich billiger, als neuen Teppich zu kaufen, und wenn da ein guter Lack draufkommt, sollten

Ihre nächsten Mieter ihn nicht mehr ruinieren können.«

Sie ging in die Küche. »Ich denke, hier brauchen Sie neue Geräte.« Grace kniete sich hin und zog eine Ecke des Bodenbelags hoch. »Der Kram hier müsste auch raus. Dann entweder abschleifen, wenn Holz drunter ist, oder neues PVC verlegen.«

Arthur nickte. »Ich wollte den Herd und den Kühlschrank abholen lassen, wahrscheinlich morgen.«

»Was haben *Sie* denn so gedacht, wie viel Geld Sie in das Haus reinstecken wollen, damit es wieder vermietet werden kann?«, fragte Grace.

Arthur schürzte die Lippen und aschte auf den Teppich. »Mit neuen Geräten – auf der hinteren Veranda stehen noch Waschmaschine und Trockner, die auch hinüber sind – schätze ich ein paar tausend.«

»Mit allen Geräten? Ich schätze mal mindestens fünftausend«, gab Grace zurück. Sie stand auf der Veranda und blickte auf den zugewucherten Vorgarten. »Die Fliegengitter hier sind alle kaputt, auch die Rahmen sind morsch.«

Sie drehte sich zu ihm um. »Was ist mit der Klimaanlage? Funktioniert die?«

»Wir haben Geräte in den Fenstern«, sagte er und wies auf einen verrosteten braunen Klotz im vorderen Wohnzimmerfenster. »Die in den Schlafzimmern sind etwas kleiner. Aber erfüllen ihren Zweck. Jedenfalls bis jetzt.«

Grace stützte die Hände in die Hüften. »Wie viel Miete verlangen Sie hier? Falls ich das fragen darf?«

»Vierhundertfünfzig im Monat«, sagte er. »Und wir übernehmen die Nebenkosten.«

»Ach, Arthur«, sagte Grace mit einem wissenden Lächeln. »Dieses Haus hat so viel Potential. Und Sie sind hier nur – wie weit? – eine Straße vom Meer entfernt! Wenn wir das auf Vordermann bringen würden – ich meine, richtig schick machen, den Garten in Form bringen, ihn vom Gärtner gestalten lassen, vielleicht eine zentrale Klimaanlage einbauen …«

»Nix mit zentraler Anlage«, knurrte er. »Glauben Sie, ich kann Geld drucken?«

»So viel kann das nicht kosten«, sagte Grace. »Wie viele Quadratmeter hat das Haus?«

»Etwas unter hundert«, erwiderte er.

»Wenn Sie den Strom selbst zahlen, geben Sie mit den drei alten Fensterapparaten jetzt deutlich mehr Geld aus«, erklärte sie. »Ich möchte wetten, mit einer effizienten neuen Anlage würden Sie so viel Geld sparen, dass sie nach wenigen Jahren abgezahlt wäre. Außerdem werden Sie auch mehr Miete bekommen, wenn ich erst mal hier fertig bin. Und sobald es super aussieht, werden die Mieter auf jeden Fall ein höheres Niveau haben.«

»Bei Ihnen klingt das so einfach«, sagte Arthur. »Haben Sie denn Erfahrung im Renovieren von

Häusern? Oder überhaupt mit der Verwaltung von Anlageimmobilien?«

»Ich habe schon drei alte Häuser renoviert«, erklärte Grace. »Mein Exmann und ich hatten ein kleines Cottage mit vier Zimmern in Bradenton, mit dem ich genau dasselbe gemacht habe. Ich habe es bis auf die Grundmauern entkernt. Dafür haben wir 1200 Dollar Miete pro Monat bekommen. Unmöbliert.«

»Ihr Exmann?«

»In spe«, erwiderte Grace beiläufig. »Wir haben uns vor zwei Monaten getrennt. Deshalb wohne ich momentan bei meiner Mutter.«

»Das tut mir leid«, sagte Arthur.

»Mir nicht.« Grace hob das Kinn. »Und, was meinen Sie?«

»Muss erst mit meiner Frau sprechen«, sagte er. »Fünftausend. Sie reden von einer Menge Geld.«

Grace ließ es drauf ankommen. »Fünftausend, grob geschätzt. Ich habe die Schlafzimmer noch gar nicht gesehen. Und wir wissen nicht, in welchem Zustand die Böden sind.«

Man merkte, dass Arthur sich das durch den Kopf gehen ließ. »In Ordnung. Solange meine Frau nichts dagegen hat, sind wir uns einig.«

»*Super!*« Grace strahlte. »Was ist mit den Rattanmöbeln? Das sind wirklich gute Sachen, Arthur. Ich finde sie toll, aber im Moment habe ich keinen

Platz für sie. Wenn ich dieses Haus aber fertig habe, würden die Möbel perfekt ins Wohnzimmer passen. Können wir sie bis dahin irgendwo lagern?«

Arthur wies mit dem Kopf zur Hinterseite des Hauses. »Drüben ist eine Garage. Da kann ich die Sachen wohl fürs Erste einschließen.«

Grace konnte kaum fassen, was sie gerade getan hatte. Sie war joggen gegangen, hatte coole alte Möbel gefunden und stand nun mit einem neuen Renovierungsauftrag in der Tasche da, was implizierte, dass sie mehrere Monate lang faszinierende, absolut originelle Postings für ihren Blog verfassen konnte. Sicher, es war ein unbezahlter Auftrag, aber sie konnte es nicht erwarten, loszulegen und aus dieser stinkenden Müllhalde ein kleines Juwel zu machen.

»Wann kann ich anfangen?«, fragte sie bemüht, nicht allzu eifrig zu klingen.

»Sobald Sie wollen«, sagte Arthur. »Morgen lasse ich den schlimmsten Müll abholen. Dann können wir uns hier treffen, und ich gebe Ihnen einen Schlüssel.«

»Und wie machen wir das mit der Bezahlung für das Material?«, fragte sie. »Ich … ähm … ich bin momentan etwas knapp bei Kasse, da ich noch auf das endgültige Scheidungsurteil warte.«

»Ich richte im Baumarkt ein Konto für Sie ein«, sagte Arthur. »Sammeln Sie einfach die Quittungen. Ach, da wäre noch was. Das ist auch Teil der Absprache, wenn Sie so wollen.«

»Ja?« Grace schnürte sich der Hals zu. Das alles war zu gut, um wahr zu sein.

Er ging in den Flur. Kurz darauf drückte er ihr das stinkende, zitternde Fellknäuel in die Arme. »Sie behalten den Hund.«

21

Grace war angst und bange, ihrer Mutter von dem Deal zu erzählen. Es war fast neun Uhr, als sie schließlich mit dem Fellbündel unterm Arm nach Hause ging. Grace dankte jedem erdenklichen Heiligen, dass Rochelle wie immer montags unterwegs war, um die Einkäufe für die Woche zu erledigen.

Sie holte einen Waschzuber aus der Garage und füllte ihn mit Wasser aus dem Gartenschlauch.

»Schon gut, Sweetie«, murmelte sie besänftigend und legte dem Hund zur Beruhigung eine Hand auf den Rücken. »Wir machen dich jetzt ein bisschen sauber. Das tut nicht weh, und danach geht es dir gleich viel besser.« Grace gab sich einen Klecks von ihrem eigenen Shampoo auf die Handfläche und massierte es vorsichtig in das Fell des Hundes.

Das Tier wimmerte leise. Grace schäumte es ein, machte beruhigende Geräusche und spülte mit angehaltenem Atem die schmutzige Flüssigkeit aus dem Fell des zitternden Vierbeiners.

Als das Wasser nach mehrmaliger Wiederholung irgendwann klar war und Grace keine Krusten mehr auf dem Fell entdecken konnte, wickelte sie die Kleine in ein Strandlaken. Oben in ihrem Zimmer setzte sie den Hund aufs Bett, holte ihren Föhn und richtete ihn vorsichtig auf das feuchte Haarkleid.

Halbwegs sauber, sah das arme kleine Ding immer noch so erbärmlich aus, dass Grace hätte weinen können.

»Pass mal auf, Sweetie«, sagte sie und kraulte dem Tier die Ohren. »Drüben auf Anna Maria ist ein Tierarzt. Ich glaube, wir fahren mal kurz rüber und gucken, ob er einen Blick auf dich werfen kann.«

Grace war das erste Mal bei einem Tierarzt. Die Arzthelferin schaute sie ausdruckslos an.

»Also … Sie wissen überhaupt nichts über diesen Hund?«

»Nein. Kurz gesagt, sie wurde in einem Haus zurückgelassen. Eingeschlossen im Schlafzimmer, und ich weiß nicht, wie lange. Als ich sie fand, blutete sie an den Krallen. Ich glaube, sie hat mit aller Gewalt versucht, sich zu befreien. Ich habe sie gebadet, aber ich glaube, sie hat noch was anderes. Weil sie nicht aufhört zu zittern.«

Grace schaute auf den kleinen braunen Hund, der in das große Strandlaken gewickelt war. »Aber du bist ein braves Mädchen, nicht wahr, Sweetie?«

Die Arzthelferin tippte etwas in den Computer, dann schaute sie auf. »Sie heißt also Sweetie?«

»Ähm, ja«, bestätigte Grace. Der Name war so gut wie jeder andere.

»Momentan ist nicht viel los«, sagte die Helferin und öffnete ein anderes Fenster im Computer. »Ich denke, Dr. Katz kann sich die Kleine gleich ansehen. Können Sie kurz warten?«

»Der Tierarzt heißt Dr. Katz?« Grace unterdrückte ein Kichern. »Wirklich?«

Die junge Frau verdrehte die Augen. Sie hatte sich offensichtlich schon viele Sprüche anhören müssen. »Tatsächlich ist sie eine Tierärztin. Und sie heißt wirklich Katz. Wie möchten Sie zahlen?«

Grace zögerte. »Bar, würde ich sagen.«

»Sie können hier drüben warten«, sagte die Arzthelferin und wies auf einen Stuhl. Dann streckte sie die Arme aus, und Grace reichte ihr den Hund samt Handtuch. »Ist schon gut, Sweetie«, sagte die junge Frau leise. Sie griff in ein Glas auf dem Tresen und gab dem Hund ein Leckerchen, das er schnell verschlang. Dann verschwand sie mit ihm durch eine Schwingtür.

Grace hockte auf dem harten Vinylstuhl und las eine Zeitschrift über Schnauzer. Ihr war nicht klar gewesen, dass es so viel über Schnauzer zu schreiben gab. Auf der gegenüberliegenden Seite des Wartezimmers hatte eine ältere Frau eine kleine Box auf dem Schoß, in der eine riesengroße getigerte Katze hockte. Ihr Schwanz ragte durch das Maschendrahttörchen nach draußen.

Dreißig Minuten später kam die Arzthelferin zurück. »Sweetie Davenport?«, rief sie.

Grace unterdrückte ein Kichern. Es war, als hätte sie plötzlich eine kleine Schwester. »Ja?«, sagte sie und stand auf.

»Dr. Katz ist mit Sweetie hinten in Untersuchungsraum 1«, sagte sie. »Sie können jetzt reingehen und mit ihr sprechen.«

Die Tierärztin war eine untersetzte Blondine von Ende vierzig. Sie trug einen kurzen weißen Arztkittel, auf den Comicfiguren von Hunden und Katzen gedruckt waren.

Sweetie lag auf einem Untersuchungstisch aus Edelstahl; die Ärztin hielt sie mit einer Hand auf dem Rücken fest, streichelte ihr langsam übers Fell. Als der Hund Grace erblickte, pochte sein brauner Stummelschwanz einen Trommelwirbel auf den Tisch.

»Hallo«, sagte die Ärztin und nickte Grace zu. »Da haben Sie aber ein liebes kleines Mädchen. Ich durfte sie gründlich untersuchen, sie hat nicht einen Mucks von sich gegeben.«

»Geht es ihr gut?«, fragte Grace.

»Sie ist leicht dehydriert«, erklärte Dr. Katz. »Und sie hat Darmparasiten und Wunden an den Pfoten, die sich entzündet haben.«

Grace' Kehle schnürte sich vor Wut zu. »Die Leute, denen sie gehörte, haben sie einfach eingeschlossen im Schlafzimmer des Hauses zurückgelassen. Offenbar hat die Kleine versucht, sich zu befreien. Wir wissen nicht, wie lange sie schon allein war, als der Vermieter sie heute fand.«

»So was kommt vor«, sagte Dr. Katz und zerzauste Sweeties Fell. »Ich kann Ihnen sagen, dass wir hier alle möglichen Fälle von Gewalt an Tieren sehen. Das ist empörend, aber nicht ungewöhnlich.«

»Und was können wir für die Kleine tun?«

»Ich würde sie gerne über Nacht hierbehalten, ihr eine Infusion geben und eine Antibiotikatherapie beginnen«, erklärte die Ärztin. »Wir wissen nichts über ihre Gesundheit, aber angesichts der Tatsache, dass sie in diesem Zustand zurückgelassen wurde, müssen wir wohl davon ausgehen, dass sie noch nie geimpft wurde. Ich würde sie gegen Parvovirose und Tollwut impfen und eine Wurmkur durchführen. Außerdem«, fügte sie hinzu, »braucht sie ein Mittel gegen Flöhe.«

»Okay«, sagte Grace. Dann zögerte sie. »Hören Sie«, begann sie, und ihre Wangen glühten vor Scham. »Ich stecke gerade mitten in einer Scheidung, momentan habe ich einfach nicht sehr viel Geld. Ich wohne bei meiner Mutter und hab im Leben nicht damit gerechnet, mir einen Hund anzuschaffen. Wie viel wird das alles kosten?«

Dr. Katz legte ihr eine Hand auf den Arm. »Machen Sie sich darüber keine Sorgen. Lassen Sie Sweetie einfach ein paar Tage bei uns. Wir melden uns am Mittwoch und sagen Ihnen, wann Sie sie abholen können. Wir haben Sonderpreise für Menschen, die Streuner aufnehmen, und falls nötig, können wir auch Ratenzahlung vereinbaren. Ist das in Ordnung?«

»Ja«, strahlte Grace. »Vielen Dank! Ich will ehrlich zu Ihnen sein. Ich hab noch nie einen Hund besessen und war auch nicht sonderlich scharf drauf. Aber ich konnte sie doch nicht einfach so zurücklassen oder ins Tierheim bringen.«

»Da haben Sie recht«, sagte Dr. Katz.

»Können Sie mir irgendwas über die Kleine sagen?«, fragte Grace. »Zum Beispiel, von welcher Rasse oder wie alt sie ist?«

Dr. Katz streichelte Sweeties Kopf. »Sie ist kein Welpe. Anhand der Zähne würde ich schätzen, dass sie mindestens vier Jahre alt ist. Ohne DNA-Test ist das schwer zu sagen, aber ich bin überzeugt, dass eine große Portion Toy-Pudel in ihr steckt, vielleicht auch noch ein bisschen Cockerspaniel. In Anbetracht dessen, was sie mitgemacht hat, ist sie überraschend ruhig und gefügig. Sobald sie sich besser fühlt, wird sie einen ganz lieben treuen kleinen Kameraden abgeben.«

Grace' Blick ruhte auf Sweeties großen braunen

Augen. Sie hätte schwören können, dass der Hund sie angrinste.

»Und noch was.«

»Ja?«

»Ich glaube, sie ist stubenrein. Als ich sie untersucht habe, fing sie an zu jaulen, also gingen wir mit ihr raus zum Hundeauslauf, und sie hat sofort ihr Geschäft erledigt.«

Jetzt erwiderte Grace Sweeties Lächeln. »Danke, Dr. Katz. Das ist die beste Nachricht des heutigen Tages.«

22

Am Dienstag arbeitete Grace in der Kneipe und ärgerte sich über Bens Sabotage ihres Blogs. Am Mittwochmorgen hüpfte sie die Treppe zur Kneipe hinunter, ihre Kamera in der Hand.

Rochelle ließ gerade den Mixer laufen und pürierte ein eklig aussehendes grünes Gemisch. Sie schaltete das Gerät aus, goss die Flüssigkeit in ein Glas, nippte daran. Dann musterte sie Grace' Arbeitskleidung, die aus einer Jeans aus dem Secondhand-Laden, einem übergroßen T-Shirt und billigen Tennisschuhen bestand. »Kein Joggen heute Morgen?«

»Nee«, sagte Grace und konnte sich das Grinsen nicht verkneifen. »Ich hab einen richtigen Job.« Sie goss sich einen Becher Kaffee ein und stibitzte eine Banane von der Obstschale hinter der Theke.

»Ach, ja?«

»Yep.«

»Wie bist du denn da rangekommen? Wo ist der? Was verdienst du da?«

Grace konnte sich nicht erinnern, jemals so froh gewesen zu sein, umsonst arbeiten zu dürfen.

»Du wirst es nicht glauben, Mom«, sagte sie. »Als ich am Montagmorgen joggen war, bin ich an einem baufälligen Haus auf Anna Maria vorbeigekommen. Auf dem Bürgersteig lag ein großer Berg Sperrmüll. Sah so aus, als würde jemand ausmisten. Ich bin stehen geblieben, weil der Mann gerade ein tolles altes Rattansofa aus der Mitte des letzten Jahrhunderts rausgestellt hatte. Er brachte noch andere Möbelstücke dazu, und irgendwie kamen wir ins Gespräch. Das Haus war vermietet gewesen, aber die Leute hatten es verwahrlosen lassen und keine Miete mehr gezahlt. Der Mann auf der Straße war nämlich der Vermieter. Da die Rattangarnitur noch ziemlich gut erhalten war und ein Sammlerstück obendrein, fragte ich ihn, ob ich sie haben könne. Er lud mich ein, mir das Haus anzusehen – wirklich eine absolute Bruchbude. Aber mit ein bisschen Arbeit könnte es ganz toll werden.«

»Jetzt mal langsam«, bremste Rochelle. »Du bist *zu einem Fremden* ins Haus gegangen? Bist du verrückt? Und wenn der irgendwie krank gewesen wäre oder so?«

»Der war nicht krank, er kannte sogar Dad«, sagte Grace. »Er beschwerte sich, dass er ewig brauchen würde, um das Haus wieder so herzurichten, dass er es vermieten könnte, und da bot ich ihm meine

Hilfe an. Weißt du, als Vorher-nachher-Geschichte für meinen Blog. Und er hat ja gesagt!« Grace hüpfte fast vor Aufregung.

»Wie viel?«, fragte Rochelle.

»Ich hab ein Minimum von fünftausend Dollar angesetzt, obwohl ich denke, dass es wohl mehr werden wird.«

»Er zahlt dir fünftausend? Das ist ja super, Schätzchen!«, sagte Rochelle. »Ich bin so stolz auf dich!«

Grace schüttelte den Kopf. »Nein. Mir zahlt er gar nichts. Das Budget für die Renovierung beträgt fünftausend Dollar. Die Arbeit mache ich umsonst. Damit ich eine Vorher-Nachher-Serie in meinem Blog schreiben kann. Wart's ab, bis du das Haus siehst, Mom. Es ist drüben an der Mandevilla Street, auf Anna Maria, nur eine Querstraße vom Strand entfernt. Es ist ein richtig altmodisches Cracker House mit Steildach und geschlossener Veranda. Alle Wände innen sind noch original aus Pinienholz. Im Moment liegt ein schmuddeliger Teppich auf dem Boden, aber darunter sind mit Sicherheit Holzbohlen. Das Haus hat eine kleine Einbauküche, ebenfalls noch mit den alten Schränken. Ich schätze, ich nehme die Türen von den Oberschränken ab …«

»Moment mal«, sagte Rochelle. »Das willst du al*les selbst machen? Ohne* Bezahlung? Wieso soll das eine gute Sache sein?«

»Weil ich es selbst gestalten kann«, erklärte Grace.

»Ich werde ein historisches Cottage renovieren. Das ist meine Berufung! Und ich kann in jeder Phase Fotos machen und meine Fortschritte bloggen. Das ist jedenfalls etwas, was Ben und J'Aimee nicht können.«

Sie fischte Farbkarten von Benjamin Moore aus ihrer Kameratasche und blätterte sie durch, bis sie fand, was sie suchte. »Hier. Taubenweiß. Das möchte ich gerne für die Wände benutzen. Das Haus ist ziemlich dunkel von innen, wegen der Verandaüberdachung, deshalb möchte ich es ein bisschen heller und frischer machen. Ist das Weiß nicht wunderschön?«

»Du weißt doch, dass für mich alle Weißtöne gleich aussehen«, sagte Rochelle. »Aber wenn du meinst, es wäre das beste Weiß aller Zeiten, dann glaube ich dir.«

»In der Küche nehme ich vielleicht eine andere Farbe, vielleicht ein sanftes Aquablau oder so was in der Richtung«, überlegte Grace. »Aber zuerst möchte ich alles raus haben, quasi bei null anfangen, bevor ich zu viele Entscheidungen treffe.«

»Was hat der Besitzer zu deinen Ideen zu sagen? Wer ist das überhaupt? Du sagtest eben, er hätte Butch gekannt?«

»Ihm ist egal, was ich mache, solange es vorzeigbar ist und wieder vermietet werden kann«, erklärte Grace. »Er ist der perfekte Auftraggeber – insbesondere da er bald nach North Carolina fährt, wo er den Sommer verbringt. Er wird mir nicht ständig über die Schulter gucken und alles hinterfragen. Ach, und er heißt Arthur Cater. Er meinte, er habe Dad früher öfter zum Angeln in seinem Boot mitgenommen.«

»Arthur Cater? Das ist der Vermieter?« Rochelle verdrehte die Augen.

»Was soll das denn heißen? Nein, schon gut. Ich will es gar nicht hören. Ich lasse mir das nicht von dir vermiesen. Was auch immer du über ihn weißt, behalt es für dich.«

»Ich wollte es dir nicht vermiesen«, gab Rochelle zurück. »Arthur ist ganz in Ordnung. Er kam oft her, als er noch auf der Insel wohnte. Aber das war, bevor er ein feiner Mann wurde und nach Longboat Key rüberzog. Es gibt bloß eins, was du über ihn wissen musst.«

»Interessiert mich nicht.« Ungeduldig steckte Grace die Farbtafeln ein. Sie konnte es nicht erwarten, mit ihrem neuen Projekt loszulegen. »Kann ich den Schlüssel zum Schuppen haben? Gott sei Dank bin ich noch nicht dazu gekommen, Dads Werkzeug wegzuschmeißen. Meine ganzen Sachen sind noch in der Sand Dollar Lane. Derzeit besitze ich nicht mal einen Hammer oder eine Zange. Und ich will *heute als Erstes diesen* grässlichen Teppichboden rausreißen.«

Rochelle ging in die Küche und kam mit einem

Schlüsselring zurück, den sie ihrer Tochter reichte. »Du musst nur eins über Arthur wissen. Er ist der größte Geizkragen der Welt. Er hat massenweise Geld, aber er will es auf keinen Fall ausgegeben. Er wird dich zu Tode sparen. Dein Vater sagte immer, Arthur würde seinen Kragen so eng knöpfen, dass es beim Atmen quietscht.«

»Mir egal!« Grace setzte sich ihre verschwitzte Baseballkappe mit dem Schriftzug der *Sandbox* auf. »Ich hab schon oft mit Geizhälsen und schwierigen Menschen zu tun gehabt. Ich freu mich einfach, wieder Arbeit zu haben.«

Arthur Cater stand in der Einfahrt des Hauses auf der Mandevilla Street und wies zwei Latinos ein, die den matschgrünen Herd auf einen alten, rostigen Pick-up luden.

»Hey, Arthur!«, grüßte Grace.

»Sie haben sich's also nicht noch mal anders überlegt?« Er musterte ihre Arbeitskleidung und die Werkzeugkiste.

»*Auf keinen* Fall«, sagte Grace. »Hat Ihre Frau grünes Licht gegeben?«

Arthur wischte sich das Gesicht mit einem Taschentuch ab. »Sie sagt, Sie seien eine ganz bekannte Innenarchitektin. Sie ist völlig begeistert. Meint, sie würde Ihren Blog lesen, und kann es gar nicht fassen, dass ich Sie überredet hab, umsonst zu arbeiten.«

Grace lachte. »Sie weiß nicht, dass ich diejenige war, die Sie überredet hat, oder?«

Er wies auf das Haus. »Ich bin heute Morgen direkt nach Sonnenaufgang hergekommen und hab Insektenmittel versprüht. Hab danach aber alle Fenster aufgemacht, Sie müssten jetzt reingehen können.« Er griff in die Tasche seiner ausgewaschenen Jeans. »Hier sind die Schlüssel. Vorder- und Hintertür und Garage.« Arthur nickte den Arbeitern zu, die die Waschmaschine auf einer Sackkarre nach draußen brachten. »Ich hab den Jungs gesagt, dass sie die Rattanmöbel in die Garage stellen und eine Plane drüber tun sollen. Sind noch ein paar andere Sachen dabei, die Ihnen vielleicht gefallen könnten.«

»Gut«, sagte Grace. Sie zog den Kameragurt über den Kopf, trat auf die Straße und machte mehrere Fotos.

»Stellen Sie sich mal da hin, neben den Briefkasten, Arthur, ja?«, rief sie. »Ich möchte gerne alles dokumentieren, von Anfang an.«

Befangen stand er am Bordsteinrand, die Hände in die Taschen geschoben. »Sie wollen doch keine Bilder von so einem hässlichen alten Mann machen«, brummte er. »Da zerspringt Ihnen noch die Linse.«

»Das lassen Sie mich mal selbst entscheiden.« *Grace trat noch einen Schritt* zurück. »Arthur, haben Sie eine Vorstellung davon, wann dieses Haus gebaut wurde?«

»Mal überlegen. Also, ich bin dreiundsiebzig, und wir haben alte Fotos von meiner Großmutter, da steht sie mit mir auf dem Arm vor diesem Haus. Ich weiß, dass mein Großvater es gekauft hat, wahrscheinlich irgendwann in den Dreißigern. Damals sah es noch ganz anders aus. Es gab keine vordere Veranda, keine Bäume, nur ein paar Sträucher und Sand, und wo jetzt die Küche ist, war eine Veranda, auf der sie gekocht haben. Da draußen stand ein alter Holzofen. Mein Opa hat darauf freitagabends immer Meerbarben gegrillt. Schwer zu glauben, dass sie in diesem kleinen Haus sieben Kinder großgezogen haben, was?«

Es war kurz nach neun, aber die Sonne stand bereits hoch am Himmel. Die Hitze war erbarmungslos. Grace ging einmal um das Haus herum, fotografierte es aus jedem Winkel. Sie musste Moskitos wegschlagen und hielt inne, um die borstigen Spitzen der Gräser von ihrer Hose zu entfernen. Sie hoffte, dass keine Schlangen im Dickicht lauerten. Je mehr sie von dem Haus sah, desto besser gefiel es ihr. Seitdem die Veranda angebaut worden war, hatte man so gut wie nichts mehr verändert. Auf gewisse Weise war es also vorteilhaft, dass Arthur Cater so ein Geizkragen war.

Als Grace nach ihrem Rundgang wieder vorne ankam, stand Arthur neben seinem Pick-up und wartete auf sie. Er reichte ihr einen Zettel. »Das ist meine Telefonnummer. Rufen Sie mich an, wenn es ein Problem gibt, ja? Ich habe im Baumarkt ein Konto für Sie eingerichtet. Und meine Frau würde sich freuen, wenn Sie uns zwischendurch mal ein paar Fotos mailen. Sie ist ganz aufgedreht wegen Ihres Projekts. Gut, dass wir bald weg sind, sonst wäre sie die ganze Zeit hier und würde Ihnen über die Schulter sehen.«

Grace reckte sich auf die Zehenspitzen und gab Arthur einen Kuss auf die graue Wange. Er wirkte überrascht, aber nicht auf unangenehme Weise.

»Also gut, an die Arbeit!«, befahl er. Dann fuhr er mit den beiden Arbeitern los, die zwischen den verrosteten Maschinen auf der Ladefläche hockten. Kurz darauf wendete er und hielt noch einmal neben Grace am Bordstein an.

Er schob den Kopf aus dem Fenster. »Wollte noch nach dem kleinen Hund fragen.« Er versuchte sich uninteressiert zu geben, doch es gelang ihm nicht. »Wie geht es der Kleinen? Haben Sie jemanden gefunden, der sie nimmt?«

»Sweetie wird gut versorgt«, sagte Grace. »Sie ist über Nacht beim Tierarzt geblieben, hat eine Infusion und Antibiotika bekommen. Ich hole sie heute Nachmittag ab und werde sie selbst behalten, bis mir *eine bessere Lösung einfällt*.«

»Sweetie? Doofer Name für 'n Hund.«

Grace schritt die Innenräume des Cottages Meter für Meter ab, machte Fotos und Notizen. In einer winzigen Abstellkammer neben der Küche fand sie einen alten Besen und fegte einen ganzen Berg toter Insekten zusammen. Dann stellte sie die Musik laut, die sie sich auf ihren iPod geladen hatte, rückte die Ohrstöpsel zurecht, zog Arbeitshandschuhe an und ging an die Arbeit.

Als Veteranin vieler Renovierungskriege setzte Grace eine Papiermaske auf, bevor sie den Teppichboden herausriss. Es war eine dreckige, anstrengende Plackerei. Der Teppich war so alt und morsch, dass sie immer wieder Stücke davon in den Händen hielt, als sie ihn unter der Fußleisten hervorzog. Als sie das dünne Schaumpolster entfernte und den ersten Blick auf die intakten Eichenbohlen erhaschte, wurde sie von frischer Energie erfüllt. Mittags machte sie eine Pause mit einem Sandwich und einer Flasche Wasser. Da hatte sie bereits den Teppichboden in den Schlafzimmern herausgerissen, aufgerollt und an die Straße geschleppt.

Sie strotzte nur so vor Adrenalin, tanzte durch das kleinere der beiden Schlafzimmer und sang mit dem Besen als Mikro die Begleitstimme zu Adeles »Rolling in the Deep«. Ihre Stimme hallte durch die hohen leeren Räume. Grace schleuderte ihr schweißnasses Haar herum und trällerte den Text über das ihr allzu vertraute Elend einer schlecht behandelten Frau.

So hörte sie nicht, wie jemand die Haustür öffnete, bis sie sich zufällig umdrehte und Ben in der Tür stand. Er hatte die Arme vor der Brust verschränkt, und ihre Vorstellung ohne die geringste Belustigung beobachtet.

Grace wurde feuerrot. Sie griff nach dem iPod und schaltete ihn aus.

Im ersten Moment wusste sie nicht, was sie sagen sollte. Ihre Kehle wurde trocken, und sie hatte nur einen Gedanken: Wie idiotisch musste sie ausgesehen haben, in dreckigen Klamotten in einem dreckigen Haus tanzend mit dem Besen als Luftgitarre.

Dann wurde sie wütend und fand ihre Stimme wieder. »Was hast du hier zu suchen?«, fragte sie und umklammerte den Besen, weil sie das dringende Gefühl hatte, irgendwas in der Hand halten zu müssen. Es war das erste Mal seit dem Gerichtstermin, dass sie Ben sah.

Er hatte Golfsachen an, ein makelloses weißes Polohemd, schicke schwarze Shorts und Golfschuhe, die Fliegersonnenbrille in die Haare geschoben.

»Ich wollte mir diese Vorstellung ansehen«, sagte Ben. »Gut, dass sie nichts kostet.«

»Woher wusstest du, wo ich bin?«

»Deine Mutter sagte, du würdest an einem Haus auf der Mandevilla Street arbeiten. Und so schwer warst du nun nicht zu finden, obwohl mich deine Mum wirklich nicht mag.«

»Dann sind wir schon zwei«, fuhr Grace ihn an. »Ich wundere mich, dass sie überhaupt mit dir gesprochen hat. Aber wahrscheinlich hast du sie angelogen. Darin bist du ja gut.«

Ben lächelte. Seine Zähne waren beneidenswert. »Ich habe Rochelle gesagt, ich müsste dir etwas geben. Sie hat wahrscheinlich angenommen, es ginge um Geld.«

»Geht's aber nicht.«

»Nein«, Ben knipste sein Lächeln aus wie die Grinsekatze bei Alice im Wunderland. »Ich gebe dir kein Geld, sondern einen Ratschlag.«

Er machte einen Schritt nach vorn. »Heute Morgen bekam ich einen Anruf von Anna Stribling von der Firma Home Depot. Offenbar hat sie ›Bedenken‹, was unser Material bei *Gracenotes* angeht.«

»Ach, ja?« Grace fragte sich, ob er sehen konnte, wie ihre Hände zitterten.

»Allerdings. Sie war skeptisch, ob J'Aimees Rezept für den Krabben-Mais-Schaum wirklich von uns ist, denn sie hätte eine verstörende E-Mail von dir bekommen, in der du uns beschuldigst, dein Material zu klauen.«

»Was ihr getan habt. Ein wirklich dreister Diebstahl«, sagte Grace. »Meine Fotos, mein Rezept, alles. Und genau das habe ich ihr auch gesagt.«

»Aber du hast keinen Beweis dafür, oder?« Belustigt hob Ben die Augenbraue.

»Du hast dich in meine Website gehackt und alles gelöscht. Und stattdessen diesen dreckigen Pornolink draufgesetzt.« Grace spie ihm die Worte entgegen.

»Aber auch dafür hast du keinen Beweis.«

Ben trat einen Schritt näher. Grace konnte sein exklusives Rasierwasser riechen: Clive Christian 1872, bei Saks für 310 Dollar käuflich zu erwerben. Alles an Ben war edel und teuer.

»Ich habe Anna bei unserem Gespräch Folgendes gesagt: Erstens, dass du unter Wahnvorstellungen leidest. Dass du verbittert, eifersüchtig und emotional labil bist. Ich habe erwähnt, dass du auf Anordnung des Gerichts eine Therapie besuchen musst. Das hat einiges geklärt, glaube ich. Das heißt, ich glaube es nicht nur, ich weiß es sogar, denn Home Depot hat sich gerade einverstanden erklärt, ab nächsten Monat ein größeres Gracenotes-Banner zu buchen.«

Grace presste die Lippen aufeinander, damit ihr nicht die Kinnlade herunterfiel. Sie hoffte, Ben merkte nicht, wie heftig ihr das Gefühl der Kapitulation zusetzte und ihr hart erkämpftes seelisches Gleichgewicht dahinschwand.

Er trat dicht vor sie – Einschüchterung durch Nähe war schon immer sein Motto gewesen. »Leg *dich nicht mit* mir an, Grace«, sagte er ruhig und leise. »Du wirst immer den Kürzeren ziehen. Damit du das weißt. Wenn du noch eine einzige verleumderische E-Mail schreibst, schleppe ich deinen Arsch in null Komma nichts wieder vor Gericht. Und der Richter wird dankbar sein, dich endgültig aus dem Verkehr zu ziehen.«

Grace machte zwei Schritte nach hinten und stolperte fast über den verdammten Besen. »Raus hier!«, rief sie, als sie sich gefangen hatte. Sie stieß mit dem Besen nach Bens makellosen zweifarbigen Golfschuhen. »RAUS!!«

Er blieb stehen. Grace stach nach seinen Knöcheln. »Raus, hab ich gesagt!«

Ben schmunzelte, schüttelte den Kopf und schlenderte zur Tür, Grace ihm dicht auf den Fersen. Er ließ die Tür offen stehen, und sie entdeckte ein fremdes Auto in der Auffahrt. Es war ein glänzend schwarzer Porsche Pantera.

»Netter Schlitten«, ätzte sie.

Er verbeugte sich spöttisch. »Freut mich, dass er dir gefällt, denn ich muss mich dafür eigentlich bei dir bedanken. Und weißt du was? Er gefällt mir viel besser als der Audi. Fährt viel sanfter.«

Grace riss auch noch den Rest des Teppichs heraus, aber ohne dabei Musik zu hören. Ben war es gelungen, ihr diesen Quell der Freude zu vergiften. Langsam fegte sie Wohn- und Esszimmer aus und zählte befriedigt die toten Kakerlaken.

Danach holte sie das Putzzeug aus dem Auto – Eimer, Wischmopp, Schwamm und Seifenlauge – und machte sich an die schmutzigen Fensterscheiben. Eine vollständige Rolle Küchenpapier ging allein im großen Zimmer drauf. Eigentlich war es nicht sinnvoll, ein Haus so gründlich zu putzen, an dem noch renoviert werden musste, aber Grace machte es trotzdem. Sie sog den Geruch des starken Kiefernölreinigers ein, als sie den Eimer mit heißem Wasser füllte.

Irgendwann stellte sie fest, dass sie beim Wischen vor sich hin summte. Da holte sie ihren iPod wieder heraus und stellte ihn an. Die Musik vertrieb zumindest zeitweilig das Bild von Ben, der so selbstgefällig, allmächtig und arrogant vor ihr gestanden hatte.

»Der Typ gehört den Abfluss runtergespült«, murmelte sie, kippte das graue Putzwasser in die Toilette und drückte beherzt auf den Abzug. Schließlich legte sie den Wischmopp beiseite und griff wieder zur Kamera. Sie war zufrieden, dass der oberflächliche Dreck und der Geruch von Bens penetrantem Rasierwasser nun entfernt waren.

Grace fotografierte das große Vorderzimmer, freute sich darüber, wie die Nachmittagssonne hereinfiel und stimmungsvolle Schatten auf den alten Eichenboden warf. Sie war derart in ihre Arbeit vertieft, dass sie erschrak, als plötzlich Regentropfen auf das Blechdach der Veranda prasselten.

Es war an der Zeit, Sweetie beim Tierarzt abzuholen, sich für die mittwöchliche »Therapie«-Sitzung fertigzumachen und sich zu überlegen, wie sie den Hund vor ihrer Mutter verstecken sollte.

23

Wyatt Keeler stand barfuß und nur mit einer Boxershorts bekleidet vor dem kleinen Wandschrank, den er sich mit Bo teilte. Er war resigniert. Er öffnete die Schranktür, aber das besserte seine Laune nicht. Seit Monaten, seit der Trennung von Callie, hatte er keinen Gedanken an Kleidung verschwendet. Na ja, vielleicht auch vorher nicht. Sein Stil war schlicht und einfach gewesen: Die Sachen mussten sauber, luftig und kühl sein. Aber nicht cool.

Früher einmal war er stolz darauf gewesen, sich schick anzuziehen. Er hatte Jeans von der richtigen Marke getragen, Qualitätshemden, Krawatten und Sakkos. Von den Mitgliedern seiner Studentenverbindung am College hatte er viel gelernt. Er war ein *sharp-dressed man* gewesen, wie es in dem Lied von *ZZ Top* hieß.

Das war Vergangenheit. Träge zupfte er an der mageren Sammlung von Hemden und Hosen herum, die schlaff auf den Bügeln hingen. »Junge, Junge«, murmelte er vor sich hin, »du bist echt ein lahmer Sack geworden.« Schließlich fand er eine vorzeigbare dunkelblaue Dockers-Hose und ein kurzärmeliges kariertes Hemd, das er von Callie zum Vatertag bekommen hatte. Das Preisschild von J. C. Penney hing noch am Ärmel.

Die Hose saß nicht schlecht, war aber zerknittert. Wyatt zog das Hemd über und ging ins Wohnzimmer, wo Nelson gerade einen Hühnchenauflauf aß und die Sportseiten las.

»Dad, haben wir ein Bügeleisen?«

»Keine Ahnung«, murmelte Nelson und legte den Finger auf die Tabellenzeile, die er las. »Darum hat sich immer deine Mutter gekümmert.« Fragend schaute er auf. »Seit wann bügelst du?«

»Seit heute«, sagte Wyatt. Er schaute unter der Spüle nach, dann auf dem obersten Regal im Wandschrank, leider ergebnislos. »Scheiß drauf«, sagte er und steckte die Hose in den Trockner.

Während er auf seine Hose wartete, ging er ins Badezimmer. Er kam sich dumm vor, war aber gleichzeitig irgendwie fröhlich. Er putzte sich nochmals die Zähne und benutzte sogar Zahnseide. Zurück in seinem Schlafzimmer überprüfte er sein Aussehen im trüben Spiegel auf der Innenseite des Wandschranks.

Er sah nicht schlecht aus. Seine Zähne waren ebenmäßig, und er war ordentlich rasiert. Nach Callies Witz über seinen kahlen Schädel hatte er kurz überlegt, sich die Haare wachsen zu lassen, nur um zu beweisen, dass er welche besaß, aber dann hatte er sich wieder umentschieden. Zum Teufel mit Callie. Er war den ganzen Tag draußen in der sengenden Hitze Floridas, ein rasierter Kopf war da deutlich angenehmer. Callie waren offensichtlich Männer mit Haar lieber. Luke trug eine leicht verwuschelte Frisur, die an einen Surfer erinnerte, obwohl er mit Sicherheit noch kein Surfboard aus der Nähe gesehen hatte. Wyatt vermutete, dass er sich in Wirklichkeit blond färbte.

Außerdem fand er, sein Nachfolger habe eine Figur wie ein Michelin-Männchen. Breite Hüften, hängende Arschbacken. Er war ein Bürohengst und sah auch so aus. Immerhin ein erfolgreicher Bürohengst.

Wyatt drehte und wendete sich und betrachtete seinen eigenen Körper. Er war etwas über eins achtzig groß. Schnell zog er den Bauch ein – okay, ein kleiner Ansatz war da. Er hatte breite Schultern, und die Jahre harter Arbeit im Park hatten ihm die entsprechenden Bauch- und Brustmuskeln beschert.

Callie hatte immer behauptet, es hätte an seinen Augen gelegen, dass sie in der Kneipe in Clemson vor all den Jahren mit ihm zu flirten begonnen hatte. An seinen Augen und den Grübchen. Wyatts Pupillen waren himmelgrau, aber er hatte die Wimpern seiner Mutter geerbt, dicht und schwarz. Bambiwimpern, wie Callie immer sagte. Die hatten ihm in letzter Zeit natürlich nichts genützt.

Zum Kuckuck damit. Er holte seine Hose aus dem Trockner, zog sie an und legte die goldene Uhr seines Großvaters um. Zum ungefähr hundertsten Mal musterte er den schlichten Goldring am Ringfinger seiner linken Hand. Zigmal schon hatte er ihn abgenommen, dann aber wieder aufgesetzt, ohne dass er den Grund dafür nennen konnte. Callie im Gegensatz hatte ihren Ehering durch einen »Verlobungsring« von Luke ersetzt, ein auffälliges Teil mit Diamant. Konnte man sich überhaupt verloben, wenn man noch verheiratet war? Vielleicht würde Wyatt seinen Ring abziehen, wenn die Scheidung ausgesprochen war. Er wusste nur, dass er nicht so weit war. Noch nicht. Das machte ihn wahrscheinlich zu einem doppelten Loser. Wyatt atmete tief durch und nahm den Autoschlüssel von der Kommode.

»Gehst du in die Kirche?«, fragte Nelson. Er hatte im TV ein Spiel der Braves gefunden. Er trug ein altes T-Shirt und eine verblichene Schlafanzughose. *Heiliges Kanonenrohr*, dachte Wyatt. *Hoffentlich laufe ich niemals in Schlafanzughose herum.*

»In die Kirche? Quatsch. Schon vergessen, Dad? Hab ich doch erzählt. Ich muss zu dieser Trennungstherapie.«

»Ach, ja«, erwiderte sein Vater, ohne recht hinzuhören. »Und Bo ist bei seiner Mutter?«

»Ja«, sagte Wyatt geduldig. »Bo ist heute Abend bei Callie. Ich hole ihn Donnerstag ab, das weißt du doch, oder?«

Jeden Abend wiederholte sich dieselbe Szene. Nelson fragte, wo Bo war, und Wyatt erklärte es ihm. Meistens schien sein Vater klar im Kopf zu sein, derselbe Nelson, der er immer gewesen war. Aber abends, da wurde er … tüddelig. Wyatt redete sich ein, seinem Vater gehe es gut. Körperlich war er immer noch fit, stark wie ein Bär. Er führte den Imbissstand im Park, nahm die Eintrittskarten an, half bei der nie endenden Gartenarbeit und den Instandsetzungsarbeiten. Doch im vergangenen Jahr war es mit Nelson langsam, fast unmerklich abwärts gegangen. Manchmal brauchte er Hilfe bei den Banküberweisungen oder regte sich auf, wenn es auch nur die kleinste Änderung in seiner sorgfältig geplanten täglichen Routine gab.

Wyatt machte sich Sorgen. Andererseits sorgte er sich ständig. Jetzt auch wieder. Er kehrte noch einmal ins Schlafzimmer zurück und hängte die dunkelblaue Hose und das karierte Hemd wieder in den Schrank. Stattdessen krempelte er die Ärmel des weißen Hemdes hoch und zog seine schönsten Shorts an. Dazu wählte er seine, wie er fand, schicksten Schuhe, Flipflops aus echtem Leder. Jetzt fühlte er sich zumindest ansatzweise wohl.

Paula Talbott-Sinclair begrüßte die Gruppenteilnehmer am Empfang. Sie hatte ihr sonst wild herumfliegendes Haar gezähmt und zu einem kunstvollen Knoten hochgesteckt. Dazu trug sie ein langes, dünnes Kleidchen mit einem gelb-grünen Blumenmuster und Glockenärmeln, in dem sie wie ein Schmetterling aussah. Sie hatte leuchtend korallroten Lippenstift aufgelegt und ihre üblichen Armreifen übergestreift. An den Füßen trug sie goldene Sandalen im Gladiatorenstil und wirkte klar und nüchtern. Eine verwandelte Frau, dachte Grace. Was sie auf der Stelle misstrauisch machte.

»Hallo, Freunde«, grüßte Paula und gab jedem Gruppenteilnehmer beim Betreten der Praxis die Hand. Geduldig ließ sie jeden sich eintragen, bot allen Kaffee an und erkundigte sich nach dem allgemeinen Wohlbefinden.

Grace war überrascht, als sie Wyatt erblickte. Er hatte sich offensichtlich Mühe mit seinem Erscheinungsbild gegeben.

»Hey«, sagte sie und schob sich neben ihn an die Kaffeemaschine. »Du siehst gut aus.«

»Keine Vogelkacke auf der Schulter, was?« Er wirkte befangen. »Du siehst auch gut aus. Aber im Gegensatz zu mir immer.«

»Das würdest du nicht behaupten, wenn du mich noch vor wenigen Stunden gesehen hättest«, versicherte Grace ihm. Insgeheim freute sie sich über seine Bemerkung. Bei ihrer letzten Schnäppchenjagd hatte sie eine fast neue schwarze Caprihose von DKNY für drei Dollar gefunden, dazu trug sie eine schlichte grellgrüne Wickelbluse aus glänzender Baumwolle, die sie nur 99 Cent ärmer gemacht hatte. Die Bluse war ärmellos. Grace fand, sie unterstreiche ihre frische Bräune, die sie vom Laufen bekommen hatte. Zusammen mit den schwarzen Ballerinas aus dem Billigladen und einem breiten goldenen Armreif, den sie von Rochelle geliehen hatte, war dies das schönste Outfit, das sie momentan besaß. Dabei hatte sie weniger dafür ausgegeben als für die Lippenstifte, die sie sich in ihrem alten Leben gegönnt hatte.

Wyatt nickte in Paulas Richtung. »Offensichtlich hat sie letzte Woche nach Hause gefunden.«

»Guck mal! Sie hat sogar Schuhe an. Vielleicht ist sie anschließend noch verabredet«, murmelte Grace.

Um Punkt sieben Uhr scheuchte Paula die Gruppenmitglieder auf ihre Stühle. »Bitte nehmt Platz«, sagte sie und klatschte in die Hände. Sie schaute sich um und zählte schweigend durch. Grace hoffte, sie würde die riesige Tasche übersehen, die sie unter ihrem Klappstuhl verstaut hatte.

»So«, begann Paula. Ihre Stimme war ein wenig höher als sonst. »Wir haben jetzt zwei Wochen Therapie hinter uns. Ich hoffe, dass ihr euch alle schon ein wenig wohler in eurer Haut fühlt. Wir haben ein bisschen darüber gesprochen, wie ihr euch selbst seht, seit eure Ehen zerbrochen sind. Dies würde ich diese Woche gerne fortführen, indem ihr aus euren Tagebüchern vorlest.«

Paula hatte ihr Handy auf dem Schoß liegen, und ständig huschte ihr Blick zum Display.

Sie schaute sich im Raum um. »Von wem haben wir noch nichts gehört?«

Wyatt und Suzanne rutschten auf ihren Stühlen etwas hinunter, zogen die Köpfe ein und hofften, nicht bemerkt zu werden. Es war völlig klar, dass Paula keinen blassen Schimmer hatte, was in der vergangenen Sitzung geschehen war.

»Ich glaube, Suzanne hat uns noch nichts vorgelesen«, meldete sich Ashleigh.

»Ich könnte wetten, dass du in der Grundschule das Kind warst, das den Lehrer kurz vorm Klingeln an die Hausaufgaben erinnert hat«, sagte Camryn und funkelte Ashleigh böse an.

Suzanne wurde knallrot unter ihrer gebräunten Haut.

»Stimmt«, sagte Paula. »Danke, Ashleigh. Suzanne?«

Grace verspürte einen Stich des Mitleids mit Suzanne, die zusammengesunken auf ihrem Stuhl saß und den Blick auf ihr Tagebuch heftete. Ihr Gesicht wurde bis auf die zwei roten Kreise auf den Wangen blass. Eine feine Schweißschicht überzog ihre Haut.

Suzanne trug ein schlichtes, unvorteilhaftes beiges Kleid und abgewetzte braune Ledersandalen. Es war, als würde sie in Tarnfarben herumlaufen, um mit der Umgebung zu verschmelzen.

»Ähm, also«, stammelte sie und blinzelte mehrmals. Grace sah, dass die Tinte unter ihren feuchten Handflächen verschwamm.

Mit leiser Stimme begann Suzanne vorzulesen:

»Ich war einmal eine Ehefrau«, begann sie in einem gestelzten Ton.

»Ich war Geliebte, Mutter, Lehrerin, Mentorin. Ich hatte einen Wert, sowohl für andere als auch für mich. Dann fand ich heraus, dass mein Mann mich mit einer Kollegin von mir betrogen hatte. Ich sprach ihn nicht darauf an und redete mir ein, es sei nicht wahr. Stattdessen fing ich an, ihn und sie zu kontrollieren, um meine schlimmsten Befürchtungen zu bestätigen. Ich fand heraus, wo sie ihre Rendezvous hatten. Ich verfolgte ihn. Checkte sogar im selben billigen Motelzimmer ein, das die beiden benutzt hatten, und redete mir ein, ich würde Tabletten nehmen und mich umbringen, im selben Bett. Das wäre die perfekte poetische Gerechtigkeit. Wie in einer Tragödie von Shakespeare. Aber selbst das schaffte ich nicht. Obwohl ich Bescheid wusste, tat ich nichts. Ich war wie gelähmt. Er liebte eine andere. Sie war jünger, schöner, klüger, attraktiver. Wie sollte ich gegen sie ankommen? Ich war eine Versagerin, in jeder Hinsicht, besonders in der

Ehe. Wenn ich Eric nicht halten konnte, wie sollte ich dann in meinem Beruf erfolgreich sein? Oder eine gute Mutter für meine Tochter Darby sein? Also hörte ich auf mich anzustrengen, denn wer sich nicht anstrengt, kann auch nicht versagen. Jeden Tag schrumpfe ich ein klein wenig mehr. Bald werde ich unsichtbar sein. Wird es jemandem auffallen? Eric vielleicht?«

Suzanne klappte ihr Tagebuch zu, aber schaute nicht auf.

»Oh, wow!«, stieß Ashleigh aus und durchbrach damit das Schweigen. »Du hast echt im selben Motelzimmer geschlafen, wo die gepoppt haben? Das ist ja total abgefahren.«

»Ashleigh!« Camryns Augen funkelten. »Kannst du bitte mal die Schnauze halten?«

Paula schien Ashleighs Spruch nicht gehört zu haben. Sie starrte auf ihr Handy und las etwas auf dem Display. Dann schaute sie hoch und merkte, dass die Gruppe auf einen Kommentar der Therapeutin wartete.

»Das war sehr eindrucksvoll, Suzanne«, sagte sie strahlend und sah die anderen an. »Noch weitere Meinungen dazu? Gedanken?«

Wyatt drehte an seinem Ehering. »Ich kenne das«, sagte er schließlich. »Ich kann das nicht so gut in Worte fassen wie du gerade, Suzanne … Aber jeden Tag, wenn mir klarwird, dass ich mir von einem anderen Typen einfach die Frau hab wegnehmen lassen, dass ich einfach Platz gemacht habe und sie gehen ließ, dann denke ich, was für ein Loser ich bin. Wer soll es ihr also übelnehmen, dass sie mich für ihn verlassen hat?«

»Du bist kein Loser«, sagte Grace mit Nachdruck. »Keiner von uns ist ein Loser. Bloß weil mein Mann mich nicht zu schätzen wusste – in all meinen Facetten? Das ändert doch nichts daran, wer ich bin. Aber es verrät mir etwas darüber, was er ist. Er ist ein Mensch, der lügt. Ein Mensch, der betrügt.« Sie setzte sich auf. »Mein Ex hat mich heute besucht. Und ich habe endlich sein wahres Ich erkannt.«

»Ooh, Mädchen«, sagte Camryn. »Hat er dich angefleht, ihn zurückzunehmen?«

»Nein.« Grace überlegte kurz. »Er wollte nur noch mal nachtreten. Mich noch einmal zusammenstauchen, damit ich mich so richtig scheiße fühle. Mir zeigen, dass er immer Macht über mich haben wird.«

Plötzlich stand Paula auf. »Sehr schön, Wyatt und Grace. Toll, wie ihr eure Gefühle in Worte gefasst habt. Wir machen eine kurze zehnminütige Pause, dann setzen wir uns wieder zusammen, und, ähm, dann habe ich eine Überraschung für euch. Und? Von wem haben wir noch nichts gehört?«

»Von mir«, sagte Wyatt missmutig.

Die anderen flohen aus dem Raum wie Erstklässler, die in die Pause drängten. Alle außer Suzanne, die schüchtern auf ihrem Stuhl blieb, die Füße verschränkt, die Hände im Schoß.

Grace hockte sich neben sie. »Suzanne? Das war wirklich sehr schön, was du da geschrieben hast. Ich glaube, jeder von uns hat ein wenig von sich selbst darin wiedererkannt.«

Suzannes Gesicht hellte sich ein bisschen auf. »Du glaubst also nicht, dass ich die Durchgeknallteste von allen bin?«

»Du? Quatsch. Der Titel gebührt Ashleigh«, sagte Grace. Aus dem Augenwinkel sah sie, dass ein kleines rosa Näschen aus ihrer Schultertasche schaute. »Oje«, stieß sie hervor, »ich muss mal kurz nach draußen. Ähm ... kommst du heute Abend mit in die *Sandbox*? Nur ein bisschen? Damit wir besprechen können, was mit Paula los ist.«

Suzannes Augen wurden wacher. »Also habe nicht nur ich den Eindruck, dass mit ihr irgendwas nicht stimmt? Heute ist sie ja noch komischer als sonst! Wegen der *Sandbox*: Ich würde schon gerne mitkommen, aber es ist so ein langer Weg dahin und dann wieder zurück nach Hause ...«

»Wenn du willst, kannst du dein Auto hier stehen lassen und mit mir fahren«, bot Grace an. »Ich bin mir sicher, dass dich hinterher einer von den anderen mit zurücknimmt.«

»Vielleicht«, sagte Suzanne. »Ich denk drüber nach, ja?«

»Freunde«, begann Paula, als die Pause vorbei war. Ihr Gesicht war rot vor Aufregung. »Ich wollte es nicht zu früh verkünden, weil, nun ja, weil ich mir nicht sicher war, dass es klappt, aber kurz vor der Pause habe ich eine Nachricht bekommen, und es sieht so aus, als ob wir heute Abend einen Gast haben werden. Ich für meinen Teil fühle mich jedenfalls unglaublich geehrt, dass er sich bei seinem geschäftigen Leben Zeit nimmt, uns zu besuchen.« Sie warf einen kurzen Blick auf die Uhr und dann erneut auf ihr Handy.

Paula atmete tief durch. »Er ist bestimmt bald da. Bis dahin möchte ich, dass wir über unsere Optionen nachdenken.« Sie schaute sich um. »Wie ich von euch gehört habe, hat jeder das Gefühl, von seinem Ehepartner tief verletzt worden zu sein. Da eure Partner nicht hier bei uns sind, kenne ich natürlich nur eure Version der Geschichte.«

Camryn schnaubte verächtlich. »Wir wurden dazu verdonnert hierherzukommen, Paula! Wenn du Dexter Nobles Version hören willst, kannst du von mir aus gerne seinen Arsch herschleppen.«

»Camryn?« Paula runzelte die Stirn. »Schluss jetzt damit. Ihr alle habt von euren Gefühlen der Machtlosigkeit und Unterlegenheit gesprochen. Jetzt möchte ich, dass ihr euch überlegt, welche Möglichkeiten ihr habt, um mit eurem Leben vorwärtszukommen.«

Draußen räusperte sich ein Mann. Alle Köpfe drehten sich zur Eingangstür. »Ähm, hallo?«

Paula sprang auf und klatschte freudig in die Hände. »Richter Stackpole! Euer Ehren, wir freuen uns so, dass Sie kommen konnten!«

24

Richter Cedric N. Stackpole Jr. trug Freitzeitkleidung oder besser das, was er darunter verstand: ein kurzärmeliges schwarzes Strickpolo, dessen oberster Knopf geschlossen war. Darunter konnte Grace allerdings das Schimmern einer schweren Goldkette inmitten eines Büschels von Brusthaar erkennen, das über dem obersten Knopf hervorquoll. Dazu trug er eine auf alt getrimmte, aber offenkundig nagelneue Jeans, mit einem Gürtel auf Nabelhöhe zusammengeschnürt. Auf Hochglanz polierte schwarze Slipper, ohne Socken, ergänzten das Outfit.

Sein schütter werdendes rötliches Haar war mit irgendeinem Haarpflegemittel, das er vermutlich noch aus den Achtzigern hatte, nach hinten geklatscht.

Er grüßte die Gruppe mit einem knappen Nicken und warf Paula so was wie ein Lächeln zu.

»*Hallo, hallo.*« Unbeholfen schob er die Hände in die Jeans. »Äh, Dr. Talbott-Sinclair hat mich eingeladen, heute Abend vorbeizuschauen, um zu sehen, wie Sie so zurechtkommen. Ähm, ja, ich hoffe, Sie hören alle aufmerksam zu, was sie zu sagen hat. Wenn … äh … wenn nämlich mehr Menschen wie Sie zu Therapeuten wie Dr. Talbott-Sinclair gehen würden, hätten wir Richter deutlich weniger zu tun.« Das schien er für einen unglaublich tollen Witz zu halten. »Verstanden?«, lachte er. »Dann würden Richter vielleicht sogar arbeitslos werden, was?«

Paulas Lachen quietschte die Tonleiter hoch und runter. »Genau!« Sie klatschte in die Hände. »Sehr klug, Euer Ehren!«

Grace traute sich nicht nach links zu Camryn zu schielen. Stattdessen tat sie, als lese sie die Zeitschrift auf ihrem Schoß. Durch die gesenkten Wimpern beobachtete sie Wyatt rechts von sich, der mit vor der Brust verschränkten Armen den Richter wütend anfunkelte. Seine Körperhaltung signalisierte unverhohlene Feindseligkeit.

»So«, sagte Stackpole. »Ich will Sie nicht stören. Ich setze mich einfach hier hinten hin, und Sie tun so, als wäre ich nicht da.«

Super, dachte Grace. Nervös schielte sie auf ihre Umhängetasche, aber im Moment war alles ruhig.

Paula stand auf und stellte sich vor die Gruppe. Ihr Haar war noch immer ordentlich gekämmt, und Grace stellte fest, dass sie in der Pause Lippenstift aufgelegt und sich die Nase gepudert hatte. Und war der Ausschnitt ihres Kleides nicht ein klein bisschen tiefer als vorher, so dass man nun ein wenig Dekolleté sehen konnte?

»Die meisten von euch sind hier, weil ihr im Eifer des Gefechts oder vielleicht auch nach unzulänglicher Überlegung beschlossen habt, euren Partner anzugreifen – aggressiv, öffentlich, ja *kriminell.* Wahrscheinlich dachtet ihr: ›Dieser Mensch hat mich verletzt, also muss ich mich wehren.‹« Sie nickte Grace zu.

»Nicht wahr, Grace?«

»Nein«, hörte Grace sich sagen. »So war das überhaupt nicht.«

Paula lächelte herablassend. »Dazu kommen wir noch.«

»Was ich damit sagen will«, fuhr sie fort, »ist Folgendes: Egal, ob es euch bewusst war oder nicht, aber ihr hättet andere Optionen gehabt, als ihr aus der Rolle fielt. Und ihr habt auch jetzt andere Optionen. Bleiben oder gehen? Verzeihen? Oder vergessen? Keins von beidem?«

»Nee.« Wyatt schüttelte den Kopf. »Der Zug ist abgefahren, Paula.«

»Völlig richtig«, mischte sich Camryn ein. »Ich bin längst weg, beziehungsweise habe ihn rausgeschmissen. Wie bitte soll ich denn das alles vergessen? Wie soll ich das Bild auslöschen, wie er es mit der zweiundzwanzigjährigen besten Freundin meiner Tochter im Bett treibt? Das würde ich gerne vergessen«, sagte sie und hob kapitulierend die Hände. »Wie heißt noch mal das Medikament, das Frauen früher immer bei der Geburt bekamen? Scopolamin? Diese Dämmerdroge. Man spürt die Wehen, aber danach kann man sich nicht mehr an die Schmerzen erinnern. Ich will wissen, wo ich das entsprechende Scopolamin für das finde, was er mir und meiner Familie angetan hat.«

In Grace' Kopf blitzte wieder die Szene mit Ben und J'Aimee in der dunklen Garage auf. Sie schloss die Augen und versuchte, das Bild zu verdrängen, auch wenn es fast jede Nacht zurückkehrte.

»Stimmt«, murmelte Suzanne und drückte die Fingerspitzen gegen die Stirn.

»Ich kann euch keine Drogen geben«, sagte Paula und lief rot an. Sie schaute an Camryn und den anderen vorbei nach hinten, wo Stackpole saß.

Grace vernahm ein leichtes Keuchen und merkte im selben Moment, dass sich die Umhängetasche neben ihren Füßen bewegte. Sie ließ die Zeitschrift als Tarnung auf den Boden fallen und griff in die Tasche, um den warmen Wuschelkopf darin zu kraulen. Sie spürte, wie die kleine rosa Zunge über ihre Handfläche leckte. Unauffällig spähte sie nach hinten zum Richter, der auf die Uhr sah und demonstrativ auf das Zifferblatt klopfte. Dann setzte sie sich wieder aufrecht hin.

»Ich kann euch aber sagen«, jetzt hob Paula die Stimme, »dass ihr niemals über solche Szenen hinwegkommen werdet, solange ihr euch, eurem Partner oder dem Nebenbuhler die Schuld gebt. Selbst wenn eure Ehen unwiderruflich kaputt sind, so gab es doch eine Zeit, als ihr voller Hoffnung wart. Voller Liebe. Fürs nächste Mal möchte ich daher, dass ihr euch Mühe gebt, eure Verbitterung zu überwinden, und eine kurze Geschichte aufschreibt, die erklären kann, warum ihr euch zu eurem Partner hingezogen fühltet. Was euch glücklich gemacht hat.«

»Das ist einfach. Das lag an dem dicken fetten Klunker, den er mir geschenkt hat«, flüsterte Ashleigh kichernd und betastete die Kette um ihren Hals.

Paula hatte den Kommentar wie immer nicht mitbekommen. »Wir sehen uns nächste Woche.«

Grace warf einen Blick auf die Uhr. Es war noch keine halb acht. Warum hatte die Therapeutin es plötzlich so eilig, die Sitzung zu beenden? Als sie aufschaute, hastete auch Stackpole auf die Tür zu. Er sah aus wie ein Mann mit einer Mission.

25

»*Sandbox?*«, murmelte Camryn, als die Gruppe nach draußen auf den Parkplatz ging.

»Bin dabei.« Ashleigh nickte nachdrücklich. Dann fragte sie Suzanne: »Du auch?«

»Hm, ich denke, ich kann mitkommen. Ich hab meiner Tochter schon gesagt, dass es ein bisschen später werden kann.«

Grace sah Wyatt an: »Was ist mit dir?«

Er zögerte. Camryn zupfte ihn am Ärmel. »Ach, komm! Du kannst dich nicht immer verpieseln.«

»Ich dachte, ihr Mädels wollt unter euch sein«, gab er zurück, »und Jungs wären nicht erlaubt.«

Ashleigh zwinkerte ihm zu. »Für dich machen wir eine Ausnahme.«

Ein hastig geschriebenes RESERVIERT-Schild stand auf dem Tisch in der Ecke. Rochelle eilte herbei, als Grace die Kneipe betrat. »Kommen die anderen auch?«

»Allerdings.« Grace merkte, dass sie der Eifer ihrer Mutter etwas nervte, ohne den genauen Grund dafür zu kennen. Während Rochelle ihren Posten hinter der Theke einnahm, huschte Grace mit ihrer Umhängetasche nach draußen. Als sie fünf Minuten später zurückkehrte, hatte sich der Rest der Gruppe bereits um den Tisch geschart, und alle hatten ein Glas vor sich stehen. Sie rutschte neben Wyatt, der ein Bier trank.

»Was war denn heute Abend mit Paula los?«, fragte Ashleigh.

»Bitte sehr!« Rochelle stellte ein Glas Weißwein vor ihre Tochter und einen große Schale mit frischem Popcorn in die Mitte des Tisches. Dann pflanzte sie sich neben Camryn.

»Warum?«, fragte sie dann neugierig. »Was hat Paula denn gemacht?«

»Sie war sozusagen nüchtern«, erklärte Ashleigh. »Und sah zum ersten Mal ordentlich aus. Mit Schuhen und allem Pipapo. Sie sah fast so aus, wie ich mir eine richtige Therapeutin vorstelle. War skurril, nach dem, was sie letzte Woche geliefert hat.«

»M-hm. Mutti hatte heute auf jeden Fall andere Pillen eingeworfen«, stimmte Camryn zu. »Ein paarmal klang sie heute sogar fast überzeugend. Nicht, dass ich was von dem Scheiß mit dem Verzeihen halte, den sie uns verkaufen will«, fügte sie schnell hinzu.

»Ich kann echt nicht fassen, wie verändert sie war. Und als Richter Stackpole reinkam, war ihre Verwandlung besonders auffällig«, sagte Suzanne. »Es war, als hoffte sie auf seine Anerkennung. Lechzte regelrecht danach.«

»Der Richter war da?«, fragte Rochelle mit großen Augen.

»Das Arschloch«, murmelte Wyatt in sein Bier.

Alle Frauen sahen ihn an. »Sorry für die Ausdrucksweise«, sagte er abwehrend, »aber er wird das Leben meines Sohnes zerstören, wenn er erlaubt, dass Callie ihn mit nach Birmingham schleppt. Wie oft werde ich ihn da besuchen können? Jeden zweiten Monat? Wenn's hoch kommt. Selbst wenn ich ihr verzeihen könnte, würde ich dem Richter niemals vergeben.«

Ashleigh wedelte mit dem Strohhalm ihres halbleeren Cocktails. »Ich glaub, Paula ist wie ein kleines Schulmädchen in Stackhole verknallt.«

»Stack*hole*, das ist gut«, sagte Rochelle. »Was meinst du, Grace?«

Grace hatte wiederholt heimlich eine Handvoll Popcorn in die Umhängetasche zwischen ihren Füßen geschoben. Sie hoffte, das leise Schnüffeln würde von den Umgebungsgeräuschen übertönt.

»Hm … ich gebe zu, Paula hat sich heute Abend so gut benommen wie noch nie zuvor. Aber ich hab mir Gedanken über Stackpoles Auftritt gemacht. Warum war er da? Paula hat uns schließlich erzählt, sie schreibe ihm Berichte über unsere Fortschritte. Hat er da nichts Besseres zu tun, als sich unsere traurige kleine Sitzung reinzuziehen?« Sie fragte Suzanne: »Glaubst du, da läuft was zwischen den beiden?«

»Vielleicht«, sagte Suzanne zögernd.

»Iiih«, machte Ashleigh und rümpfte die Nase. »Paula und dieser ... dieser alte Kerl? Ist der nicht verheiratet oder so?«

»So alt ist er gar nicht. Meine Anwältin Mitzi hat mit ihm zusammen studiert. Als er zum Richter ernannt wurde, war er der jüngste in Florida. Aber stimmt, er ist auf jeden Fall verheiratet«, sagte Grace. »Bei meiner Verhandlung wies er meine Anwältin darauf hin, dass seine eigene Frau keine Probleme hätte, mit zweitausend Dollar im Monat den Haushalt zu führen.«

»Wofür verwendet sie es denn?«, fragte Rochelle. »Ich wette, von dem Geld muss sie nicht die Hypothek abzahlen, oder Nebenkosten und Versicherungen.«

Die Gruppe diskutierte, während Camryn geschäftig auf ihrem iPhone herumtippte. »Ich hab hier die Website des Justizwesens von Florida«, verkündete sie und scrollte herunter. »Moment mal eben. Aha, hier ist er: Cedric Norris Stackpole, einundfünfzig Jahre. 1980 Bachelor of Arts an der Universität von Florida. 1983 Dr. jur. an der Universität von Florida.

2000 zum Richter berufen.« Sie schaute hoch. »Wow, mit vierzig Jahren schon. Das ist eindrucksvoll, auch wenn er selbst keinen guten Eindruck hinterlässt.« Sie suchte noch weiter. »1999 Eheschließung mit Eileen Bolther aus Kissimmee.«

»Bolther? Warum kommt mir der Name bekannt vor?«, fragte Suzanne.

»Wenn sie eine Bolther ist und aus Kissimmee stammt, muss sie mit Sawyer Bolther verwandt sein. Bolther Fruit und Bolther Beef. Der größte Rinderzüchter und Zitrusbauer in Florida. Ganz zu schweigen von der Bolther Bank und dem Trust«, sagte Camryn.

»Woher weißt du das alles?«, fragte Ashleigh.

»Ich bin Journalistin. Ich hab so was nicht unbedingt im Kopf, aber ich werde dafür bezahlt, dass ich weiß, wie ich so was herausfinden kann«, erklärte Camryn. »Ich habe über die letzten drei Gouverneurswahlen berichtet, und soweit ich mich erinnere, war Sawyer Bolther einer der größten Unterstützer des letzten Clowns, der gewählt wurde. Jetzt dämmert euch vielleicht, warum der gute alte Cedric im zarten Alter von vierzig Jahren zum Richter berufen wurde. Die Familie seiner Frau hat gute Verbindungen.«

»Und was ist mit Paula?«, fragte Suzanne. »Ich bin ein bisschen neugierig, was sie angeht, muss ich gestehen. Sie ist mir ein völliges Rätsel. Nach den ersten beiden Sitzungen hatte ich sie schon als totale Betrügerin mit irgendeinem Drogenproblem abgeschrieben. Aber heute Abend?« Sie sah sich um, suchte nach Zustimmung. »Sie hat zum ersten Mal was gesagt, das meiner Meinung nach Sinn ergab.«

»Ich sehe das so ähnlich«, sagte Wyatt.

»Ich kann mich nicht genau an ihren Wortlaut erinnern«, sagte Suzanne geschmeichelt, »aber es hatte was damit zu tun, dass wir uns Zeit nehmen sollen herauszufinden, was in unserer Ehe falsch gelaufen ist. Sie sagte so etwas wie, wir müssten die Schuldfrage beiseiteschieben und uns ansehen, was wirklich die Probleme waren.«

»War nicht das vorrangige Problem, dass hier jeder von seinem Mann beziehungsweise seiner Frau betrogen wurde?«, fragte Rochelle.

»Das Problem? Wohl eher das Symptom!«

Alle schauten Grace an. Sie zuckte mit den Achseln. »Vermutlich weiß ich von allen hier am wenigsten über die Ehe. Ich dachte, Heiraten wär klasse, bis mir das Ganze um die Ohren flog. Aber damit will ich nicht sagen, dass ich Ben zurückhaben will. Nach dem, was er in der Zwischenzeit getan hat, ist mir klargeworden, was für ein Mensch er in Wirklichkeit ist. Ich frage mich die ganze Zeit, warum ich sein wahres Ich nicht früher gesehen habe.«

»Manchmal sehen wir das wahre Gesicht, reden uns aber ein, dass wir damit leben oder den Menschen mit unserer Liebe irgendwie verändern können«, bemerkte Rochelle.

Grace starrte ihre Mutter an. Woher hatte sie das denn? Und warum hing Rochelle immer noch am Tisch herum?

»Dexter veränderte sich, als er erfolgreich wurde und in die Politik ging«, sagte Camryn. »Auf dem College – er war auf Morehouse, ich auf Spelman – schrieb er noch Gedichte! Doch, wirklich! Er war ein schüchternes, schmales, unauffälliges Muttersöhnchen. Aber eine Kommilitonin aus meiner Studentenverbindung war mit seinem Zimmerkollegen zusammen und bat mich, mit ihm auszugehen, damit die beiden am Freitagabend ein bisschen Zeit für sich hatten. Ich fragte ihn, ob er mich zu einer Kennenlernparty begleiten würde, und es stellte sich heraus, dass der Typ richtig gut tanzen konnte. Echt: tanzen! Später beichtete er mir, dass er seit Jahren die Videos von Michael Jackson studiert und dessen Bewegungen eingeübt hatte. Das fand ich so niedlich! Tja, das war der Dexter, in den ich mich verliebte. Er hatte Ideale. Er wollte die Welt verändern.«

Camryn trank einen Schluck. »Jetzt erkenn ich ihn überhaupt nicht wieder.«

»Wer würde eigentlich seinen Mann beziehungsweise seine Frau wieder zurücknehmen?«, fragte Ashleigh.

Es wurde sehr still am Tisch. »Ich würde Boyce

zurücknehmen«, erklärte sie. »Aber, ich meine, es müsste sich so einiges ändern. Zum einen würde ich wieder in seine Praxis einsteigen. Manche Männer muss man einfach an der kurzen Leine halten. Ich weiß auch eigentlich, dass er nichts von der Schlampe will, mit der er jetzt zusammen ist. Sie ist überhaupt nicht sein Typ! Ich habe meine Lektion gelernt, das kann ich euch sagen.« Schelmisch grinsend beugte sie sich vor. »Ich verrat euch noch was. Wenn er zurückkommt, werde ich auch deutlich verwegener sein. Im Bett, versteht ihr? Damit er mal versteht, was er an mir hat.«

Grace merkte, dass sie rot anlief. Sie kannte diese Menschen noch nicht lange. Niemals hätte sie von ihrem Liebesleben mit Ben erzählt – schon gar nicht, wenn ihre Mutter direkt danebensaß!

Ashleigh wies auf Camryn. »Was ist mit dir? Wenn Dexter dich zurückhaben wollte – wärst du einverstanden?«

»Aber ganz bestimmt nicht!«, rief die Journalistin. »Ich könnte mich selbst nicht mehr ernst nehmen, wenn ich zu ihm zurückginge! Ich weiß doch jetzt, was für ein Widerling er ist. Jana ist natürlich traurig über unsere Trennung, aber ich möchte ihr zeigen, dass man als schwarze Frau gewisse Grundsätze haben muss. Sie soll sehen, dass man sich nicht mit dem Zweitbesten zufriedengeben muss und dass es auch nicht in Ordnung ist, wenn ein Kerl betrügt und einen entwürdigend behandelt. Außerdem hat er seine Feder bereits in so manches Tintenfass getaucht. Und ich kenne Dexter. Ich weiß, dass er bei diesen ganzen Treffen kein Kondom getragen hat. Wer weiß, was für Krankheiten er mit sich herumschleppt?« Sie erschauderte. »Um ganz sicherzugehen, habe ich einen Test machen lassen, nachdem ich diese kleine DVD von ihm entdeckte. Ich hab Glück gehabt, es war alles negativ.«

»Was ist mit dir, Wyatt?«, fragte Camryn spitz. »Du warst bisher ziemlich still bei den Sitzungen.«

»Ja«, stimmte Ashleigh zu. »Ich würde unheimlich gerne wissen, wie es sich andersrum anfühlt.«

Wyatt lief rot an. »Glaubst du, Frauen betrügen ihre Männer nicht? Meine Situation unterscheidet sich nicht groß.«

»Du hast einen Penis. Und eine Wahl«, warf Camryn ein.

»Ich hab vor allem einen sechsjährigen Sohn, den ich großziehen muss.« Wyatt erhob sich, offenbar verärgert. »Ich muss mein Kind an die erste Stelle setzen, ich selbst komme erst an zweiter.«

»Und wenn du kein Kind hättest? Oder was wäre, wenn sie mit dem anderen Typ Schluss machen würde?« Ashleigh ließ nicht locker.

Wyatt funkelte sie böse an. »Können wir nicht einfach über was anderes reden?«

»Nein, können wir nicht«, fuhr Camryn ihn an.

»Kannst du den Macho mal kurz beiseitelassen, um meine Frage ehrlich zu beantworten?«

Er ließ sich wieder auf den Stuhl sinken. Mit dem Daumen drehte er an seinem Ehering. »Man liest die ganzen Statistiken über Scheidungskinder. Sie haben Schwierigkeiten in der Schule, emotionale Probleme. Das will ich nicht für Bo.«

»Hör mal, Wyatt«, sagte Rochelle, griff über den Tisch und tätschelte seine Hand. »Psychologen können Statistiken auch fälschen, um den Leuten Schuldgefühle zu machen. Viel wichtiger ist doch die Frage, wie Bo groß werden wird, wenn er weiß, dass Callie und du sich hassen? Kinder sind nicht dumm. Sie spüren so was. Und wenn du sie zurücknimmst, dann brennt Callie vielleicht mit dem Nächstbesten durch?«

Wyatt verzog das Gesicht. Grace hätte ihre Mutter am liebsten unterm Tisch getreten. Stattdessen ließ sie wieder Popcorn in ihrer Umhängetasche verschwinden.

»Suzanne?«, sprach Rochelle das zurückhaltendste Mitglied der Gruppe an. »Was ist mit Ihnen? Würden Sie Ihren Mann zurücknehmen?«

Suzanne schien auf dem Stuhl zu schrumpfen. »Unsere Situation ist … speziell«, sagte sie. »Tut mir leid. Ihr wart alle so offen und ehrlich. Ich komme mir wie ein Gaffer vor, weil ich hier rumsitze und nichts beitrage. Aber ich versuche immer noch …

meine Gefühle zu ordnen.« Sie holte tief Luft. »Ich versuch das mal zu erklären. Ich stamme aus einer sehr religiösen katholischen Familie. Mein Vater hat uns jeden Sonntag zur Kirche geschleppt. Auch meine Mutter war sehr fromm. Von außen betrachtet, waren wir die perfekte Familie. Aber von innen?« Sie zuckte mit den Schultern. »Er betrog sie. Andauernd. Machte ihr das Leben zur Hölle. Sie hatte nie irgendwo gearbeitet, was sollte sie also tun? Ihn verlassen? Außerdem lässt man sich als Katholik nicht scheiden, oder? Also blieb sie bei ihm, opferte sich bis zum Ende. Warum ließ sie sich das alles gefallen? Meine beiden Schwestern und ich schworen uns, niemals in dieselbe Falle zu tappen wie unsere Mutter.

Aber von wegen! Tricias Mann ist ein heimlicher Säufer. Und bei Eileen glauben wir, dass er sie schlägt, aber wir haben keinen Beweis dafür, und selbst wenn: sie ist nierenkrank und braucht seine Krankenversicherung. Und ich? Eric und ich leben mit Unterbrechungen seit acht Jahren zusammen. Als ich dreißig war und noch an meiner Doktorarbeit saß, wurde ich mit Darby schwanger.« Suzannes trauriges Gesicht leuchtete auf. »Das war eine große Überraschung. Mit Mitte zwanzig hatte ich Eierstockzysten gehabt, und mein Arzt hatte damals gesagt, ich würde wahrscheinlich keine Kinder bekommen können.«

Suzanne atmete mehrmals durch, sog Sauerstoff

ein, um Energie für ihre Geschichte zu tanken. Die anderen warteten darauf, dass sie weitersprach. »Selbst in dieser Situation ließ ich mir Zeit, bis Darby zwei Jahre alt war, nur um auf Nummer Sicher zu gehen. Erst dann erklärte ich mich einverstanden, Eric zu heiraten. Ich dachte, das mit uns sei etwas Besonderes. Nicht perfekt, aber auf jeden Fall besser als die Ehe meiner Eltern.«

»Du Arme«, sagte Rochelle und stand auf. »Nicht weiterreden, ja? Ich muss kurz nachschauen, ob in der Küche alles in Ordnung ist. Soll ich irgendwem noch was mitbringen?«

Ashleigh hob ihr fast leeres Margaritaglas. »Ich könnte Nachschub gebrauchen.«

Grace merkte, wie sich ihr Unterkiefer anspannte. Sollte sie vorschlagen, dass Rochelle lieber beim Bedienen blieb statt bei der Eheberatung? Wohl eher nicht.

An Suzanne gerichtet sagte sie sanft: »Hör mal, Suzanne, wenn du nicht weiterreden willst, musst du das nicht. Das verstehen wir alle.«

»Nein, nein!« Suzanne trank einen Schluck Eistee. »Ich glaube, das ist sogar ganz gut für mich. Ich habe noch nie mit jemandem über die … die Eheprobleme in meiner Familie gesprochen, niemals. Mit keinem. Nicht mal mit meiner besten Freundin. Nicht mal mit meinen Schwestern. Also danke, dass ihr zuhört. Und mich nicht verurteilt.«

»Oh, das machen wir doch gerne.« Ashleigh sah sich nach Zustimmung heischend um. »Es ist doch großartig, ich meine, ich fühle mich schon viiiel besser, wenn ich höre, was ihr alle durchgemacht habt. Abgesehen von den dreihundert Dollar pro Stunde, die ich Paula hinblättern muss, lohnt es sich total, mit euch zusammen zu sein.«

Camryn hatte das Kinn in die Hände gestützt. »Das ist wahr. Ich kann nicht glauben, dass Stackpole uns zwingt, Paula so viel Geld zu zahlen, um ihr einmal die Woche beim Schlafen und Sabbern zuzusehen.« Sie verzog das Gesicht. »Apropos Schlafen, ich muss um sechs Uhr morgen früh im Studio sein, um ein Interview mit einer Sport-Diva aufzuzeichnen. Und wenn ich keine Ringe unter den Augen haben will, mach ich mich jetzt mal besser auf die Socken.« Sie stand auf, holte Geld aus dem Portemonnaie und legte es auf den Tisch.

»Grace, richte Rochelle viele Grüße aus. Wir sehen uns nächste Woche!«

Ashleigh gähnte. »Unfassbar, dass es noch keine zehn Uhr ist und ich schon so müde bin. Sollte wohl auch los.« Sie stand auf und schlug sich auf den Hintern. »Mein neuer Trainer macht richtig heftige Übungen für den Po mit mir.« Sie legte einige Scheine zu denen auf dem Tisch. »Ich sag nur schnell Rochelle, dass ich doch nichts mehr trinke«, verkündete sie. »Auf die Kalorien kann ich verzichten.«

»Ich frag ja nicht gerne«, sagte Suzanne zu Grace. »Aber wäre es sehr aufwendig, wenn mich einer von euch zu Paulas Praxis mitnimmt?«

»Ich würde dich gerne mitnehmen, aber auf dem Beifahrersitz stapeln sich Säcke mit Vogelfutter und anderem Kram für den Park«, sagte Wyatt entschuldigend. »Wollte vermeiden, dass es nass wird, wenn es hinten auf der Ladefläche liegt.«

»Ich kann dich bringen«, erbot sich Grace. Mit Schrecken sah sie, dass sich ihre Umhängetasche auf dem Boden bewegte und hin und wieder eine kleine braune Schnauze herausschaute. »Bin gleich wieder da.«

Als sie an den Tisch zurückkehrte, waren Suzanne und Rochelle ins Gespräch vertieft. Wyatt stand daneben, sah sich unschlüssig um, was er machen sollte.

»Wenn du Suzanne zu Paulas Praxis fährst, komme ich lieber mit, oder?« Er bemühte sich, beiläufig, ja cool zu klingen. »Die Gegend da ist nicht besonders sicher.«

26

Auf dem Parkplatz standen nun ein gutes Dutzend Autos. Im Tattoo-Shop brannte Licht, drinnen dröhnte Heavy Metal, und drei eindrucksvolle schwarze Harleys parkten auf dem Bürgersteig davor.

»Da ist mein Wagen.« Suzanne wies auf einen silbernen Prius. »Danke noch mal, Grace. Wyatt. Bis nächste Woche.«

Grace hielt neben Suzannes Auto und wartete, bis diese den Motor anließ und losfuhr.

»Hey, guck mal!« Wyatt wies hinüber zum Ende des Parkplatzes, wo ein schwarzer Lexus gerade in die letzte Lücke fuhr. Auf der Beifahrerseite stieg Paula aus, schlug die Tür zu und trat kräftig gegen den Reifen. Dann lief sie herum zur Fahrerseite, rief etwas und schlug gegen die Fensterscheibe. Sie trommelte sogar dagegen, doch der Fahrer stellte den Motor nicht aus, sondern schaltete in den Rückwärtsgang. Mit quietschenden Reifen schoss er los, verließ den Parkplatz und bog links auf die Manatee Avenue.

Mit den Händen in den Hüften sah Paula dem Wagen nach. Dann drehte sie sich um, schloss die Tür zu ihrer Praxis auf und verschwand.

»O mein Gott!«, stieß Grace aus. »Glaubst du, das war Stackpole in dem schwarzen Auto? Sah aus, als hätten die beiden einen handfesten Streit gehabt, was?«

»Es gibt nur eine Möglichkeit, das rauszufinden«, sagte Wyatt und beugte sich vor, um den anderen Wagen nicht aus den Augen zu verlieren.

»Ich bin dabei«, sagte Grace und fuhr ebenfalls vom Parkplatz. Es herrschte nicht viel Verkehr, so dass sie das rote Rücklicht des Lexus einen halben Häuserblock vor ihnen gut sehen konnten.

»Gut, dass er so vorsichtig fährt«, sagte Grace.

»Wenn das wirklich Stackpole ist, wird er auf jeden Fall vermeiden wollen, von einem Bullen angehalten zu werden«, bemerkte Wyatt.

Grace folgte dem Lexus links auf die Manatee Avenue. Er hielt vor der Ampel an der Kreuzung Richtung 75te Straße und blinkte nach links. Grace blieb hinter ihm und setzte ebenfalls den Blinker. »Hältst du das wirklich für eine so gute Idee? Stackpole zu verfolgen – oder wer auch immer in dem Auto sitzt?«

»Wir sind nur zwei Leute, die zusammen im Wagen unterwegs sind. Nichts Besonderes. Du fährst nicht zu schnell und hast auch nicht den ganzen Wein ausgetrunken, oder?«

»Nein.«

»Ich hatte ein Bier, aber verteilt auf zwei Stunden«, erklärte Wyatt und sah sich nach hinten um. »Wie geht's dem Hund?«

Grace grinste verlegen. »Woher weißt du das?«

Anstatt zu antworten, griff er zur Rückbank, zog den zappelnden Hund aus der Tasche und setzte ihn sich vorsichtig auf den Schoß.

»Er hat schon in der Therapiestunde ein paarmal den Kopf rausgestreckt. Ich musste mich echt zusammenreißen, um nicht laut zu lachen. Immer wenn er deine Stimme hörte, bewegte sich die ganze Tasche – so heftig hat er mit dem Schwanz gewedelt.«

Der Hund streckte sich und leckte Wyatt am Kinn. Er hielt ihn auf Armeslänge Abstand und musterte das Tier.

»Hallo, kleine Maus«, sagte er, streichelte das Köpfchen und kraulte den Bauch. »Wie heißt du denn?«

»Das ist Sweetie«, erklärte Grace. »Die Neue im Bunde.«

Sweetie legte die Vorderpfoten auf die Beifahrertür und reckte den Kopf, um aus dem Fenster zu schauen.

»Wo hast du sie her?«, fragte Wyatt.

»Sweetie hat eine etwas traurige Geschichte.« Während Grace von der Rettung erzählte, kletterte ihr Adoptivkind über die Mittelkonsole und kuschelte sich auf Grace' Schoß. »Aber jetzt geht's ihr besser. Der Tierarzt hat sie aufgepäppelt, sie hat eine Infusion bekommen und ist über Nacht dageblieben.«

»Und jetzt hast du einen Hund«, stellte Wyatt fest. »Was hält Rochelle davon?«

»Sie weiß es noch nicht«, gestand Grace. »Man kann meine Mutter wirklich nicht als tierlieb bezeichnen. Das soll kein Vorwurf sein, ich meine, wir wohnen schließlich direkt über der Kneipe. Ich werde die Kleine wohl noch eine Weile verstecken müssen, bis mir was Besseres einfällt.«

»Glaubst du, dass du bald eine eigene Wohnung findest?«

»Das hoffe ich«, sagte Grace voller Inbrunst. »Ich bin zu alt, um wieder bei meinen Eltern zu wohnen. Du hast ja gesehen, wie Rochelle ist. Ich hab sie lieb, aber sie … sie hat zu allem eine Meinung. Wenn mein Schwein von Ehemann mir endlich das Geld überweist, wozu der Richter ihn verdonnert hat, und wenn ich meinen Blog so weit angekurbelt habe, dass ich Einnahmen habe, kann ich hoffentlich bald ausziehen.«

»Was willst du so lange mit Sweetie machen?«, fragte Wyatt. »Du kannst sie nicht die ganze Zeit in deiner Tasche verstecken.«

»*Ich* weiß. Obwohl sie ziemlich entspannt wirkt. Sie ist stubenrein, das ist ein großer Vorteil. Die Tierärztin meinte, sie sei bei der Behandlung überraschend ruhig geblieben, und sie war auch die ganze letzte Nacht so still. Sie hat keinen Pieps von sich gegeben, als sie in meiner Umhängetasche schlief.«

Liebevoll kraulte Grace dem Hund die Ohren. »Sie ist ein echt taffes kleines Mädchen. Ich dachte, ich lasse sie nachts bei mir im Zimmer schlafen und schmuggle sie ganz früh morgens die Hintertreppe runter, damit sie ihr Geschäft erledigen kann.«

»Und tagsüber?«

»Das Haus, wo ich Sweetie gefunden habe, steht auf Anna Maria. Beim Joggen habe ich letztens ein cooles altes Rattansofa im Sperrmüll am Bürgersteig entdeckt. Ich kam mit dem Vermieter ins Gespräch, ein alter Herr namens Arthur, der, wie sich herausstellte, so was wie ein Angelkumpel von meinem Vater war. Er hat mir angeboten, das Haus von innen anzusehen. Momentan ist es eine Ruine, aber es hat unglaublich viel Potential und eine super Lage – nur eine Querstraße vom Strand entfernt. Ich werde es auf Vordermann bringen und für Arthur neu einrichten, damit er es wieder vermieten kann. Ich für meinen Teil werde meine Fortschritte fotografieren und darüber in meinem Blog berichten. Sweetie kann tagsüber mit mir im Haus sein, während ich arbeite. Ich hab sogar überlegt, ob ich sie in meine Berichte einbaue. Schließlich war das mal ihr Heim.«

»Guck mal, da vorne biegt er ab.« Wyatt wies auf

den Lexus. »Er fährt raus in Richtung Strand. Ich wette, da hat er ein Haus.«

»Mit Sicherheit nicht in Cortez«, sagte Grace. »Bei uns ist es nicht schick genug. Ich wette, er wohnt auf Longboat Key.«

»Schätze, du hast recht«, sagte Wyatt.

Grace hielt mehrere Wagenlängen Abstand. Sie befanden sich auf dem Cortez Drive, passierten den Abzweig ins Fischerdorf mit der *Sandbox*, nahmen die Brücke über den Intracoastal Waterway und erreichten dann Bradenton Beach. Bei der Ampel am Gulf Drive blinkte der Lexus links.

»Also nach Anna Maria fährt er auf jeden Fall nicht«, bemerkte Grace, als der schwarze Wagen nach Süden abbog.

Es war fast Vollmond, und von der Straße konnte man durch die dichte Bepflanzung aus Kasuarinen und Seetrauben-Bäumen das Meer silbern glänzen sehen.

Grace lächelte wie immer, wenn sie das Schild von Coquina Beach sah. »Das war unser Strand, als ich klein war«, sagte sie. »Wie war es bei dir? An welchen Strand seid ihr immer gefahren?«

»Nach Holmes Beach meistens«, erwiderte Wyatt. »Aber sobald ich ein Auto hatte, war ich viel zu cool *dafür*. Wir hingen immer mit unserer Clique auf Siesta Key rum, wo die reichen Mädchen wohnten – zumindest bildeten wir uns das ein.«

Draußen änderte sich die Gegend: Aus der spärlich bewohnten Landschaft wurde nun die gepflegte Spießigkeit von Longboat Key. Apartmentblocks säumten das Ufer des Golfs auf der rechten und die Bay auf der linken Seite. Eindrucksvolle bunte Häuser in Bonbonfarben lagen zurückgesetzt hinter Hecken und Toren. Als die Bremsleuchten und der Blinker des Lexus aufleuchteten, verlangsamte Grace.

Sie wartete, bis der Wagen links in eine Neubausiedlung namens Lido Bay abbog. »Soll ich ihm noch weiter folgen, was meinst du?« Sie sah Wyatt fragend an. »Wenn das wirklich Stackpole ist, möchte ich vermeiden, dass er uns bemerkt.«

»Wie du willst«, sagte Wyatt. »Ich will genauso wenig, dass wir Ärger bekommen, aber ich wüsste schon gerne, ob wirklich Stackpole der Fahrer ist.«

Er schaute aus dem Fenster auf die Häuser entlang der hübsch begrünten Straße. Alle waren im selben spanischen Kolonialstil gehalten: verputzte Außenmauern, gestrichen in Pink-, Pfirsich-, Aprikot- und Vanilletönen, dazu rote Dachpfannen.

»Nette Eigenheime«, bemerkte Wyatt. »Was die wohl so kosten?«

»Hm, vor vier, fünf Jahren konnte man die bestimmt für sieben- bis achthunderttausend Dollar verkaufen«, sagte Grace. »Die Häuser direkt am Kanal oder Strand gingen für über eine Million über den Tisch. Aber jetzt? Jetzt bekommt man hier wahrscheinlich ein wunderschönes Haus für unter dreihunderttausend.«

»Selbst wenn ich dreihunderttausend hätte, würde ich nicht hier wohnen wollen«, sagte Wyatt. »Sieht alles zu gleichförmig aus, für meinen Geschmack. Fette Häuser, die auf winzig kleine Grundstücke gequetscht sind. Aber das steht ja sowieso nicht zur Diskussion.«

Der Lexus beschrieb einen weiten Bogen nach links, kurz darauf leuchteten die Bremslichter auf.

»Fahr besser langsamer«, mahnte Wyatt. »Und mach vielleicht die Scheinwerfer aus. Wir wollen ja nicht, dass er uns sieht.«

Grace hielt am Straßenrand, vier Häuser entfernt von der Einfahrt, die der Lexus genommen hatte, und schaltete das Licht aus, wie Wyatt vorgeschlagen hatte.

»Na, komm, Cedric …«, drängte Wyatt. »Steig endlich aus, damit wir dein schönes Gesicht sehen können.«

Ganz langsam und lautlos öffnete sich das Garagentor, und der Lexus fuhr hinein. Dann schloss sich das Tor ebenso leise hinter ihm.

»Scheiße!«

Grace brach in Lachen aus, kurz darauf fiel Wyatt ein. »Na, das war ja mal ein maues Ende«, sagte sie, wendete und verließ die Siedlung.

Wyatt war noch mit den Immobilien beschäftigt.

»Auch wenn der Immobilienmarkt kränkelt – diese Siedlung ist gehobene Preisklasse. Was ein Richter in Florida wohl so nach Hause bringt?«

»Keine Ahnung«, erwiderte Grace. »Aber denk dran: Camryn hat gesagt, die Familie der Frau hat die Knete. Also ist es vielleicht ihr Geld. Oder er ist an der Börse erfolgreich. Oder betreibt Schwarzmarkthandel mit Schmerzmitteln.«

Wyatt sah sie fragend an.

»War nur 'n Witz«, sagte Grace. »Wir wissen ja nicht mal, ob das wirklich Stackpole war. In dem Auto könnte jeder gesessen haben. Sogar Paulas Mann, falls sie einen hat.«

»Das glaube ich nicht«, entgegnete Wyatt. »Vergiss nicht, auf ihrem Führerschein stand, dass Paula auf Anna Maria wohnt, nicht auf Longboat Key.«

»Ich wüsste doch zu gerne, weshalb sie sich gestritten haben«, sagte Grace nach einer Weile. »Paula wirkte heute Abend so verändert, und dann, wumm, hat sie irgendwas so richtig aus der Bahn geworfen.«

Sie kraulte Sweeties seidenweiche braune Ohren. Der Hund hüpfte über die Mittelkonsole auf Wyatts Schoß und kratzte jaulend an der Tür.

»O-oh«, machte Grace. »Ich glaube, da braucht jemand einen Boxenstopp.«

»Du könntest doch hier rausfahren nach Coquina Beach«, schlug Wyatt vor. »Ist ein schöner Abend, und ich bin nicht mehr am Meer gewesen, seit der ganze Mist mit Callie angefangen hat. Wir könnten einen kleinen Gang mit dem Hund machen, wenn du willst.«

Grace hob die Augenbraue. »Du weißt aber, dass Hunde am Strand verboten sind, oder?«

»Ich sag's nichts weiter, wenn du den Mund hältst«, witzelte Wyatt. »Außerdem ist Sweetie so ein braves Mädchen gewesen, sie hat sich eine kleine Belohnung verdient. Nicht, Sweetie?«

Der Schwanz des Hundes schlug einen Trommelwirbel gegen die Fensterscheibe.

»Ich glaube, sie kennt schon ihren Namen«, sagte Grace.

Sie parkte neben einer hoch aufragenden Kasuarine, befestigte eine Leine an Sweeties neuem rosa Halsband und holte ein Plastiktütchen aus der Umhängetasche.

Grace schlüpfte aus ihren Schuhen, Wyatt tat es ihr mit seinen Flipflops nach. Die Schuhe ließen sie nebeneinander im weichen weißen Sand am Rand des Parkplatzes stehen. Nachdem Sweetie ihr Geschäft erledigt und Grace das Plastiktütchen entsorgt hatte, nahmen sie den Holzbohlenweg über die Dünen, vorbei an sachte im Wind schwingendem Strandhafer.

Es war Ebbe, und der Mond tauchte den Strand in ein silbernes, perlmuttartiges Licht. Das Wasser war so dunkel wie eine Pfütze nach einem Sommergewitter; sanft plätscherte es ans Ufer. Nur die schwache Brise raute die Oberfläche ein wenig auf.

Als Sweeties Pfoten den feuchten Sand berührten, blieb sie wie angewurzelt stehen. Sie setzte sich und sah Grace fragend an.

»Komm, Süße«, sagte Grace und zupfte vorsichtig an der Leine. »Komm weiter!«

»Ich schätze, sie war noch nie am Strand«, sagte Wyatt.

Grace zupfte erneut, und endlich stand der kleine Hund auf und trottete auf das Wasser zu. Er lief bis zur Brandungszone, blieb wieder stehen und schaute sein Frauchen erwartungsvoll an.

»Ist in Ordnung«, redete Grace Sweetie zu. »Du kannst dir ruhig die Füße nass machen. Versuch's mal.«

Um mit gutem Beispiel voranzugehen, watete sie ins Meer und ließ das warme Wasser um ihre Knöchel plätschern. »So warm wie in der Badewanne«, sagte sie zu Wyatt, der ihr folgte.

Vorsichtig wagte sich der Hund weiter vor, huschte aber sofort wieder zurück auf den trockeneren Sand und bellte die ihm entgegenkommenden kleinen Wellen an.

»Schon gut«, sagte Grace. »Du läufst im Sand, wir bleiben im Wasser.«

»Soll ich sie nehmen?«, fragte Wyatt. Grace reichte ihm die Leine.

»Komm, Sweetie«, rief Wyatt und sprang zurück in den Sand. »Komm, wir laufen!«

Er trabte los, und der Hund folgte ihm gehorsam. Doch nach weniger als hundert Metern lief Sweetie zu einer Anhäufung von zermalmten Muscheln und Tang, die die Flutlinie markierten.

Sie setzte sich hin, bellte und schnüffelte an den Muscheln herum. Dann grub sie eifrig und hielt zwischendurch inne, um aufgeregt zu kläffen.

»Was macht sie da?«, fragte Grace, als sie Wyatt und den Hund eingeholt hatte.

»Sie riecht was«, sagte Wyatt. »Ich denke, sie hat eine gute Portion Terrier in sich, so wie sie an der Sache dranbleibt.«

Der kleine Hund begann zu jaulen. Er machte einige Schritte rückwärts, knurrte drohend, legte sich hin und knurrte erneut.

»Da ist eine Geisterkrabbe«, lachte Grace, als das durchsichtige Tier davonhuschte. Sie bückte sich und nahm den Hund auf den Arm. »Lass die Krabben lieber in Ruhe, Sweetie. Die sind nicht nett zu dir!«

In einvernehmlichem Schweigen gingen sie am Strand entlang. Sweetie drehte ihre Kreise, schnüffelte in der Luft und blieb hin und wieder stehen, um eine vermeintliche Bedrohung anzuknurren. Nach *gut achthundert Metern machten* sie in stiller Übereinkunft kehrt und gingen zurück in Richtung Auto.

Eine Picknickbank stand im Schatten einer großen alten Kasuarine. »Komm, setzen wir uns noch ein bisschen hin«, schlug Grace vor. Sie hockte sich auf das Holz und nahm Sweetie auf den Schoß. Wyatt schob sich neben sie.

»In der Highschool sind wir oft hergefahren und haben hier ›geparkt‹«, sagte sie seufzend. »Ist schon ewig lange her.«

»Als *ich* auf der Highschool war, haben wir etwas abgeschiedenere Orte bevorzugt«, erwiderte Wyatt. »Drüben an Holmes Beach ist eine Sackgasse. Man konnte mit dem Auto unter den Bäumen parken. Da es ein klein bisschen Gefälle gab, hatte man einen Superblick aufs Wasser. Allerdings« – er lachte kleinlaut – »kann ich mich nicht erinnern, dass ich mich damals groß fürs Wasser interessiert hätte. Damals war ich ein spitzer, pubertierender Kerl.«

»Und jetzt?« Grace sah ihn mit herausforderndem Blick an.

Wyatt zögerte, dann stand er abrupt auf und wischte sich den Sand vom Hosenboden. »Keine Ahnung.«

Sie lief vor Scham rot an, sprang ebenfalls auf die Füße und erschreckte damit den Hund, der verwundert kläffte. »Ich glaube, wir gehen besser.«

»Genau. Ich bin noch nicht geschieden. Du bist noch nicht geschieden. Ich bin mir ziemlich sicher, dass das hier gegen jede Vorschrift für Trennungsgruppenmitglieder ist, die Paula je erdacht hat.«

»Das hier?«

Wyatt seufzte. »Du weißt schon. Ein Paar werden. Das ist sicher gegen die Vorschriften.«

In Grace lehnte sich etwas auf. Gegen die Vorschriften? Gegen beste Absichten? Und gegen den gesunden Menschenverstand? Sie grinste wieder schelmisch. »Ich werd's nicht verraten, wenn du auch nichts sagst.« Sie hielt ihm das Gesicht entgegen und wartete darauf, von ihm geküsst zu werden.

Doch Wyatt … hustete höflich. Als Grace die Augen aufschlug, sah sie, dass er in seine Flipflops schlüpfte.

Seit ihrer Ankunft auf dem Parkplatz von Coquina Beach hatte Grace sich mit diesem Moment beschäftigt. Hatte sich gefragt, wie sie reagieren würde, wenn Wyatt versuchte, sie zu küssen. Oder sogar anzufassen.

Na gut, vielleicht hatte sie sich das alles schon seit dem Moment gefragt, als er an jenem Abend Paulas Praxis betreten hatte. Nicht dass er nicht schon vorher irgendwie heiß ausgesehen hatte, auch ungeduscht und in den Safariklamotten von *Jungle Jerry*. Normalerweise stand Grace nicht so auf zupackende, muskulöse männliche Typen, aber bei Wyatt passte *es irgendwie zusammen*. Heute Abend hatte er sich offensichtlich Mühe gegeben, gut auszusehen. Wegen ihr? Und ihm war aufgefallen, dass auch sie sich schick gemacht hatte! Grace hatte nicht geahnt, wie aufgeregt sie sein würde.

Nie hätte sie sich vorstellen können, dass sie sich so nahe kommen würden – und dass Wyatt ihr eine komplette Abfuhr erteilen würde. Verflucht, nach all der Zeit hatte sie es wohl nicht mehr drauf mit dem Flirten.

Aber das hatte Wyatt vielleicht gar nicht gemerkt.

Grace verfluchte den bescheuerten Mondschein. Sie sammelte ihre Schlüssel, die Schuhe und den Hund ein und stapfte in Richtung Auto.

»Herrgott!«, rief Wyatt mit rauer Stimme. Er griff nach Grace' Arm, als sie gerade aufschließen wollte. »Glaub mir, Grace, ich will es doch auch. Wirklich. Mehr, als ich dir sagen kann. Aber wie geht es dann weiter? Es ist einfach sinnlos.«

Sie schnellte herum. »Das ist mir egal! Es muss nicht immer alles Sinn ergeben. Ich will einfach nur in den Arm genommen und geküsst werden.« Sie sah ihm in die Augen. »Von dir. Bin ich deshalb eine Verbrecherin? Oder eine Schlampe?«

»Nein! Natürlich nicht. Red nicht so.«

Sie schob das Kinn vor. »Das Gefühl vermittelst du mir aber.«

Grace setzte Sweetie auf den Rücksitz. Sie wischte sich den Sand von den Füßen, rutschte hinters Lenkrad und ließ den Motor an. Schnell stieg auch Wyatt ein.

»Grace?«

Sie antwortete nicht, sondern parkte wortlos aus und fuhr auf die Straße, den Blick starr nach vorn gerichtet. Sweetie auf der Rückbank spürte die Anspannung und jaulte, doch Grace ließ sich davon nicht beeindrucken.

»Hör mal.« Wyatt fuhr sich mit der Hand über den glänzenden Schädel. »Du bist ganz und gar nicht meine Liga, verstehst du?«

»Nein.«

Er legte ihr die Hand auf die Schulter, doch Grace schob sie fort. Wyatt versuchte es erneut. »Du bist unglaublich schön, klug, vernünftig und nett.«

»Vernünftig?« Grace zog eine Augenbraue hoch. »Nett? Was ist denn das für ein zweifelhaftes Kompliment?«

»Weiß ich auch nicht!«, rief er. »Ich weiß gar nichts mehr. Ich bin seit acht Jahren mit keiner anderen Frau zusammen gewesen, ja? Ich habe keine Ahnung, was ich heute Abend sagen oder tun soll. Mein Bauch sagt mir, ich soll es versuchen, aber ich habe Angst, verstehst du? Was ist, wenn du und ich … wenn wir was anfangen? Wo führt das hin? Du hast gesagt, du würdest deinen Mann nicht zurücknehmen wollen, aber vielleicht änderst du deine Meinung ja noch. Wie soll ich das wissen?«

»Und wie soll ich wissen, ob du nicht wieder mit Callie zusammen sein willst?«, entgegnete Grace.

»Der Unterschied ist nur, mir ist das im Moment egal! Scheißegal! Ich hab es satt, mir Gedanken darüber zu machen, was vielleicht passieren könnte. Ich hab überhaupt nichts unter Kontrolle: weder deine Ehe noch den Rest meiner Ehe; weder das Arschloch von Richter noch meine Karriere. Ab jetzt tue ich nur noch das, was sich gut anfühlt. Und ich scheiß auf ›was wäre wenn‹!«

»Den Luxus kann ich mir nicht erlauben«, gab Wyatt leise zurück.

27

Sie konnte sich nicht erinnern, jemals so einen erotischen Traum gehabt zu haben. Sie hatte wilden, heißen Sex gehabt – ausgerechnet unter einem Wasserfall auf Hawaii. Zumindest nahm sie an, dass es Hawaii gewesen war, da sie von blühenden Orchideen und schwingenden Palmwedeln umgeben war. Das Gesicht ihres Liebhabers konnte sie nicht sehen, aber er hatte einen geschmeidigen, harten, muskulösen Körper und war herrlich gebräunt. Außerdem hatte er magische Hände, mit denen er die unglaublichsten Sachen machte, und es schien ewig anzudauern. Ihr Körper summte wie eine Geige. Kurz bevor sie zum Höhepunkt kam, flog ein riesiger Papagei von einem der Bäume herunter und landete auf der Schulter des Mannes. »Gib mir 'n Whisky, gib mir 'n Bier!«, krähte er. Der Liebhaber drehte ihr *den Kopf zu.* Es war der ehrenwerte Richter Cedric N. Stackpole Jr.

Vor Schreck fuhr Grace aus dem Bett hoch, und

Sweetie, die neben ihr auf dem Kopfkissen geschlummert hatte, kläffte überrascht.

»Psst!« Grace nahm den Hund in die Arme und drückte ihn an sich. »War nur ein Traum, Sweetie. Nein, kein normaler Traum, sondern ein furchtbarer, schrecklicher Albtraum.« Sie erschauderte bei der Erinnerung. Schaute hinüber zum Nachtschrank und sah, dass es fünf Uhr morgens war. »Dämliche Männer!«, schimpfte sie und schlug mit der Faust auf die Matratze. »Diese dämlichen Männer!«

Sweetie sprang vom Bett und lief schnurstracks zur Tür. »Na gut«, sagte Grace müde. »Ich muss nur erst meine Schuhe anziehen.«

In aller Frühe von einem Albtraum geweckt zu werden hatte nur einen Vorteil, fand Grace: Man kam früh zur Arbeit. Es war noch dunkel draußen, als sie die Tür zum Haus auf der Mandevilla Street aufschloss und das Licht anknipste.

Trotz der Dunkelheit herrschte innen schon eine Bruthitze. Grace setzte Sweetie auf dem Boden ab und ging von einem Zimmer zum nächsten, um alle Fenster zu öffnen, die sie am Vorabend zugemacht hatte. Sie schnupperte. Es duftete angenehm nach Kiefernreiniger, aber darunter konnte sie immer noch Untertöne von Schimmel, feuchtem Hundefell und toten Insekten ausmachen.

Grace musste zweimal zum Auto laufen, um alles

hereinzuschleppen, was sie zum Arbeiten brauchte. Unter anderem zwei alte Ventilatoren, die sie im Schuppen hinter der Kneipe gefunden hatte. Sie stellte einen ins Fenster des Wohnzimmers, den anderen ins hintere Schlafzimmer, wo Sweetie eingesperrt gewesen war, und drehte beide Geräte auf höchste Stufe.

Sweetie trabte nun von einem Raum in den nächsten, ihre Pfoten klickerten über den Holzboden. Offensichtlich hatte die Zeit im Haus keinen anhaltenden Schaden bei dem kleinen Hund angerichtet. In der Küche bellte sie eine Kakerlake an, die schon fast tot war.

Grace' Plan für diesen Tag war es, sich das Haus genauestens anzusehen und den Renovierungsbedarf abzuschätzen. Auf dieser Basis wollte sie eine Prioritätenliste und einen Zeitplan erstellen. Doch das peinliche Ende der Begegnung mit Wyatt am Vorabend und der abartige Sextraum hingen ihr nach, und sie war nicht in der richtigen Stimmung für derlei Unternehmungen.

»Gut«, sagte sie forsch und rollte den riesigen Mülleimer herein, den sie sich in der Kneipe ausgeliehen hatte. Sie spannte eine große schwarze Mülltüte hinein und zog Gummihandschuhe über. Dann fing sie an, den Inhalt aus den Küchenschränken zu *räumen.*

Sie hatte überlegt, ob sie versuchen sollte, zurückgelassene Töpfe, Pfannen und Schüsseln zu retten, doch ein Blick auf die fleckigen, demolierten Gegenstände überzeugte sie, alles wegzuwerfen. Wenn sie mit der Renovierung fertig wäre, würde sie Arthur drängen, eine neue Küchenausstattung zu kaufen.

Als die Schränke leer waren, trat Grace einen Schritt zurück. Wenn sie könnte, würde sie alles herausreißen und die Küche mit billiger Ware von IKEA einrichten, Schränke und Schubladen mit Holzfronten im Shaker-Stil. In ihrem kleinen Haus in Bradenton hatten sie genau solche Türen an den Schränken gehabt. Die komplette Küche inklusive Geräte und Arbeitsplatten hatte sie daher keine 7000 Dollar gekostet. Über so viel Geld verfügte sie jetzt jedoch nicht.

Und so holte Grace ihren Akku-Schraubenzieher hervor, entfernte die Türen an den Oberschränken und stellte sie beiseite, vielleicht würden sie später für einen anderen Zweck von Nutzen sein. Sofort sah die Küche besser aus.

Die graue Resopalarbeitsplatte mit Aluminiumeinfassung war etwas flippig, passte aber vom Alter her zum Haus. Das emaillierte Spülbecken starrte zwar vor Dreck, aber Grace war überzeugt, dass sie es mit industriellen Reinigern wieder zum Glänzen bringen würde.

Sie schaute aus dem Küchenfenster und sah die ersten orangeroten Streifen Tageslicht über dem zugewucherten Garten.

Angezogen von dieser wunderschönen Atmosphäre, legte sie spontan Sweetie die Leine an und ging zur Küchentür hinaus. Sie schlenderte die Straße hinunter bis zu einem sandigen Grundstück, von dem man über die Bucht schauen konnte. Dort verweilte sie mit Sweetie und genoss den bilderbuchartigen Sonnenaufgang. Wer auch immer das kleine Haus auf der Mandevilla Street mietete, würde das Privileg haben, sich jeden Tag so einen Sonnenaufgang ansehen zu können. Sie überlegte, vielleicht jeden Morgen so früh herzukommen. Kein schlechter Start in den Tag.

Sie ging zurück zum Haus und beschloss als Erstes, den ekligen PVC-Boden in der Küche herauszureißen. Es würde ihr bestimmt guttun, mit Messer, Kuhfuß oder Meißel handwerklich zu arbeiten und dabei ihren Frust abzulassen.

Seit Monaten hatte Wyatt vor, den ausladenden, zehn Meter hohen Brasilianischen Pfefferbaum zu fällen, der sich neben dem alten Orchideenhaus seiner Großmutter ausgebreitet hatte. Als er samt Kriegsgerät – Kettensäge, Axt und Leiter – in seinem Golfwagen aufbrach, war er grimmig entschlossen, den Tag produktiv zu nutzen.

Das Landwirtschaftsministerium von Florida hatte den Brasilianischen Pfefferbaum, ein importiertes, wild wucherndes Gewächs, auf die Liste giftiger

Pflanzen gesetzt. Und in der Tat war der Pfefferbaum ein penetranter Eindringling; er wuchs rasant, und seine gewaltige Krone überschattete alles in seiner Nähe. Wyatt war viel zu spät aufgefallen, dass er langsam, aber sicher den gesamten Bereich beim alten Orchideenhaus eingenommen hatte.

Obwohl es ein typischer Sommertag war und die Temperaturen wieder auf über dreißig Grad ansteigen würden, hatte er eine lange Hose, ein langärmeliges Hemd und Arbeitshandschuhe angezogen und sich ein blaues Tuch um den Kopf gebunden. Wyatt wusste genug über den giftigen Saft des Baumes, um diese Vorkehrungen zu treffen. Er lehnte die Leiter an den Stamm, befestigte ein Seil am Griff der Kettensäge und stieg zum Blätterdach empor. Als es nicht mehr höher ging, drückte er sich an den Stamm, zog die Kettensäge am Strick herauf und warf sie an.

Das Heulen und Kreischen der Säge, die sich durch das spröde Holz fraß, brachte seine Ohren zum Summen. Die Benzinabgase stiegen ihm in die Nase.

Bei einer Höhe von sieben Metern konzentrierte er sich sehr darauf, nicht hinunterzufallen oder sich an der brummenden Säge zu verletzen.

Zwei Stunden lang bearbeitete Wyatt den Baum. Die Zweige fielen zu Boden, und langsam arbeitete er sich von oben nach unten vor.

Am Mittag war seine Kleidung schweißdurchnässt, sein Gesicht juckte von den Dämpfen des Pfefferbaums, und das Gewächs selbst glich einem Skelett. Wyatt überlegte, kurz nach Hause zurückzufahren, zu duschen, sich umzuziehen und Mittag zu essen, arbeitete dann aber doch weiter. Der Pfefferbaum war nun sein Erzfeind, in ihn projizierte er Callie und Luke mit ihrem Anwalt und Richter Stackpole. Und diesen Feind würde er dem Erdboden gleichmachen.

»Du liebe Güte!« Nelson zuckte zusammen, als sich Wyatt ins Haus schleppte. »Was hast du denn angestellt?«

»Ich? Nichts. Hab den ganzen Tag gebraucht, aber jetzt endlich ist es aus mit dem Pfefferbaum da draußen. Hab den Stumpf mit so was wie Napalm abgefackelt, dann jeden Zweig, jedes Blatt und alle Pfefferbeeren zusammengesucht und alles in den Müll geworfen.«

Wyatt ließ sich auf einen Holzstuhl in der Küche sinken. »Ich bin fix und fertig. Was gibt's zum Essen?«

»Bohnen mit Würstchen, Kroketten, Maisbrot und Weißkohl. Tut dir das Gesicht nicht weh?«

Wyatt zog sich die Handschuhe aus und legte einen Finger auf die Wange, die sich heiß und geschwollen anfühlte. Auch seine Handrücken waren von einem hässlichen roten Ausschlag überzogen.

»Ich geh wohl besser mal duschen«, sagte er. »Vermutlich reagiere ich ein bisschen auf den Saft vom Pfefferbaum.«

»Wenn das ein bisschen ist, dann will ich nicht wissen, wie das sonst aussieht«, bemerkte Nelson.

Im Badezimmer schaute Wyatt ein Ungeheuer aus dem Spiegel entgegen. Sein gesamtes Gesicht war aufgedunsen und rot gefleckt. Die Nase war zu einer leuchtenden Knolle mutiert, die Augen waren rosa gerändert. Breite Striemen zogen sich über seinen Hals bis zum Ausschnitt des offenen Hemdkragens.

Als er das Hemd auszog, sah er, dass auch seine Brust mit schlimmen dunkelroten Streifen übersät war. Er stieg aus der Hose, schälte sich aus den Boxershorts und schaute nach unten.

Heiliger Bimbam! Sein Unterleib war von Blasen bedeckt. Buchstäblich *alles* war rot und entzündet – das sah nicht gut aus. Wyatt stellte die Dusche auf volle Kraft und stieg darunter, ließ das kühle Wasser über Kopf und Brust strömen. Er nahm ein Stück Seife und wollte sich einschäumen, aber schon die erste Berührung brannte wie Säure.

Wyatt ließ die Seife fallen und schaute wieder an sich hinab. Wirklich nicht gut. Wie hatte das überhaupt passieren können? Er war so vorsichtig gewesen, hatte lange Hose, Hemd, Strümpfe, Arbeitsstiefel und Handschuhe angezogen. Dann fiel es ihm ein. Am liebsten hätte er sich geohrfeigt, wenn das

Gesicht sich nicht längst wie eine offene Wunde angefühlt hätte.

Er hatte pinkeln müssen. Und wer konnte das mit Arbeitshandschuhen bewerkstelligen? Also hatte er den Reißverschluss und den ganzen Rest geöffnet. Er musste etwas Saft vom Baum an den Händen gehabt haben, jetzt juckte sein kleiner Freund wie die Hölle.

Wyatt versuchte sich an den Collegekurs über Giftpflanzen zu erinnern, den er besucht hatte. Sie hatten sich mit Giftefeu, Gifteiche, Sumach und verschiedenen anderen Gewächsen beschäftigt, und natürlich hatte er in all den Jahren als Landschaftsgärtner und Leiter von *Jungle Jerry* mit diesen Pflanzen zu tun gehabt. Aber er konnte sich nicht erinnern, dass sie beim Brasilianischen Pfeffer besonders ins Detail gegangen waren.

Nachdem er die entzündete Haut vorsichtig abgetrocknet hatte, holte er eine Flasche Zinkcreme aus dem Medizinschrank und rieb sich damit ein. Innerhalb weniger Sekunden trocknete die dicke rosafarbene Flüssigkeit und bildete kleine Risse. Und es juckte. Mein Gott, wie das juckte!

Lediglich in ein Handtuch gewickelt, stieg Wyatt vorsichtig über seine abgelegte Kleidung. Im Schlafzimmer zog er die weiteste Baumwollshorts an, die er finden konnte, dazu ein altes, fadenscheiniges Baumwollhemd.

Er setzte sich an den Küchentisch. Sein Vater holte gerade eine Pfanne mit Maisbrot vom Herd.

»Fühlt sich das so schlimm an, wie's aussieht?«, erkundigte sich Nelson, nachdem er seinem Sohn einen Teller vor die Nase gestellt hatte.

»Schlimmer«, erwiderte Wyatt und zeigte auf seinen Schritt. »Ist … überall.«

»Autsch!«

Nelson zog eine Grimasse und schenkte Wyatt ein Glas Eistee ein. »Ich meine, wir haben noch irgendwo Benadryl herumliegen. Das könnte ein bisschen helfen.«

»Vielleicht nach dem Essen«, sagte Wyatt. »Wenn ich das jetzt nehme, schlaf ich vermutlich über dem Teller ein, dabei muss ich heute Abend noch ein paar Sachen erledigen.«

Sie räumten die Küche auf, und Nelson machte es sich im Fernsehsessel gemütlich, um seine abendlichen Sendungen zu schauen: *Glücksrad, Jeopardy* und das Spiel der Rays.

Wyatt sank auf das alte Sofa und versuchte, nicht an sein entzündetes Gemächt zu denken, während er durch die Zeitung blätterte. Aber die Schmerzen waren so schlimm, dass er um kurz nach acht aufgab.

»Ähm, Dad?« Er steckte den Kopf aus dem Flur ins Wohnzimmer. »Ich leg mich hin.«

»Hm?«

»Ich gehe ins Bett«, wiederholte Wyatt.

»Hast du mit Tante Betsy gesprochen?«, fragte Nelson, die Augen auf den Fernseher geheftet.

»Nein, warum?«

»Sie hat angerufen, wollte mit dir sprechen. Du hattest dein Handy wahrscheinlich abgeschaltet.«

Wyatt kam ins Zimmer und stellte sich vor den Bildschirm. Das war die einzige Möglichkeit, die Aufmerksamkeit seines Vaters zu dieser Abendzeit auf sich zu lenken.

»Dad? Was hat Betsy gesagt?«

»Hey! Komm, das Inning ist gleich durch, zwei Outs hatten wir schon, und alle Bases sind besetzt!«

»Was hat Betsy gesagt? Gibt es Neuigkeiten? Bitte, Dad, das könnte wichtig sein.«

Nelson winkte genervt ab. »Woher soll ich wissen, was sie wollte? Ich soll dir nur ausrichten, dass du sie anrufen sollst. Aber nicht heute Abend, da hat sie irgendeinen Termin. Kann ich jetzt bitte weitergucken?«

Wyatt rief seine Tante trotzdem an und hinterließ eine Nachricht auf ihrem Anrufbeantworter. Das Jucken trieb ihn in den Wahnsinn, doch er widerstand der Versuchung, eine Benadryl zu nehmen. Um halb zehn rief er erneut Betsy an und hinterließ eine weitere Nachricht. Um zehn schickte er seiner Tante voller Verzweiflung eine SMS: *WAS IST LOS? DAD SAGT, DU HAST ANGERUFEN.*

Dreißig Minuten später vermeldete sein Handy

eine SMS. Er stürzte sich auf den Apparat. Betsys Nachricht war jedoch wenig aufschlussreich: *KANN NICHT REDEN, RUFE MORGEN FRÜH AN.*

Um kurz nach elf warf Wyatt dann doch eine Benadryl ein und fiel in einen unruhigen Schlaf voller Schreckensbilder, welche die schlechten Nachrichten seiner Anwältin bereits vorwegnahmen.

28

Betsy Entwhistle saß an einem Tisch in der Nähe des Fensters von *Eat Here*, ihrem bevorzugten Frühstückscafé in Holmes Beach, als sie ihren Neffen entdeckte. Wyatt lief über den Parkplatz auf den Eingang zu, eine Baseballkappe tief in die Stirn gezogen, die Augen von einer Sonnenbrille verdeckt.

Betsy seufzte. Sie ärgerte sich darüber, wie Callie mit Wyatt umsprang. Er war ein guter Ehemann und liebevoller Vater, und diese kleine Ziege bildete sich ein, mit diesem Dreckskerl Luke besser dran zu sein! Betsy hatte von Anfang an gewusst, dass Callie Ärger machen würde. Das hatte sie auch, ganz im Vertrauen, ihrer Schwester gesteckt, Wyatts Mutter. Sofort hatte Peggy ihr zugestimmt. Aber Wyatt war verliebt gewesen, und die Frauen hatten nur hoffen können, dass es gutgehen würde.

»Hey!« Wyatt wirkte atemlos. Er ließ sich auf den Stuhl gegenüber von Betsy sinken. »Was ist los? Was konntest du mir gestern Abend nicht sagen?«

»Du lieber Himmel! Was hast du denn mit deinem Gesicht angestellt?« Betsy schob den Schirm seiner Kappe zurück und nahm ihm die Brille ab. Wyatts hübsches Gesicht war feuerrot und entzündet. Seine Augen waren beinahe zugeschwollen, Nase und Wangen mit roten Blasen übersät, die sich über den Hals bis zur Brust erstreckten. Die Hände wurden von einem ähnlichen Ausschlag bedeckt.

»Hab gestern im Park einen Baum gefällt und reagiere wohl besonders stark auf den Saft«, sagte Wyatt. »Jetzt erzähl mir, was los ist, ja? Hast du was vom Richter gehört?«

»Schätzchen, das ist keine schlichte Hautreaktion«, erwiderte Betsy. »Deine Augen sind fast zugeschwollen. Warst du schon beim Arzt?«

»Ich brauche keinen Arzt«, beharrte Wyatt. »Das ist wie mit Giftefeu. Ich hab Zinksalbe draufgetan, ist schon besser geworden.«

Betsy presste die Lippen missbilligend aufeinander. »Ich sag dir, was los ist, aber anschließend gehe ich mit dir zu meinem Hautarzt. Wyatt, hast du den Saft auch in die Augen bekommen? Was ist, wenn du erblindest?«

»Jetzt übertreib mal nicht«, sagte er. »Erzählst du es mir jetzt bitte?«

Betsy trank einen Schluck Kaffee. »Willst du nichts zum Frühstück essen? Ich habe einen Pfannkuchen mit Speck für dich bestellt.«

»Betsy!«

»Schon gut. Also: Gestern rief mich die Sekretärin von Stackpole an. Offenbar behauptet Callie, du hättest ihre Zeiten mit Bo nicht eingehalten. Er will dich heute Nachmittag in seinem Büro sprechen.«

»Mich?« Wyatt konnte es nicht glauben. »Ich hab überhaupt nichts getan. Ich rufe Bo nicht mal mehr an, wenn er bei ihr ist. Was auch immer sie dem Richter erzählt hat, es ist absoluter Quatsch, Betsy.«

»Das weiß ich ja, aber Stackpole eben nicht«, sagte Betsy.

»Hat die Sekretärin genauere Angaben über meine angeblichen Verstöße gemacht?«

»Es ging um eine Geburtstagsfeier, die Bo am letzten Wochenende besuchen wollte, kann das sein?«

»Ach, ja? Was soll denn damit sein? Callie hatte genau zu dem Termin eine Fahrt nach Birmingham angesetzt, angeblich um sich dort mit Specki Häuser anzusehen. Sie wusste ganz genau, dass Bo zu der Geburtstagsfeier seiner besten Freundin Scout im neuen Wasserpark eingeladen war. Sie wollte aber trotzdem nach Birmingham und bestand darauf, dass Bo sie begleitet. Der Junge war stinksauer auf sie.« Wyatt lachte. »Er hat mir gebeichtet, dass er sie ›Dreckstück‹ genannt hat.«

»Das ist nicht witzig, Wyatt«, sagte Betsy ernst.

Er schlug angewidert mit der Kappe auf den Tisch. »Das war doch nicht meine Idee! Ganz im Gegenteil:

Ich habe ihm gesagt, es sei nicht schön, dass er seine Mutter beschimpft – auch wenn mir persönlich noch viel schlimmere Schimpfwörter für sie einfallen würden. Nebenbei erwähnte Bo, dass Callie ihn zuerst ›Dreckstück‹ genannt hätte, und das glaube ich ihm auch. Und darum geht's jetzt also ernsthaft? Um ein paar Schimpfwörter? Wirklich?«

»Nein, es ist ernster«, erklärte Betsy. »Als Callie Bo am Freitag von der Schule abholen wollte, war er nicht da. Sie behauptet, sie hätte dich angerufen, aber du wärst nicht ans Telefon gegangen.«

»Moment mal! Willst du damit sagen, Bo war verschwunden? Davon höre ich zum ersten Mal!«

»Beruhige dich«, sagte Betsy. »Ich habe das nachgeprüft. Offenbar hatte Bo sich in den Kopf gesetzt, auf gar keinen Fall mit nach Birmingham zu fahren. Er erzählte Scouts Mutter Anna, seine Mutter wolle, dass er an der Feier teilnehme und bei Scout übernachte. Und da Anna es nicht besser wusste, nahm sie ihn nach der Schule mit nach Hause und von dort mit auf die Party.«

»*Dieser kleine Schlingel*«, sagte Wyatt. »Da weiß ich gar nicht, ob ich ihm auf die Schulter klopfen oder einen Klaps auf den Hintern geben soll. Ich verstehe aber trotzdem nicht, wie Callie behaupten kann, das wäre meine Schuld. Ich hab ihn nicht angerufen, hab ihn nicht abgeholt, hab ihn nicht vor seiner Mutter versteckt.«

Betsy zuckte mit den Achseln. »Hey, hey, jetzt mal langsam, ich kann auch nichts dafür, ja? Callie hat einen Vorwurf erhoben, und Stackpole mit seinen völlig willkürlichen Einschätzungen findet ihre Geschichte offenbar glaubhaft. Also werden wir heute Nachmittag beim Richter erscheinen.« Sie schaute dem Kellner entgegen, der hinter Wyatt mit einem Tablett auftauchte. »Nachdem du deine Pfannkuchen gegessen hast. Und bei meinem Hautarzt warst.«

»Sir, nehmen Sie bitte die Sonnenbrille und die Kappe ab«, sagte der ehrenwerte Cedric N. Stackpole, kaum dass Wyatt und Betsy in seinem Büro Platz genommen hatten.

Wyatt zuckte mit den Achseln, nahm die Brille und die Baseballmütze ab. Stackpole zuckte zusammen. »Haben Sie gesundheitliche Probleme?«, fragte er barsch.

»Eine allergische Reaktion auf einen Baum, den er gestern gefällt hat«, erklärte Betsy. »Er hat eine Kortisonspritze und eine Steroidsalbe bekommen. Das wird bald wieder besser.«

Callie saß links vom Richter auf einem Stuhl. Sie trug einen kurzen rosafarbenen Rock und ein eng anliegendes Tanktop, das den Blick auf ein neues *Tattoo und ih*ren nackten Bauch freigab. Sie beugte sich vor und verzog das Gesicht.

»Du siehst aus wie aus einem Horrorfilm!« Sie

schielte zum Richter hinüber. »Ich will nicht, dass mein Sohn ihn so sieht. Das verstört ihn.«

»Mir geht's gut«, sagte Wyatt und ballte die Fäuste. »Die Schwellung ist schon wieder zurückgegangen. Es ist nicht ansteckend. Bo hat mich schon mal gesehen, nachdem ich den Giftefeu geschnitten hatte.«

»Bleiben wir beim Thema, ja?«, sagte Stackpole. Er schaute in die Akte auf seinem Schreibtisch. »Mrs. Keeler, Sie behaupten, dass Mr. Keeler die Besuche Ihres Sohnes bei Ihnen sabotiert? Es geht um eine Geburtstagsfeier?«

»Bo wusste, dass wir an dem Wochenende nach Birmingham wollten, um uns Häuser anzusehen«, sagte Callie. »Wyatt wusste es auch. Wir hatten die Fahrt schon seit Wochen geplant, aber auf einmal bekam Bo einen Anfall und wollte nicht mit, wegen irgendeiner kleinen Feier, die eine Freundin von ihm gab. Als ich ihn am Freitag von der Schule abholen wollte, war er nicht da!« Sie beugte sich zu Wyatt hinüber. »Dazu hast du ihn angestiftet. Das weiß ich genau!«

»Wie denn angestiftet?«, wollte Wyatt wissen. Betsy schüttelte unauffällig den Kopf, warnte ihn, sich nicht ködern zu lassen.

»Bo hat die Mutter seiner Freundin vorsätzlich angelogen, damit er an der Feier teilnehmen kann. Er hat ihr gesagt, ich wollte, dass er bei ihnen übernachtet! Er hatte sogar Badehose und Schlafanzug eingepackt und in seinem Tornister versteckt«, sagte Callie. »Das hätte er niemals von selbst getan, auf die Idee muss ihn sein Vater gebracht haben.«

Der Richter lehnte sich in seinem Ledersessel zurück. »Mr. Keeler, haben Sie Ihrem Sohn vorgeschlagen, seiner Mutter nicht zu gehorchen und sie anzulügen?«

»Auf gar keinen Fall«, sagte Wyatt. »Ich habe bis heute überhaupt nichts von der ganzen Geschichte gewusst. Bo hatte mir erzählt, dass seine Mutter eine kurze Reise geplant hatte, und er war traurig, weil er deswegen die Feier seiner Freundin verpasste, auf die er sich schon seit Wochen freute. Er hat sogar zugegeben, dass er seine Mutter beschimpft hat. Aber als ich ihn ermahnte, dass so ein Verhalten nicht akzeptabel sei, erzählte er mir, seine Mutter hätte dieses Schimpfwort zuerst benutzt.«

Stackpole hob die Augenbraue. »Was für ein Schimpfwort?«

»Bo sagte, seine Mutter hätte ihn ein ›kleines Dreckstück‹ genannt«, sagte Wyatt ruhig.

»Lächerlich!«, fuhr Callie ihn an.

Stackpole drehte sich zu ihr um. »Bestreiten Sie, Ihren Sohn so genannt zu haben?«

Sie lief rot an. »Bo ist schon seit Monaten so ablehnend mir gegenüber. Er ist aufrührerisch, gibt Widerworte. Wenn er von einem Besuch bei seinem

Vater zurückkommt, ist er aufsässig und trotzig. Und er ist respektlos gegenüber meinem Verlobten.«

»Mrs. Keeler, haben Sie Ihren sechsjährigen Sohn ein ›kleines Dreckstück‹ genannt? Ja oder nein?«

Callie brach in Tränen aus. »Er ist doch mein kleiner Junge! Wie fänden Sie es denn, wenn Ihr Sohn zu Ihnen sagt, dass er Sie hasst? Wie fänden Sie es, wenn Sie Ihren Sohn abholen wollen und er einfach nicht einsteigen will? Vielleicht habe ich das in der Hitze des Gefechts zu ihm gesagt, aber ich habe es nicht so gemeint.«

Wyatt verschränkte die Arme vor der Brust und wandte den Kopf ab. Callie fing gern an zu heulen, wenn sie sich in die Enge getrieben fühlte. Es war eine ihrer bevorzugten Taktiken. Er fragte sich, ob Stackpole darauf hereinfallen würde. Betsy behauptete, der Richter hasse Frauen, aber Callie schien da eine Ausnahme zu sein.

Betsy sah ihre Chance und ergriff sie. »Richter Stackpole, Mr. Keeler macht sich genauso Sorgen über das Verhalten seines Sohnes. Falls Bo nach einem Besuch bei meinem Mandanten unglücklich sein sollte, dann liegt es daran, dass Kinder die eigene Mutter nicht mit einem anderen Mann zusammen sehen wollen. Bo wird mit der Trennung seiner Eltern nicht gut fertig, was völlig verständlich ist. Aber zuerst möchte Mr. Keeler Genaueres über das letzte Wochenende erfahren. Wenn Bo nicht in der

Schule war, als Callie ihn abholen wollte, warum hat sie meinen Mandanten dann nicht benachrichtigt?«

»Ich hab ihm auf die Mailbox gesprochen!«, rief Callie. »Aber er ruft nie zurück. Ich bin davon ausgegangen, dass Bo bei Wyatt ist.«

»Aber sie wusste es nicht mit Gewissheit«, sagte Betsy ruhig. »Hat sie noch weitere Maßnahmen ergriffen, um herauszufinden, wo sich ihr Sohn aufhält? Die Lehrer in der Schule befragt? Ist sie rübergefahren zu meinem Mandanten, um sich zu vergewissern, dass Bo da ist? Hat sie bei seinen Freunden angerufen, um zu prüfen, ob er mit ihnen gefahren ist?«

»Ich habe doch gerade gesagt, dass ich annahm, Bo wäre bei Wyatt.« Böse funkelte Callie die Anwältin an.

Stackpole runzelte die Stirn. »Mrs. Keeler, haben Sie die Stadt für das Wochenende verlassen, ohne genau zu wissen, wo sich Ihr Sohn aufhält?«

»Wir mussten doch los«, gab Callie zurück. Ihre Stimme wurde immer schriller. »Wir hatten einen Tisch zum Abendessen bestellt. Es ist eine lange Fahrt nach Birmingham, und ich war überzeugt, dass Bo bei seinem Vater war. Ich hätte meinen Sohn niemals allein zu Hause gelassen. Und es ging ihm ja *auch gut. Er war bei Anna.*«

Betsy setzte zum Todesstoß an. »Er hätte entführt worden sein können, Richter. Mein Mandant hat sich auf Mrs. Keelers Zusage verlassen, dass sein Sohn für die Dauer des Wochenendes in ihrer Obhut ist. Er hatte keine Kenntnis davon, dass Bo nicht da war, wo er hätte sein sollen. Und das finden wir sehr verstörend.«

»Ich ebenfalls«, stimmte Stackpole zu. Er musterte Wyatt von oben bis unten. »Mr. Keeler, Dr. Talbott-Sinclair hat mir berichtet, dass Sie fleißig ihre Trennungsgruppensitzungen besuchen, und ich, ähm, ich konnte mich selbst davon überzeugen, als ich diese Woche einmal vorbeikam. Dr. Talbott-Sinclair scheint mit Ihren Fortschritten zufrieden zu sein.«

Er drehte sich mit dem Stuhl zu Callie um und betrachtete sie. Sie war dabei, ihre Krokodilstränen mit einem Kleenex zu betupfen und versuchte, gleichzeitig tapfer und verletzlich zu wirken.

»Mrs. Keeler?«

»Ja?«, flüsterte sie mit bebender Unterlippe.

»Wenn Sie und Ihr Sohn Probleme haben, sollten Sie vielleicht mehr Zeit in die Beziehung mit ihm investieren als in die zu Ihrem Verlobten.«

Stackpole sprach das letzte Wort aus, als wäre es eine abartige sexuelle Praktik. Wyatt schöpfte ein klein wenig Hoffnung.

»Ein leicht zu beeindruckender kleiner Junge braucht einen Vater in seinem Leben. Mr. Keeler hatte diesen bedauernswerten Aussetzer beim Baseballspiel, aber er scheint gute Fortschritte bei der Bewältigung seiner Wut und Aggressivität zu machen. Ich werde noch einmal darüber nachdenken, ob es wirklich sinnvoll ist, den gemeinsamen Sohn so weit von seinem Vater zu entfernen.«

Jawohl! Am liebsten wäre Wyatt aufgesprungen und hätte sich mit Betsy abgeklatscht, vielleicht sogar Stackpole umarmt. Nein, das dann doch nicht. Aber immerhin.

»Richter Stackpole«, begann Callies Anwalt, der bisher auffällig schweigsam gewesen war. »Mrs. Keelers Verlobter hat bereits eine Stelle in Birmingham angenommen und sein Eigenheim zum Verkauf ausgeschrieben. Sie würden die beiden wirklich in Bedrängnis bringen, wenn Sie ihnen den Umzug verbieten …«

»Ich verbiete niemandem irgendetwas, noch nicht«, unterbrach ihn der Richter. »Ich habe nur gesagt, ich muss noch mal darüber nachdenken. Ich werde ein paar Wochen warten, um sicherzugehen, dass Mr. Keeler seine Therapie bis zum Ende besucht, und ich brauche die Bestätigung von Dr. Talbott-Sinclair, dass es keine weiteren gewalttätigen Ausbrüche gibt, bevor ich in der Sorgerechtsfrage entscheide.«

»Danke«, sagte Wyatt inbrünstig. »Vielen, vielen Dank, Richter.«

Stackpole sah Callie mit zusammengekniffenen Augen an. »Noch was, Mrs. Keeler.«

Callie schnupfte sich die Nase. »Ja, Euer Ehren?«

»Wenn Sie das nächste Mal in meiner Nähe sind, möchte ich nicht vom Anblick Ihrer Körperpiercings belästigt werden. Ist das klar?«

Callie schaute an sich hinab und zog ihr Oberteil über den Ring mit dem Diamanten, der in ihrem Bauchnabel blitzte.

Wyatt wartete, bis er mit seiner Tante im Fahrstuhl war, dann schlang er die Arme um sie. »Du hast es geschafft!«, rief er. »Endlich ein Sieg für unsere Seite!«

»Noch nicht unbedingt ein Gesamtsieg, aber zumindest ein Etappensieg für unsere Mannschaft«, gab Betsy zu. »Ich finde es unfassbar, dass dieses kleine …«

»Dreckstück?«, grinste Wyatt.

»Dreckstück passt, obwohl ich eigentlich ›hohles Flittchen‹ sagen wollte«, gab Betsy ebenfalls grinsend zurück. »Nichts für ungut.«

»Schon gut«, sagte Wyatt. »Du warst unglaublich! Wie du darauf herumgeritten bist, dass Callie einfach gefahren ist, ohne zu wissen, wo Bo sich aufhält.«

»Das war keine reine Effekthascherei. Ich finde es wirklich erschreckend, dass sie nur an ihren kleinen Ausflug gedacht hat und sich überhaupt keine Sorgen darüber macht, ob Bo wirklich in Sicherheit ist. Bisher habe ich Callie einfach für eine egoistische, dumme, eingebildete Zicke gehalten. Aber jetzt frage ich mich langsam, ob sie überhaupt als Mutter geeignet ist.«

Ernüchtert nickte Wyatt. »Ich rede mir die ganze Zeit ein, dass sie Bo wirklich liebt, aber seit sie mit Specki zusammen ist, hat Callie sich verändert. Es kommt mir vor, als hätte sie sich über Nacht in ein achtzehnjähriges Partygirl verwandelt. So ist sie nicht immer gewesen. Sie war eine gute Mutter. Bo war schon fast, ich glaube, anderthalb Jahre alt, als sie sich zum ersten Mal traute, ihn alleine in einem Zimmer schlafen zu lassen, weil sie diesen ganzen Mist über den plötzlichen Kindstod gelesen hatte. Bis dahin schlief er in einem Stubenwagen bei uns im Zimmer oder mit bei uns im Bett. Vielleicht haben wir zu früh geheiratet. Oder sie ist einfach unreif. Vielleicht ist das alles auch nur eine Phase, mit den Tätowierungen, den Piercings und diesen aufreizenden Klamotten.«

»Nimm sie bloß nicht in Schutz«, sagte Betsy. »Sie ist sechsunddreißig, verdammt nochmal. Das ist ein bisschen spät für eine ›Phase‹.«

»Nein, nein, ich nehme sie nicht in Schutz.« Wyatt setzte wieder seine Baseballmütze auf. »Vielleicht nehme ich mich in Schutz, weil ich sie gehen ließ, ohne um sie zu kämpfen.«

»Mach dir bloß keine Vorwürfe«, sagte Betsy. »Das übernehmen schon Callie und ihr Anwalt. Du bist ein guter Kerl, verstanden? Und werd mir bloß

nicht rührselig!« Sie ballte die Hand zur Faust und hielt sie ihm vor die Nase. »Und wenn du auch nur daran denkst, sie zurückzunehmen, schlage ich *dir* das Autofenster ein.«

»Keine Sorge«, sagte Wyatt.

»Hör zu!« Betsy wurde plötzlich wieder ernst. »Habe ich Stackpole richtig verstanden? Er hat sich wirklich vor kurzem eine Therapiesitzung von euch angesehen?«

»Yep«, bestätigte Wyatt.

»Sonderbar. Was wollte er da?«

»Paula sagte, sie hätte ihn eingeladen«, erklärte Wyatt. »Aber irgendwas … irgendwas Anrüchiges läuft da zwischen den beiden.«

»Anrüchig und Stackpole sind normalerweise keine Wörter, die ich zusammen in einem Satz verwenden würde«, sagte Betsy. »Inwiefern anrüchig?«

»Es knistert zwischen den beiden. Das hat jeder in der Gruppe gemerkt. Paula war total aufgedreht, weil er dort auftauchte. Sie war sogar nüchtern, was im Vergleich zu den Sitzungen davor echt mal eine Abwechslung war.«

»Eure Therapeutin? Soll das heißen, sie ist sonst nicht nüchtern? Wyatt, was ist eigentlich in dieser Gruppe los?«

Der Fahrstuhl klingelte, die Türen öffneten sich. Wyatt und Betsy traten in die Lobby des Gerichtsgebäudes. Sie zog ihn am Arm und wies auf eine Bank.

»Erzähl!«, befahl sie.

»Paula steht bei den meisten Sitzungen völlig neben sich«, erklärte Wyatt. »Bei der ersten kam ich ein bisschen spät, da war sie wirklich total weggetreten. Ich musste sie wecken, um sicherzugehen, dass sie meine Anwesenheit überhaupt bemerkt. An guten Abenden ist sie fahrig drauf und hat einen glasigen Blick. Bei der zweiten Sitzung wurde es kontinuierlich schlimmer, wenn du verstehst, was ich meine, und nach der Pause war sie so zugedröhnt, dass sie wieder einfach wegsackte. Wir haben sie auf dem Sofa im Empfang liegen lassen. Aber bevor wir gingen, guckten wir in ihrer Handtasche nach, nur um sicherzugehen, dass sie keine Überdosis oder so genommen hatte. Da sahen wir, dass sie wahrscheinlich Beruhigungsmittel zusammen mit Schlaftabletten einwirft.«

»Findest du nicht, dass du deiner Anwältin davon erzählen solltest?«, schalt Betsy ihn.

»Nützt doch nichts«, gab Wyatt zurück. »Wie ich schon gesagt habe, tauchte Stackpole bei unserer letzten Sitzung auf. Paula verhielt sich ganz vorbildlich. Sie war schick und ordentlich und professionell. Man könnte schon fast sagen, dass sie die Sitzung geleitet hat.«

»Macht sie das sonst nicht?«

»Wie denn, in ihrem Zustand! Aber diese Woche war das anders. Sie riss sich zusammen und war völlig aufgeregt, dass der Richter da war. Sie konnte einem fast schon leidtun. Er hielt eine dämliche kleine Ansprache, wie toll es sei, was wir da machen, blablabla. Es lief ganz gut, aber plötzlich brach Paula die Sitzung einfach mittendrin ab. Eigentlich dauert sie eine Stunde, und diesmal waren es keine dreißig Minuten.«

Betsy schüttelte den Kopf. »Wie um alles in der Welt ist Stackpole an diese Frau geraten? Und wenn sie ganz offensichtlich Medikamente nimmt, warum schickt er ihr dann die Leute?«

Wyatt schaute sich um und sagte mit gesenkter Stimme: »Ich sag dir, warum, aber du wirst es nicht glauben. Weil er was mit ihr hat.«

»Pssst!« Betsy riss ihren Neffen hoch und bugsierte ihn aus dem Gerichtsgebäude.

»Au!« Wyatt kniff die Augen vor Schmerz zusammen, und Betsy ließ locker.

»In mein Auto«, befahl sie und steuerte schnurstracks auf den Parkplatz zu. Als sie drinsaßen und die Klimaanlage auf höchster Stufe blies, erzählte Wyatt die ganze Geschichte, beziehungsweise so viel, wie sein Stolz ihm erlaubte.

»Nachdem Paula uns am Mittwochabend so früh entlassen hatte, fuhren wir alle rüber in die *Sandbox*. Das machen wir immer.«

Sie sah ihn fragend an. »Sag mir, dass das kein Stripladen ist!«

»Spinnst du! Mit den ganzen Frauen? Du weißt doch, dass ich der einzige Mann in der Gruppe bin, oder? Die *Sandbox* ist eine Kneipe. In Cortez.«

»Diesem schmuddeligen kleinen Fischerdorf?«

»Das ist gar nicht schmuddelig«, sagte Wyatt. »Egal, die *Sandbox* ist eine klassische Spelunke. Da gibt's sogar noch einen original einarmigen Banditen. Der Mutter von einer der Frauen in der Gruppe gehört der Laden, deshalb gehen wir da hin.«

»Wer ist wir?«

»Unsere ganze Gruppe: Camryn, Grace, Ashleigh, Suzanne und ich. Wie gesagt, ich bin der einzige Typ. Zuerst dachte ich, die Weiber würden mir die Augen auskratzen, weil sie alle von ihren Männern sitzengelassen wurden und deswegen Männer hassen, aber jetzt läuft es echt gut.«

»Du hast mir eben erzählt, dass Stackpole – wie sagtest du doch so schön – was mit eurer Therapeutin hat? Wie kommst du darauf?«

»Du hättest sie zusammen in einem Raum erleben müssen! Paula war nur noch am Kichern und Flirten. Und dann haben wir ja noch was anderes gesehen.«

»Erzähl!« Betsy grub in ihrer Handtasche und zog Kaugummis hervor. Sie bot eines ihrem Neffen an und bediente sich dann selbst.

»Gut, aber es wird dir nicht gefallen«, warnte er.

Als Wyatt die Geschichte erzählt hatte, seufzte Betsy. »Du hattest recht. Es gefällt mir wirklich nicht, was ihr gemacht habt.«

»Weißt du zufällig, wo Stackpole wohnt?«, fragte Wyatt neugierig.

»Ich habe keine Ahnung. Aber ich könnte mir schon vorstellen, dass er irgendwo auf Longboat Key lebt.«

»Was ist mit seinem Wagen? Weißt du, was für einen Wagen er fährt? Wie gesagt, wir haben einen Lexus gesehen.«

»Stackpole ist so konservativ, wie es nur geht. Also was auch immer er fährt – ich würde drauf wetten, dass es ein großes amerikanisches Schlachtschiff ist.«

»Hey!« Wyatts Augen blitzten auf. »Haben Richter eigene Parkplätze? Hier im Gericht?«

»Wahrscheinlich«, erwiderte Betsy. »Sie werden schon dafür sorgen, dass ein Richter nicht herumfahren und nach einem Parkplatz suchen muss wie ein ganz normaler Bürger.« Sie seufzte. »Du möchtest nicht zufällig, dass ich mir das Parkdeck des Bezirks ansehe und nach seinem Namen auf einem Schild suche?«

Wyatt beugte sich vor und gab ihr ein Küsschen auf die Wange. »Hab ich schon mal erwähnt, dass du meine Lieblingstante bist?«

»Du hast ja nur eine«, gab Betsy zurück. Aber sie ließ den Motor an und ging auf die Pirsch.

29

Verwandlungen und schmutzige Wäsche

Liebe Leser,
falls es Euch gelungen ist, mir von meinem ehemaligen Blog hierher zu TrueGrace *zu folgen, dann wisst Ihr, dass mein Privatleben in letzter Zeit mit einigen – sagen wir – »Herausforderungen« zu kämpfen hatte. Meine Ehe ist auf ziemlich spektakuläre Weise entgleist: Ich habe meinen Mann verlassen und mein Heim verloren. Mein alter Blog wurde von meinem Noch-Ehemann und meiner ehemaligen Assistentin übernommen. Das hört sich nach einer lustigen Geschichte an, nur fehlt die Pointe.*
In beruflicher Hinsicht wurde ich sabotiert – und ich weiß genau, von wem. Der Betreffende löschte meine Postings im Blog und hinterließ in meinem Namen bösartige Kommentare in anderen Blogs. Damit zieht er meinen guten Namen in der Blogosphäre in den Dreck. Ich werde hier keine Anschuldigungen aussprechen, aber ich möchte gerne all meinen Lesern und den anderen Bloggern versichern, dass ich mich

niemals derart niederträchtig verhalten würde, nicht jetzt und auch nicht in Zukunft.
Positiv ist zu vermelden, dass mein Leben momentan einer unbeschriebenen Tafel gleicht. Es gibt ein aufregendes neues Projekt, von dem ich Euch gerne berichten möchte! Ich hoffe, Ihr habt Lust, in den nächsten Wochen und Monaten zu verfolgen, wie ich ein wunderbares Cottage aus den zwanziger Jahren restauriere, renoviere und neu einrichte.
Mandevilla Manor, wie ich es nenne, ist ein klassisches Beispiel für ein original Florida-Cracker-Cottage. Es ist auf einem erhobenen Fundament aus Betonsteinen errichtet und verfügt an den Außenmauern noch über die ursprüngliche Boden-Deckelschalung aus Kiefernholz, über Eichenbohlen in den Zimmern und eine luftige, mit Fliegengittern geschützte Veranda.
Ich entdeckte diesen Rohdiamanten, als ich vor kurzem morgens joggen war. Auf dem Gehsteig stapelte sich ein großer Berg Sperrmüll, das Haus wurde offensichtlich gerade entrümpelt. Ich blieb stehen und sah einen Mann, der ein herrliches Rattansofa aus den Vierzigern nach draußen schleppte. Als ich mit Arthur ins Gespräch kam, stellte sich heraus, dass er der Besitzer war und die säumigen Mieter das Haus gründlich hatten verkommen lassen.
Die Immobilie ist seit drei Generationen im Besitz

von Arthurs Familie. Ihn entmutigte die Aussicht auf all die Arbeit, die nötig sein würde, um es wieder bewohnbar zu machen.
Auf Arthurs Einladung hin schaute ich mir das Haus an, und obwohl es verdreckt und furchtbar renovierungsbedürftig war, konnte ich sehen, was für eine Schönheit sich darunter verbarg. Also schloss ich ein Abkommen mit Arthur. Er stellt mir ein kleines Budget zur Verfügung, ich revanchiere mich mit einer Vision – und meinem Schweiß –, um Mandevilla Manor wieder zu neuem Leben zu erwecken.
Das wird eine wahre Mammutaufgabe. Es ist viel zu tun, aber das Budget ist beschränkt. Ich werde nur in Billigläden, Secondhand-Geschäften und auf Flohmärkten einkaufen können, und ja, wahrscheinlich werde ich sogar in Müllcontainern und auf dem Sperrmüll suchen. Des Weiteren werde ich die Arbeitskraft selbst zur Verfügung stellen müssen. Wie man an der ersten Serie von Vorher- und Nachher-Fotos sehen kann, habe ich bereits die vergilbten Jalousien abgenommen und den verdreckten alten Teppichboden herausgerissen. Die Türen der Küchenschränke habe ich entfernt, momentan nehme ich den hässlichen PVC-Boden in Angriff. Auf dieser Seite halte ich Euch über die weiteren Renovierungsarbeiten auf dem Laufenden!
Eins noch: Dies ist meine neue beste Freundin, Sweetie. Sie ist ein umwerfender Pudelmischling, der

von ihren Vorbesitzern grausam in einem Zimmer des Cottages eingesperrt und zurückgelassen wurde. Sie ist mein allererster Hund – unfassbar, nicht? Sweetie ist ein ganz hervorragender Aufpasser und Kakerlakentöter – und preisgünstig im Unterhalt: ein bisschen Trockenfutter und jede Menge Liebe reichen ihr. Das Leben ist voller unerwarteter Wendungen und Überraschungen, voller Sackgassen und Umwege, nicht wahr? Man verliert einen Mann und findet einen Hund, man geht joggen und findet ein Haus. Ich bin gespannt, was das nächste Kapitel in meinem Leben bringen wird.

Grace lud alle Vorher-Fotos hoch, die sie in dem kleinen Cottage gemacht hatte, und passte die Größe der Bildunterschriften an. Die letzte Aufnahme, die sie einstellte, gefiel ihr am besten: Sweetie auf der Vordertreppe des Cottages, Ohren aufgestellt und hechelnd, als wolle sie sagen: »Hey, hier komme ich!«

Grace hielt den Atem an und klickte auf ›Veröffentlichen‹.

»Jetzt versuch mal, dich bei mir einzuhacken, Ben«, murmelte sie vor sich hin. Mittags hatte sie die Arbeiten im Cottage unterbrochen, um nach Hause zu fahren und den Blog neu einzurichten. Es war ihr letzter Versuch. Sie hatte eine neue, unkomplizierte Software gewählt, WordPress, und jede denkbare

Sicherheitsvorkehrung getroffen, um weitere Angriffe auf ihren Blog zu vereiteln. Sogar eine Sicherheitssoftware hatte sie drüberlaufen lassen, die alle Schwachstellen und merkwürdigen Einstellungen aufspürte, mit denen Ben *TrueGrace.com* sabotiert hatte.

Diesmal lautete ihr Motto »Alles auf Anfang«. Grace hatte nicht das Wissen von Ben, was das Layout betraf, und natürlich fehlten ihr die früheren Anzeigenkunden, aber die neue Software war schlicht und einfach. Genauso sollten auch ihre Texte sein: brutal ehrlich und von ganzem Herzen. Die Fotos von Mandevilla Manor waren unverfälscht, und Grace war überzeugt, dass dieses Projekt bei vielen Hausbesitzern, Sparfüchsen und Heimwerkern dieser Welt gut ankommen würde. Sogar bei solchen, die ihr alter Blog nie interessiert hatte. Wie viele Menschen kauften schon eine dreihundert Dollar teure Tischdecke aus flandrischem Leinen, wie Grace sie auf dem Esszimmertisch in der Sand Dollar Lane gehabt hatte? Gab es wirklich so viele Gastgeberinnen, die nach Rezepten mit schwarzem Trüffelöl und rosa Meersalz suchten?

Nachdem Grace das Posting hochgeladen hatte, kopierte sie ihre Webadresse und mailte sie an jeden Lifestyle-Blogger, den sie kannte. Sie erklärte, dass *Gracenotes* von Ben übernommen worden sei, und entschuldigte sich nochmals für jedweden zweifelhaften oder negativen Kommentar, der in ihrem Namen im Internet kursiert haben mochte.

Ich habe mich und meinen Blog neu erfunden. Ich bin jetzt TrueGrace, *und ich würde mich freuen, wenn Du mal vorbeischaust und Dir mein neues Projekt ansiehst. Und da ich bei null anfange, würde ich mich sehr freuen, wenn Du mich in Deinen Blogroll aufnehmen würdest.*

Grace ließ sich auf ihr Kopfkissen sinken und schloss die Augen. Es war fast sechs Uhr. Seit Stunden hockte sie nun schon über ihrem Laptop. Sie war müde, und die Knochen taten ihr weh, weil sie stundenlang auf Händen und Füßen den Küchenboden bearbeitet hatte. Sie hatte überhaupt keine Lust auf die Trennungsgruppe. Und sie hatte außerdem Angst, Wyatt Keeler nach der letzten unbeholfenen, demütigenden Begegnung wiederzusehen.

Aber sie stellte überrascht fest, dass sie froh war, die anderen zu treffen. Camryns Witzeleien und brutale Ehrlichkeit fand sie stets unterhaltsam. Suzanne, die stille, verletzliche Suzanne, schien kurz davor zu stehen, ihnen zu verraten, was sie quälte, und selbst die schmuckbehangene Goldgräberin Ashleigh eignete sich zumindest als Lachnummer für zwischendurch.

Und ja, Grace war durchaus neugierig auf Paula, nachdem sie deren Begegnung mit dem geheimnisvollen Lexus-Fahrer beobachtet hatten. Sie zog sich an, steckte Sweetie in die ihr inzwischen vertraute Umhängetasche und gab ihr ein Leckerchen, damit sie etwas zu kauen hatte und ruhig blieb.

Eine hastig geschriebene Mitteilung auf der Rückseite eines Briefumschlags war an die Praxistür von Dr. Paula Talbott-Sinclair geklebt:

AUFGRUND EINES FAMILIÄREN NOTFALLS
HEUTE KEINE GRUPPENSITZUNG – PTS

»Was soll das denn?« Ashleigh Hartounian schob den Kopf aus dem Fenster ihres roten BMW. Camryn Nobles stand vor der Praxistür und schäumte.

»Heute keine Sitzung«, sagte sie.

»Waaas?« Ashleigh sprang aus dem Auto und gesellte sich zu Camryn auf dem Gehsteig vor der Praxis. Sie spähte durch das Fenster hinein, aber es war nichts zu sehen.

»Was ist los?«, fragte Grace, als sie auf die beiden Frauen zukam.

»Guck selbst!« Camryn wies auf den Zettel an der Tür.

»Hm«, machte Grace und runzelte die Stirn. »Und kein Lebenszeichen drinnen in der Praxis?«

»Nichts, was wir *sehen* konnten«, erwiderte Ashleigh. »Was machen wir jetzt?«

»Immerhin müssen wir heute Abend keine dreihundert Dollar für Paulas Bockmist ausgeben«, sagte Camryn.

»Richtig! Und genauso viel kosten die Schuhe bei Saks, auf die ich ein Auge geworfen habe.« Ashleigh rieb sich vor Entzücken die Hände und verbeugte sich vor der Tür. »Danke, liebe, liebe Paula.«

Camryn rückte den Lederriemen ihrer Tragetasche auf der Schulter zurecht. »Da ich mir den Termin jetzt eh freigehalten habe – sollen wir nicht irgendwo hinfahren und was essen gehen?«

»Ja, super! Auf Saint Armand's Key gibt es ein ganz tolles neues Bistro«, sagte Ashleigh. »Wenn wir uns beeilen, bekommen wir den Martini noch zum Happy-Hour-Preis.«

Grace schaute auf die Uhr. »Was ist mit Suzanne? Sollen wir nicht auf sie warten? Ich hab ein schlechtes Gewissen, wenn sie die ganze lange Strecke hierherkommt, nur um umzudrehen und wieder nach Hause zu fahren. Ich habe das Gefühl, wir sind eigentlich die Einzigen, die sie zum Reden hat.«

»Obwohl sie uns bisher wirklich so gut wie nichts erzählt hat«, warf Ashleigh ein. »Was auch immer sie getan hat, muss aus Stackpoles Perspektive wirklich total radikal und furchteinflößend gewesen sein.«

»Furchteinflößender als mit Blut auf Haus und Auto der Geliebten des eigenen Mannes zu schreiben?«, fragte Camryn.

»Ich hab euch schon tausendmal gesagt, dass es

kein Blut war. Das war nur rote Farbe«, gab Ashleigh zurück. »Obwohl ich inzwischen fast bedauere, kein Blut genommen zu haben, denn das könnte man abwaschen. Ich hatte es damals so eilig, dass ich Ölfarbe genommen hab. Und jetzt, da mein Anwalt darauf besteht, dass ich die Maler- und Lackierarbeiten bei der alten Schlampe übernehme, kostet mich das ein Vermögen.«

Während sie dort standen und sich unterhielten, fuhr ein Prius vor.

»Oh, gut, da kommt ja Suzanne«, sagte Grace. »Sieht aus, als wäre die Truppe vollständig.«

»Was ist mit Wyatt?«, fragte Ashleigh. »Den können wir hier nicht einfach stehen lassen.«

»Es ist fünf Uhr vorbei«, sagte Grace. »Vielleicht lässt er uns heute Abend sausen.«

»Wer lässt uns sausen?«, fragte Suzanne, als sie sich zu den anderen gesellte. »Und warum steht ihr hier draußen vor der Praxis?«

»Paula hat irgendeinen Notfall in der Familie«, erklärte Grace und wies auf den Zettel an der Tür.

»Angeblich«, fügte Camryn hinzu. »Wir überlegen gerade, ob wir zusammen was essen gehen, da wir ja eh alle hier sind. Kommst du mit?«

Suzanne zögerte. »Na ja, da ich eh schon da bin … *aber was ist mit Wyatt?*«

Demonstrativ schaute Grace erneut auf die Uhr. »Wahrscheinlich kommt er heute Abend gar nicht.

Ich würde sagen, wir fahren besser los, wenn wir nach Saint Armand's Key wollen. Ihr wisst doch, wie voll es da immer ist.«

»Saint Armand's?« Suzanne machte ein langes Gesicht. »Ich … ähm … Fahrt ihr ruhig. Ich hole mir auf dem Rückweg irgendwo was zu essen.«

»Nicht doch, Suzanne«, protestierte Grace. »Wir müssen ja nicht unbedingt nach Saint Armand's fahren, wenn du damit ein Problem hast. Wir können überall hin.«

»Was hast du denn für ein Problem mit Saint Armand's?«, wollte Ashleigh wissen. Sofort bekam sie von Camryn einen Ellenbogenstoß in die Rippen.

»Wir können doch rüberfahren in die *Sandbox*, so wie immer!«, schlug Camryn vor. »Ich bin heute Abend eh nicht in der Stimmung für einen Martini, der zwölf Dollar kostet. Bei deiner Mutter gibt's auch Essen, Grace, oder?«

»Klar, was ihr wollt, es ist alles frittiert.«

»Abgemacht«, sagte Camryn. »Suzanne, soll dich jemand mitnehmen? Ich kann dich hinterher wieder hier absetzen.«

Als sie zu ihren Wagen gingen, schaute Grace sich noch einmal kurz um und drückte in Gedanken die Daumen, dass Wyatt nicht noch in letzter Minute auftauchte.

Zu Hause angekommen, lief sie die Hintertreppe hoch, schloss die Zimmertür auf und öffnete ihre

Umhängetasche. Sweetie kletterte heraus, gähnte ausgiebig und hüpfte aufs Bett.

»Braves Mädchen!« Grace lachte. »Ich bin in ein paar Stunden wieder da, dann drehen wir noch eine kurze Runde, bevor es ins Bett geht.« Sie kraulte dem Hund die Ohren und erntete ein überschwängliches Schwanzwedeln.

»Du bist früh dran«, sagte Rochelle, als Grace die Kneipe betrat. »Aber ich hatte euren Tisch schon reserviert. Wo ist der Rest?«

»Kommt sofort.« Grace begab sich an den Tisch. »Könntest du ein paar Speisekarten bringen? Wir wollen was essen.«

Kurz darauf erschien Rochelle mit den Speisekarten, einem Glas Wein für Grace und einem Korb Popcorn, den sie mitten auf den Tisch stellte. »Ist eure Therapeutin wieder mittendrin eingeschlafen?«

»Nein, sie war gar nicht da«, erklärte Grace und nahm eine Handvoll Popcorn. »An der Tür hing ein Zettel, auf dem stand, sie hätte irgendeinen Notfall in der Familie. Sehr sonderbar.«

»Glaubt irgendjemand hier wirklich, dass Paula heute einen Notfall hatte?« Ashleigh spießte eine *Pommes mit der Gabel* auf und kaute langsam. »Ich meine, es ist schwer genug sich vorzustellen, dass sie überhaupt eine Familie hat. Sie ist so … abgedreht.

Das Bild der Mutter oder Ehefrau passt so gar nicht zu ihr, oder?«

»Vielleicht geht es ja gar nicht um ein Kind oder einen Mann«, warf Suzanne schüchtern ein. »Vielleicht sind ihre Eltern bereits in fortgeschrittenem Alter. Eine Kollegin von mir an der Schule muss an jedem freien Tag, der ihr zusteht, ihre Mutter und ihre Tante pflegen, die beide demenzkrank sind.«

Grace riss ein Stückchen von ihrem Käsesandwich ab. »Ich hab überlegt, ob es etwas mit Paulas Verhalten letzten Mittwoch zu tun haben könnte. Sie war wirklich nervös.«

»Familiärer Notfall – am Arsch!«, sagte Camryn. Sie quetschte Ketchup auf ihren Burger. »Ich wusste die ganze Zeit, dass irgendwas mit der Frau nicht stimmt …« Sie verstummte.

»Ach, du liebes Kind! Guckt euch nur das Gesicht von dem armen Kerl an!«

Alle schauten neugierig auf, um zu sehen, wovon sie sprach. Eine vertraut wirkende Gestalt arbeitete sich an den Tischen und Stühlen vorbei zu ihnen durch.

Wyatt trug noch die ordentlich gebügelte blaue Hose und das Hemd, das er am Nachmittag im Gericht angehabt hatte, er hatte den Schirm der Baseballkappe tief in die Stirn gezogen, die Sonnenbrille jedoch abgenommen.

»Wie hat der uns bloß gefunden?«, murmelte

Grace. Als er näher kam und sie sein Gesicht erblickte, erschrak sie.

»Guten Abend, die Damen«, sagte Wyatt. Er zog sich einen Stuhl vom Nachbartisch heran und setzte sich. Kurz nickte er Grace zu. Bevor er etwas bestellten konnte, stand Rochelle mit einem Krug Bier und zwei Gläsern neben ihm. Sie schenkte ihm eines ein, dann nahm sie Platz und füllte das zweite Glas für sich. Vorsichtig berührte sie Wyatts Wange. »Dein Gesicht, du lieber Himmel! Hast du Bekanntschaft mit Feuerameisen gemacht?«

»Nicht ganz. Ich bin auf die kluge Idee gekommen, einen Brasilianischen Pfefferbaum abzusägen.«

»Ist das so gefährlich?«, fragte Camryn.

»Wenn man wie ich allergisch auf den Saft reagiert, schon.« Er versuchte zu lächeln, aber seine Lippen waren zu stark geschwollen. »Ich weiß, es sieht ganz schön heftig aus, aber es ist tatsächlich schon besser geworden. Meine Tante hat mich zum Arzt geschleppt, der mir eine Kortisonspritze und Steroidcreme gegeben hat. Ich fühle mich also langsam wieder wie ein Mensch, auch wenn mein Gesicht wie ein Pfund Hackfleisch aussieht.«

Ashleigh beugte sich vor, um Wyatts Gesicht genauer zu betrachten. »Hm. Sieht aus, als würde der *Ausschlag nicht* verschorfen, das ist gut. Es wäre ja furchtbar, wenn dein hübsches Gesicht voller Narben bliebe.«

Wyatt zog den Kopf ein; die ganze Aufmerksamkeit war ihm peinlich.

»Was kann ich dir zu essen bringen?«, fragte Rochelle. »Hamburger? Chicken Wings? Ofenkartoffel?«

»Nichts, danke«, sagte Wyatt. »Ich hab nach meinem Date mit Stackpole was gegessen.«

»Stackpole?« Grace starrte ihn an und fragte sich, was er dort gemacht hatte. Beinahe fürchtete sie sich vor der Antwort.

»Tja«, sagte er langsam. »Ist eine ziemlich lange Geschichte.« Er verzog das Gesicht und lächelte unter Schmerzen.

»Nun ja, da Paula unsere Sitzung abgesagt hat, haben wir ja den ganzen Abend Zeit. Also mach's nicht so spannend!«

Er berichtete ihnen von Callies Versuchen, ihn beim Richter in Schwierigkeiten zu bringen, und wie es seiner Anwältin gelungen war, den Spieß umzudrehen.

»Wyatt, das ist ja Wahnsinn!« Suzanne strahlte. »*Ich freue mich so für dich.*« Sie schaute die anderen am Tisch an. »Wir freuen uns alle für dich.«

Grace merkte, dass Wyatt auf ihre Reaktion wartete.

»Das ist wirklich super«, sagte sie. »Endlich kommt bei diesem Clown von Stackpole mal der Richtige zum Zuge.«

»Danke, Grace«, sagte er. »Vielleicht ändert er auch noch seine Meinung, was dich und Ben betrifft.«

»Darauf kann ich mich nicht verlassen«, gab sie zurück. »Ich bin eine Frau, schon vergessen? Das Geschlecht, das er am liebsten hasst.«

»Ähm, hast du den anderen von letzter Woche erzählt?«

Grace lief rot an bei der Erinnerung.

»Was war denn?«, wollte Ashleigh wissen. »Ist noch was passiert, als wir weg waren?«

»Könnte man so sagen«, erwiderte Wyatt. Bildete Grace sich das ein, oder hatte er ihr gerade tatsächlich zugezwinkert? Sie hatte gehofft, ihre abendliche Verfolgungsjagd in der vergangenen Woche nicht erwähnen zu müssen.

»Wir wissen aber nicht mit Sicherheit, ob es Stackpoles Wagen war«, warf sie ein, als Wyatt die Geschichte erzählt hatte.

»Obwohl …« Er bemühte sich, kein allzu selbstgefälliges Gesicht aufzusetzen, aber es fiel ihm schwer. »Als ich heute im Gericht war, bin ich mit meiner Tante über das Parkdeck gefahren. Wusstet ihr, dass Richter ihre eigenen Parkplätze haben?«

»Wahrscheinlich müssen sie nicht mal dafür bezahlen«, warf Camryn ein. Dann fiel auch bei ihr der Groschen. »Stackpole fährt einen Lexus?«

»Einen schwarzen«, erklärte Wyatt, »mit einem

Alligator-Aufkleber von der Uni Florida links auf der Heckscheibe.«

Grace musste grinsen. »Es war also wirklich Stackpole!«

»Möglich«, mahnte Camryn, »aber bestimmt hat die Hälfte der Richter in diesem Staat einen Alligator-Aufkleber von der Uni am Wagen. Und bestimmt fährt eine Menge von denen einen schwarzen Lexus.«

»Aber es gibt nur einen Richter im Bezirk Manatee, der einen schwarzen Lexus mit einem Alligator-Sticker fährt und der auf Longboat Key in der Alcazar Trace 4462 wohnt. Und das ist der ehrenwerte Cedric N. Stackpole Jr.«, sagte Wyatt.

»Bist du dir ganz sicher?«, fragte Grace.

»Yup. Betsy hat ihn im Internet gefunden. Er ist es.«

»Das gibt's doch nicht!«, sagte Rochelle. »Was meint ihr, was bedeutet das?«

»Ich wusste es doch!«, jubelte Ashleigh. »Das ist doch so was von klar. Diese prüden Typen sind immer die geilsten Hengste. Und sie sind natürlich immer verheiratet.«

»Vielleicht hat es gar nichts zu bedeuten«, mahnte Grace schwach. »Vielleicht hatten die beiden nur eine berufliche Unterredung, weil es ihm nicht gefällt, wie sie unsere Gruppentherapie leitet.«

Camryn trommelte mit ihren künstlichen Fingernägeln auf den Tisch. »Gut, Leute, ich sage euch mal, was es meiner Meinung nach bedeutet. Es bedeutet, dass durch kompromisslose investigative journalistische Arbeit ein Netz von Intrigen und Abhängigkeiten zwischen einem angesehenen Richter am Bezirksgericht und einer in Ungnade gefallenen Therapeutin aufgedeckt werden muss. Und ich könnte mir vorstellen, dass da eventuell, ganz vielleicht, ein Emmy für eine knallharte Mitarbeiterin des Investigativteams von *News 4 You* drin ist.«

Sie hielt ihr iPhone in die Höhe. »Ich habe nämlich selbst ein bisschen im Dreck gewühlt.«

30

»Paula Talbott-Sinclair«, begann Camryn und machte eine Pause, um die Dramatik zu steigern, »lebte früher in Oregon. Aber vor drei Jahren entzog der Staat ihr die Zulassung. Kurz danach siedelte sie nach Florida um und eröffnete hier eine Praxis, obwohl sie vom Staat Florida keine Zulassung hat, Menschen hier therapeutisch zu behandeln. Wie also kann sie dreihundert Dollar die Stunde für eine Gruppensitzung verlangen? Und, wichtiger noch: warum besteht Stackpole darauf, dass Leute wie wir ihre Beratungssitzungen besuchen, wo das Telefonbuch doch voll mit Eheberatungsstellen ist?«

»Wissen wir denn, warum ihr in Oregon die Lizenz entzogen wurde?«, fragte Suzanne. »Und ist es in Florida Voraussetzung, eine Lizenz zu haben, um als Therapeut tätig zu sein?«

»Wir sind hier in Florida, Schätzchen«, sagte Camryn. »Dieser Staat zieht nicht nur jedes giftige Reptil, Insekt oder Gewächs an, sondern auch jeden abgewrackten Ganoven, Nepper und Bauernfänger. Also sammeln sich bei uns auch selbsternannte Therapeuten jeglicher Couleur. Auch wenn es so aussieht, als hätte Florida ziemlich strenge Anforderungen für die Zulassung von Therapeuten, gibt es doch immer Schlupflöcher. Man kann sich ja auch einfach anders bezeichnen. Scheißegal, nenn dich doch einfach Scheidungsflüsterer – und sobald du eine Gewerbezulassung vom Bezirk bekommst, kannst du loslegen. Paula hat so eine Zulassung. Das hab ich geprüft. Warum Oregon ihr die Berufserlaubnis entzogen hat, weiß ich noch nicht, aber da bleib ich dran. Diese staatlichen Genehmigungsbehörden haben massenweise Verschwiegenheitsklauseln. Ich habe eine Praktikantin im Sender darauf angesetzt, aber bis jetzt läuft sie gegen Wände.«

»Ich frage mich, ob der Verlust der Zulassung irgendwas mit Drogen zu tun hatte?«

Alle am Tisch schauten Grace an.

»Sie ist doch ganz offensichtlich vermindert arbeitstauglich, zumindest zeitweise. Und wir haben ja die Schlaftabletten und Beruhigungsmittel in ihrer Handtasche gefunden«, argumentierte Grace. »Camryn, könnte deine Praktikantin mal prüfen, ob Paula schon mal wegen Drogenbesitz verhaftet wurde?«

»Kann ich machen«, sagte Camryn. »Aber das Mädel ist nicht gerade Albert Einstein.«

»Mir ist ganz egal, was sie ausgefressen oder wie

sie ihre Zulassung verloren hat«, meldete sich Suzanne zu Wort. »Paula hat offenbar Ärger, aber ich bin wirklich überzeugt, dass sie sich um uns bemüht. Mir hat sie wirklich schon geholfen. Sehr sogar. Deshalb tut sie mir einfach nur leid. Könnten wir ihr nicht lieber helfen, statt eine Enthüllungsstory über sie zu schreiben?«

Ashleigh lachte. »Du glaubst, sie hat dir geholfen? Nimm's nicht persönlich, Suzanne, aber du hast in der Gruppe bisher keinen einzigen Satz darüber gesagt, was in deiner Ehe passiert ist. Wir wissen nur, dass dein Mann Eric heißt und dich mit einer anderen Lehrerin von deinem College betrogen hat.«

»Ashleigh!«, schimpfte Grace.

»Mir doch egal!« Ashleigh warf ihre honigblonden Locken nach hinten. »Wir haben alle unser Innerstes nach außen gekehrt, und sie sitzt einfach da, jede Woche, und hat die Lippen versiegelt.«

»Was du vielleicht auch hin und wieder ausprobieren solltest«, warf Camryn ein.

»Nein, Ashleigh hat recht«, sagte Suzanne. »Ich habe mich nicht geöffnet. Und das ist nicht fair euch gegenüber. Das ist einer der Gründe, warum ich so enttäuscht war, als die heutige Sitzung mit Paula ausgefallen ist. Diese Frage, die sie uns letzte Woche gestellt hat – nach einem Moment mit unserem Partner, als wir glücklich waren.« Sie grinste beschämt und zog ihr Tagebuch aus der Handtasche. »Ich habe zehn Seiten geschrieben! Was ich jetzt kaum noch glauben kann, aber ich hab's wirklich getan.«

»Und? Willst du sie vorlesen?«, fragte Ashleigh und gab den anderen ein Zeichen, ihr bloß nicht in die Parade zu fahren.

Suzanne linste hinüber zum Tisch hinter ihnen, wo zwei grauhaarige Fischer mit Dreitagebart und verschwitztem T-Shirt große Ohren bekamen und sich offenbar sehr für die Unterhaltung am Nachbartisch interessierten. »Es ist eher privat«, flüsterte sie.

»Moment, darum kümmere ich mich«, sagte Rochelle. Sie stand auf, stützte die Hände in die Hüften und stellte sich vor den Tisch. »Miller, Bud, ihr müsst jetzt zahlen.« Sie wies mit dem Kinn auf die Tür. Die Männer murrten, zogen aber ein paar zerknitterte Scheine aus der Tasche, legten sie auf den Tisch und schlurften in Richtung Theke.

»Nee, nee!« Rochelle ging ihnen nach. »Ihr zwei habt genug für heute. Es sei denn, ihr wollt wirklich noch Geld für ein Getränk oder was zu essen ausgeben.«

»O nein, Grace, sie soll aufhören«, flehte Suzanne. »Ich will nicht, dass deine Mutter wegen mir zahlende Gäste vertreibt, schon gar keine Stammgäste.«

Grace verdrehte die Augen. »Das sind Stammtrödler. Sie heißen auch nicht wirklich Bud und Miller. Sie werden nur so genannt, weil sie immer dieselben Biersorten bestellen: ein Bud und ein Miller.

Sie verdrücken massenweise Popcorn und verärgern immer wieder die zahlenden Gäste. Außerdem stinken sie zum Himmel. Und sie geben nur wenig Trinkgeld. Glaub mir, die sind morgen wieder da. Das sind dreiste Kneipenhocker.«

Rochelle scheuchte die Männer nach draußen und kehrte an den Tisch zurück. »Wo bist du stehengeblieben, Suzanne?«

Erneut holte Suzanne tief Luft. »Wenn ihr es wirklich hören wollt, dann bin ich so weit. Keine Sorge«, fügte sie schnell hinzu. »Ich lese nicht die ganzen zehn Seiten. Ihr bekommt die gekürzte Fassung zu hören.«

Sie nippte am Wein und lachte nervös. »Muss mir Mut antrinken …«

»Es war ein Samstagabend, unsere Tochter Darby war auf einem Fußballturnier in einer anderen Stadt. Ich bin wahrscheinlich die Fußballmama par excellence. Normalerweise teile ich mir mit Darby auf Turnieren ein Zimmer, weil Eric nur selten mitkommt und ich so gerne mit ihr herumkichere und quatsche. Wir stehen uns viel näher als die meisten Mütter und Töchter. Aber diesmal bat mich Darby ausdrücklich, nicht mitzukommen, weil sie mit ihren beiden besten Freundinnen in einem Zimmer schlafen wollte. Also blieb ich zu Hause.

Zuerst wussten Eric und ich gar nicht, was wir an

einem Samstagabend miteinander anfangen sollten! Wir überlegten, ob wir in ein schönes Restaurant gehen sollten, aber draußen regnete es. Deshalb blieben wir zu Hause. Eric tat etwas, das er seit der Zeit nicht mehr gemacht hatte, als wir zusammengezogen waren. Er kochte mir mein Leibgericht und putzte danach sogar die Küche. Nach dem Essen öffneten wir eine gute Flasche Wein, setzten uns zusammen aufs Sofa und wählten im Bezahlkanal einen Film aus. Es war ein anspruchsloser kleiner Frauenfilm, aber er brachte uns zum Lachen, und teilweise war er total romantisch. Ich lag auf einer Seite des Sofas, hatte die Schuhe ausgezogen, und Eric massierte mir die Füße. Er war einfach … so lieb und zärtlich. Ich … keine Ahnung, aber es machte mich wirklich total heiß.«

Suzanne hielt inne. »Ich kann … Ich fasse es nicht, dass ich das hier laut vorlese. Mein Herz klopft gerade so heftig, dass ich das Gefühl habe, es zerspringt mir jeden Augenblick in der Brust.«

»Das machst du super.« Rochelle tätschelte ihr die Hand.

»Danke«, sagte Suzanne mit wackliger Stimme. »Ich glaub, ich komme klar, solange ich euch beim Lesen nicht angucke. Albern, was?«

Sie schaute in ihre Kladde. »Äh, diesen Teil überspringe ich mal lieber.« Sie lief dunkelrot an und blätterte einige Seiten um. »Das auch. Das will keiner hören.«

Ashleigh hob die Hand. »Doch, ich.«

»Verdammt, Suzanne«, sagte Camryn gedehnt. »Diesmal hat Ashleigh recht. Sei nicht so ein Schisshase. Du hattest was mit deinem Mann. Was ist daran so besonders? Wir sind alle erwachsen. Du hast gesagt, du willst vorlesen, also lies auch, und hör auf, uns die guten Stellen vorzuenthalten!«

»Sorry, sorry«, sagte Suzanne und fächelte sich Luft zu. Sie blätterte zurück und begann von neuem:

»Eric konnte gar nicht glauben, dass ich tatsächlich den ersten Schritt tat! Ich war ebenso fassungslos. Aber ich tat es. Ich zog ihn aus, direkt an Ort und Stelle, dort auf dem Sofa, er zog mich aus, und wir …«

Sie biss sich auf die Lippe.

»… wir machten es! Wir liebten uns im Wohnzimmer, auf demselben Sofa, wo Darby abends immer ihre Hausaufgaben machte. Eric wollte, dass ich das Licht anlasse. Ich weiß nicht, was an dem Abend über mich kam, aber es war alles ganz anders als sonst. Ich tat alles, worum er mich schon seit Jahren gebeten hatte. Probierte verschiedene Stellungen aus. Machte Dirty Talk. Er war hin und weg.«

Suzanne flüsterte, ohne aufzusehen: »Ich auch.«

»An dem Abend waren wir wie verwandelt. Wir waren wie früher, bevor das Leben uns einholte. Uns verbog. Ich kann mich nicht erinnern, dass wir jemals zuvor so ein Gefühl von Intimität erlebt hatten, nicht mal als wir uns verliebten. Ich dachte, dieser Abend könnte unsere Ehe ändern. Am nächsten Morgen würde Eric aufstehen und uns ein spätes Frühstück im Bett machen, dann würden wir uns wieder lieben, und alles wäre anders. Aber das war es nicht. Ich war nie wieder so glücklich mit Eric.«

Sie klappte das Tagebuch zu und legte ihre Hände gefaltet auf den Einband.

»Wow!«, stieß Grace aus. »Einfach nur wow. Und was passierte am nächsten Morgen, nach der Nacht voller Leidenschaft?«

»Nichts. Als ich aufwachte, war Eric bereits auf seinem Zehn-Meilen-Lauf«, erklärte Suzanne mit hängenden Schultern. »Anschließend verschwand er für den Rest des Nachmittags in seinem Arbeitszimmer. Dann kam Darby von ihrem Turnier nach Hause, und tja, es lief genauso weiter wie zuvor.«

»Hast du mal mit ihm über diese Nacht gesprochen?«, fragte Wyatt. »Hast du Eric gesagt, wie sehr es dir gefallen hat? Oder mal versucht, es zu wiederholen?«

»Nein«, sagte Suzanne mit leiser Stimme. »Es schien nie richtig zu passen. Und nicht viel später fand ich heraus, dass … dass er mich betrog. Es wäre sinnlos gewesen, oder?«

»Ihr hattet super Sex! Das ist nie sinnlos«, sagte Ashleigh.

Nachdem das Lachen verebbte, sprach Grace etwas an, das sie beschäftigte, seit sie Suzanne zum ersten Mal gesehen hatte.

»Suzanne, du hast gesagt, du und Darby, ihr würdet euch sehr, sehr nahestehen. Und es klingt immer wieder durch, wie stark du in ihr Leben involviert bist, mit dem Fußball und allem. Ich frage mich nur, ob das vielleicht zu viel ist.«

»Genau, vielleicht gehörst du zu diesen ›Helikoptermüttern‹, von denen man immer liest«, sagte Ashleigh. »Warum werden die eigentlich so genannt?«

»Weil das Eltern sind, die ständig über den Schultern ihrer Kinder schweben, ihnen jede Arbeit abnehmen, sich mit Lehrern oder Trainern anlegen«, erklärte Camryn. »Hab mal einen Artikel darüber geschrieben. Das ist ein richtiges Problem.«

»Helikoptereltern? Das ist ja albern!«, höhnte Rochelle. »Ihr habt keine Kinder, Grace und Ashleigh, deshalb versteht ihr das nicht. Suzanne ist sicher eine tolle Mutter. Darby ist jetzt in ihrem letzten Jahr an der Highschool, Suzanne, stimmt's? Also ist es ihr letztes Jahr zu Hause, bevor sie zum College geht. Es ist völlig verständlich, dass du Teil ihres Lebens sein möchtest. Als Grace zur Schule ging, habe ich keine einzige Theateraufführung und kein Tennisspiel von ihr verpasst.«

»Kann es sein …«, Wyatt wählte seine Worte mit Bedacht, »dass du so beschäftigt mit dem Leben deiner Tochter bist, dass du vergessen hast, dich um deinen Mann zu kümmern? Dass Eric sich vielleicht, keine Ahnung, vernachlässigt fühlte?«

»Typisch Mann!«, fuhr Rochelle ihn an. »Jetzt mal ehrlich, ich hab es so was von satt, dass Männer immer nach Ausreden für ihr unmögliches Verhalten suchen. Wenn Suzannes Mann sich vernachlässigt gefühlt hat, hätte er vielleicht mit ihr zusammen zu den Fußballturnieren gehen sollen, anstatt mit jeder Frau zu schlafen, die ihm vor die Flinte lief. Stimmt's, Suzanne?«

»Kann sein«, erwiderte sie leise. »Falls Eric sich alleingelassen fühlte, hätte er es mir ja vielleicht auch sagen können. Oder ich hätte stärker darauf achten sollen, ihn mit einzubeziehen. Ich weiß es einfach nicht.«

»Du wusstest genug, um diesem Betrüger in den Arsch zu treten«, sagte Rochelle. Sie schaute sich *über die Schulter* zu einem großen Schwarzen mit glänzender Glatze um, der demonstrativ an der Kasse der Theke stand. Rochelle sprang auf. »O Gott! Das ist Garland vom Gesundheitsamt. Warte auf mich!«, sagte sie zu Suzanne. »Ich bin gleich zurück.«

Fünf Minuten später kehrte Rochelle mit grimmigem Gesichtsausdruck an den Tisch zurück. Sie hatte Sweetie unter den Arm geklemmt.

Böse funkelte sie Grace an. »Was für ein Glücksfall! Garland kommt auf ein Bier vorbei, und dieser kleine Köter dackelt die Hintertreppe runter und läuft in die Küche.« Sie drückte Grace den Hund in die Arme. »Schon mal gesehen?«

Seufzend presste Grace das zappelnde Tier an ihre Brust. »Das ist Sweetie. Sie wurde in Mandevilla Manor zurückgelassen. Ich weiß ja, dass du keine Hunde magst, aber …«

»Aber du hast trotzdem beschlossen, sie mit in die *Sandbox* zu nehmen. Bist du völlig übergeschnappt? Wir können keinen Hund in einem Essenslokal halten. Willst du mir das Gesundheitsamt auf den Hals hetzen? Ich kann meine Lizenz verlieren, falls Garland auf die Idee kommt, das zu melden.«

Grace schaute sich über die Schulter um. Garland sah sie streng an und wackelte mit dem Zeigefinger. »Tut mir wirklich leid. Ich dachte, ich hätte meine Tür fest verschlossen. Hab keine Ahnung, wie sie rausgekommen ist. Ich bringe sie wieder nach oben.«

»Und morgen suchst du ihr ein neues Zuhause«, sagte Rochelle bestimmt.

Grace trug Sweetie hoch in ihr Zimmer und untersuchte die Tür, an der der Hund so lange gekratzt hatte, bis sie sich geöffnet hatte.

Sie brachte Sweetie ins Badezimmer und setzte sie dort ab. Die Kleine schaute Grace fragend an. Grace hockte sich auf den Rand der Badewanne, um dem Hund einen Vortrag zu halten.

»Ich weiß, dass du nicht gerne eingesperrt wirst, aber du darfst einfach nicht nach unten, sonst wirft mich meine Mutter noch aus dem Haus. Und dann sind wir beide obdachlos.« Sie holte ein Leckerchen aus der Tasche und warf es Sweetie zu, die es fing und sich hinter den Säulenwaschtisch verzog, um es zu genießen.

»Bleib jetzt erst mal hier, morgen überlegen wir uns was anderes«, versprach Grace und kraulte Sweetie zum Abschluss noch mal aufmunternd den Kopf.

Als Grace in die Kneipe zurückkehrte, war die Gruppe in eine lebhafte Diskussion vertieft. Rochelle stand hinter der Theke. Grace stellte einen frischen Korb Popcorn auf den Tisch und ignorierte den tadelnden Blick ihrer Mutter.

»Was habe ich verpasst?«, fragte sie.

»Nur das übliche Männerbashing«, sagte Wyatt und nahm eine Handvoll Popcorn. »Wie immer.«

Camryn verdrehte die Augen. »Es sieht doch wirklich so aus, als wäre Suzannes Mann neidisch darauf gewesen, dass sie so viel Zeit mit ihrer Tochter verbracht hat, und das ist seine Ausrede für die Affäre!«

»Affären – Plural«, sagte Suzanne leise. »Aber eigentlich würde ich so was nicht Affären nennen. Das waren eher flüchtige Bekanntschaften, soweit ich das beurteilen kann.«

»Trotzdem«, stieß Grace aus, »das ist doch furchtbar.«

»Genau wie bei meinem Arschloch von Mann«, sagte Camryn voller Abscheu. »Männer sind wirklich solche Schweine.«

»Danke«, sagte Wyatt, stand auf und zog ein paar Scheine aus der Tasche. »In diesem Sinne gehe ich armseliges, beschissenes Arschloch von Mann jetzt wohl besser mal nach Hause und lasse euch Mädels weitermachen.« Er deutete eine Verbeugung an. »Die Damen …«

Camryn hielt ihn am Ellenbogen fest. »Stell dich nicht so an, Wyatt! Du weißt genau, dass ich nicht dich persönlich gemeint habe.«

»Bleib hier!«, flehte Ashleigh. »Wir hassen nicht alle Männer. Also, ich jedenfalls nicht.« Sie sah Suzanne an. »Wie siehst du das?«

»Bleib bitte!«, sagte Suzanne. »Wir möchten das auch aus der Perspektive eines Mannes hören. Nicht wahr, Grace?«

Sie spürte, dass Wyatt auf ihre Antwort besonders erpicht war, eine Augenbraue hatte er erwartungsvoll hochgezogen.

»Doch«, sagte sie schließlich, mied aber seinen Blick.

Camryn zupfte ungeduldig an seinem Arm. »Komm, Junge. Setz dich wieder. Lass uns nicht so betteln.«

»Es ist schon spät«, bemerkte Wyatt, aber seine Entschlossenheit schwand dahin.

»Es ist noch nicht mal neun Uhr«, warf Ashleigh ein. »Und hast du nicht gesagt, dass dein Sohn unter der Woche bei deiner Frau schläft?«

»Das geht abwechselnd. Morgen hole ich ihn von der Schule ab«, gab Wyatt zu.

Camryn führte ihn zurück an den Tisch. »Was ist mit dir?«, fragte sie, als Wyatt sich wieder gesetzt hatte. »Du hast auch ein Kind. Hast du es deiner Frau übelgenommen, wenn sie mehr Zeit mit eurem Sohn als mit dir verbrachte?«

Wyatt trank einen Schluck Bier. »Vielleicht als Bo noch klein war, ja, da fühlte ich mich wohl ein bisschen außen vor, besonders wenn Callie ihn stillte. Nachdem der Kinderarzt ihr versichert hatte, sie könne die Milch auch abpumpen und mich die frühe *Morgenschicht* übernehmen lassen, wurde es besser.«

»Das hast du gemacht?« Grace schaute ihn verwundert an.

»Klar.« Er zuckte mit den Achseln. »War irgendwie cool. Ich nahm Bo mit ins Wohnzimmer, gab ihm die Flasche, und dann guckten wir Comics, bis wir beide wieder einschliefen. Ich schwöre euch, er war schon mit sechs Wochen der totale Fan von *Phineas und Ferb*. Lachte sich bunt und scheckig.«

Camryn schüttelte den Kopf. »Dexter Nobles hat das Stillen in der Nacht durchweg verschlafen. Und ich kann mich auch nicht erinnern, dass er oft die Windeln gewechselt hätte.«

»Eric hat oft die Windeln gewechselt, und manchmal stand er mit auf und las mir etwas vor, während ich Darby stillte«, sagte Suzanne sehnsüchtig. »Irgendwie vermisse ich diese Zeit.«

»Er hat dir vorgelesen? Das ist ja total süß«, sagte Ashleigh. »Was denn für Bücher?«

»Manchmal sogar *Harry Potter*«, antwortete Suzanne. »Eine Klassenkameradin vom College, die in England lebte, schickte uns das erste Buch zu Darbys Geburt. Noch eine schöne Erinnerung, die ich völlig vergessen hatte.«

»Was ist mich euch?«, fragte Suzanne die anderen. »Hat noch jemand außer mir tief verdrängte glückliche Momente an die Oberfläche gezerrt?«

Ashleigh zog die Nase kraus. »Ich hab die Frage nicht so richtig verstanden, als Paula sie stellte. Wisst ihr, ich war die ganze Zeit mit Boyce glücklich – bis zu dem Moment, als er was mit dieser Zicke anfing.«

»Keine ganz besondere Erinnerung?«, hakte Suzanne nach.

»O doch«, sagte Ashleigh mit verträumtem Blick. »Eine Pharmafirma veranstaltete letzten Herbst ein ›Seminar‹ für plastische Chirurgen in Napa Valley. Wir waren in einem tollen alten Gasthof in den Weinbergen untergebracht. Boyce und ich fuhren rüber nach Calistoga, nahmen ein Schlammbad und machten eine Massage nur für Pärchen …« Sie kicherte. »Wir wurden ganz schön ungezogen. Am Ende hatte ich den Schlamm wirklich an den unglaublichsten Stellen …«

»Erspare uns weitere schmutzige Details«, sagte Camryn trocken. »Wir haben es kapiert.«

»Dann bist du jetzt dran«, gab Ashleigh postwendend zurück. »Und versuch uns nicht weiszumachen, dass du niemals glücklich warst. Du warst von uns allen am längsten verheiratet, ja? Es muss einen Grund geben, warum du die ganzen Jahre bei deinem Mann geblieben bist.«

Camryn seufzte. »Das letzte Mal, wo wir wirklich glücklich waren? Ich würde sagen, das war das erste Weihnachtsfest, als Jana alt genug war, um das mit dem Weihnachtsmann zu verstehen. Dexter kaufte ein unglaublich teures viktorianisches Puppenhaus *für sie, zu dem hunder*ttausend kleine Einzelteile gehörten. Nachdem wir sie abends ins Bett gebracht hatten, legten wir meine Johnny-Mathis-CD auf, und er öffnete eine Flasche Champagner, die er für einen besonderen Anlass aufgehoben hatte. Wir tranken und lachten und tanzten zu Johnny Mathis. Es lief ›I Saw Mommy Kissing Santa Claus‹, und ehe wir uns versahen …« Sie errötete. »Jetzt höre ich mich schon an wie Ashleigh und plaudere aus dem Nähkästchen. Das ist allerdings schon fünfzehn Jahre her.«

»Bist du danach wirklich die ganze Zeit so unglücklich gewesen?«, fragte Grace.

Camryn stützte die Ellenbogen auf den Tisch, legte das Kinn in die Hände und dachte nach.

»Ich denke, ich hab mich einfach treiben lassen. Irgendwann, als Jana ungefähr acht Jahre alt war, wurde mir klar, dass es nicht gerade super lief. Aber da wurde Dexter gerade Teilhaber in seiner Kanzlei, und ich wurde endlich von *News 4* eingestellt. Wir kauften das neue Haus mit dem Swimmingpool und meldeten Jana auf der Privatschule Saint Stephen an, was nicht gerade billig war. Ich dachte: Warum alles durcheinanderbringen? Das wird schon wieder besser. Wurde es aber nicht. Ich hätte schon vor langer Zeit Schluss machen sollen. Bevor es so hässlich wurde.«

»Graaace?«, fragte Ashleigh gedehnt und winkte mit ihrem fast leeren Glas. »Kommt deine Mutter wieder zurück? Ich könnte nämlich noch so 'ne Margarita vertragen.«

»Ich hol dir eine.« Grace stand auf.

»Und dann musst *du* ›beichten‹«, sagte Camryn und deutete mit den Fingern Anführungsstriche an. »Bild dir nicht ein, dass du ungeschoren davonkommst.«

Rochelle wandte Grace den Rücken zu, als sie hinter die Theke kam. »Ich mache Ashleigh noch eine Falsche Rita«, verkündete Grace. »Kannst du sie mit auf die Rechnung schreiben?«

»Ist der Hund eingesperrt?«, fragte Rochelle spitz.

»Im Badezimmer, hält ein Nickerchen«, versicherte Grace. »Es kommt nicht wieder vor.«

»Wir warten«, sagte Wyatt mit Nachdruck, als Grace mit Ashleighs Glas an den Tisch zurückkehrte.

Sie streckte ihm die Zunge raus. »Du hast heute Abend auch noch nicht aus deinem Tagebuch vorgelesen.«

»Aber ich habe was erzählt. Und es war ehrlich und vielsagend«, neckte er sie. »Stimmt's, meine Damen?«

»Los, komm, Grace! Du bist dran.« Ashleigh schürfte ihren falschen Margarita.

»Schon gut, schon gut«, murmelte Grace. Sie holte ihre Kladde aus der Tasche und überflog, was sie geschrieben hatte.

»Als Ben und ich unser erstes kleines Häuschen in Bradenton kauften, hatte ich noch nie zuvor ein Haus besessen. Es war das schlimmste auf der ganzen

Straße: Aus Betonblockstein, und keine hundert Quadratmeter Wohnfläche; zwei winzige Schlafzimmer, ein armseliges Bad, das nicht mal eine Dusche hatte; eine Küchenzeile, die so schmal war, dass die Ofentür, wenn man sie aufzog, beinahe die Schränke an der gegenüberliegenden Seite berührte; Arbeitsflächen aus Sperrholz, darüber Plastikkacheln.«

»Klingt wunderbar«, bemerkte Camryn.

»Ich war überzeugt, dass wir was daraus machen konnten. Aber wir hatten überhaupt kein Geld.«

Ashleigh winkte ab. »Entschuldigung, Grace, aber wann kommt denn der Teil mit der glücklichen Erinnerung? Bis jetzt hört sich das nämlich alles ziemlich düster an.«

»Das war nur zur Einstimmung. Der Prolog sozusagen«, sagte Grace. Sie blätterte in ihrem Notizbuch und begann zu lesen.

»Ich arbeitete damals für einen großen Bauunternehmer in Sarasota und entwarf die Inneneinrichtung seiner Musterhäuser. Das war, bevor die Wirtschaft abschmierte. Damals konnte man Eigentumswohnungen gar nicht so schnell bauen, wie sie einem aus den Händen gerissen wurden. Ben war Kundenbetreuer bei einer Werbe- und Marketingagentur. Wir arbeiteten damals den ganzen Tag, fuhren anschließend direkt zu dem Haus, zogen uns um und arbeiteten bis ein oder zwei Uhr morgens weiter. Danach kehrten wir in unsere Mietwohnung zurück, fielen ins Bett,

standen auf und fingen am nächsten Tag von vorne an. Sechs Monate lang arbeiteten wir jedes Wochenende durch. Manchmal waren wir abends zu müde, um noch nach Hause zu fahren, dann pennten wir einfach auf einer Matratze im Wohnzimmer. Weder Ben noch ich hatten großartig Erfahrung als Heimwerker. Wir brachten uns alles selbst bei. Das Ganze war ein Abenteuer, das wir gemeinsam erlebten. Wir hatten die Einstellung: Wenn etwas schiefgeht, reißen wir es wieder raus und machen es noch mal neu. Wir hatten null Bedenken. Eines Abends wollte ich im Wohnzimmer eine fünfundzwanzig Zentimeter breite Kranzleiste an der Decke anbringen. Wir hatten gerade so viel davon, dass wir sie in einem Raum ankleben konnten, und ich wusste, dass es umwerfend aussehen würde. Ben wettete, dass ich es nicht schaffen würde. Natürlich ging es auch total schief, und ich war irgendwann in Tränen aufgelöst. Er hatte Mitleid mit mir, nahm mir die Leiste ab und bekam es irgendwie hin. Aber es dauerte Stunden. Als wir endlich das Essen vom Chinesen und billigen Wein vor uns stehen hatten, war es fast Mitternacht. Wir saßen auf umgedrehten Plastikeimern, betranken uns, wurden albern und spritzten uns nachts nackt im Hof mit dem Gartenschlauch ab. Ben hatte die Wette gewonnen, und ihr könnt euch bestimmt vorstellen, wie es weiterging. Ich kann mich an keine glücklichere Zeit in unserem Leben erinnern.«

Grace klappte die Kladde zu. Sie hörte, dass hinter ihr jemand leise die Luft ausstieß, und blickte gerade noch rechtzeitig hoch, um Rochelle zurück in die Küche huschen zu sehen.

»Gute Nacht«, sagte Grace, als sie die anderen aus der *Sandbox* nach draußen auf den Parkplatz begleitete. Sie hatten überlegt, was sie mit Paula machen sollten, waren aber zu keinem Schluss gekommen. »Warten wir ab, was nächsten Mittwoch passiert«, hatte Suzanne vorgeschlagen, und da niemand eine überzeugendere Idee hatte, erklärten sich alle damit einverstanden.

Grace wollte wieder ins Haus gehen, als sie ihren Namen hörte.

»Hey, Grace?« Wyatt stand im Schatten der Palmen.

»Hi«, sagte sie.

»Kann ich mit dir sprechen?«

»Na gut …« Sie lehnte sich gegen die Stoßstange seines Pick-ups und sah ihn mit zusammengekniffenen Augen an. Hinter ihm flackerte grün-rot das Licht einer Neonreklame.

»Wow, dein Ausschlag oder was du da im Gesicht hast, sieht wirklich schlimm aus«, bemerkte sie.

»Der im Gesicht ist gar nicht der schlimmste«, gab Wyatt mit einer Grimasse zurück und wies mit dem Kinn nach unten auf seinen Gürtel.

»Oh.« Grace verstand, was er meinte, und verzog ebenfalls das Gesicht. »Tut mir leid für dich.«

»Wird schon wieder. Wenn ich zu Hause bin, tu ich … ähm … Kortisoncreme drauf. Dann nehm ich noch 'ne Benadryl und flieg ins Traumland.«

»Hoffentlich geht es dir bald besser«, sagte sie, aber es klang selbst in ihren Ohren kalt und unaufrichtig.

»Hoffentlich meinst du das ernst«, erwiderte Wyatt. »Ich weiß, dass ich es am Coquina Beach verbockt habe.«

Grace machte einen Schritt zur Seite, damit ihr die Neonreklame nicht mehr ins Gesicht blitzte, aber auch um ihre Verwirrung und ihr Unbehagen zu verstecken.

Wyatt räusperte sich. »Hör zu. Ich kann so 'n Kram nicht gut. Schon als Jugendlicher war ich nicht besonders gut darin, und mit dem Alter habe ich ganz bestimmt nichts dazugelernt. Ich wollte dir nur sagen … schreib mich nicht einfach ab, ja? Ich mag dich wirklich sehr, sehr gern. Letztens abends, das war super. Wirklich. Hinterher hätte ich mir am liebsten in den Arsch getreten.«

Grace sah ihn nur an.

»Klingt das für dich irgendwie einleuchtend?«

»Nicht so ganz.«

Wyatt seufzte. »Statt einer Trennungsbewältigungstherapie sollten sie eine Dating-Auffrischungs-

Therapie anbieten. Für Trottel wie mich, die das nie auf die Kette bekommen haben.«

Grace musste lachen. »Dating-Auffrischung. Keine schlechte Idee. Könntest du ja mal Paula vorschlagen. Falls wir sie jemals wiedersehen.«

»Die Sache ist die: Ich glaube, ich hatte ein Aha-Erlebnis, als ich heute mit Callie bei Stackpole war.«

»Aha?«

»Sie hasst mich. Meine zukünftige Exfrau hasst mich. Ich weiß zwar nicht genau, warum, aber sie hasst mich wirklich. Und um die Wahrheit zu sagen, ich bin auch nicht gerade verrückt nach ihr. Vielleicht hat deine Mutter recht. Vielleicht ist Bo doch besser dran, wenn wir uns einfach trennen und jeder sein eigenes Leben führt.«

»Und wenn Callie ihren Willen bekommt und mit Bo nach Birmingham zieht?«

»Im Moment scheint Stackpole die Seiten gewechselt zu haben. Aber wie auch immer er entscheidet, ich werde kämpfen, damit sie ihn nicht mitnimmt.« Wyatt schob das Kinn vor. »Nicht nur weil mir mein Sohn fehlen würde, sondern weil die beiden nicht gerade geeignet sind, um ihn großzuziehen. Für die ist er nur ein Nebenschauplatz. Ein Druckmittel.«

Grace tat das, was sie schon den ganzen Abend hatte tun wollte. Sie strich Wyatt mit der Handfläche sanft übers Gesicht. Er hielt ihre Hand fest und drückte ihr einen Kuss auf den Handrücken.

»Für einen Typen bist du gar nicht so übel«, sagte sie.

Er zog sie an sich, schlang die Arme um ihre Taille. »Und für eine männerhassende Emanze bist du auch nicht schlecht.«

Sie reckte sich ihm entgegen und schloss die Augen.

In dem Moment wurde die Fliegenschutztür der Küche aufgerissen und Rochelle steckte den Kopf heraus. Ihre Stimme hallte durch die stille Nachtluft. »Grace? Dein verfluchter Hund heult da oben rum und will raus.«

Sweetie sprang auf den Parkplatz, schaute kurz zu Grace und Wyatt auf und huschte dann hinter eine Palme, um unauffällig ihr Geschäft zu verrichten.

31

Grace nahm den kleinen braunen Hund auf den Arm. Sweetie wand sich vor Freude, bedeckte Grace' Kinn und Hals mit nach Hundefutter riechenden Küssen.

»Armes Mädchen«, sagte Grace und sah Wyatt über den Hund hinweg an. »Sweetie wird nicht gerne eingesperrt. Ich schätze mal, sie hat die Hundeversion einer posttraumatischen Belastungsstörung. Ich muss mir also was einfallen lassen.«

»Darfst du den Hund wirklich nicht behalten? Nicht mal, wenn du Rochelle die Umstände erklärst?«

»Sie ist kein Hundefreund. Außerdem ist es gegen alle Gesundheits- und Hygienevorschriften«, erklärte Grace. »Ich gucke mich wohl besser mal nach einer Wohnung um.«

»Kannst du dir das denn leisten?«

»Eigentlich nicht.«

Wyatt überlegte. »Hör mal, das wollte ich dir

sowieso vorschlagen. Warum lässt du Sweetie nicht über Nacht bei mir?«

»O nein«, widersprach Grace. »Ich habe sie gefunden und adoptiert. *Ich* bin für sie verantwortlich.«

»Hör doch mal zu! Du könntest Sweetie tagsüber haben, wenn du in dem Haus auf der Mandevilla arbeitest. Und nachts oder wenn du sonst mal einen Hundesitter brauchst, wäre sie bei mir im Park. Es würde ihr super gefallen. Das gesamte Gelände ist eingezäunt, so dass sie nicht weglaufen kann. Nachts darf sie mit uns im Trailer schlafen. Ich stelle ihr Körbchen direkt neben Bos Bett. Er wird ganz verrückt nach ihr sein. Schon lange liegt er mir mit einem Hund in den Ohren. Ich wollte ihm auch einen holen, aber Callie hat mir deswegen die Hölle heiß gemacht, meinte, das würde ich nur tun, um mich an ihr zu rächen.«

»Ich verstehe nicht, was das mit ihr zu tun hat, wenn du dir einen Hund zulegst«, sagte Grace.

»Luke reagiert allergisch auf Hunde. Behauptet er wenigstens. Lustigerweise hat er aber eine fette Siamkatze, und damit scheint seine Allergie keine Probleme zu haben. Die Katze hasst Bo und zerkratzt ihn, sobald sie Gelegenheit hat.«

»Ich weiß nicht …« Grace drückte Sweetie an sich. »Es ist verrückt, aber ich hänge schon so an ihr. Sie schläft neben mir im Bett. Und es ist so nett mit ihr.«

»Es wäre ja nur so lange, bis du eine eigene Wohnung hast«, versprach Wyatt. »Stell es dir wie ein zeitlich begrenztes gemeinsames Sorgerecht vor. Und ich verspreche dir, dass ich nicht mit solchen Tricks wie Callie komme.«

Grace kraulte Sweetie unterm Kinn. »Keine Entfremdung? Und du bestichst sie auch nicht mit besonders tollen Leckerchen?«

Wyatt hob die Hand zum Pfadfinderschwur. »Ich werde sie nie zu spät bei dir abgeben oder die Leine vergessen.«

»Hm …« Grace seufzte. »Das könnte klappen. Wenn du dir wirklich sicher bist, dass es keine allzu große Last ist?«

»Ist es nicht. Ich kann sie jetzt direkt mit nach Hause nehmen, wenn du willst.«

»Dann laufe ich nur schnell nach oben und hole ihre Sachen«, sagte Grace.

Wyatt streckte die Arme aus, und sie überreichte ihm den Hund widerwillig.

Fünf Minuten später war Grace mit einem prallgefüllten schwarzen Müllsack zurück, den sie die Außentreppe hinunterschleppte.

»Was, so viel? Sie ist noch keine Woche bei dir und hat schon mehr Sachen als ich.« Wyatt nahm den Sack und stellte ihn auf den Beifahrersitz des Pick-up.

Grace kam herum und zeigte ihm Sweeties Habseligkeiten. »Ihr Körbchen liegt ganz unten. Aber, wie gesagt, sie schläft gern bei mir im Bett.«

»Wer nicht?«

Grace runzelte die Stirn. »Ist das eine Anmache? Irgendwie klingt das komisch aus deinem Mund.«

»Es ist aber wahr, ich hab Anmachersprüche drauf«, sagte Wyatt. »Und ich hab noch ganz andere Tricks auf Lager. Ich bin nur ein bisschen eingerostet mangels Übung, mehr nicht.«

Grace holte zwei Edelstahlschüsseln aus dem Sack und stellte sie auf den Sitz. »Das ist der Wassernapf, der andere ist fürs Futter. Sie bekommt morgens eine Tasse voll und eine zweite am späten Nachmittag.«

»Verstanden.«

Grace reichte ihm eine rosafarbene, grellgrün abgesetzte Leine mit Leopardenprint.

»Hier ist die Leine. Morgens gehe ich als Erstes mit ihr raus. Aber sie macht nicht sofort. Man muss ein bisschen mit ihr rumgehen, sie schnüffeln lassen, bis sie die richtige Stelle gefunden hat.«

Er drückte die Leine Grace wieder in die Hand. »Die behältst besser du. Ich besorg mir eine, die nicht ganz so … ähm … mädchenhaft aussieht.«

»Aber auch nicht zu kerlig«, warnte sie ihn. »Und bloß keine Tarnfarben. Sweetie hat Geschmack.« Sie packte weiter aus. »Das sind ihre Greenies. Sie bekommt immer einen vorm Schlafengehen.«

Wyatt zog die Nase kraus. »Greenies?«

»Davon bekommt sie gesunde Zähne und gesundes Zahnfleisch. Und hat nicht so einen schlechten Hundeatem.«

»Du machst Witze.«

Grace sah ihn mit erhobener Augenbraue an, und er hielt den Mund. Sie machte weiter. »Die Bürste.«

»Bürste?«, wiederholte er.

»Kopfkissenbezug.«

Wyatt hielt den rosa-weiß gestreiften Bezug mit fragendem Blick in die Höhe.

»Eigentlich ist das meiner«, gab Grace zu. »Aber ich hab gelesen, dass Hunde Trennungsangst bekommen können. Der Bezug riecht nach mir. Dann fühlt sie sich nicht so fremd bei euch. Leg ihn einfach in ihr Körbchen, ja?«

»Gut.«

Grace packte noch mehr aus: »Floh- und Zeckenmittel. Bekommt sie einmal im Monat.«

»Einmal im Monat.«

»Medizin gegen Herzwürmer. Auch einmal im Monat. Ich drücke die Tablette in ein kleines Sandwich mit Erdnussbutter, damit sie sie nicht merkt.«

»Erdnussbutter«, wiederholte Wyatt pflichtbewusst und legte die Medikamente zurück in die Mülltüte. »Ist das alles?«

»Eins noch«, sagte Grace. »Ihr Kau-Spielzeug.« Sie griff in den Sack und holte eine nackte Ken-Puppe heraus.

Wyatt hielt die Puppe ins Licht und untersuchte die Zahnabdrücke auf Kens gebräunten Pobacken.

»Hat das irgendeine symbolische Bedeutung?«

»Nein, gar keine«, gab Grace zurück. »Am ersten Abend, als Sweetie bei mir war, stöberte sie im Wandschrank herum und fand die Puppe in einer Kiste mit meinem alten Spielzeug. Sie ist ganz heiß auf Ken. Ist total süß, wie sie ihn rumträgt.«

»Du konntest sie nicht auf einer Barbie kauen lassen?« Wyatt gab ihr die Puppe zurück.

»Sie will Ken«, erwiderte Grace achselzuckend.

»Wenn es dir recht ist, hol ich ihr einen Ball oder eine Quietschkatze oder so was. Da kann sie dann drauf rumkauen, wenn sie bei mir ist.«

Grace betrachtete die Ken-Puppe. »Dann bewahre ich den halt hier im Haus auf.«

»Gut.« Wyatt nahm den kleinen Hund auf den Arm. »Sag Gute Nacht, Sweetie.«

Grace kraulte der Kleinen die Ohren, dann schaute sie Wyatt an.

»Ruf mich an, wenn es nicht klappt. Im Ernst. Wenn sie zum Beispiel nicht schläft oder anfängt, an der Tür zu kratzen. Dann komme ich rüber und beruhige sie.«

Wyatt hob Grace' Kinn. »Das klappt schon mit ihr. *Mach dir keine Sorgen.* Ich bringe sie morgen früh als Erstes rüber zu dir.« Er setzte den Hund vorsichtig auf den Beifahrersitz und schloss die Tür.

»Ich bin ab acht Uhr da.« Grace ging herum zur Fahrerseite. »Vergiss bitte nicht, ihr den Kopfkissenbezug zu geben, ja?«

Wyatt stieg ein und lehnte sich aus dem offenen Fenster. »Sei nicht so eine Helikoptermutter.«

Grace wollte protestieren, bekam aber keine Gelegenheit dazu, denn plötzlich küsste er sie. Mit beiden Händen griff Wyatt behutsam nach ihrem Gesicht, zog sie an die Tür und drückte ihre Lippen spielerisch mit der Zunge auseinander. Nach einer Minute war Grace atemlos und benommen. Und sie war heiß. Als ein Auto neben dem Pick-up hielt, löste sie sich nur ungern von Wyatt.

»Siehst du«, sagte er grinsend und legte den Rückwärtsgang ein, »was für Tricks ich draufhabe?«

32

Das kleine Cottage – sicher, man konnte es so nennen, aber in Wirklichkeit war es wohl eher ein überbreites Mobilheim – leuchtete weithin, als Wyatt den Pick-up im Carport abstellte. Er klemmte sich Sweetie unter den Arm und brachte Hund und Gepäck ins Haus.

»Trauter Trailer, Glück allein«, sagte er und setzte den Hund auf dem PVC-Boden ab. Sweetie machte einige zögerliche Schritte und schnüffelte an einem ausrangierten Flipflop von Bo.

»Tu dir keinen Zwang an«, sagte er großzügig. »Viel besser als so ein Ken, was?«

Er hörte den Fernseher im hinteren Zimmer. »Dad?«, rief er. Inzwischen musste er sich mit Nelson immer auf höchster Lautstärke unterhalten.

Wyatt ging zu dem kleinen Raum und steckte den Kopf durch die Tür. Der Fernsehsessel stand vor dem Fernseher, aber über der Kopfstütze war kein weißer Haarschopf zu sehen. Der Sessel war leer, im Fernsehen lief eine Wiederholung von *Law and Order*. Ein Teller mit den Resten einer Hühnchen-Kasserolle stand auf dem Klapptisch neben dem Sessel. Wyatt spürte, wie sein Puls schneller wurde. Er ging an der offenen Badezimmertür vorbei und klopfte leise an Nelsons Schlafzimmertür.

»He, alter Herr!«, rief er. »Schläfst du schon?« Als er keine Antwort bekam, öffnete er die Tür und sah, dass das Zimmer leer und das Bett gemacht war. Die abgenutzte Tagesdecke lag ordentlich gefaltet am Fußende. Der Raum roch nach seinem Vater, einer Mischung aus Old Spice und Mentholgel. Aber wo zum Teufel war der alte Mann hin?

Wyatt öffnete die Hintertür und spähte in die Dunkelheit. »Dad?« Keine Antwort. Er pfiff leise, und Sweetie ließ den Flipflop fallen und kam zu ihm getrabt. Ihre Tatzen klackten auf dem goldbraunen PVC. »Komm, Süße, wir gehen nach draußen und suchen Opa.« Nun ärgerte er sich, die peinliche rosa Leine nicht mitgenommen zu haben. »Bleib du mal kurz hier«, sagte er zum Hund, ging in den Carport und wühlte so lange herum, bis er ein Stück Wäscheleine gefunden hatte. Im Haus zurück bastelte er daraus schnell einen Leinenersatz.

Mit klopfendem Herzen verließ er das Cottage. Es war fast zehn Uhr. Um diese Zeit schlief sein Vater sonst bereits, entweder in seinem Sessel oder im Bett. Nelsons Auto, ein spritschluckender Olds, stand im Carport. Die Motorhaube war von einem feinen Netz aus Spinnweben und Kiefernadeln überzogen. Nelson fuhr nur noch selten, behauptete, er könne nachts nicht mehr gut sehen. Aber Wyatt stellte fest, dass der Golfwagen fehlte. Er fluchte leise.

Sweetie saß vor ihm und sah ihn erwartungsvoll an. Was sagte Timmy noch mal immer zu Lassie in den alten Wiederholungen auf Nickelodeon? »Was ist, altes Mädchen? Ist Opa in den leeren Schacht gefallen?« Bloß war Sweetie alles andere als ein Collie, und soweit Wyatt wusste, gab es auch keine verlassenen Schächte im Familienfreizeitpark *Jungle Jerry*.

»Komm, wir drehen eine Runde«, sagte er mit erstaunlich ruhiger Stimme. Sweetie prüfte schnuppernd die Luft und begann dann zu traben. Da Wyatt keine bessere Idee hatte, überließ er ihr die Führung, richtete seine Taschenlampe auf die Büsche, die die Straße säumten. Es war ein typischer Sommerabend in Florida mit hoher Luftfeuchtigkeit. Moskitoschwärme stürzten sich auf sein bereits entzündetes Gesicht, und der Duft des in der Nacht blühenden Jasmins vermischte sich mit der schwülen Luft. Sweetie lief vorbei an dem großen alten Banyanbaum mit den unheimlichen Luftwurzeln, die aus den elefantengrauen unteren Ästen ragten, vorbei an dem glitzernden Teich für die Reiher, die in den moosüberzogenen Zypressen auf der Insel nisteten. Der Vollmond spiegelte sich als buttergelber Kreis im schwarzen Wasser. Ungefähr alle hundert Meter blieb der kleine Hund stehen, schnüffelte in der Luft und korrigierte seinen Kurs. Sweetie hatte deutlich mehr Jagdhund in ihrem Genpool, als Wyatt gedacht hatte.

Sie passierten gerade den Märchenwald mit dem großen Stiefel, in dem sich ein zweistöckiges Puppenhaus verbarg, als die stille Nacht von lauten Knallgeräuschen gestört wurde. Wyatt kannte sie. Sie stammten aus Nelsons doppelläufiger Flinte.

Sweetie stellte die Ohren auf und raste los. Wyatt folgte ihr, der Strahl der Taschenlampe hüpfte durch die Landschaft. Der Hund bellte aufgeregt, aufs äußerste gespannt. Bei den dunkelrot blühenden Flamboyant-Sträuchern bog er scharf rechts ab. Wyatt stellte fest, dass Sweetie in Richtung »Vogelecke« lief, wo die ganzen tropischen Vögel in Volieren lebten und sich eine kleine Bühne für die Papageienaufführung befand.

Sweetie bellte wild. Vor Wyatts innerem Auge spielten sich alle möglichen Tragödien ab, während er durch das dichte tropische Laub hastete. Vielleicht war sein Vater verwirrt gewesen, hatte den Golfwagen genommen und war, bewaffnet mit seiner geliebten alten Flinte, einfach in die Dunkelheit geprescht. Vielleicht hatte er sich eingebildet, einen Einbrecher gehört zu haben, und war nachsehen gegangen. Keine der Erklärungen, die Wyatt durch den Kopf gingen, beruhigte ihn.

Plötzlich blieb Sweetie stehen und legte die Ohren an. Ein tiefes, gutturales Knurren entstieg ihrer Kehle, drohte dem unsichtbaren Feind, der in der Dunkelheit lauerte.

Das silberne Mondlicht beschien Nelson Keeler, der in Schlafanzughose auf einer splittrigen, grüngestrichenen Bank vor der Bühne hockte. In der mit Maschendraht umzäunten runden Voliere daneben hüpfte Cookie, der afrikanische Graupapagei, aufgeregt von einem Bein aufs andere.

»Whisky und Bier, Whisky und Bier«, krächzte er vor sich hin.

»Hey, Sohnemann!«, rief Nelson, als er Wyatt erblickte.

Sweetie rührte sich nicht von der Stelle, höchst konzentriert knurrte sie.

»Dad?« Wyatt ließ sich neben seinem Vater auf die Bank sinken. »Was ist los?«, fragte er atemlos. »Was machst du hier draußen?«

Nelson wies auf eine Gruppe von Farnen und Bromeliengewächsen am Rand der Volieren. »Hab den Dreckskerl erwischt. Mit einem Schuss. Der zweite war nur zur Sicherheit.«

Wyatts Mut sank. Seit Monaten bereits war der Park das Ziel von Kleinkriminellen gewesen. Zweimal schon war in den Souvenirshop eingebrochen worden, wobei lediglich fünfzig Dollar Bargeld, dafür aber ein paar Kisten Cola und alte Schokoriegel gestohlen worden waren. Ein anderes Mal waren die Diebe tiefer in den Park eingedrungen und hatten versucht, die Maschendrähte der Volieren aufzutrennen, um die Papageien zu klauen. Offenbar waren sie aber durch das Gezeter und Geschrei von Cookie und den anderen vertrieben worden. Für Wyatt waren die Einbrüche ein Ärgernis, aber Nelson war unglaublich erbost gewesen, dass jemand es wagte, die zugegebenermaßen laschen Sicherheitsmaßnahmen von *Jungle Jerry* auszunutzen.

Vor rund zwölf Jahren hatten sie im Park eine Alarmanlage mit zwei von Bewegungsmeldern gesteuerten Kameras installieren lassen. Inzwischen war die Technik veraltet, die Kameras funktionierten nicht mehr, doch sie hatten nicht genug Geld, um in ein neues Sicherheitssystem zu investieren.

Nach dem letzten Einbruch war Nelson ungefähr eine Woche lang als Wachpatrouille mit dem Golfwagen, den Wyatt normalerweise zur Landschaftspflege benutzte, um das Gelände gefahren. Er hatte sich aber schnell gelangweilt, als er auf seinen nächtlichen Runden nichts Aufregenderes antraf als ein paar verirrte Ratten.

Hatte sein Vater jetzt einen jungen Tunichtgut erschossen? Wyatt atmete tief durch. »Wen hast du erwischt, Dad? Wo ist er?«

»Da drüben«, brummte Nelson. »Hat sich in den Farn geschlichen. Siehst du nicht das Blut? Aber er ist tot. Garantier ich dir. Hab kurzen Prozess gemacht mit dem Schweinehund.«

Als Wyatt das Muster feiner Blutflecken auf dem Pfad aus Muschelsplitt entdeckte, drehte sich ihm der Magen um. Er richtete sich auf, was Sweetie als Signal verstand, vorzugehen. Sie schlich voran, den Bauch fast auf den Boden gedrückt, die Nase aufgeregt schnüffelnd. Fünf Meter vor dem Farn setzte sie sich hin und knurrte erneut.

Mit angehaltenem Atem ließ Wyatt die Taschenlampe über das Grün wandern. Sweetie blieb dicht bei ihm, aufs äußerste gespannt. Dann sah Wyatt, wo die Blutspur endete. Zuerst meinte er, es handele sich um ein Büschel Louisianamoos, doch als er näher kam, erkannte er eine graue Schnauze, dann einen abgemagerten Körper, der einem Hund zu gehören schien. Wyatt schaute sich zu seinem Vater um, der ihm auf wackligen Beinen gefolgt war.

»Was ist das, um Gottes willen?« Er kannte bereits die Antwort.

»Ein Kojote«, sagte Nelson grimmig. Er wies auf eine Voliere am Rand der Bühne. Die Tür aus Maschendraht war angelehnt, der Ast leer. Leuchtend rote und gelbe Arafedern lagen auf dem Boden. »Der Dreckskerl hat sich Heckel und Jekyll geholt. Tut mir *leid, Junge.*«

Die beiden Aras waren die ältesten Bewohner des Parks gewesen; Wyatts Großvater hatte sie Ende der sechziger Jahre gekauft. Früher waren sie eine große Attraktion in der Papageienschau gewesen, doch inzwischen waren die bunten Vögel offiziell im Ruhestand.

Wyatt klopfte seinem Vater auf die Schulter. »Ist nicht deine Schuld, Dad. Ich hatte gehört, dass in der Stadt und außerhalb Kojoten gesichtet worden waren, aber ich bin irgendwie nicht auf die Idee gekommen, dass sie hier auftauchen könnten.«

»Von wegen nicht meine Schuld«, erwiderte Nelson düster. »Ich habe doch heute alle Vögel gefüttert. Wahrscheinlich habe ich den Käfig der Aras nicht richtig zugemacht. Sie waren so alt und träge, dass sie wohl gar nicht auf die Idee kamen wegzufliegen. Der verfluchte Kojote hatte die beiden schon erledigt, als ich Cookie kreischen hörte und mit dem Wagen rüberkam.«

Wyatt ging zu Cookies Käfig, öffnete ihn und hielt die Hand hinein. Vorsichtig kletterte der Vogel an seinem Arm hinauf bis zur Schulter. »Hey, Cookie«, sagte er. »Du bist eine Wahnsinns-Alarmanlage.«

Der Graupapagei legte den Kopf schräg und schien ihm zuzuzwinkern. »Gib mir 'n Bier«, krähte er. Wyatt griff in seine Tasche und holte ein Vogelleckerchen hervor. »Aufwandsentschädigung«, sagte er. Als der Papagei gegessen hatte, setzte Wyatt ihn in die Voliere zurück, verschloss sie und überprüfte die Tür nochmals. Dann ging er zu den anderen Käfigen und kontrollierte sie ebenfalls. Marilyn und Lana, die Kakadus, hockten aneinandergedrückt in einem abgelegenen Winkel, und Elvis, der große blau-gelbe Ara, schien erstaunlicherweise zu schlafen.

»Gut«, sagte Wyatt schließlich, »alle sind versorgt und in Sicherheit. Komm, Dad, es ist schon spät. Gehen wir nach Hause. Ich komme morgen früh zurück und vergrabe den Kojoten.«

Wyatt nahm seinem Vater die Flinte ab und legte sie auf die Ladefläche des Golfwagens, dann klemmte er sich hinter das Lenkrad. Sweetie hüpfte auf den Platz neben ihm.

Nelson quetschte sich in den Wagen und sah verwundert den Hund an. »Wer ist das denn?«

»Das ist Sweetie«, erklärte Wyatt, wendete und nahm den Weg zurück zum Haus. »Sie wird eine Weile bei uns wohnen.« Er kraulte dem Hund die Ohren. »Ich glaube, sie wird sich gut ins Team einfügen, meinst du nicht?«

Der alte Mann betrachtete den Hund mit Kennermiene. »Ist eine Menge Pudel drin. Vielleicht auch ein bisschen Schnauzer oder Cockerspaniel. Pudel waren früher super Jagdhunde, bevor man anfing, alberne Ausstellungshunde aus ihnen zu machen. Wusstest du das?«

»Nein«, gab Wyatt zu.

»Wo hast du sie her?«

»Eine Frau in unserer Trennungsgruppe hat sie

in einem verlassenen Haus gefunden. Momentan lebt Grace noch bei ihrer Mutter drüben in Cortez, aber das Gesundheitsamt verbietet Hunde in einer Kneipe. Deshalb hab ich gesagt, dass Sweetie so lange bei uns bleiben kann, bis Grace eine neue Wohnung gefunden hat.«

»In Cortez?«

»Ja. Ihren Eltern gehört die *Sandbox*. Kennst du den Laden noch?«

»Klar! Als du klein warst, bin ich oft mit dir da hingegangen, wenn wir von Holmes Beach zurückkamen. Du mochtest die Cheeseburger so gern. Diese Grace, ist das die Tochter von Butch Davenport?«

»Ja! Kanntest du ihn?«

»Jeder im Bezirk Manatee kannte Butch Davenport. Er war eine richtige Persönlichkeit. Lebt er noch?«

»Nein, er ist vor ein paar Jahren gestorben. Grace' Mutter Rochelle führt jetzt den Laden.«

»Und was hast du mit dieser Grace zu tun?« Nelson runzelte die Stirn. »Hast du was mit ihr? Hängst mit ihr in Spelunken wie der *Sandbox* herum? Wo deine Scheidung noch gar nicht durch ist? Pass besser auf, dass Callie und ihr Anwalt keinen Wind davon bekommen.«

»Callie wohnt selbst mit ihrem Freund zusammen, und zwar schon seit Monaten. Die braucht also nichts über mein Privatleben zu sagen. Wie dem auch sei, ich habe dir doch erklärt, dass Grace in meiner Trennungsgruppe ist. Die ganze Gruppe geht nach der Sitzung immer in die *Sandbox*, um ein bisschen runterzukommen. Ich trinke ein oder zwei Bier und fahre dann nach Hause. Ende, aus.«

»Aber du magst die Frau.«

»Klar.« Wyatt nickte. »Sie ist nett. Du würdest sie auch mögen.«

»Schläfst du mit ihr?«

Wyatt merkte, dass er rot anlief. »Mein Gott, Dad! Wie kommst du auf so eine Idee?«

Nelson zuckte mit den Schultern, schwieg aber.

Wyatt fuhr den Golfwagen unter den Carport und stellte den Motor aus. Nelson hievte sich vom Sitz und stöhnte vor Anstrengung. Er hielt sich am Wagen fest, um nicht umzufallen, schwankte leicht.

Wyatt wurde schlagartig bewusst, dass sein Vater zusehends alterte. Die Ungereimtheiten, die Vergesslichkeit, besonders abends, das alles hatte sich verschlimmert, seit er bei Wyatt eingezogen war. Nelson war immer kräftig gewesen – auch noch mit über sechzig; er war gesund und an harte körperliche Arbeit gewöhnt. Jetzt jedoch bewegte er sich zunehmend langsamer, seine Kraft schwand. Er schaffte es gerade noch, im Souvenirladen herumzuhantieren oder morgens ein paar Stunden im Büro zu arbeiten, bevor er zu einem Nickerchen ins Cottage zurückkehrte oder stundenlang Fernsehen guckte.

Wyatt folgte seinem Vater ins Haus und vergewisserte sich, dass der alte Mann wohlbehalten ins Bett kam, ehe er eine letzte Runde drehte und alle Lichter und den Fernseher ausstellte. Die dünnen Wände schienen ihn in diesem Moment zu bedrängen, erstickten ihn mit ihrer Enge. Sweetie folgte ihm auf den Fersen, spürte offenbar Wyatts Ruhelosigkeit.

Er hielt die Hintertür auf. »Na dann los, noch 'ne kleine Runde.«

Das Licht fiel auf die überwucherten Beete. Wie Wyatts Vater war auch *Jungle Jerry* in die Jahre gekommen, und zwar nicht mit Anmut. Selbst im Mondlicht wurde es nicht schöner.

In Gedanken ging Wyatt die unendliche Liste von Instandhaltungsarbeiten durch, die er erledigen musste. Das Dach des Souvenirladens hatte ein schlimmes Leck. Er hatte es schon so oft geflickt, dass es mehr aus Flicken als aus Teerpappe bestand. Der Parkplatz war mit Schlaglöchern übersät, die Hälfte der Neonröhren im Jungle-Jerry-Schild war durchgebrannt.

Im Park selbst standen abgestorbene und halbtote Bäume herum, die darauf warteten, beschnitten oder gefällt zu werden. Die Blumenbeete erstickten unter Unkraut und Ranken, und die üppigen Dschungelpflanzen überwucherten teilweise ganze Wege. Das Treffen mit seinem Vater an der Bühne hatte Wyatt daran erinnert, dass die Hälfte der Bänke verrottet oder splitterig war; sie mussten entweder neu gestrichen oder ersetzt werden. Die Volieren, die sein Großvater vor Jahrzehnten für die Tropenvögel gebaut hatte, rosteten und waren nach heutigem Standard zu klein.

Und das war nur die körperliche Arbeit, überlegte Wyatt. Mit lediglich drei Angestellten – er, Joyce, seine Buchhalterin, Kartenabreißerin und Souvenirladenkraft, und Eduardo, der bei den Garten- und Instandhaltungsarbeiten half – hatten sie nie genug Arbeitskraft, um alles zu erledigen.

Er hätte das Ganze klüger angehen müssen. Vor sechs Jahren, kurz vor Bos Geburt, hatte ein Bauunternehmer angeboten, ihnen den Park für eine, wie es schien, überwältigende Summe abzukaufen – drei Millionen Dollar. Wyatts Eltern hatten erwogen, das Geld zu nehmen, aber Wyatt – jung und dumm und voller Pläne und Träume für das Familienunternehmen, das er seinem ungeborenen Sohn schenken wollte – hatte sie bedrängt, nicht zu verkaufen. Wie konnten sie zulassen, dass ein Einkaufszentrum oder ein weiterer Komplex mit Eigentumswohnungen die herrliche Gartenlandschaft ihrer Großeltern verschandelte?

Schon damals war es im *Jungle Jerry* nicht gut gelaufen. Zwar machten sie noch keine Verluste, aber es kam auch nicht viel Geld herein. Wyatt war damals überzeugt gewesen, die Wende schaffen zu können. Am College hatte er Unterricht in Marketing genommen und unzählige Ideen entwickelt, wie er den Park fit für das 21. Jahrhundert machen konnte. Callie hingegen war fuchsteufelswild gewesen, wie er nur so dämlich sein konnte! Mit dem Geld hätten sie den Rest ihres Lebens ausgesorgt gehabt. Wochenlang hatte sie ihn beschimpft, nachdem seine Eltern das Angebot abgelehnt hatten.

Noch bevor Wyatt überhaupt eine Website für den Park entwerfen konnte, stürzte die Wirtschaft ab. Die Besucherzahlen gingen in den Keller, es riefen keine Bauunternehmer mehr an. Jeden Monat rutschte der alternde Freizeitpark tiefer in die Schulden.

Wyatt hielt Sweetie am Halsband fest, während sie durch die Schlaglöcher manövrierten.

Er kämpfte gegen den Drang an, sich der Melancholie des Abends hinzugeben. Nicht alles in seinem Leben war schlecht. Heute hatte er eine kleine Schlacht gegen Callie gewonnen. Ab morgen war Bo das ganze Wochenende über da. Wyatt schielte zu Sweetie hinüber. Und vielleicht, ganz vielleicht, würde er eine Möglichkeit finden, das Frauchen dieses Hundes zu überzeugen, dass er doch kein völliger Trottel war.

33

Sie hatte den Wecker auf sechs Uhr gestellt; sie konnte es nicht erwarten, mit der Arbeit zu beginnen. Grace' Aufgabenliste für Mandevilla Manor wurde immer länger. Sie öffnete ihren Laptop und klickte auf die Kommentare von *TrueGrace*.

Das war ihr das Liebste am Bloggen. Designen, Fotografieren, Texten, Überarbeiten und neue Ideen finden forderte ihre Kreativität, aber von den Lesern Rückmeldungen zu bekommen war ihre eigentliche Motivation. Als sie mit *Gracenotes* begonnen hatte, war sie nachts stundenlang wach geblieben, nachdem sie etwas gepostet hatte, nur weil sie sehen wollte, ob jemand da draußen im Netz ihre Texte las. Aufgeregt und nervös hatte sie immer wieder auf Aktualisieren geklickt.

Grace hielt die Luft an. Über drei Dutzend Leser hatten Kommentare zu ihrem letzten Beitrag hinterlassen. Sie klickte auf ihre Navigationsleiste und sah, dass bereits über zweihundert Leser ihren Blog abonniert hatten, also automatisch benachrichtigt wurden, sobald Grace einen neuen Artikel einstellte.

Ein durchschnittlicher Beitrag auf *Gracenotes* mit seinen 239 000 Abonnenten hatte normalerweise um die zweihundert Kommentare gebracht. Aber nun begann Grace wieder bei null, und jeder einzelne Leser und Kommentator war für *TrueGrace* Gold wert.

»Juhuu«, sagte sie leise. Dann lauter: »Hey, jawohl, spitze!«

Beim Überfliegen der Kommentare wurde ihr Lächeln immer breiter. »Bravo, Grace!«, schrieb Justamom32. »Toller neuer Blog, viel zugänglicher als der alte«, meinte Wild4Style.

Natürlich tauchten auch ein paar Miesmacher auf. »Dein alter Blog gefiel mir besser« oder »Lass dir doch mal bitte das Fotografieren zeigen, und kauf dir eine vernünftige Kamera« oder »Nicht gerade neu oder originell. Deine Vorschläge sind langweilig und abgeschmackt.« Alle negativen Kommentare waren anonym, was Grace nicht wunderte. Ihr Finger schwebte kurz über der Löschen-Taste, doch dann las sie eine Mitteilung von Rinquedink. »Hey, Grace, lass dich von diesen Schweinen nicht fertigmachen. Die können halt nicht anders.«

Ben hatte immer die Kommentare auf *Gracenotes* überwacht und alles gelöscht, was auch nur entfernt nach Kritik roch. Nein, beschloss Grace nun, sie würde nur noch Nachrichten rauswerfen, die anzüglich, verleumderisch oder schlichtweg Spam waren. Sollten sich ihre Leser selbst ein Urteil bilden, was aufrichtig war und was nicht.

Als sie den letzten Kommentar las, lachte sie laut auf. »Ich habe mich bei diesen elenden Betrügern von *Gracenotes* abgemeldet. Du bist die einzig wahre Grace. Wünsche dir alles Gute und deinem Exmann den Tripper.« Unterschrieben: CindyLouWhoo.

Als Grace aus der Dusche kam, checkte sie ihre E-Mails und stellte fest, dass sechs der Blogger geantwortet hatten, die sie angeschrieben und um Verlinkung gebeten hatte. Die erste Nachricht, die sie anklickte, stammte von einer Lifestyle-Bloggerin, die sich Eleganza nannte.

Ihr richtiger Name war, wie jeder in der Blogosphäre wusste, Kennedy Moore. Sie hatte für mehrere wichtige Zeitschriften geschrieben, darunter *House and Garden* und *Southern Accents*.

Grace kannte Kennedys Werdegang. Wie Grace war sie Innenarchitektin gewesen, war aber Ende der Achtziger, als ihre Kinder mit dem College fertig waren, in die Zeitschriftenbranche gewechselt. Nebenbei hatte Kennedy eine Scheidung überstanden, neu geheiratet und innerhalb der vergangenen fünf Jahre zuerst ihren geliebten zweiten Mann und dann ihre Stelle bei *Southern Accents* verloren.

Kennedy hatte sich als eine der ersten professionellen Lifestyle-Blogger neu erfunden: sie hatte geistreiche, originelle Beiträge verfasst; Frage- und Antwortstunden mit bekannten Designern organisiert und die Verwandlung von Hedgehog Cottage, ihrem kleinen Bauernhaus im ländlichen Connecticut, mit Fotos dokumentiert. Mit ihrer ganz persönlichen Meinung zu Innenarchitektur, Kochen, Unterhaltung und bezahlbarem Luxus hatte Eleganza enormen Einfluss auf Grace' Geschmack gehabt.

Mit angehaltenem Atem klickte sie auf die E-Mail.

Glückwunsch, Grace, dass du wieder auf den Füßen gelandet bist! Das kleine Haus auf Anna Maria ist ein Juwel, und ich kann es nicht erwarten zu sehen, was für Tricks du dir einfallen lassen wirst, um es zum Strahlen zu bringen. Es tat mir leid, vom Ende deiner Ehe zu hören, aber wie ich selbst nur zu gut aus eigener Erfahrung weiß, geht es bei einem Ende in Wirklichkeit immer um einen Neuanfang. Sehr gerne setze ich dich auf meine Linkliste. Sobald du eins deiner Zimmer eingerichtet hast, schick mir doch bitte Fotos. Dann sprechen wir über ein Gastposting auf Eleganza. *Liebe Grüße, K.*

Wenn das Zimmer größer gewesen wäre, hätte Grace einen Salto gemacht. Ein Gastposting auf *Eleganza* stand ganz oben auf ihrer Wunschliste. Kennedy Moores Blog war der bekannteste Lifestyle-Blog im Netz: über drei Millionen Follower. Sie hatte Werbekunden von Home Depot über Tiffany bis zu Coca-Cola. Und nun würde *TrueGrace* zu der sehr kurzen, sehr exklusiven Linksammlung von *Eleganza* gehören. Sie warf sich rücklings aufs Bett und strampelte vor Freude mit den Beinen.

Schnell las sie auch die anderen Reaktionen. Bis auf eine enthielten alle herzliche Willkommensgrüße von Bloggern, die früher *Gracenotes* in ihren Blogs verlinkt hatten.

Die sechste E-Mail war allerdings ernüchternd.

Liebe Grace, ich würde TrueGrace *nur zu gerne mit meinem Blog verlinken, aber ich kann nicht. Du solltest wissen, dass gewisse Personen all denen unterschwellig drohen, die dich auf welche Art auch immer unterstützen. Da mein Mann letztes Jahr seinen Job verloren hat, hängt meine Familie vollständig von meinem kleinen Blog und dem dort eingenommenen Geld ab. Leider kann ich es mir im Moment nicht leisten, mir Feinde zu machen. Mit den besten Wünschen, PeanutButter&Jedi*

Grace blinzelte. Schrieb Ben tatsächlich andere Blogger an und drohte ihnen mit Konsequenzen, falls sie Grace unterstützten? Diejenigen, die sich einverstanden erklärt hatten, *TrueGrace* zu verlinken, waren entweder nicht von ihm kontaktiert worden oder fühlten sich nicht entsprechend eingeschüchtert.

PeanutButter&Jedi war eine aufstrebende Bloggerin aus Denver, deren Blog einer der ersten gewesen war, den Grace nach der Gründung von *Gracenotes* verlinkt hatte. Susan, die Autorin, war Mutter von vier kleinen Jungen, darunter Drillinge, und Grace las mit Vergnügen Susans trockene Schilderungen, wie sie das Haus mit wenig Geld dekorierte, Schnäppchen jagte und neue Rezepte erfand.

Grace verspürte einen Stich in der Magengegend. Womit genau drohte Ben eigentlich? Er hatte gute Kontakte zu Inserenten. Vielleicht ließ er bei seinen Kunden nebenbei Bemerkungen fallen, dass sich Kontakt mit ihr negativ auswirkte? Was auch immer er getan hatte, es hatte Susan von *PeanutButter&Jedi* abgeschreckt. Wie viele wohl noch?

Es war egal, entschied Grace. Sollte Ben doch tun, was er für richtig hielt. J'Aimee mochte sich in ihrem Blog mit fremden Federn schmücken, sie würde letztendlich aber nie mehr als ein Trittbrettfahrer sein.

Auf einmal stand Grace ihr eigener Weg klar vor Augen. Sie dachte an das erste Haus, das sie zusammen mit Ben renoviert hatte. Damals hatten sie nichts gehabt außer einer Vision und Durchhaltevermögen. Das galt für sie noch immer, versprach sich Grace. Sie würde es schaffen. Ohne Ben, ohne seine Beziehungen, ohne Geld. Und ohne Angst.

34

Am Freitagmorgen stand Grace im Baumarkt in der Abteilung für Malerarbeiten und starrte auf das große Schaubild mit den Tausenden von zentimetergroßen Farbkarten. Was hätte sie darum gegeben, jetzt ihr zuverlässiges Musterbuch mit all ihren Notizen bei sich zu haben. Darin hatte sie hinten auf die Karten gekritzelt und mit gelben Haftzettelchen vermerkt, welche Abmischung und welches Finish sie bei ihren Lieblingsfarben bevorzugte. Aber das Musterbuch befand sich zusammen mit ihren alten Akten, ihren Design-Büchern und ihrem ganzen alten Leben in der Sand Dollar Lane.

Grace wusste, dass sie für die Wände von Mandevilla Manor eine Mischung wollte, die entweder der Farbe White Tie oder Pointing des Herstellers Farrow & Ball glich. Beides waren ganz besondere Weißtöne. Farrow & Ball selbst kam nicht in Frage. Der Import aus England war einfach zu teuer. Sie mochte auch die Farben von Benjamin Moore, die hatte sie auch in der Sand Dollar Lane verwendet, hauptsächlich weil der Benjamin-Moore-Laden in Sarasota zu ihren Sponsoren gehörte. In ihrem alten Haus hatte sie Regale voller Farben von BM. Bei ihrem kleinen Budget konnte sie jetzt jedoch überhaupt keine Markenfarbe nehmen. Grace seufzte. Billige Farbe sah in ihren Augen meist schäbig aus, und sie würde mindestens drei Anstriche benötigen, was sich schwer auf ihr kleines Zeitkonto auswirken würde.

Grace ging zur Frontseite mit den Sonderangeboten und sah sich die reduzierten Dosen an.

Es gab einen logischen Grund, warum die Dosen heruntergesetzt waren; es waren Fehlfarben, angemischte Kombinationen, die der ursprüngliche Kunde zurückgegeben hatte. Die meisten Dosen enthielten Farben, die Grace entweder einfach hässlich fand – ein schreiendes Neonpink, ein schmuddeliges Braungrau, ein schreiendes Grün, das an Eiter erinnerte – oder die nicht in ein traditionelles Cottage wie Mandevilla Manor passten.

Allerdings fand sie unter den Angeboten auch einige 25-Liter-Eimer in einem unauffälligen Weißton aus der günstigen Kollektion von Benjamin Moore, heruntergesetzt auf zehn Dollar pro Eimer. Das konnte sie sich leisten. Grace zog einen Eimer aus dem Regal und betrachtete die Farbe auf dem Deckel. Sie war speziell für einen Kunden gemischt worden, hatte also weder einen eigenen Namen noch eine Formel. Der Farbton war das, was Grace sich immer unter »leichenblass« vorgestellt hatte. Aber wenn sie vielleicht einen anderen Ton hineinarbeitete?

Der Mitarbeiter in der Farbenabteilung war ein Mann mittleren Alters mit einer roten Schürze. Grace stellte den Eimer auf die Theke.

»Kann ich Ihnen helfen?«, fragte er.

Sie setzte ihr süßestes Lächeln auf. »Hallo, ich wollte fragen, ob Sie diese Farbe noch ein klein bisschen verändern könnten, damit sie ein bisschen dunkler wird?«

Er schaute verwirrt drein. »Wie denn?«

»Also, ich dachte, man könnte ein bisschen Schwarz hinzugeben, vielleicht gefällt sie mir dann besser.«

Der Angestellte sah sich den Farbeimer genauer an. »Tut mir leid. Das ist falsch gemischte Farbe. Sehen Sie, auf dem Schild steht, sie muss so gekauft werden, wie sie ist. Das heißt, wir mischen nicht neu und fügen auch keine Farbe hinzu.«

Grace seufzte dramatisch. »Ach bitte, es muss doch nur ein ganz klein bisschen Schwarz hinein. Ich hätte gerne so einen Farbton wie Pointing von Farrow & Ball. Das dauert auch nicht lange, und ich wäre *Ihnen* sooo dankbar!«

Bisher war sie mit solchen Schmeicheleien immer weitergekommen. In Möbelausstellungen, Stoffgeschäften, bei Armaturenverkäufern war sie mit einem süßen Lächeln und einer Bitte um Nachsicht, besonders bei Männern, immer erfolgreich gewesen.

Dieser Baumarktmitarbeiter jedoch schien immun gegen Grace' Charme. »Tut mir leid. Vorschriften. Da kann ich Ihnen nicht helfen.« Er widmete sich wieder einem Schild für Unkrautvernichter.

Grace kehrte an die Regalfront zurück und lud alle sechs Eimer mit der leichenweißen Farbe in ihren Einkaufswagen, dazu einen halben Liter schwarze Latexfarbe. Sie würde halt experimentieren und ihren eigenen Farbton mischen müssen. Des Weiteren kaufte sie zwei 5-Liter-Dosen weißen Latexlack für die Zierleisten, eine Farbwanne, einen 20-Liter-Plastikeimer, Abdeckplane, Farbroller und Pinsel. Mit einem Seufzer dachte sie an ihre Werkstatt in der Sand Dollar Lane, wo ihre gesamte Ausrüstung und alle Werkzeuge ordentlich aufgereiht waren und auf ihr nächstes Projekt warteten. In letzter Sekunde zupfte sie noch sechs Farbkarten von Benjamin Moore aus dem Ständer, damit sie eine Vorstellung von den *Tönen hatte*, die sie anmischen wollte.

Als die Kassiererin die Waren einscannte und die Gesamtsumme von dem Konto abzog, das Arthur Cater für Grace eingerichtet hatte, war sie entsetzt, dass sie bereits vierhundert Dollar von den fünftausend ausgegeben hatte.

Es war fast neun Uhr, als Grace vor dem Cottage hielt. Wyatts Pick-up stand davor, er lief mit Sweetie durch den Garten und inspizierte das Grundstück.

Grace' Herz tat einen kleinen Sprung. Sie redete sich ein, es liege daran, dass sie sich so freute, ihren Hund wiederzusehen. Aber vielleicht hatte auch Wyatt Keeler ein bisschen damit zu tun.

Er trug sein khakigrünes Safarihemd von *Jungle Jerry*, eine kurze Cargohose und Arbeitsstiefel, aber keine Kopfbedeckung. Vornübergebeugt stand er da und untersuchte irgendeinen Strauch rechts neben der Veranda. Er hatte einen schönen Hintern, fand Grace, dazu gebräunte, muskulöse Waden und Oberschenkel, eindrucksvolle Schultern und eine breite Brust.

»Sweetie!«, rief sie. Der Hund drehte sich um, sah sie und kam nach kurzem Zögern angelaufen. Aufgeregt kläffend sprang er in Grace' ausgestreckte Arme.

Wyatt kam hinterher, sprang ihr aber nicht in die Arme. »Hab mir gerade mal den Garten angeguckt. Hoffe, das durfte ich.«

»Er ist eine Katastrophe«, sagte Grace. »Wie das Haus von innen. Wenn du irgendwelche Tipps für mich hast, nur her damit! Wie hat sich Sweetie heute Nacht gemacht? Hoffentlich war es nicht zu anstrengend mit ihr.«

»Ach, überhaupt nicht! Ich wäre auch früher hier

gewesen, aber ich musste noch einen Kojoten vergraben.«

Grace hob die Augenbraue. »Einen Kojoten? In dieser Gegend?«

»Im Park. Gestern Abend hörte mein Vater die Papageien laut schreien. Stellte sich heraus, es war ein Kojote. Als er ihn endlich fand, hatte das verfluchte Biest schon zwei von unseren Papageien getötet.«

»O nein! Aber nicht Cookie! Bitte sag mir, dass der Kojote nicht Cookie erwischt hat!«, flehte Grace.

»Zum Glück nicht. Cookies Käfig war fest verschlossen. Aber unsere Aras, Heckel und Jekyll, hatten kein Glück«, sagte Wyatt mit grimmigem Gesichtsausdruck. »Dad hat den Schurken erschossen, bevor er noch mehr Unheil anrichten konnte.«

»Das ist ja furchtbar«, sagte Grace, und trotz der Hitze lief ihr ein Schauder über den Rücken. Sie drückte Sweetie fest an sich. »Greifen Kojoten auch Hunde an?«

»Vielleicht«, sagte Wyatt. »Aber nach dem, was mit den Aras passiert ist, werde ich Sweetie nachts nicht ohne Leine herumlaufen lassen. Sie scheint aber eh keine Anstalten zu machen, sich weit von mir zu entfernen. Das ist wohl ganz gut.«

»Nimm das bitte ernst!« Grace atmete tief durch und setzte Sweetie vorsichtig ab. »Was hältst du von meinem kleinen Projekt?«

»Super Haus«, sagte Wyatt. »Ich liebe diese alten Florida-Häuser. Gibt nicht mehr allzu viele davon.«

»Ich weiß«, sagte Grace voller Begeisterung. »Willst du es von innen sehen?«

Wyatt schielte auf die Uhr. »Können wir das verschieben? Mein Vater ist ziemlich kaputt von seinem großen Abenteuer gestern Abend. Ich muss heute in seiner Nähe bleiben.«

»Klar«, sagte Grace, fühlte sich insgeheim aber ein wenig vernachlässigt.

»Dieser Garten könnte mit recht wenig Aufwand sehr hübsch werden«, meinte Wyatt und wies auf den Busch, den er gerade untersucht hatte. »Du hast ein paar tolle Palmen hier vorn, und die Gardenienhecke vor der Veranda ist in ganz ordentlichem Zustand. Man könnte sie gegen Blattläuse einsprühen und ein klein bisschen stutzen.«

»Was ist mit dem traurigen Vorgarten?«, fragte Grace und deutete mit dem Fuß Richtung Sandfläche, die man unter all der Fingerhirse und Miere kaum noch erkennen konnte. »Was kann ich damit machen, ohne dass es völlig mein Budget sprengt?«

Anstatt zu antworten, ging Wyatt ein paar Schritte und überlegte. Er beugte sich vor, trat gegen etwas im Gras, richtete sich wieder auf und grinste. »Hier ist eine alte Beregnungsanlage drin, weißt du das?«

»Nein!«, rief Grace und bückte sich ebenfalls. »Meinst du, die geht noch?«

»Müsste ich mir genauer ansehen«, sagte er. »Aber wenn die Leitungen intakt sind und die Anlage sich nicht verschoben hat, ist das schon die halbe Miete. Man kann die alten Sprinklerköpfe ersetzen und, falls nötig, neue Zeitschaltuhren kaufen, aber wenn noch alles da ist, könntest du etwas Widerstandsfähigeres als Rasen pflanzen, und es wäre immer gewässert.«

»Ein neuer Rasen wäre schon toll für den Anblick von der Straße«, sagte Grace. »Aber das kostet Tausende und Abertausende. Dabei habe ich nicht mal Hunderte und Aberhunderte. Vielleicht möchte Arthur das irgendwann später mal in Angriff nehmen.«

»Arthur?«

»Arthur Cater. Der Besitzer. Er ist ein bisschen knickerig, aber meine große Hoffnung ist ja, dass er mehr Geld lockermacht, sobald er sieht, was ich hier mache.«

»Der Vorgarten ist nicht besonders groß«, sagte Wyatt. »Ich hab ihn mir angesehen, bevor du kamst, und mir ein paar Gedanken dazu gemacht. Viele Beete und Randstreifen sind momentan mit Unkraut *zugewachsen*, aber wenn du das rausreißt, Mulch draufstreust und eine Begrenzung einziehst, dann bekommst du einen hübschen kleinen Grünstreifen hier vorn und hinter dem Haus. An den Seiten stehen ja die Eichen, und darunter sind ein paar alte Funkien, Lederfarne und Begonien gepflanzt. Wenn man da nur ein bisschen Ordnung reinbringt, die

Funkien vereinzelt und ihnen Luft zum Atmen gibt, dann wird das schon.«

»Was ist mit dem Garten hinten?«, fragte Grace. »Ganz schön schlimm, oder?«

»Muss was dran gemacht werden, klar. Aber es ist nicht unmöglich. Als Erstes würde ich den alten Schuppen aus Zinkblech abreißen. Der fällt fast schon von allein auseinander, und du brauchst ihn eh nicht bei der großen Garage. Hinten sind übrigens die besten Voraussetzungen für einen hübschen Obstgarten gegeben.«

»Echt? Ich hab gedacht, das wären alles halbtote Büsche. Alles ist so stark mit Moos überzogen, und die meisten Zweige sehen abgestorben aus, oder etwa nicht?«

»Die brauchen nur Unterstützung«, sagte Wyatt. »Aber an sich gibt es zwei Mandarinenbäume, eine Ponderosa-Zitrone, einen Limettenbaum, ein Grapefruit und ein Kumquat.« Er lachte. »Du könntest deinen eigenen Obstverkauf starten.«

»Wenn es denn mein eigenes Haus wäre«, sagte Grace. »Aber es gehört Arthur. Und es ist ein Mietshaus.«

»Hast du mal überlegt ihn zu fragen, ob er es dir vermieten würde?«, fragte Wyatt.

»Ach, von der ersten Minute an«, sagte Grace sehnsüchtig. »Ich könnte so viel damit machen, wenn es mir gehörte …«

»Aber?« Wyatt verschränkte die Arme vor der Brust.

»Ich habe Arthur gesagt, wenn ich damit fertig sei, könne er es für mindestens 1500 Dollar monatlich vermieten, da es so nah am Strand ist und auf Anna Maria liegt. Das kann ich mir nicht leisten.«

»Aber du übernimmst doch die ganze Arbeit, und letztendlich umsonst, oder?«

»Damit ich für *TrueGrace* Fotos machen und darüber schreiben kann«, erklärte Grace. »Das ist eine Art Tauschhandel. Hauptsächlich damit ich Material für meinen neuen Blog habe.«

»Vielleicht kannst du mit dem Typen ja irgendeine Vereinbarung treffen«, sagte Wyatt. »Fragen kostet schließlich nichts.«

»Mal sehen …« Grace zögerte.

Wyatt schaute wieder auf die Uhr. »Oh, ich muss los. Wann soll ich sie heute Nachmittag abholen?«

»Wen?« Grace war in Gedanken bereits wo anders.

»Sweetie! Schon vergessen?«

»Ach, ja!« Sie lachte. »Komm einfach, wann es *dir passt.* Ich werd heute versuchen, den Rest des Küchenbodens rauszureißen, und dann kann ich hoffentlich mit dem Streichen beginnen. Wird spät werden. Komm rüber, wann immer du willst. Ich bin hier.«

35

Die Musik wummerte durch die leeren Räume des alten Hauses, wurde von den Holzböden und den hohen Decken zurückgeworfen. Grace goss fünf Liter weiße Farbe in den 20-Liter-Eimer. Yep, die Farbe wirkte auch jetzt wirklich leichenweiß. Sie zog den Deckel von der Dose mit schwarzer Farbe und tauchte einen Messlöffel aus Plastik hinein. Zuerst mal einen Viertel Löffel dazugeben. Das war nicht wissenschaftlich genau, aber besser ging es nun mal nicht. Grace griff zu der hölzernen Rührstange und begann, das Schwarz in die weiße Farbe einzuarbeiten. Hm. Nicht schlecht.

Sie tauchte den Zeigefinger in den Eimer und malte einen kleinen Tupfer auf die Farbkarte von Benjamin Moore. Noch nicht genug Pep, ein besseres Wort fiel ihr nicht ein, aber auch kein schlechter Anfang. Sie gab noch einen Achtel Löffel hinzu und wiederholte den Test.

Schon besser. Grace zog ein altes T-Shirt ihres

Vaters über das Tanktop, das sie zum Einkaufen im Baumarkt angehabt hatte. Der Saum reichte ihr bis auf die Oberschenkel und zu den Fransen der verblassten, abgeschnittenen Jeans, die sie in einem Secondhand-Laden in Bradenton mitgenommen hatte. Sie zögerte kurz, dann zog sie ihren BH aus. Das war etwas frivol, das wusste sie, aber aus irgendeinem Grund hatte sie mit BH nie gut streichen können. Sie nahm ihr Haar zu einem Pferdeschwanz nach hinten und schlang ein Bandana-Tuch über den Kopf. Jetzt konnte sie loslegen.

Eine Seite des Wohnzimmers hatte sie bereits abgeklebt und mit Schutzfolie ausgelegt. Nun tauchte sie einen Flachpinsel in den Eimer und malte damit ein sechzig Zentimeter großes Quadrat an die Wand. Grace trat einen Schritt zurück und prüfte die Wirkung. Sah ganz ordentlich aus. Sie räumte ihre Utensilien vor die lange Wand gegenüber der Eingangstür und malte auch dort ein Viereck auf. Ging das?

Sie knipste den Ventilator an, der in einem der Esszimmerfenster stand, und riss alle übrigen Fenster auf. Es war noch immer heiß im Haus, aber Grace war angenehm überrascht, dass die Luftzufuhr zumindest die warme Luft in Bewegung hielt. Außerdem war Grace alles andere als überzeugt, dass die alten Klimaanlagen in den Fenstern tatsächlich funktionierten, und das Haus musste schließlich gründlich gelüftet werden.

Während die Testanstriche trockneten, ging Grace zurück in die Küche. Es war ihr gelungen, den herbstgoldenen PVC-Boden fast vollständig herauszureißen, aber was sie darunter entdeckt hatte, war eine hässliche Überraschung: Sperrholzbelag. Kein Kiefernkernholz wie auf den übrigen Böden, sondern nur Sperrholz. Darauf prangten Flecken von Gummiharz, mit dem das PVC festgeklebt worden war. Was auch immer sie mit diesem Boden machen würde, sie würde alle Harzflecken beseitigen müssen. Schon bei dem Gedanken daran tat ihr der Rücken weh.

Gleich am ersten Tag hatte sie ihren Laptop im Haus aufgestellt und erfreut festgestellt, dass sie sich im WLAN eines Nachbarn einloggen konnte. Sie klickte ihren Blog an und las die neusten Kommentare: alle waren positiv, abgesehen von dem Eintrag eines Lesers, der sich Freebird nannte.

Wow, was ist denn mit der schicken Villa passiert wo du vorher gewohnt hast? Ah, stimmt ja, dein Mann hat dich rausgeschmisen und hat jetzt eine richtige Frau. Das neue Haus ist ein Schweinestal und reine Zeit Verschwändung. Spare dir die Farbe und kauf dir lieber Streichhölzer und ein Benzinkarnister.

Grace war überzeugt, dass sich hinter Freebird in Wirklichkeit J'Aimee versteckte, die immer schon miserabel in Rechtschreibung gewesen war.

Sie verließ *TrueGrace* und rief die Anzeigenseite *Craigslist* auf. Sie hatte sich schon ein wenig schlaugemacht und recherchiert, dass selbst die billigsten Herde und Kühlschränke ein großes Loch in ihr Budget reißen würden. Vielleicht, dachte sie, konnte sie ja auf *Craigslist* ein Schnäppchen finden. Ein Gerät aus Edelstahl sähe schön aus, aber auch neue weiße Ware in guter Qualität war o.k., wenn der Preis denn stimmte.

Sie gab »Herd« als Suchbegriff ein und bekam eine Liste von fast zweihundert Treffern, darunter lächerliche und viel zu edle Angebote wie »Herd umsonst abzugeben, nur eine funktionierende Platte, Tür ist geklebt, Abholung heute« oder »1,2 m Edelstahl Professional-Serie von Viking, Zweistoffbrenner, sechs Flammen, 30 cm Grillabdeckung aus Edelstahl, Niedrigkochplatte, Konvektionsherd/Gasofen, elektrischer Salamander, wie neu, 6000 $«.

»Aber der hier passt schon besser«, murmelte Grace, als sie die nächste Anzeige las: »Kühlschrank von GE, wie neu, außerdem Elektroherd aus Musterhaus, gültige Garantie, 200 $, Selbstabholer.« Sie mailte dem Inserenten und fragte, ob die Geräte noch zur Verfügung standen, dann loggte sie sich aus.

Grace kontrollierte die beiden Testanstriche und überlegte, ob sie das Weiß wirklich nehmen konnte. War es zu kalt? Zu grau? Zum Vergleich hielt sie die Farbkarten von Benjamin Moore an die Wand. Sicher, es war nicht Farrow & Ball, so viel stand fest. Sie würde auch niemals in der Lage sein, die Tiefe der Farbe und das matte Finish der englischen Marke zu kopieren, aber der Farbton selbst? Hm. Grace nickte. Es war ein fröhliches, sauberes Weiß, deutlich besser als der aktuelle schmutzige, maulwurfsgraue Anstrich.

Sie klebte auch die restlichen Bordüren ab, drehte die Musik auf ihrem iPod laut und machte sich an die Arbeit. Insgeheim hatte Grace immer großen Spaß am Streichen gehabt. Am Anfang hatte sie es daher oft selbst übernommen, als sie noch Single war, und auch später in den ersten Häusern, die sie mit Ben renovierte.

In der Sand Dollar Lane hatte sie die Aufgabe dennoch an einen Anstreicher delegiert. Die hohen, kathedralartigen Decken, die gewaltigen Fensterflächen und Treppenhäuser schüchterten sie zu sehr ein, ganz zu schweigen von den ellenlangen Profilleisten und den Fensterrahmen selbst. Außerdem hatte Ben darauf bestanden, alles im Haus »erstklassig« machen zu lassen.

»Du wirst das Haus ständig fotografieren, und wir werden hier Videos drehen. Was sollen deine Leser und Abonnenten denken, wenn sie einen streifigen Anstrich oder abgeplatzte Farbe sehen?«

Grace arbeitete flott und schwang die Farbrolle im

Rhythmus der Musik. Anders als die meisten Menschen liebte sie den Geruch frischer Farbe, besonders wenn er sich mit den letzten Dämpfen des Kiefernreinigers mischte.

Grace machte erst eine Mittagspause, als sie mit Wohnzimmer und Esszimmer fertig war. Dann ging sie mit ihrem Sandwich, einer Flasche Wasser und einem reifen Pfirsich nach draußen auf die vordere Veranda, wo sie sich in einen alten Alugartenstuhl mit Plastikbespannung setzte, den sie im Geräteschuppen gefunden hatte. Sweetie hockte sich zu ihren Füßen und leckte alles auf, was Grace ihr zuwarf. Dann rollte sie sich in einer sonnigen Ecke neben der Fliegenschutztür zusammen und machte ein Nickerchen.

Grace stand auf und reckte sich. Sie hatte überlegt, ob sie mit der Küche weitermachen wollte, aber da sie noch keine Lösung für den Boden hatte – und nur wenig Lust verspürte, die alten Schränke und Schubladen zu streichen –, beschloss sie, erst mal in die Schlafzimmer zu gehen.

Sie konnte die Vorstellung einfach nicht verdrängen, hier selbst zu wohnen. Seit dem ersten Tag kämpfte sie gegen diesen Wunsch an. Nun gab sie nach und erlaubte sich zu träumen, während sie die nachgemachte Farrow-&-Ball-Farbe im größeren der beiden Schlafzimmer anbrachte.

Der Raum hatte zwei nicht zu kleine Fenster, die auf den großen, langgestreckten Garten gingen.

Wenn ich hier wohnte, würde ich die beiden Fenster durch zwei Balkontüren ersetzen und davor eine große breite Stufe anbringen, die zu einer kleinen Terrasse aus alten Ziegelsteinen in sanften Rottönen führt. Vielleicht würde ich ein Rankgerüst anbringen, um die Terrasse ein wenig vor Blicken zu schützen. Da würde ich dann eine rosa Kletterrose pflanzen, und auf den Ziegeln ständen zwei bequeme Sessel. Vielleicht würde ich sogar eine tolle Außendusche installieren, so eine mit riesigem Regenschauer-Duschkopf.

Der Wandschrank war nicht annähernd groß genug für ein Elternschlafzimmer. Auf der Sand Dollar Lane war der Schrank sogar größer als das gesamte Zimmer hier gewesen.

Aber wenn ich hier wohnen würde, bräuchte ich gar keinen großen Schrank. Ich habe ja nicht mehr viele Klamotten. Vielleicht würde ich mir einen wuchtigen alten Holzschrank oder einen Garderobenschrank suchen, oder ich nähme eines dieser riesengroßen Fernsehmöbel, die einem inzwischen nachgeworfen werden, weil jeder heute einen Flatscreen-Fernseher hat. Den Fernsehschrank würde ich in einem staubigen, verwitterten Graublau streichen, und ich könnte bei Wohnungsauflösungen oder in Trödelläden nach alten Lederkoffern gucken, in denen ich meine Kleidung unterbringen und oben auf den Schrank legen kann. Und ich würde mir ein großes Bett suchen, vielleicht mit zwei getrennten Kopfteilen, aus Rattan oder Tro-

penholz. Dieses Haus schreit geradezu nach britischem Kolonialstil.

Grace zog die Abdeckfolie zum nächsten Wandabschnitt. Eigentlich wusste sie gar nicht, warum sie sich überhaupt diese Mühe machte. Auf den Holzböden waren schon so viele alte Farbflecken, dass es sich kaum lohnte. Außerdem war der Boden durchlöchert von Nägeln und Reißzwecken, die den Teppichboden festgehalten hatten. Grace hatte im Baumarkt eigentlich fragen wollen, wie viel es kostete, eine Schleifmaschine auszuleihen, war aber von dem Problem mit der Farbe abgelenkt worden und hatte es schlicht vergessen.

Wenn ich hier wohnte, würde ich die Böden zwei Farbtöne dunkler streichen und mit einem matten Schutzlack versiegeln. Zusammen mit den abgetönten weißen Wänden und dem durch die Türen fallenden Sonnenlicht würden sie dann ganz natürlich und dunkel schimmern. Ich würde keine Teppiche auslegen, höchstens einen gestreiften Läufer aus Baumwolle oder vielleicht einen abgetretenen alten Orientteppich in verblassten Grün-, Blau- und Brauntönen.

Mit diesem Gedanken im Sinn und der Musik im Hintergrund fand Grace wieder in ihren Streichrhythmus. Sie war völlig verschwitzt und von Kopf bis Fuß mit Farbspritzern bedeckt, aber das störte sie nicht. Sie tat genau das, was sie tun wollte. Es war ein sehr guter Tag.

Gerade wollte sie die Abdeckfolie ins zweite Schlafzimmer weiterziehen, als die Fliegenschutztür geöffnet wurde.

»Hallooo?«, rief eine Männerstimme.

»Wyatt?« Grace zog das Bandana vom Kopf und huschte ins Badezimmer, um ihr Aussehen zu prüfen. Katastrophal, monumental, phänomenal daneben. Ihr Gesicht war voll weißer Spritzer, auf Armen und Beinen hatte sie weiße Farbe, auf der rechten Brust prangte ein großer Fleck.

»Grace?« Seine Schritte hallten durchs Wohnzimmer. »Bist du hier?«

»Komme sofort!«, rief sie und zog die Badezimmertür zu. Im Wäscheschrank fand sie einen alten Waschlappen, ließ Wasser ins Becken laufen, bis kein Rost mehr zu sehen war, und schrubbte sich Gesicht und Arme mit dem Lappen. Nach einer kurzen Weile seufzte sie. Besser ging es nicht. Wen wollte sie überhaupt beeindrucken?

Wyatt stand im Wohnzimmer und sah sich das Ergebnis ihrer Arbeit an. Ein kleiner sommersprossiger Junge tollte mit Sweetie auf dem Boden herum, zerrte mit ihr an irgendeinem Lumpen. Erst als Grace genauer hinsah, merkte sie, dass es ihr BH war.

»*Sweetie!*«, rief sie mit knallrotem Gesicht. Der Hund schaute auf, den BH-Verschluss zwischen den Zähnen. Grace nahm den Hund hoch, entwand ihm den BH und stopfte ihn in die Gesäßtasche ihrer abgeschnittenen Jeans.

Dann schielte sie zu Wyatt hinüber, der sich vor Lachen kaum noch halten konnte. Geflissentlich vermied er es, Grace anzusehen.

»Hey, hallo«, sagte sie und setzte sich neben den Jungen auf den Boden. Sweetie sprang ihr vom Arm und schnüffelte an den Schuhen des Jungen herum. »Du bist bestimmt Bo.«

Das Kind zog den Kopf ein. »Ja, Ma'am.«

Sweetie sprang Bo mit den Vorderpfoten gegen die Brust und schnüffelte an seinem Hals. Danach schob sie das Köpfchen unter seine Hand und zwang ihn damit, sie zu streicheln.

»Ich bin Grace!« Sie hielt ihm die Hand hin. »Ich hab gehört, du passt auch auf Sweetie auf.«

»Ja, Ma'am«, sagte der Junge. »Kann sie irgendwelche Tricks?«

»Das weiß ich nicht, Bo. Ich hab sie erst seit ein paar Tagen. Aber ich glaube, sie ist ein ganz schön kluges kleines Hündchen. Vielleicht kannst du ihr ein paar Tricks beibringen?«

Bo legte sich auf den Rücken, und Sweetie leckte ihm Gesicht und Hals ab. Der Junge hörte gar nicht mehr auf zu kichern. Schließlich setzte er sich wieder hin und nahm den Hund auf den Arm.

»Mein Dad hat Cookie beigebracht, auf einem Fahrrad zu fahren und zu sprechen.« Dann wandte er sich an seinen Vater: »Vielleicht können wir das Sweetie auch zeigen.«

Wyatt lachte. »Danke für den Vertrauensvorschuss, mein Junge, aber auch wenn Sweetie wirklich sehr klug und toll ist, glaube ich nicht, dass sie jemals Fahrrad fahren und sprechen wird. Wie wär's, wenn wir ihr einfach beibringen, wie man ein Stöckchen holt, Sitz macht und auf Kommando bellt?«

»Cool!«, sagte Bo und kitzelte Sweeties Bauch. »Können wir schon heute Abend anfangen?«

»Morgen früh vielleicht«, sagte Wyatt. Er berührte eine der frischgestrichenen Wände mit der Fingerspitze. »Mann, bist du schnell! Ist ja unglaublich, dass du das ganze Haus an nur einem Tag gestrichen hast.«

»Noch nicht alles«, korrigierte Grace. »Ich hab eben mit dem zweiten Schlafzimmer angefangen. Badezimmer und Küche muss ich noch machen, von der Veranda ganz zu schweigen.«

»Trotzdem«, sagte Wyatt und ging durch den kurzen Flur ins Schlafzimmer. »Als du heute Morgen meintest, das hier drinnen wäre eine Katastrophe, habe ich es mir viel, viel schlimmer vorgestellt.«

»Du hättest es am ersten Tag sehen sollen.« Grace rümpfte die Nase. »Wenn meine Kamera Gerüche aufnehmen könnte, hätte sich das gesamte Internet übergeben. Es war so was von ekelig. Verrotteter Teppichboden, vergammelte alte Geräte, und alles dreckig. Und das Schlafzimmer, in dem sie Sweetie eingesperrt hatten …« Sie schüttelte sich.

»Kannst du für heute Schluss machen?«, fragte Wyatt.

»Ich weiß nicht mal, wie spät es ist. Hab die Zeit aus den Augen verloren.«

»Es ist gleich sechs«, sagte Wyatt. »Bo und ich holen uns eine Pizza. Willst du vielleicht mitkommen?«

»Pizza?«

»Drüben in Holmes Beach ist ein guter Laden«, erklärte er. »*Arturo*. Nichts Besonderes, aber gut und günstig. Und wenn wir relativ früh da sind, bekommen wir vielleicht noch einen Tisch am Strand und können uns den Sonnenuntergang ansehen.«

Grace schaute zu Sweetie hinüber. »Was ist mit ihr?«

»Die haben nichts gegen Hunde«, versprach Wyatt, »solange wir einen Tisch draußen ergattern.«

Grace schaute an ihrer mit Farbe bespritzten Kleidung hinab. »So kann ich nicht gehen.«

»Klar kannst du das!«, sagte Wyatt. »Bo und mir *ist* das egal. Sweetie auch.«

»Aber mir nicht«, gab sie leise zurück. »Ein gewisser Standard muss einfach sein. Ich mach euch einen Vorschlag: Ihr könnt doch schon mal vorfahren. Ich bringe mich auf Vordermann und stoße dann in einer halben Stunde zu euch.«

»In einer halben Stunde?«, höhnte Wyatt. »Ich

kenne keine Frau, die in so kurzer Zeit duschen, sich anziehen und irgendwo hinfahren kann.«

»Eine halbe Stunde«, versprach Grace. »Wenn ich auch nur eine Minute später komme, geht die Pizza auf mich.«

Um exakt halb sieben huschte Grace durch die Tür ins Restaurant. Sie trug eine weiße Capri, ein schwarzes Tanktop und golden glänzende Sandalen. Ihr Haar war noch nass vom Duschen, und sie hatte korallroten Lippenstift aufgelegt. In ihren Ohren funkelten goldene Kreolen, um den Hals trug sie eine lange dünne Goldkette mit einer winzigen Nautilusmuschel, die sie am Strand gefunden hatte. Grace ging durch den Saal zu der großen Veranda, wo sie Wyatt und Bo an einem Tisch nah dem Strand entdeckte.

Wyatt rappelte sich auf und zog seinen Sohn unauffällig mit hoch, dann musterte er sie anerkennend.

»Du hast dich aber schön saubergemacht«, sagte er und zog einen Stuhl für sie hervor.

»Und ich war schnell«, erinnerte Grace ihn. »Dreißig Minuten. Das könnte mein neuer Rekord sein.«

»Das heißt wohl, die Pizza geht auf mich«, bemerkte Wyatt.

Sie bestellten eine Arturo Spezial, eine große Pizza mit vielen Belägen: Peperoni, italienische Wurst, Zwiebeln, Paprika, Oliven und Sardellen; dazu ein

Glas Milch für Bo und jeweils ein Bier für die Erwachsenen.

»Sardellen?«, fragte Grace mit Blick auf Bo, der in der Zeit, die Grace für ein Stück Pizza gebraucht hatte, bereits zwei verschlungen hatte. »Dein Sohn mag Sardellen?«

Der Junge schaute auf, das Gesicht mit Tomatensoße für mindestens eine weitere Pizza beschmiert. »Ich liebe Sardellen!«, rief er und grinste breit. Ihm fehlten zwei Vorderzähne.

»Ich habe noch nichts gefunden, was er nicht mag«, sagte Wyatt etwas verzagt. »Er isst mir buchstäblich die Haare vom Kopf. Ich schwöre dir, er wächst jede Woche um fünf Zentimeter.«

»Ich bin der drittgrößte Junge in der ersten Klasse«, berichtete Bo. »Cory Benton war der zweitgrößte, aber der geht nächstes Jahr auf eine andere Schule, dann bin ich der zweitgrößte. Es sei denn, ich wachse noch mehr, dann bin ich der erstgrößte.« Er trank einen Schluck Milch, stand auf und flüsterte seinem Vater etwas ins Ohr.

Wyatt nickte. »Drinnen, neben der Theke. Vergiss nicht, dir anschließend die Hände zu waschen, und komm direkt wieder zurück, ja?«

Als der Kleine fort war, trank Grace einen Schluck Bier und sagte: »Was für ein netter Kerl. Fand ich süß, das mit dem drittgrößten Jungen.«

»Er ist total fasziniert von Zahlen und Statistiken.«

Wyatt schüttelte den Kopf. »Keine Ahnung, von wem er das hat. Wir haben keine Erbsenzähler auf meiner Seite der Familie, und seine Mutter hat's schon gar nicht mit Zahlen. Ich hab noch nicht das Herz gehabt, ihm zu erklären, dass er vermutlich nicht der zweitgrößte Junge in der zweiten Klasse werden wird. Denn wenn Callie ihren Willen bekommt, wird er ja auf eine neue Schule gehen müssen. In Birmingham.«

»Vielleicht kommt es ja nicht dazu«, sagte Grace.

36

Bo kam zurück an den Tisch gehüpft. »Weißt du was, Dad? Scout ist hier! Sie isst hier mit ihren Eltern! Darf ich mich zu ihnen setzen?«

Wyatt reckte den Hals und entdeckte Anna mit ihrer Familie im großen Saal. Sie nickte ihm zu und wies auf einen leeren Stuhl am Tisch. Wyatt hielt ihr den ausgestreckten Daumen hin. »Gut, aber bist du schon fertig mit deiner Pizza?«

Bo schaute auf das letzte Stück auf dem Teller. Wyatt packte es in eine Serviette und reichte es seinem Sohn, der damit zu seiner Freundin lief.

»Anna ist die Assistenztrainerin von Bos Baseballmannschaft«, erklärte Wyatt beiläufig. »Scout ist unser Pitcher und Bos beste Freundin – also natürlich nur in den Phasen, in denen er Mädchen nicht gerade ekelig findet.«

»Und was ist mit Bos Vater? Findet der Mädchen auch immer noch ekelig?«, fragte Grace in neckischem Ton.

»Nein, ich bin ein bekehrter Mädchenhasser.« Er griff über den Tisch und schob ihr eine feuchte Haarsträhne hinters Ohr. »Insbesondere was meine aktuelle Begleitung betrifft.«

»Gut zu wissen«, sagte Grace. »Übrigens, ich wollte schon die ganze Zeit fragen: Wie geht es deinem Vater? Du hast gesagt, er war heute sehr kaputt?«

»Ist schon in Ordnung«, erwiderte Wyatt. »Ich muss mich nur an die Vorstellung gewöhnen, dass er nicht jünger wird. Mein ganzes Leben lang war er ein robuster Kerl, den nichts aus der Bahn warf. Bei *Jungle Jerry* erledigte er buchstäblich alles: Er baute Häuser, unter anderem den Souvenirladen, pflasterte den Parkplatz, grub ein Becken für das Vogelgehege. Es war völlig normal für ihn, zwölf bis vierzehn Stunden am Tag zu arbeiten, nach Hause zu kommen und mit mir Baseball zu spielen und am nächsten Tag wieder aufzustehen und von vorne anzufangen. Ich glaube, der Tod meiner Mutter hat ihm ein bisschen den Wind aus den Segeln genommen. Er ist erst vierundsiebzig, aber an manchen Tagen meint man, er wäre zwanzig Jahre älter.«

»Dein Vater ist vierundsiebzig? Rochelle ist erst achtundfünfzig. Wie alt bist du denn?«

»Achtunddreißig«, antwortete Wyatt. »Soll ich dir meinen *Ausweis zeigen?*«

»Ich glaube dir auch so«, sagte Grace.

»Dad war schon sechsunddreißig, als ich kam. Er

ging mit achtzehn Jahren zur Navy und kam Ende der sechziger Jahre wieder. Er lernte meine Mutter auf einem Konzert der *Allman Brothers* kennen, das in der Waffenkammer der Nationalgarde in St. Pete stattfand. Meine Mutter war sechs Jahre jünger als er.«

»Rochelle behauptet immer, sie habe als Kind ein Kind bekommen. Sie war erst zwanzig, als sie mit mir schwanger wurde. Natürlich war mein Vater ein ganzes Stück älter. Er war schon dreißig und hatte gerade die *Sandbox* gekauft, wo sie als Kellnerin arbeitete. Dad hat immer behauptet, er hätte ihr gedroht, sie rauszuwerfen, wenn sie ihn nicht heiratete.«

Wyatt dachte kurz nach. »Es ärgert mich, weißt du, dass meine Eltern so lange glücklich verheiratet waren und mir eine schöne Kindheit beschert haben und ich trotz all dem doch geschieden bin. Sieht bei dir genauso aus, was?«

»Wahrscheinlich.« Grace trank einen Schluck Bier. »Ich bin zumindest immer davon ausgegangen, dass sie glücklich waren. In letzter Zeit bin ich mir da nicht mehr so sicher. Rochelle lässt immer wieder kleine Bemerkungen fallen. Vielleicht war sie doch nicht so glücklich, wie ich immer dachte. Aber auch so hatte ich natürlich keine ganz normale Kindheit, da über der Kneipe. Aber ich glaube nicht, dass ich bleibende psychische Schäden davongetragen habe.«

»Du bist in einer Kneipe groß geworden, ich in

einer Touristenfalle, wo ich mit Affen und Papageien spielte. Ich habe das immer für völlig normal gehalten. Ich dachte früher, alle Kinder müssten Zebramist wegschaufeln, wenn sie von der Schule nach Hause kommen«, sagte Wyatt. Seine Stimme klang sehnsüchtig. »Ich bin immer davon ausgegangen, dass Bo genauso aufwachsen würde. Er treibt sich wirklich gern im Park herum.«

Grace riss die Augen auf. »Meinst du, er wird nicht mehr oft im Park sein, wenn Callie ihn mit nach Birmingham nimmt?«

»Nicht nur das«, entgegnete Wyatt. »Ich kann wirklich nicht sagen, wie lange wir *Jungle Jerry* noch halten können. Die Leute haben heutzutage keine Lust mehr, den halben Tag durch einen Park zu laufen, in dem die größte Attraktion ein Fahrrad fahrender Vogel ist. Niemand interessiert sich für einen Baum, der zweihundert Jahre alt ist, oder für eine Orchidee, die nirgends sonst auf der Welt wächst. Wir sind ein Anachronismus. Und wir verlieren Geld.«

»So schlimm?«, fragte Grace.

Wyatt nickte und schüttelte sich dann. »Ach, das zieht mich zu sehr runter. Reden wir über was anderes! Zum Beispiel über dein neues Projekt.«

»*Hey, nicht* ablenken«, widersprach Grace. »Das ist die Realität. Kannst du die Situation nicht irgendwie ändern?«

»Ich habe schon alles versucht. Reklametafeln, soziale Medien, Coupon-Angebote, Gutscheine in der Post. Es bringt immer ein bisschen, aber nie genug. Wusstest du, dass es bis 1970 hier in der Gegend mindestens ein Dutzend Touristenparks gab?« Er zählte sie an den Fingern ab: »*Suken Gardens, Sarasota Jungle Gardens, Weeki Wachee, Silver Springs, Rainbow Springs,* das *Aquatarium, Tiki Gardens,* das *Six Gun Territory* – das sind nur die, die mir direkt einfallen. Viele gibt es schon lange nicht mehr, andere wie die *Cypress Gardens* strampeln sich noch ab. Hab gehört, aus dem Großteil hätten sie so eine Art *Legoland* gemacht.«

»An manche der Ausflugsziele kann ich mich noch erinnern.« Grace lächelte entrückt. »Als Disney in den Siebzigern nach Florida kam, war das bestimmt für viele der Todesstoß.«

»Das und die Interstates, die die Autos nicht mehr direkt an den Parks vorbeiführten«, erklärte Wyatt. »Und die veränderten Gewohnheiten der Menschen. *Jungle Jerry* ist wirklich ein Dinosaurier. Ein richtig teurer, aussterbender Dinosaurier.«

»Was wird daraus werden?«, fragte Grace.

»Ich weiß es nicht. Kurz vor Bos Geburt hatten wir ein wirklich super Angebot von einem Bauunternehmer. Die wollten da ein ganz neues Zentrum hinsetzen, mit Shopping-Mall, Bürogebäude und Mehrfamilienhäusern. Meine Mutter war krank – sie hatte

Krebs, aber damals wussten wir noch nicht, dass er tödlich war –, und so beschlossen wir, den Laden zu behalten. Ihr Vater hatte den Park gegründet. Er war der *Jungle Jerry*. Und dumm, wie ich war, bildete ich mir ein, ich könnte das Ganze wieder in Gang bringen.« Wyatt schüttelte den Kopf. »Anschließend machte mir Callie die Hölle heiß, weil wir hätten verkaufen sollen.«

»Und dann ging die Wirtschaft in die Knie«, warf Grace ein. »Weiß ich selbst nur zu gut. Da keine neuen Häuser und Eigentumswohnungen mehr verkauft wurden, brauchte auch niemand einen Innenarchitekten, um sich schick einzurichten. Und die Bauunternehmer konnten es sich nicht leisten, neue Projekte aus dem Boden zu stampfen, wo noch so viele Immobilien unverkauft herumstanden.«

»Sechs Monate nachdem wir das Angebot abgelehnt hatten, kam uns zu Ohren, dass der Bauunternehmer seine Kredite nicht mehr bediente«, sagte Wyatt. »Also selbst wenn wir den Vorschlag angenommen hätten, wären wir wahrscheinlich leer ausgegangen.«

»Ich weiß, dass die Immobilienverkäufe derzeit wieder ganz leicht ansteigen. Meinst du, es kommt noch mal ein anderer Unternehmer und bietet euch Geld?«, fragte Grace.

»Momentan gibt es nur einen Interessenten«, erklärte Wyatt mit gesenkter Stimme, als die Kellnerin an ihren Tisch kam und fragte, ob sie noch ein Bier wollten.

»Wen denn?«

»Den Staat Florida.«

»Echt? Aber das ist doch super, oder? Was haben die denn mit dem Park vor? Behalten?«

»Keine Ahnung.« Wyatt schimpfte wie ein Rohrspatz. »Diese Bürokraten rauben einem den letzten Nerv. Angeblich wollen sie daraus einen Staatspark machen. Angeblich ist das Geld vorhanden, wenn der Gesetzgeber den nächsten Haushalt genehmigt. Aber der Bezirk muss auch Geld dazutun, und das sind mir zu viele Wenns.«

»Was hält dein Vater davon?«

»Er meint, für ihn wäre es in Ordnung«, antwortete Wyatt. »Aber ich bin mir nicht sicher, ob er genau versteht, was das für Konsequenzen hätte. Er sieht nur, dass ich mir die ganze Zeit Sorgen mache, und das will er natürlich nicht.«

»Hey, Dad!« Bo kam angelaufen, begleitet von einem kleinen Mädchen mit blonden Zöpfen. »Anna sagt, wir können Eis zum Nachtisch essen, wenn du einverstanden bist.«

»Hallo, Scout«, sagte Wyatt und zog dem Mädchen am Zopf. »Wie war deine Pizza?«

»Sie *hasst* Pizza«, verkündete Bo. »Sie hat Spaghetti gegessen. Ich hab sie auch probiert.«

Es sah aus, als hätten Bo und Scout ebenso viel

Spaghettisoße in ihren Gesichtern wie im Bauch, fand Grace.

»Das war leeeecker!«, verkündete Scout. Sie kniete sich hin, und Sweetie sprang ihr prompt ins Gesicht, um sie abzulecken.

»Das ist Sweetie«, erklärte Bo seiner Freundin. »Die ist nachts jetzt immer bei uns zu Hause.«

»Cool!«, sagte Scout. »Kommt sie auch mit zu deiner Mom?«

Bo ließ die Schultern hängen. »Nein. Du-weißt-schon-wer ist allergisch. Aber bei Dad darf ich sie haben, und er bringt ihr bei, wie man Sachen holt und so.«

Wyatt nahm eine Serviette und wischte Bo die Soße aus dem Gesicht. »Sag Scouts Mama, ich bin einverstanden, dass du ein Eis isst.« Er griff in die Tasche, zog zwei Dollarnoten hervor und reichte sie dem Jungen. »Das ist für den Nachtisch. Und nur dafür, verstanden?«

»Okey-dokey.« Die beiden liefen wieder ins Restaurant.

»Er ist der wahre Grund, warum ich an der Sache mit dem Staat nicht richtig dranbleibe«, sagte Wyatt und nickte in Richtung seines Sohnes. »Dad und ich würden schon klarkommen. Theoretisch dürften wir am Ende sogar ein bisschen Geld übrig haben. Genug, um unsere Rechnungen und ein Dach über dem Kopf zu zahlen. Aber *Jungle Jerry* ist ein Vermächtnis für Bo. Er ist mit dem Park groß geworden. Er hält Cookie für seine kleine Schwester. Wie soll ich das einfach so verkaufen?«

Grace sah ihm in die Augen. »Das fragst du mich?«

Er nahm ihre Hand in seine. »Ja, das frage ich dich.«

»Ich finde, du bist das Vermächtnis für Bo. Und sein Großvater. Die Zeiten ändern sich. Das weißt du genauso gut wie ich. Ich glaube, dass wir flexibel bleiben müssen, um zu überleben. Guck mich an! Als Innenarchitektin habe ich keine Aufträge mehr bekommen. Bei dieser Wirtschaftslage brauchen Menschen keinen handgeknüpften Seidenteppich für zwölftausend Dollar oder Gardinen für achtzehntausend Dollar. Also musste ich mich neu erfinden, musste zurück zu meinen Wurzeln, musste mit viel Kreativität und wenig Geld fast alles selbst machen. Man tut, was man kann, oder?«

»Du hast ja recht.« Wyatt seufzte. »Ich denke bloß immer, wenn ich nur noch etwas länger durchhalte …« Er lachte. »Genau wie bei meiner Ehe. Da hab ich auch so gedacht. Und du siehst ja, wohin das geführt hat.«

»Bei mir war das anders«, gab Grace zu. »In den Monaten seit meinem Auszug habe ich Ben die Schuld an allem gegeben. Für vieles ist er auch tatsächlich verantwortlich. Aber ich glaube auch, dass ich mich in den letzten Jahren verändert habe. Meine Überzeugungen und Werte haben sich gewandelt. Es ging mir immer mehr um Statussymbole, um die beste, die teuerste Ware. Ich begann auf *Gracenotes* mit Postings übers Heimwerken, aber das änderte sich. Wir betrieben den Blog irgendwann gewerblich, bekamen Anzeigenkunden, die ich zufriedenstellen musste, um zu überleben. Auf jeden Fall bildete ich mir das ein.« Grace trank einen Schluck Bier. »Ich glaube, ich habe mich selbst verraten. Es war nicht allein Bens Schuld. Mir imponierten die ganzen Geschenke, ich gab gerne Partys, genoss das große Haus in der geschlossenen Siedlung. Und ich fand es herrlich, unbegrenzte Mittel für jedes Projekt zur Verfügung zu haben. Letztendlich ging es mit unserer Ehe von da an in den Keller.« Sie grinste schief. »Rochelle würde sagen, ich wurde größenwahnsinnig.«

Wyatt rutschte mit seinem Stuhl zu ihr hinüber. »Du gefällst mir trotzdem.«

»Wyatt?«

Er drehte sich um, und Anna Burdette stand mit Scout und Bo an den Händen vor ihm. Sie lächelte Grace freundlich und neugierig an. »Hallo!«

Wyatt erhob sich. »Anna Burdette, das ist meine Freundin Grace …«

»… Davenport«, beendete Grace seinen Satz, um nicht mit ihrem Ehenamen vorgestellt zu werden. Sie gab Anna die Hand. »Hab gehört, Scout ist die Babe Ruth eurer Mannschaft.«

Anna zog beim Lachen die Nase kraus. »Wenn man Wyatt so zuhört, glaubt man das tatsächlich.« Sie musterte Grace genauer. »Entschuldigen Sie, wenn ich Sie anstarre, aber irgendwie kommen Sie mir bekannt vor.«

»Sie ist eine berühmte Bloggerin«, prahlte Wyatt.

Anna schnippte mit den Fingern. »*Gracenotes*, oder? Ihr Blog ist mein heimliches Vergnügen. Ich lese ihn in der Nacht, wenn ich nicht schlafen kann.«

»Danke«, sagte Grace. »Ehrlich gesagt, mein alter Blog wurde … ähm … von meinem zukünftigen Ex annektiert. Wenn Sie Lust haben, schauen Sie mal bei *TrueGrace* vorbei.«

»Das mache ich«, sagte Anna. »Die Kinder haben mir übrigens von diesem unglaublichen kleinen Hund namens Sweetie erzählt. Angeblich wird sie bei *Jungle Jerry* alle möglichen Tricks lernen.«

»Sweetie gehört eigentlich Grace, aber sie kann ihn da nicht halten, wo sie momentan wohnt. Deshalb teilen wir uns sozusagen das Sorgerecht. Bo hat große Pläne für die Kleine«, erklärte Wyatt.

»Aha«, machte Anna. »Der Grund, warum ich vorbeigekommen bin … Jack musste noch zur Arbeit, aber ich habe den Kindern gesagt, ich würde mit ihnen noch eine Stunde Minigolf spielen gehen. Wenn das für euch in Ordnung ist, kann ich Bo gegen acht bei dir absetzen.«

»Bitte, Dad, bitte, bitte, bitte!« Bo hüpfte aufgeregt.

»Denke, das geht in Ordnung«, sagte Wyatt. »Aber nicht viel später, Kumpel, verstanden? Wir haben morgen ein wichtiges Spiel, und dein Opa will dir Pfannkuchen zum Frühstück machen.«

»Keine Sorge, die Assistenztrainerin wird nicht riskieren, dass ihr Catcherstar unter Schlafentzug leidet«, sagte Anna.

»Komm, ich gebe dir das Geld für den Eintritt mit«, sagte Wyatt und erhob sich, um seine Brieftasche zu zücken.

»Nicht nötig. Ich habe Gutscheine: einer bezahlt, zwei können spielen«, sagte Anna. »Grace, hat mich gefreut, Sie kennenzulernen.«

»Ganz meinerseits«, gab Grace zurück.

Anna beugte sich vor und schob die Lippen dicht an Wyatts Ohr. »Sie ist süß, Junge«, flüsterte sie gut vernehmlich. »Und sie hat Stil. Verbock es nicht, ja?«

37

»Tut mir leid«, sagte Wyatt, als sie wieder allein waren. »Anna macht sich Sorgen um mein Liebesleben. Sie versucht ständig, mich wieder ›auf den Markt zu bringen‹. Aber sie ist ungefähr so subtil wie ein Schlag ins Gesicht.«

»Du hast dich seit eurer Trennung mit keiner Frau mehr verabredet?«, fragte Grace.

»Ich? Die einzige Frau in meinem Leben neben Anna ist Joyce Barrett.«

»Und wer ist das?«

»Unsere achtzigjährige Buchhalterin. Ich liebe Miss Joyce wie verrückt, aber ich bezweifele ernsthaft, dass sie an einer neuen Beziehung interessiert ist.«

Als die Kellnerin vorbeikam, machte Wyatt ihr ein Zeichen, die Rechnung zu bringen. »Die Sonne geht in einer Stunde unter, und Bo kommt erst nach acht Uhr vom Minigolf zurück. Hast du Lust, irgendwo was trinken zu gehen? Oder willst du lieber einen Strandspaziergang machen?«

»Sweetie würde wohl gerne am Strand entlanglaufen. Und ich eigentlich auch«, sagte Grace.

Sie streifte ihre Sandalen ab und schob sie in ihre Gesäßtasche. Nach kurzem Zögern knotete Wyatt auch die Schnürsenkel seiner Turnschuhe zusammen und warf sie sich über die Schulter. Sie gingen durch den weißen Pulversand bis ans Ufer, wo Grace sich die sanfte Brise durchs Haar wehen ließ. Eine Weile liefen sie nah nebeneinander, ohne sich zu berühren.

Der strahlend blaue Himmel wurde langsam dunkler, nahm tiefere Blautöne an und ging von Violett und Silber über in ein Ocker und Rosa. Der Wind zauberte Schaumkronen auf die Wellen. Familien hatten es sich auf Picknickdecken bequem gemacht, Kühltaschen mit Getränken standen daneben, leise dudelten Radios. Nahe bei den Dünen hatten sich kleine Grüppchen bei den Kasuarinen versammelt. Sie saßen zwischen dem Seehafer und den Myrtesträuchern und warteten auf den Sonnenuntergang.

Die Gemeindeverwaltung verbot das Führen von Hunden am Strand, aber Sweetie hielt sich dicht bei Grace, und wie durch eine schweigende Übereinkunft tauchten weitere aufmüpfige Hundebesitzer auf und nickten sich verschworen zu.

Die Sonne sank immer tiefer, leuchtete golden, und als Grace und Wyatt einen Dünengang mit einer leeren Bank erreichten, setzten sie sich hin, um das

Schauspiel zu genießen. Sweetie sprang auf Grace' Schoß, Wyatt streckte die Arme auf der Rückenlehne der Bank aus. Als seine Hand die nackte Haut ihrer Schulter streifte, lächelte Grace in sich hinein. Sie lehnte sich zurück, legte ihren Kopf auf seinen Arm, und die Wärme seines Körpers fühlte sich vertraut und aufregend zugleich an.

»Guck mal!«, sagte er und wies mit dem freien Arm aufs Wasser. Draußen zwischen den Wellen zog eine Gruppe von Delphinen mit anmutigen grauen Rücken ihre Kreise. Es waren vier oder fünf größere und drei bis vier kleine. »Mütter mit ihren Kälbern«, sagte Wyatt.

»Mein Leben lang beobachte ich schon die Delphine in der Bucht«, sagte Grace. »Aber es wird nie langweilig. Ich fand es damals immer herrlich, wenn wir mit dem Boot meines Vaters rausfuhren und von Delphinen begleitet wurden, weil sie darauf warteten, dass wir Köder oder Beifang über Bord warfen.«

»Tja.« Wyatt seufzte. »Macht einem deutlich, in was für einem Paradies man hier eigentlich lebt, oder?«

»M-hm.«

Die Sonne sank immer tiefer, die Wolken nahmen violette und dunkelblaue Farbtöne an. »Hast du schon mal den grünen Blitz gesehen?«, fragte Wyatt und strich Grace mit der Hand über die Schulter.

»Meinst du das, was man manchmal sieht, wenn

die Sonne hinterm Horizont versinkt? Ja, wir haben daraus in meiner Kindheit immer eine große Sache gemacht. Mein Vater hatte eine Kuhglocke, die er in genau dem Augenblick läuten ließ.«

Aber an diesem Abend gab es keinen grünen Blitz, nur ein kurzes helles Aufglühen, dann wurde es dunkel.

»Wie schön«, sagte Grace und schmiegte sich an Wyatts Arm. Als es kühler wurde, kuschelte sie sich an seine Brust. Tief atmete sie seinen frischen Waldgeruch ein und spürte, wie seine Wärme ihre nackten Schultern umhüllte.

»Ist dir kalt?« Er schlang die Arme um Grace. »Wir können zurück zum Auto gehen.«

Sie schüttelte den Kopf. Und fragte sich, ob er jemals wieder den Mut aufbringen würde, sie zu küssen. Oder ob sie diejenige würde sein müssen, die die Sache in die Hand nahm. Sie machte die Augen zu und befahl sich, den Moment zu genießen.

Offenbar genoss sie den Moment so sehr, dass sie wegdöste. Als sie die Augen wieder öffnete, war es dunkel. Überrascht setzte sie sich auf.

»Und?«, fragte Wyatt. »Ausgeschlafen?«

Grace gähnte lachend. »Tut mir leid. Ich arbeite derzeit so viel, dass ich immer einschlafe, sobald *die Sonne untergeht.«* Sie schaute auf die Uhr und sprang auf, griff nach Wyatts Hand und zog ihn mit sich hoch. »Komm, Aschenbrödel. Ich erinnere dich nicht gerne daran, aber um acht Uhr mutierst du wieder zum Vater.«

Er stöhnte. »Ich schreib Anna eine SMS, sie soll noch eine Runde Minigolf dranhängen. Bezahl ich auch. Dann haben wir noch mindestens eine Stunde für uns.«

»Auf keinen Fall. Dann glaubt sie, ich würde dich verführen.«

»Anna ist hoffnungslos romantisch. Sie würde wahrscheinlich vorschlagen, dass wir uns ein Zimmer nehmen sollen.«

Grace seufzte. »Bo rechnet damit, dass du zu Hause bist, wenn Anna ihn absetzt. Ich möchte nicht der Grund dafür sein, dass du ein Versprechen brichst, das du deinem Sohn gegeben hast.«

»Furchtbar, wenn du so vernünftig bist«, grummelte Wyatt.

Hand in Hand gingen sie am Strand zurück, Sweetie dicht auf ihren Fersen. Als Grace ihr Auto aufschloss, stand Wyatt verlegen neben ihr. Sie spürte seine Nervosität und war gerührt.

Sie beugte sich vor und gab ihm einen flüchtigen Kuss auf die Wange. »Was die Dating-Auffrischungs-Therapie angeht, von der du gesprochen hast … vielleicht sollten wir gemeinsam einen Kurs besuchen?«

38

Um Punkt 8.15 Uhr sprang Wyatt aus seinem Lkw und betrat das Haus auf der Mandevilla Street. Er fand Grace im hinteren Schlafzimmer, wo sie auf dem Boden saß und die Sockelleisten abklebte.

»Muss schnell weiter«, sagte er und setzte Sweetie neben ihr ab. »Hab Bo versprochen, dass ich mit ihm vor dem Spiel noch ein bisschen übe.«

»Gut«, sagte Grace. »Soll ich Sweetie einfach heute Abend bei dir im Park abgeben? Sagen wir, um sechs?«

Wyatt war schon wieder halb aus der Tür, dann drehte er sich noch mal um, kam zurück und zog Grace auf die Füße. »Ich habe darüber nachgedacht, was du gestern Abend gesagt hast. Kurz bevor du gingst. Du machst mich fertig. Das ist dir doch klar, oder?«

Sie lächelte. »Aber im positiven Sinne, oder?«

»Und wie! Bis um sechs dann.« Und schon war er wieder fort. Grace lief auf die Veranda und rief ihm nach: »Ich bring was zu essen mit, ja? Was magst du denn so?«

»Alles, egal was du mitbringst!« Wyatt legte den Rückwärtsgang ein und fuhr mit dem Pick-up los.

Grace hockte in ihrem schmutzigen, farbbekleckssten T-Shirt und der abgeschnittenen Jeans barfuß auf dem Boden, ein Bandana um den Kopf gebunden. Sie rutschte auf dem Hintern herum und strich die Sockelleisten an, als sie plötzlich Schritte im Wohnzimmer hörte. War Bos Spiel schon so früh zu Ende? Erwartungsvoll drehte sie sich um.

J'Aimee stand in der Tür und schaute voller Verachtung auf sie hinab, ihre Augen funkelten feindselig.

Grace rappelte sich auf, staubte sich mit beiden Händen schnell den Hintern ab. »Was willst du denn hier?«, fragte sie kühl.

J'Aimee war ganz in Schwarz gekleidet: Sie trug ein dünnes, ärmelloses bauchfreies Oberteil aus Chiffon, darunter einen schwarzen BH, eine enge schwarze Hose und hochhackige, mit silbernen Nieten besetzte schwarze Sandalen, die einen breiten Riemen um die Knöchel hatten. Mit ihrem pechschwarz gefärbten Haar sah sie aus, als sei sie einem Sadomaso-Film entsprungen.

Eigentlich war J'Aimee so groß wie Grace, doch mit diesen Absätzen blickte sie drohend auf Grace herab.

»Du hältst dich wohl für besonders gewieft, was?«, sagte sie und stieß Grace den Zeigefinger in die Brust. »Meinen Inserenten solche miesen E-Mails zu schicken! Ich soll deine Postings klauen? Was bildest du dir eigentlich ein, wer du bist?«

J'Aimees Atem schlug Grace heiß ins Gesicht. Sie war versucht, einen Schritt nach hinten zu machen, wich dann aber doch nicht von der Stelle.

»Ich? Ich bin diejenige, die *Gracenotes* erfunden hat. Ich bin die wahre Grace. Ich bin diejenige, die sich das Rezept für Krabben-Mais-Suppe ausgedacht, es gekocht, fotografiert und niedergeschrieben hat. Und du hast es rotzfrech aus meinem Blog kopiert und als deines ausgegeben.«

»Es gibt Tausende von Rezepten für diese Suppe im Internet«, sagte J'Aimee achselzuckend.

»Ben hat den Post auf meiner Seite gelöscht, daher kann ich es natürlich nicht beweisen«, gab Grace ruhig zurück. »Aber ich benutze jetzt eine andere Software für *TrueGrace* und habe ein neues geschütztes Passwort. Außerdem habe ich eine Firewall installiert. Du kannst ihm also sagen, dass er sich keine Mühe mehr zu machen braucht, sich da irgendwie reinzuhacken. Und auf meinen Fotos habe ich jetzt ein digitales Wasserzeichen mit dem Logo von *TrueGrace.* Meine Bilder könnt ihr euch also auch nicht mehr unter den Nagel reißen.«

»Ich? Diesen Scheiß übernehmen?« J'Aimees

kehliges Lachen klang rau. »Willst du mich verarschen?« Sie trat einen Schritt zurück und schenkte dem Zimmer einen verächtlichen Blick. »Das also ist dein neues aufregendes Projekt? Diese *Klitsche*?« Sie macht auf dem Absatz kehrt und verließ den Raum. Ihre hohen Absätze klackten über den Holzboden.

J'Aimee ging schnurstracks in die Küche, registrierte dort die verschrammten türlosen Schränke, die klaffenden Lücken, wo eigentlich Geräte hätten stehen sollen, den mit Harzflecken übersäten, nackten Sperrholzboden. Sie schnüffelte und zog angewidert die Nase kraus. Dann huschte sie ebenso schnell in den Flur, spähte ins Schlafzimmer und in das Bad mit seinen altmodischen Fliesen und der dreckigen Badewanne und Toilette.

»Du bist bedauernswert, Grace«, sagte sie schließlich, und ihre Augen funkelten bösartig. »Du bist verzweifelt und bedauernswert, genau wie dieses Haus. Hast dich im Internet immer vor aller Welt als allwissende Autorität verkauft. Miss Besserwisserin: die perfekte Designerin, Gastgeberin, Köchin …«

J'Aimee bewunderte sich selbst im Badezimmerspiegel und stolzierte zurück ins Wohnzimmer. »Aber du bist nicht mal Frau genug, um deinen Mann bei der Stange halten zu können. Willst du wissen, wie lange es gedauert hat, bis Ben mir die Klamotten vom Leib riss? Eine Woche.« Sie lachte über Grace' entsetzten Gesichtsausdruck. »Und red dir bloß nicht ein, ich wäre ein billiges Flittchen, das ihn angemacht hätte. Er stieg mir nach. Und wie! Beim ersten Mal, ah, da warst du grade unterwegs und hieltest eine Rede bei einem Benefizessen für feine Damen. Ich weiß noch, wie dein Vortrag hieß, ich musste ihn schließlich für dich tippen und ausdrucken. ›Ein Haus ist noch kein Heim‹. Und während du deine lahme Rede runtergeleiert hast, war ich in eurem Haus und hab deinen Mann schwindelig gevögelt.« Sie hielt inne und lachte. »In deinem Bett!«

Grace hätte J'Aimee am liebsten niedergeschlagen und ihr die Faust in den Hals gestopft, damit diese Dreckschlange endlich aufhörte, ihr Gift zu verspritzen. Aber sie war gelähmt, sprachlos.

J'Aimee lachte gehässig. »TrueGrace? So nennst du dich jetzt? Wem machst du da was vor? Ben war der Kopf von *Gracenotes*. Er und ich, wir haben die Fleißarbeit gemacht, damit es schön aussah und mühelos wirkte, aber du hast das ganze Lob eingeheimst.«

Sie machte wieder einen Schritt auf Grace zu. »Guck dich doch mal an, Grace *Davenport*! Lebst bei deiner Mama über einer schmuddeligen Kneipe, schlägst dich als Anstreicher durch!«

Sie zog ein Handy aus der Tasche ihrer figurbetonten Jeans, und bevor Grace sie aufhalten konnte, machte sie ein Foto von Grace, wie sie dort mit offenem Mund und bekleckst mit Farbe stand.

»Da wird Ben schön was zu lachen haben.«

Das Klicken der Kamera rief Grace in die Gegenwart zurück.

»Was genau willst du hier, J'Aimee? Brauchst du mehr Futter, um deine bösartigen legasthenischen Kommentare auf *TrueGrace* zu hinterlassen? Versuch gar nicht erst, das abzustreiten. Ich weiß, dass du Freebird bist. Da du und Ben ja inzwischen unzertrennlich seid, kann er dir vielleicht mal die Sache mit den Internet-Provider-Nummern erklären.« Zur Betonung ihrer Worte drückte sie ihre bekleckste Hand auf J'Aimees Brust und hierließ einen weißen Abdruck auf dem schwarzen Chiffon.

»He«, rief J'Aimee wütend und schlug Grace' Hand weg.

»Du bist eine Mogelpackung, *J'Aimee*«, Grace sprach den Namen mit übertrieben französischem Akzent aus. »Selbst dein Name ist eine Mogelpackung, *Jamie*. Dumm nur, dass du in deinem ganzen Leben noch keine eigene Idee gehabt hast. Du bist ein Parasit, der im Schlick lebt und mit der Scheiße zufrieden sein muss, die auf den Boden der Jauchegrube sinkt. Wenn du meinen alten Blog haben willst – bitte sehr! Mein Haus und das Bett, das du offenbar so toll findest, sie gehören dir. Das bedeutet mir alles nichts mehr. Ach ja, und mein Mann?«

»Der gehört jetzt auch mir«, schnurrte J'Aimee.

»Und du kannst ihn sogar gerne haben«, sagte

Grace. Ihr fiel ein Satz ein, den Ashleigh Hartounian bei der ersten Sitzung der Trennungsbewältigungsgruppe über die neue Geliebte ihres Mannes gesagt hatte. »Ich überlasse dir Ben Stanton mit Kusshand, dieses verlogene, betrügerische Stück Scheiße. Aber eines musst du wissen, J'Aimee: Für ihn bist du nur ein Joghurtbecher.«

»Hä? Du spinnst doch!«

»Von wegen.« Grace hatte langsam ihren Spaß. »Du, J'Aimee, bist nicht besser als jede andere Durchschnittsschlampe. Du hast ein Haltbarkeitsdatum auf deinem dürren kleinen Arsch. Aber du wirst nicht erfahren, wann es abgelaufen ist – erst wenn Ben dich für eine Jüngere sitzenlässt.«

Darauf fiel J'Aimee offensichtlich nichts ein. »Leck mich!«, stieß sie durch zusammengebissene Zähne hervor. »Lass meine Inserenten in Ruhe. Und hör auf, Ben und mir Ärger zu machen, sonst wird es dir noch leidtun.« Sie wandte sich zum Gehen.

»Nein, leck dich selbst«, gab Grace zurück. »Und verlass auf der Stelle mein Haus!« Ohne zu überlegen, versetzte sie J'Aimee einen kräftigen Tritt in den schwarzgekleideten Hintern. Sie hinterließ einen perfekten Abdruck ihres nackten Fußes, der annähernd den Ton von Farrow & Ball hatte.

Den Rest des Vormittags schäumte Grace. Wie dreist war J'Aimee bloß, sie auf Anna Maria aufzusuchen?

Offensichtlich machte sie sich Sorgen um ihre Anzeigenkunden. Hatte eine der Firmen, die Grace angemailt hatte, *Gracenotes* eventuell die Unterstützung entzogen? Das wäre zumindest ausgleichende Gerechtigkeit! Als sie alle Leisten im Schlafzimmer fertig hatte, kam sie mit Mühe auf die Füße und ging nach der Uhrzeit gucken.

Es war fast halb eins. In der Küche lag ein Sandwich mit Erdnussbutter und Marmelade, das sie essen wollte. Als sie das Handy nahm, leuchtete eine neue SMS auf. Grace kannte die Nummer des Absenders nicht.

Hab Neuigkeiten über Paula. 13 Uhr Essen im Rod & Reel*?*

Wer schreibt da?, schickte Grace eine SMS zurück.

Camryn. Passt das?

Grace schaute auf ihre schmutzige Kleidung. Es blieb gerade noch Zeit, sich Hände und Gesicht zu waschen, aber mehr war nicht drin. Zum Glück war das *Rod & Reel* ein Restaurant mit Biergarten am Ende des Anlegers von Anna Maria. Sie konnte dort so hingehen, wie sie war.

Okay!

Fast erkannte Grace die Frau nicht, die an einem Tisch am Fenster saß. Die meisten Plätze waren mit Familien, Touristen und Anglern besetzt, die den Vormittag über am Anleger nach Forelle und Rotbarsch gefischt hatten. Eine Frau mit breitem Strohhut und Sonnenbrille winkte Grace zu.

»Camryn? Bist du das?«

»Siehst du hier noch eine andere Schwarze?«, fuhr Camryn sie an und fächelte sich Luft zu. »Mein Gott, ich hatte ganz vergessen, wie heiß es hier draußen am Anleger werden kann.«

Grace zuckte mit den Achseln und setzte sich. »Du hast dir den Laden ausgesucht.«

»Meine ja nur«, sagte Camryn. »Ich gehe hier einmal im Jahr hin, um das Sandwich mit frittiertem Zackenbarsch zu essen. Was Besseres gibt's nicht. Aber da ich normalerweise nichts Frittiertes esse, mache ich meistens einen Bogen um den Laden.«

»Warum hast du dich getarnt?«, fragte Grace.

»Ich bin in dieser Stadt beinahe eine Prominente«, erklärte die Reporterin. »Als ich damals beim Sender anfing, fand ich es voll geil, beim Einkaufen oder Essengehen angesprochen zu werden. ›Aah, Sie sind doch aus'm Fernsehen!‹ Ich musste Fotos machen, manchmal ein Autogramm geben. Und wenn ich mal nicht geschminkt bin oder mir nicht die Haare gemacht habe – ich schwöre dir –, mich entdeckt sofort irgendeiner mit seiner Handykamera. Die machen dann heimlich Fotos, um ihren Freunden und Kollegen hinterher sagen zu können: ›Ich hab diese Camryn Nobles von *Kanal 4* im Fitnessstudio gesehen. Mann, ich kann dir sagen, ohne Schminke sieht die ganz schön alt aus!‹«

»Also lässt du samstags das Make-up weg und trägst Hut und Sonnenbrille. Leuchtet ein.«

Camryn musterte Grace. »Wenn ich in dieser Stadt irgendwo so auftauchen würde wie du gerade, wäre mein Foto in null Komma nichts bei *Twitter* und *Facebook*.«

»Ich war gerade am Streichen, als ich deine SMS bekam.« Grace beschloss, nicht beleidigt zu sein. »Ich hatte keine Zeit, mich zu Hause umzuziehen. Aber mal lieber zur Sache, was hast du über Paula herausgefunden?«

»Lass uns erst mal bestellen«, sagte Camryn. Die Kellnerin nahm ihre Wünsche auf: ein Zackenbarschsandwich für Camryn und Mahimahi für Grace, ungesüßter Eistee für beide.

Als die Getränke kamen, leerte Camryn das halbe Glas in einem Zug. »Zuerst mal: Findest du es nicht komisch, dass eine angebliche Eheberaterin selbst geschieden ist?«

»Nicht unbedingt«, sagte Grace. »Schließlich berät sie uns nicht darin, wie wir unsere Ehe retten können. Sie hilft uns, mit der Trennung klarzukommen. Daher finde ich es nicht allzu verwunderlich, dass sie im selben Boot sitzt. Woher weißt du, dass sie geschieden ist?«

»Ich hatte keine Lust zu warten, bis unsere dumme

kleine Praktikantin ihre Arbeit gemacht hat, und hab mich selbst ans Telefon gehängt. Hab ein bisschen gegoogelt, ein bisschen investigativ recherchiert. Um ehrlich zu sein, ich hatte fast vergessen, wie viel Spaß das macht, so richtig im Dreck zu wühlen. Egal. Ja, Dr. Paula Talbott-Sinclair ist erst seit zwei Jahren geschieden. Wir wissen bereits, dass sie eine Praxis in Portland, Oregon hatte. Ich hab eine Regieassistentin unseres dort ansässigen Partnersenders angerufen, und die wusste alles über unsere Paula.«

Das Essen kam, und Camryn griff zu ihrem Sandwich. Sie biss ab und seufzte selig. »Dafür muss ich bestimmt eine Stunde zusätzlich auf den Crosstrainer, aber es ist jede Kalorie wert.«

Grace wunderte sich darüber, wie viel Hunger sie hatte. Schweigend aßen sie eine Weile. Schließlich war Camryn fertig. Sie nahm den Pappteller mit den restlichen Pommes und warf ihn in den nächsten Mülleimer.

»Bloß nicht in Versuchung führen lassen«, erklärte sie.

»Und was ist jetzt mit der Regieassistentin?«, gab Grace das Stichwort.

»M-hm. Paula und ihr Mann, ein gewisser Thorsen Sinclair, führten die Praxis gemeinsam. Er war Psychiater, sie Therapeutin. Connie, die Frau von unserem Partnersender in Portland, meinte, die beiden wären in der Gegend ziemlich bekannt gewesen. Sie hätten im ganzen Nordwesten Seminare über ›Achtsamkeit in der Ehe‹ gegeben, was auch immer das sein soll. Es gab sogar eine Buchveröffentlichung mit demselben Titel. Alles war rosig bei den Sinclairs – bis er sich in eine Patientin verliebte.«

»O nein«, stöhnte Grace.

»O doch! Sowohl das Patientenpaar als auch Paula und ihr Mann trennten sich, aber es gab einen hübschen kleinen Skandal. Der verlassene Mann rief bei der Aufsichtsbehörde an und erhob Beschwerde gegen Thorsen. Das sickerte dann auch zu den anderen Medien durch. Connie hat mir einen Link zu einem Artikel in der Zeitung von Portland geschickt. Der Titel lautete ›Das war's mit Achtsamkeit in der Ehe‹. Kurz gesagt, Thorsen ließ Paula sitzen. Nachdem die Scheidung durch war, heiratete er die andere Frau. Und Paula brach offenbar zusammen. Sie ›lieh‹ sich einen Rezeptblock von ihrem Ex und stellte sich regelmäßig selbst Rezepte für Beruhigungsmittel aus. Irgendwann wurde sie erwischt.«

»Musste sie ins Gefängnis?«, fragte Grace mit großen Augen.

»Sie war nicht vorbestraft, daher war der Richter bereit, die Anklage fallenzulassen. Sie musste stattdessen an einem Entzug für Mitarbeiter des Gesundheitswesens teilnehmen«, erklärte Camryn. »Das muss Paula dann auch gemacht haben, denn Connie konnte keinen Nachweis für eine Verhaftung finden.«

»Arme Paula«, sagte Grace. »Sie hat also wie wir alle den ganzen Mist selbst mitgemacht. Aber wie ist sie hier unten in Florida gelandet?«

»Hatte wahrscheinlich den Regen satt. Warst du schon mal in Portland?«

»Nein.

»Mal im Ernst, ich weiß auch nicht, was sie hier nach Florida geführt hat«, gab Camryn zu. »Aber ich weiß, dass sie dieses Scheidungs- und Lebenscoaching erst seit sechs Monaten anbietet. Und offenbar bewegt sie sich damit noch in der Legalität – solange sie sich nicht offiziell als Therapeutin oder Eheberaterin bezeichnet. Und das tut sie ja nicht.«

»Aha.« Grace spielte mit einem Stück Salat, das von ihrem Mahimahi gefallen war. »Also heißt das nun … hat Paula die Qualifikation für das, was sie tut? In der ersten Woche dachte ich, sie wäre ein Quacksalber, aber jetzt finde ich ehrlich, dass sie versucht, uns zu helfen. Und anscheinend hat sie wirklich Ahnung davon, was in einer Ehe so schiefgehen kann.«

»Wenn sie mal nüchtern ist und keinen ›Familiennotfall‹ hat«, warf Camryn ein. »Ihre Qualifikationen sind echt. Hab ich geprüft. Ihr erster akademischer Abschluss kommt von der Universität Washington, dann hat sie einen Master in klinischer Sozialarbeit an der *Portland State* gemacht. Sie war Mitglied in mehreren Berufsverbänden in Portland und saß sogar im Vorstand eines Zentrums für misshandelte Frauen, bis ihre eigene Ehe völlig aus den Fugen geriet.«

Grace trommelte mit den Fingernägeln auf den Tisch. »Sieht so aus, als wäre sie rückfällig und wieder auf Tabletten. Das ist schlimm.«

»Sie ist ein erwachsener Mensch«, bemerkte Camryn. »Niemand zwingt sie dazu, die Tabletten zu nehmen. Ich möchte gerne wissen, wie sie Stackpole kennengelernt hat …«

»Gute Frage.« Grace musterte ihr Gegenüber.

»Und weiter?«

»Warum fragst du mich das?«

»Du bist ein Teilnehmer unserer Gruppe. Es geht dich genauso viel an wie mich.«

»Es gibt noch andere Teilnehmer. Du magst mich doch eigentlich gar nicht.«

»Wer hat das denn behauptet?«

»Na ja, wir sind ja nicht gerade beste Freundinnen geworden. Sonst hättest du dich mal bei mir gemeldet oder mich zum Essen eingeladen.«

»Wir sitzen doch hier! Und außerdem gehe ich selten essen, Grace. Willst du wissen, wie das glamouröse Leben einer Moderatorin bei einem drittklassigen Sender aussieht? Ich stehe um fünf Uhr auf, gehe auf den Crosstrainer, schleppe meinen Hintern zum Sender. Um sechs sitze ich in der Maske, um sieben bin ich auf Sendung. Anschließend habe ich Meetings, lese die Pressemeldungen in den Online-

Ausgaben von *The New York Times, Wall Street Journal, Washington Post, Miami Herald*. Da ich auch noch meine eigenen Reportagen mache, muss ich Telefonate führen und Interviewtermine vereinbaren. Oft gehe ich auch mit einem Kamerateam zu Außenübertragungen. Zwischendurch esse ich einen Salat an meinem Platz, habe Meetings oder Telefonate. Ach ja, und ich spreche mit meinem Anwalt über diese beschissene Scheidung und grübele, was es bedeutet, in meinem Alter wieder ein Single zu sein. So sieht mein Tag aus.«

Grace war immer noch nicht überzeugt. »Aber warum willst du jetzt gerade mit mir reden?«

Camryn betrachtete sie über den Rand ihrer Brille hinweg. »Weil du außer mir der einzige normale Mensch in der Gruppe bist.«

Grace wollte protestieren.

»Hör auf!« Camryn nahm die Sonnenbrille ab. »Wyatt zählt nicht. Er ist ein Mann. Ein weißer Mann, und ja, mir ist bekannt, dass wir ein neues Jahrtausend schreiben und ein Schwarzer im Weißen Haus sitzt. Ich sollte es eigentlich auch besser wissen, aber ich sehe in ihm trotzdem einen *Mann*. Fertig. Und Ashleigh? Pf! Auf die Idee käme ich gar nicht. Also bleiben wir zwei. Klar, wir haben uns an unseren Männern ein bisschen gerächt, aber das hatten sie verdient. Ashleigh ist viel zu sehr mit sich selbst beschäftigt. Der traue ich nicht über den Weg.«

»Und Suzanne? Was ist mit der? Klar, sie ist zurückhaltend, aber auch klug und mitfühlend, und sie scheint die Menschen zu verstehen.«

Camryn schüttelte den Kopf. »Nein, die kommt nicht in Frage. Irgendwas stimmt mit dieser Frau nicht.«

»Sie ist introvertiert«, widersprach Grace.

»Da steckt mehr dahinter«, sagte Camryn. »Suzanne hat diese Opferhaltung. Ob es dir gefällt oder nicht, Grace, es bleibt keiner außer dir und mir.«

»Du und ich – und was tun wir?«, fragte Grace ungeduldig. »Wir wissen doch nicht mal mit endgültiger Sicherheit, ob Paula und Stackpole was miteinander haben. Und sie verstößt gegen kein Gesetz, wenn sie sich als Scheidungscoach ausgibt. Ich wüsste nicht, warum wir sie verpfeifen sollten, nur weil sie ein Problem mit Schlaftabletten hat. Wenn überhaupt, sollten wir ihr helfen.«

»Ihr helfen?« Camryn war entrüstet. »Wer hilft denn uns, dreihundert Dollar pro Sitzung für einen ›Scheidungs-Coach‹ hinzublättern, der nicht mal *eine Stunde* am Stück die Augen offen halten kann? Das ist doch unverschämt. Wer hilft den ganzen armen Frauen, die Stackpole zu Paula schickt? Hast du dir das mal überlegt? Ich schon. Ich hab mich gestern vor ihrer Praxis rumgetrieben und gesehen, dass sich drei verschiedene ›Trennungsbewältigungsgruppen‹ bei ihr trafen. Insgesamt waren es fünfzehn Personen. Ausschließlich Frauen. Das ergibt 4500 Dollar. An *einem* Tag! Verdienst du so viel Geld an einem Tag? Ich ganz bestimmt nicht.«

Es dauerte nicht lange, bis die Botschaft bei Grace ankam. »Und was soll ich dagegen machen?«, fragte sie.

»Du hast gesagt, deine Anwältin hätte mit Stackpole zusammen studiert, nicht? Vertraust du ihr?«

»Jaaa? Wieso?«, fragte Grace vorsichtig.

»Sprich mit ihr. Bitte sie mal, ein bisschen rumzuhören. Ich würde ja meinen Anwalt fragen, aber das ist ein Mann, und er kommt aus Miami. Knallharter Typ. Super, wenn man den nächsten Vertrag im Sender aushandeln muss. Aber denkbar ungeeignet, wenn es um den Tratsch im Gerichtsgebäude geht.«

Grace zögerte. »Ich werde Mitzi mal fragen, ob sie was herausfinden kann. Außerdem hab ich noch eine Idee, wie wir Paula helfen können. Aber dafür brauche ich deine Unterstützung und die der anderen.«

»O Gott, diese mitfühlenden Liberalen.« Camryn schüttelte den Kopf. »Was hast du denn im Sinn?«

»Ich schicke jedem in der Gruppe eine E-Mail, darin schildere ich den Plan. Mittwochabend werden wir Paula in die Enge treiben, vorausgesetzt, sie taucht auf. Ganz altmodische Betty-Ford-Nummer.«

Camryn nickte nachdenklich, setzte ihre Sonnenbrille auf und nahm die Rechnung an sich. »Gefällt mir.« Sie drückte sich den Strohhut in die Stirn, so dass ihr Gesicht überschattet wurde. »Heb jetzt nicht gleich ab, aber du gefällst mir, Grace Stanton.«

»Davenport«, korrigierte Grace. »Jetzt Davenport.«

Sie sah Camryn nach, die zielstrebig auf den Parkplatz zusteuerte. Hatte Camryn Nobles sich gerade mit ihr angefreundet? Steckten sie jetzt gemeinsam unter einer Decke? Eine Verschwörung gegen Stackpole? Grace' Leben hatte eine unerwartete Wendung genommen. Hoffentlich zum Besseren, dachte sie.

39

Grace nahm immer zwei Stufen der Außentreppe zu ihrem Zimmer auf einmal. Sie öffnete die Tür und setzte Sweetie auf dem Bett ab. Dann kniete sie sich daneben und flüsterte dem Hund in das seidige Ohr: »Ich muss jetzt duschen und mich fertig machen. Und du musst ganz, ganz leise sein, sonst schmeißt uns die böse Tante von unten beide aus dem Haus.«

Sweetie blinzelte, leckte Grace über die Nase und machte es sich auf dem Kopfkissen bequem. Den Kopf bettete sie auf die Pfoten. Als Grace aus der Dusche kam, schlief der Hund. Grace zog sich leise an: eine blau-weiß gestreifte Seersucker-Hose und ein weißes T-Shirt mit U-Boot-Ausschnitt, das sie für nur fünf Dollar in der Kleiderkammer einer Hilfsorganisation gefunden hatte.

Rochelle war hinter der Theke und spielte den Schiedsrichter bei einer erhitzten Auseinandersetzung zwischen zwei Stammgästen, die sich über Politik stritten.

»Du siehst nett aus«, sagte Rochelle und hob die Augenbraue. »Noch was vor?«

»Ich habe Wyatt versprochen, dass ich was zu essen mitbringe, wenn ich Sweetie heute Abend bei ihm abgebe«, sagte Grace.

Rochelle runzelte die Stirn. »Ist dieser Hund …?«

»Sie schläft in meinem Zimmer. Mach dir nicht sofort in die Hose. Sie ist nur so lange hier, bis ich was zu essen gefunden habe. Bo ist heute bei Wyatt. Was essen kleine Jungs wohl gerne?«

»Ich hab nie einen kleinen Jungen gehabt, daher weiß ich das nicht. Aber ich kann dir verraten, was die großen Jungs mögen. Fleisch. Frittiertes. Käse. Alles, wo man Ketchup oder Barbecuesoße drübergießen kann. Und Jalapeños.«

»Hm, ist schon nach fünf Uhr, und ich hab versprochen, um sechs mit dem Essen auf der Matte zu stehen«, sagte Grace. »Ich hab also keine Zeit, irgendwas Gesundes aus dem Hut zu zaubern. Was ist deine Empfehlung des Tages?«

»Chicken Wings. Krabbenburger. Frittierte Fischstückchen. Überbackene Tacos.«

»Ich mag's kaum sagen, aber die überbackenen Tacos scheinen alle wichtigen Anforderungen von Männern an ein Essen zu erfüllen«, sagte Grace.

Sie ging durch die Schwingtüren in die Küche und entdeckte die Auflaufform mit den Tacos auf dem Warmhaltetisch. Grace hob eine Ladung mit einer

Kelle raus und gab sie in eine Schale aus Alufolie, die sie mit einem Pappdeckel schloss. Als sie gerade eine zweite Schale mit Salat füllte, kam Rochelle zu ihr.

»Was ist mit Nachtisch?«

»Ich dachte an ein bisschen Obst …«

Rochelle schnaubte verächtlich. »Wenn du dir jemals einen neuen Mann angeln willst, musst du diesen Gesundheitstick zu Hause lassen.« Sie ging in eins der Kühlhäuser und holte eine mit Plastikfolie überzogene Schüssel heraus. »Ich kenne keinen Mann, der meinen Brownie-Pie nicht mag«, sagte sie, schnitt ein riesiges Stück ab und setzte es in eine große Styroporschachtel. Dann griff sie erneut ins Kühlhaus und reichte ihrer Tochter eine weiße Dose. »Schlagsahne. Du weißt, was du damit zu tun hast, oder?«

»Hör mir bloß mit deinen schmutzigen Anspielungen auf«, sagte Grace streng. Sie packte alles in eine große braune Papiertüte. »Danke, Mom. Das wird superlecker.«

Rochelle hob eine Augenbraue. »Vergiss bloß den verdammten Hund nicht.«

Wyatt Keeler stieg aus der Dusche und stellte fest, dass die anderen beiden männlichen Bewohner des Hauses in ein Baseballspiel der Rays vertieft waren. Nelson thronte im Fernsehsessel, Bo lag bäuchlings auf dem Boden, das Gesicht nur wenige Zentimeter vom Bildschirm entfernt. Im Zimmer herrschte das absolute Chaos. Ein Berg sauberer Wäsche, die noch zusammengelegt werden musste, nahm den größten Teil des Sofas ein. Bos schmutziges Sporttrikot, seine Unterwäsche, Socken, Stollenschuhe und seine verschwitzte Kappe waren über den Boden verteilt. Auf dem Couchtisch lagen die Zeitungen der vergangenen drei Tage, daneben standen benutzte Teller mit einem Rest von Hühnerauflauf, leere Cola-Dosen und die Verpackung des Fastfood-Mittagessens.

»Hey, Leute«, begann Wyatt und trat mit dem nackten Fuß auf ein Stück Plastik. Er bückte sich und hob einen gelben Legostein hoch. »Aua!«

»Mann, Dad!«, schimpfte Bo. »Du hast meinen Mega-Roboter kaputt gemacht.« Er stand auf und suchte die roten, gelben, grünen und blauen Steinchen zusammen. »Ich hab den ganzen Tag gebraucht, um den zu bauen. Jetzt muss ich noch mal von vorne anfangen!«

»Jetzt musst du erst mal dieses Chaos aufräumen«, befahl Wyatt ihm. Nelson sah von seinem Sessel auf.

»Ihr beide«, sagte Wyatt. »In fünfzehn Minuten bekommen wir Besuch. Wir müssen also alle mit anfassen. Bo, räum du die Legos in die Kisten, wo sie reingehören. Tu deine Sportsachen in die Wäsche, und dann räumst du den Couchtisch frei. Dad? Hast du nicht gesagt, du wolltest die Wäsche zusammenlegen und wegpacken?«

»*Du* hast gesagt, dass ich das tun soll«, murmelte Nelson und stützte sich beim Aufstehen schwerfällig mit den Händen auf den Armlehnen ab. »Und was machst du, während Bo und ich hier schuften?«

»Ich mache die Küche sauber, fege den Boden und bringe den Müll der Woche nach draußen. Außerdem hab ich schon das Bad geputzt und desinfiziert, also wagt euch da ja nicht rein!«

»Und wenn ich pieseln muss?«, fragte Bo.

»Dann geh nach draußen«, gab sein Vater zurück.

»Wer kommt denn zu Besuch? Die Königin von England?«, meckerte Nelson, legte aber dennoch T-Shirts, Hosen, Unterwäsche und passende Socken zusammen.

»Grace kommt, Dads neue Freundin«, verriet Bo seinem Opa.

»Wer hat gesagt, dass Grace meine neue Freundin ist?«, fragte Wyatt und lief rot an. »Das habe ich nie behauptet.«

»Aber das ist sie doch, oder?«, hakte Nelson nach.

»Anna meint, es wäre in Ordnung, wenn Dad eine Freundin hat, weil Mom ja auch ihr-wisst-schon-wen hat«, bemerkte Bo.

»Anna soll sich lieber mal um ihre eigenen Angelegenheiten kümmern«, gab Wyatt zurück. »Und jetzt legt los, ihr zwei. Sie ist in gut zehn Minuten hier. Und sie bringt was zu essen mit, also seid nett. Und egal was sie mitbringt, tut so, als würdet ihr es mögen.«

»Und wenn sie Leber mitbringt?«, fragte Bo. »Oder Bohnen?«

»Oder Tofu?«, ergänzte Nelson düster. »Ich warne dich: Ich esse *kein* Tofu.«

»Wenn sie mich zwingt, Leber und Bohnen zu essen, spuck ich es wieder aus«, drohte Bo.

»Sie bringt weder Leber noch Tofu mit«, sagte Wyatt. »Denkt einfach dran, was ich gesagt habe: seid nett.«

»Ich bin immer nett«, brummte Nelson vor sich hin. Er schaute hinüber zu Bo, der eifrig Zeitungen und Papiertüten einsammelte und sie unter das Sofa stopfte. »Sag ehrlich, bin ich nicht immer nett?«

Bo dachte darüber nach. »Meistens. Außer wenn Mom anruft.«

Wyatt sprühte die zerkratzten Resopal-Arbeitsflächen mit Reiniger ein und sah sich in der Küche um. Er hatte keine Ahnung, wie Grace auf sein Heim reagieren würde. Er wusste, dass sie in einer tollen Villa gewohnt hatte, weil er sich Bilder davon auf *ihrem alten Blog* angesehen hatte. Es war ein Riesenklotz mit mindestens fünf Schlafzimmern und vier Bädern, mit einem Kinosaal, einem Fitnessraum, mit Swimmingpool und Poolhaus. Ja, es sah fast so aus, als sei ihr Poolhaus größer gewesen als sein piefiger kleiner Trailer.

Dennoch schien es ihr Spaß zu machen, an dem

Haus auf der Mandevilla Street zu arbeiten. Sie hatte sogar zugegeben, dass sie dort gerne wohnen würde. Vielleicht würde Grace beim Anblick seiner Absteige ja doch nicht auf dem Absatz kehrtmachen und schreiend das Weite suchen.

Zumindest war es jetzt eine einigermaßen saubere Absteige. Wyatt hatte Zinnien aus dem Beet hinter dem Haus gepflückt und in ein leeres Marmeladenglas gestellt. Der Tisch sah jetzt ganz okay aus. Er war mit dem guten Geschirr von seiner Mutter gedeckt, dessen Teller mit kleinen blauen Blumen und einem Goldrand verziert waren. Das Silberbesteck war einheitlich, und an jedem Platz lagen Papierservietten. Das war immerhin ein großer Fortschritt im Vergleich zu der Haushaltsrolle, die sonst auf dem Tisch stand.

Aber er hatte nur drei Stühle. Wieso war ihm das nicht aufgefallen? Eigentlich gehörten vier zur Essecke, aber vor ein paar Monaten hatte sich Bo auf seinem Stuhl nach hinten gelehnt, und ein Bein war abgebrochen. Wyatt hatte ihn eigentlich reparieren wollen, aber dafür war es nun zu spät. Auf der Suche nach einer Sitzgelegenheit eilte er durch das Haus. Nichts. Verzweifelt ging er nach draußen zum Carport, wo er einen alten Plastikstuhl fand, den er in den Trailer schleppte. Wyatt runzelte die Stirn. Der Stuhl war viel zu niedrig. Er ging ins Wohnzimmer, wo Nelson und Bo bereits wieder in das Baseballspiel vertieft waren. Er nahm ein Kissen von der Couch und legte es auf die Sitzfläche des Stuhls. In diesem Moment klopfte es an der Tür.

Wyatt wischte sich die verschwitzten Hände am Hosenboden ab und ging aufmachen.

Wie Rochelle vorausgesagt hatte, waren die Tacos der Hit bei den Keeler-Männern.

»Echt gut«, sagte Nelson und kratzte den letzten Rest Hackfleisch, Tomatensoße und Käse von seinem Teller. Er wies auf die fast leere Schüssel, in der Grace das Essen aufgewärmt hatte. »Waren da Frito-Chips drin?«

»Leider ja«, erwiderte sie. »Nicht sehr gesund, ich weiß, aber …«

Bevor sie sich weiter entschuldigen konnte, griff Nelson quer über den Tisch und nahm sich auch noch den letzten Löffel.

»Dad liebt Fritos«, erklärte Wyatt. »Fast ebenso sehr wie Hühnerauflauf.«

»Aber nur den von Marie Callender«, präzisierte Nelson. »Nicht den von Swanson. Der Auflauf von Marie Callender ist teurer, aber meistens ist sonntags ein Gutschein in der Zeitung.«

»Dad erledigt bei uns den Einkauf«, sagte Wyatt. »Diese Gutscheine haben es ihm besonders angetan. Er ist ein richtiger Schnäppchenjäger.«

Nelson strahlte über das Kompliment. »Mögen Sie

Bohnen in Tomatensoße? Ich hab nämlich diese Woche einen Zwei-einser für Bohnen in Tomatensoße von Bush übrig.«

»Was ist denn ein Zwei-einser?«, wollte Wyatt wissen.

»Zwei kaufen, einen bezahlen«, erklärte Grace. »Und ja, davon hätte ich gerne einen, wenn Sie den erübrigen können.«

Das Abendessen war wirklich nett gewesen. Grace fand es niedlich, wie sehr Wyatt sich bemüht hatte, einen guten Eindruck zu machen. Grace schaute auf ihren Teller.

»Ich kenne dieses Geschirr. Das sind Flockenblumen, richtig?«

»Hm, kann sein«, murmelte Wyatt.

»Doch, das stimmt«, meldete sich Nelson zu Wort. »Haben wir zur Hochzeit bekommen. Peggy hatte es sich ausgesucht. Blaue Blumen waren schon immer ihre Lieblingsblumen.«

»Meine auch«, gestand Grace. »Flockenblumen und Kornblumen, Hortensien in allen Schattierungen, Iris, und die dunkelblauen Stiefmütterchen mit den Clowngesichtern …«

»Bleiwurz?«, schlug Wyatt vor. »Magst du auch Bleiwurz?«

»Und wie, besonders die farnartigen Blätter«, schwärmte Grace.

»Die hab ich bei uns in der Baumschule«, erklärte

Wyatt. »Wir können ein paar Stauden ausgraben und sie vor deinem Haus neben die Gardenien pflanzen, wenn du willst. Das hellgrüne Laub wäre ein schöner Kontrast zu den dunkelgrünen Gardenienblättern.«

»Super Idee.« Grace schaute alle an und strahlte beim Anblick der leeren Teller. »Ich hab auch Nachtisch mitgebracht, falls jemand noch Hunger hat.«

»Ich!«, sagte Bo.

»Du hast immer Hunger«, bemerkte Nelson.

»Außer wenn es Leber und Bohnen gibt«, entgegnete sein Enkel. »Bah!«

Grace lachte. »Da muss ich dir zustimmen. Die sind wirklich so was von abartig.«

Sie schnitt den Brownie-Kuchen in große Stücke und legte sie auf einen weißen Teller, den sie im Schrank gefunden hatte. Dann stellte sie ihn in die Mitte des Tisches.

»Der Brownie-Kuchen ist von meiner Mutter. Das Rezept hält sie geheim, aber in der *Sandbox* ist er immer ausverkauft.«

Die drei Männer am Tisch griffen nach einem Stück. Danach kauten alle glücklich vor sich hin.

»Bo, ich wollte dich doch noch fragen, wie dein Spiel heute war«, erkundigte sich Grace.

»Wir haben verloren«, nuschelte Bo, und Schokoladenkrümel fielen auf seinen Teller.

»Nicht mit vollem Mund reden«, warnte Wyatt.

Bo kaute weiter und wischte sich mit einem Seitenblick auf seinen Vater den Mund ordentlich mit einer Serviette ab. »Wir haben gegen die ätzenden Pythons verloren. Gegen unseren Erzfeind.«

»Das tut mir leid«, sagte Grace.

»Aber die Jungs waren super«, sagte Wyatt. »Bo ist einmal bis zur zweiten Base und einmal sogar bis zur dritten Base gekommen. Und einen Ball hat er flach über den Boden geschlagen, das hätte seiner Mannschaft bestimmt einen Homerun gebracht, wenn der gegnerische dritte Baseman ihn nicht noch mit einem Hechtsprung geschnappt hätte. Der Junge bekommt mit Sicherheit Wachstumshormone, der ist acht Jahre und misst fast einen Meter achtzig!«

»Aber dann hab ich zwei Bälle verfehlt«, sagte Bo traurig.

»Junge, du hast eine Trefferquote von vierzig Prozent«, erinnerte Nelson ihn. »Das ist nicht übel.«

Bo schielte auf das letzte Stück Kuchen auf dem Teller. Seine Hand schwebte in der Luft, bis sein Vater ihm zunickte.

»Opa, diese Woche hatte ich vierzig, auf die Saison gerechnet nur fünfunddreißig. Dieser eine Spieler von den Wolverines, der hat aber sechzig Prozent Trefferquote! Und Scout schmeißt fast in jedem Inning zwei Gegner raus.«

»Wow«, sagte Grace bewundernd. »Du kennst dich ja wirklich mit Zahlen aus. Dein Vater hat mir schon erzählt, dass du ein richtiger Rechenkünstler bist.«

»Er ist ein Freak.« Wyatt schaute seinen Sohn liebevoll an. »Unser kleiner Freak.«

Sehnsuchtsvoll sah Bo in Richtung Wohnzimmer. »Das Spiel läuft noch, Dad. Darf ich aufstehen?«

»Erst wenn ihr beiden die Teller abgeräumt habt. Und bedankt euch bei Grace für das Essen.«

»Das musst du nicht«, gab sie zu. »Meine Mutter hat das gemacht. Ich hab's nur hergefahren.«

»Das war superlecker«, sagte Bo beim Zusammenstellen der Teller.

Nelson erhob sich schwerfällig. »Wenn Sie noch mal diesen Taco-Auflauf rüberbringen wollen, immer her damit!«

Wyatt schaute Grace an, die das Besteck einsammeln wollte. »Das ist Dads Aufgabe«, sagte er. »Draußen ist es jetzt nicht mehr so heiß. Ich dachte, ich könnte dir vielleicht mal den Park zeigen. Falls es dich interessiert …«

»Sehr gerne. Ich hab gehofft, dass du mich das fragen würdest«, sagte Grace.

40

Knirschend holperte der Golfwagen über die mit Muschelsplitt belegten Wege. Hin und wieder streifte ein Zweig oder Ast Grace' Arm. Die feuchte Luft stand und roch nach der dampfenden Erde und den tropischen Blumen. Es dämmerte, Vögel und Eichhörnchen hüpften durch das dichte Laub. Aus der Tiefe des Parks ertönte ein unheimlicher Schrei, der Grace so heftig erschreckte, dass sie beinahe vom Wagen fiel.

»Was war das denn?«, fragte sie und hielt sich an Wyatts Arm fest.

»Pfauen«, stöhnte er. »Mein Verderben. Wenn dieser verfluchte Kojote sich doch nur einen Pfau geholt hätte …«

»Aber die sind doch so schön«, warf Grace ein. »So elegant.«

»*Und* so *laut* und verrückt – sie sind die reinsten Nervensägen«, entgegnete Wyatt heftig. »Die Leute aus der Nachbarschaft rufen dauernd bei der Polizei an und beschweren sich, dass wir hier Tiere quälen würden. Sie wollen partout nicht begreifen, dass Pfauen immer so schreien.«

»Warum habt ihr dann welche, wenn du sie gar nicht magst?«

»Bei *Jungle Jerry* gab es halt immer Pfauen«, sagte er. »Das erste Paar, Ike und Mamie, waren die Lieblinge meiner Großmutter. Als sie starben, dachten wir, nun sei Schluss mit den Pfauen. Aber nein, irgendjemand ›schenkt‹ uns immer Nachschub. Die Leute holen sich die Vögel, weil sie finden, dass sie sich schick im Garten oder auf dem Grundstück machen. Nach einer absehbaren Zeit sind sie genervt von dem furchtbaren Gekreische und können sie gar nicht schnell genug wieder loswerden. Wir werden nicht mal gefragt, ob wir die Tiere aufnehmen wollen. Die Leute stellen die verfluchten Vögel einfach mitten in der Nacht bei uns auf dem Parkplatz ab.«

Wyatt wies auf einen riesengroßen Banyanbaum einige hundert Meter entfernt. »In dem Baum hocken sie gerne.«

Der Weg schlängelte sich um den Baum, dahinter öffnete sich eine Lichtung. Sie war von blühenden Büschen eingefasst, in der Mitte stand auf einer Rasenfläche ein großer mit Rosen bewachsener Bogen.

»Das ist der Schmetterlingsgarten«, erklärte Wyatt. »Und in der Mitte, das ist die Hochzeitskapelle.«

»Wie hübsch«, bemerkte Grace. »Habt ihr hier viele Hochzeiten?«

»In letzter Zeit nicht mehr«, gab Wyatt zu. »Die Leute heiraten wohl lieber am Strand. Außerdem fehlt uns die gehobene Ausstattung, die viele Bräute verlangen. Wir haben nur Toiletten oben im Souvenirladen, und die sind nicht grade luxuriös. *Jungle Jerry* ist keine schicke Adresse mehr.«

»Wie schade«, sagte Grace. »Es sieht wirklich hübsch aus mit den ganzen Bäumen und Blumen und der Wiese in der Mitte. Man könnte ein Zelt und diese neuartigen Toilettenwagen aufstellen, die haben sogar fließendes Wasser. Ein guter Hochzeitsplaner könnte hier eine spektakuläre Feier ausrichten.«

»Kennst du denn einen?«, fragte Wyatt düster. »Ich nämlich nicht.«

Der Weg machte einen scharfen Knick nach links, und plötzlich befanden sich die beiden vor einer Wand aus Bambus. Es hatte begonnen zu nieseln. Durch das grüne Laub erhaschte Grace einen Blick auf ein Gebäude.

»Was ist das da hinten?«

»Das sind die Überbleibsel vom Raubkatzenhaus«, erwiderte Wyatt und erzählte von seinem Großvater und dessen kurzer Karriere als Löwenbändiger. Er fügte hinzu, dass alle Raubkatzen vor langer Zeit weggegeben worden waren.

»Angeblich war das mal eine der Hauptattraktionen, die viele Menschen angelockt hat. Eine Zeitlang hatten wir sogar einen ›Safarizug‹, der sie vom Parkplatz hierherbrachte. Genaugenommen war das ein Traktor mit mehreren Anhängern dran. Dad hat den Zug verscheuert, als wir vor über zwanzig Jahren alle Tiere weggaben. Aber die Käfige und die Tribüne sind noch da. Mittlerweile dürfte fast alles verrostet und heruntergekommen sein. Mein Großvater hat den Bambus als eine Art Sichtschutz gepflanzt, aber er wusste damals nicht, wie stark dieses Zeug wuchert. Jetzt ist es wie ein ewiger Kampf gegen Windmühlen, wenn man den Bambus davon abhalten will, jeden Quadratmeter des Parks einzunehmen.«

»Ich hatte keine Ahnung, was alles dazugehört, so einen Park zu führen«, sagte Grace und musterte Wyatts ausdrucksstarkes, prägnantes Profil. »Ich kann nur staunen, dass es dir überhaupt gelungen ist, ihn so viele Jahre am Laufen zu halten.«

Er lächelte betrübt. »Ich staune selbst. Aber eigentlich hatte ich nie eine Wahl.«

Grace schob die Hand über den Sitz des Golfwagens und drückte kurz Wyatts Unterarm. Als sie weiterfuhren, hörte man nichts außer dem leisen Nieselregen und dem Wind, der durch den Bambus ging.

Der Weg knickte scharf nach links ab, und die Bambushecke wurde von einem großen Feld abgelöst. In geraden Reihen waren Blumen und junge Bäume gepflanzt. An einer der Seiten stand im

Schatten eines großen Baumes ein kleiner Schuppen mit Blechdach.

»Dies ist mein Lieblingsplatz im Park«, sagte Wyatt. »Meine Baumschule.« Er fuhr mit dem Golfwagen bis zum Schuppen und sprang hinaus. »Wir können hier bleiben, bis es aufhört zu regnen.« Dann verschwand er und kam kurz darauf mit einem Paar Gummistiefel zurück, das er Grace in die Hand drückte. »Ist ziemlich matschig hier. Zieh die mal besser an.«

Grace schlüpfte aus ihren Sandalen und versank förmlich in den Stiefeln, die ihr vier Nummern zu groß waren und fast bis zu den Knien reichten. Kichernd kletterte sie vom Golfwagen und stampfte voran.

Wyatt bot ihr den Arm an. Unter dem Blechdach stand eine Picknickbank. Wyatt griff unter den Sitz des Wagens und zog eine Papiertüte hervor, die er Grace reichte. Sie schaute hinein und entdeckte eine Flasche Wein und zwei Plastikbecher.

»Schraubverschluss«, sagte er entschuldigend. »Aber der Typ im Weinladen hat mir versichert, es sei gute Qualität. Magst du Rotwein?«

»Klar«, sagte Grace.

»Moment noch.« Wyatt holte eine Dose mit Insektenschutz hervor und sprühte sich Hals, Arme und Beine ein. Dann machte er dasselbe bei Grace.

Sie nahm auf der Bank Platz, und nach einer Weile

setzte sich Wyatt neben sie. Geschickt schraubte er den Rotwein auf, goss ein wenig in den Becher und reichte ihn ihr zum Probieren.

»Der Typ im Weinladen hatte recht. Der ist lecker.«

Grace hielt ihm den Becher erneut hin, dann schenkte er sich selbst ein. Mit den Bechern in der Hand lehnten sie sich zurück, schauten über die Felder und genossen den rubinroten Wein.

»Was baust du eigentlich alles an?«, fragte Grace.

»Vor allem einjährige Pflanzen für die Blumenbeete im gesamten Park, aber auch winterharte Stauden und Sträucher. Ein paar Setzlinge habe ich aus Samen oder Pfropfen unserer Bäume gewinnen können«, erklärte Wyatt. Mit dem Kinn wies er auf eine Reihe Palmen am hinteren Ende des Feldes. »Ich hatte ziemlich viel Glück mit den Palmen. Die sind vier Jahre alt.«

»Ist es nicht sehr aufwendig, alle Pflanzen selbst zu ziehen?«, fragte Grace. »Besonders da du noch so viele andere Sachen im Park zu tun hast?«

»*Es ist* dafür deutlich billiger, als in Baumschulen und Gärtnereien zu kaufen. Außerdem macht es mir Spaß, die Sachen selbst zu ziehen. Es ist eine Herausforderung für meinen grünen Daumen.«

»Wirklich eindrucksvoll«, sagte Grace und stieß mit ihm an.

Wyatt kramte in seiner Tasche herum und brachte

einen gefalteten Zettel zum Vorschein. »Ich, ähm, ich hab gestern Abend an dich gedacht, als ich zu Hause war und nicht schlafen konnte, und da, ähm, hab ich etwas für dich gezeichnet.«

Grace nahm den Zettel und faltete ihn auseinander. »Ein Gestaltungsvorschlag?« Es war eine aufwendige Bleistiftzeichnung eines Gartens mit handgeschriebenen botanischen Namen. Als Grace genauer hinsah, erkannte sie, dass unten rechts in der Ecke »Mandevilla Manor« in ordentlicher Blockschrift stand.

»Manchmal komme ich nachts nicht zur Ruhe«, sagte Wyatt entschuldigend. »Dann muss ich aufstehen und zeichnen. Das hier ist nichts Besonderes. Es sind nur ein paar Ideen.«

»Das passiert mir auch manchmal«, gestand Grace. »Ich wache mitten in der Nacht mit einer Rezeptidee oder einem verrückten Plan für einen Grundriss auf, die ich dann gerne festhalten würde. Seitdem ich drüben in Mandevilla Manor arbeite, schlafe ich in manchen Nächten nur wenige Stunden, so aufgekratzt bin ich. Ich glaube, bei kreativen Menschen ist das einfach so.«

»Callie war überzeugt, so würden sich nur Verrückte benehmen«, sagte Wyatt.

Grace untersuchte die Zeichnung. »Das heißt … gar kein Rasen mehr?« Sie wies auf die Sträucher, die er im Vorgarten skizziert hatte.

»Nur ganz wenig Gras«, erklärte er. »Das kannst du natürlich ändern, wenn du willst, aber in Florida braucht man Unmengen von Wasser und Chemikalien, um große Rasenflächen anzulegen. Ich glaube, es sähe besser mit Blumenbeeten aus. Hiesige Zierpflanzen, dazu vielleicht ein paar einjährige Blumen als Farbtupfer. Hier«, er wies mit dem Finger auf eine Stelle, »würde ich einen Parkplatz aus Muschelsplitt anlegen, der in einen Pfad übergeht und sich von den Beeten bis zur Haustür zieht. Ich hatte nicht genug Zeit, um alle Blumen zu beschriften, aber da ich ja jetzt weiß, dass du blaue Blüten magst, würde ich ganz viele Blau- und Violetttöne pflanzen, dazu vielleicht etwas Weiß, Grün und Silber.«

»Wenn es sich um mein Haus handelte, wäre es perfekt.« Grace beugte sich vor und gab Wyatt einen Kuss auf die Wange. »Ich behalte die Skizze. Vielleicht besitze ich ja irgendwann wieder ein Haus, wo ich einen Garten anlegen kann. Also genau so einen Garten.«

»Warum kannst du das nicht in Mandevilla Manor umsetzen?«, fragte Wyatt.

»Das würde Arthur niemals mitmachen«, erwiderte sie. »Ich versuche ihn schon die ganze Zeit zu überreden, Geld für eine zentrale Klimaanlage springenzulassen, damit ich diese hässlichen rostenden Apparate aus den Fenstern reißen kann.«

»Es wäre aber gar nicht besonders teuer, diesen

Plan umzusetzen«, bemerkte Wyatt. »Die meisten Pflanzen, die ich eingezeichnet habe, züchte ich direkt hier in der Gärtnerei. Der größte Posten wäre der Muschelsplitt für Parkplatz, Gehsteig und Weg. Aber den bekomme ich zum Großhandelspreis.«

»Und was ist mit den Arbeitskosten?«

Wyatt grinste. »Ich kenne da jemanden, der ist gut und günstig. In deinem Fall sogar umsonst.« Er legte den Arm um Grace' Schulter und zog sie an sich.

Erneut betrachtete sie seinen Entwurf. »Wow!« Sie zeigte auf eine unregelmäßige Kontur. »Ist das ein Teich da im Garten? Soll das ein Witz sein?«

»Das ist nur ein kleiner Badeteich«, erklärte er. »Nichts im Vergleich zu dem, was du auf deinem letzten Grundstück hattest. Nicht groß genug, um ein Auto darin zu versenken«, fügte er schelmisch hinzu.

Grace schielte zu ihm hinüber und musste kichern. Dann trank sie noch einen Schluck Wein.

»Der Garten von Mandevilla Manor ist so groß, dass es schade wäre, ihn nicht zu nutzen«, sagte er. »Meine Vorschläge könnte man nach und nach umsetzen. Als Erstes wäre der Vorgarten dran: Man würde die Sträucher und Büsche an den Seiten beschneiden und in Form bringen. Als Nächstes würden wir dafür sorgen, dass der Obstgarten hinter dem Haus wieder auf Vordermann gebracht wird. Man könnte diesen Schuppen beziehungsweise die

Garage streichen und Rankpflanzen an ein Spalier setzen, damit das Gebäude nicht mehr so wuchtig wirkt. Als Drittes käme erst der Badeteich. Und die Garage beziehungsweise der Schuppen ist so groß, dass du einen Teil zu einem Gästehaus umbauen könntest. Auf der Seite, die zum Teich hinausginge, könnte man Terrassentüren oder vielleicht ein cooles Rolltor im Industriedesign einsetzen. So hättest du dahinter dein Poolhaus. Wahrscheinlich wirst du auch zwei Terrassentüren in dem größeren Schlafzimmer einbauen wollen, damit du Zugang zu der kleinen Privatterrasse vor dem Teich hast.«

»Du hast wirklich tolle Ideen.« Grace schaute Wyatt staunend an. »Alles, was du hier gezeichnet hast, passt einfach perfekt zu Größe und Stil des kleinen Cottage. Nichts ist überdimensioniert, alles ist genau richtig. Ich kann mir das wirklich alles gut vorstellen.«

Wyatts Gesicht strahlte vor Freude. »Das macht mir Spaß, weißt du? Etwas aus dem Nichts zu schaffen … Mir fehlt in meinem Beruf das Gestalterische vom Landschaftsbau. Im Park« – er wies in die Runde – »ist mehr oder weniger nichts mehr zu machen. Ich kann nur versuchen dafür zu sorgen, dass nicht alles völlig aus dem Ruder läuft.«

Grace lehnte den Kopf an Wyatts Arm und schaute hinauf in den dunkler werdenden Abendhimmel. Der Regen trommelte leise auf das Blechdach.

»Was wäre, wenn du unbegrenzt viel Geld hättest? Was würdest du dann machen?«

»Wenn das Wörtchen ›wenn‹ nicht wär?« Wyatt lachte höhnisch.

Sie stieß ihn mit dem Ellenbogen an.

»Na gut, dann würde ich die Pflanzenexemplare, die meine Großeltern aus aller Welt hergeholt haben, stärker exponieren. Die Vogelvorstellungen würde ich auslaufen lassen, aber Cookie natürlich behalten. Die gehört zur Familie. Ich hätte gerne einen schön großen Lehrgarten mit all den Früchten und Gemüsesorten, die in unserem Klima gut wachsen. Des Weiteren würde ich sehr gerne mit Köchen aus der Gegend zusammenarbeiten. Dafür wäre hier eine Außenküche toll, um Kochvorführungen zu machen, bei denen ich regionale Produkte verwenden würde, auch Fisch und Fleisch von hier. Insgesamt würde ich weniger stark auf Tourismus setzen, dafür mehr auf das kommunale Element. Vielleicht würde ich sogar die Baumschule vergrößern, um einige der Pflanzen, die wir hier ziehen, offiziell zum Kauf anzubieten.«

Grace setzte sich auf. »Das sind super Ideen! Ehrlich!«

Wyatt zuckte mit den Achseln. »Dazu wird es niemals kommen. Nicht in meinem Leben. Aber stimmt, ich habe so meine Pläne.«

Sie sah ihm tief in die Augen. »Ist zwischen diesen

Plänen auch Platz für mich? Oder mache ich alles nur noch komplizierter?«

»Du? Du machst nichts kompliziert. Du bist … ach, Grace …«

Er legte die Arme um sie und küsste sie sanft. Wyatt drückte sie fester an sich. Seine Zunge kitzelte ihre, und Grace schlang die Arme um seinen Hals und presste sich an seine Brust. Er schob seine warmen Hände erst unter ihr T-Shirt, dann unter das weiße Hemdchen, das sie anstelle eines BHs trug. Mit den Daumen streifte er ihre Brustwarze. Grace hielt die Luft an und fuhr ihm mit den Händen über den Kopf.

»Alles in Ordnung?«, flüsterte er ihr ins Ohr. »Oder soll ich aufhören?«

»Niemals«, stieß sie hervor.

Seine Küsse wurden drängender, er zog ihr T-Shirt hoch. Grace tastete sich von seiner Brust abwärts zur Taille, schob die Hände unter sein Polohemd und fühlte seine nackte Haut. Sie spürte seine Wärme, wagte sich höher und neckte seine Brust.

Es dauerte nicht lange, da hatten sich beide in stillschweigender Übereinkunft ihrer Oberteile entledigt. Wyatt zog Grace auf seinen Schoß, küsste ihren Nacken, ihren Hals und nahm ihre Brüste in die Hände. Vorsichtig spielte er mit der Zunge an ihren harten Brustwarzen, während sie sich in seine Schultern krallte und mit den Fingernägeln über seinen nackten Rücken strich. Ihr Atem wurde schneller, als er sie mit Küssen bedeckte und rückwärts auf die Picknickbank schob.

»Das wird nicht funktionieren«, stieß sie hervor, »diese Bank ist zu klapprig. Da landen wir gleich beide auf dem Boden.«

Wyatt hielt inne, hob Grace ohne Vorwarnung hoch und setzte sie auf den Picknicktisch. Sie lachte, rutschte aber auf dem Po nach hinten, und sofort lag er neben ihr auf dem Tisch. Langsam schob er das Knie zwischen ihre Oberschenkel, tastete nach dem Reißverschluss ihrer Shorts. Sie fand seinen Reißverschluss ohne Probleme, öffnete ihn und fuhr mit dem Daumen über seine Erektion. Gleichzeitig streifte sie ihm die Hose hinunter. Er nestelte noch immer am Knopf ihres Hosenbunds, als Grace plötzlich ein leises Summen aus seiner Hosentasche hörte, das verdächtig nach *Take Me Out to the Ball Game* klang.

»Verdammt!«, stieß Wyatt aus.

Sie lachte. »Kann das nicht warten?«

Abrupt setzte er sich auf und schlüpfte wieder in seine Hose. »Das ist Bos Klingelton«, erklärte er und griff zum Handy. »Da muss ich drangehen.«

41

»Hey, Kumpel, was gibt's?«, fragte Wyatt liebevoll und drehte Grace den Rücken zu. Sie legte den Kopf auf seine nackte Schulter.

Das Kind flüsterte.

»Was? Ich kann dich nicht verstehen, Bo.«

»Ich hab gesagt: Mom hat angerufen und war so richtig sauer.« Bos Stimme klang rau.

»Warum flüsterst du?«, fragte Wyatt.

»Opa soll mich nicht hören«, erklärte sein Sohn. »Er hat gesagt, ich soll dich nicht anrufen, aber er regt sich total auf.«

Wyatt nahm das Telefon beiseite und fluchte leise vor sich hin.

»Was wollte deine Mutter?«

»Sie hat mit mir geschimpft, weil du ihr nicht gesagt hast, dass wir heute ein wichtiges Spiel hatten und sie es verpasst hat.«

Wyatt verdrehte die Augen. »Wir haben deiner Mutter am Anfang der Saison einen Plan mit allen

Spielen gegeben, mein Junge. Sie ist also selbst schuld. Tut mir natürlich leid, dass sie mit dir geschimpft hat. Ich ruf sie später an, dann klären wir die Sache.«

»Dad, Mom hat gesagt, ich soll Opa ans Telefon holen. Und Opa ist supersauer geworden. Er hat rumgeschrien und schlimme Wörter gesagt. Manche hab ich gar nicht gekannt. Und jetzt atmet er irgendwie komisch. Dad, kannst du zurückkommen? Ich hab irgendwie Angst.«

»Ich komme sofort«, versprach Wyatt. »Du brauchst keine Angst zu haben. Es war richtig, dass du mich angerufen hast. Wir sind gerade noch in der Baumschule, aber in fünf Minuten sind wir wieder am Haus.«

Wyatt stand auf und streifte sein T-Shirt über den Kopf. Grace kleidete sich ebenso schnell wieder an, glättete ihr Haar und packte Weinflasche und Gläser in die braune Papiertüte. Sie stieg auf den Beifahrersitz des Golfwagens, und kurz darauf flitzten sie über den Weg zurück.

»Soll ich am Telefon bleiben?«, fragte Wyatt.

»Nein, schon gut«, sagte Bo.

»Wo ist Opa im Moment? Ist er wach? Was macht er?«

»Er guckt auf den Fernseher und redet vor sich hin«, erklärte Bo. »Er ist nicht tot oder so.«

Wyatt musste lachen. »Das ist eine gute Nachricht. Ich bin unterwegs.«

»Tschüss.«

Grace umfasste Wyatts Arm. »Ich hab nur einen Teil gehört. Was ist passiert? Geht es deinem Vater nicht gut?«

»Um meinen Sohn zu zitieren: Er ist nicht tot oder so«, erwiderte Wyatt mit angespannter Miene. »Callie hat angerufen und Bo zusammengestaucht, weil sie sein Spiel heute verpasst hat. Nachdem sie den Kleinen so richtig zur Sau gemacht hat, sollte er meinen Vater ans Telefon holen, und sie fing Streit mit ihm an. Sie weiß genau, was sie sagen muss, damit er an die Decke geht. Offenbar hat er herumgeschrien und getobt. Bo hat alles mitbekommen und sich verständlicherweise große Sorgen gemacht. Er meint, mein Vater würde komisch atmen, starr auf den Fernseher gucken und vor sich hin reden. Bo ist ein kluger Junge. Ich glaube, er spürt, dass sein Großvater nicht mehr der Jüngste ist, und will ihn schützen.«

»Gott sei Dank«, sagte Grace. »Und Gott sei Dank, dass wir nicht weit weg waren.«

»Ich pack nur schnell meine Sachen zusammen und mach mich dann vom Acker«, erklärte Grace, als sie sich dem Trailer näherten.

»Nein! So soll der Abend nicht zu Ende gehen«, sagte Wyatt. »Wahrscheinlich steckt gar nichts dahinter. Ich sehe zu, dass Dad sich beruhigt, und bringe Bo ins Bett. Das geht schon.«

»Du musst dich jetzt um die beiden kümmern. Mach dir keine Gedanken wegen mir«, sagte Grace. »Wir können noch viele Abende haben.«

»Wirklich? Wann denn? Wir arbeiten beide die ganze Zeit, und wenn nicht, haben wir noch genug anderes zu tun«, sagte Wyatt und hielt neben dem Carport. »Warte doch bitte noch ein paar Minuten, ja? Wenigstens so lange, bis ich das mit den beiden geklärt habe.«

»Ich will nicht im Weg sein«, erwiderte Grace.

»Du bist nicht im Weg. Versprochen«, sagte Wyatt und drückte ihr die Hand. »Wenn du da bist, wird sich Bo vermutlich sogar ein bisschen besser fühlen. Er mag dich.«

»Er mag meinen Hund«, lachte Grace.

»Hauptsache, es funktioniert.«

Bo kam ihnen bereits in der Tür entgegen. Er hatte schon seinen Schlafanzug an, sein sommersprossiges Gesicht wirkte besorgt. »Sag Opa nicht, dass ich angerufen hab, ja?«

Wyatt bückte sich und umarmte seinen Sohn. »Natürlich nicht.«

Er ging ins Wohnzimmer, wo Nelson steif im Fernsehsessel saß und zusammenhanglos vor sich hin murmelte. Er war blass, abgesehen von zwei scharlachroten Flecken auf den Wangen. Der Fernseher war auf höchste Lautstärke gestellt.

Wyatt legte seinem Vater die Hand auf die Schulter, suchte die Fernbedienung und stellte leiser. »Dad? Was ist los?«

Nelson schaute nicht auf. »Diese Frau hat kein Recht, so mit mir zu reden. Kein Respekt. Wirklich kein Anstand. Hab ich ihr auch gesagt. Hab gesagt, es macht einen schlechten Eindruck auf ihren Sohn, wenn sie mit diesem Mann lebt. Ob ich mit ihr geschimpft habe? Und wie! Und das nächste Mal sag ich noch ganz andere Sachen!«

Wyatt setzte sich aufs Sofa. »Tut mir leid, dass du dich so über Callie aufgeregt hast. Ich werde mit ihr darüber reden. Aber vielleicht wäre es besser, wenn du überhaupt nicht mehr mit ihr sprichst.«

»Sie wollte doch!«, rief Nelson. »Ich wusste ja gar nicht, dass sie am Telefon ist. Ich hab Bo gesagt, ich würde schlafen, aber sie hat mich gehört und darauf bestanden, dass er mir das Telefon gibt.«

»Was wollte sie denn?«, fragte Wyatt.

»Was sie immer will. Sie will mich auf die Palme bringen. Wollte wissen, wo du bist. Ob du mit deiner neuen Freundin unterwegs wärst. Sie behauptete, du hättest ihr nichts von Bos Spiel erzählt, weil du wolltest, dass deine Freundin hingeht. Ich hab ihr gesagt, dass dein Privatleben sie einen feuchten Dreck angeht. Daraufhin wollte sie wissen, warum Bo noch nicht im Bett wäre. Schließlich sei es ja schon nach neun, und zu der Zeit müsste er bei ihr immer ins Bett. Ich hab gesagt, es wäre Samstagabend und somit keine Schule, und es würde mir am Arsch vorbeigehen, zu welcher Zeit er bei ihr ins Bett muss.«

Nelson redete sich wieder in Rage, sein Atem wurde flacher. Er fuchtelte mit den Armen herum, und aus dem Augenwinkel sah Wyatt, dass Bo mit großen Augen in der Tür lehnte. Da tauchte Grace hinter dem Kleinen auf und leitete ihn sanft in die Küche.

Wyatt beugte sich vor und ergriff die Arme seines Vaters. »Hör zu, Dad, beruhige dich. Ich werde mit Callie und ihrem Anwalt telefonieren und ihnen sagen, dass sie nicht mehr mit dir zu sprechen hat. In Ordnung? Aber du musst dich beruhigen. Hast du heute Morgen die Blutdruckmedikamente genommen?«

»Was? Kerl, woher soll ich das jetzt noch wissen?« Nelson griff zur Fernbedienung, aber Wyatt schnappte sie ihm weg.

Bo saß am Küchentisch, Sweetie auf dem Schoß. Große Tränen kullerten aus seinen dunklen Augen, immer wieder trat er mit dem Fuß gegen das Tischbein.

Grace holte die in Alufolie gewickelten Reste des Browniekuchens hervor, schnitt ein großes Stück ab und legte es auf einen Teller. Dazu schenkte sie ein Glas Milch ein, das sie vor den kleinen Jungen stellte.

Ohne ein Wort zu sagen, nahm Bo die Gabel und

aß ein Stück vom Kuchen. Er trank die Milch und wischte sich den Mund mit dem Handrücken ab. Sweetie wand sich auf seinem Schoß und leckte ihn am Hals. Bo kicherte.

»Sie will was vom Kuchen abhaben, aber den dürfen wir ihr nicht geben, weil Schokolade nicht gut für Hunde ist«, mahnte Grace.

Sie schaute Sweetie mit gespielt ernster Miene an. »Nicht wahr? Tut mir leid, kleine Maus. Wenn man drei hungrige Männer versorgt, bleibt nichts übrig.« Sie schaute sich suchend um, bis sie die Dose mit Leckerchen entdeckte, die sie Wyatt mitgegeben hatte. Sie gab Bo eines, der es Sweetie anbot. Der Hund nahm es, ohne zu zögern.

Bo hatte einen Milchbart, und seine Ohren leuchteten rosa, als er Grace mit unverhohlener Neugier ansah. »Ich glaube, meine Mutter ist sauer, weil ich ihr gesagt habe, Dad wäre mit dir im Golfwagen unterwegs.«

Grace nickte. »Wahrscheinlich ist sie in Wirklichkeit sauer auf mich, nicht auf dich.«

»Sie glaubt, du wärst Dads neue Freundin.«

»Wie sie bloß auf so eine Idee gekommen ist?«, sagte Grace lachend. »Deine Mom kennt mich doch gar nicht.«

Bo senkte den Kopf.

Grace lachte lauter, beugte sich vor und wuschelte ihm durch das kurze Haar. »Mich stört es nicht, aber ich weiß nicht, was dein Vater davon hält, dass ich seine neue Freundin bin.«

»Du bist meine neue Freundin?« Wyatt kam in die Küche und stibitzte das letzte Kuchenstückchen vom Teller seines Sohnes.

»Meint offensichtlich Bos Mutter«, erklärte Grace. Sie huschte durch die Küche, packte die leeren Kartons zusammen.

»Hm«, machte Wyatt und schaute von Bo zu Grace. Dann nickte er Bo zu. »Wie sie wohl auf diese Idee gekommen ist?«

Bo wurde ganz kleinlaut. »Das hab ich ihr gesagt. Ich war total wütend, weil sie mich so angeschrien hat. Da hab ich gesagt, du hast eine neue Freundin und die ist super nett und heißt Grace und die hat uns heute Tacoauflauf und Schokoladenkuchen mitgebracht. Ich hab ihr gesagt, dass ich auf Grace' Hund aufpassen darf. Und dann hab ich gesagt, dass ich nicht in das stinkdoofe Birmingham ziehen will.«

»Aha«, machte Wyatt und sah auf die Uhr am Ofen. »Du müsstest eigentlich schon längst im Bett liegen. Jetzt sag mal Grace Gute Nacht, dann putzt du dir die Zähne und gehst in die Falle, ja?«

Bo sah aus, als wollte er widersprechen, überlegte es sich aber anders. »Was ist mit Opa?«

»Er ist ziemlich müde und deshalb auch ins Bett gegangen«, erklärte Wyatt. »Ich glaube, er hat heute Morgen seine Medikamente vergessen. Wir müssen wohl noch besser darauf aufpassen, dass er sie auch wirklich nimmt, was?«

»Jawohl!«, sagte Bo, setzte den Hund auf den Boden und stand auf. »Gute Nacht, Grace. Danke für's Essen.« Er überlegte kurz, dann fügte er hinzu: »Und dass Sweetie hier sein kann.«

»Ich mach mich jetzt besser auch auf den Weg«, sagte Grace und sah Sweetie nach, die Bo durch den Flur folgte.

»Ich kann noch einen Kaffee kochen«, erbot sich Wyatt. »Bitte geh noch nicht.«

Er goss zwei Becher mit Instantkaffee auf und setzte sich Grace gegenüber an den Küchentisch. »Tut mir leid, das mit dem ganzen Familiendrama.« Er trank einen Schluck. Sein Gesicht wurde ernst. »Kommt mir vor, als hätte Callie Spaß daran, Ärger zu machen. In dieser Saison hat sie bei keinem einzigen Spiel von Bo zugeguckt. Hatte immer was mit Luke vor. Und auf einmal soll es meine Schuld sein, dass sie nicht Bescheid wusste?«

»Es klingt so, als würde sie dich und Nelson mit Absicht aus der Reserve locken«, bemerkte Grace. »Die Frage ist nur: warum? Was hat sie davon?«

»Sie hat mit Sicherheit irgendeinen Grund«, stimmte Wyatt zu. »Aber ich habe keine Lust, viel Energie auf das Warum zu verschwenden und zu überlegen, was sie sich als Nächstes einfallen lässt.«

»Du musst vielleicht ein bisschen darauf aufpassen, was Bo ihr erzählt«, meinte Grace. Ihr Gesicht wurde rot. »Und … ist das jetzt offiziell? Bin ich deine neue Freundin?«

»Hoffentlich«, erwiderte Wyatt. »Oder ist das seltsam?«

»Nicht seltsam«, sagte Grace. »Anders. Neu. Ich bin schon lange keine Freundin von irgendwem mehr gewesen.«

»Für mich ist das auch neu«, gab er zu. »Und wirklich nicht das, was ich erwartet hatte, als Stackpole mich ins Scheidungs-Camp geschickt hat.«

»Apropos«, sagte Grace. »Ich habe mich heute Mittag mit Camryn Nobles getroffen.«

»Mit Camryn? Warum? Wusste gar nicht, dass ihr zwei so dicke seid.«

»Ich auch nicht. Sie hat ein bisschen recherchiert und herausgefunden, dass Paula in Oregon ihre Zulassung als Therapeutin verloren hat, nachdem sie dabei erwischt wurde, wie sie die Unterschrift ihres Exmannes auf Rezepten für Beruhigungsmittel fälschte.«

»Ohne Scheiß?«

»Eigentlich ist es eine ziemlich traurige Geschichte.« Grace erzählte alles, was Camryn ihr beim Mittagessen anvertraut hatte und wie Paula zu ihrer neuen Karriere als Scheidungs-Coach gekommen war.

»Wir wissen, dass sie wieder Tabletten nimmt«,

sagte Wyatt. »Ob die wohl hinter dem familiären Notfall letztens steckten?«

»Hab ich auch schon überlegt«, stimmte Grace ihm zu. »Camryn will Paula bei der Aufsichtsbehörde anzeigen. Aber was hat sie davon? Ich finde, wir sollten ihr helfen.«

»Und wie soll das gehen?«

»Wir, also die Gruppe, wir sollten sie darauf ansprechen«, erklärte Grace. »Wir sollten ihr sagen, dass wir von ihren Tabletten wissen und auch, dass sie deswegen schon im Entzug war. Vielleicht geht sie darauf ein und spricht mit uns.«

»Oder aber … oder aber sie sagt uns, dass wir uns um unseren eigenen Scheiß kümmern sollen, und verpetzt uns dann bei Stackpole, weil wir sie ausspioniert haben«, entgegnete Wyatt. »Und dann sitzen wir alle so richtig in der Tinte, weil er als Richter über unsere Ehen entscheidet. Hast du das auch bedacht?«

Grace seufzte. »Stackpole ist der Buhmann, der hinter allem steckt. Ich glaube, Paula geht es nicht besser als uns, sie ist auch bloß ein Opfer von ihm.«

»Aber wir können nicht beweisen, dass sie was miteinander haben oder dass Stackpole was Verbotenes tut, oder?«, fragte Wyatt. »Und solange das so ist, fällt es mir schwer, Mitleid mit einer falschen Therapeutin zu haben, die uns das Geld aus den Taschen zieht.«

»Das sehe ich anders«, hielt Grace dagegen. »Ich glaube nicht, dass Paula durch diese Therapie so reich wird, wie Camryn glaubt. Morgen rufe ich Mitzi an und erzähle ihr, was wir über Paula herausgefunden haben. Und ich glaube, wir sollten auch Ashleigh und Suzanne mitteilen, was Camryn entdeckt hat.«

Sie stellte ihren Kaffeebecher in die Spüle. »Aber jetzt fahre ich besser nach Hause. Danke für den schönen Abend, Wyatt.«

Er brachte sie nach draußen zum Wagen, den Arm lässig um ihre Schulter gelegt. »Wenn es doch ein bisschen anders gelaufen wäre heute Abend. Ich hätte so gerne …«

Grace wandte sich um und schlang ihm die Arme um den Hals. »Ich auch. Aber so war es auch schön.«

Er küsste sie. »Nelson hat gesagt, ich soll mich für ihn entschuldigen. Weil er unser ›Date‹ kaputtgemacht hätte. Er fragt mich ständig, ob wir schon miteinander geschlafen hätten!«

»Ach, du liebe Güte!« Grace kicherte. »Eigentlich ist das ja privat, aber Rochelle fragt mich genau dasselbe.«

»Und warum haben wir es dann noch nicht getan?«

Grace sah ihn mit erhobenen Augenbrauen an.

»Ich komme nur langsam in Wallung«, gab Wyatt zu. »Aber wenn ich dann mal unter Dampf stehe … Ich will dir nichts vormachen: Seit letzter Woche überlege ich ständig, wie wir es anstellen könnten, mal allein zu sein.«

»In der *Sandbox* geht es schon mal nicht, so viel steht fest«, sagte Grace.

»Hier ebenso wenig«, erwiderte Wyatt und legte die Hände um ihre Taille. »Bo und ich schlafen in einem Zimmer. Und selbst wenn er bei Callie ist – mein Vater liegt direkt nebenan, und die Wände in diesem Haus sind so dünn wie Toilettenpapier.«

»Wir Armen!«, neckte ihn Grace.

»Ich lass mir was einfallen«, erwiderte Wyatt, hob ihr Kinn an und küsste sie inbrünstig. »Bald. Sehr bald.«

42

Das Café im Zentrum von Bradenton war nur zwei Querstraßen vom Gericht von Manatee County entfernt. Der Ansturm zur Mittagszeit war vorüber, Grace und Mitzi Stilwell saßen allein an einem Tisch am Fenster und tranken Eisteeschorle, während die Inhaberin das Geld in der Kasse zählte.

»Ich hab eine gute Nachricht für dich«, sagte Mitzi. »Mit viel Überredungskunst und Bettelei habe ich Bens Anwalt heute dazu gebracht, dass du morgen deinen ersten Scheck bekommst.«

»Das wird auch mal Zeit«, sagte Grace. »Wie hast du das geschafft?«

»Eine Mischung aus Drohungen, Telefonterror und E-Mails, die schon an Belästigung grenzte«, sagte Mitzi. »Es ist nicht genug, aber wenigstens ein Anfang.«

»Ich kann es nicht erwarten, mir endlich vernünftige Schuhe kaufen zu können. Und neue Unterwäsche«, fügte Grace hinzu.

Mitzi sah sie prüfend an. »Du siehst prächtig aus, Grace. Das Leben als Single scheint dir gut zu bekommen.«

»Danke. Ich hab viel zu tun im Haus, das macht mich glücklich. Und was das Leben als Single angeht, da tut sich langsam was.«

»Hm. Was Gutes?«

»Was sehr Gutes«, versicherte ihr Grace.

»Und wie geht es Rochelle? Meinst du, sie kommt auch noch mal auf den Markt?«

»Mom?« Grace schaute verdattert drein. »Mom und ein Freund? Darüber haben wir noch nie gesprochen. Ehrlich gesagt, bin ich noch nie auf die Idee gekommen, dass sie sich mit jemandem treffen könnte. Warum fragst du?«

»Nur so«, beeilte sich Mitzi zu sagen. »Sie ist doch gar nicht so alt, nicht mal sechzig, oder? Meine Mutter hat mit siebzig zum zweiten Mal geheiratet, und als ihr Mann fünf Jahre später tot umfiel, fing sie sofort wieder an auszugehen. Sie hat immer irgendeinen Kerl am Start. Rochelle ist eine attraktive Frau und noch sehr jung geblieben. Ich finde, es wäre schade, wenn sie so eine verbissene alte Zicke würde, wie man sie in den Seniorenwohnanlagen von Florida sieht.«

»Mom? Mit Männern ausgehen?« Das waren Wörter, die für Grace nicht zusammenpassten, weder theoretisch noch praktisch.

»Egal«, sagte Mitzi. »Erzähl mal, wie es in eurer

Trennungsgruppe so läuft. Hat sich eure Therapeutin von dem kleinen Zwischenfall erholt?«

»Deshalb hab ich dich angerufen«, sagte Grace eifrig. »Camryn – das ist die Journalistin von *Kanal 4*, die Stackpole zur Gruppentherapie verdonnert hat, weil sie ein Video ihres Mannes bei YouTube eingestellt hat, in dem er in einem roten Frauentanga aus Satin vor dem Spiegel herumstolziert –«

Mitzi bekam einen Lachanfall und tupfte sich die Augen mit einer Papierserviette trocken. »Ach du liebe Güte! Das ist ihr Mann? Camryn Nobles von *News 4 You*? Wie heißt noch mal das Lied, zu dem er in dem Film da tanzt? Hast du's gesehen? Das ist zum Schreien!«

»Nein, ich hab's nicht gesehen. Aber hör dir mal an, was Camryn über Paula herausbekommen hat.«

Sie erzählte es ihr.

»Was? Ich bin beeindruckt. Das hat Camryn Nobles alles recherchiert? Ich dachte immer, sie würde einfach nur ihr hübsches Gesicht in die Kamera halten. Aber dass sie auch richtig journalistisch arbeiten kann …«

»Paula hat in diesem Bundesstaat nicht mal eine Lizenz als Therapeutin. Sie schummelt, indem sie sich als Scheidungs-Coach bezeichnet. Mitzi, sie hat nicht mal eine Website! Wie also ist sie so schnell so erfolgreich geworden?«

»Durch ihr Buch?«

»Das ist nur als E-Book erhältlich, und bei Amazon steht es auf Platz 367 459«, sagte Grace.

Mitzi kaute auf einem Eiswürfel. »Die Teilnehmer der anderen Trennungsgruppen, sind das alles Frauen?«

»Ja.«

»Hm … Wenn wir wüssten, dass alle von Stackpole an Paula verwiesen wurden, könnte das äußerst nützlich für uns sein«, überlegte Mitzi.

»Wie können wir das herausbekommen?«

»Du könntest sie vielleicht fragen«, schlug Mitzi vor.

»Ich finde, unsere Gruppe sollte sich mal mit Paula zusammensetzen«, sagte Grace. »Wir könnten sie auf die Tabletten und auf ihr sonderbares Verhalten ansprechen. Aber Wyatt meint, falls es schiefgeht, könnte es die Situation bei Stackpole für uns alle noch verschlechtern.«

»Wyatt?« Mitzi spitzte die Lippen. »Ist das der Mann, den wir damals im Gericht gesehen haben? *Der die Autoscheibe seiner* Frau mit der Faust eingeschlagen hat? Mit dem hast du was?«

Grace errötete.

»Ist es was Ernstes?«

»Ich hoffe«, sagte Grace leise. »Er ist ein guter Mensch, Mitzi. Er hat das nicht verdient, was seine Frau da mit ihm abzieht.«

»Ich erinnere mich noch an die Frau. Sie war der pure Horror.«

»Du ahnst es ja nicht mal ansatzweise«, sagte Grace. »Wyatt ist krank vor Sorge, dass Stackpole seiner Ex erlaubt, mit seinem Sohn Bo nach Birmingham zu ziehen.«

»Apropos Stackpole«, warf Mitzi ein. »Ich habe mich mal umgehört, ganz diskret natürlich. Wenn irgendwo eine Party war, ist er wohl immer zusammen mit seiner Frau aufgetaucht. Sie hat letztes Jahr auch den großen Ball der Herzstiftung organisiert, und beide sind Mitglieder im Longboat Key Club, wo er viel Tennis spielt. Aber in letzter Zeit wurden sie fast nirgends mehr gemeinsam gesehen.«

»Vielleicht hat seine Frau das mit Paula herausgefunden.«

»Möglich«, gab Mitzi zu. »Es kann aber auch einfach daran liegen, dass Juli ist. Die Stackpoles haben ein Haus in den Bergen von North Carolina. In einem dieser angesagten Orte wie Highlands oder Flat Rock. Ich glaube, den Sommer über ist seine Frau meistens dort oben.«

»Und wenn die Katze aus dem Haus ist, tanzt die Maus auf dem Tisch«, sagte Grace. »Mitzi, ich weiß einfach, dass Stackpole und Paula eine Affäre haben. *Ich kann es* nicht beweisen, aber wenn du Paula an dem Abend gesehen hättest, als er bei der Sitzung auftauchte, dann hättest du es auch gemerkt.«

Mitzi rührte mit dem Strohhalm in den Eisresten herum. »Na und? Du hast eh nur noch zwei Wochen Scheidungs-Camp vor dir. Danach unterschreibt dir Stackpole das Scheidungsurteil.«

»Ich weiß«, sagte Grace resigniert.

»Wolltest du das nicht? Die Scheidung? Frei sein, um dein eigenes Leben zu leben? Frei sein, um eine Beziehung mit Wyatt oder sonst wem zu haben?«

»Diese ganze Geschichte mit Stackpole und Paula, das ist nicht richtig, Mitzi! Und ich kann nichts dagegen tun.«

»Du tust doch schon etwas, Grace. Du baust dir ein neues Leben auf. Und was das Finanzielle angeht, können wir meiner Meinung nach immer noch argumentieren, dass du Anrecht auf deine Hälfte des Hauses hast, da du einen Großteil der darin investierten Arbeitskosten und Materialien als Prämie bekommen hast, wenn du die Spender in deinem Blog erwähntest … Abgesehen davon tust du genau das, was ich all meinen Mandantinnen immer wieder rate: Du lässt dich von dieser Scheidung nicht bezwingen. Du lässt dich nicht von Verbitterung zerfressen. Grace, du bist ein Rockstar!«

Sie schnaubte verächtlich. »Ich weiß ja nicht mal, wo ich mit dem neuen Mann in meinem Leben mal ungestört sein kann! Was soll das für ein Rockstar sein?«

Mitzis Augen leuchteten auf. »Oooh! Also ist es

wirklich was Ernstes mit Wyatt. Warum hast du nicht schon längst was gesagt?« Sie holte einen Schlüsselring aus der Handtasche, zog einen Schlüssel ab und drückte ihn Grace in die Hand.

»Hier. Der ist für meine Eigentumswohnung auf Anna Maria. Der Mieter ist gerade ausgezogen, ich baue sie jetzt zu einer Ferienwohnung um. Ich habe ein paar Möbel gekauft, die Wohnung streichen lassen und neuen Teppich reingelegt. Weiter bin ich noch nicht gekommen. Inneneinrichtung ist nicht so mein Ding. Ich wollte schon einen Innenarchitekten engagieren, der letzte Hand anlegt, aber vielleicht könntest du das ja übernehmen?«

Grace lief rot an und wollte den Schlüssel zurückgeben. »Oh, Mitzi, nein, das kann ich nicht. Ich wollte dich wirklich nicht um einen Gefallen bitten. Ich musste nur mal Luft ablassen.«

»Ich will dir auch gar keinen Gefallen tun«, rief Mitzi empört. »Ich bezahle dich dafür, Himmel nochmal! Im Gegenteil: Du würdest *mir* einen großen Gefallen tun. Die Hausverwaltung, die die Wohnung hinterher vermieten soll, sitzt mir schon im Nacken. Ich soll das Apartment fertig machen, damit es für die Website fotografiert werden kann. Aber ich gehe so ungern einkaufen und bin einfach *schlecht im* Einrichten. Du würdest mir einen Riesengefallen tun, wenn du zusagst und die Wohnung ein bisschen aufhübschst. Bitte!« Mitzi grinste. »Es ist nichts Besonderes, aber es gibt ein Sofa und ein Bett mit Bettdecken, dazu einen Flatscreen-Fernseher. Was brauchst du sonst noch für einen romantischen Abend? Wenn du den Auftrag annimmst, fülle ich dir den Kühlschrank mit Champagner und Schokolade.«

»Ich weiß nicht«, Grace zögerte, aber Mitzi nahm ihre Hand und schloss die Finger um den Schlüssel. »Du hast doch wieder eine Kreditkarte, oder?«

»Ja, mit einem Limit von fünftausend Dollar«, sagte Grace.

»Super. Das ist das Budget für die Einrichtung der Wohnung. Fünftausend reichen doch, um Vorhänge und Teppiche und solche Kleinigkeiten zu kaufen, oder?«

»Klar, solange ich nicht Matratzen, Sofas oder andere Möbel davon kaufen muss, sollte ich die Wohnung für das Geld verschönern können. Wann muss sie fertig sein?«

»Eigentlich gestern, wenn es nach den Leuten von der Hausverwaltung geht. Sie wollten das Apartment gerne bis *zum Memorial Day* fertig haben, aber der Zug ist ja wohl abgefahren.«

Grace dachte kurz nach. »Gib mir zwei Wochen, geht das?«

»Bei mir ja«, sagte Mitzi. Sie griff in ihre Handtasche und holte ihr Scheckbuch hervor. »Innenarchitekten arbeiten auf Vorschuss, oder? Also, wie viel?«

»Nein, keinen Vorschuss«, wehrte Grace ab.

Mitzi kniff die Augen zusammen. »Dann gib mir den Schlüssel zurück! Denn ich lass dich nicht umsonst für mich arbeiten. Hör mir zu, Grace, denn das sage ich meinen Mandantinnen ständig: Nur weil eure Gatten euren Wert nicht erkannt haben, heißt das nicht, dass ihr keinen Wert besitzt. Du bist eine professionelle Innenarchitektin, keine kleine Dilettantin, die das so nebenbei macht. Setze deinen Wert nicht herab, indem du dich weigerst, angemessen entlohnt zu werden. So. Wie viel verlangst du normalerweise?«

Grace wollte widersprechen, doch dann überlegte sie es sich anders und sagte schließlich: »Der normale Preis liegt ungefähr bei 125 Dollar die Stunde, aber da ich in deinem Fall ja keine Zeichnungen anfertigen muss und es hauptsächlich ums Kaufen und Aufstellen geht, würde ich hundert Dollar die Stunde nehmen.«

»Super.« Mitzi stellte einen Scheck aus und reichte ihn ihrer Mandantin. »Das sind tausendfünfhundert. Wenn du dir die Wohnung ansiehst und meinst, dass du länger brauchst, sag mir einfach Bescheid.«

Grace nahm den Scheck und betrachtete ihn. Er war auf Grace Davenport ausgestellt. Es war das *erste Geld*, das sie unter ihrem Mädchennamen verdiente.

»Danke«, sagte sie, und in ihren Augen glänzten

Tränen. Auf einmal fiel ihr wieder ein, aus welchem Grund sie sich mit ihrer Anwältin getroffen hatte. »Ach ja: Und was ist nun mit Stackpole?«

»Ja, richtig!«, sagte Mitzi. »Ich werde mir die Prozessliste der letzten Zeit mal genauer ansehen. Vielleicht kenne ich einen der Anwälte, die mit ihm zu tun hatten. Ich werde mich umhören, ob auch deren Mandanten aufgetragen wurde, das Scheidungs-Camp von Paula Talbott-Sinclair zu besuchen. Zufrieden?«

»Ja«, sagte Grace. »Absolut zufrieden.«

»Bis dahin«, Mitzi drohte mit dem Finger, »halt dich fern von Wyatt Keelers Frau. Sie bedeutet Ärger.«

Grace erschauderte. »Keine Sorge. Ich habe nicht vor, Callie Keeler näher zu kommen.«

Wyatt Keeler verbrachte den Vormittag in seinem kleinen Büro von *Jungle Jerry* und betrachtete entmutigt einen Berg von Rechnungen. Als sein Handy klingelte und er im Display den Namen sah, griff er schnell danach.

»Betsy? Hey! Wie geht's dir?«

»Gut. Was macht dein Ausschlag?«

»Fast weg, danke für deine Hilfe. Ich sollte wohl häufiger auf meine Verwandten hören.«

»Daran werde ich dich in Zukunft noch erinnern«, gab Betsy trocken zurück. »Hör zu, ich will nicht drum herumreden: Ich habe gerade einen Anruf von Callies Anwalt bekommen. Sie haben bei Stackpole eine außerordentliche Anhörung beantragt.«

Wyatt bekam einen trockenen Mund. »Aus welchem Grund?«

»O Mann«, sagte Betsy, »aber versprich mir, dass du nicht an die Decke gehst, ja?«

»Ich reiße mich zusammen«, versprach Wyatt. »Jetzt sag schon, was los ist.«

Er hörte, wie Betsy umblätterte. »Callie behauptet, dass Nelson an akuter Demenz leidet. In ihrem Antrag steht, dass er verwirrt sei oder gar nicht reagiere. Außerdem würde er in Bos Gegenwart Schimpfwörter benutzen, sie bedrohen und sei gewalttätig. Kurz gesagt: Sie behauptet, solange Nelson bei dir wohnt, sei dein Haus ungeeignet, um dort ein Kind aufzuziehen.«

»Was?!?« Wyatt legte den Hörer auf den Tisch. Er machte einen Schritt nach hinten und trat so heftig gegen den alten tarngrauen Schreibtisch aus dem Armeeladen, dass sein Arbeitsstiefel einen Abdruck auf der untersten Schublade hinterließ.

Dann setzte er sich wieder und atmete mehrmals tief durch.

»Wyatt?«

»Ich bin hier«, sagte er leise.

»Hast du eine Ahnung, wie sie auf diesen Mist gekommen ist?«

»Allerdings«, sagte er düster und berichtete seiner Tante kurz von dem Vorfall am Samstagabend.

»Hm.« Betsy seufzte. »Du und ich, wir wissen, dass Callie Nelson absichtlich zu dieser Schimpftirade provoziert hat. Aber stimmt irgendwas von dem, was sie darüber hinaus behauptet? Ist dein Vater wirklich demenzkrank?«

»Nein. Betsy, du weißt doch, wie Dad ist. Er wird langsamer, und manchmal, hauptsächlich abends, ist er ein bisschen … diffus. Und ganz selten, aber das kommt auch nur vor, wenn er übermüdet ist, kann es sein, dass er ein wenig aufmüpfig ist. Meistens ist er immer noch auf Zack. Und er ist eine Seele von Mensch, das weißt du. Er himmelt Bo an. Auf den Kleinen aufzupassen, sich um ihn zu kümmern ist eine wichtige Aufgabe für ihn. Und für Bo ist es auch gut. Nie im Leben wäre Dad gewalttätig. Niemals! Sicher, er beschimpft Callie und schreit herum, aber aus seiner Sicht hat sie uns im Stich gelassen. Er würde seine Drohungen niemals in die Tat umsetzen.«

»Das sehe *ich auch so*«, sagte Betsy. »Aber dieser jüngste Schachzug macht mir Sorgen. Stackpole hat ihr beim letzten Mal gehörig die Leviten gelesen. Ich glaube nicht, dass sie es riskieren würde, ihn wieder zu verärgern, wenn sie nicht der Meinung wäre, dass sie diesmal wirklich was in der Hand hat.«

Wyatt schlug die Hände vors Gesicht. »O mein

Gott«, stieß er leise aus. »Das ist wie ein Albtraum, der nie vorbeigeht.«

»Ich weiß, aber jetzt keine Panik«, sagte Betsy. »Stackpole will uns morgen um elf Uhr sehen. Ich habe bereits einen Termin bei Margaret-Ellen Shank gemacht. Sie ist eine sehr geachtete Geriatrikerin, die im Sarasota-Memorial-Krankenhaus arbeitet. Zu unserem Glück konnte ich ihr vor ein paar Jahren bei einer wirklich hässlichen Scheidung helfen. Kannst du deinen Vater heute Nachmittag um vier zu ihr bringen? Sie war einverstanden, ihn noch irgendwie zwischendurch reinzuquetschen.«

»Ich bringe ihn hin«, sagte Wyatt matt. »Aber was soll ich *ihm* sagen? Dass er zum Arzt muss, um zu beweisen, dass er nicht senil ist, weil ich sonst das Sorgerecht für meinen Sohn verliere?«

»Sag ihm die Wahrheit«, entgegnete Betsy. »Wir sehen uns im Krankenhaus.«

43

Arthur Cater stand auf der Veranda und schaute durch die Scheiben in das kleine Cottage auf der Mandevilla Street. Er trug ein altes T-Shirt mit abgeschnittenen Ärmeln, eine formlose, ausgebleichte grüne Hose und hatte einen skeptischen Gesichtsausdruck aufgesetzt. Dann steckte er die Nase ins Wohnzimmer und schnüffelte. Sein stark zerfurchtes Gesicht verzog sich zu einer undefinierbaren Miene, die Grace in Angst und Schrecken versetzte.

»Was denn?«, fragte sie. »Stimmt was nicht?« Den ganzen Sonntag hatte sie mit einer geliehenen Schleifmaschine den alten Lack auf den Eichenbohlen bearbeitet. Sie hatte die Nacht durchgearbeitet und auch noch den letzten Staubpartikel aufgewischt, ehe sie die Böden in einem satten Walnussbraun strich. Ihre Arme und ihr Rücken schmerzten immer noch von der Anstrengung.

Als Arthur Cater anrief, um beiläufig seine Absicht zu verkünden, vorbeizuschauen und sich ihre

Fortschritte anzusehen, hatte Grace ihn auf den Nachmittag, nach ihrem Treffen mit Mitzi, vertrösten müssen. Den ganzen Vormittag hatte sie sich aufgeregt gefragt, was Arthur wohl von ihrer Arbeit halten würde.

Jetzt sah sie seine Reaktion, und seinem Gesichtsausdruck nach war sie nicht positiv. Auf einmal war sie erbost. Angriff war die beste Verteidigung.

»Arthur!«, rief sie. »Das ist alles nur Farbe! Wenn es Ihnen nicht gefällt, kann ich es neu streichen. Aber ich wollte einen starken Kontrast zwischen den Wänden und den Böden, deshalb habe ich einen so dunklen Ton für die Eichenbohlen gewählt.«

»Psst!« Arthur machte auf dem Absatz kehrt und eilte über die Veranda in den Garten.

Sprachlos sah Grace ihm nach. War das jetzt alles gewesen?

Nein. Kurz darauf war er mit einer sperrigen Kamera in einem Lederetui zurück. Es war eine alte 35-Millimeter.

Er blieb in der Tür stehen und drückte auf den Auslöser. Dann ging er ins Esszimmer und machte noch ein Foto. Als er in die Küche kam, blieb er wie vom Blitz getroffen stehen.

»Also, ich bin baff.« Er schaute Grace an, und sein Gesicht strahlte.

»Das haben alles Sie gemacht?«

»Ja«, versicherte Grace.

»Ganz allein?«

»Mit ein bisschen Hilfe.«

Er wies auf den Herd, den Kühlschrank und die Spülmaschine, die sie gebraucht im Internet gekauft hatte. »Wie haben Sie die Sachen denn hier hereinbekommen?«

»Mit Hilfe von ein paar Jungs, mit denen ich früher zusammengearbeitet habe. Jimmy und Eduardo. Ich hab sie beauftragt, die Geräte mit ihrem Pick-up abzuholen und hier anzuschließen. Mit elektrischen Geräten kenn ich mich einfach nicht aus.«

Er wies auf den Boden mit dem glänzenden rotweißen Schachbrettmuster. »Woraus besteht das?«

Grace schluckte. »Das ist Sperrholz. Ich hab den alten PVC-Boden einfach nicht rausbekommen. Deshalb hab ich das Sperrholz draufgenagelt. Es ist vorbehandelt und dann mit Schiffslack bemalt. Finden Sie es hässlich?« Sie hoffte eigentlich, dass es ihm gefiel. Immerhin waren ihre Knie noch blau von all den Stunden, die sie darauf herumgerutscht war.

»Das ist gut«, nickte Arthur und ließ ein seltenes Lächeln blitzen. »Besser als gut. Das ist toll. Dieser Boden – er sieht genauso aus wie die Fliesen, die meine Großmutter hier früher hatte. Das hatte ich bis eben völlig vergessen.«

»Und die offenen Regale?«, fragte Grace, begierig auf seine Anerkennung. »Die alten Schranktüren hatten sich verzogen, und es waren unzählige Lackschichten drauf. Ich hätte sie bis auf das nackte Holz abbeizen müssen, und dafür hatte ich einfach nicht genug Zeit.«

»Psst«, machte Arthur nur wieder und schoss schnell zwei Fotos von der Küche. »Warten Sie, bis meine Frau das sieht.« Er gluckste. »Sie hat schon immer gesagt, dass wir die blöden Schranktüren einfach rausnehmen sollen. Einmal hat sie mir sogar ein Bild von so was in einer Zeitschrift gezeigt, aber ich fand das verrückt. Da sieht man mal, wie viel Ahnung ich habe.«

Er ging durch den Flur und spähte kurz in die beiden Schlafzimmer, nickte und knipste noch ein paar Fotos.

»Ich kann es nicht glauben«, sagte er kopfschüttelnd und schaute Grace an, die noch immer das schlichte Baumwollsommerkleid trug, in dem sie zum Kaffeetrinken mit ihrer Anwältin gegangen war.

»Dass ein junges Mädchen wie Sie das alles einfach so hinbekommt.« Er schnippte mit den Fingern.

Wenn der wüsste, dachte Grace, wie viele Stunden sie bereits unentgeltlich an diesem Haus gearbeitet hatte.

»Also gefällt es Ihnen?«, fragte sie.

»Allerdings.« Unbeholfen klopfte er ihr auf die Schulter.

»Es ist aber noch viel zu tun«, mahnte Grace. »Der Waschtisch im Badezimmer … Ich weiß, ich hatte gesagt, alles wäre in Ordnung, aber mir ist ein Riss unter dem Waschbecken aufgefallen, und der Tisch selbst ist völlig morsch. Ich würde ihn gerne durch einen Säulenwaschtisch ersetzen, der etwas älter wirkt. Und die Badewanne ist wohl auch nicht mehr zu retten. Ich hab sie schon zigmal geschrubbt, aber die Macken und Flecken wollen einfach nicht weggehen. Wenn ich das Badezimmer erst mal gestrichen habe, wird sie noch hässlicher wirken, weshalb ich sie gerne neu beschichten lassen würde.«

»Dann machen Sie es doch einfach«, sagte Arthur begeistert. Man merkte, dass er guter Laune war. Vielleicht war jetzt der richtige Moment, um ihm auch ihre übrigen Wünsche vorzutragen.

Grace folgte ihm nach draußen auf die Veranda, wo er den Vorgarten inspizierte.

»Was haben Sie denn hier gemacht?«, fragte er verwundert.

Grace errötete. »Ich habe einen Freund, der ist Landschaftsgärtner. Er hat mir ein paar Vorschläge gemacht, wie man die Sträucher zurückschneiden und die Beete anders anlegen könnte. Auf lange Sicht ist es sinnvoll, im Vorgarten ein paar Dinge zu verändern. Dieses Haus hat zwar jetzt schon eine tolle Front, aber das könnte man noch steigern.«

»Es sieht großartig aus.« Arthur strahlte regelrecht. »Es sieht besser aus als in den letzten zwanzig Jahren. Und nicht nur der Vorgarten, sondern alles.«

»Ich freue mich unheimlich, dass es Ihnen gefällt«, gab Grace zurück. »Wenn ich erst mal Schutzlack auf den Böden habe, werden die auch noch stärker glänzen. In der nächsten Woche oder so würde ich dann gerne mit dem Einrichten beginnen.«

»Super«, sagte Arthur. »Hört sich großartig an.«

»Aber noch zu der Klimaanlage …«, begann Grace.

Er kniff die Augen zusammen.

Grace nahm einen Holzstock, den sie zum Umrühren der Farbe verwendet hatte, und stieß von außen gegen die Klimaanlage im Wohnzimmerfenster. Rostteilchen fielen zu Boden.

»Durch die salzige Luft ist dieser Apparat vollkommen verrostet«, erklärte sie. »Das Teil pfeift aus dem letzten Loch. Die anderen sehen auch nicht viel besser aus.«

»Wohl«, widersprach Arthur. »Die Geräte sind doch noch gar nicht so alt. Ich hab sie schließlich selbst eingebaut.«

»Das stimmt. Allerdings 1982. Ich hab die Bedienungsanleitung im Flurschrank gefunden. Arthur, diese Geräte sind fast so alt wie ich. Sie haben sich selbst überlebt.«

»Dann kaufe ich halt neue«, sagte Arthur mit sturem Gesichtsausdruck.

»Sie brauchen mindestens fünf neue Geräte«, erklärte Grace mit Blick auf die Notizen, die sie bei ihrer letzten Einkaufstour gemacht hatte. »Ich habe bei Sears und bei Home Depot geprüft, welche Leistungsstärke der Zimmergröße angemessen wäre. Für Wohnzimmer, Esszimmer, Küche und die beiden Schlafzimmer würde das über zweitausend Dollar kosten.«

»Blödsinn«, sagte Arthur. »Ich kann die Teile für unter hundert das Stück kriegen.«

Grace reichte ihm den jüngsten Angebotsprospekt, den sie bei Sears mitgenommen hatte. »Für das Geld haben Sie vielleicht vor dreißig Jahren eine Klimaanlage kaufen können, aber heute kommen Sie damit nicht mehr weit.«

Er betrachtete den Prospekt grimmig. »Sie hängen mir damit wahrscheinlich so lange in den Ohren, bis ich eine zentrale Klimaanlage einbauen lasse, oder?«

»Allerdings«, sagte Grace mit Nachdruck. Sie reichte ihm noch eine Broschüre. »Das ist ein Kostenvoranschlag, den ich von einem sehr zuverlässigen Klimatechniker habe erstellen lassen, der auch für meine Mutter in der *Sandbox* gearbeitet hat. Das *Ganze würde* keine fünftausend Dollar kosten! Dafür hätten Sie eine topmoderne, energieeffiziente Anlage, für die Sie auch noch Steuervergünstigungen bekämen. Und da Sie die Nebenkosten selber zahlen, wird sich das auf Ihrer Stromrechnung positiv bemerkbar machen.«

Stirnrunzelnd blickte Arthur auf das Papier und

fuhr mit seinem knochigen Finger über die Zahlenreihen. »Ich hatte nicht vor, so viel Geld in dieses kleine Haus zu stecken.« Er sah sie an. »Es ist doch sinnlos, es so prächtig herauszuputzen, wenn die nächsten Mieter die ganze harte Arbeit wieder zunichtemachen.«

Jetzt, dachte Grace. *Frag ihn jetzt!*

»Diesbezüglich wollte ich Sie eh noch etwas fragen«, sagte sie und schenkte ihm ihr gewinnendstes Lächeln. »Was würden Sie davon halten, das Haus an mich zu vermieten?«

»Aha!«, rief er. »Endlich ist die Katze aus dem Sack! Ich hätte wissen sollen, dass es einen Grund dafür gibt, warum ich so viel Geld für alles ausgeben soll.«

»Ach Quatsch, ich möchte doch nur, dass Sie eine vernünftige Summe investieren, damit diese schöne Immobilie instand gehalten wird«, gab Grace zurück und zwang sich, ruhig zu bleiben. Nun musste sie all die Argumente aufführen, die sie sich schon zigmal in Gedanken zurechtgelegt hatte. »Ich hatte wirklich nicht vor, dieses Haus zu mieten, aber als ich sah, wie schön es werden könnte, da kam mir die Idee.«

Er lächelte listig. »Bei dem ganzen Geld, das Sie ausgegeben haben, muss Ihnen doch klar sein, dass *ich die Miete* erhöhen werde, oder?«

»Ja, sicher. Wenn Sie sich erinnern, war das auch eins meiner Argumente, um das Haus renovieren zu dürfen. Sie haben bisher derart billig vermietet, dass es kein Wunder ist, wenn Sie nur Gammler und Asoziale als Mieter hatten. Wenn Sie es mir zu einem fairen, marktgängigen Preis überlassen, werde ich eine vorbildliche Mieterin sein. Ich zahle pünktlich, jeden Monat, ohne Ausnahme, und ich halte das Haus in einem Tipptopp-Zustand. Außerdem werde ich es weiter verschönern, wenn Sie das finanziell unterstützen.«

»Inwiefern?«

Er hatte noch nicht nein gesagt, registrierte Grace.

»In der Küche muss noch einiges getan werden«, erklärte sie. »Die Beleuchtung sollte verbessert werden, insbesondere unter den Oberschränken. Neben der Hintertür ist ein toter Raum. Daraus könnte man eine schöne Wäschekammer machen, wenn man Waschmaschine und Trockner übereinanderstellt, dazu ein Regal für die Wäsche. Alle Fenster müssen neu verfugt werden, was das Haus besser isoliert. Die Garage braucht dringend einen neuen Anstrich, die ist wirklich ein Schandfleck. Dann gibt es noch unzählige *Kleinigkeiten*. Zum Beispiel könnten die ganzen hässlichen alten Steckdosen ausgetauscht werden. In den Schlafzimmern wären Deckenventilatoren schön …«

»Sie geben gern das Geld anderer Leute aus, was?«, höhnte Arthur.

Grace überhörte ihn und fuhr mit ihrer Aufzählung fort. »Mein Freund hat einen herrlichen Entwurf für den Vorgarten gemacht. Wussten Sie, dass hinten im Garten ein halbes Dutzend Obstbäume stehen? Zitrone, Limette, Pampelmuse, Mandarine? Er will mir zeigen, wie man sie zurückschneidet und düngt, damit sie wieder tragen. In die Beete vorne würde ich noch mehr Blumen pflanzen und die Rasenfläche vielleicht etwas verkleinern …«

»Den Rasen verkleinern?«, krähte Arthur. »Was wollen Sie denn stattdessen? Einen gepflasterten Vorgarten?«

»Bestimmt nicht«, gab Grace ruhig zurück. »Einen Rasen in Ordnung zu halten kostet unglaublich viel Zeit und Energie, Wasser und Chemikalien. Mein Freund meinte, dass Blumenbeete eine bessere Lösung wären. Ach, und wussten Sie, dass da draußen eine Bewässerungsanlage liegt?«

»Ja, sicher«, sagte Arthur. »Haben wir aber nix von, denn sie funktioniert schon seit Jahren nicht mehr.«

»Mein Freund glaubt, dass er sie wahrscheinlich wieder zum Laufen bringen kann, ohne besonders viel Geld auszugeben«, sagte Grace. »Das Haus hier könnte ein Kleinod in diesem Viertel werden.«

»Und meine Wasserrechnung würde in den *Himmel schießen*«, murmelte der alte Mann.

»Ach, kommen Sie, Arthur«, schmeichelte Grace ihm. »Hören Sie auf, Gründe vorzuschieben, warum das alles angeblich nicht geht. Wollen Sie nicht wenigstens mal drüber nachdenken?«

Er faltete die Broschüren und stopfte sie sich in die Gesäßtasche. »Also gut, ich werde mir meine Gedanken machen«, sagte er schließlich. »Muss auch mit meiner Frau drüber sprechen. Sie ist der Chef, wissen Sie?«

»Mehr verlange ich ja gar nicht«, sagte Grace. »Zeigen Sie ihr die Fotos, die Sie heute gemacht haben, erzählen Sie ihr von meinen Vorschlägen, und schauen Sie, was Ihre Frau dazu sagt.«

»Ich kann aber nichts versprechen«, warnte er. »Wir haben viel zu tun, packen gerade für den Urlaub in den Bergen.«

»Ist schon in Ordnung«, sagte Grace. »Sagen Sie mir einfach Bescheid. Und noch was, Arthur?«

»Was denn?«

»Danke für den Vertrauensvorschuss. Ich freue mich total, dass Ihnen meine bisherige Arbeit gefällt.«

TrueGrace

Einer meiner Lieblingsfilme ist Nur meiner Frau zuliebe. *Der arme Mr. Blandings (gespielt von Cary Grant) ist ein gestresster Werbemanager, der mit seiner glücklichen Kleinfamilie in einer engen Wohnung in New York lebt. Er will in ein einfaches kleines Bauernhaus auf dem Land ziehen, doch als der Umbau immer größere Ausmaße annimmt, ziehen Wolken über Mr. Blandings' sonniger Zukunft auf. In letzter Zeit habe ich sehr oft an diesen Film gedacht, weil auch mein Leben in seine Einzelteile zerbrach und zerstört wurde. Bis vor drei Monaten wohnte ich in einer 600 Quadratmeter großen Villa, die ich für mein Traumhaus hielt. Inzwischen erkenne ich mit dem klaren Blick, den man erst durch einen tiefen Fall bekommt, dass mein ehemaliger Traum nur eine extrem zuckrige Phantasie war.*

Heute bereitet es mir enorme Befriedigung, ein für Florida typisches verwittertes, nicht mal 100 Quadratmeter großes »Cracker Cottage« in ein Schmuckstück zu verwandeln. Es soll ein gemütliches Heim werden – vielleicht sogar irgendwann meines. Ich fühle mich ein bisschen wie Goldlöckchen, für die der eine Stuhl zu groß, ein anderer zu klein ist. Erst am Ende findet sie den passenden Stuhl, einen Stuhl, der sich »genau richtig« anfühlt. Meine Arbeit an Mandevilla Manor ist alles andere als abgeschlossen, aber sie fühlt sich schon jetzt »genau richtig« an.

44

Nelson Keeler hatte einen seiner guten Tage. »Verdammt nochmal!«, brummte er, als Wyatt ihm von dem bevorstehenden Arzttermin erzählte. »Ich hab kein Alzheimer! Mir geht's gut! Diese verlogene Frau … Ruf den Richter an und sag ihm, dass ich jetzt direkt bei ihm im Gericht vorbeikomme, ihm die Unabhängigkeitserklärung auswendig runterbete, ihm seine Steuererklärung und noch fünfzig Liegestütze obendrauf mache, verdammt nochmal!«

»Nein, Dad, ist schon gut«, entgegnete Wyatt, aber es war schon zu spät.

Nelson demonstrierte an Ort und Stelle, wie er seine *fünfzig Liegestütze* absolvierte. Er zählte keuchend mit, setzte sich anschließend im Schneidersitz auf den Boden des Trailers und wischte sich mit dem Ärmel über die verschwitzte Stirn.

»Was glaubst du, wie viele Vierundsiebzigjährige das noch können?«

»Nicht viele.« Wyatt half seinem Vater hoch. »Ich

weiß, dass du alle beisammen hast. Aber das müssen wir dem Richter beweisen, und dafür musst du zu dieser Ärztin gehen und mehrere Tests machen. Vergiss nicht, du tust es für Bo, nicht für Callie.«

»Callie!« Verächtlich spie Nelson den Namen aus. »Der Frau hätte schon vor Jahren jemand mal die Meinung geigen sollen. Wenn das alles hier vorbei ist, werde ich …«

Wyatt bugsierte seinen Vater zur Tür. »Wenn das alles hier vorbei ist, werden wir darüber lachen. Aber bis dahin kann es sich keiner von uns leisten, irgendwas zu tun oder zu sagen, was andere auf die Idee bringt, wir könnten zwei gefährliche, gewalttätige Spinner sein. Verstanden?«

»Wenn du das sagst«, murmelte Nelson.

»Noch was«, fügte Wyatt hinzu. »Wenn du diese Ärztin und den Richter davon überzeugen willst, dass du harmlos bist, dann musst du dich zusammenreißen. Das heißt im Klartext, du regst dich nicht über Alex Trebek oder andere Baseball-Entscheidungen auf. Und vor allem unterhältst du dich nicht mit ihnen über deinen Stuhlgang. Kapiert?«

»Nur wenn die Ärztin fragt«, konterte Nelson.

»Aber auch wirklich nur dann!«

Es war nach sechs Uhr. Nelson Keeler saß auf einem Stuhl in der Praxis der Ärztin und schnarchte.

»Er hatte einen langen Tag«, erklärte Wyatt

Dr. Margaret-Ellen Shank. »Er steht immer um sechs Uhr auf, und manchmal schläft er nachts nicht besonders gut. Meistens macht er mittags ein Nickerchen, aber dazu ist er heute ja nicht gekommen.«

»Sie müssen sich nicht entschuldigen«, sagte Dr. Shank nachsichtig. »Ihr Vater ist eine richtige Persönlichkeit. Hat mir wirklich Spaß gemacht, ihn kennenzulernen. Eine Frage noch: Wie ernährt sich Ihr Vater?«

Wyatt zuckte mit den Schultern. »Dad ist ein Schleckermaul. Er isst gerne süßes Gebäck zum Frühstück. Mittags gibt es oft eine Dosensuppe, und abends macht er sich meist einen Hühnchenauflauf in der Mikrowelle. Oder – aber darauf bin ich nicht besonders stolz – einen Becher Eis.«

Dr. Shank machte sich Notizen. »Was hat er heute Mittag gegessen, wissen Sie das zufällig?«

»Nein«, gab Wyatt zu. »Ich war draußen im Park und hab gearbeitet.«

Sie runzelte die Stirn und schaute auf ihre Notizen. »Gleichgewichtssinn und Koordination Ihres Vaters sind gut, er kommuniziert klar und deutlich, sein Kurz- und Langzeitgedächtnis scheinen für sein Alter angemessen zu funktionieren. Doch je später es wurde, desto mehr veränderte sich seine Persönlichkeit. Ich bin keine Endokrinologin, aber ich glaube, dass Ihr Vater Diabetes hat.«

Wyatt starrte sie an. »Also … kein Alzheimer?«

»Wir müssen die Untersuchungsergebnisse gründlich analysieren, aber mein erster Eindruck ist, dass er kein Alzheimer hat. Ihre Tante Betsy bezeichnete ihn als streitsüchtig, aber ich würde eher den Begriff ›temperamentvoll‹ wählen. Er liebt Sie und Ihren Sohn über alle Maßen und hat nicht gerade viel für die Mutter des Jungen übrig.«

»Das ist noch zurückhaltend ausgedrückt«, sagte Wyatt. »Für ihn ist Callie der Feind, weil sie nach Birmingham ziehen und Bo mitnehmen will. Und jetzt behauptet sie sogar, dass er senil ist.«

»Bei dem Thema gerät er ziemlich in Rage«, bemerkte Dr. Shank lächelnd. »Aber das kann man ihm nicht verübeln. Übrigens«, sagte sie mit blitzenden Augen, »bin ich ganz anderer Meinung als er, was Alex Trebek angeht. Ich halte ihn für genauso intelligent und begabt wie Art Fleming.«

Wyatt seufzte erleichtert. »Morgen früh um elf haben wir den Termin beim Richter. Wäre es irgendwie möglich, dass Sie bis dahin einen kurzen Bericht schreiben?«

Die Ärztin schaute auf die Uhr. »Bis zehn Uhr morgen früh hab ich was rübergefaxt. Reicht das?«

»Das wäre super«, sagte Wyatt, sprang auf die Füße und gab ihr die Hand. »Ich kann Ihnen gar *nicht genug* dafür danken, Dr. Shank, dass sie Dad so schnell einen Termin gegeben haben. Sie waren *eine* große Hilfe.«

Margaret-Ellen Shank beugte sich vor und klopfte Nelson sanft auf die Schulter. »Mr. Keeler?«

Nelson gähnte ausgiebig. »Was denn?«, fragte er müde.

»Es ist gleich sieben Uhr«, erklärte sie und hielt ihm die Hand hin. Nelson ergriff sie und stand langsam auf.

»Ich habe Wyatt gesagt, dass Sie vernünftig essen müssen«, sagte sie mit aufgesetzt tadelndem Blick. »Keine Süßigkeiten mehr zum Abendessen, verstanden?«

»Verstanden«, sagte er.

45

Von irgendwo aus den Tiefen des mit einem Berg von Waren beladenen Einkaufswagens hörte Grace das unterdrückte Klingeln einer eingehenden Textnachricht. Sie schob den Quilt aus Chinoiserie in leuchtenden Orange- und Grüntönen, die vier gesteppten Kissen in Türkis und Grün, die grün-blau gestreifte Decke und den Stapel türkiser Handtücher mit weißen Punkten beiseite.

Die beiden Vorhänge mit den grünen Blockstreifen, die sie für die Esszimmerfenster von Mitzis Eigentumswohnung ausgesucht hatte, rutschten auf den Boden. Schließlich fand sie, tief vergraben in ihrer Handtasche, ihr Handy.

Die SMS kam von Camryn Nobles.

Wo bist du?

Einkaufen. Was ist?

Während Grace auf die Antwort wartete, sah sie sich die Möbel an. In Mitzi Stilwells Küche gab es einen Tresen, der förmlich nach Barhockern rief.

Hier standen zwei Hocker, die absolut okay aussahen – klare Linien – und einen Superpreis hatten: 59,99 Dollar für beide zusammen. Leider waren sie weiß. Und das war das Problem mit Mitzis Wohnung: Alles darin war weiß.

Die Wände waren reinweiß. Die Bodenfliesen ebenfalls. Die Couchgarnitur im Wohnzimmer war weiß, die beiden Sessel gegenüber auch, die Gardinen an den bodenlangen Fenstern, die auf das funkelnd blaue Wasser des Golfs von Mexiko gingen, strahlten weiß. Die Arbeitsflächen in der Küche waren aus weißem Corian, dahinter ein Spritzschutz aus weißen U-Bahn-Fliesen. Im großen Schlafzimmer stand ein Bett mit einem weißen Kopf- und Fußteil in Stepppolsterung. Der Teppich war aus Flachgewebe in gebrochenem Weiß. Im Gästezimmer standen zwei Einzelbetten, über die schlichte weiße Baumwolldecken gebreitet waren.

Schon beim Gedanken an all das arktische Weiß wurde Grace kalt. Vielleicht, dachte sie und fuhr mit dem Finger über einen der Barhocker, konnte sie die Hocker in einem Orangeton streichen?

Ihr Handy summte wieder – die Antwort von Camryn war da.

Hab in Stackpoles Finanzen rumgegraben und bin auf Gold gestoßen. Mittagessen?

Genervt schüttelte Grace den Kopf. Sie hatte gerade erst mit den Einkäufen für Mitzi begonnen.

Sie brauchte noch Lampen, Tagesdecken fürs Gästezimmer und einen neuen Kronleuchter als Ersatz für das hässliche Teil aus Messing, das im Esszimmer hing. Und Bilder. Aber das war nur der dekorative Teil. Dann musste sie noch Möbel fürs Esszimmer kaufen, Kommoden für das Schlafzimmer, Couch- und Beistelltische …

Hat das nicht Zeit bis heute Abend? tippte sie als Antwort.

Mit dem Taschenrechner begann sie die Kosten ihres Einkaufs zu addieren. Grace runzelte die Stirn. Bereits ohne die beiden Barhocker war sie bei 431,99 Dollar. Erneutes Klingeln unterbrach ihre Kopfrechnung.

Hab gute News. In der Sandbox um 2?

Grace zuckte mit den Schultern und antwortete: *Bis gleich.*

Cedric Stackpole trommelte mit den Fingern auf seinen Schreibtisch. Er überflog den von Dr. Shank gefaxten Bericht, dann schaute er Nelson Keeler an. »Mr. Keeler? Ich habe gehört, Sie sind Vietnamveteran, stimmt das? In welcher Truppengattung haben Sie gedient, Sir?«

War das eine Fangfrage? Nelson sah seinen Sohn misstrauisch an, aber Wyatt verzog keine Miene.

»Das stimmt, Richter Stackpole«, sagte Nelson schließlich. »Ich war bei der Armee. Fünfte Infanterie. War zweimal drüben und schaffte es heil nach Hause zurück. Und Sie?«

»Ähm, nein«, sagte Stackpole. »Ich war nicht im Einsatz. Ich bilde mir aber gerne ein, dass meine Arbeit im Justizwesen der Gesellschaft auch einen kleinen Dienst erweist. Aber ich möchte Ihnen für Ihren Dienst an diesem großartigen Land danken, Mr. Keeler.«

»Gern geschehen«, sagte Nelson. »Ich wurde eingezogen, ich hatte also keine große Wahl.«

Stackpole schaute Nelson über die Brille hinweg an. »Ich habe gehört, Sie hatten vor kurzem eine Auseinandersetzung mit Ihrer Schwiegertochter?«

»Auseinandersetzung ist ein ziemlich großes Wort dafür«, erwiderte Nelson ruhig.

»Ihre Schwiegertochter behauptet, Sie hätten Kraftausdrücke in dem Gespräch verwendet. Sie behauptet sogar, sie sei von Ihnen bedroht worden. Hat Ihr Enkel gehört, dass Sie Drohungen gegen seine Mutter ausstießen und Kraftausdrücke verwendeten?«

»Ich schätze *schon*«, sagte Nelson und ließ den Kopf hängen. »Dafür schäme ich mich auch, Richter. Ich schäme mich, dass ich mich von ihr so hab provozieren lassen. Und ich bin hier, um Ihnen zu versprechen, dass ich mich von ihr nicht noch einmal so ins Bockshorn jagen lasse. Ganz bestimmt nicht, Sir.«

Betsy Entwhistle räusperte sich. »Richter Stackpole? Darf ich?«

Stackpole nickte ihr zu.

»Ich möchte darauf hinweisen, dass Mrs. Keeler nicht behauptet, Nelson Keeler hätte seinen Enkelsohn irgendwie vernachlässigt oder ihm geschadet. Denn das hat er nicht und würde es auch nie tun. Und wenn Sie Dr. Shanks Bericht gelesen haben, dann wissen Sie auch, dass Mrs. Keelers Behauptung, Nelson würde an Demenz oder beginnendem Alzheimer leiden, nicht der Wahrheit entspricht.«

Betsy holte tief Luft. »Dr. Shank wartet noch auf die Untersuchungsergebnisse, aber sie ist der Meinung, dass Mr. Keelers gelegentlich auftretende … ähm … Gefühlsausbrüche schlicht und einfach die Folge von zu niedrigen Blutzuckerwerten sind. Sie hat angedeutet, Nelson Keeler könne an Diabetes leiden. Dies würde die Symptome erklären, die Mrs. Keeler so gerne der Alzheimerkrankheit zuschreiben möchte.«

Der Richter sah sich Nelson Keeler an, wie er ihm gegenüber im Sessel saß. Nelsons schütter werdendes Haar war ordentlich geschnitten und gekämmt. Er trug eine dunkelblaue Hose, ein weißes Hemd, das er zuletzt auf der Beerdigung seiner Frau angezogen hatte, und auf Hochglanz polierte schwarze Schuhe.

»Ich bin nicht senil«, erklärte er. »Mit mir stimmt

alles, ich hab höchstens ein bisschen Diabetes. Diesbezüglich hab ich mit der Ärztin vereinbart, dass ich das untersuchen lasse und keine Süßigkeiten mehr esse.«

»Tun Sie das«, sagte Stackpole und klappte den Aktenordner zu. »Ich werde Mrs. Keeler und ihrem Anwalt sagen, dass ich vorerst mit Dr. Shank einer Meinung bin. Ich habe den Eindruck, dass Sie im Vollbesitz Ihrer geistigen Kräfte sind und keinerlei Bedrohung für Ihren Enkel darstellen.«

»Genau!«, rief Nelson. Er stemmte sich hoch und gab dem Richter die Hand, der sie etwas widerwillig schüttelte.

»Richter Stackpole«, beeilte sich Betsy zu sagen. »Das ist jetzt das zweite Mal in zwei Wochen, dass Mrs. Keeler und ihr Anwalt meinen Mandanten und seinen Vater haltlos angegriffen haben. Ich hoffe, das bekräftigt unsere Argumentation, dass es nicht in Bos bestem Interesse ist, wenn Sie seiner Mutter erlauben, fortzuziehen und ihn somit der Fürsorge seines Vaters zu entziehen.«

»Ich werde es in meine Überlegungen einbeziehen, Ms. Entwhistle«, sagte Stackpole.

Camryn Nobles saß an ihrem angestammten Tisch in der *Sandbox*, Rochelle ihr direkt gegenüber. Ihre Köpfe berührten sich fast, so angeregt unterhielten sich die beiden.

Grace ließ sich neben ihre Mutter auf einen Stuhl fallen. »Ich hab Hunger. Was ist die Tagesempfehlung?«

»Krabbenburger, Thunfischsandwich, Gazpacho«, zählte Rochelle auf.

»Gazpacho?« Grace hob die Augenbraue.

»Mein Großhändler hat mir eine ganze Kiste Tomaten mit dunklen Flecken geliefert, die so gut wie umsonst war«, erklärte Rochelle. »Hast du irgendwas gegen Gazpacho?«

»Ich liebe Gazpacho«, sagte Camryn. »Aber nur wenn keine grünen Paprika drin sind, die sagen mir nämlich überhaupt nicht zu.«

»Dieses Rezept ist original von Grace' Website«, erwiderte Rochelle. »Ohne grüne Paprika. Sondern mit Gurken, Knoblauch, Koriander …«

»Du liest meinen Blog?«

»Manchmal, wenn er interessant ist«, gab Rochelle zurück.

»Und du hast Koriander gekauft?« Grace' zweiter Ausruf nervte ihre Mutter ersichtlich.

»Ja«, sagte sie etwas pampig. »Und ich hab die Gurken geschält, wie es in deinem Rezept steht. Garniert wird sie mit kleingehackten Avocados und Krabben. So, noch irgendwas?«

»Nein«, sagte Grace kleinlaut.

»Möchtet ihr nun einen Teller Gazpacho?«

»Ja, bitte«, sagten Grace und Camryn unisono.

Als sie die kalte Suppe bis auf den letzten Tropfen weggelöffelt und ihren Eistee getrunken hatten, lehnten sich Grace und Camryn auf den Stühlen zurück.

»Das war verdammt gut«, sagte Camryn seufzend.

»Besser als mein Rezept«, gab Grace zu. »Aber sie wird mir nie verraten, was sie abgeändert hat.«

»Mütter!«, sagte Camryn verständnisvoll.

»Aber echt!«, sagte Grace. »So. Was konntest du über Stackpole in Erfahrung bringen?«

Camryn griff nach ihrer Umhängetasche von Yves St. Laurent und zog einen Stapel Ausdrucke heraus.

»Richter Cedric N. Stackpole Jr.«, sie machte eine ausholende Geste, »steckt bis zu seinen kleinen Öhrchen in Schulden.«

Grace rieb sich schadenfroh die Hände. »Oooh! Fein! Erzähl!«

»Dies ist eine Liste mit zwangsvollstreckten Immobilien, die ich von der Website des Bezirks ausgedruckt habe.« Camryn klopfte auf das oberste Blatt. Mit dem Finger fuhr sie über eine Spalte und hielt dann bei einer gelb unterlegten Zeile inne.

»Siehst du hier? Altadora Way 1454, Einheit C, Siesta Key.« Ihr Finger kroch weiter auf dem Blatt nach unten, blieb dann wieder über einer mit Leuchtstift markierten Zeile stehen. »Altadora Way 1454, Einheit B.«

Grace' Blick hüpfte eine Zeile weiter. Sie las laut

vor: »Altadora Circle 1463, Einheit A. Aber als Hypothekennehmer steht da Salomon Holdings.« Sie kniff die Augen zusammen.

»Salomon wie der weise König Salomon, ein Richter in der Bibel«, erklärte Camryn mit ernstem Gesicht. »Hab ich recherchiert. C. N. Stackpole ist alleiniges Vorstandsmitglied von Salomon Holdings. Ich bin mal rübergefahren nach Altadora. Das ist eine Neubausiedlung, unweit seiner Privatadresse auf Longboat Key. Zufällig hatte ich mir das Haus tatsächlich mal mit meinem Immobilienmakler angeguckt, nachdem ich Dexter rausgeworfen hatte. Die Preise sind nicht schlecht für Siesta. Die Wohnung, die ich besichtigt habe, war ein Wiederverkauf, und die wollten nur 575 000 Dollar. Aber für mein Budget war es immer noch zu teuer, außerdem gefiel mir der Schnitt nicht.«

Camryn blätterte in den Unterlagen, bis sie das gesuchte Dokument fand: ein Ausdruck von Immobilienangeboten aus Altadora. Inklusive Fotos von geschmackvollen, cremefarben verputzten zweistöckigen Reihenhäusern mit orangefarbenen Dachziegeln. Davor stand eine nicht ganz so geschmackvolle Reklametafel auf der »Luxuseigenheime in Bankenbesitz zu stark reduzierten Preisen« stand.

»*Wow. Und Stackpole besitzt drei davon?*«

»Richter Stackpole? Dein Scheidungsrichter?« Rochelle war hinter ihnen aufgetaucht. Sie beugte sich über Camryns Schulter und betrachtete das Foto der Altadora-Siedlung.

»Genau«, bestätigte Camryn. »Mein Immobilienmakler sagt, dass der ursprüngliche Verkaufspreis 2007 für die größte Einheit zwischen 875 000 und 1,6 Millionen Dollar lag, das waren zwei miteinander verbundene Häuser. Dann, tja, ihr wisst ja, was mit den Immobilien passiert ist. Die Preise stürzten in den Keller. Stackpole kaufte also 2010 drei Reihenhäuser direkt vom Bauunternehmer – damals sah es so aus, als wären es unschlagbare Schnäppchen. Er zahlte 420 000 Dollar pro Reihenhaus. Was ein super Geschäft gewesen wäre …«

»Aber?«, hakte Grace ein.

»Aber die Besteuerungsgrundlagen des Bezirks wurde 2011 überarbeitet, und jetzt wird das Haus nur noch auf 120 000 geschätzt«, erklärte Camryn voller Stolz. »Er steckt also in der Scheiße, aber so richtig.«

»Aber er kann ja nicht pleite sein«, wandte Grace ein. »Er wohnt in Longboat Key, und du hast gesagt, *die Familie seiner Frau* hätte massenweise Geld.«

»Ja, *ihre* Familie hat Geld. Aber Stackpole selbst hat so gut wie nichts«, gab Camryn zurück. »Ich hab's geprüft. Das Haus läuft auf ihren Namen. Und übrigens ist es deutlich größer, als es von der Straße aus wirkt. Es wird auf 3,2 Millionen geschätzt.«

Rochelle hatte sich ebenfalls gesetzt. »Bring mich

mal auf den neuesten Stand, Camryn! Was hat das alles mit Grace und dir zu tun?«

»Das ist nur wilde Theorie«, lenkte Grace zögernd ein.

»Das ist keine wilde Theorie«, widersprach Camryn und klopfte mit den Unterlagen auf den Tisch. »Diese Dokumente beweisen: Stackpole hat Schulden. Seine Frau hat Knete, aber da kommt er wohl nicht dran. Er hat eine Affäre mit Paula Talbott-Sinclair, und einer der beiden hat die Idee gehabt, von ihm geschiedene Frauen in eine Beratung von Paula zu schicken. Sie knöpft jedem von uns dreihundert Dollar pro Sitzung ab. Der Kurs läuft über sechs Wochen. Allein in unserer Gruppe sind wir zu fünft, und an dem Tag, als ich ihre Praxis beobachtet habe, kamen drei andere Gruppen zur Trennungsbewältigung. Ich hab nachgerechnet, Grace: Die verdienen an unserem Elend – und das ziemlich gut.«

»Du solltest einen Beitrag in den Nachrichten darüber machen«, sagte Rochelle aufgeregt, »und diesen ganzen Schwindel aufdecken.«

»Das habe ich auch vor«, sagte Camryn.

»Ist das kein Interessenskonflikt, wenn du über etwas berichtest, in das du selbst verstrickt bist?«, *fragte Grace.*

»Ich würde es aus der Ich-Perspektive erzählen«, erklärte Camryn. »Und wenn die Story groß genug ist, kann ich mir nicht vorstellen, dass mein Chef sie ablehnt.«

»Sicher, und ich würde auch gerne beweisen, dass die beiden unter einer Decke stecken«, sagte Grace, »aber ich habe gestern mit Mitzi darüber gesprochen. Selbst wenn du gesehen hast, wie all diese Frauen in Paulas Praxis gingen, kannst du nicht beweisen, dass sie dazu gezwungen wurden.«

»Könnt ihr die anderen Patientinnen nicht einfach fragen, ob sie von Stackpole zu der Therapie verdonnert wurden?«, fragte Rochelle.

»Das wäre natürlich das Beste«, sagte Camryn. »Leider hat mich Paula letzten Freitag entdeckt, als ich mich vor ihrer Praxis rumgetrieben habe. Sie kam heraus und fragte mich, was ich dort machte! Ich hab ihr eine lahme Ausrede aufgetischt, von wegen dass ich meinen Diamantohrring am Mittwochabend verloren hätte, aber ich glaube, ihr war klar, dass irgendwas im Busch war.«

»Mitzi hat versprochen, sie würde einen Blick auf Stackpoles Prozessliste werfen und mit anderen Anwälten sprechen«, sagte Grace.

»Aber wer weiß, wie lang sie dafür braucht?«, warf Rochelle ein. »Wir brauchen Action!«

Grace sah ihre Mutter an. »Und was schlägst du da vor?«

Rochelle überlegte. Dann grinste sie. Sie stand auf und verschwand. Als sie zurückkehrte, hatte sie eine Handvoll Reklamezettel dabei, die sie Grace hinhielt.

Kommen Sie in die Sandbox!
Gutschein für ein Getränk oder eine Vorspeise

»Die kenne ich noch. Dad hat sie damals Kindern gegeben, die sie auf dem Parkplatz des neuen Supermarkts an die Windschutzscheiben von Autos stecken sollten.«

»Bis ich es ihm verbot, weil wir fast pleitegingen. Die Leute rannten uns ja förmlich die Bude ein, so viele Getränke und Ofenkartoffeln mussten wir gratis rausgeben«, sagte Rochelle.

»Und?«, sagte Grace. »Was willst du jetzt mit den Flugblättern?«

»Also mir ist alles klar«, sagte Camryn voller Bewunderung. »Rochelle, wenn du mal keine Lust mehr auf diese Kneipe hast, könnte dir noch eine Zukunft als Enthüllungsjournalistin bevorstehen. Das ist eine brillante Idee!«

»Ich versteh's immer noch nicht.« Grace sah von der einen zur anderen Frau.

»Ganz einfach«, erklärte ihre Mutter. »Morgen früh fahre ich rüber zu Paulas Praxis. Ich schaue mir an, wer zu ihr in die Praxis geht und wo die Leute parken. Dann verteile ich die Gutscheine auf die Autos. Wenn die Frauen die Coupons bei uns einlösen, kommt ihr beiden dazu und fragt sie, was ihr wissen müsst.«

»Und woher willst du wissen, dass sie die Gutscheine auch einlösen? Vielleicht kommen sie ja auch erst in ein paar Monaten«, warf Grace ein.

»Ich schreibe einfach unten auf jeden Zettel, dass das Angebot nur an einem Tag gilt«, sagte Rochelle. »Glaub mir: In dieser Stadt lässt sich niemand ein Freigetränk entgehen.«

46

Paula Talbott-Sinclair stand vorn im Raum und hatte die Hände wie zum Gebet gefaltet. Sie holte tief Luft und stieß sie so langsam wieder aus, dass alle Teilnehmer der Gruppe unbewusst den Atem anhielten.

»Hallo, Freunde.« Ihre Stimme war klar und ungewöhnlich ruhig. »Ich möchte unsere Sitzung heute damit beginnen, dass wir über persönliche Verantwortung sprechen.« Sie schaute sich um. »Ihr alle seid hier, weil ihr irgendwie gezwungen wurdet, persönlich Verantwortung für das zu übernehmen, was ihr eurem Partner angetan habt.

Ashleigh, du hast die neue Geliebte deines Mannes gestalkt. Du hast außerdem ihr Haus in einem gedankenlosen Racheakt mutwillig beschädigt.

Wyatt, du hast die Autoscheibe vom Liebhaber *deiner* Frau so heftig zerschlagen, dass du dich dabei an der Hand verletzt hast.

Grace, du hast den Wagen deines Mannes mit

voller Absicht in einen Swimmingpool gefahren und dadurch zerstört.

Camryn, du hast ein provokantes, anzügliches Video deines Mannes entdeckt und auf YouTube eingestellt, was ihn zum Gespött der Öffentlichkeit machte.«

Paula nickte Suzanne zu. »Suzanne, wir alle haben viel Geduld gehabt und darauf gewartet, dass du vor uns zugibst, was du getan hast. Und ich wollte dich zu nichts zwingen –«

Suzanne hob den Kopf. »Ich bin bereit, Paula. Ich möchte der Gruppe gerne erzählen …«

»Ganz bestimmt?«

»Nein«, erwiderte Suzanne mit einem nervösen Lachen. »Ich werde nie voll und ganz bereit sein. Aber ich will jetzt sprechen, denn besser wird's nicht.«

»Hab ich euch erzählt, dass mein Mann Eric auch als Professor am Ringling College lehrt?« Sie wartete die Antwort nicht ab. »Er unterrichtet ebenfalls Englisch. Jedenfalls fand ich durch Zufall heraus, dass er *mit einer Koll*egin schläft, einer Frau, die letztes Jahr meine akademische Hilfskraft war.«

»Wie hast du das herausbekommen?«, fragte Ashleigh.

Suzanne lächelte schief. »Moderne Technik. Eric war joggen. Ich machte die Wäsche und fand sein Handy in der Hosentasche. Als ich es beiseitelegte, klingelte es, und ich sah, dass er eine Nachricht bekommen hatte. Darby war beim Fußballtraining und sollte einem von uns Bescheid sagen, wenn sie sich auf den Heimweg machte. Ich ging davon aus, dass die SMS von ihr sei, und las sie. Sie war aber nicht von Darby, sondern von dieser Frau.«

»Der anderen?«, fragte Camryn.

»Yep. Ich erspare euch die Details. Wichtig ist nur, dass sie Ort und Zeit für die nächste Verabredung vorschlug. ›Komm so geil du kannst‹ stand in der SMS. Da zählte ich eins und eins zusammen. Um auf Nummer Sicher zu gehen, scrollte ich durch die übrigen Nachrichten dieser Frau. Sie waren alle so anschaulich, wenn nicht noch plumper. Und es ging schon seit Monaten so.«

»Hast du ihn darauf angesprochen?«, fragte Grace.

»Nein.« Mit zitternden Händen öffnete Suzanne die Wasserflasche, die sie schon die ganze Zeit umklammert hielt. »Ich … ich glaube, ein Teil von mir wollte einfach nicht wahrhaben, dass es stimmte. Aber ein anderer Teil, der kühle, analytische Kopf, brauchte Informationen. Ich schaute sein Handy durch, überflog die Textnachrichten und fand welche von anderen Frauen, deren Namen ich noch nie gehört hatte.«

»*Er hatte* also *mehr* als nur eine Freundin?«, fragte Camryn. »Genau wie mein verlogener Mann.«

»Es wird noch besser beziehungsweise schlimmer«, sagte Suzanne traurig. »Ich ging online und fand etwas, das sich Tastenanschlag-Software nennt. Dieses Programm kann man unbemerkt auf dem Computer eines anderen installieren, und wenn es einmal aktiviert ist, hat man Zugang zu allem, was dieser Mensch auf seinem Computer macht. Man hat Zugang zu jeder geschriebenen oder empfangenen E-Mail, zu jeder besuchten Website.«

»Du bist zum Detektiv geworden«, staunte Camryn. »Sehr gerissen!«

»Oder auch nicht«, gab Suzanne zurück. »Kannst du dich erinnern, Camryn, dass du einmal gesagt hast, du würdest am liebsten Scopolamin nehmen, damit du vergessen könntest, dass deine Tochter Dexter mit ihrer Mitbewohnerin im Bett erwischt hat? Tja, ich erfuhr so viel über Erics Doppelleben, dass ich mir wünschte, mein Hirn wäre eine Festplatte. Dann könnte ich jetzt alles komplett löschen. Aber leider hat es sich in mein Hirn eingebrannt.«

Sie trank einen Schluck Wasser. »Diese anderen Frauen, die kannte er von *Craigslist*! Sie haben sich nur zum Vögeln getroffen!«

»Du lieber Himmel«, murmelte Grace.

»Ganz genau«, sagte Suzanne. »Er traf sich mit fremden Frauen in schäbigen Hotelzimmern zu anonymem Sex. Und wenn er sie mal nicht treffen konnte, schickten sie ihm Sex-SMS. Das lief schon seit Jahren so.«

»Das ist ja einfach ekelhaft«, stieß Ashleigh aus. »Boyce hat wenigstens …«

Camryn legte Ashleigh die Hand auf den Arm. »Lass Suzanne weitererzählen, ohne dass du deine Kommentare dazu abgibst, in Ordnung? Dein Schwachsinn interessiert hier grad nicht.« Ashleigh entriss ihr den Arm.

»Camryn!« Paulas Stimme hatte einen warnenden Unterton.

Camryn starrte die Therapeutin empört an. »Das meine ich absolut ernst. Wenn du nicht dafür sorgst, dass sie den Mund hält, bekommt sie es mit mir zu tun, aber richtig.«

»Und mit mir«, fügte Grace hinzu und funkelte Ashleigh böse an.

»Leute …« Suzanne wirkte belustigt. »Mir geht's gut. Wirklich. Ich lebe jetzt schon seit Monaten damit. Ich will nicht mehr, dass dieser Dreck so viel Platz in meinem Kopf einnimmt, versteht ihr?«

Alle nickten einträchtig. Das verstanden sie nur zu gut.

»Ihr könnt euch sicher nicht vorstellen, dass es noch schlimmer wird.« Suzanne lachte verlegen. »Aber es kommt noch schlimmer! Nicht lange nachdem ich das mit Eric herausgefunden hatte, ging ich *zum Frauenarzt* zu den üblichen Untersuchungen. Es kam heraus, dass mein PAP-Abstrich auffällig war.«

Sie errötete und schaute Wyatt an. »Tut mir leid,

dass du so intime Sachen hören musst. Aber der Teil gehört nun mal dazu.«

»Ich werd's überleben«, sagte er heiser.

Suzanne trank noch einen Schluck Wasser. Dann sprudelten die Worte nur so aus ihr heraus: »Ich hatte den humanen Papillomavirus. Zuerst wusste ich nicht mal, was das ist. Mein Frauenarzt – derselbe Arzt, der Darbys Schwangerschaft betreut hat und der mich seit meiner Kindheit kennt – musste es mir erklären. Es ist eine Geschlechtskrankheit. Eine sexuell übertragbare Krankheit.«

Grace schlug die Hand vor den Mund, um nicht entsetzt aufzuschreien.

»Eric … hatte sich beim Sex mit diesen Frauen nicht geschützt und mich angesteckt. Ich dachte, ich würde vor Scham sterben, als mein Arzt es mir erzählte. Es war ihm natürlich genauso peinlich wie mir. Um es kurz zu machen: Die Diagnose war Gebärmutterhalskrebs.

Die Gebärmutter wurde mir herausgenommen, weil mich mein Mann mit einem sexuell übertragbaren Virus angesteckt hatte. Der übrigens immer wiederkommen kann, so ähnlich wie bei Analkrebs. Mein Arzt drängte mich vorsichtig dazu, Eric einzuweihen, damit er zumindest den Frauen Bescheid sagen konnte, mit denen er geschlafen hatte. Also damit sie auch zum Arzt gehen konnten. Äußerlich war ich ganz ruhig, das war fast schon beängstigend.

Eine Woche vor meinem OP-Termin meldete ich mich auf *Craigslist* an. Ich stellte ein Foto von Eric ein und riet jeder Frau, die je was mit ihm gehabt hatte, sich auf Geschlechtskrankheiten untersuchen zu lassen.«

Suzanne trank wieder einen Schluck. »Dann schrieb ich meiner Kollegin vom College, dass ich über Eric und sie Bescheid wüsste. Es gebe aber etwas, das sie noch nicht wisse. An dem Tag, als ich operiert wurde, konfrontierte ich Eric. Ich machte ihm klar, dass er das Haus zu verlassen habe, wenn ich aus dem Krankenhaus zurückkäme.«

»Weiß Darby, warum ihr euch getrennt habt?«, fragte Camryn.

»Nein«, sagte Suzanne. »Das konnte ich ihr nicht antun. Es ist schon schlimm genug, dass ich diese Bilder im Kopf habe. Sie ist erst achtzehn. Ich will nicht, dass sie den Rest ihres Lebens Männer oder ihren eigenen Vater hasst.«

»Aber …«, stotterte Ashleigh. »Du hast Eric ungeschoren davonkommen lassen. Er muss ja gar keine Verantwortung für das übernehmen, was er getan hat!«

»Er kommt nicht ungeschoren davon«, entgegnete Suzanne. »Die Kollegin hat beim College Klage gegen ihn eingereicht, er wurde entlassen. Und eine der Frauen, die er von *Craigslist* kennt, behauptet, sie habe auch durch ihn den humanen Papillomavirus bekommen – auch wenn ich nicht weiß, wie jemand, der gewohnheitsmäßig ungeschützten Sex mit Fremden hat, jemals herausfinden will, durch wen er an seine Geschlechtskrankheit gekommen ist. Sie hat sich einen Anwalt genommen. Sein Leben ist also zerstört.«

»Und deins nicht?« Wyatts Gesicht war rot vor Empörung. »Es tut mir so leid, Suzanne. Als Mann entschuldige ich mich, als Ehemann.« Er schaute die anderen an. »Wir sind nicht alle so. Wirklich nicht.«

»Ich weiß, dass du ganz anders bist, Wyatt«, sagte Suzanne. »Und ich glaube auch nicht, dass jeder Mann wie Eric ist. Aber in einer Sache hast du unrecht. Mein Leben ist nicht zerstört. Das werde ich nicht zulassen.«

»Richtig so, Schwester!«, sagte Camryn kämpferisch.

»Danke sehr, Suzanne«, schloss Paula leise. »Ich verstehe jetzt, warum du so viel Zeit gebraucht hast, um die richtigen Worte zu finden und deine Geschichte zu erzählen. Wir alle sind voller Bewun*derung für deine Ehrlich*keit, nicht wahr, Freunde?« Sie begann zu klatschen, und langsam fielen die anderen ein. Paula machte Suzanne ein Zeichen aufzustehen und nahm sie in die Arme. Einer nach dem anderen erhob sich und schloss sich der Umarmung an. Zuerst waren sie gehemmt, aber je länger es dauerte, desto enger standen sie zusammen.

Dann kehrte jeder zu seinem Stuhl zurück. Paula übernahm wieder die Leitung.

»Wir haben jetzt fünf Wochen hinter uns und noch sehr viel zu tun, bevor wir nächste Woche Bilanz ziehen können. Heute möchte ich euch bitten, einen schriftlichen Schlachtplan zu entwerfen. Es soll eine Art Manifest für jeden von euch werden«, erklärte sie. »Ihr beginnt ein neues Kapitel eures Lebens. Ich möchte gerne, dass ihr darüber nachdenkt, wie es für euch weitergehen soll, persönlich wie beruflich, körperlich wie seelisch.«

Sie schaute auf die Uhr. »Das war sehr intensiv heute Abend. Machen wir zehn Minuten Pause, dann reden wir weiter, in Ordnung?«

Camryn putzte sich die Nase. »Wie soll denn Suzannes Schlachtplan aussehen, Paula? Was soll sie machen, sich eine neue Gebärmutter wachsen lassen?«

47

Wyatt war der Erste, der am Stammtisch in der *Sandbox* Platz nahm. Er zog Grace einen Stuhl hervor und ließ die Hand eine Sekunde länger als nötig auf ihrem Arm ruhen.

»Danke«, sagte sie und schenkte ihm ein kurzes, zutrauliches Lächeln.

In null Komma nichts war Rochelle am Tisch, brachte Bier und Speisekarten. »Wo sind die anderen?«

»Noch unterwegs«, erklärte Wyatt. »Ich hab so ein Gefühl, dass wir heute viel Alkohol brauchen werden, Rochelle. Es wäre lieb, wenn du für Suzanne schon das Getränk fertig machen könntest, das sie normalerweise bestellt.«

»O ja. Gute Idee«, sagte Grace mit Nachdruck. »Ich glaube, sie trinkt immer Weißweinschorle. Und ich brauche heute auch ein großes Glas Wein.«

»Warum?«, fragte Rochelle neugierig. »Ist irgendwas passiert? Mit Suzanne?«

Wyatts Stimme war feierlich: »Suzanne hat sich heute endlich geöffnet. Ihr Mann hatte ungeschützten Sex mit fremden Frauen, mit denen er sich übers Internet verabredet hat. Er hat sie mit einem venerischen Leiden angesteckt.«

»Meinst du so was wie eine Geschlechtskrankheit?«

»So ähnlich«, sagte Grace. »Nur dass diese Krankheit nicht mit Penicillin geheilt werden konnte. Suzanne musste sich die Gebärmutter herausnehmen lassen, und es kann trotzdem wiederkommen.«

»Du lieber Himmel!«, rief Rochelle. »Und das alles hat unsere liebe Suzanne durchgemacht?«

»Ja genau. Und sie ist gerade vorgefahren, also sprich sie bitte nicht drauf an. Im Ernst, Mom. Kein Sterbenswort.«

»Würde ich niemals«, gab Rochelle empört zurück und schlug schnell ein Kreuz. »Gott helfe mir.«

Suzanne schaute von der Weinschorle auf dem Tisch zu Grace. »Danke. Das habe ich gebraucht.«

»Du warst wirklich unglaublich heute«, sagte Ashleigh.

»Du bist unsere Heldin«, schloss Camryn sich an. »Du bist die Scheidungs-Superheldin.«

Suzanne trank einen Schluck Schorle. »Ganz bestimmt nicht. Ihr anderen habt gleich in dieser ersten furchtbaren Sitzung euer Herz ausgeschüttet, als wir uns alle noch total fremd waren. Ich habe fünf Wochen gebraucht, um den Mut aufzubringen. Ich bin der größte Feigling der Welt.«

»Nein, bist du nicht«, widersprach Wyatt. »Du bist … eine Inspiration.«

»Okay, es reicht«, sagte Suzanne. »Sonst muss ich noch heulen. Können wir bitte über was anderes sprechen? Irgendwas?«

Camryn und Grace tauschten einen kurzen Blick aus, der Ashleigh nicht entging.

»Was ist?«, rief sie. »Ihr zwei habt doch was. Los, erzählt! Geht es um Paula?«

Grace zuckte mit den Schultern. »Camryn hat so einiges über Paulas Vergangenheit herausgefunden.«

Suzanne sah Camryn nachdenklich an. »Das hat was damit zu tun, warum sie keine Zulassung als Therapeutin in Florida hat, nicht?«

»Ja«, gab Camryn überrascht zu. »Woher weißt du das?«

Suzanne zögerte. »Okay, es gibt noch etwas, das ich vor euch verheimlicht habe. Aber das ist auch das *letzte Geheimnis.* Zumindest das letzte, das euch betrifft. Also, ich wurde nicht von Stackpole zu Paula geschickt. Ich bin von selbst gekommen.«

»Du meinst freiwillig? Warum hast du denn das getan?«, fragte Ashleigh.

»Als ich herausfand, was Eric getan hatte, war ich so in Rage, dass ich Angst vor mir selbst bekam«, erklärte Suzanne. »Ich hatte ganz schreckliche Ideen, wie ich mich rächen würde. Grausame Phantasien, die auch körperliche Gewalt einschlossen. Da wusste ich, dass ich mir Hilfe suchen musste. Ich ging online, googelte nach dem Worten Trennungstherapie und Sarasota, und da tauchte Paulas Name auf.

Nach dem ersten Abend wusste ich, dass irgendwas mit ihr nicht stimmte. Ihre Qualifikationen sind zwar wirklich beeindruckend, aber sie achtet sehr darauf, sich nicht als Therapeutin zu bezeichnen. Sie nennt sich einfach Scheidungs-Coach. Worüber ich mir so meine Gedanken gemacht habe.«

»Und warum bist du nach dem ersten Abend weiter zu den Gruppenstunden gekommen? Beziehungsweise nach dem zweiten, als Paula einfach einschlief?«, fragte Grace.

Suzanne schaute den anderen ins Gesicht. »Weil ich da schon wusste, dass es nicht wirklich auf Paulas Ratschläge ankam. Ich wusste, dass es euch allen genauso schlechtging wir mir, und ich dachte, vielleicht könntet ihr mir helfen, mit dieser furchtbaren Traurigkeit und Verbitterung umzugehen. Und ich hatte recht.«

»Oooh!« Ashleigh strahlte. »Ist das lieb.«

»Aber Paula hat mir auch ein bisschen geholfen«, sagte Suzanne. »Auf ihre Weise. Ich will aber natürlich trotzdem hören, was du herausgefunden hast, Camryn.«

»Okay«, sagte Camryn. »Haltet euch fest.«

Rochelle hatte eine weitere Runde Getränke gebracht, aber Suzannes Glas war noch immer unberührt. »Ich hab mich schon gefragt, ob es so was sein könnte. Paula ist kein schlechter Mensch, wisst ihr. Sie ist tief verletzt. Wie wir alle.«

Ashleigh war weniger verständnisvoll. »Du meinst, ich zahle dreihundert Dollar die Stunde, um mich von einer verurteilten Suchtkranken beraten zu lassen?«

»Einer Rückfälligen«, verbesserte Grace. »Und vergesst nicht, Paula schimpft sich selbst nicht Beraterin oder Therapeutin. Einfach nur Scheidungs-Coach. Wer kann einen besser durch diesen Mist coachen als jemand, der das alles schon selbst mitgemacht hat?«

»Ich finde trotzdem, dass sie uns abzockt«, beharrte Ashleigh. Dann senkte sie die Stimme. »Aber Paula ist mir inzwischen ganz egal. Auch dieser ekelhafte Richter Stackpole kümmert mich nicht mehr. Ich hab Neuigkeiten für euch: Boyce hat angerufen! Er will nächste Woche mit mir essen gehen. Und jetzt kommt das Beste: Wir treffen uns im Ritz!«

»Ich hab noch nie im Ritz-Carlton gegessen«, sagte Rochelle und setzte sich auf einen leeren Stuhl neben Ashleigh. »Ist das Essen da wirklich so gut, wie alle immer sagen?«

»Ach, Rochelle, du bist so niedlich.« Ashleigh lachte schrill. »Weißt du was? Ich habe da auch noch nie gegessen! Wenn du mich fragst, geht es beim Lunch im Ritz nicht wirklich ums Essen.«

»Hä, worum denn dann?« Rochelle war verwirrt.

»Wenn du ein kleines schmutziges Geheimnis für dich behalten kannst …« Sie schirmte Rochelles Ohr mit der Hand ab und flüsterte ihr etwas zu.

»Oooh-oh!«, machte Rochelle. »Jetzt verstehe ich. Das Ritz-Carlton ist so was wie ein teures Stundenhotel.«

»Ganz genau.« Ashleigh kicherte.

»Hat er gesagt, warum er mit dir essen gehen will?«, fragte Grace.

»Das brauchte er gar nicht«, sagte Ashleigh. »Das liegt doch auf der Hand. Er will mich zurück! Eigentlich wollte ich's euch ja nicht erzählen, aber jetzt tue ich es trotzdem. Ich hab letztens gesehen, wie Suchita – das ist seine Freundin – bei Boyce aus der Praxis kam. Sie ist total fett geworden! Aber Boyce und Fett gehen für mich nicht zusammen! Er ist plastischer Chirurg, und Aussehen ist für ihn immer extrem wichtig gewesen.« Sie hielt inne, als sie Camryns Gesicht sah.

»Und bevor du auch nur ein Wort sagst: Nein, ich habe nicht vor, es ihm so einfach zu machen. Ich bitte euch! Ich habe auch meinen Stolz. Ich werde ihn schön dafür büßen lassen, was ich wegen ihm mitmachen musste. Boyce wird ein großes Schmuckstück kaufen müssen, um es bei mir wiedergutzumachen.«

»Ashleigh«, sagte Grace, »hast du dir das auch wirklich gut überlegt? Immerhin hat er eine Geliebte. Und du weißt auch, dass er seine erste Frau betrog, als er sich damals mit dir traf. Wie kommst du auf die Idee, dass er sich jetzt geändert hat?«

»Genau, Baby«, sagte Camryn. »Tut mir leid, aber ich kann nicht erkennen, dass er dazugelernt hat.«

»Das mit uns ist was anderes«, sagte Ashleigh. »Boyce hat seine erste Frau nie wirklich geliebt. Nie. Ihre Ehe war ein Witz. Die habe nicht *ich* kaputtgemacht, die war bereits im Eimer. Und ja, es stimmt, Boyce hat mich betrogen. Aber das habe ich akzeptiert. Liegt Paula uns nicht seit Wochen damit in den Ohren, dass wir das Vergangene akzeptieren und unseren Frieden damit machen sollen?«

Suzanne tätschelte Ashleighs Hand. »Wir möchten nur nicht, dass du noch einmal verletzt wirst.«

»Ich werde *nicht* verletzt werden«, gab Ashleigh zurück. »Das ist die wahre Liebe. Schlicht und einfach. Glücklich bis ans Lebensende. Ist das so schwer zu verstehen?«

»Ob ich das glaube, ist gar nicht die Frage«, sagte Camryn. »Es ist nur so, dass ich die wahre Liebe nur aus dem Film kenne.«

Ashleigh warf ihr Haar über die Schulter nach

hinten. »Rochelle, du bist doch auf meiner Seite, oder? Und du warst wirklich lange mit Grace' Vater verheiratet, nicht? Sagst du ihnen bitte, dass es glückliche Ehen gibt?«

Rochelle presste die Lippen aufeinander. »Tut mir leid, Schätzchen, dazu kann ich wirklich nichts sagen.« Sie schaute über Ashleigh hinweg zur Theke. »Verflucht, Miller und Bud besetzen schon wieder die Stühle an der Theke und schaufeln sich das ganze Popcorn rein.« Sie erhob sich. »Demnächst kann das Geld vom Sozialamt direkt an mich überwiesen werden. Ich muss die mal vertreiben.«

Grace sah, wie ihre Mutter davonhuschte. Was war das denn für eine Anspielung gewesen, dass sie keine Ahnung von glücklichen Ehen hätte? Grace fielen all die gehässigen Bemerkungen ein, die Rochelle in letzter Zeit über Butch gemacht hatte. Irgendwann würde sie sich mit ihrer Mutter mal hinsetzen und Klartext reden müssen. Butch war jetzt drei Jahre tot. Gab es etwas über die Ehe ihrer Eltern, das Rochelle ihr vorenthalten hatte?

»Grace?« Suzanne wedelte mit der Hand vor ihrem Gesicht. »Erde an Grace, bitte kommen!«

»Was ist?«

Die anderen schauten sie erwartungsvoll an.

»Tut mir leid, ich war wohl kurz woanders.«

»Ich habe gerade gefragt, was du von Paulas Hausaufgabe hältst. Du weißt schon, das mit dem Schlachtplan.«

»Ich finde, das ist eine gute Idee«, sagte Grace. »Am Anfang, als ich Ben verließ, war ich selbst irgendwie … orientierungslos, ja – das ist wohl das richtige Wort.«

»Gelähmt«, stimmte Camryn zu. »Nachdem ich Dexter vor die Tür gesetzt hatte, fühlte ich mich nicht in der Lage, auch nur die kleinste Entscheidung zu treffen. Und ihr könnt euch vorstellen, dass mir das gar nicht ähnlich sieht. Eines Morgens fahr ich bei Starbucks vorbei, und als sie mich fragten, ob ich noch mehr Zucker wolle, brach ich einfach in Tränen aus.«

»Ich kenne bereits den ersten Schritt meines Schlachtplans«, verriet Ashleigh. »Sobald ich diese Hexe Suchita los bin, kehre ich zurück an meine alte Stelle als Boyce' Praxisleitung. Und ich sag euch eins: Von da an werde ich die Besprechungen mit den süßen kleinen Pharmareferentinnen übernehmen.«

»Was mich betrifft, ich bin mir noch nicht sicher«, sagte Suzanne. »Darby wurde angeboten, bereits nächstes Semester in Elon zu beginnen. Das ist ein kleines geisteswissenschaftliches College in North Carolina, deren Fußballmannschaft letztes Jahr Vizemeister geworden ist. Der Cheftrainer ist im Frühjahr persönlich hergeflogen, um Darby spielen zu sehen. Sie hat abgelehnt, weil sie ihr letztes Jahr an der Highschool machen will. Aber ich bin mir ziemlich sicher, der eigentliche Grund für die Absage war, dass sie so kurz nach unserer Trennung nicht weggehen und mich allein lassen wollte.«

»Deine Tochter scheint wirklich ein tolles Mädchen zu sein«, sagte Wyatt.

»Ich weiß nicht, warum ich so viel Glück mit ihr habe«, antwortete Suzanne. »Der Trainer von Elon ruft ständig bei uns an und bittet Darby, doch noch mal drüber nachzudenken. Am liebsten wäre es ihm, wenn sie jetzt sofort kommen und mit dem Training beginnen würde. Mir persönlich wäre es natürlich lieber, sie würde zu Hause bleiben, ihr letztes Highschooljahr machen und dann zum College gehen. Ich möchte ihr so gerne noch ein Jahr lang das Frühstück bereiten und abends die stinkenden Trainingsklamotten waschen. Aber eigentlich gibt es keinen Grund, warum sie das College nicht vorziehen sollte. Darby ist ein kluges Kind. Sie hat auf der Highschool bereits viele Kurse für Fortgeschrittene belegt, so dass die Arbeit am College keine große Herausforderung für sie sein wird. Und mal ehrlich, eigentlich wäre das eine tolle Gelegenheit für sie.«

»Dann lass sie gehen.«

Alle drehten sich um. Rochelle stand hinter Suzannes Stuhl. »Ich weiß, es geht mich nichts an. Aber es klingt, als wüsstest du längst, was du tun musst.«

Suzanne drehte sich um. »Du hast recht, Rochelle.

Das wird dann Punkt eins meines Schlachtplans. Ich muss Darby überzeugen, dass ihre Mutter nicht so hilfsbedürftig ist, wie sie glaubt.«

»Ich gebe nur ungern zu, dass Paula letztlich doch noch eine gute Idee gehabt hat«, sagte Camryn. »Aber so ein Schlachtplan ist wirklich sinnvoll. In letzter Zeit habe ich sehr viel über meine Karriere im Sender nachgedacht und wie ich weitermachen will.«

»Aber du willst doch nicht kündigen, oder?«, fragte Grace.

»Quatsch, so läuft das im Nachrichtengeschäft nicht. Frauen in meinem Alter suchen sich nicht einfach einen neuen Job. Jedenfalls nicht freiwillig. Nein, diese investigative Arbeit, die ich in den letzten Tagen gemacht habe, hat echt Spaß gemacht. Ich habe überlegt, ob jetzt vielleicht ein guter Zeitpunkt wäre, hinter die Kamera zu wechseln. Vielleicht als Produzentin zu arbeiten.« Sie grinste breit. »Ich konnte schon immer gut Leute herumkommandieren.«

»Und du, Grace?«, fragte Ashleigh spitz. »Was wäre dein erster Schritt?«

»Den habe ich bereits getan«, erklärte Grace. »Ich habe den Mann, dessen Haus ich gerade renoviere, gefragt, ob ich es mieten kann. Wenn er einverstanden ist, könnte ich innerhalb einer Woche einziehen.«

»Du ziehst aus?« Rochelle wirkte getroffen.

»Bau mein Schlafzimmer bitte nicht direkt in ein Büro um«, mahnte Grace. »Arthur wirkte nicht gerade begeistert von der Idee. Er will es mit seiner Frau besprechen. Immerhin hat er nicht direkt nein gesagt.«

48

Grace wischte den Boden, während Rochelle Kassensturz machte und das Geld zur Einzahlung am nächsten Morgen vorbereitete. Grace prüfte die Eingangstür, um sich zu vergewissern, dass sie wirklich verschlossen war, und knipste die Neonreklame aus. Dann ging sie hinter die Theke, schenkte sich ein weiteres Glas Wein ein und nahm einen Barhocker neben Rochelle.

»Es ist schon nach eins.« Ihre Mutter sah vom Geldzählen auf. »Hab nichts gegen Gesellschaft, aber du bist in letzter Zeit immer ziemlich früh aufgestanden und losgezogen.«

»Ich gehe gleich ins Bett«, sagte Grace. »Darf ich dich noch was fragen?«

»Hm?« Rochelle schrieb weiter Zahlen ins Kontenbuch. »Deine Trennungsgruppe ist gut fürs Geschäft. Letztes Jahr standen wir an diesem Datum bei 1800 Dollar. Heute waren es 2100. Und die Softball-Jungs hatten heute Abend nicht mal ein Spiel.«

Grace zupfte ungeduldig an dem Buch. »Mom, was meintest du heute Abend damit, als du sagtest, du würdest dich mit glücklichen Ehen nicht auskennen?«

»Nichts«, wehrte Rochelle ab. »Du kennst mich doch. Manchmal sage ich irgendwas, ohne groß nachzudenken.«

»Manchmal schon, aber ich glaube, das war heute anders. In letzter Zeit hast du immer mal wieder so kleine … keine Ahnung … Anspielungen gemacht. Gibt es irgendwas, das ich nicht weiß?«

»Dein Vater ist tot und unter der Erde, Grace. Das ist Geschichte.«

»Finde ich nicht«, sagte Grace langsam. »Komm, Mom. Sei ehrlich zu mir!«

Rochelle nahm ihre Lesebrille ab und hakte sie in den Ausschnitt ihrer Bluse. »Dein Vater war ein guter Mann, Grace. Er hat dich über alle Maßen geliebt und war sehr stolz auf dich und das Leben, das du dir aufgebaut hast. Das ist alles, was du wissen musst.«

»Nix da.« Grace schüttelte den Kopf. »Da steckt noch mehr dahinter. Seitdem ich zu dieser Trennungsbewältigungsgruppe gehe, scharwenzelst du hier ständig rum und interessierst dich urplötzlich für diese ganze Thematik –«

»Ich bin halt neugierig«, warf Rochelle ein.

»Was war los zwischen Dad und dir? Egal was es ist, ich möchte es einfach wissen.«

Rochelle stieß einen langen Seufzer aus. »Gut, da du es unbedingt wissen willst … Vor vier Jahren wollte ich mich von deinem Vater scheiden lassen. Ich hatte schon eine Anwältin engagiert, mir sogar schon eine Wohnung gesucht. Und dann erfuhren wir von seiner Krankheit. Ich konnte ihn einfach nicht im Stich lassen. Er lag im Sterben. Deshalb blieb ich bei ihm. Ende, aus.«

Sie sah Grace' fassungsloses Gesicht. »Tut mir leid, Schätzchen. Ich wollte nicht, dass du das hören musst, aber du hast gefragt, und da wollte ich nicht lügen.«

Grace hatte das Gefühl, einen Schlag in die Magengrube bekommen zu haben. »Warum? Was hat Dad denn getan? Sag bitte nicht, dass er eine andere hatte!«

Rochelle schlug das Kontenbuch wieder auf. »Manches bleibt vielleicht besser ungesagt, verstehst du?«

»Sag es mir doch bitte! Also hatte er eine Affäre? Mit jemandem, den ich kenne?«

»Nein, nein. Das war so eine Schickse aus Buffalo, deren Mann im Winter sein Boot bei uns im Hafen liegen hatte. Ihr Mann war einen Sommer vorher gestorben, sie war alleine hier, und wahrscheinlich … fühlte sie sich einsam.«

»O Gott.« Grace wurde übel. Ihr Vater? Butch? Der Mann, der grelle Hawaiihemden trug und Countrymusik liebte? Der Mann, der sowohl Rochelle als auch Grace jedes Jahr zum Valentinstag die gleiche Pralinenschachtel schenkte? Butch hatte eine Freundin gehabt?

»Es dauerte nicht sehr lange«, sagte Rochelle leise. »Dein Vater war lausig im Geheimhalten.«

Grace musste schlucken. »Wie hast du es herausgefunden?«

»Er benahm sich seltsam. War auf einmal ganz anders. Du weißt ja, Butch brauchte seine Routine. Aber im Januar jenes Jahres wechselte er auf einmal den Friseur. Nach zwanzig Jahren ließ er sich plötzlich Koteletten wachsen, Himmel nochmal. Er fing an, mittags zu duschen. Oder er behauptete plötzlich, dass er zum Großhändler fahren müsse, um unsere Bestellung abzuholen. Dabei hatte ich das doch jahrelang erledigt. Jedes Mal blieb er dann zwei, drei Stunden lang weg. Einmal vergaß er die Papierservietten und Mitnahmebehälter. Seine Ausrede, dass die Papierservietten aus gewesen wären, war lahm.« Rochelle schüttelte den Kopf. »Er hatte nie viel Phantasie.«

»Ich weiß wirklich nicht, was ich sagen soll«, stieß Grace hervor. »Du musst absolut fertig gewesen sein.«

»Eher stinksauer. Weil er mir hoch und heilig *versprochen hatte*, dass er mir diesen Scheiß nicht noch einmal antun würde.«

»Noch einmal? Das war gar nicht das erste Mal?«

Grace starrte auf den Spiegel hinter der Theke. Plötzlich wirkten sie und ihre Mutter auf sie wie Fremde.

»Nein. Es war nicht das erste Mal.« Rochelles Lippen verzogen sich zu einem grimmigen Lächeln. »Du warst erst drei, als er mich zum ersten Mal betrog. Als ich es entdeckte, verließ ich ihn. Ich fuhr mit dir zu meiner Cousine nach Jacksonville. Dort blieben wir drei Wochen. Butch war fertig. Er konnte es nicht ertragen, sein kleines Mädchen nicht mehr um sich zu haben. Er wusste auch, dass er Scheiße gebaut hatte, und flehte mich an zurückzukommen. Er versprach, dass er ein anderer Mann werden würde. Das war er auch, sehr lange.«

»Ich …« Grace musste schlucken. »Ich weiß gar nicht, was ich davon halten soll. Du hast nie ein Wort gesagt, und ihr beide habt euch auch nie gestritten. Als sich die Eltern meiner Freundinnen während der Highschool-Zeit trennten, beneideten sie mich alle, weil Butch und Rochelle – na ja, Butch und Rochelle, das war ein sicheres Ding.«

Rochelle strich Grace übers Haar. »Vielleicht hätte *ich mich damals* schon von ihm scheiden lassen sollen. Aber wo hätte ich mit einem kleinen Kind bleiben sollen? Ich hatte keine Ausbildung, Geld schon gar nicht. Und ich war zu stolz, um vor meinen Eltern zuzugeben, dass ich einen Fehler gemacht hatte. Deshalb wählte ich den leichten Weg und kehrte zu Butch zurück.«

»So viele Jahre? Und ich dachte, ihr hättet eine Vorzeigeehe! Das war alles gelogen? Du bist nur wegen mir bei ihm geblieben?«

»Das war nicht *alles* gelogen«, sagte Rochelle. »Wir hatten auch gute Zeiten. Wir richteten uns hier ein, hatten Freunde. Und dich. Du sollst nicht denken, dass es ein schlechtes Leben war, Grace. Deshalb wollte ich dir auch eigentlich gar nicht davon erzählen.«

»Das hättest du ruhig tun können. Besonders als ich erwachsen war. Ich hätte es verstanden«, sagte Grace. »Es macht mich traurig, wenn ich mir vorstelle, dass du unglücklich warst und ich nichts davon mitbekam.«

»So war es ja nicht. Du hattest ja selbst zu tun, wurdest langsam flügge, machtest Karriere, heiratetest Ben. Aber jetzt denke ich manchmal, dass ich dir unrealistische Vorstellungen von meiner eigenen Ehe vermittelt habe. Doch bei allem, was ich vielleicht falsch gemacht habe, ist es eine Freude zu sehen, was für eine umwerfende Frau du geworden bist«

»Und warum hast du beim zweiten Mal gehen wollen?«

Rochelle rückte ihre Brille zurecht. »Abgesehen von Edwina? So hieß die Frau: Edwina! Ich würde sagen, die Wut staute sich allmählich auf. Eines Morgens schimpfte Butch mit mir, weil ich den falschen Kaffee gekauft hatte.«

Grace verdrehte die Augen. »O Mann. Dad und sein Kaffee.«

»Ich nahm die ganze Tüte mit den Kaffeebohnen und warf sie in den Müll, dann ging ich nach oben und packte meine Tasche. Als ich wieder nach unten kam, sah er mich an, als hätte ich den Verstand verloren. ›Wegen einer Tüte Kaffee willst du gehen?‹, fragte er. Ich sah ihn an, und dann platzte es aus mir heraus: ›Es liegt nicht am Kaffee, sondern an Edwina.‹«

»Hast du mal an Ehetherapie gedacht?«, fragte Grace.

»Klar, da bin ich hingegangen. Dein Vater weigerte sich allerdings, mich zu begleiten. Er hielt es für eine Verschwendung seines hart verdienten Geldes.«

»Klingt ganz nach Dad«, sagte Grace seufzend. »Ich kann es immer noch nicht fassen, dass du sogar einen Anwalt engagiert hattest. Moment mal. Mitzi etwa? Mitzi war deine Anwältin?«

Rochelle nickte. »Ben und du, ihr wart damals noch nicht lange verheiratet. Du warst überglücklich, und ich wollte dich nicht beunruhigen. Und dann erfuhren wir, wie krank Butch schon war. Ich war insgesamt nicht mal eine Woche lang weg.«

»Hat er dich gebeten, zu ihm zurückzukommen?«, fragte Grace mit Tränen in den Augen. Sie dachte an die letzten Monate ihres Vaters, als er immer dünner wurde, erst eine Gehhilfe und schließlich einen Rollstuhl benutzte.

»Butch? Niemals. Er fragte mich nicht. Ich wusste einfach, dass er mich brauchte, also kam ich zurück. Wir haben nie mehr über diese Woche gesprochen. Es war, als wäre das alles nie passiert.« Rochelles Augen funkelten. Sie lachte.

»Was ist so komisch daran?«, fragte Grace.

»Nichts. Ich musste nur gerade an den Kaffee denken. Als ich wieder hier einzog, ging ich morgens in die Küche, um Kaffee zu kochen. Und da stand eine neue Packung seiner Lieblingsbohnen. Das war Butchs Art von Entschuldigung.«

Grace lachte, bis ihr Tränen über die Wangen liefen. »Mom? Weißt du, an was ich mich aus jenem letzten Jahr erinnere? Als Dad so krank war? Du warst so unglaublich stark. Du hieltest die Kneipe am Laufen, brachtest Dad zu allen Arztterminen und zur Chemo. Du hast ihn gebadet und gefüttert, als er zu schwach zum Essen war; hast ihm sein Bett im Wohnzimmer aufgestellt, damit er in den letzten Wochen nach draußen aufs Wasser gucken konnte.«

Rochelle blinzelte ihre eigenen Tränen fort. »Ich musste ihm versprechen, dass ich ihn nicht im Krankenhaus sterben lasse. Das war keine große Sache.«

»Das heißt, du hast ihm vergeben?« Grace schaute ihre Mutter erwartungsvoll an.

»*Weißt du, was?* Ich glaube schon«, sagte Rochelle erstaunt. »Damals dachte ich, ich würde es für dich tun – weil er dein Vater war. Aber jetzt glaube ich, dass ich es vielleicht für mich selbst getan hab. Ich fand es furchtbar, was er getan hatte, aber letztendlich habe ich ihn trotz allem wohl geliebt.«

»Ich bin so froh, dass du mir das erzählt hast«, sagte Grace. »Danke, Mom.«

49

Guten Morgen, Grace! Vielleicht können Sie sich an mich erinnern, wir hatten vor ein paar Jahren mal miteinander zu tun, als ich Assistentin von Lily Soo bei House Beautiful *war. Inzwischen bin ich Kulturredakteurin bei* Veranda *und verfolge Ihren neuen Blog und das neue Projekt mit großem Interesse. Wir glauben, dass auch unsere Leser begeistert davon wären. Würden Sie vielleicht in Erwägung ziehen, einen monatlichen Beitrag über Ihre Fortschritte in Mandevilla Manor zu schreiben und mit Fotos zu illustrieren? Vielleicht können wir persönlich darüber sprechen. Mit besten Grüßen, Doreen Zelen. P.S.: Ich liebe das Schachbrettmuster auf dem Küchenboden!*

Grace las die E-Mail dreimal, nur um sicherzugehen, dass sie keine Einbildung ihrer Phantasie war. Dann *klemmte* sie sich den Laptop unter den Arm und hastete nach unten in die Kneipe. Rochelle lotste gerade den Bierlieferanten ins Lager.

»Mom!«, rief Grace.

Ihre Mutter fuhr zusammen, ihre Kaffeetasse fiel zu Boden. »Was ist denn?«

»*Veranda!* Die wollen mich engagieren, damit ich eine Serie über Mandevilla Manor schreibe. Kannst du das fassen? Ich habe *Veranda* schon seit Urzeiten abonniert! Und jetzt wollen die mich haben!«

Rochelle nahm ein kleines Handtuch, bückte sich und wischte den verschütteten Kaffee auf. »Schätzchen, das ist ja super!«

»Ich weiß!« Vor Aufregung hüpfte Grace durch die Kneipe. »*Veranda*! Davon habe ich schon immer geträumt!«

»Was ist mit Frühstück?«, fragte Rochelle. »Du kannst mir alles ganz genau erzählen, und ich mache dir Eier mit Speck.«

»Geht nicht«, sagte Grace. »Ich muss rüber zum Cottage und mich an die Arbeit machen. Ende der Woche will ich die ersten Möbel reinstellen, damit ich ein paar Fotos für Doreen habe; das ist die Redakteurin bei *Veranda*, die mir gemailt hat. Vor Jahren habe *ich mal was als Freie für sie* gemacht, aber da war sie noch bei einer anderen Zeitschrift. Und eigentlich muss ich Sweetie abholen, aber ich schreib Wyatt eine SMS, ob er sie vorbeibringen kann. Bis später!«

Arthur Cater saß auf der Vordertreppe des Cottages, als Grace in der Einfahrt hielt.

»Arthur!«, rief sie und lief über den Rasen auf ihn zu. »Ich freu mich so, dass Sie hier sind! Ich habe großartige Neuigkeiten!«

Doch als sie näher kam, erkannte sie an Arthurs Gesichtsausdruck, dass irgendetwas Schlimmes passiert war. Sein Gesicht war schwarz verschmiert mit etwas, das wie Ruß aussah. Er wirkte auf einmal sehr, sehr alt.

»Was ist los?«, rief Grace. »Etwas mit Ihrer Frau? Ist sie krank?«

»Meiner Frau geht es gut«, erwiderte er. »Es geht um das Haus, Grace. Gestern Abend hat jemand versucht, es anzuzünden.«

Grace stand im Wohnzimmer und starrte auf die verkohlten Bodenbretter in der Ecke zum Esszimmer. Ruß klebte an den weißen Wänden, die Glassplitter stammten von den eingeschlagenen Vorderfenstern. Grace drückte sich den Laptop vor die Brust und zwang sich, nicht zu weinen.

»Der Nachbar hat Rauch gerochen, als er um sechs Uhr morgens aufstand, um den Hund rauszulassen«, berichtete Arthur, offensichtlich noch immer schockiert. »Er hat erst mich und dann die Feuerwehr angerufen, danach ist er rübergegangen. Als er auf der Veranda stand, sah er die Flammen. Es war angeblich nur ein kleines Feuer, das von einem Bündel Lumpen oder so ausging. Er schlug das Fenster ein, kletterte rein und löschte das Feuer mit Wasser aus einem Wischeimer. Wenn er das nicht getan hätte, wäre das Haus wohl nicht mehr da. Es besteht hauptsächlich aus Holz. Kiefernkernholz. Und das brennt wie Zunder.«

»Ich weiß nicht, was ich sagen soll«, erwiderte Grace. Die Worte blieben ihr in der Kehle stecken.

»Da ist noch mehr«, sagte Arthur grimmig und wies mit dem Kopf in Richtung Küche. Grace' Schritte hallten durch den hohen, leeren Raum. Als sie in der Küchentür stand, begann sie zu weinen.

Die gesamte Küche war mit schwarzer Farbe beschmiert. Sie tropfte vom neuen Kühlschrank, rann am Herd und an den Schranktüren hinab. Große Lachen sammelten sich auf dem frischgestrichenen Schachbrettboden. »Fuck the Man« war in ungelenken schwarzen Buchstaben ins Küchenfenster geschrieben.

»Jugendliche.« Arthur spie das Wort aus. Er wies auf die Spüle, in der eine leere Plastikflasche billigen Wodkas, Red Bull und Bierdosen verschiedener Marken lagen.

»Ach, du meine Güte.« Grace wich rückwärts aus der Küche in den Flur, wo das Wasser einen Zentimeter hoch stand. Handtücher lagen auf dem Boden.

Die Tür zum Badezimmer war geschlossen. Grace wollte sie öffnen, aber Arthur legte seine knorrige Hand auf ihre.

»Nicht«, warnte er. »Da drin sieht es ganz furchtbar aus.« Er schluckte. »Die haben … Grace … die haben in die Wanne gemacht und es überall an den Wänden verschmiert. Dann haben sie ein Handtuch in die Toilette geworfen und den Abfluss verstopft. Das Gleiche haben sie beim Waschbecken gemacht und dann die Hähne aufgedreht. Ich habe das Wasser abgestellt, hatte aber noch keine Zeit, um alles sauberzumachen.«

Auch die Türen zu den Schlafzimmern waren geschlossen. Bevor Arthur Grace aufhalten konnte, stürzte sie in das vordere Zimmer. Orange Neonfarbe zierte die Wände. Der leere Farbeimer lag umgekippt auf der Seite, eine Lache oranger Farbe breitete sich auf dem frischlackierten Hartholzboden aus. Auch hier flogen leere Bierdosen herum, und es roch nach einer Mischung aus Urin und Marihuana.

»Wer macht so was?«, flüsterte Grace.

In dem Moment ging die Haustür auf. Grace hörte schwere Schritte, dann Hundepfoten auf dem Boden.

»Grace?« Wyatts Stimme klang panisch.

Sweetie kam um die Ecke geschossen, und Grace nahm sie schnell auf den Arm, damit der Hund die orange Farbe nicht weiter verteilen konnte.

»Ich bin hier hinten –«, ihre Stimme brach. Kurz darauf war er an ihrer Seite. Ohne ein Wort zu sagen, nahm er Grace samt Hund in die Arme und drückte die beiden an sich.

»Das tut mir so leid«, murmelte er in ihr Haar. »Bist du so weit okay?«

Nach etlichen Tränen schniefte sie und wischte sich die Augen trocken. »Geht schon«, sagte sie und löste sich von ihm.

Arthur stand verlegen neben ihnen und fegte mit dem Besen herum.

»Wyatt, das ist Arthur Cater, der Besitzer dieses Hauses. Arthur, das ist mein Freund Wyatt, von dem ich Ihnen erzählt habe. Er hatte die Ideen für den Garten.«

Die beiden Männer nickten sich zu. »Was ist hier passiert?«, fragte Wyatt. »Ich hab die verkohlte Stelle im Wohnzimmer gesehen.«

»Es wurde eingebrochen, und jemand hat versucht das Haus abzufackeln.« Arthur wies in die Runde. »Vorher haben sie hier drinnen gewütet. Auch in der Küche. Am schlimmsten ist es im Bad.«

»Wer denn?«, fragte Wyatt. »Haben Sie eine Ahnung?«

»Ich schätze, es waren Jugendliche«, sagte Arthur. »Der Nachbar meinte, er hätte gestern Abend ein Auto in der Einfahrt gesehen, so gegen zehn. Ich hatte ihm erzählt, dass Grace hier arbeitet. Deshalb nahm er an, es sei ihres, und dachte sich wohl nichts weiter. Heute Morgen hat er mich angerufen.«

»Die haben hier 'ne schöne Party veranstaltet«, sagte Grace verbittert. »Man kann sogar noch das

Gras riechen. Und in der Küche liegen Bierdosen und eine Wodkaflasche.«

»Verfluchte Blagen«, knurrte Arthur.

»Es ist wohl zu viel verlangt, wenn man den Nachbarn nach Automarke und Kennzeichen fragt, was?«, sagte Wyatt.

»Kann blau, kann auch grün gewesen sein. Es war dunkel, und er hat das Auto nur kurz von seiner Veranda aus gesehen«, erklärte Arthur. »Ist wahrscheinlich auch egal. Die sind längst über alle Berge.«

»Und keiner hat irgendwas gehört?«, fragte Grace.

»Dieses Haus wird schon so lange vermietet, zig Mieter sind ein- und ausgegangen, da haben die Nachbarn nicht mehr so genau drauf geachtet, was hier vor sich geht«, meinte Arthur. »Eine Nachbarin kam heute Morgen zu mir, als sie den Feuerwehrwagen sah, und erzählte, sie hätte wegen der vorherigen Mieter zweimal die Polizei rufen müssen. Hätte sie mir das bloß gesagt!«

»Deine ganze Arbeit«, sagte Wyatt und drückte Grace' Hand. »Sah schon so schön aus.«

»Es war wirklich hübsch«, stimmte Arthur zu. »Ich bin froh, dass ich die Fotos für meine Frau gemacht habe, bevor das alles passierte.«

Grace tupfte sich mit dem Saum ihres übergroßen *T-Shirts die Augen* trocken. »Ich muss halt noch mal von vorn beginnen, das ist alles.« Sie hob die Farbdose hoch und betrachtete den Aufkleber. »Immerhin ist es Latex. Die Wände müssen neu gestrichen werden, das ist klar. Aber wenn ich mich mit ein paar Putzlumpen an die Böden mache, bevor die Farbe richtig antrocknet, muss ich sie vielleicht nicht noch mal abschleifen. Gott sei Dank hatte ich den Schutzlack noch nicht drauf.«

»Im Park ist heute nicht viel los«, sagte Wyatt. »Ich rufe meinen Vater an und sag ihm, dass ich dir helfe. Bo ist bei seiner Mutter, also hab ich tagsüber und heute Abend Zeit.«

»Ach, nein«, wollte Grace ablehnen, doch dann zuckte sie mit den Achseln: »Wem mache ich hier eigentlich was vor? Wenn du wirklich Zeit hast, wäre das eine Riesenhilfe.«

»Tut mir leid, aber ich werde nicht groß helfen können«, sagte Arthur. »In einer Stunde habe ich einen Arzttermin, und danach muss ich meine Frau zum Arzt bringen. Es dauert immer ewig, bis man bei dem einen Termin bekommt, den kann ich also nicht verschieben. Außerdem ist meine Schleimbeutelentzündung wieder schlimmer geworden. Alt *werden ist Mist.«*

»Wir kommen schon klar«, versicherte Grace ihm.

»Ich guck aber später noch mal vorbei«, versprach Arthur. Er betrachtete erneut die Wände im Schlafzimmer und schüttelte den Kopf. »Was fällt diesen Jugendlichen heutzutage ein? Gibt das denen einen Kick, das Eigentum anderer Leute zu zerstören? Wo sind eigentlich deren Eltern? Das würde ich gerne mal wissen.«

Er holte ein Taschentuch hervor und wischte sich die farbverschmierten Hände daran ab. »Ich habe Fotos gemacht«, erklärte er Grace. »Und die Polizei war direkt nach der Feuerwehr hier. Zwischen den Arztbesuchen stelle ich einen Antrag bei der Versicherung.«

»Danke, Arthur«, sagte Grace und folgte ihm auf die Veranda.

Kurz vor der Tür drehte er sich um. »Wollen Sie sich wirklich die Mühe machen und noch mal von vorn anfangen? Vielleicht sollte ich einfach irgendeinen jungen Kerl anheuern, der alles saubermacht, streicht, und fertig ist die Chose. Dann vermiete ich den Kasten wieder und denk nicht mehr drüber nach.«

»Nein!«, rief Grace und lächelte verlegen. »Ich meine, tun Sie das bitte nicht. Ich habe hier so viel reingesteckt. Ich möchte wirklich sehen, wie es wirkt, wenn es fertig ist. Außerdem hoffe ich immer noch darauf, dass ich es anschließend mieten darf. Ich habe also auch meinen eigenen Vorteil im Blick.«

»Ich kümmere mich um die Küche, wenn du mit *diesem* Schlafzimmer anfangen willst«, erbot sich Wyatt.

Grace gab ihm einen Kuss aufs Kinn. »Du bist ein

guter Mensch, Wyatt Keeler.« Dann machte sie sich an die Arbeit.

Es war fast zwei Uhr, als er wieder den Kopf ins Schlafzimmer steckte. Grace war es gelungen, die grelle Farbe größtenteils vom Boden zu entfernen. Sie hatte die getrocknete Farbe von den Fensterscheiben gekratzt und sogar die Wände vorgestrichen. Das Orange war aber so kräftig, dass sie mindestens zweimal würde vorstreichen müssen, bevor sie mit der Benjamin-Moore-Farbe würde loslegen können. Sie würde also noch mal in den Baumarkt fahren und Material nachkaufen müssen.

»Sieht gut aus«, sagte Wyatt und hielt ihr eine weiße Papiertüte hin. »Ich hab uns was zu essen geholt. Kleine Pause gefällig?«

Sie setzten sich im Schneidersitz auf die Veranda und aßen ihre Putensandwiches. Grace lehnte den schmerzenden Rücken gegen die Außenmauer und trank einen Schluck Cola light.

»Wie sieht es in der Küche aus?«

»Es gibt eine gute und eine schlechte Nachricht. *Welche willst du zuerst hören?*«

Sie verzog das Gesicht. »Zuerst die gute.«

»Ich habe die Farbe vom Kühlschrank und vom Herd entfernen können. Bei den Schränken hatte ich weniger Glück. Die müssen alle noch mal gestrichen werden.«

Grace seufzte und schob sich eine orangefarbene

Haarsträhne aus der Stirn. »Wie sieht der Boden aus?«

Sweetie, die höflich neben ihnen gesessen hatte, starrte wie gebannt auf die Sandwichverpackung und winselte leise. Grace riss ein Stückchen Pute ab und warf es der Hündin zu, die es in der Luft fing.

»Es sieht nach einer sehr langen Nacht aus, in der das rot-weiße Schachbrettmuster neu gemalt werden muss.« Wyatt zog eine Grimasse.

Grace stöhnte und rollte die Jeansbeine hoch, um ihm ihre malträtierten Knie zu zeigen. »Ich hab mich noch nicht mal vom ersten Anstrich erholt. Ich und meine großartigen Ideen.«

»Das ist jetzt wahrscheinlich eine dumme Frage, aber können wir den Boden nicht einfach in einer Farbe streichen?«

»Könnten wir theoretisch – nur habe ich heute Morgen eine E-Mail von der Redakteurin der Zeitschrift *Veranda* bekommen. Ich soll für sie eine Serie über die Renovierung des Cottages verfassen: Text und Fotos. Und die Redakteurin hat ausdrücklich erwähnt, wie gut ihr der Boden gefällt.«

»Oh.« Wyatt aß einen Kartoffelchip. »*Veranda*. Ist das was Gutes?«

»Was sehr Gutes. Besonders in meiner Welt sind *sie Meinungsführer.*«

»Ich würde ja rüberrutschen und dich beglückwünschen, aber ich bin zu kaputt.«

Grace grinste. »Ich fühle mich umarmt. Wer weiß denn überhaupt, ob ich das Haus so weit säubern kann, dass die Idee mit der Serie noch funktioniert?«

Wyatt dachte nach. »Vielleicht kannst du das hier« – er machte eine ausholende Handbewegung, wies auf den verkohlten Boden der Veranda und die eingeschlagenen Fenster – »ja mit in deinen Artikel aufnehmen. So nach dem Motto: Unerschrockene junge Frau rettet Haus nach Brand und Farbbombenanschlag?«

Grace hob eine Augenbraue. »Das ist keine schlechte Idee. Jetzt ärgere ich mich, dass ich keine Fotos vom Schlafzimmer gemacht habe, bevor ich mit dem Saubermachen anfing.«

»Kannst du nicht Arthurs Bilder verwenden?«

»Vielleicht. Wahrscheinlich muss ich sie einscannen oder so.« Grace hatte ihr Sandwich vertilgt und warf Sweetie, die der Futterquelle immer näher geschlichen war, das letzte Bröckchen Pute zu.

Wyatt stand auf und half Grace auf die Füße.

»Ich beiße jetzt mal besser die Zähne zusammen *und seh mir den Schaden* im Bad an.« Grace verzog das Gesicht. »Arthur hat mich nicht reingelassen, als ich heute Morgen kam. Er meinte, es wäre total ekelig.«

»War es auch«, sagte Wyatt. »Das wollte ich dir aber nicht antun. Ich hab die Badewanne und alle Wände mit Chlorbleiche bearbeitet. Die Toilette konnte ich Gott sei Dank wieder freibekommen, und das Wasser ist aufgewischt. Wenn ich diese Dreckschweine jemals in die Finger bekomme, die das gemacht haben ...« Er ballte die Hand zur Faust. »Wumm!«

»Allerdings«, sagte Grace. »Aber ... ich bin mir nicht so sicher, dass es wirklich blinder Vandalismus war, wie Arthur glaubt.«

»Nein? Bitte ... Du willst doch nicht behaupten, dass das dein Ex war, oder?«

»Weiß nicht. Obwohl das hier – besonders das, was Arthur vom Badezimmer erzählt hat – eigentlich nicht Bens Stil ist. Aber J'Aimee? Da bin ich mir nicht so sicher. Wäre ja auch möglich, dass sie jemanden damit beauftragt hat.«

»Ich weiß ja nicht, Grace«, sagte Wyatt. »Was hier abgelaufen ist, finde ich schon ziemlich extrem – selbst für einen angefressenen Exmann. Abgesehen davon, dass die beiden das Allerletzte sind – wieso glaubst du, dass sie dahinterstecken?«

»Zum einen wegen der Farbe. Das sind nagelneue Dosen mit oranger und schwarzer Farbe. Die hatte ich beide nicht im Haus, der Täter muss sich also die Mühe gemacht haben, Farbe zu kaufen. Das spricht nicht für eine Gelegenheitstat. Dasselbe gilt für den *Brand. Das* waren nicht einfach nur Lumpen, mit denen das Feuer im Wohnzimmer gelegt wurde. *Es* waren ja massenweise alte Handtücher und Bettlaken im Wäscheschrank, aber der oder die Täter brachten ein Tuch mit, das wie eine neue Segelplane aussieht. Also hat derjenige, der das Feuer legte, das alles schön geplant. Hört sich das für dich nach Jugendlichen an?«

Wyatt schaute Grace mit großen Augen an. »Vielleicht hast du ein bisschen zu viel *CSI* geguckt?«

»Ich hatte viel Zeit zum Nachdenken, als ich den Boden schrubbte«, erklärte Grace. »Soll ich dir sagen, was ich außerdem verdächtig finde?«

»Schieß los!«

Grace wies auf das Haus gegenüber. Zwei grüne Recyclingtonnen standen am Straßenrand. »In der Spüle lagen drei, vier verschiedene Bierdosen, dazu Red Bull und eine Flasche Wodka. Ich glaube, wer auch immer das veranstaltet hat, wollte uns glauben machen, hier hätten Jugendliche gefeiert. Wahrscheinlich hat derjenige einfach unterwegs leere Flaschen und Dosen eingesammelt und mitgenommen. Heute ist Recyclingtag, vor jedem Haus in dieser Straße standen gestern Abend Tonnen voller Müll.«

»Noch was?«, fragte Wyatt.

Grace ging ins Wohnzimmer, und er folgte ihr. Sie trat gegen die verkohlten Stoffreste auf dem Boden. »Ich denke, J'Aimee hatte nicht vor, das ganze Haus in Brand zu setzen. Das wäre reichlich heftig, selbst für ihre Verhältnisse. Ich glaube, sie wollte einfach nur ein kleines Feuerchen machen. Wenn ich wirklich was abbrennen will, würde ich Flüssiganzünder oder Benzin oder so im Haus verteilen. Stattdessen hat es nur in dieser kleinen Ecke gebrannt.«

»Warum sollte sie oder Ben denn so was tun?«, fragte Wyatt. »Woher sollen die überhaupt wissen, dass du an diesem Haus arbeitest?«

»Glaub mir, die lesen jeden Tag *TrueGrace*. J'Aimee klaut mir außerdem ständig Fotos und Rezepte. Und beide haben mich hier schon besucht. Was den Grund angeht, das ist einfach. Aus Rache. Als J'Aimee das letzte Mal ein Posting von mir stahl und es auf *Gracenotes* als ihr eigenes ausgab, hatte ich die Schnauze voll. Das ist schlicht und einfach eine Urheberrechtsverletzung. Ich habe daher all ihre Inserenten angeschrieben und von dem Diebstahl berichtet. Und ich weiß, dass mindestens ein großer Anzeigenkunde deswegen abgesprungen ist.«

»Willst du zur Polizei gehen?«

»Das würde ich tun, wenn es irgendwas bringen würde«, sagte Grace. »Aber ich habe ja keine Beweise. Deshalb werde ich das tun, was die beiden am meisten stört. Ich fange einfach wieder von vorne an, selbst wenn es mich literweise Schweiß kostet.«

»Na gut«, sagte Wyatt. »Ich bin dabei.«

50

Grace stand mitten im Wohnzimmer, die Hände wütend in die Hüften gestützt, als Wyatt ins Zimmer trat.

»Ist schon wieder was?«

»Zu allem Überfluss haben die mir auch noch den verdammten iPod gestohlen«, sagte Grace. »Den hab ich gestern Abend hier liegen lassen. Das Teil war schon gut vier Jahre alt, aber da war meine gesamte Musik drauf; meine Joggingmusik, meine Anstreichmusik, alles. Und jetzt ist er weg. Verdammt nochmal! Ich brauche meine Musik zum Streichen!«

»Ich hab meinen iPod draußen im Pick-up«, versuchte es Wyatt vorsichtig. »Aber es wird langsam spät, oder?«

Grace schaute aus dem zerstörten Vorderfenster. Die Sonne stand tief am orangeroten Himmel. »Wow, die Sonne geht schon fast unter! Wie spät ist es, nach acht?«

»Fünf nach acht«, verkündete Wyatt. »Willst du aufhören?«

»Du denn?«

»Ich arbeite so lange, wie du willst. Aber du bist schon den ganzen Tag dran, Grace. Seit neun Uhr heute Morgen, und mittags hattest du nur eine halbe Stunde Pause. Willst du wirklich noch weitermachen?«

»Nein«, gab sie zu. »Wie Rochelle sagen würde: der Schlaf ist die Krone der Erschöpfung. Vielleicht fahre ich nach Hause.«

»Gute Idee«, sagte Wyatt.

»Es sei denn –« Ein Lächeln kroch über ihr Gesicht.

»Was?«

»Es sei denn, du möchtest vielleicht mein zweites Einrichtungsprojekt sehen.«

»Ich wusste gar nicht, dass du eins hast.«

»Mitzis Eigentumswohnung drüben am Gulf Drive. Sie will eine möblierte Ferienwohnung daraus machen und hat mich engagiert, die Zimmer aufzuhübschen. Mein Wagen ist vollgepackt mit Handtüchern, Teppichen, Tagesdecken und Vorhängen. Hab gerade gestern mit dem Einkaufen angefangen.«

»Hört sich gut an«, sagte Wyatt und fragte sich insgeheim, worauf dieses Gespräch hinauslief. »Aber es ist reichlich spät für eine Besichtigung. Zeig mir die Wohnung doch am Wochenende!«

»Sie liegt aber direkt am Wasser«, flötete Grace. »Und das große Schlafzimmer hat einen Balkon, von dem man einen spektakulären Blick auf den Sonnenuntergang hat. Außerdem steht ein riesengroßes Bett drin. Und ich hab den Schlüssel dafür.«

Wyatts Augen leuchteten auf. »Ist das etwa eine Anmache?«

»Wenn ja, würdest du dann schlecht von mir denken?«

»Ganz und gar nicht«, versicherte er ihr.

Sie ließen Wyatts Pick-up vor Mandevilla Manor stehen und fuhren zum Supermarkt in Holmes Beach, um einzukaufen. Während Wyatt über den Parkplatz kurvte, huschte Grace durch die Gänge. Summend flitzte sie an den Regalen entlang und warf eine Tüte Hundefutter, eine Flasche Wein, ein Sixpack Bier, ein Pfund Krabben, guten Käse, ein Baguette und Weintrauben in ihren Einkaufswagen. Auf dem Weg zur Kasse entdeckte sie sich in einem Spiegel in der Blumenabteilung. Argh! Sie sah unmöglich aus. Schnell kehrte Grace noch einmal um und nahm eine Duftseife, Shampoo und Spülung mit. Dann hatte sie einen weiteren Geistesblitz und packte auch noch eine Packung Waschmittel ein, weil ihr eingefallen war, dass die Wohnung eine Wäschekammer hatte.

»Hast du alles bekommen?«, fragte Wyatt, als er am Eingang hielt.

»Glaub schon«, entgegnete Grace und zeigte ihm die Weinflasche.

Als sie die Wohnung erreichten, legte Wyatt Sweetie eine Leine an und trug die Einkaufstüten hinein. Grace nahm die am Vortag gekaufte Wäsche mit nach oben. Mit einer Hand fischte sie in ihrer Tasche nach dem Schlüssel. Als sie das Apartment betraten, sahen sie, dass es vom glühenden Licht des Sonnenuntergangs geflutet war.

Grace schielte auf ihre farbbespritzten Turnschuhe und streifte sie ab, ehe sie einen Schritt auf Mitzis unberührten weißen Teppich machte. Wyatt folgte ihrem Beispiel.

Er lud den Einkauf auf der Arbeitsfläche in der Küche ab, ging zurück ins Wohnzimmer und stellte sich vor die großen Schiebeglastüren, die auf den Balkon führten. Der Himmel leuchtete in den strahlendsten Farben, von Dunkelblau über Violett und Scharlachrot bis Orange und Rosa.

»Unglaublich«, stieß er aus.

Grace eilte ins Schlafzimmer und packte die Stoffe aus. Als sie ins Wohnzimmer kam, hatte Wyatt bereits den Wein geöffnet und zwei Gläser eingeschenkt. Sweetie lag zusammengerollt auf dem Teppich vorm Fernseher.

»Komm mal her«, sagte er und hielt Grace das Glas entgegen. Sie stießen mit den Gläsern an und tranken einen Schluck Wein. Wyatt legte die Arme um sie, und Grace lehnte den Kopf an seine Schulter.

»Schön hier«, sagte er und sah sich um. »Aber irgendwie sehr weiß, oder?«

»Mitzi ist eine tolle Anwältin, aber vom Einrichten hat sie null Ahnung. Sie hat mir ein Budget von fünftausend Dollar und zwei Wochen Zeit gegeben«

»Aha.« Er liebkoste ihren Hals. »Ist es denn in Ordnung, dass ich hier bin?«

Grace schmunzelte bei dem Gedanken an ihr Gespräch mit Mitzi. »Ich glaube, das wäre okay für sie.«

Wyatt legte Grace die Arme um die Taille. »Entschuldige, wenn ich so direkt bin, aber hast du nicht was von einem riesengroßen Bett gesagt?«

»Ähem.« Sie gab ihm einen langen Kuss. »Und der Sonnenuntergang?«

»Du hast doch gesagt, vom Schlafzimmer aus könnte man auch aufs Wasser gucken, oder?«

»Ja, stimmt.« Grace gab ihm noch einen Kuss, löste sich aber von ihm. »So ungern ich das auch sage: Ich bin total dreckig und stinke vermutlich wie ein Ziegenstall. Ich springe nur kurz unter die Dusche –«

»Gut«, sagte Wyatt und fuhr ihr mit dem Finger langsam über den Arm. »Brauchst du jemanden, der dir den Rücken schrubbt?«

»Hm, das überleg ich mir noch.«

Im Schlafzimmer gab es eine riesengroße gekachelte Einbaudusche mit verstellbarem Regenwald-Duschkopf. Summend seifte Grace sich ein und schrubbte die orange Farbe ab, die über den ganzen Körper verteilt war. Das heiße Wasser lief ihr über Rücken, Brust und Kopf. Sie wusch sich das Haar und ärgerte sich, keinen Rasierer für die Beine dabeizuhaben. Ihr kam der Gedanke, dass sie noch zwei Wochen Zeit für das Apartment hatte. Bei ihrem nächsten Einkauf würde sie dafür sorgen, dass es einen Rasierer im Badezimmer gab – sowie Zahnbürste und Zahnpasta.

Sie rubbelte die Haare mit dem Handtuch trocken und fuhr sich mit den Fingern hindurch, so gut es eben ging, dann wickelte sie sich in eines der großen, flauschigen Handtücher, die sie gekauft hatte, und sammelte die auf dem Boden verstreuten Kleidungsstücke ein.

Wyatts Stimme hallte aus dem anderen Raum herüber. Es klang, als würde er telefonieren. Grace zögerte, dann drückte sie das Ohr an die Tür.

»Hallo, Dad«, sagte er leise. »Wie geht es dir? Das ist gut. Hast du was zu Abend gegessen? Hast du das Gemüse gegessen, das ich dir gekauft habe? Nein, Dad, Kroketten sind nicht gut. Ja. Salat ist gut. Und hast du die neuen Tabletten genommen, die die Ärztin dir verschrieben hat?«

Wyatt seufzte. »Ja, ich weiß, dass du erwachsen *bist, aber ich will* nur sichergehen, dass du deine Medikamente auch nimmst. Ist das vielleicht verboten? Ja, super. Callie hat nicht angerufen, oder? Nein,

Dad, denk dran: Du hast dem Richter versprochen, dass du sie nicht mehr so nennst.

Hör zu, Dad, ich … ähm … ich komme heute Abend wahrscheinlich nicht nach Hause, aber ich bin morgen ganz früh wieder da, füttere die Tiere und mache auf.

Was? Das geht dich gar nichts an. Bis morgen früh dann!«

Wie süß von ihm, dass er seinen Vater anruft, um nach ihm zu hören, dachte Grace. *Das ist ein Mensch, den ich lieben könnte.*

Und dann fiel ihr selbst etwas ein. Sie griff zu ihrer Jeans und holte das Handy aus der Tasche. Es war Donnerstagabend, da gab es Bierkrüge zu zehn Dollar im Angebot. Hoffentlich ging Rochelle nicht ans Telefon. Grace wollte nicht dasselbe Gespräch mit ihrer Mutter führen, das Wyatt mit seinem Vater gehabt hatte.

Das Telefon klingelte einmal, dann sprang die Mailbox an. »Hallo, Mom. Wollte dir nur kurz sagen, dass ich heute nicht nach Hause komme. Ich hab so viel zu tun, dass ich wohl hier übernachte. Bis morgen früh!« Schnell legte sie wieder auf.

Wyatt stand vor der Schiebetür im Schlafzimmer, als Grace lediglich mit einem Handtuch bekleidet und einem Lächeln auf den Lippen aus dem Badezimmer kam. Bei ihrem Anblick pfiff er anerkennend und streckte die Arme aus.

Grace ging zu ihm. »Zieh deine Sachen aus!«

Wyatt grinste. »Wenn so bei dir das Vorspiel aussieht, kann ich gar nicht erwarten, wie der Rest wird.«

»Sei nicht so anzüglich«, sagte Grace schamhaft. »Ich hab Waschmittel gekauft, ich wasche jetzt unsere Klamotten, damit wir was Sauberes anziehen können, nachdem wir … gegessen haben.«

Wyatt hielt sie fest. »Bedeutet das, wir essen den Nachtisch vor dem … Hauptgang?«

Sie gab ihm einen flüchtigen Kuss. »Werden wir sehen.«

Wyatt stellte sein Weinglas auf einen Tisch am Fenster, gähnte und streckte sich demonstrativ.

»O Mann«, sagte er. »Ich bin ja sooo müde. Ich glaube, du musst mich ausziehen.«

Grace schlang ihm die Arme um den Hals. »Wirklich?«

»Ja«, sagte er feierlich. »Bitte.«

Sie errötete. »Du weißt, dass ich schon sehr lange mit keinem anderen Mann mehr zusammen war, oder?«

Wyatt nahm ihr Gesicht in die Hände und küsste sie erneut. »Das ist wie Fahrradfahren. Das verlernt man nie.«

Sie zog ihm das T-Shirt über den Kopf und warf es zur Seite, dann fuhr sie mit den Händen über seine nackte Brust, ließ die Fingerspitzen dort ruhen. Sie küsste seine Ohren, seine Schultern und arbeitete sich langsam zur Brust vor. Wyatt tastete mit den Händen über ihre Taille und küsste Grace gierig.

Grace ließ die Hände tiefer wandern, er hielt die Luft an. Sie schob die Finger unter den Bund seiner Jeans und öffnete geschickt den Knopf, dann zog sie den Reißverschluss nach unten. Danach rollte sie den Bund seines Baumwollslips über seine schmalen Hüften und streifte seine Erektion.

»O Gott, Grace«, stöhnte er ihr ins Ohr. Ihre Hände wagten sich nach hinten vor, schlossen sich um die kühle, glatte Haut seiner Pobacken, während er die warme Stelle unten an ihrer Kehle und ihre Lippen abwechselnd küsste und beide Hände in ihrem feuchten Haar vergrub.

Grace schob Jeans und Slip über Wyatts Hüften und spürte sein hartes Geschlecht an ihrem Unterleib. Die Hose rutschte tiefer, bis sie ihr nacktes Bein um seins haken und die Jeans mit den Zehen bis zu den Knöcheln drücken konnte.

»Super Trick«, murmelte er ihr ins Ohr. Er ließ *Grace gerade l*ange genug los, um aus den Hosen zu steigen. Dann zog er sie nackt wieder an sich.

Nach einigen Zupfern fiel Grace' Handtuch zu Boden. Wyatt machte einen Schritt zurück und betrachtete Grace' blassen Körper, der sich vor dem violetten Himmel draußen scharf abzeichnete.

»Du bist wunderschön«, sagte er. »So wunderschön.« Langsam wanderten seine Hände über ihre Haut, verweilten auf ihrem Po, fuhren ihre Wirbelsäule hoch, an den Rippen entlang, bis sie sich um ihre Brüste wölbten. Er senkte den Kopf und neckte ihre Brustwarzen, bis Grace in der Stille des dunkler werdenden Zimmers keuchte.

Schamesröte breitete sich von ihren Haarwurzeln über das ganze Gesicht aus. Wyatt legte ihr einen Finger unters Kinn und hob es an, sie sah unter gesenkten Augenlidern zu ihm auf.

»Jetzt übernehme ich«, sagte er, griff nach ihrer Hand und zog sie aufs Bett.

51

Grace lag auf der Seite und schaute durch die Schiebetüren in den dunkelblauen Himmel. Irgendwann hatte Wyatt die Türen geöffnet, und sie hörten, wie die Wellen ans Ufer rollten. Er lag hinter ihr, den Arm um ihre Taille gelegt, seine Hand umfasste ihre Brust, während sein Daumen sie sanft streichelte. Er war schon wieder erregt. Sie, ehrlich gesagt, auch.

Grace drehte sich zu ihm um. »Du musst damit aufhören, sonst bekommen wir nie was zu essen.«

Er beugte sich vor und küsste die andere Brustwarze. »Wäre das so furchtbar?«

»Ich sterbe vor Hunger«, erklärte sie. Wyatt wollte sie festhalten, doch Grace schlüpfte schnell aus dem Bett.

Immer noch befangen, tastete sie auf dem Boden nach ihrem Handtuch. Sie wickelte sich hinein und schaute über die Schulter zu Wyatt. Er hatte sich im Bett aufgestützt und beobachtete sie belustigt.

Grace hob ihre und seine Kleidung auf und ging in

die Wäschekammer, um alles in die Waschmaschine zu stopfen. Nachdem diese angestellt war, begab sie sich in die Küche und schenkte sich ein Glas gekühlten Weißwein ein. Durch die offene Schlafzimmertür hörte sie die Dusche.

In einem der Küchenschränke fand sie eine große Schale – natürlich aus weißem Porzellan. Leise vor sich hin summend schüttete sie die Krabben aus der Tüte hinein, schnitt eine Zitrone auf und ordnete die Scheiben am Rand an. Sie spülte die grünen Weintrauben ab und legte sie mit dem französischen Landbrot aufs Schneidebrett. In der nur spärlich bestückten Küchenschublade gab es kein Brotmesser, so dass Grace das Brot einfach in Stücke riss. Dann holte sie den Käse, den sie in der Delikatessenabteilung gekauft hatte.

Sie hörte Pfoten über den Fliesenboden huschen und schaute sich um. Sweetie sprang an ihr hoch und streckte sich.

»Au!«, machte Grace, als die Pfoten über ihre nackten Beine rutschten. Sie beugte sich vor, um die seidigweichen Ohren der kleinen Hündin zu kraulen. »Wir müssen mal mit dir zum Hundefriseur, damit er dir die Krallen schneidet. Und danke für die Erinnerung: Ich hab dir schließlich auch was zu *fressen* gekauft.«

Sie gab das Hundefutter in eine Schüssel, Wasser in eine zweite und stellte beides auf den Boden.

Dann arrangierte sie das Essen zusammen mit der Weinflasche und zwei Gläsern auf einem großen Korbtablett.

Als sie ins Schlafzimmer trat, kam Wyatt gerade aus dem Bad. Er hatte sich das Handtuch locker um die Hüften geschlungen und rubbelte sich mit einem Gästehandtuch den kahlen Kopf trocken. Er hatte eine muskulöse Brust, seine Bauchmuskeln waren … nicht ganz so straff wie die eines Popstars, aber nah dran. Im Kontrast zu dem weißen Handtuch glänzte seine gebräunte Haut. Grace blieb wie angewurzelt stehen und vergaß, was sie hatte sagen wollen.

»Du starrst mich an«, bemerkte Wyatt.

»Ich starre nicht. Ich …« Grace stellte das Tablett auf dem Nachttisch ab, schlang die Arme um Wyatts Taille und drängte ihn rückwärts in Richtung Bett. Er lachte, wehrte sich aber nicht.

Als sie ihn hatte, wo sie ihn haben wollte, drückte sie gegen seine Brust, und er fiel nach hinten.

»Du siehst supergut aus«, sagte sie und betrachtete ihn, wie er mit ausgestreckten Armen und Beinen auf dem Bett lag. »Eigentlich dachte ich, du gefällst mir am besten, wenn du deinen kleinen Safarianzug trägst, aber nur weil ich dich bis dahin noch nicht nackt gesehen hatte. Oder mit einem Handtuch. Das Handtuch gefällt mir eindeutig am besten.«

Grace beugte sich vor und strich ihm mit den Fingerspitzen sanft über die Brust. Wyatt griff nach ihrer Hand und zog sie an sich. Dann schwang er sie herum und rollte sich auf sie.

Mit strenger Stimme sagte er: »Das ist kein kleiner Safarianzug. Das ist die offizielle Uniform von *Jungle Jerry*. Meine Großmutter hat sie für alle genäht, die im Park arbeiteten. Die, in der du mich gesehen hast, ist die letzte, die es noch gibt. Der Rest ist verschlissen und kaputt, und diese macht es sicher auch nicht mehr lange mit.«

Sacht entwand Grace ihm ihre Hände und strich ihm über die Brust. »Diese Uniform darfst du niemals wegwerfen«, bestimmte sie. »Die hast du an dem Abend getragen, als wir uns kennenlernten.«

»Aber mit Papageienschiss«, erinnerte er sie. »Das war übrigens nicht das erste Mal, dass wir uns gesehen haben. Das erste Mal war an dem Tag, als wir beide zu Stackpole mussten. Weißt du noch? Ich muss gestehen, dass ich keine Ahnung habe, was du beim ersten und beim zweiten Mal angehabt hast. Du sahst so böse und einschüchternd aus, dass ich kurz davor war, das Weite zu suchen.« Er wies auf das Tablett. »Zimmerservice? Das gefällt mir …«

»Es sind noch keine Möbel im Esszimmer«, erklärte Grace. »Barhocker für die Kücheninsel muss ich auch noch kaufen. Auf dem weißen Sofa wiederum will ich nicht essen, bevor es nicht mit einem schmutzabweisenden Mittel eingesprüht ist. Also … essen wir im Bett.«

Sie krabbelte auf das Laken und lehnte sich gegen das gepolsterte Kopfteil. Wyatt reichte ihr ein Weinglas und nahm sich das andere. Vorsichtig stießen sie an. »Auf das Scheidungs-Camp.«

Eine Stunde später hatten sie das Essen bis auf den letzten Krümel verschlungen und die Weinflasche geleert. Die Handtücher lagen auf dem Boden, und nach einer längeren, entspannteren Runde Sex ruhten sie nun wie Löffelchen hintereinander in dem großen Bett. Sweetie lag zusammengerollt neben ihnen auf dem Boden. Das Mondlicht fiel durch die offenen Türen.

Irgendwann hörte Grace aus der Ferne ihr Handy klingeln, das sie auf der Kommode hatte liegen lassen. Mit einem leisen Geräusch kündigte es erst eine Nachricht, dann eine zweite und eine dritte auf der Mailbox an. Aber sie war zu schläfrig, zu kuschelig und zu zufrieden, um aufzustehen und nachzusehen, was der Rest der Welt ihr mitzuteilen hatte.

52

Als Grace am nächsten Morgen zurück zur *Sandbox* fuhr, Sweetie neben sich auf dem Fahrersitz, hatte sie endlich Zeit, die Mailboxnachrichten vom Vorabend abzuhören.

Die erste um viertel vor zehn kam von Rochelle.

»Grace! Die Frauen von den anderen Scheidungsgruppen sind hier! Sie trinken schon die zweite Runde umsonst. Du musst unbedingt herkommen und mit ihnen sprechen.«

Verdammt! Grace hatte den Plan ihrer Mutter völlig vergessen, Gutscheine für ein Freigetränk hinter die Scheibenwischer der Autos von Paulas anderen Patientinnen zu stecken. Sie konnte kaum glauben, dass der verrückte Plan ihrer Mutter tatsächlich Früchte trug.

Der zweite Anruf, zehn Minuten später, kam *ebenfalls* von ihrer Mutter. »Hier sind bestimmt sieben oder acht von diesen Scheidungsfrauen«, sagte Rochelle mit brüchiger Stimme. Grace wusste nicht, ob es nach Aufregung oder Verzweiflung klang. »Wo treibst du dich bloß rum? Warum bist du nicht hier? Diese Frauen sind die reinsten Schluckspechte! Die saufen mich blank!«

Der dritte Anruf war von Mitzi Stilwell, und sie klang definitiv unglücklich. »Grace? Es ist viertel nach zehn am Abend. Morgen um acht habe ich eine eidesstattliche Erklärung. Gerade hat mich deine Mutter angerufen. Sie besteht darauf, dass ich zur *Sandbox* komme, um mit den Frauen zu sprechen, die angeblich wichtige Informationen über Stackpole und deine Therapeutin haben. Ich habe eine vage Idee, wo du gerade sein könntest, aber ich hülle mich in meine Schweigepflicht und werde es Rochelle nicht verraten. Stattdessen schleppe ich mich jetzt aus dem Bett, ziehe mich an und fahre rüber in die Kneipe, um mir das anzusehen. Ich sag's nur einmal: Hoffentlich lohnt es sich. Hoffentlich lohnt *er* sich.«

Rochelle war immer noch ziemlich aufgebracht, als Grace endlich um kurz vor neun in die Kneipe kam.

»Hast du meine Nachrichten gestern Abend nicht bekommen?«, wollte ihre Mutter wissen. »Ich hab dich zigmal angerufen!«

»Tut mir leid«, sagte Grace. »In der Nacht von Mittwoch auf Donnerstag wurde das Cottage auf der Mandevilla Street verwüstet. Es war das reinste Chaos. Überall war Farbe an die Wände gespritzt, und die Einbrecher hatten versucht, das Haus abzubrennen. Ich bin überhaupt nicht zum Nachdenken gekommen. Ich musste die Farbe von den Böden und Geräten bekommen, bevor sie trocknet, und alles abwaschen. Als ich endlich fertig war, bin ich quasi an Ort und Stelle eingeschlafen. Hab deine Nachrichten erst heute Morgen abgehört.«

»Verwüstet?«, wiederholte Rochelle. »Hast du Anzeige bei der Polizei erstattet?«

»Arthur«, erklärte ihre Tochter. »Darum kümmert er sich.« Sie ging hinter die Theke und goss sich einen Becher Kaffee ein. Dann trank sie einen Schluck und nahm sich einen Barhocker. »Hast du irgendwas aus den Frauen rausgekriegt, die gestern Abend hier waren?«

Rochelle trank ebenfalls Kaffee. »Ich hab jede Menge erfahren, sogar Sachen, die ich gar nicht wissen wollte. Über Männer, die in Frauenklamotten rumlaufen oder sich in öffentlichen Toiletten aufhalten und sich dann kleinen Jungs zeigen. Männer, die dabei zusehen, wenn ihre Frau mit einem Fremden schläft –«

»Iiih«, machte Grace. »Hör auf! Ich hab's verstanden. Nein, ich meinte, ob du irgendwas über Richter Stackpole und Paula rausbekommen hast.«

»Yep«, sagte Rochelle selbstzufrieden. Sie drehte sich um und holte ein Notizbuch mit Spiralbindung aus der Schublade. »Ich muss zwanzig bis dreißig von

diesen Gutscheinen auf dem Parkplatz verteilt haben«, sagte sie. »Ich war erst um kurz vor elf da, und da kamen schon fünf Frauen aus der Praxis. Ich habe ihnen die Gutscheine einfach in die Hand gedrückt. Und da sie mich beobachteten, musste ich sie auch bei den anderen Autos verteilen. Nach Mittag bin ich noch mal rübergefahren und hab mich eine Stunde da rumgetrieben, und da kam eine zweite Gruppe von Frauen plus einem Mann, die in der Praxis verschwanden. An die hab ich auch Gutscheine verteilt. Auf einmal tauchte so ein riesengroßer, kräftiger Typ aus dem Tattooladen auf und wollte auch einen Gutschein haben. Was sollte ich da machen? Ich musste ihm einen geben. Dann …«

»Mom«, unterbrach Grace sie vorsichtig. »Das hast du ganz toll gemacht mit dem Verteilen. Aber könntest du bitte mal auf den Punkt kommen? Wie viele Personen sind hier gestern Abend aufgetaucht, die zugaben, Teilnehmer von Paulas Scheidungs-Camp zu sein?«

Rochelle ließ sich nicht gerne herumkommandieren. »Dazu komme ich noch. Ich meine, es waren neun Frauen, die gestern im Verlauf des Abends mit ihren Coupons für ein Freigetränk reinkamen. Ich hab natürlich versucht, nicht zu neugierig zu wirken. Hab einfach ein bisschen mit ihnen geplaudert, sie gefragt, wie ihr Tag so gewesen sei. Ein oder zwei von denen wurden richtig pampig zu mir. Holten sich ihr Freigetränk und verschwanden wieder, ohne mir auch nur einen Cent Trinkgeld zu geben! Was für eine Frau gibt bitte kein Trinkgeld, wenn sie ein Freigetränk bekommen hat?«

»Wahrscheinlich eine, die bei der Scheidung all ihr Geld dem Mann überlassen musste«, bemerkte Grace.

»Irgendwann saßen vier Frauen direkt an der Theke. Ich glaube, sie gehörten alle zur selben Gruppe, denn sie sprachen sich mit Vornamen an und machten Witze über ihre ›Schlachtpläne‹. Eine meinte, ihr Schlachtplan wäre es, sich einen reichen alten Knacker zu suchen. Ich hab immer weiter ausgeschenkt und mich dumm gestellt. Schließlich fragte ich die gesprächigste von den vieren, eine Frau namens Ginger, woher sie sich kennen würden. Sie meinte, sie gingen alle in dieselbe Trennungsbewältigungsgruppe. Ich erzählte Ginger, ich würde gerade selbst eine Scheidung durchmachen, und fragte, wie sie von dieser Gruppe erfahren habe. Da gab sie zu, dass es nicht ihre Idee gewesen sei. Ein Scheidungsrichter habe angeordnet, dass sie zu einer Therapeutin namens Paula Talbott-Sinclair gehen müsse. Da hab ich dich angerufen.«

Sie schaute ihre Tochter vorwurfsvoll an. »Und als *du dich nicht gemeldet* hast, hab ich Mitzi Stilwell alarmiert. Und die ist sofort gekommen.«

»Und da wurde es dann äußerst interessant«,

ertönte eine trockene Frauenstimme hinter ihnen. Grace drehte sich auf dem Barhocker um. »Mitzi! Ich dachte, du müsstest ganz früh zu einer eidesstattlichen Erklärung!«

»Da war ich auch, aber als ich zum Staatsanwalt kam, wollte er den Termin verschieben. Deshalb bin ich hier.«

Rochelle schenkte Kaffee in einen Becher und reichte ihn der Anwältin.

Mitzi setzte sich neben Grace. »Ich denke ernsthaft darüber nach, deine Mutter als Privatdetektivin zu engagieren. Sie kann hervorragend dumme Fragen stellen und Leute ausfragen, ohne dass sie misstrauisch werden.«

»So ist das, wenn man dreißig Jahre in einer Kneipe gearbeitet hat«, sagte Rochelle bescheiden.

Mitzi nickte Rochelle respektvoll zu. »Erzähl weiter!«

»Alle vier Frauen – Ginger, Angie, Becky und Harriett – hatten deinen Richter in ihrem Scheidungsverfahren«, erklärte Rochelle.

»*Den ehrenwerten* Cedric N. Stackpole Jr.«, warf Mitzi ein.

»Genau. Harriett Porter ist die älteste von ihnen, wahrscheinlich ungefähr mein Jahrgang. Ihr Mann ist Cadillac-Händler oben in Indiana, aber jetzt wohnen sie ganzjährig hier unten«, berichtete Rochelle. »Sie fand heraus, dass ihr Mann ein Techtelmechtel mit einem Stripper aus Tampa hatte. Sie wartete vor dem Club auf ihn, und als er um zwei Uhr morgens rauskam, verlor sie ein bisschen die Kontrolle und fuhr mit ihrem SRX Crossover über seine Gucci-Schühchen.« Rochelle trank einen Schluck Kaffee.

»Ich hab noch nie von so einem Auto gehört, aber Harriett meinte, es wäre eine Mischung aus Cadillac und Escalade. Die ganzen Rapper fahren immer Escalades, sagt Harriett …«

»Mom!«

»Schon gut«, lenkte Rochelle ein. »Stackpole drohte Harriett, sie wegen schwerer Körperverletzung ins Gefängnis zu stecken. Das ist totaler Quatsch, wie ihr Anwalt später erklärt hat, weil ihr Mann es gar nicht schriftlich festgehalten haben wollte, dass er auf dem Parkplatz von *Jeepers Peepers* von einem Auto angefahren wurde. Deshalb meinte Stackpole, sie müsse an der Trennungsbewältigungsgruppe teilnehmen. Bei Paula.«

»Und die übrigen Frauen in der Gruppe?«, fragte Grace.

»Andere Geschichten, dasselbe Resultat«, erklärte Rochelle selbstgefällig.

Mitzi ergriff das Wort: »Als ich gestern Abend ankam, hatte die gute Harriett schon ganz schön einen *im Tee*. Nette Frau, aber ich glaube, die muss nicht zu einer Trennungsbewältigung, sondern viel dringender zu den Anonymen Alkoholikern. Eine Weile hab ich mich dazugesetzt; dann habe ich angeboten, Harriett heil nach Hause zu bringen.« Sie hob die Augenbraue.

»Während sie auf das Scheidungsurteil wartet, wohnt sie in einem riesigen Mietshaus auf Siesta Key. Bevor ich sie zur Tür brachte, fragte ich ganz beiläufig, wie viel sie für ihre Gruppensitzung bezahlt. Grace, sie zahlt neunhundert Dollar!«

»Das ist dreimal so viel wie wir«, bemerkte Grace.

»Ich weiß«, sagte Mitzi. »Ich war genauso platt wie du jetzt. Harriett schien es überhaupt nicht zu stören. Ich glaube, ihr gefallen die Sitzungen bei Paula sogar richtig, denn seitdem sie hier wohnt, hat sie keine Freunde mehr in der Nähe. Bevor ich mich von ihr verabschiedete, fragte ich noch nach dem Namen ihres Anwalts.« Mitzi seufzte glücklich. »Carlton Towne. Er ist ein Teilhaber aus meiner ehemaligen Kanzlei, ein ganz toller Typ. Hab ihn als Erstes heute Morgen angerufen.«

Rochelle schob Grace über die Theke ihren Notizblock zu. »Hier sind die Namen der anderen Frauen *aus Harrietts* Gruppe. Sie haben sich sogar einen Namen gegeben: Die Scheidungsschicksen. Süß, nicht?«

Grace las die Namen auf dem Blatt. »Sind das die Namen ihrer Anwälte?«

»Allerdings«, sagte Rochelle.

»Ich kenne nur einen von ihnen persönlich«, sagte Mitzi und fuhr mit dem Finger über die Liste. »Und da wir wirklich, wirklich ganz unauffällig vorgehen müssen, werde ich sie erst anrufen, wenn es nicht zu vermeiden ist.«

Grace nickte. »Was genau hast du denn jetzt vor?«

»Zuerst werde ich Betsy Entwhistle anrufen und mit ihr über ihren Klienten und seine Erfahrungen mit Stackpole sprechen. Dann hoffe ich, dass Carlton Towne so offen zu mir sein wird wie seine Mandantin gestern Abend. Als Nächstes müssen wir dann wohl mit den anderen Teilnehmern deiner Gruppe sprechen, Grace, und an ihre Anwälte rankommen. Wenn das gut läuft, haben wir wahrscheinlich genug Material, um bei der Justizbehörde Klage gegen Stackpole einzureichen.«

»Wie lange dauert das alles?«, fragte Grace. »Wir haben nur noch eine Therapiesitzung. Danach will Stackpole mein Scheidungsurteil fällen. Was ist, wenn er herausbekommt, was wir im Schilde führen?«

»Das überlass alles mir«, sagte Mitzi. »Wir werden alle erhältlichen Beweise sammeln, und sei versichert: Ich kann unglaublich diskret und unauffällig arbeiten.«

53

»Grace, kann ich kurz unter vier Augen mit dir sprechen?«, fragte Mitzi.

Rochelle warf den beiden einen fragenden Blick zu, zog sich aber in die Küche zurück.

Mitzi senkte die Stimme. »Wie läuft es mit der Wohnung?«

Grace blinzelte. »Gut. Ich war einkaufen und hab viele Sachen ausgesucht, die Farbtupfer in der weißen Wohnung setzen. Es wird türkise und limettengrüne, aber auch orange Akzente geben …«

»Was ist mit dem Bett? Ich hab fast zweitausend Dollar für die Matratze bezahlt, weißt du?«

Grace merkte, dass sie rot anlief, und schielte hinüber zur Küche, um sicherzugehen, dass ihre Mutter außer Hörweite war. »Die Matratze ist unglaublich. Wirklich.«

Mitzi grinste. »Schön, wenn die Sachen ihr Geld wert sind.«

»Glaub mir«, sagte Grace, »das sind sie.«

Um kurz nach zehn hielt Wyatt vor dem Haus von Luke Grigsby. Als er zuvor an seinem ehemaligen Heim vorbeigefahren war, hatte er den Blick abgewandt. Es schmerzte ihn, die schmutzigen Fenster, die Stapel vergilbter Zeitungen am Rand der Einfahrt und die einsame Reifenschaukel am dürren Baum neben dem Haus zu sehen. Doch am meisten schmerzte ihn das Schild, das im unkrautüberwucherten Vorgarten stand: »In Bankbesitz – zu verkaufen«. Das Haus an eine Bank zu verlieren hatte vielleicht noch mehr weh getan als die Sache mit Callie.

Er schielte auf die Uhr im Armaturenbrett des Pick-ups, dann auf Lukes Haustür. Er spürte, wie seine eigentlich fröhliche Laune von einem brodelnden Groll verdrängt wurde.

Der schriftlichen Übereinkunft zufolge, die sie hastig in ihrer Trennungszeit verfasst hatten, musste Callie Bo an den vereinbarten Tagen zu *Jungle Jerry* bringen. Tatsächlich aber holte Wyatt seinen Sohn an den »Übergabetagen« letztlich fast immer selbst ab. Callie war selten auch nur ansatzweise pünktlich, was Bo immer nervös machte, da er befürchtete, seine Mutter würde es sich noch einmal anders überlegen und ihm nicht erlauben, seinen Vater zu sehen.

Wyatt trommelte ungeduldig mit den Fingern. Sein Ehering pochte gegen das Hartplastik des Lenkrads. Er wartete bereits zehn, fünfzehn Minuten. Nur ungern wollte er hupen oder an der Tür klingeln, denn seine zukünftige Exfrau war der letzte Mensch, den er im Moment sehen wollte.

Er musste an den vergangenen Abend und den Morgen denken. Er war wie immer früh aufgewacht. Draußen war es noch dunkel gewesen, und Grace hatte auf der Seite geschlafen, das Gesicht von ihm abgewandt. Ihre schlummernde Gestalt war in silbriges Mondlicht getaucht. Die Decke war von ihrer nackten Schulter gerutscht. Vorsichtig zog er sie herunter, bis ihr Rücken nackt war. Wyatt bestaunte die elegante Kurve ihrer Wirbelsäule, ihr weiches braunes Haar auf dem Kopfkissen, die Wölbung ihrer schmalen Taille und der vollen Hüfte. Sie hatte einen kleinen Leberfleck auf der linken Schulter. Wyatt drückte die Lippen auf das Schulterblatt. Er hatte sie nicht wecken wollen, aber Grace drehte sich um, und als sie sein Gesicht nah vor sich sah, lächelte sie träge. Schon am Abend hatte er sie wunderschön gefunden, aber sie so zu sehen, schlaftrunken und zerzaust, da war er von dem Gefühl überwältigt worden, dass sie die wunderbarste Frau war, die er je gekannt hatte.

Die Beifahrertür wurde aufgerissen, Bo kletterte auf den Sitz und schlug die Tür heftig zu. Er verschränkte die Arme vor der Brust und brummte: »Fahr los!« Sein Gesicht war wutverzerrt, die Augen rot umrandet.

»Hey, Kumpel«, sagte Wyatt fröhlich. »Ist irgendwas?«

»Mom hat sich mal wieder aufgeregt«, sagte Bo. »Heute Morgen kam ein Typ vorbei und hat ihr neues Auto mitgenommen. Jetzt hängt sie am Telefon und schreit Du-weißt-schon-wen an. Können wir einfach losfahren?«

Was war denn nun schon wieder passiert? Wyatt runzelte die Stirn. Callies Auto war ein schicker roter Mustang Cabrio. Angeblich hatte Luke ihn ihr einige Monate zuvor zum Geburtstag geschenkt. Es hatte ihr Wunschkennzeichen: HOT MAMA.

»Ist das Auto kaputt?«

»Nein, es fährt gut. Wir lagen noch im Bett, und da hab ich draußen was gehört. Es war aber noch dunkel, deshalb hab ich mich zum Wohnzimmerfenster geschlichen und geguckt, ob es ein Einbrecher ist oder so. Draußen versuchte ein Typ, Moms Auto zu klauen! Ich hab sie schnell geweckt, und sie ging los und holte diese – keine Ahnung – so eine Art Pistole aus der Kommode. Dann sind wir nach draußen gerannt, aber der Typ saß schon im Auto. Sie hat ihn angeschrien, er solle anhalten, aber er hat nur das Fenster runtergelassen und ihr einen Zettel gegeben. Dann ist er ganz schnell mit dem Auto abgehauen.«

O-oh. Das hörte sich so an, als hätte sich die Bank ihr Eigentum zurückgeholt. Luke, das Großmaul, musste wohl die eine oder andere Ratenzahlung ausgelassen haben.

Wyatt hätte das alles komisch gefunden, wenn sein Sohn nicht so durch den Wind gewesen wäre.

»Ach, ich bin mir sicher, dass deine Mutter das regelt«, sagte er, weil ihm nichts Besseres einfiel.

»Sie ist total sauer auf ihn«, sagte Bo und warf seinem Vater einen hoffnungsvollen Blick zu. »Vielleicht ändert sie ja doch noch ihre Meinung und heiratet ihn nicht. Dann müssen wir nicht nach Alabama ziehen.«

Wyatt wollte gerade losfahren, als er aus dem Augenwinkel sah, wie die Haustür geöffnet wurde. Callie trug lediglich ein übergroßes T-Shirt, das kaum ihre Oberschenkel bedeckte. Ihr Haar war zerzaust, schwarze Wimperntusche war wild verschmiert.

»Wyatt!«, rief sie. Dann kam sie barfuß an die Straße gelaufen.

Bo machte große Augen.

»Bleib hier«, sagte Wyatt und sprang aus dem *Pick-up*, um Callie auf dem Bürgersteig abzufangen.

»Sie haben meinen Mustang abgeholt«, rief sie. »Er ist weg! Luke behauptet, er hätte nichts damit zu tun, aber ich weiß, dass er lügt. Er lügt, sobald er den Mund aufmacht.«

Sie warf sich in seine Arme. Wyatt legte ihr voller Unbehagen einen Arm auf die Schultern und drehte sich zu Bo um, der sie aus dem Wagen genauestens beobachtete.

»Schsch!«, machte Wyatt und klopfte Callie auf die Schulter. »Das ist wahrscheinlich nur ein Missverständnis. Vielleicht wurden die Raten fürs Auto falsch gebucht oder so.«

»Nein«, schluchzte sie. »Luke ist pleite. Er hat die ganze Zeit gelogen. O mein Gott, Wyatt! Es war alles eine große Lüge! Was soll ich jetzt tun?«

»Hey«, sagte er sanft. »Das kriegen wir schon hin. Hör mal, Bo sollte das hier nicht mitbekommen. Warum gehst du nicht wieder rein und ziehst dich an? Ich nehme den Kleinen mit in den Park, dann passt Dad auf ihn auf; ich rufe dich gleich an, dann können wir in Ruhe reden, ja?«

»Am Telefon?« Ihre Stimme bebte. Rotz floss ihr aus der Nase. »Kannst du nicht noch mal herkommen? Ich kann uns einen Kaffee machen …«

»Nein, ich komme nicht hierher.« Wyatt drückte den Rücken durch. Nie im Leben würde er noch mal einen Fuß in das Haus von Luke Grigsby setzen. Niemals.

»Oh«, sagte sie. »Verstehe. Gut. Ich könnte auch rüberkommen zum Park …«

»Auf gar keinen Fall!«, gab Wyatt zurück. »Dad ist nicht gerade gut auf dich zu sprechen, Callie.«

»Das war aber doch alles Lukes Idee«, beeilte sie sich zu sagen. »Ich hab das nie so gemeint …«

Wyatt seufzte. »Wir können uns in einer Stunde bei Starbucks treffen. In Ordnung? Aber ich kann nicht lange bleiben.«

»Gut«, sagte sie. »O mein Gott, was ist das für ein Albtraum!«

Ausnahmsweise musste Wyatt ihr zustimmen.

54

Seit sie vor einer Stunde auf die Straße gekommen war, hatte Callie eine beachtliche Verwandlung durchgemacht. Ihr Haar war jetzt gekämmt und glänzte. Sie hatte es zu einem Pferdeschwanz nach hinten gebunden, war frisch geschminkt und hatte sich ein tief ausgeschnittenes rosa Oberteil und eine enge weiße Jeans angezogen. Und, stellte Wyatt fest, als sie den Kaffeebecher in die Hand nahm, sie trug nicht mehr Lukes fetten Verlobungsring mit dem Diamanten.

»Danke, dass du gekommen bist«, sagte sie leise. »Es tut mir leid, dass ich vor Bo so herumgeschrien habe. Das war schlimm. Aber es ging alles so schnell … Ich bin einfach ausgerastet.«

»Er ist ein sensibles Kind«, sagte Wyatt. »Wir müssen ihm zuliebe wirklich versuchen, ruhig und vernünftig zu bleiben.«

»Ich weiß.« Callie nickte und trank einen Schluck Kaffee. Sie schaute aus dem Fenster auf den Parkplatz. Als sie Wyatt wieder ansah, standen ihr Tränen in den Augen.

»Zwischen Luke und mir ist es aus«, sagte sie mit bebender Unterlippe. »Und zwar nicht nur wegen des Autos. Alles, was er mir erzählt hat, alles, was er mir versprochen hat, war gelogen. Er hat seine Arbeit verloren. Nix mit Versetzung nach Birmingham. Das hat er mir nur erzählt, weil er davon ausging, dass er da einen neuen Job finden würde. Aber er hat nie ein Wort davon gesagt. Sondern mich verarscht. In jeder Hinsicht.« Sie hob die nackte linke Hand. »Mein Ring? Ist nicht echt. Nicht mal eine gute Fälschung. Und weißt du, wie ich das herausgefunden habe? Ich war damit beim Juwelier in der Mall, weil ich ihn messen lassen wollte. Das Mädel hinter der Theke hat mich ausgelacht, als sie den Ring sah. Das ist nur ein dicker Zirkonia-Stein.«

Wyatt zog den Kopf ein. »Hast du Luke darauf angesprochen?«

»Ja. Aber er hatte Tausende von beschissenen Ausreden. Er hätte mir absichtlich einen falschen Ring *geschenkt, weil* er den richtigen extra anfertigen lassen muss. Wie dreist kann man eigentlich sein?«

»Oje. Tut mir leid, Callie.«

»Nicht so leid wie mir«, sagte sie verbittert. »Was soll ich jetzt machen? Ich kann auf keinen Fall bei ihm bleiben. Das habe ich ihm heute Morgen schon gesagt. Ich kann keinen Lügner heiraten.«

»Was hast du nun vor?«, fragte Wyatt.

Sie zuckte mit den Schultern. »Keine Ahnung. Ich weiß nur, dass ich nicht bei ihm wohnen bleiben werde. Ich kann Bo nicht so einem Menschen aussetzen.«

»Also, Bo kann natürlich bei Dad und mir bleiben. Aber wo willst du hin?«

»Gute Frage. Ich habe nicht gerade viele Möglichkeiten. Für meine Freundinnen bin ich die Schlampe, die ihren Mann betrogen hat. Die haben mir alle ziemlich deutlich zu verstehen gegeben, dass sie Luke nicht ausstehen können.«

»Und deine Familie?«

»Ha! Meine Eltern reden seit unserer Trennung kaum noch mit mir. Für die warst du immer so was wie ein Heiliger, Wyatt. Ich ziehe sowieso nicht zurück nach South Carolina. Was soll ich da machen? In China hergestellte Sombreros verkaufen? Bo würde sich da auch nicht wohl fühlen. Und die Schulen sind Mist.«

Es hat dich nicht interessiert, was für Bo gut ist, als du mit Luke nach Birmingham in Alabama ziehen wolltest, dachte Wyatt.

»Was ist mit Kendra?«, fragte er.

Sie verzog den Mund. »Meine kleine Schwester wartet nur *darauf, mir* sagen zu können, dass sie es gewusst hat. Sie hat Luke auch nie gemocht. Ich hätte wohl besser eine Umfrage bei meinen Verwandten und Freunden gemacht, bevor ich mich in ihn verliebte und mein Leben ruinierte, was?«

Komisch, dass Callie nicht in den Sinn kam, dass sie nicht die Einzige war, die von ihrer Affäre mit Luke Grigsby betroffen war. Ihren Mann und ihren Sohn betrachtete sie wohl als Kollateralschaden.

»Du hast dich doch immer gut mit Kendra verstanden. Sie wird dich doch bestimmt nicht wegschicken, bis du die Sache geklärt hast?«

»Vielleicht.« Callie klang nicht überzeugt. Sie nahm eine Serviette vom Stapel, den Wyatt auf den Tisch gelegt hatte, und betupfte sich damit die Augen.

»O Gott, Wy«, flüsterte sie. »Wie konnte es nur so weit kommen? Du warst das Beste, was mir je passiert ist. Und ich hab dich verlassen. Kannst du mir jemals verzeihen?«

Wyatt drehte seine Serviette zu einem dünnen Band. »Was passiert ist, ist passiert.« Was wollte sie eigentlich von ihm? »Du musst einfach dein Leben wieder in geordnete Bahnen bringen, ohne dass Bo zu sehr leidet. Das letzte Jahr war wirklich heftig für ihn.«

»Ich weiß, ich weiß«, stimmte Callie ihm zu. »Ich rufe jetzt gleich Kendra an. Für eine Nacht nimmt sie mich bestimmt auf.«

»Bist du denn wenigstens mobil?«, fragte Wyatt.

»Luke, dieses Schwein, hat meinen Civic in Zahlung gegeben, als er den Mustang kaufte«, erklärte Callie. »Ich bin jetzt mit seinem alten Jeep hier. Und wenn er glaubt, dass er den zurückbekommt, dann hat er sich geschnitten.«

»Das ist ja wenigstens etwas«, sagte Wyatt. »Hör zu, Callie. Es tut mir leid, aber ich muss wirklich zurück in den Park. In einer Stunde kommt eine Gruppe von dreißig Kindern. Die haben eine Führung und eine Vorstellung mit Cookie gebucht.«

»Ich weiß, dass du arbeiten musst«, sagte Callie. »Mein kleines Drama ist dir egal, nicht? Fahr nur. Ich werde noch ein bisschen hier sitzen und versuchen, meine fünf Sinne beisammen zu halten. Dann fahre ich zurück zu Lukes Haus und packe meine Sachen.«

Wyatt zögerte. »Also … bleibt Bo im Park, zumindest das Wochenende über? Ist das für dich in Ordnung?«

»Klar«, sagte sie achselzuckend. »Was wirst du ihm erzählen? Wegen Luke und mir?«

»Nichts«, sagte Wyatt. »Das überlasse ich dir. Am besten rufst du ihn heute Nachmittag mal an, wenn du dich beruhigt hast. Du musst ihm ja nicht direkt alles erzählen. Erklär ihm nur, dass es dir gutgeht.«

Callie griff über den Tisch, drückte Wyatts Hand und hielt sie fest. »Mach ich. Und ich werde auch nicht mehr weinen. Zumindest nicht vor ihm. Danke, Wy.«

»Gern geschehen.« Vorsichtig entzog er ihr die Hand. »Viel Glück mit Kendra.«

Am Montag holte Grace die letzten Farbeimer ihres zweiten Großeinkaufs aus dem Wagen, als Arthur in die Einfahrt bog. Er brauchte eine Weile, um aus dem Auto zu steigen, und als er sich schließlich aufrichtete, wirkte er müde. Müde und resigniert. Mit steifen Schritten kam er auf Grace zu, die vor der Veranda stand.

»Hallo, Arthur!«, rief sie.

»Hallo, Grace.« Er blickte auf die Eimer mit Farbe, die sie auf den Treppenstufen abgestellt hatte. Dann wandte er mit hängenden Schultern den Blick ab.

»Ich weiß, das reißt ein Loch in unser Budget«, versuchte Grace ihn zu ermutigen. »Aber die Versicherung wird es hoffentlich bezahlen, nicht? Und die gute Nachricht ist, Wyatt und ich haben zumindest die ganze Farbe von den Geräten und Böden abbekommen. Jetzt muss ich nur die Wände im Schlafzimmer und die Küchenschränke neu streichen. Und natürlich das Schachbrettmuster in der Küche erneuern. Noch mal. Wir müssen außerdem jemanden kommen lassen, der einen Blick auf den verbrannten Boden im Wohnzimmer wirft. Vielleicht kann man die Stelle ja ausbessern.«

»Kommen Sie mal mit rein, Grace. Ich muss mit Ihnen sprechen«, unterbrach Arthur ihre Aufzählung.

Ihre Schritte hallten durch die hohen Räume. Arthur schaute in die Küche, ins Schlafzimmer und ins Bad.

»Sie haben wirklich tolle Arbeit geleistet, Grace«, sagte er schließlich. »Und ich werde Sie dafür bezahlen. Ich will Ihnen nichts schuldig bleiben.«

»Aber?« Sie hatte Angst vor dem, was er als Nächstes sagen würde. Sie ahnte, dass es keine gute Nachricht sein würde.

»Meine Frau und ich haben gestern lange diskutiert. Als ich endlich den Termin beim Arzt hatte, war mein Blutdruck ziemlich hoch. Die Sache ist: Ich in meinem Alter kann diesen Ärger nicht mehr gebrauchen.«

»Arthur, wenn hier erst mal jemand wohnt, bezweifele ich ernsthaft, dass so was noch mal vorkommen wird«, sagte Grace. »Selbst wenn Sie das Haus nicht an mich vermieten wollen …«

»Wenn wir es an jemanden vermieten würden, dann an Sie, Grace. Aber wir werden es nicht vermieten. Ich habe das mit meiner Frau lange besprochen. Und da man ja auch noch viel Geld in die zentrale Klimaanlage stecken müsste, von der Sie immer sprechen, tja, so viel Geld wollen wir nicht in die Hand nehmen. Deshalb werden wir verkaufen.«

»Oh.« Grace sackte gegen die Küchentür.

Arthur schluckte. Sein Adamsapfel hüpfte beim Gedanken an das, was er nun sagen würde. »Die Vorstellung, das Haus zu verkaufen, ist furchtbar für mich.« Er fuhr mit seinen knorrigen Fingern über den Türrahmen. »Was Sie daraus gemacht haben, allein in den letzten zwei Wochen, hätte meine Eltern unglaublich stolz gemacht. Das hier war ihr Heim. Aber meine Frau hat mir zu der Einsicht verholfen, dass es jetzt an der Zeit ist, es an jemand anders abzugeben.«

Grace bekam kein Wort heraus. Sie nickte nur.

»Am Samstag kommt eine Immobilienmaklerin vorbei, die sich das Haus ansieht und dann seinen Wert schätzt«, erklärte Arthur und sah Grace in die Augen. »Meine Frau fragt, ob Sie vielleicht Interesse hätten, es zu kaufen. Wenn ja, würden wir Ihnen ein faires Angebot machen und einberechnen, wie viel Zeit Sie schon investiert haben. Aber wir brauchen ziemlich bald eine Entscheidung, sonst geben wir die Sache an die Maklerin ab.«

Grace biss sich auf die Lippe. »Wenn meine Scheidung durch wäre und ich das Geld hätte, würde ich dieses Haus gerne kaufen«, sagte sie. »Aber um ehrlich zu sein, ich kann weder genau sagen, wann es so weit sein wird noch wie viel Geld ich von meinem Ex bekomme. Der Richter … tja, sagen wir es so, er sieht das Ganze etwas anders als meine Anwältin und ich.«

»Das ist ja schade«, sagte Arthur. »Und dieser Kerl, dieser Freund von Ihnen? Der ist wohl auch nicht in der Lage …«

»Er ist in derselben Situation wie ich, nur dass er auch noch Unterhalt für ein Kind zahlen muss«, erklärte Grace. »Und Wyatt und ich … also, er ist ein sehr netter Mann, aber wir sind erst seit kurzem zusammen. Es ist noch viel zu früh, um sagen zu können, wie es weitergeht.«

»Verstehe. Ähm, tja, das war's dann wohl«, sagte er. »Es tut mir wirklich leid, dass es so enden muss, Grace. Mir gefiel die Idee, dass Sie das Haus auf Vordermann bringen, hier einziehen und wohnen. Ich würde sagen, Sie müssen jetzt nicht weiter streichen. Ich habe eh schon ein schlechtes Gewissen, weil Sie umsonst so viel Zeit in dieses Haus gesteckt haben.«

»Nicht umsonst«, sagte Grace. »Es hat mir sehr viel Spaß gemacht. Ich hoffe nur, der neue Käufer wird die Arbeit weiterführen und dem Haus gerecht werden.« Sie folgte dem alten Mann nach draußen auf die Veranda. »Was ich Sie noch fragen wollte«, sagte sie, als er in seiner Tasche nach den Autoschlüsseln suchte. »Haben Sie bei der Polizei Anzeige erstattet?«

»Ja. Ich war da. Ich habe die Fotos vorgelegt, die ich mit meinem *Apparat* gemacht hatte. Besonders viel Interesse haben sie nicht gezeigt. Vandalismus kommt öfter mal vor.«

»Ich habe eine Vermutung, wer es gewesen sein könnte«, sagte Grace vorsichtig. »Wäre es in Ordnung, wenn ich mit einem Polizisten rede, den ich gut kenne?«

Arthur sah sie schief an. »Grace, wozu das alles? Ich weiß es zu schätzen, dass Sie denjenigen dingfest machen wollen, der das getan hat, aber haben Sie mit Ihrer Zeit nichts Besseres anzufangen?«

»Ach, bitte, Arthur! Wahrscheinlich haben Sie recht, und es wird nichts daraus. Aber das ist eine persönliche Angelegenheit, die ich zu Ende bringen muss.«

Der alte Mann klopfte ihr auf die Schulter. »Sie sind ein stures Mädel. Hätte ich mir ja denken können, dass Sie der Sache auf den Grund gehen wollen. In Ordnung. Machen Sie nur! Und wenn dieser Bekannte von Ihnen Fragen hat, soll er mich anrufen.«

55

Als Pete Strivecky am Dienstagmorgen im Cottage Mandevilla Street auftauchte, sah er nicht wie ein Polizeibeamter aus. Den Motorradhelm unter den Arm geklemmt, in ausgefranster Jeans mit Löchern, einem T-Shirt der Tampa Bay Rays und mit einer Wayfarer-Sonnenbrille auf der Nase wirkte er vielmehr wie ein cooler Jugendlicher.

»Tolles Haus«, sagte er, als Grace ihn begrüßte. »Freut mich, dass Sie mich angerufen haben. Hab in Ihrem Blog von dem Haus gelesen. Bin mit meiner Freundin sogar letztes Wochenende mal rübergefahren, damit sie es sich mal in natura ansehen konnte.«

»Ja, es ist ein tolles Haus beziehungsweise wird eines sein, wenn der neue Käufer damit fertig ist«, sagte Grace traurig.

Officer Strivecky trat ein und steuerte sofort auf die verbrannte Ecke im Wohnzimmer zu. »Sie sagten, der Brand brach hier aus? Sieht aber gar nicht so schlimm aus.«

»Es wurde Brandbeschleuniger oder Ähnliches auf eine neue Abdeckplane aus Stoff gegossen«, erklärte Grace. »Zum Glück sah der Nachbar die Flammen durchs Fenster und konnte das Feuer löschen, bevor es sich weiter ausbreitete.«

»Konnten Sie die Abdeckplane zufällig retten?«

»Was davon übrig war. Ich hab sie in die Garage gelegt«, sagte Grace. »Zusammen mit den leeren Farbdosen, die in Küche und Wohnzimmer benutzt wurden.«

»Gute Idee.« Strivecky nickte anerkennend. »Wie ich schon am Telefon gesagt habe, bin ich nicht von der Kripo und kein Brandexperte. Aber es kann ja nicht schaden, wenn ich mich mal umschaue.«

Strivecky ging durch alle Räume, während Grace ihm von den Renovierungsarbeiten erzählte, die sie durchgeführt hatte – und wie die Vandalen ihrer Hände Arbeit vernichtet hatten. Anschließend setzten sie sich auf die Verandatreppe, und Grace reichte dem Beamten eine Flasche Wasser.

»Glauben Sie wirklich, dass es die Freundin von *Ihrem Ex* war? Warum sollte sie so was tun?«, fragte er.

»Aus Rache«, antwortete Grace kurz und knapp. »Ben und sie haben ganz unverblümt Material von meinem neuen Blog geklaut und bei *Gracenotes* eingestellt. In der Folge habe ich viele meiner ehemaligen Anzeigenkunden angeschrieben und sie davon unterrichtet. Sie sollten wissen, dass sie Geschäfte mit Menschen machen, die keine Moral haben. Zumindest einige haben ihre Anzeigen zurückgezogen. Letzte Woche kam J'Aimee hier vorbei und drohte mir. Deshalb glaube ich, dass sie dahintersteckt.«

»Klingt leicht durchgeknallt«, bemerkte Strivecky und trank einen Schluck Wasser. »Ich kann zwar mit einem Kollegen von der Kripo über Ihren Verdacht sprechen, aber vermutlich wird er behaupten, dass man nur was machen kann, wenn der Täter auf frischer Tat ertappt wird.«

»Und wenn sie Fingerabdrücke hinterlassen hat? Auf den Farbdosen oder sogar im Badezimmer, das sie so hübsch verziert hat?«

»Das Bad wurde komplett gesäubert«, erinnerte Strivecky Grace. »Und selbst wenn sie Abdrücke hinterlassen haben sollte … Sie haben gesagt, dass die Frau letzte Woche persönlich hier war. Sie könnte behaupten, die Abdrücke stammten von dem Besuch. Aber so weit wird es eh nicht kommen, Grace. Die Polizei weiß bereits, dass es zwischen Ihnen und Ihrem Exmann und seiner Freundin böses Blut gibt. Unsere Kriminalbeamten werden die ganze Sache als eine häusliche Auseinandersetzung abtun. Hässlich, ja. Aber kriminell? Eher nicht.«

Grace trat mit dem Turnschuh gegen das Verandageländer. »Das ist alles so verdammt ungerecht. Wegen *dieser Frau* hat der Hausbesitzer nun beschlossen, das Cottage zu verkaufen, statt es mir zu vermieten. Und ich kann es mir nicht leisten, weil ich dank dieser bescheuerten Scheidung kein Geld habe. Und jetzt sagen Sie mir, die Polizei würde nichts unternehmen, selbst wenn ich beweisen könnte, dass es diese blöde Kuh war.« Sie funkelte Strivecky trotzig an. »Jetzt verstehe ich, warum manche Leute das Gesetz selbst in die Hand nehmen. Ich fühle mich so machtlos … da wird man richtig sauer!«

»Aber Sie werden sich doch nicht irgendwie an dieser Frau rächen, oder?«, fragte Strivecky besorgt. »Wir haben dieses Gespräch nie geführt. Klar?«

»Klar«, erwiderte Grace düster. »Keine Gewalt. Ich muss mir einfach überlegen, wie ich an Ben – und diese Frau – rankomme, auf legalem Wege.«

Liebe Lily,
danke für Ihre jüngste E-Mail und Ihre freundlichen Worte zu TrueGrace *und dem Cottage auf Anna Maria. Es war ein Traumprojekt – mit der Betonung auf ›war‹. Leider hat mir der Besitzer heute mitgeteilt, dass er das Cottage im jetzigen Zustand verkaufen will. Das heißt, dass ich meine Arbeiten nicht abschließen können werde. Sehr gerne schicke ich Ihnen Fotos meiner anderen Projekte, auch wenn diese weniger umfangreich sind. Ich würde mich unheimlich freuen, einen Auftrag von* Veranda *zu bekommen. Voller Bedauern, Grace Davenport,*
TrueGrace.com

Als Grace die E-Mail abgeschickt hatte, warf sie sich aufs Bett und schrie in ihr Kissen. Dann stand sie auf, bürstete sich die Haare und rief ihre Anwältin an.

Nelson Keeler trug seine *Jungle-Jerry*-Uniform: khakifarbenes Safarihemd, khakifarbene lange Hose (deren Knopf er leider nicht mehr zubekam) und den alten zerknautschten Safarihut mit dem Lederband, den er von seinem Vater geerbt hatte. Fröhlich plauderte er mit einem halben Dutzend Mitgliedern des *Hibiscus Garden Club*, die sich nach dem Kauf ihrer Senioreneintrittskarten im Souvenirshop versammelt hatten.

»So, die Damen, wir beginnen die Führung mit einem kleinen Abstecher in die Geschichte des Parks«, sagte er.

Joyce Barrett, die einzige Vollzeitangestellte von *Jungle Jerry*, saß an der Kasse und sah durch die Glastür des Ladens, wie Callie Keeler forschen Schrittes näher kam.

Joyce war Mitte achtzig und hatte silbergraues Haar, das sie zu einem langen Zopf auf dem Rücken geflochten hatte. Ihre *Jungle-Jerry*-Uniform war wie immer tiptop gepflegt.

»O-oh«, stieß sie leise aus und schaute zu Nelson hinüber, der ihr bereits von Callies jüngstem Versuch berichtet hatte, Wyatts Glück zu torpedieren. Joyce griff zum Walkie-Talkie, das unter der Theke aufbewahrt wurde.

»Wyatt? Kasse an Wyatt. Sturm am Horizont. Ich wiederhole: Sturm am Horizont.«

Es rauschte im Gerät. »Scheiße. Roger. Bin unterwegs, Joyce. Fünf Minuten.«

Joyce ging zu Nelson und zupfte ihn am Arm. »Ähm, Nelson?« Als er zu ihr hinüberschaute, wies sie mit dem Kopf in Richtung Eingangstür, die gerade von Callie aufgestoßen wurde.

Der Alte verstummte mitten im Satz. Sein Gesicht wurde düster. »Was macht die denn hier?«

»Ich weiß es nicht«, murmelte Joyce. »Aber Wyatt ist schon auf dem Weg hierher.«

»Meine Damen«, sagte Nelson laut und drehte den Rücken zur Tür. »Gehen wir raus in den Garten, dort kann ich Ihnen erklären, was derzeit blüht.« Ohne einen Blick zurück schritt er zügig voran in den Park.

»Joyce!«, gurrte Callie, als die ältere Frau an die Kasse zurückkehrte. »Wie schön, Sie zu sehen! Wie geht es den Enkelkindern?«

»Gut«, sagte Joyce mit versteinerter Miene.

»Ganz schön was los auf dem Parkplatz«, bemerkte Callie und lehnte sich gegen die Theke. »Es scheint gut zu laufen, was?«

»Ist in Ordnung«, antwortete Joyce ausdruckslos. »Wir kommen zurecht.«

»Ist Wyatt da?«, fragte Callie und reckte den Hals, um an der Angestellten vorbeizuschielen.

»Er ist mit einer Gruppe aus dem Sommerferienlager unterwegs, aber er kommt gleich«, erklärte Joyce. »Entschuldigen Sie mich, Callie, ich muss den Imbiss für die Kinder zubereiten. Sie haben immer großen Hunger und Durst, wenn sie aus der Hitze reinkommen.«

Sie wandte sich zum Gehen, aber Callie legte ihr eine Hand auf den Arm. »Oh, ich helfe Ihnen gerne, Joyce. Ich weiß ja, wo alles steht.« Flugs huschte sie unter dem altmodischen Drehkreuz hindurch und eilte ins Büro.

Zwei Minuten später stellte Callie Trinkpäckchen und Teller mit Vollkornkeksen und Apfelspalten auf die langen Tische in der Cafeteria. Als Wyatt hereinplatzte, folgten ihm dreißig lärmende Kinder.

Bo bildete die Nachhut der Gruppe. Er trug ein ausgewaschenes, leicht eingelaufenes T-Shirt von *Jungle Jerry*, auf seiner Schulter hockte der Papagei Cookie. Als Bo seine Mutter erblickte, strahlte er: »Mom!«

»Hallo, Bo-Bo«, sagte Callie zärtlich. Dann bemerkte sie den wenig amüsierten Blick ihres Mannes. »Hallo, Wy.«

»Schnaps und Bier!«, forderte der Papagei. »Gib mir 'n Whisky. Gib mir 'n Bier!«

Callie brach ein Stück von einem Vollkornkeks ab und hielt es Cookie hin. Der Papagei schnappte sich das Stückchen – und zwickte dabei in Callies Fingerspitze.

»Aua!«, kreischte sie. »Du verfluchtes Vieh!«

Erschrocken krächzte der Vogel und flog hektisch durch den Raum. Die Kinder aus dem Sommerlager kicherten und schrien, einige duckten sich unter die Tische und hielten die Arme schützend über den Kopf. Nachdem Cookie ein paar Runden gedreht hatte, setzte sie sich wieder auf Wyatts Schulter. Er versuchte, den erregten Vogel zu beruhigen.

»Schscht«, machte er und kraulte ihm den Kopf. »Ruhig, Cookie. Alles ist in Ordnung.«

Callie hielt Wyatt ihren blutigen Finger hin. »Gar nichts ist in Ordnung! Guck dir das mal an! Das muss bestimmt genäht werden!«

Bo untersuchte die Wunde seiner Mutter. »Ach, Mom, das ist doch nur ein kleiner Kratzer. Cookie würde dich niemals richtig beißen. Sie hat deinen Finger einfach mit dem Keks verwechselt.«

Callie runzelte die Stirn. Dann verdrehte sie die Augen. »Ich glaube … ich glaube, ich kippe gleich um.« Panisch sah sie in die Runde. »Wyatt! Mir wird schwindelig!«

Bevor er reagieren konnte, war Joyce Barrett zur Stelle. Sie drängte sich neben Callie und legte ihr den Arm um die Taille. »Kommen Sie mit ins Büro, dann gebe ich Ihnen Desinfektionsmittel und ein Pflaster.« Sie senkte die Stimme zu einem Flüstern. »Wir wollen doch nicht, dass die Kinder Angst vor Cookie bekommen, oder?«

Callie schaute finster drein, ließ sich aber widerwillig abführen. »Der Vogel hat mich noch nie gemocht.«

Als Wyatt die Kinder wieder in den Bus geladen, Cookie in die Voliere zurückgebracht und Bo zu einem späten Mittagessen in den Trailer gebracht hatte, ging er ins Büro. Dort saß Callie auf dem Stuhl vor seinem Schreibtisch.

»Da bist du ja«, sagte sie zur Begrüßung und hielt ihm ihren verarzteten Finger entgegen. »Siehst du, was dein dummer Vogel mit mir gemacht hat?«

»Tut mir leid«, sagte er achselzuckend. »Vielleicht war sie ein bisschen aufgeregt. Sie hat Bo, Dad oder mir noch nie was getan. Aber mal was ganz anderes, bist du bei deiner Schwester untergekommen?«

»Na ja. Kendra ist gar nicht da, aber sie hat ihre Nachbarin angerufen und ihr gesagt, sie solle mir ihren Schlüssel geben. Also habe ich meine Sachen bei ihr abgeladen, bevor ich hergekommen bin. Wenigstens muss ich mir jetzt nicht Kendras beschissene Vorwürfe anhören.«

»Was sagt Luke dazu, dass du ihn verlässt?«

»Keine Ahnung«, erwiderte sie. »Der ruft mich schon den ganzen Tag an, aber ich ignoriere ihn. Mir ist *wirklich* egal, was dieser Drecksack zu sagen hat.«

Hilflos breitete Wyatt die Arme aus. »Und was willst du nun von mir, Callie?«

»Wer sagt denn, dass ich etwas will? Kann ich nicht einfach vorbeikommen und meinen Sohn besuchen?«

»Bo war die erste Hälfte der Woche bei dir. Er war sogar bis vor wenigen Stunden bei dir. Du musst mir also verzeihen, wenn ich etwas misstrauisch bin.«

Callie sah sich im Büro um. »Mein Gott, wie deprimierend dieser Laden ist! Wann habt ihr dieses Zimmer zum letzten Mal gestrichen? Oder den Boden gewischt?«

»Ich habe momentan weder Geld noch Zeit zum Streichen«, sagte Wyatt in dem Bemühen, höflich zu bleiben. »Bei den Anwaltskosten, dem Unterhalt fürs Kind und den dreihundert Dollar für die Trennungsberatung bleibt nicht gerade viel übrig.«

»Dreihundert Dollar? Ist das dein Ernst? Das ist ja Wahnsinn! Das Geld könnte deine Familie besser gebrauchen.«

»Es ist der komplette Wahnsinn«, stimmte Wyatt ihr mit dunkelrotem Gesicht zu. »Aber so hat es Richter Stackpole nun mal verfügt, nachdem dein *Anwalt ihm* den Film zeigte, in dem ich Lukes Autofenster einschlage. Wozu ihr beiden mich absichtlich provoziert habt.«

Callie nahm eine alte *Jungle-Jerry*-Schneekugel vom Schreibtisch und betrachtete sie, um Wyatt nicht in die Augen blicken zu müssen.

»Das war alles Lukes Idee«, sagte sie leise. »Ich

hätte nie gedacht, dass du so durchdrehst. Ich wollte es nicht so weit treiben.«

»Du hast mich dabei mit dem Handy gefilmt«, rief Wyatt ihr in Erinnerung. »Und dann hast du die Bullen gerufen. Ist ein bisschen zu einfach, Luke jetzt an allem die Schuld zu geben, meinst du nicht? Du bist sechsunddreißig, Callie. Glaubst du nicht auch, dass du eine gewisse Verantwortung dafür trägst, was in unserer Ehe schiefgelaufen ist?«

»Ein bisschen vielleicht«, sagte sie, schüttelte die Schneekugel und sah zu, wie sich die glitzernden Kunstflocken auf ein winziges Plastikschild mit dem Logo von *Jungle Jerry* legten.

Callie schaute auf. »Was wäre, wenn ich das alles gerne rückgängig machen würde?«

»Das geht nicht«, antwortete Wyatt. »Du warst überzeugt, jemand anderen zu lieben. Du hast Luke unserer Ehe vorgezogen. Und unserer Familie. Das kann ich nicht so einfach vergessen.«

Callie drehte die Schneekugel auf den Kopf und knibbelte mit dem Fingernagel an dem vergilbten Preisschild. »69 Cents! Wie lange steht die hier schon rum?«

»Die ist uralt«, sagte Wyatt. »So alt, wie ich mich jetzt fühle.«

Callie schaute hoch. »Bo sagt, du hättest eine ›Freundin‹. Ist das was Ernstes?«

»Kann sein. Sie ist eine sehr nette Frau. Aber hör

zu, Callie: Ich möchte mit dir nicht über sie reden. Ich bemühe mich, dass unser Sohn ein normales Leben hat und sich geliebt und sicher fühlt.«

»Willst du mir damit sagen, dass du völlig über mich hinweg bist?«

Wyatt fuhr sich mit der Hand über den Kopf. »Über dich hinweg? Nein. Ich tue zwar mein Bestes, aber es ist noch nicht ganz geschafft.«

Sie schaute ihn durch gesenkte Wimpern an. »Hoffentlich kommst du nie über mich hinweg. Ich empfinde nämlich noch viel für dich. Sehr viel.«

56

Grace betrat als Erste Paulas Praxis. Die Therapeutin saß am Empfangstresen und starrte mit gerunzelter Stirn auf den Computermonitor. Sie hatte dunkle Ringe unter den Augen, die nicht mal mit einer dicken Schicht Concealer zu verbergen waren.

Paula schaute auf und schloss schnell das offene Programm. »Hallo, Grace«, sagte sie. »Wie läuft deine Woche so?«

»Meine Woche nervt«, gab Grace ausdruckslos zurück. »Danke der Nachfrage.«

Paula seufzte. »Möchtest du irgendwas Bestimmtes in der heutigen Sitzung besprechen? Geht es um die Scheidung?«

»Es geht um mein Leben. Im Moment vermurkst meine Scheidung einfach alles in meinem Leben.« Grace spürte, wie sich in ihrer Umhängetasche etwas *bewegte. Sie wollte* weitergehen in den Therapieraum.

»Grace?«

Sie sah sich zu Paula um.

»Es wird besser werden. Ich weiß, dass es schwer ist. Aber du musst mir glauben. Ich habe es selbst erlebt«, sagte Paula. »Den Schmerz, die Wut, die Verbitterung. Wenn du einen Weg findest, das alles hinter dir zu lassen, wird dir ein großes Gewicht von der Seele genommen.«

Grace biss sich auf die Lippe. Sie hätte Paula gerne mit allem konfrontiert, was sie über deren Übereinkunft mit Stackpole wusste oder zu wissen glaubte. Aber sie hatte Mitzi versprochen, den Mund zu halten, bis sie stichfeste Beweise für ihren Verdacht hatten.

»Du hast das selbst wirklich erlebt?« Diese Frage konnte sie sich nicht verkneifen. »Eine Scheidung? Bei der du alles verloren hast?«

Paula sah ihr in die Augen. »Deshalb bin ich nach Florida gezogen … Hab noch mal bei null angefangen. Na ja, fast bei null. Das war nicht leicht.«

Das Gespräch wurde abrupt unterbrochen, als sich die Eingangstür öffnete und Camryn und Suzanne hereinkamen.

»Wir reden später weiter«, sagte Paula.

»Meine Freunde«, Paula schaute in die Runde, »wir haben noch eine Menge zu besprechen, bevor ihr nächste Woche feierlich entlassen werdet. Zuerst möchte ich gerne hören, wie es bei euch so läuft – verarbeitungstechnisch.«

Fünf leere Gesichter blickten sie an.

»Niemand?«

Nichts.

»Gut. Dann müssen wir es wohl auf die altmodische Weise machen. Ich rufe euch einzeln auf. Camryn?«

»Verarbeitungstechnisch? Dexters Anwalt hat sich bei mir gemeldet. Er will den Esstisch seiner Mutter haben, weil glückliche Erinnerungen dranhängen würden. Was anderes an Möbeln will er nicht.«

»Und? Hast du ihm den Tisch gegeben?«, fragte Ashleigh.

»Und wie«, sagte Camryn mit einem selbstgefälligen Ausdruck. »Ich hoffe, er findet einen guten Möbelrestaurator.«

Paula schielte über den Rand ihrer Nickelbrille. »Hast du den Tisch beschädigt?«

»Ich doch nicht.« Camryn spielte die Unschuldige. »Aber die Möbelpacker, die ich dafür engagiert hatte, haben sich sooo ungeschickt angestellt. Offenbar haben sie den Tisch einfach hinten auf den Lkw geworfen – Als er bei Dexter ankam, war die Platte voller Kratzer und Macken. Sah wohl ziemlich schlimm aus.«

»Wie schlimm?« Grace konnte es sich nicht verkneifen zu fragen.

Camryn blätterte durch die Fotos auf ihrem iPhone, tippte dann auf den Bildschirm und zeigte allen ein Bild.

»Was steht da?«, fragte Suzanne. »Das sieht doch wie Schrift aus, das da auf der Tischplatte.«

Camryn reichte das Handy an Wyatt weiter, der die Augen zusammenkniff und dann loslachte. »Sieht für mich aus wie … ›Leck mich und verrecke‹. Stimmt's?« Er sah Camryn fragend an.

»Ja, ich war auch total entsetzt«, antwortete diese, ohne ihre Freude verhehlen zu können.

»Schluss damit«, sagte Paula verärgert. »Weißt du, Camryn, wenn du dich weiterhin so kindisch und rachsüchtig verhältst, werde ich dir keine erfolgreiche Teilnahme bescheinigen können. Ehrlich, du schadest nur dir selbst.«

Camryn murmelte etwas vor sich hin.

»Ashleigh?«, sprach Paula die Nächste aus der Runde an.

»Verarbeitungstechnisch geht es mir super. Wirklich. Ich war heute sogar mit einem Mädchen aus Boyce' Praxis zum Mittagessen verabredet und hab kein einziges Mal nach Suchita gefragt. Ich fahre auch nicht mehr an ihrem Haus vorbei.«

Paula runzelte die Stirn. »Das freut mich zu hören. Leider wusste ich gar nicht, dass du ein so ungesundes Verhalten an den Tag gelegt hast. Vergiss nicht, Ashleigh, die andere Frau war nicht das Problem in eurer Ehe. Sie war nur ein Symptom.«

»Wie auch immer«, sagte Ashleigh. »Im Moment geht es mir gut. Richtig super sogar.«

»Freut mich zu hören«, sagte Paula. »Es wäre schön, wenn alle solche Fortschritte machten. Suzanne? Läuft es bei dir auch besser?«

»Ein bisschen vielleicht«, gab Suzanne zu. »Es tut zwar immer noch zu weh, mit Eric zu sprechen, aber ich habe ihm endlich in einer E-Mail mitgeteilt, dass Darby ein Jahr früher nach Elon geht.«

Paula strahlte ihre Vorzeigepatientin an. »Suzanne, das ist ja ein richtiger Durchbruch!« Sie schaute sich im Kreis um. »Freunde, wir sollten Suzanne unsere Anerkennung ausdrücken.«

Alle klatschten höflich.

»Darby ist schließlich auch seine Tochter«, sagte Suzanne. »Ich weiß, dass meine Tochter hin- und hergerissen ist. Sie fühlt sich mir gegenüber verpflichtet, würde ihn aber auch gerne sehen.«

»Hm. Vielleicht hätte Darby ja Lust, das Seminar für Scheidungstöchter zu besuchen, das ich bald geben werde«, schlug Paula vor. »Ich habe schon überlegt, ob das nicht auch für deine Tochter hilfreich sein könnte, Camryn.«

»Nichts für ungut, Paula, aber im Moment kann ich mir nicht noch mehr deiner Sitzungen leisten«, gab Suzanne zurück. »Vielleicht leihe ich Darby ein paar Bücher aus.«

Camryn hustete vernehmlich und schaute zur Seite.

»Grace? Als du heute Abend kamst, wirktest du

sehr niedergeschlagen«, sagte Paula. »Bedrückt dich etwas Bestimmtes?«

»Etwas sehr Bestimmtes.« Grace spuckte die Worte beinahe aus. Dann rekapitulierte sie die Ereignisse der letzten Tage. »Arthur will nun das Haus verkaufen. Und ich bin wieder am Anfang.«

»Das ist wirklich jammerschade«, sagte Suzanne. »Ich habe deinen Blog verfolgt. Es ist so ein wunderschönes Haus. Hast du eine Vorstellung, wer so was macht?«

»Eine sehr gute Vorstellung: J'Aimee, meine ehemalige Assistentin und die jetzige Freundin meines Exmanns«, erwiderte Grace. »Das Ganze trägt ihre Handschrift. Eine Folge davon ist, dass der Traum vom Haus nun für mich quasi passé ist, weil ich mir den Kauf nicht leisten kann. Die bisherige Eigentumsverteilung nach Richter Stackpole sieht so aus, dass Ben die Goldmine bekommt und ich den leeren Schacht. Ben hat Anrecht auf alles, und ich krieg nichts. Weil Stackpole Frauen nun mal hasst.«

»Das Arschloch«, sagte Camryn deutlich vernehmbar.

Paula lief rot an. »So ist das ganz bestimmt nicht …«

»Ach, nein?«, höhnte Ashleigh. »Paula, mach mal die Augen auf! Diese Tabletten, die du da nimmst, haben dir vielleicht den Geist vernebelt.«

Die Therapeutin wurde blass. »Das ist jetzt sehr unfair.«

»Aber es stimmt«, beharrte Ashleigh. »Niemand will es laut aussprechen, weil alle sooo große Angst vor Stackpole haben. Ich nicht mehr. Mir ist ab jetzt egal, was du oder Stackpole sagen oder tun. Denn ab Montag ist das für mich hier eh alles uninteressant.«

Sie sprang auf. »Wir sehen uns später, Leute. In der *Sandbox*, ja?«

»Mann, Ashleigh, da hast du Paula heute aber richtig einen eingeschenkt«, sagte Camryn später anerkennend. »Nachdem du weg warst, hat sie einfach ihr Programm runtergespult, bis es acht Uhr war. Wir mussten nicht mal aus unseren Tagebüchern vorlesen.«

Ashleigh tauchte einen Finger in ihre Margarita und leckte ihn ab. »Ich komme eh nicht zu dieser Abschlussveranstaltung, Leute.« Sie schaute sich um. »Das war ja alles ganz lustig, wenn man das so sagen kann, aber jetzt ist es auch gut. Falls mal einer von euch eine Kleinigkeit geschnippelt oder gestrafft braucht, ruft mich an. Ich sorge dafür, dass Boyce euch Rabatt gibt.«

»Ich?«, fragte Wyatt.

»Glaubst du, Männer lassen sich nicht operieren?« Ashleigh schnaubte verächtlich. »Augenlider straffen, Kinnimplantate, Bauchverkleinerung, Brust-OP – Schätzchen, du würdest dich wundern, wie viele Männer in unsere Praxis kommen. Ganz zu schweigen von den ganzen Rezepten gegen Haarausfall, die wir ausstellen.« Ihre Augen ruhten auf Wyatts glänzenden Schädel.

Er fuhr sich mit der Hand darüber. »Ich hab keine Glatze! Mein Haar wuchert. Ich rasiere mir bloß den Kopf, weil ich den ganzen Tag draußen arbeite. Das ist kühler so. Und die Zecken können sich nicht so gut verstecken.«

»Zicken, iih!« Ashleigh schüttelte sich vor Lachen.

Grace am anderen Ende des Tisches wartete, bis alle in ein angeregtes Gespräch über Paulas Verhalten vertieft waren. Dann beugte sie sich zu Camryn und flüsterte: »Weißt du noch, wie du mit dem Kameramann bei mir vor dem Haus standst? Nachdem ich Ben verlassen hatte?«

»Wie könnte ich das vergessen!«, sagte Camryn. »Beste Story des Jahres!«

»Ich hab mich gefragt, wie du an der Schranke und den Wachleuten vorbeigekommen bist? Immerhin ist es keinem anderen Nachrichtensender gelungen, an der Security vorbeizukommen. Wie hast du das bloß geschafft?«

»Hm, Berufsgeheimnis.« Camryn nippte an ihrem Glas. »Wieso fragst du?«

»Weil ich noch mal in mein Haus muss, um meine restlichen Sachen zu holen. Ben hat jedoch meine Karte deaktiviert.«

»Verstehe«, sagte Camryn. »Ich rufe morgen früh eine Freundin an. Mal sehen, ob die uns helfen kann.«

»Uns?«

»Du brauchst doch sicher jemanden, der Schmiere steht, oder?«

Wyatt sah, wie Grace und Camryn die Köpfe zusammensteckten. Er spürte eine Welle der Eifersucht. Den ganzen Abend schon hatte er versucht, Grace wenigstens für eine Minute allein zu erwischen. Er musste sich einfach vergewissern, dass das, was zwischen ihnen vorgefallen war, Bestand hatte. Aber immer war jemand in der Nähe. Wyatt trank sein Bier, dann gähnte er demonstrativ in der Hoffnung, dass Grace auf die übertriebene Geste aufmerksam werden würde.

Irgendwann schaute sie zu ihm herüber und lächelte. Wyatt stand auf und ging zur Herrentoilette. Grace folgte ihm und blieb in der Tür zum Damenklo stehen. Ehe sie sichs versah, schob er sie hinein und verschloss die Tür von innen.

»Was machst du …«

Mit einem Kuss brachte er sie zum Schweigen. »Das hier«, sagte er mit gedämpfter Stimme. »Und das.« Seine Hände glitten in ihr ärmelloses Top und öffneten geschickt den BH. »Und das hier.« Er schob ihr das Knie zwischen die Beine. Grace' Rock rutschte hoch und gab den Blick auf ihre Oberschenkel frei. Wyatt drückte sie gegen das Waschbecken. Sie drängte sich ihm entgegen, so dass er sie mühelos hochheben konnte. Grace lehnte sich nach hinten, streichelte ihm über die Wange. Wyatt hielt ihre Hand kurz fest und küsste sie. Dann zog er Grace das Oberteil über den Kopf.

Sie lachte nervös und verschränkte die Arme vor der nackten Brust. »Das können wir nicht machen! Da draußen sitzen doch alle! Meine Mutter ist da. Die merken das …«

»Ich denke schon den ganzen Tag an dich und male mir aus, das hier mit dir zu machen«, flüsterte er.

Er berührte ihre Brust mit der Hand und küsste sie. Grace stöhnte leise, dann griff sie zu seinem Jeansbund und fuhr langsam mit dem Daumen über den Reißverschluss. Wyatt hielt hörbar die Luft an.

»O Gott, Grace«, stieß er hervor.

Sie öffnete den Reißverschluss, streichelte seine Erektion. Er wiederum nestelte an ihrem Rock herum.

»*Wie zieht man dieses* blöde Teil denn aus?«

Plötzlich klopfte es an der Tür. Grace erstarrte.

»Besetzt!«, rief sie eilig und zog sich hastig das Oberteil wieder an.

Wyatt griff nach Grace, aber sie war zu schnell. Er musste lachen. Panisch versuchte sie ihn zum Schweigen zu bringen.

Grace spülte zweimal, stöhnte laut und gab ein bemerkenswert echtes Brechgeräusch von sich.

»Los, beeil dich«, rief eine genervte Frauenstimme. »Ich mach mir gleich in die Hose.«

»Angestelltenklo ist neben der Küche«, erwiderte Grace. »Sorry.« Zur Sicherheit würgte sie noch einmal heftig.

»Verdammte Amateurin«, rief die andere draußen.

Als Grace sicher war, dass die Frau verschwunden war, sackte sie kichernd gegen Wyatt. »Tut mir leid«, sagte sie und schaute in den Spiegel, um ihre Kleidung und das zerzauste Haar wieder in Ordnung zu bringen. »Aber wir müssen hier raus, bevor wir auffliegen.«

Sie schenkte Wyatt einen verführerischen Blick. »Ich hatte ja keine Ahnung, dass der Geruch von Kloreiniger einen derart heißmachen kann.« Grace öffnete die Tür und spähte nach draußen. »Okay, die Luft ist rein.« Sie schob Wyatt vor. »Geh! Los! Ich warte kurz und komme dann nach.«

»Was ist mit später?«, fragte Wyatt und küsste ihren Hals. »Wir müssen reden.«

Aber an diesem Abend kam es nicht mehr dazu.

57

»Dad?« Bo kam in die Küche, wo Wyatt Frikadellen-Sandwiches vorbereitete. Sweetie folgte dem Jungen auf Schritt und Tritt und schnüffelte erwartungsvoll in der Luft.

»Ich weiß, dass es spät ist und du Hunger hast. Das Essen ist so gut wie fertig«, versicherte Wyatt seinem Sohn, würzte die Brote mit Salz und Pfeffer und warf dem Hund ein Stückchen Fleisch zu.

»Is schon okay.« Bo setzte sich hin. »Kann ich dich was fragen?«

»Klar.« Wyatt stellte die Grillpfanne auf den Herd. »Willst du deine Frikadelle mit Käse überbacken?«

»Ja«, sagte Bo. »Aber mit dem gelben, nicht dem weißen.«

»Gut. Was wolltest du mich fragen?«

Bo trat gegen das Tischbein. »Hasst du Mom immer noch?«

»Hassen?«, wiederholte Wyatt vorsichtig. »Ich hasse deine Mutter nicht, Bo. Glaubst du das denn?«

»Manchmal schon«, sagte der Junge. Er nahm eine Handvoll Kartoffelchips aus der Schüssel vom Tisch und warf Sweetie einen zu. Der Hund fing ihn aus der Luft. »Mom meint, du hasst sie. Sie ist deswegen ganz traurig. Weil sie jetzt Du-weißt-schonwen nicht heiratet. Und Tante Kendra ist eine blöde Schlampe.« Er schob sich die Chips in den Mund und kaute lautstark.

»Finde ich nicht gut, wenn du deine Tante so nennst, Kumpel«, sagte Wyatt. »Das ist ein schlimmes Schimpfwort. Heißt das … du hast heute mit deiner Mutter gesprochen?«

»Gibt es keinen Zwiebeldip?«, fragte Bo neugierig.

»Nein, leider nicht. Aber es gibt Salat. Hat dich deine Mom angerufen?«

»Ja«, sagte Bo. »Sie meint, wir werden nicht mit Du-weißt-schon-wem zusammenwohnen. Meinst du, wir können wieder in unser altes Haus zurück? Ich hätte so gerne mein altes Zimmer zurück!«

Wyatt seufzte. »Das ist alles nicht so einfach, Kumpel. Ich hätte auch gerne unser altes Haus zurück, aber das geht nicht. Also musst du dir wohl erst mal weiterhin ein Zimmer mit mir teilen. Ist das so schlimm? Ich meine, so laut schnarche ich doch auch nicht, oder?«

»*Nicht so laut wie* Opa«, kicherte Bo. Dann wurde er ernst. »Was ist mit Mom? Wo soll sie jetzt wohnen?«

Wyatt stand auf und stellte den Herd höher. Er wartete, bis die Platte rot glühte, dann gab er die Brötchen in die Grillpfanne.

Offensichtlich hatte Callie sich tagsüber bei ihrem Sohn ausgeheult. Was dachte sie sich eigentlich dabei, einen Sechsjährigen mit solchen Problemen zu belasten? War sie ernsthaft der Ansicht, Wyatt auf diese Art Schuldgefühle machen zu können, damit er sie zurücknahm?

»Zunächst wohnt deine Mutter bei Tante Kendra«, sagte Wyatt schließlich. »Und dann sucht sie sich eine neue Wohnung. Und du bekommst dann auch ein neues Zimmer. Ist das in Ordnung?«

»Wahrscheinlich«, sagte Bo und trat in regelmäßigen Abständen gegen das Tischbein. »Aber es wäre besser, wenn Mom und ich wieder mit dir zusammenwohnen könnten. So wie früher.« Er nahm noch eine Handvoll Chips und schob sie sich in den Mund.

Scheiße, Scheiße, Scheiße. Wyatt dachte nach. Callie zog wirklich alle Register. Er hätte es ahnen müssen.

Das Fleisch brutzelte in der gusseisernen Grillpfanne. Rauch stieg vom Herd auf, und Wyatt drehte die Frikadellen schnell um. In Gedanken suchte er nach einer Möglichkeit, seinem Kind schonend die Wahrheit zu sagen. Schließlich setzte er sich wieder an den Tisch und griff nach Bos Hand.

»Guck mich mal an, Bo«, sagte er ruhig. »Deine

Mutter und ich, wir lieben dich beide. Mehr als alles andere. Das wird sich niemals ändern. Aber sie und ich werden nicht mehr zusammenleben. Nicht weil ich sie hasse, sondern weil wir uns nicht mehr so wie ein Ehepaar lieben. Das macht mich und dich traurig, aber es geht nun mal nicht anders. Okay?«

»Okay«, murrte Bo. »Darf Sweetie auch Frikadelle haben?«

»Leider nicht«, sagte Wyatt. »So, und jetzt geh Hände waschen, und sag Opa, dass das Essen fertig ist.«

Der Freitagabend verlief bei ihnen fast immer gleich. Nelson ging gegen neun Uhr ins Bett; Wyatt und Bo schauten noch fern oder machten ein Videospiel, bis einer oder beide einschliefen. Jetzt lag Bo auf dem Boden und kratzte den letzten Rest aus der Eispackung, während er im Fernsehen zum zehnten Mal seit Beginn der Ferien *Die Bären sind los* schaute – den alten Film mit Walter Matthau. Sweetie lag zusammengerollt neben ihm, ihr Köpfchen auf seinen Beinen.

Kurz nach dem Abendessen hatte es begonnen zu nieseln. Jetzt regnete es stärker, die Tropfen trommelten auf das Metalldach des Trailers.

Wyatt hatte Grace am Nachmittag eine SMS geschickt und ihr vorgeschlagen, sich irgendwo zu treffen. Später hatte er die Idee verworfen, als ihm klarwurde, wie viel Sorgen sich Bo um das Verhalten seiner Eltern machte.

Nach dem Abendessen hatte er Grace heimlich angerufen.

»Hey«, hatte er geflüstert. »Ich glaube, ich komme heute Abend doch nicht mehr weg. Bo hat ein paar Probleme, ich bleibe besser hier.«

»Was ist denn?«, fragte Grace. »Deinem Vater geht's aber gut, oder?«

»Doch, doch«, sagte Wyatt. Er wusste, dass er ihr hätte sagen sollen, was mit Callie los war, aber irgendwas hielt ihn davon ab. Er war das ewige Tauziehen leid. Callie war Vergangenheit. Grace war seine Zukunft. Bo und er hatten eine glückliche Zukunft verdient.

»Ich melde mich morgen«, versprach Wyatt und vergewisserte sich, dass er nicht aus der Küche belauscht wurde. »Ich muss dir ein paar Sachen erzählen. Wollen wir uns in dem Apartment treffen?«

Grace lachte. »Das ließe sich arrangieren.«

Irgendwann zwischen dem Ende von *Die Bären sind los* und dem Anfang von *Feld der Träume* musste er eingenickt sein. Plötzlich hämmerte jemand gegen die Aluminiumtür des Trailers. Erschrocken sprang Wyatt auf, aber Bo, der einen tiefen Schlaf hatte, rührte sich nicht. Sweetie dagegen war sofort in Alarmbereitschaft, lief zur Tür und bellte.

»Wyatt? Ich bin's.«

Es war Callie. »Psst, Sweetie.« Leise fluchte Wyatt vor sich hin. Er knipste das Licht vor der Tür an und öffnete.

Sie war barfuß und durchnässt, trug ein tief ausgeschnittenes Tanktop und eine so enge kurze Hose, dass sich ihr Slip deutlich abzeichnete. Ihre Augen waren verheult, und diesmal kam sie mit Gepäck. Und nicht zu knapp. Ein großer Rollkoffer stand auf der Veranda, daneben ein Plastikkorb mit ihren Habseligkeiten.

»Kann ich reinkommen?« Sie wartete die Antwort gar nicht ab, sondern griff zum Korb und huschte aus dem Regen. Wyatt zögerte, dann nahm er ihren Koffer.

»Was ist das alles?«, fragte er und wies auf das Gepäck.

»Meine Sachen. Kannst du mir bitte wenigstens ein Handtuch geben, damit ich mich abtrocken kann, bevor du mich zur Schnecke machst?«

Als Callie an ihm vorbei ins Badezimmer ging, roch Wyatt Alkohol und Zigarettenqualm. Sie ließ sich Zeit im Bad. Er hörte Wasser laufen, dann das Geräusch des Föhns. Wyatt wartete vor der Tür, die Arme vor der Brust verschränkt, und sammelte Mut.

Schließlich kam sie heraus, das Gesicht rot von

der Hitze, das Haar luftig drapiert. Sie trug lediglich seinen alten Nicki-Bademantel.

»Stört dich doch nicht, oder?«, fragte Callie. »Nur bis meine Sachen trocken sind, okay?«

»Du kannst den Bademantel behalten«, sagte er mit leiser Stimme, »aber du musst fahren.«

»Wohin denn?«, fragte sie und raufte sich die Haare. »Meine kleine Schwester hat mich rausgeworfen. Kannst du das glauben? Es ist Mitternacht, draußen schüttet es nur so, und sie wirft mich raus. Heute Nacht sitze ich wohl hier fest. Ich frage ja nicht gerne, aber hast du irgendwas zu essen?«

Er packte sie am Arm und führte sie in die Küche. »Ich mach dir ein Sandwich. Aber sei bitte leise«, warnte er. »Bo schläft im Wohnzimmer. Ich will nicht, dass er aufwacht und fragt, warum du hier bist.«

Callie riss sich von ihm los und folgte ihm in die Küche. »Offiziell sind wir immer noch verheiratet. Warum sollte ich also nicht hier sein?« Stirnrunzelnd schaute sie sich um. »Es sei denn, deine neue Freundin ist zu Besuch?«

Wyatt holte eine Packung Aufschnitt und ein Senfglas aus dem Kühlschrank. Er schmierte zwei Scheiben Brot, legte den Aufschnitt darauf, bestrich alles mit gelbem Senf und schob Callie das fertige Sandwich hin.

Er wollte sich nicht von ihr ködern lassen. »Was

machst du hier, Callie? Was hast du angestellt, dass Kendra dich rausgeworfen hat?«

»Nichts!«, rief sie und biss ins Sandwich. »Kendra ist einfach eine Schlampe. Sie hasst mich. Hat sie schon immer getan. Deswegen hat sie auch nach unserer Trennung zu dir gehalten. Und Luke konnte sie natürlich auch nicht ausstehen.«

Callie hatte den Bademantel nur locker in der Taille verknotet, so dass er Wyatt einen mehr als großzügigen Blick in ihren Ausschnitt und auf ihre provozierend nackten Beine gewährte.

Allmählich dämmerte es ihm. »Luke ist heute Abend zu Kendra gekommen, nicht? Deshalb hat sie dich rausgeworfen, stimmt's?«

»*Ich* hab ihn doch nicht eingeladen«, sagte Callie empört. »Er ist da einfach aufgekreuzt. Hat versprochen, mir das Auto zurückzuholen, aber dann fing er wieder mit demselben Scheiß an. Wir haben uns nicht gestritten, wir haben *diskutiert*. Aber plötzlich flippte Kendra total aus und drohte, die Bullen zu rufen.«

»Ihr hattet was getrunken, nicht wahr? Du brauchst es gar nicht zu leugnen, du riechst wie eine ganze Brauerei«, sagte Wyatt.

»Wer bist du, mein Bewährungshelfer? Ja, wir haben ein paar *Bier* getrunken«, gab Callie zu. »Aber ich bin nicht betrunken. Außerdem, was für ein Mensch setzt seine Schwester mitten in einem Tornado vor die Tür? Kendra hat mir gar nicht zugehört. Sie hat buchstäblich meinen Koffer genommen und aus dem Fenster geworfen. Dabei wohnt sie im ersten Stock. Ich konnte mir gerade noch meinen Korb mit den restlichen Sachen schnappen. Und dann stand ich draußen im Regen.«

Sie biss mehrmals von ihrem Sandwich ab, kaute langsam. »Mein Gott, hab ich einen Hunger. Ich könnte glatt noch so eins essen.« Callie schaute hinunter auf Sweetie, die neben ihr hockte, die braunen Augen aufs Essen gerichtet.

»Ist das der Hund von deiner Freundin?« Sie riss ein Stück Brot ab und warf es dem Hund zu, der danach schnappte. »Irgendwie süß. Wie heißt sie?«

»Wir reden jetzt nicht über den Hund. Und ich mache dir auch nicht noch ein Sandwich«, sagte Wyatt. »Du solltest jetzt gehen, Callie.«

Sie hob eine Augenbraue. »Wirfst du mich raus? Wo soll ich denn zu dieser Uhrzeit hin? Schlag mir bloß kein Motel vor. Ich bin total pleite.«

»Verdammt, Callie!«, zischte Wyatt. »Ich lasse mich *nicht von dir* manipulieren. Ich habe dir gerade das Geld für den Kindesunterhalt überwiesen.«

»Und Bo brauchte neue Turnschuhe. Er wächst so schnell aus seinen Sachen raus«, gab sie zurück. »Was stellst du dich überhaupt so an? Ist doch nur eine Nacht. Ich schlafe auf dem Sofa. Du bekommst gar nicht mit, dass ich hier bin.«

»Natürlich bekomme ich das mit. Wichtiger noch: Bo wird es auch merken. Du hast ihn bereits total aus der Bahn geworfen, weil er nicht weiß, wo er in Zukunft leben wird. Jetzt, da du dich von Luke getrennt hast, ist es nicht einfacher für ihn geworden. Ich möchte nicht, dass er dieses ganze Chaos mitbekommt.«

Doch es war bereits zu spät. Sie hörten Schritte im Flur, dann wurde die Badezimmertür geöffnet und die Toilettenspülung betätigt. Kurz darauf kam das schläfrige Kind durch den Flur in die Küche.

»Mom?«, fragte Bo leise.

Sie streckte die Arme aus, und der Junge ließ sich brav in eine Umarmung schließen. »Hallo, Bo-Bo«, sagte Callie und drückte ihren Sohn fest an sich. »Da wunderst du dich aber, dass ich hier bin, was?«

»Ja. Ich meine, nein«, sagte Bo und gähnte ungeniert. »Ich dachte, du bist bei Tante Kendra.«

Callie zog ein Gesicht. »Deine Tante Kendra ist ein großer Dummi-Dummi«, sagte sie lachend, als sei das alles sehr komisch. »Deshalb bin ich hergekommen, um mal zu sehen, was du und dein Dad so treiben.«

»Schläfst du bei uns?« Bo warf seinem Vater einen hoffnungsvollen Blick zu. »Bitte, Dad! Mom kann mein *Bett* haben. Ich schlafe auf dem Sofa.«

»Auf gar keinen Fall!«, sagte Callie. »Wenn irgendjemand auf dem Sofa schläft, dann ich.« Sie wuschelte ihrem Sohn durch die Haare und schaute Wyatt herausfordernd an. »Stimmt's, Dad?«

Bos Augen flehten ihn an. »Ja?«

Wyatt wusste, wann er sich geschlagen geben musste. »Na gut«, sagte er kurz angebunden. »Komm, Bo!« Er hielt seinem Sohn die Hand hin. »Du gehst jetzt ins Bett. Ich hole deiner Mutter ein Kopfkissen und eine Decke. Aber das ist nur für heute. Morgen muss sie sich eine neue Unterkunft suchen.« Er schaute seine Frau düster an. »Stimmt's, Mom?«

Callie lächelte schwach. »Stimmt.«

58

Am Samstagmorgen hielt Grace auf dem Parkplatz eines Supermarktes neben Camryns Wagen. Sie stieg bei der Freundin ein, und kurz darauf fuhren die beiden gen Westen nach Gulf Vista.

»Netter Flitzer«, sagte Grace. Sie wischte sich die verschwitzten Handflächen an ihrer Jeans ab und strich über das glatte Lederpolster des Jaguars.

»Hat mir Dexter zum Hochzeitstag geschenkt«, sagte Camryn. »Der Mann kauft gerne schöne Dinge. Natürlich in erster Linie, um seinen Freunden zu zeigen, wie viel Geld er verdient und was für ein toller Hecht er ist.«

»Ist das, was wir machen wollen, für deine Freundin auch wirklich in Ordnung?«, fragte Grace, als sie sich der Schranke der Siedlung näherten. »Hat sie keine Angst, dass Ben es herausfindet?«

»*Marissa?*« Camryn lachte. »LaDarion und Marissa halten deinen Ex für einen arroganten Wichser. Ich glaube, Ben hat ihnen irgendwann mal den Verband der Hausbesitzer auf den Hals gehetzt, weil Peaches gebellt hat.«

»Ben hasst den Hund«, bestätigte Grace. »Er hat aber auch wirklich viel gebellt. Da brauchte nur jemand am Haus vorbeizugehen. Oder wenn er allein zu Hause war. Was oft vorkam. Außerdem konnten deine Freundin und ihr Mann ganz schön wild feiern. Letztes Jahr hatten sie den Rapper MC Hammer zu ihrer Grillparty am Unabhängigkeitstag engagiert. Kannst du dir vorstellen, wie oft wir *Can't Touch This* gehört haben? Immer und immer wieder …«

»MC Hammer?« Camryn kicherte. »Im Ernst? Ich wusste nicht mal, dass der Typ überhaupt noch lebt. Wie hat der überhaupt die Neunziger überstanden?«

»Keine Ahnung, ich kann dir nur versichern, dass es ihn noch gibt«, sagte Grace.

Drei Wagen standen vor ihnen am Besuchertor der Siedlung. Grace' Herz schlug wild, als sie vor das Häuschen der Wachmänner fuhren.

»Los geht's«, zischte Camryn ihr zu.

Grace setzte eine riesengroße Sonnenbrille auf. Die Fensterscheibe auf der Fahrerseite des Jaguars glitt herunter, und der uniformierte Wachmann trat einen Schritt vor. Grace hielt den Atem an und schaute beiseite. Es war tatsächlich Sheldon, derselbe Wachmann, der sie beim letzten Mal abgewiesen hatte.

»Morgen, Ma'am«, sagte Sheldon und beugte sich vor, um die Insassen des Jaguars zu begutachten.

»Guten Morgen«, grüßte Camryn. »Wir sind bei Marissa und LaDarion Banks eingeladen.«

Sheldon überflog ein Blatt Papier auf seinem Klemmbrett und fuhr mit dem Finger die Spalten entlang.

»Mrs. Nobles?«, fragte er und schaute noch mal prüfend in den Wagen. Grace wurde fast ohnmächtig.

»Genau«, sagte Camryn.

Der Wachmann reichte ihr einen Gästeausweis. »Legen Sie den bitte gut sichtbar in die Windschutzscheibe, Ma'am.« Dann winkte er sie durch.

»Schicke Hütte«, sagte Camryn bewundernd, als sie langsam an dem Haus in der Sand Dollar Lane vorbeirollten. »Was hat euch das Ganze gekostet, eine Million, anderthalb Millionen?«

»Das weiß ich nicht genau«, gab Grace zu. »Um all das hat sich Ben gekümmert. Aber dies ist ein Modellhaus. Ben hatte einen besonderen Deal mit dem Bauunternehmer. Außerdem hat er sich irgendwie mit den Dienstleistern geeinigt, die den Garten gestaltet, den Pool und das Medienzimmer gebaut haben. Viele Extras haben wir zum Selbstkostenpreis oder noch günstiger bekommen, wenn wir im Gegenzug bei *Gracenotes* Werbung geschaltet oder das Unternehmen in einem Posting erwähnt haben.«

»Und das alles hast du zurückgelassen.«

»Nicht ganz freiwillig«, entgegnete Grace.

»Aber jetzt wohnst du über einer Kneipe in Cortez!«, sagte Camryn. »Mädel, das ist eine gewaltige Veränderung, und damit meine ich nicht nur die Postleitzahl.«

»Soll ich dir was verraten?« Grace zeigte auf den samtig grünen Rasen, die üppigen Beete mit blühenden Tropenblumen und auf die Palmen, hinter denen rote Dächer und weiß verputzte Fassaden aufragten. »Das kommt mir hier alles gar nicht real vor. Dabei habe ich zwei Jahre in dieser Siedlung gewohnt. Ich bin zu den Partys gegangen, habe selbst welche gegeben. Aber seit ich Bens Auto im Pool versenkt habe, hat sich nicht ein Mensch aus der Siedlung bei mir gemeldet.«

»Logisch«, antwortete Camryn prompt. »Du hast die Regeln verletzt. Dich auffällig verhalten, Chaos gestiftet. Die Polizei reingezogen. Jetzt bist du raus.« Sie schob ihre Sonnenbrille hoch und grinste. »Willkommen in der wahren Welt, Grace Davenport.«

Camryn bog um die Ecke und fuhr in die Auffahrt eines Hauses, das alle anderen in den Schatten stellte. Ein schmiedeeisernes Tor mit verschnörkelter Schrift wies das Gebäude als »Villa Marissa« aus.

Camryn ließ die Scheibe herunter, lehnte sich hinaus und schaute in die kleine Überwachungskamera, die an dem verputzten Torpfosten angebracht war. »Marissa? Hier ist Camryn. Sesam, öffne dich!«

Lautlos schwangen die Tore auf, und sie folgten dem gewundenen Weg bis zur Front der gewaltigen Villa im toskanischen Landhausstil. Vor der Tür wartete in einem glänzend schwarzen Golfwagen eine zierliche Frau mit langem pechschwarzen Haar und einem Teint wie Café Latte.

»Meine Damen!«, strahlte Marissa Banks. Sie trug ein ärmelloses pinkfarbenes Tanktop von Nike, sportliche Leggins und dazu rosa-weiße Golfschuhe. Aufgeregt klatschte sie in die Hände. »Willkommen in meinem Haus!«

»Marissa, das ist meine Freundin Grace, aber ich glaube, ihr kennt euch schon, oder?«

Grace gab der anderen Frau die Hand. »Vielen Dank, dass Sie das hier machen. Ich will Sie eigentlich gar nicht in mein privates Drama hineinziehen.«

»Quatsch«, sagte Marissa. »Man kann sich nicht jeden Tag die Nägel und Haare machen lassen. Ich sterbe vor Langeweile. Das wird bestimmt lustig. So wie damals, was, Cammie? Weißt du noch, wie wir uns auf das Grundstück in Doral geschlichen haben, weil du ein Interview mit Tiger Woods machen wolltest?«

»Und wie du die Wachleute mit diesem Klamottentrick abgelenkt hast? Wie könnte ich das vergessen!«, entgegnete Camryn und schüttelte bei der Erinnerung den Kopf. »Weiß LaDarion, dass du den Männern in Südflorida deine Möpse gezeigt hast, um ein Exklusivinterview zu bekommen?«

»Was glaubst du denn, wie wir uns kennengelernt haben?« Marissa lachte. »Natürlich bildet er sich ein, er wäre der Einzige, der jemals einen Blick riskiert hat. Und da werden wir ihn auch keines Besseren belehren, nicht?«

»Klar, das bleibt unter uns Mädels«, sagte Camryn und warf Grace einen Seitenblick zu. »Bist du so weit?«

Grace stieß langsam die Luft aus. »Besser wird's eh nicht, und ich will das jetzt hinter mich bringen. Marissa, sind Sie auch sicher, dass die Luft rein ist? Ben hat zwar samstagsvormittags einen festen Termin im Golfclub, aber man weiß ja nie …«

»Seit acht Uhr beobachte ich das Haus. Er ist gegen halb neun losgefahren, und seine kleine Freundin verschwand vielleicht eine Viertelstunde später.« Marissa verdrehte die Augen. »Dieses Flittchen! Weißt du, dass sie fast immer nackt draußen in der Sonne sitzt? Jeder Gärtner und Hausmeister in der Nachbarschaft hat schon einen Blick auf ihr Schmuckkästchen werfen können.«

»Los, fangen wir an!«, sagte Camryn.

Nachdem Marissa die beiden mit dem Golfwagen abgesetzt und versprochen hatte, sie abzuholen, sobald sie ihr eine SMS schickten, marschierten Grace und Camryn forsch zur Rückseite des Hauses. Grace schloss die Küchentür auf.

»Alle Achtung«, stieß Camryn aus, als sie die schimmernde Arbeitsfläche aus schwarzem Granit, dazu den Herd aus Edelstahl und den Kühlschrank mit der Glasfront sah. »Diese Küche ist makellos. Eine ziemlich gute Hausfrau, die Kleine.«

Grace schaute sie böse an.

»Für ein kleines Hausflittchen, meine ich«, fügte Camryn schnell hinzu.

»Ich bitte dich! J'Aimee kann gar nicht kochen«, sagte Grace. »Wahrscheinlich essen sie jeden Abend im Club, oder sie bestellen was beim Italiener oder Chinesen.«

Sie ging ins Esszimmer und zog die oberste Schublade des Empire-Mahagonibuffets auf. Sie hielt kurz inne und fuhr mit dem Finger dankbar über ihr Sterlingsilber.

»Sieht aus, als wäre alles da«, sagte sie, nachdem sie kurz durchgezählt hatte.

Grace ging in die Wäschekammer und kehrte mit einem großen Kopfkissenbezug zurück, in dem sie das gesamte Silber ohne Umschweife versenkte.

»Wir stellen alles zum Mitnehmen an die Hintertür«, sagte Camryn und hielt Grace eine aufwendig verzierte silberne Teekanne hin. »So machen das professionelle Einbrecher. Damit sie schnell fliehen können.«

»Wir sind keine Einbrecher«, gab Grace scharf zurück. Sie nahm Camryn die Teekanne aus der Hand und stellte sie wieder oben aufs Büfett. »Ich nehme nichts mit, was nicht mir gehört. Das Teeservice gehörte Bens Großmutter. Das Besteck ist meins.«

Grace huschte die hintere Treppe hinauf, Camryn folgte ihr.

»Wie viele Schlafzimmer gibt es hier?«, fragte die Journalistin.

»Ähm, sechs, aber wir haben nur drei eingerichtet«, erklärte Grace. Sie eilte über den Flur im ersten Stock zum größten Schlafzimmer, während Camryn jede Tür öffnete und hineinschaute.

»Genug besichtigt«, drängte Grace. »Ich will mich hier nicht länger aufhalten als unbedingt nötig. Holen wir schnell meine restlichen Sachen und verdrücken uns dann, ja?«

Sie stieß die Tür zum Schlafzimmer auf. Das breite Bett war nicht gemacht, überall lagen Kleider, Schuhe und Handtücher herum.

»Ts, ts«, machte Camryn beim Anblick der Unordnung. »Jetzt sehen wir ihr wahres Gesicht.«

»Ironie des Schicksals«, sagte Grace. »Ben ist total der Ordnungsfreak. Er sortiert sogar seine Socken nach Farbe!«

»Wow, du könntest das gesamte Erdgeschoss von meinem Haus in diesem Schlafzimmer unterbringen.« Camryn drehte sich einmal im Kreis, um alles zu begutachten. Sie setzte sich aufs Bett und betastete die zerknüllten Bettlaken. »Sind die von Pratesi?«

»Yep«, sagte Grace. »Wir haben sie in einem Artikel erwähnt.«

»Meinst du, das Flittchen würde es merken, wenn ich mir eine Garnitur ausleihe?«

»Komm lieber her!« Grace wies mit dem Kopf auf das Arbeitszimmer. Sie öffnete einen Einbauschrank und begann, ihre Fotoausrüstung in eine schwarze Reisetasche zu packen, die sie extra zu diesem Zweck mitgenommen hatte. Ihre Nikon-Kamera, die Objektive – alles wanderte in die Tasche. Sie überflog die Bücherregale mit den Hunderten von Designbüchern, die sie in vielen Jahren liebevoll gesammelt und katalogisiert hatte. Ihre Favoriten zog sie heraus und steckte sie ebenfalls in die Reisetasche.

Anschließend schleppte sie die Tasche wieder ins Schlafzimmer und setzte sie dort ab. Dort eilte sie weiter zu ihrem begehbaren Kleiderschrank, wo Camryn bereits mit großen Augen stand und die Klamotten bewunderte. Sie hielt Grace den Ärmel eines bunten Batik-Kleids hin.

»*Das sieht* nicht nach deinem Stil aus.«

Grace zog die Nase kraus. »Das gehört auch alles nicht mir. Das sind ihre Sachen.« Sie öffnete eine

Schublade im mittleren Einbauschrank und hielt mit abgespreizten Fingern einen pinkfarbenen Spitzentanga hoch. »Absolut nicht meins.«

Sie untersuchte die Klamotten im Kleiderschrank. »Scheiße! Der ganze Dreck hier gehört J'Aimee. Wenn die meine Sachen in den Müll geworfen hat …«

»Hey!« Camryn erschien in der Tür. »Ich glaube, ich hab deine Sachen nebenan gefunden.«

So gut wie jedes Kleidungsstück, das Grace gehörte, lag auf dem Boden des Zimmers verteilt: Kleider und Blusen, teils noch auf den Bügeln, gefaltete Klamotten, Schuhe, Handtaschen – alles in die Ecke geworfen. Grace stützte die Hände in die Hüften und sah sich um. Sie bekam einen Kloß im Hals.

»Was für ein schönes Zimmer!« Camryn staunte.

Es hatte Wochen gedauert, bis Grace genau den richtigen Ton von blassem Meergrün für die Wände gefunden hatte. Für die Gardinen hatte sie einen naturweißen Leinenstoff mit einer schmalen türkisfarbenen Bordüre gewählt. Die Kommode war eine Antiquität, die sie bei einer Haushaltsauflösung in Bradenton entdeckt hatte. Es war ein mächtiges Möbel aus zerkratztem Eichenholz, das sie weiß gestrichen und auf alt getrimmt hatte. Ein alter Korbschaukelstuhl, den Grace mit türkisgrünem Baumwollstoff gepolstert hatte, ergänzte das Mobiliar des Zimmers.

»Wo ist das Bett?«, wollte Camryn wissen.

»Hatte noch keins gekauft«, sagte Grace und lächelte angestrengt. »Dies sollte das Kinderzimmer werden.«

»Oh.« Camryn legte ihr den Arm um die Schulter. »Wolltest du Kinder?«

»Doch, eigentlich gerne. Ich hatte schon angefangen, fruchtbarkeitsfördernde Mittel zu nehmen, aber dann …« Sie zuckte mit den Schultern. »Ist schon alles richtig so. Ich sehe ja, was für einen Zirkus Wyatt mit seiner Ex durchmacht; eine Scheidung ist schon schlimm genug für die Erwachsenen, da muss man nicht unbedingt noch ein kleines Kind reinziehen.«

Grace suchte mehrere Kleidungsstücke aus dem Haufen auf dem Boden heraus: zwei Jeans, ihr kurzes schwarzes Lieblingskleid und eine abgewetzte Bomberjacke aus Leder, die sie schon seit Highschool-Tagen hatte.

»Gehen wir!«, sagte sie und wandte sich zur Tür.

»Mehr willst du nicht mitnehmen?« Camryn wies auf den Berg von Klamotten und Accessoires. »Den ganzen Kram willst du hier lassen?« Sie hob ein pinkfarbenes Leinenkleid hoch. »Mädel, das ist von Tory Burch.« Sie griff zu einer schwarzweiß gestreiften Wildledertasche. »Und die ist von Kate Spade. So was *lässt man doch nicht* einfach liegen!«

»Kannst du gerne haben, wenn du willst«, sagte Grace. Sie sah sich um, suchte einen leeren Koffer, fand aber nur einen schlichten schwarzen Müllsack. Dessen Inhalt leerte sie kurzerhand aus.

Was vor ihr auf den Boden fiel, ließ ihren Atem stocken. Sie erblickte eine kurze Jeanshose, zwei Größen kleiner als die von Grace, ein ärmelloses schwarzes T-Shirt und ein Paar neuer Tennisschuhe. Alles war mit Farbe in einem Grellorange bekleckst. Es war derselbe einprägsame Ton, der in Mandevilla Manor auf die Wände geschmiert worden war.

»Ich wusste es«, sagte Grace leise, griff zum T-Shirt und hielt es Camryn hin. »Ich wusste die ganze Zeit, dass sie es war.«

Plötzlich hörten sie Schritte auf der Treppe und erstarrten. Ben kam ins Zimmer.

»Was glaubt ihr eigentlich, was ihr hier macht?«

Die beiden Frauen erschraken. Bens gebräuntes Gesicht lief rot an vor Wut. Camryn schaute panisch zu Grace hinüber, die schluckte, sich dann aber ihren Auftrag in Erinnerung rief.

»Ich wollte ein paar von meinen Sachen holen«, *erklärte sie.*

»Du bist hier widerrechtlich eingedrungen«, sagte Ben und hielt ihr sein Handy entgegen. »Sheldon hat dich erkannt, als ihr an der Schranke standet. Er hat mich angerufen und gefragt, ob du in der Siedlung sein darfst. Ich muss ihm dieses Jahr zu Weihnachten wirklich mehr Trinkgeld geben.«

»Das ist auch immer noch mein Haus«, gab Grace mit zornig funkelnden Augen zurück. »Und ich nehme nur das mit, was mir gehört.«

Er wies auf die Reisetasche zu ihren Füßen. »Was ist da drin?«

»Meine Kameras, einige Designbücher. Nichts von dir.«

»Ich sollte wirklich die Polizei rufen«, sagte Ben, nahm die Reisetasche hoch und holte das Makro-Objektiv heraus. »Das gehört dir nicht.«

Sie entriss es seinen Händen. »Das hat mir mein Vater kurz vor seinem Tod zum Geburtstag geschenkt. Und ich werde eher verrecken, als es euch beiden zu überlassen.«

»Dann nimm das dumme Teil und hau ab«, sagte Ben und warf einen kurzen Blick auf Camryn. »Ich kenne Sie. Camryn Nobles, *News 4 You*. Weiß Ihr Chef, dass Sie die Gewohnheit haben, in fremde Häuser einzubrechen?«

Grace hielt Ben das mit Farbe bekleckste T-Shirt hin. »Wissen deine Inserenten, dass deine kleine Schlampe und du die Gewohnheit haben, in Häuser einzubrechen und sie zu verwüsten?«

Desinteressiert schaute Ben auf das T-Shirt. »Was soll das denn sein?«

»*Das hatte deine* Freundin an, als sie das Haus auf Anna Maria verwüstet hat, an dem ich arbeite. Und versuch bloß nicht, das zu leugnen. Es ist genau die orange Farbe, die sie überall auf die Küchenwände geschmiert hat. Sie hat meine Postings auf *TrueGrace* gelesen, sah mein neues Projekt und beschloss, meine Arbeit zu sabotieren.«

»Lächerlich«, stieß Ben aus, schien sich aber auf einmal unbehaglich zu fühlen.

»Warst du dabei?«, fragte Grace, jetzt lauter. »Hast du ihr beim Einbruch geholfen? Ich wette drauf.«

»Du bist ja verrückt«, sagte Ben. »J'Aimee weiß nicht mal, wo das Haus liegt.«

»Klar weiß sie das. Jeder, der meinen Blog liest, weiß, dass es auf der Mandevilla Street ist. J'Aimee ist noch letzte Woche dort vorbeigekommen, um mich zu warnen. Falls ich noch mal einen von euren Inserenten anschriebe, würde sie es mir heimzahlen. Und genau das hat sie getan.«

»Ich sag dir, du liegst falsch. So was würde J'Aimee niemals tun«, beharrte Ben.

Grace hielt ihm das T-Shirt unter die Nase. »Sie hat es aber getan, Ben! Und das hier ist der Beweis. Orange Farbe! Überall auf ihren Klamotten.«

Er schob ihre Hand beiseite.

»Du wusstest wirklich nicht, was sie im Schilde führte, Ben? Sie hat es vor dir verheimlicht!«

»Nimm deinen Dreck und hau ab«, sagte Ben müde.

Unten schlug eine Tür zu, dann hörten sie Schritte.

»Ben?« J'Aimees Stimme klang schrill und panisch. »Wo bist du? Ruf die Polizei! Bei uns wurde eingebrochen!« Sie rannte die Treppe hoch.

»Ich bin hier«, rief Ben. »Und es sind keine Einbrecher. Es ist Grace.«

59

»Was macht die hier?« J'Aimee schaute mit argwöhnisch zusammengekniffenen Augen von Ben zu Grace.

»Ich hole ein paar von meinen Sachen«, erklärte Grace. Sie hielt ein schwarzes T-Shirt hoch. »Aber du hast offenbar auch ein paar von deinen Klamotten hier abgeladen.«

J'Aimee schob sich eine schwarze Haarsträhne hinters Ohr. Sie trug eine schicke limettengrüne Yogahose von Lululemon und ein Sportbustier. Ihr Bauch war nackt, sie lief barfuß.

Nachlässig schlug sie Grace das T-Shirt aus der Hand. »*Das* gehört mir nicht.« Sie zeigte auf den Raum. »Der ganze Scheiß hier gehört dir. Das kannst du alles mitnehmen, ich will hier nämlich umdekorieren.«

Kurz huschte ein Schatten über Grace' Gesicht. J'Aimee wusste, dass sie diesen Raum als Kinderzimmer konzipiert hatte. Ihre ehemalige Assistentin hatte sich erboten, kurz nachdem sie ihre Stelle vor nicht mal sechs Monaten angetreten hatte, Grace beim Streichen zu helfen. Grace schluckte ihren Kummer schnell runter. Eigentlich war sie doch wütend.

»Das sind deine Sachen, und das weißt du ganz genau!«, sagte Grace. Sie hielt nun auch die bekleckssten Sneaker hoch. »Diese Schuhe haben Größe 36. Ich habe 39. Siehst du die Farbe? Das ist genau der Ton, mit dem du im Haus auf der Mandevilla Street herumgeschmiert hast.«

»Ich weiß nicht, wovon du sprichst.« J'Aimee wandte sich zum Gehen. »Ben? Ich stell mich schnell unter die Dusche. Passt du bitte auf, dass sie nichts von mir mitnimmt?«

Grace schnappte nach dem dehnbaren Träger von J'Aimees Oberteil und hielt ihn fest. Die jüngere Frau versuchte vergeblich, sich aus Grace' Griff zu befreien.

»Ach, bleib doch noch kurz, J'Aimee. Möchtest du Ben nicht auch von deinen übrigen niedlichen Einfällen erzählen, die du in meinem Haus ausgelebt hast? Ich meine, abgesehen von der Farbe? Ihn interessiert es sicher brennend, dass du in die Badewanne gekackt und mit deinen eigenen Exkrementen Schweinkram an die Wände geschrieben hast?«

»Wie edel«, murmelte Camryn.

Bens Gesicht verzog sich vor Ekel. »Ich bitte dich, Grace.«

»Diese nette kleine Geschichte hast du ihm etwa

verschwiegen?«, fragte Grace. »Leider habe ich aber Fotos, die das beweisen.« Sie griff nach ihrem Handy. Natürlich hatte sie gar keine Bilder, aber sie wusste, dass Ben sie nicht würde sehen wollen.

»Igitt«, machte J'Aimee und schob sich in Richtung Tür.

Grace ließ das Stretch-Oberteil nicht los. »Du musst es ja wissen!«, fauchte sie. »Was ist mit dem Brand? Hast du Ben auch erzählt, dass du im Wohnzimmer ein Feuer gelegt hast? Wenn der Nachbar nicht die Flammen gesehen hätte, wäre das Haus wahrscheinlich komplett abgebrannt.«

»Das war ich nicht!«, behauptete J'Aimee stur, griff nach Grace' Hand und riss sich los.

Camryn, die bisher unbeteiligt abseits gestanden hatte, trat nun doch vor. Sie nahm sich einen Sneaker und roch vorsichtig daran.

»Yep«, sagte sie mit Nachdruck. »Brandbeschleuniger.« Vorsichtig legte sie beide Schuhe in ihre riesengroße Umhängetasche. »Die wird sich die Polizei gerne mal genauer ansehen wollen.« Sie warf Grace einen Seitenblick zu. »Komm, die Hose und das T-Shirt nehmen wir auch mit. Ich wette, da sind Spuren dran. Dafür müssen die nicht mal ins Labor.«

»Wer sind Sie überhaupt?«, wollte J'Aimee wissen.

»Nur eine Freundin«, erwiderte Camryn leichthin, »die zufällig als investigative Journalistin arbeitet.«

»Sie ist bei *Channel 4*«, Bens Stimme war voller Unbehagen. »Es ist die Journalistin, die sich hier reingeschlichen hat, als Grace auszog.«

»Und wie sind die beiden hier reingekommen?«, wollte J'Aimee wissen. »Ich dachte, du hättest den Wachleuten Anweisung gegeben.«

Camryn warf sich in Pose, hielt sich einen Schuh wie ein Mikrophon vor den Mund und sagte mit gedämpfter Stimme: »*News 4 You* hat erfahren, dass gegen die hier ansässige Lifestyle-Bloggerin J'Aimee …«

Sie schaute Grace an. »Wie heißt sie weiter?«

»Scoggins.«

»… dass gegen die hier ansässige Lifestyle-Bloggerin J'Aimee Scoggins wegen Diebstahls, Zerstörung fremden Eigentums und Brandstiftung ermittelt wird, nachdem sie in ein Wohnhaus auf Anna Maria Island einbrach, das momentan von ihrer Rivalin, der Bloggerin Grace Davenport, renoviert wird. Davenport, vierunddreißig …«

»Ich bin achtunddreißig«, korrigierte Grace.

»… Davenport, achtunddreißig, ist die Nochfrau des hier ansässigen Geschäftsmannes Ben Stanton. Es ist bekannt, dass J'Aimee Scoggins und Stanton ein Liebesverhältnis haben«, fuhr Camryn fort.

»Sehr komisch«, sagte Ben und wies auf die Tür. »*So, und jetzt geht.* Sonst rufe ich wirklich die Bullen.«

Grace packte die restlichen farbverschmierten

Klamotten in den Plastiksack, den sie fest im Griff behielt.

»Du hast sie noch nicht gefragt, ob sie's war«, sagte sie leichthin zu Ben. »Aber vielleicht weißt du die Antwort ja bereits.«

Er drehte sich langsam zu J'Aimee um. »Sag mir, dass du das alles nicht getan hast. Bitte!«

J'Aimee machte einen Schritt nach hinten. »Die blufft doch nur! Grace kann nicht beweisen, dass das meine Sachen sind. Wahrscheinlich hat sie sie mir untergeschoben.«

»J'Aimee?« Bens tiefe Stimme war eiskalt. »Ja oder nein?«

»Ja! Okay«, sagte J'Aimee trotzig. »Es war nur ein kleiner Joke. Mein Gott! Ihr müsst mal ein bisschen lockerer werden. Ich wollte die Glasscheibe gar nicht einschlagen. Ich wollte das Fenster öffnen, das war nämlich nicht abgeschlossen, und da ging es einfach kaputt. Man kann nicht in ein Haus einbrechen, das gar nicht richtig abgeschlossen ist.«

»Was ist mit der Farbe?«, fragte Ben.

»Pah, was *soll* daran schlimm sein? Ein bisschen orange Farbe. Das Haus ist ein Drecksloch. Außerdem hat sie es verdient, immerhin hat sie meinen Anzeigenkunden geschrieben und denen erzählt, ich würde ihre Sachen klauen … Wegen ihr hat Kohler seine Werbung zurückgezogen.«

Ben fluchte leise vor sich hin. »Und der Rest? Das

mit dem Badezimmer? Mein Gott, sag mir bitte, dass du nicht tatsächlich …«

»Das war nur ein Joke!«, rief J'Aimee. »Na gut, vielleicht lief alles ein bisschen aus dem Ruder. Ich hab einen Haufen leere Bierdosen mitgenommen, damit es aussah, als ob es Jugendliche gewesen wären. Hab selbst ein paar Weinschorlen getrunken, das war vielleicht nicht besonders schlau.« Sie schielte zu Grace hinüber. »Tut mir leid, ja? Willst du das von mir hören?«

»Nein«, fuhr Grace sie an. »Mit einer Entschuldigung ist das nicht getan. Du hättest das ganze Haus abfackeln können. Es gehört einem netten alten Mann, der es mir vermieten wollte. Aber nachdem du darin gewütet hast, will er es nur noch loswerden und verkaufen. Du und ich, wir wissen beide, dass das kein Scherz war. Du wolltest ein Zeichen setzen. Na, das hat funktioniert. Ich hab's eindeutig verstanden.«

Ben schüttelte den Kopf. »Ich fasse es nicht! Was für eine dumme Aktion! Brandstiftung? Wirklich? Dafür kann man ins Gefängnis wandern, J'Aimee.«

»Es tut mir leid! Ich hab doch gesagt, dass es mir leidtut«, flehte J'Aimee. »Ben …«

»Los, geh duschen«, sagte er voller Überdruss. »Ich will mich jetzt nicht mit dir beschäftigen.«

J'Aimee schlich aus dem Zimmer. Kurz darauf schlug die Schlafzimmertür zu.

Camryn schob sich ebenfalls in Richtung Tür.

»Ich … ähm … ich warte draußen. Lasst euch ruhig Zeit.«

Ben sah ihr nach. Dann seufzte er laut. »Hör mal, Grace, du musst mir glauben. Das ist auf J'Aimees Mist gewachsen. Ich würde niemals … sicher, wir hatten unsere Meinungsverschiedenheiten …« Er schluckte und sah beiseite. »Die Sache mit *Gracenotes*, das war Business. Das war nicht persönlich.«

»Für mich war das sehr persönlich«, gab Grace zurück. »Du und J'Aimee, ihr habt euer Bestes getan, um mich aus dem Geschäft zu drängen. Du sagst, es war nicht deine Idee, dass sie das Haus zerstört hat. Aber wir beide wissen sehr gut, dass J'Aimee in ihrem Leben noch keine originelle Idee gehabt hat. Sie hat auf deine Anweisung hin gehandelt. Auch wenn du den Brand nicht selbst gelegt hast, steckst du als geistiger Brandstifter hinter der ganzen Sache.«

Er rieb sich das Kinn. »Du willst damit doch nicht wirklich zur Polizei gehen, oder? J'Aimee ist fast noch ein Kind. Klar, sie wollte sich an dir rächen. Weil du ihr Angst machst. Was auch immer passiert ist, du *bist immer noch ihr* großes Vorbild. Du hast sie ja gehört. Ihrer Meinung nach war es nur ein Streich, der außer Kontrolle geraten ist.«

»Ich bin ihr Vorbild? Das ist ja wohl ein Witz!«

»Es stimmt aber«, beharrte Ben. »Sie liest jedes Wort, das du schreibst, geht deine alten Postings durch, versucht, deinen Stil nachzuahmen. Ich versuche ihr dauernd klarzumachen, dass sie ihren eigenen Stil hat, den sie weiterentwickeln muss. Aber aus irgendeinem Grund hat sie sich auf dich versteift, will größer und besser sein als du. Vielleicht hätte ich erkennen sollen, wozu sie fähig ist.«

»Ach, meinst du?«, schoss Grace zurück.

»Ich flehe dich an, bitte! Mach aus der Sache keine Staatsaffäre. Ich werde ein ernstes Gespräch mit J'Aimee führen. Und ich werde alles tun, um es wiedergutzumachen. Ich zahle für den entstandenen Schaden. Ich bringe das in Ordnung. Versprochen.«

»*Du* bringst das in Ordnung?« Grace lachte verbittert. »Du findest es wohl fair, Sachen unter den Tisch zu kehren, so zu tun, als wäre nichts passiert, nicht wahr, Ben?«

»Ich bin Pragmatiker. Und Geschäftsmann«, sagte er ruhig. »Was ist nun, sind wir uns einig?«

Grace verschränkte die Arme vor der Brust und sah ihn lange ernst an. »Das liegt nicht an mir. Das Haus gehört Arthur. Ich werde ihn von deinem Angebot unterrichten.«

»Und ihm vorschlagen, dass wir das ohne die Polizei regeln?«, hakte Ben nach.

Grace packte die Gelegenheit beim Schopf. »Ich werde ihm vorschlagen, dein Angebot zu akzeptieren. *Unter einer* Bedingung –«

Ben verdrehte die Augen. »Jetzt kommt's. Die Erpressung.«

»Nenn es, wie du willst«, sagte Grace. »Falsch, hier kommt mein Angebot: Erzähl deinem Anwalt, dass du das Ganze mit mir fair über die Bühne bringen willst. Ich will dich nicht aussaugen, Ben. Aber es ist absolut ungerecht, dass ich ohne einen einzigen Dollar aus dieser Ehe gehen soll. Wir haben unser Unternehmen gemeinsam aufgebaut, gerechterweise sollte die Hälfte der Einnahmen mir gehören. Das ist meine Forderung. Nicht mehr, nicht weniger.«

»Und wenn du das nicht bekommst?«

Grace hielt den Müllsack in die Höhe. »Dann hab ich immer noch das hier. Und vergiss nicht: Camryn hat direkt neben mir gestanden, als J'Aimee ihre Tat gestand. Ich würde ihr zutrauen, das alles aufgenommen zu haben. Du weißt ja, wie Journalisten sind.«

60

Als Grace endlich aus dem Haus kam, warteten Marissa und Camryn im Golfwagen auf sie. Camryn hatte den Kopfkissenbezug mit dem Hochzeitssilber auf dem Schoß. Grace stellte die Sporttasche mit ihren Büchern und der Fotoausrüstung hinten auf die Ladefläche und stieg auf den Rücksitz, den schwarzen Müllbeutel eng an sich gedrückt.

»Los geht's«, sagte sie und schaute sich noch einmal zum Haus um. Fast rechnete sie damit, dass J'Aimee ihr nachlaufen würde.

Marissa steuerte den Golfwagen die Auffahrt hinunter und um die Ecke zu ihrem eigenen Haus.

Camryn drehte sich nach hinten um und hob fragend die Augenbraue. »Und?«

»Auftrag erfüllt«, sagte Grace. »Ich hab bekommen, was ich wollte. Und noch mehr.«

Marissa drehte sich ebenfalls um, und die drei Frauen klatschten sich ab.

»Tut mir leid, dass ich es verbockt habe«, entschuldigte sich Marissa. »Ich bin nur ganz kurz ins Haus gegangen. Die müssen an mir vorbeigehuscht sein. Aber ich hab gehört, dass du der kleinen Schlampe die Leviten gelesen hast.«

»Ob es gefruchtet hat, wird sich erst zeigen«, erwiderte Grace. »Die gute Sache ist, dass wir an Ben rangekommen sind. Er hat wirklich Angst, dass ich zur Polizei gehe.«

»Große Angst?«, fragte Camryn.

»Zumindest so groß, dass er sich mit einer finanziellen Regelung einverstanden erklärt hat.«

»Das ist ja super!«, sagte Camryn. »Da musst du aber noch ganz schön auf den Putz gehauen haben, nachdem ich verduftet bin.«

»Möglicherweise habe ich erwähnt, dass du J'Aimees Geständnis heimlich aufgenommen hättest«, gab Grace zu.

Grinsend zog Camryn ihr iPhone aus der Tasche. J'Aimees hohe Stimme erklang. »Das war nur ein Joke«, kreischte sie. Camryn berührte das Display erneut, und das Telefon verstummte.

»*Unter*schätze niemals eine Frau«, sagte sie, »die, so wie du und ich, herumgeschubst wurde.«

Erneut klatschten sich die beiden ab.

»Wo ist mein Vater?«

Wyatt starrte auf Callie, die im Halbschlaf auf dem Sofa lag. Sie reckte sich und gähnte.

»Was?«

»Mein Vater. Er ist nicht da. Wo ist er?«

Langsam setzte sich Callie auf. »Woher soll ich das wissen?«

»Hat er dich heute Morgen hier gesehen?«, wollte Wyatt wissen. »Komm, Callie, es ist wichtig. Hat er was gesagt?«

»Nee. Na ja, schon. Ich meine, er kam aus seinem Zimmer und hantierte mit Pfannen und Töpfen in der Küche herum, wollte Kaffee kochen. Ich bin rüber und hab ihn gefragt, ob ich auch eine Tasse haben kann, da hat er mich angeguckt wie ein Pferd. Hat die Kaffeekanne weggestellt und ist nach draußen gegangen. Mein Gott! Ich sage dir, irgendwas stimmt mit dem alten Mann nicht. Und damit meine ich nicht den Diabetes, Wyatt.«

»Scheiße«, sagte Wyatt leise. »Er ist nicht senil! Wenn du es genau wissen willst, er kann deinen Anblick nicht ertragen. Wahrscheinlich hat er dich in meinem Bademantel gesehen und die falschen Schlussfolgerungen gezogen. In welche Richtung ist er gegangen, hast du was gesehen?«

»Du weißt doch, wie ich bin, wenn ich noch keinen Kaffee getrunken habe. Er ist abgehauen. Mehr weiß ich nicht.«

»*Hey, Mom.*«

Callie und Wyatt drehten sich zu ihrem kleinen Sohn um, der in seiner Schlafanzughose mit dem

Motiv des Disney-Autos Lightning McQueen in der Wohnzimmertür stand.

»Guten Morgen, Bo-Bo.« Callie setzte augenblicklich ein sonniges Lächeln auf. »Komm mal her und kuschel mit deiner Mom.«

Bo ließ sich in die Arme nehmen, jedoch nur kurz. Dann löste er sich aus ihrem Griff und sah seinen Vater besorgt an.

»Ist Opa wieder verschwunden?«

»Nein, nicht richtig verschwunden«, beeilte sich Wyatt zu sagen. »Er ist heute in der Früh spazieren gegangen, und ich mache mir ein bisschen Sorgen, weil ich nicht weiß, ob er gefrühstückt und seine Medikamente genommen hat. Ich springe schnell in den Golfwagen und fahr eine Runde durch den Park. Willst du mir helfen, ihn zu suchen?«

»Au ja!« Zögernd sah Bo seine Mutter an. »Bin gleich wieder da, Mom, ja?«

»Nehmt euch alle Zeit, die ihr braucht«, sagte Callie und gähnte erneut. »Ich bin hier, wenn ihr zurückkommt.«

Grace versuchte, Wyatt vom Parkplatz des Supermarktes aus anzurufen, aber sofort sprang seine Mailbox an. Auch gut, dachte sie, weil sie ihm lieber persönlich erzählen wollte, wie ihr Besuch in Gulf Vista verlaufen war.

Sie fuhr zum Hintereingang von *Jungle Jerry* und

fand die versteckte Zufahrt zu Wyatts Trailer. Sein Pick-up stand im Carport, dahinter war ein klappriger, verrosteter Jeep, den sie noch nie gesehen hatte.

Vorsichtig klopfte sie an die Aluminiumtür. »Wyatt?«, rief sie und vernahm sofort Sweeties Bellen, gefolgt von einem wilden Kratzen an der Tür. Sie wartete ein wenig. Vielleicht stand er unter der Dusche? Oder war er draußen im Park mit dem Golfwagen unterwegs? Grace klopfte erneut, wieder bellte Sweetie.

Sie versuchte die Tür zu öffnen. Sie war nicht verschlossen. Grace trat ein. Freudig warf sich Sweetie ihr entgegen und jaulte aufgeregt.

»Hallo, kleine Maus«, sagte Grace und nahm den Hund auf den Arm. »Wo sind die Jungs, hm? Bist du alleine zu Hause?«

»Nicht ganz.«

Überrascht schaute Grace auf.

Callie Keeler stand in der Küchentür und aß aus einer großen Müslischale. Sie war barfuß und trug lediglich einen verblichenen kurzen Bademantel, den Gürtel hatte sie locker um die Taille geschlungen.

»Wenn Sie meinen Mann sprechen wollen, den haben Sie gerade verpasst«, sagte sie. »Er ist mit Bo draußen im Park und sucht Nelson.«

»Oh.« Grace' *Brust zog sich* zusammen. Sie drückte Sweetie eng an sich und blinzelte. Ihr Gesicht wurde ganz merkwürdig heiß.

Callie lachte über ihr offensichtliches Unbehagen und aß noch einen Löffel. Milch lief ihr am Kinn hinunter, die sie mit dem Ärmel abtupfte, dabei konnte man sehen, dass sie unter dem Bademantel nackt war.

»Unangenehme Situation, was? Sie sind wahrscheinlich die Freundin, von der mir Bo erzählt hat. Grace, nicht?«

Ein kurzes »Ja« war alles, was Grace herausbrachte.

Callie hielt ihr die Müslischale hin. »Möchten Sie was? Das sind Schokoflocken. Wirklich, für die Dinger ist man nie zu alt.«

»Nein, danke«, sagte Grace, machte auf dem Absatz kehrt und ging.

»Wegen mir müssen Sie nicht gehen«, rief Callie und lachte. »Ich sag Wyatt, dass Sie hier waren.«

»Dämlich, dämlich, dämlich!« Bei jedem Wort schlug Grace mit dem Kopf auf das Lenkrad. Sweetie kletterte jaulend auf ihren Schoß und leckte ihr das Kinn zum Trost.

Grace ließ den Wagen an und fuhr über die sandige Zufahrt in Richtung Straße. Sie blinzelte die Tränen zurück, um den Weg durch das dichte Laubwerk sehen zu können.

Es war nach zehn Uhr morgens, und da stand Callie Keeler, lediglich bekleidet mit Wyatts Bademantel, und aß gelassen Cornflakes. Offensichtlich hatte sie die Nacht bei ihm verbracht. »Sie haben meinen Mann gerade verpasst«, hatte sie gesagt. Nicht »Exmann«, nicht »Wyatt«, nein: »meinen Mann«. Grace hatte begreifen sollen, dass sie ihn sich zurückgeholt hatte.

»Du kannst ihn gerne haben«, murmelte sie vor sich hin.

Kein Wunder, dass er am Vorabend abgesagt hatte. Er hatte wohl ein besseres Angebot von seiner missratenen Ehefrau bekommen. Warum wunderte sie das überhaupt? Wyatt hatte von Anfang an klargestellt, dass das Glück seines Sohnes für ihn an erster Stelle stand. Und wie jeder Sechsjährige wollte Bo, dass seine Eltern wieder zusammen waren.

Wie hatte Grace nur glauben können, dass er mit ihr ein neues Leben anfangen wollte? Warum hatte sie sich auf eine Beziehung eingelassen, um sich über ihre zerbrochene Ehe hinwegzutrösten? Und das auch noch mit einem Typen, der in der gleichen Situation war. Wyatt hatte ja auch eine kaputte Ehe hinter sich. Eine Beziehung zu einem Typen, den sie in der Trennungsbewältigungsgruppe kennengelernt hatte!

»Wie dämlich, dämlich, dämlich!«, wiederholte sie und schlug zur Bekräftigung auf das Armaturenbrett.

Sweetie schaute mit großen, verständnislosen Augen zu ihr auf.

»Trau niemals einem Mann, Sweetie«, verriet sie dem Hund. »Die lügen alle. Jeder einzelne von ihnen ist ein verfluchter Lügner.«

Ihr Handy klingelte. Grace schaute auf die angezeigte Nummer. Es war Wyatt.

»Jetzt ruft der Lügner auch noch an«, erklärte sie Sweetie. »Unfassbar, oder?«

Sie warf den Apparat auf den Beifahrersitz, und der kleine Hund schnüffelte daran. Erneut klingelte es. Sie wusste, wer es war. Wahrscheinlich würde er immer wieder anrufen. Warum das Unvermeidliche also aufschieben? Grace nahm das Handy und meldete sich.

»Was ist?«

»Grace, ich bin jetzt wieder im Haus. Callie hat mir gesagt, dass du da warst.«

»Wie nett von ihr«, höhnte Grace. »Sie ist eine umwerfende Gastgeberin, Wyatt. Sie hat mir sogar ihre Schoko-Cornflakes angeboten. Ihr werdet bestimmt ganz glücklich zusammen werden. Beim zweiten Anlauf.«

»Hör mal, das ist nicht so, wie du denkst«, sagte Wyatt. »Egal was sie dir erzählt hat: wir sind nicht wieder zusammen. Und wir kommen auch nicht wieder zusammen.«

»Was war das dann gestern Nacht – nur ein One-Night-Stand? Zählt das etwa nicht?«

»Sie hat nur auf dem Sofa geschlafen! Sie hat

sich letzte Woche von Luke getrennt und rief mich an, weil sie sich einbildete, sie könnte mal eben bei mir unterkommen. Aber den Zahn habe ich ihr schnell gezogen. Also zog sie bei ihrer Schwester ein. Dann tauchte jedoch Luke auf, die beiden tranken was und gerieten sich wieder in die Haare. Kendra, ihre Schwester, setzte sie vor lauter Wut mitten in der Nacht auf die Straße. Du weißt, wie das Wetter gestern Abend war – es schüttete wie aus Eimern. Irgendwann wachte Bo auf und sah seine Mutter, was sollte ich also tun? Sie vor die Tür setzen, in den Regen schicken, obwohl mein Sohn mich anflehte, sie bei uns schlafen zu lassen?«

»Ich will dich mal was fragen«, sagte Grace mit seltsam kühler Stimme. »Du hast gerade gesagt, das hätte letzte Woche schon angefangen? Bist du mal auf die Idee gekommen, mir zu erzählen, dass deine Frau bei dir einziehen will? Gestern Abend hast du mir nämlich noch erzählt, du könntest mich wegen Bo nicht sehen?«

»Da habe ich einen Fehler gemacht, das ist mir klar.« Wyatt verschluckte sich fast an seinen Worten. »Ich hab's dir nicht gesagt, weil ich wusste, dass du es in den falschen Hals bekommen würdest. Hast du ja auch. Ich hatte nie die Absicht, mich mit Callie zu *versöhnen*. Es ist aus zwischen uns. Das habe ich ihr auch gesagt. Mehrmals.«

»Und trotzdem war sie heute Morgen da und hat

sich offenbar sehr wohl gefühlt! War das eigentlich dein Bademantel, den sie anhatte? Oder hat sie ihre Sachen schon eingeräumt?«

»Verdammt nochmal, Grace!«, sagte Wyatt mit rauer Stimme. »Sie hat auf dem Sofa geschlafen. Und jetzt ist sie weg. Ich hab ihr gesagt, dass sie nicht wiederkommen kann. Und wenn du mir nicht glaubst, frag doch Dad. Den hab ich nämlich gesucht, als du vorbeikamst. Er hat heute einen Anfall bekommen, als er Callie auf dem Sofa sah, und ist einfach abgehauen. Er erträgt es nicht mehr, mit ihr unter einem Dach zu sein. Oder frag Bo! Der ist nämlich nebenan und schmollt, weil seine Mutter gehen musste. Aber sie ist weg, verstanden? Zwischen Callie und mir ist es aus und vorbei.«

Grace biss sich auf die Lippe. An der Hauptstraße reihte sie sich in den Verkehr ein.

»Das glaubst du bloß«, sagte sie. »Aber sie wird dich nicht loslassen, niemals, und Bo wird sie auch nicht loslassen. Ich kann das einfach nicht, Wyatt. Ich kann mich nicht ständig fragen, was wohl bei *Callies nächster Krise* passieren wird. Du musst diese Sachen alleine klären. Du bist noch nicht bereit für eine neue Beziehung. Jedenfalls nicht mit mir.«

»Grace!«, flehte er. »Du bedeutest mir etwas, Grace. Leg bitte nicht auf! Lass uns irgendwo treffen, ja, und über alles reden. Was ist mit *Gus*, dem Donut-laden? Wir müssen von Angesicht zu Angesicht über die Sache reden.«

»Ich glaube nicht«, sagte sie traurig. »Nicht mal für Donuts.«

61

Grace schloss die Tür zu Mitzis Apartment auf und setzte Sweetie vorsichtig auf den Boden. Sie ließ sich auf das weiße Sofa sinken und starrte durch die Schiebetüren auf die jadegrüne Brandung. Die Begeisterung, die sie erfüllt hatte, weil Ben endlich einer finanziellen Einigung zugestimmt hatte, war verflogen. Nun machte sich Ernüchterung breit.

Das in die Wohnung fallende goldgelbe Sonnenlicht erschien ihr grausam. Grace warf sich der Länge nach aufs Sofa und legte sich eines der bunten Kissen aufs Gesicht, das sie vor wenigen Tagen gekauft hatte.

Aus der Ferne hörte sie ihr Handy klingeln und ignorierte es. Zwei weitere Anrufe ließ sie direkt auf die Mailbox umleiten. Die Zeit verging. Unbewusst spürte sie die Wärme von Sweetie, die sich neben ihr auf dem Sofa zusammengerollt hatte. Draußen rollten die Wellen an den Strand, leise schrien die Möwen, hin und wieder wurde eine Wagentür zugeschlagen.

Als ein Schlüssel in der Wohnungstür gedreht wurde, war Grace schlagartig hellwach. Sie drehte sich um und sah, wie die Eingangstür aufschwang, macht sich aber nicht die Mühe, vom Sofa aufzustehen.

»Da bist du ja!«, rief Mitzi Stilwell. »Ich hab dich schon überall gesucht. Warum bist du nicht ans Telefon gegangen? Deine Mutter und ich haben zigmal versucht, dich zu erreichen!«

»Ich … ich will einfach nur meine Ruhe haben«, sagte Grace dumpf. »Warum? Was wolltet ihr denn?«

Mitzi ging zu ihr und setzte sich auf die Kante des Clubsessels. »Was hast du? Bist du krank?«

»Geht schon«, sagte Grace.

Ihre Anwältin sah sie prüfend an. »Du hast dich mit Wyatt gestritten, nicht wahr?«

»Es ist aus«, sagte Grace.

Mitzi stöhnte. »O nein! Sag das nicht. Ist er zurück zu seiner Frau?«

»Noch nicht, aber das dauert bestimmt nicht mehr lange«, sagte Grace. »Sie hat sich von ihrem Freund getrennt und die letzte Nacht bei Wyatt verbracht. Er hielt es nicht mal für nötig, mich darüber zu informieren. Es ist also nur eine Frage der Zeit.«

»Hat er gesagt, dass er sie zurückhaben will?«

»Nein«, gab Grace zu. »Er sagt, sie hätte auf dem Sofa geschlafen und er hätte sie nur bei sich übernachten lassen, weil es gestern Nacht so schlimm

geregnet hat. Sein Sohn Bo muss ihn darum gebeten haben. Er schwört mir, dass er mit seiner Ex nichts mehr zu tun haben will, aber ich glaube ihm nicht.«

Mitzi tätschelte ihren Arm. »Tut mir leid, Grace. Aber so was erlebe ich immer wieder bei meiner Arbeit. Ehepaare verkrachen sich, reichen die Scheidung ein, kommen dann aber irgendwann auf die Idee, es vielleicht doch noch mal zu versuchen. Besonders in Familien mit kleinen Kindern ist das keine Seltenheit.«

»Kein Kind möchte, dass sich seine Eltern trennen«, sagte Grace und dachte an ihre eigene Reaktion auf Rochelles verstörende Beichte.

Mitzi seufzte. »Na, so ganz stimmt das auch nicht. Es gibt Kinder, die zu viel mitbekommen haben – zu viel Gewalt, Feindseligkeit, Aggression in der Ehe der Eltern. Diese Kinder sehnen sich nach Normalität, nach Frieden. Und die schlauen wissen auch, dass das nur möglich ist, wenn die vergiftete Ehe aufgelöst wird.«

»Ich bin einfach nur froh, dass Ben und ich keine Kinder haben«, *sagte Grace.*

»Apropos Ben.« Mitzi hob die Augenbraue. »Dickie Murphree hat mich wie aus dem Nichts angerufen und gesagt, sie wären zu einer Einigung bereit.«

»Gut«, entgegnete Grace.

»Gut? Mehr sagst du nicht dazu? Hey, Grace, wach mal auf! Das ist unglaublich! Seit Monaten mauern die komplett, was uns angeht. Und jetzt auf einmal wollen sie sich einigen.«

»Ich war heute Vormittag in meinem alten Haus, um ein paar Sachen zu holen. Dabei fand ich ziemlich stichhaltige Beweise, dass es J'Aimee war, die das Cottage verwüstet hat, in dem ich gerade arbeite.«

»Wie um alles in der Welt bist du denn an der Schranke vorbeigekommen?«, wollte Mitzi wissen. »Und sag jetzt bitte nicht, du bist da eingebrochen.«

»Camryn, meine Freundin aus der Trennungsgruppe, ist mit einer Nachbarin befreundet. Marissa ist mit LaDarion Banks verheiratet, dem Baseballspieler. Sie hat bei den Wachleuten angerufen und ihnen gesagt, Camryn käme sie besuchen. Und einbrechen musste ich nicht. Ich habe doch noch den Hausschlüssel.«

»Und bei deinem unbefugten Besuch erklärte sich Ben einfach so einverstanden, sich mit dir fair und ehrlich zu einigen?«

»Ben will verhindern, dass J'Aimee wegen Vandalismus angezeigt wird – und Brandstiftung. Ich habe ihm nämlich haargenau dargelegt, was ich herausgefunden habe, ihm aber gleichzeitig vorgeschlagen, dass er für alle Schäden aufkommt und Entschädigung zahlt, ohne dass die Polizei ins Spiel kommt. Dafür war Ben natürlich dankbar«, erklärte Grace.

»Natürlich«, wiederholte Mitzi trocken. »Ich habe

übrigens auch Neuigkeiten. Gestern hatte ich ein langes Gespräch mit Carlton Towne über seine Erfahrungen mit Richter Stackpole. Carltons Mandantin ist diese Harriett.«

»Und?« Grace wollte nicht zu eifrig klingen. Für heute war sie genug emotional Achterbahn gefahren.

»Carlton ist noch von der alten Schule. Er praktiziert schon über vierzig Jahre in diesem Bezirk und sorgt nicht gerne für Unruhe.«

»Na ja, egal«, sagte Grace. »Einen Versuch war's wert.«

»Hörst du bitte mal auf, so negativ zu sein? Carlton sorgt vielleicht nicht gern für Unruhe, aber er nimmt es auch sehr genau mit den Vorschriften und der Moral. Er war absolut empört, als ich ihm erzählte, dass Stackpole Scheidungswillige zu einer Therapeutin schickt, mit der er selbst eine Liebesbeziehung hat. Er ist mit mir einer Meinung, dass wir eine offizielle Beschwerde beim JQC einreichen sollten.«

»*Was ist bitte noch mal* das JQC?«, fragte Grace.

»Das ist die staatliche Behörde, die über den Richtern steht und weisungsbefugt ist«, erklärte Mitzi. »Zuerst listen wir also jeden einzelnen uns bekannten Fall auf, in dem Stackpole einen Scheidungswilligen zur Teilnahme an der Therapie verpflichtet hat. Dann stellen wir eine stringente Beschwerde zusammen und reichen sie beim JQC ein. Und wenn alles gut läuft, ziehen sie Stackpole die Löffel lang. Bildlich gesprochen.«

Geistesabwesend kraulte Grace Sweeties Ohren. »Und du meinst wirklich, dass dieses JQC uns glauben wird?«

»Das ist schwer vorherzusagen. Es kann alles passieren: von einem offiziellen Tadel über eine Geldbuße oder eine temporäre Suspendierung vom Dienst bis zur Amtsenthebung«, erklärte Mitzi. »Er könnte sogar zwangsweise in den Ruhestand versetzt werden, obwohl ich nicht glaube, dass es so weit kommt.«

»Und was brauchst du von mir?«, fragte Grace.

»Wir müssen Paula Talbott-Sinclair auf unsere Seite bekommen. Sie muss dem JQC erzählen, was sie mit Richter Stackpole verabredet hat.«

»Ach, mehr nicht?« Grace schüttelte den Kopf. »Mitzi, wie soll ich das denn schaffen? Wie kommst du auf die Idee, dass ich Paula überreden könnte, sich gegen ihren Förderer zu wenden?«

Mitzi sah sie vielsagend an. »Du bist eine Frau mit vielen Talenten, Grace, und das Wichtigste ist, du hast Charme. Also: Erledige deine Aufgabe, ich kümmere mich um meine, abgemacht?«

Grace schaute längere Zeit aus dem Fenster. »Ich werd's versuchen«, sagte sie schließlich.

»Gut.« Mitzi tätschelte Sweeties Kopf. »Was

machst du jetzt mit dem Hund? Ich meine, willst du dir weiterhin mit Wyatt das Sorgerecht teilen?«

»O Gooott!«, stöhnte Grace und ließ sich wieder aufs Sofa sinken. »Daran hatte ich noch gar nicht gedacht. Nein, ich bring sie natürlich nicht wieder zu Wyatt. Und zu meiner Mutter kann ich sie auch nicht mitnehmen.«

»Tja«, sagte Mitzi und schaute sich um. »Wenn ihr wollt, könnt ihr ein paar Wochen hier wohnen. Die Wohnung macht sich wirklich, Grace. Die bunten Farben finde ich toll. Ich wäre nie auf die Idee gekommen, so was wie die Lampen und so zu kaufen.«

»Ich kann mich doch nicht einfach bei dir einquartieren«, sagte Grace voller Unbehagen. »Das wäre nicht richtig.«

»Wieso nicht? Du hast hier noch so einiges zu tun, und ich bin eh zu beschäftigt, um die Wohnung in den nächsten Wochen zu vermieten. Haustierhaltung ist zum Glück auch erlaubt.« Mitzi hob ihre schwere Aktentasche hoch und ging zur Tür.

»Ich kann dir nur anbieten, dieses Apartment zu nutzen«, sagte sie mit der Hand auf dem Türknauf. »Du hast eine Menge durchgemacht. Wohn eine Weile allein hier, nur du mit Sweetie. Wenn alles gutgeht, wird Ben sich auf eine faire Regelung einlassen. Und vielleicht werden wir uns bei diesem furchtbaren Stackpole rächen können, ihn vielleicht sogar aus dem Amt jagen. Anschließend kannst du dir Gedanken über das nächste Kapitel der Grace-Davenport-Story machen.«

Grace lächelte ihre Anwältin betrübt an. »Das nächste Kapitel? Im Moment weiß ich nicht mal, wie die nächsten fünf Minuten aussehen.«

62

Grace hing auf dem Sofa herum und zappte mit der Fernbedienung durch die Programme. Bei den *Echten Hausfrauen von Atlanta* blieb sie hängen. Für Rochelle war diese Sendung Kult, Grace hatte sie noch nie bewusst geschaut. Aber heute, dachte sie, als sie mit der Plastikgabel in dem Pappkarton mit Kung-Pao-Hühnchen vom Chinesen herumstocherte, heute würde sie sich trashige Wiederholungen im Fernsehen ansehen und in Selbstmitleid schwelgen.

Ihr Handy klingelte. Grace nahm es und schaute aufs Display. Es war Camryn.

»Wo bist du, und *was machst* du gerade?«, rief sie.

»Ich bin in der Wohnung einer Kundin und gucke *Die echten Hausfrauen von Atlanta*«, erwiderte Grace müde. »Darf ich dich was fragen? Was sind das für Frauen? Und warum haben die eine eigene Fernsehsendung?«

»Schätzchen, ich hab keine Zeit, dir das zu erklären. Du musst nämlich dringend auf Kanal acht umschalten. Jetzt sofort! Das ist echt der Hammer!«

Sweetie lag auf der Fernbedienung. Grace fischte sie vorsichtig unter dem Hund hervor und richtete sie auf Mitzis 48-Zoll-Flachbildfernseher. Sie sah verschwommene Aufnahmen von zwei gutgekleideten Frauen, die sich mit etwas zu bewerfen schienen … waren das Brötchen? Beide schrien aus vollem Hals.

»Werfen die mit Essen? In den Zehn-Uhr-Nachrichten? Und deshalb rufst du an?«, fragte Grace.

»Guck genau hin!«, gluckste Camryn. »Das wird noch besser.«

Eine tiefe Männerstimme übertönte das schrille Gezeter. »Eileen! Was soll der Scheiß?!«

»Hast du das gehört?«, fragte Camryn. »Hast du die Stimme erkannt?«

Grace beugte sich vor und starrte gebannt auf den Fernseher, doch die Kamera sprang ruckartig zwischen den beiden Damen hin und her. Die ältere, eine Brünette, holte aus, wollte der anderen ins Gesicht schlagen. Ein Mann hielt ihren Arm fest, versuchte vergeblich, sie zu bremsen. Er hatte der Kamera den Rücken zugewandt, doch kurz konnte Grace sein ihr hinlänglich bekanntes Profil erkennen.

Die jüngere Frau, eine auffällig attraktive Afroamerikanerin mit kurzem *platinblonden* Haar, wehrte die Schläge der Älteren ab.

»Schaff sie mir vom Hals, Cedric«, brüllte sie, »tu doch irgendwas!«

Cedric?

»Das darf nicht wahr sein!«, flüsterte Grace. Sie ließ sich zu Boden sinken und kroch näher an den Bildschirm heran, bis ihr Gesicht nur noch Zentimeter davon entfernt war. Der Mann blickte kurz über die Schulter in die Kamera, dann schoss seine Hand hoch.

»Filmen Sie mich gerade? Hören Sie auf damit! Weg mit dem Teil!« Er wirbelte herum, und einen Moment lang, einen klitzekleinen Augenblick, sah Grace das zornige Antlitz des ehrenwerten Richters Cedric N. Stackpole Jr.

»Hey, Mann«, protestierte eine zweite Männerstimme. »Das können Sie nicht machen!« Die Kamera wackelte heftig, dann brach der Film ab.

»Ach – du – Scheiße!« Grace legte die Hand auf die Brust. »Hab ich das wirklich gerade gesehen?«

»Live und in Farbe«, bestätigte Camryn. »Frohe Weihnachten uns allen.«

»Was? Ich *meine, wie* …«, stammelte Grace. »Was genau war denn das?«

»Das, liebste Grace, war ein Film, der gestern Abend in einem Restaurant in Sarasota von einem aufmerksamen Gast aufgenommen wurde. Er telefonierte gerade zufällig mit seinem Handy, als Eileen Stackpole das Restaurant betrat und ihren Ehemann bei einem Techtelmechtel mit einem hübschen jungen Ding erwischte.«

»Sie kommt mir irgendwie bekannt vor«, sagte Grace. »Das hübsche junge Ding, meine ich.«

»Ähem«, sagte Camryn. »Wir haben sie alle schon gesehen. Das ist die dreiundzwanzigjährige Gerichtsdienerin, die Stackpoles Gerichtssaal zugeteilt ist. Sie heißt Monique Massey. Und ich bin mir ziemlich sicher, dass sich die beiden an dem schnuckeligen kleinen Tisch des französischen Restaurants gestern Abend um zehn Uhr nicht über die Justizreform unterhalten haben.«

Grace konnte das alles kaum begreifen. »Und wie bitte ist der Film in die Nachrichten gekommen? Was bedeutet das alles?«

»Das kam in den Nachrichten, weil Stackpole schlichtweg ausflippte, als er merkte, dass der andere Gast die ganze Szene filmte. Er schlug dem Mann das Telefon aus der Hand und ging auf ihn los. Ein Kellner musste den Richter festhalten, aber da hatte der Freund von dem Handytypen schon die Bullen gerufen.«

»Und die haben Stackpole eingebuchtet, ja?«, fragte Grace hoffnungsvoll.

»Leider nicht«, erwiderte Camryn. »Stackpole *bezahlte* seine Rechnung und schleppte die kleine Monique fort, bevor die Streife eintraf. Und Eileen verdünnisierte sich ebenfalls. Der Restaurantleiter machte Schönwetter bei den anderen Gästen und gab allen ein Freigetränk und einen Nachtisch aus. Irgendwann nahm der Kellner den Handytypen beiseite und verriet ihm, von wem er attackiert worden war. Offenbar ist Stackpole dort Stammkunde – gibt aber kaum Trinkgeld. Jetzt will der Handytyp Stackpole wegen Körperverletzung anzeigen.«

»Woher weißt du so viel über diese Sache?«, fragte Grace. »Und warum bringt dein Sender diese Story nicht?«

Camryn seufzte vernehmlich. »Der Handytyp hat den Film zuerst an mich geschickt. Doch aufgrund meiner … ähm … privaten Beziehung zu Stackpole wollte mein Nachrichtenredakteur nichts mit der Sache zu tun haben. Ich habe gebettelt, gefleht und gedroht, aber er ließ sich nicht erweichen. Deshalb habe ich möglicherweise einer Freundin bei unserem Lokalrivalen einen Tipp gegeben. Anonym natürlich. Wichtig ist, dass die Story nach draußen kommt, denn das ist höchst peinlich für Stackpole. Dieses eine Mal stört es mich deshalb nicht, wenn der Beitrag bei der Konkurrenz läuft.«

»Was weißt du sonst noch?«, fragte Grace. »Ist Mrs. Stackpole rein zufällig auf den Richter und die Gerichtshelferin gestoßen, oder wusste sie, dass die beiden sich dort treffen würden? Und wie geht es jetzt weiter? Wird sie sich von ihm scheiden lassen? Und was ist mit dem Typen, der alles gefilmt hat?«

Bevor Camryn das Feuerwerk an Fragen beantworten konnte, piepte Grace' Handy und signalisierte ihr einen weiteren Anruf. »Tut mir leid«, sagte sie, »da muss ich drangehen. Das ist meine Anwältin.«

»Ich finde, die Sache muss gefeiert werden«, sagte Camryn schnell. »Morgen Abend um acht in der *Sandbox*. Ich rufe die anderen an. Du bist doch dabei, oder?«

»Auf jeden Fall«, sagte Grace.

»Hast du gerade die Nachrichten auf Kanal acht gesehen?«, fragte Mitzi schadenfroh.

»Camryn, eine der Frauen aus unserer Trennungsgruppe, hat mich eben angerufen«, erklärte Grace. »Ich könnte es mir immer wieder von vorn angucken, so herrlich ist das.«

»Kannst du gerne tun. Es war schon in den Nachrichten um sechs. Der Film steht bereits auf der Website des Senders«, berichtete Mitzi. »Ich hab ihn mir viermal angesehen, und jedes Mal ist es besser.«

»Besser ja, aber nur für uns«, sagte Grace. »Wenn du jetzt Eileen Stackpole wärst … Kannst du dir vorstellen, wie peinlich das für sie ist?«

»*Ich kann mir* nicht vorstellen, so einen Mann überhaupt zu heiraten. Igitt. So ein Ätzpickel! Es muss natürlich deutlich mehr dahinterstecken«, spekulierte Mitzi. »Die Gerüchteküche kocht bereits. Bevor ich dich anrief, meldete sich eine der anderen Anwältinnen, die eine Scheidung von Stackpole verhandeln lassen mussten. Sie hatte gehört, dass Eileen Stackpole gestern Abend nicht zufällig zu diesem Restaurant gegangen ist. Angeblich hatte sie einen Privatdetektiv engagiert. Der fand heraus, dass Stackpole etwas zu eng mit seiner Gerichtsdienerin verbandelt ist.«

»Dreiundzwanzig Jahre!«, rief Grace. »Und ich weiß genau, dass sie im Gerichtssaal war, als wir das erste Mal vor Stackpole erscheinen mussten. Kannst du dich noch erinnern, dass sie uns ermahnt hat, leise zu sein?«

»Ach, daher kenne ich sie also!« Mitzi lachte. »O Mann. Cedric ist wirklich alles andere als ein Heiliger, was?«

»Aber kann ihm das denn Ärger bei eurem JQC einbringen?«, wollte Grace wissen. »Ich meine, reicht es schon aus, damit man ihn vom Richterstuhl wirft?«

»Gute Frage«, *sagte Mitzi.* »Wenn deine Frau sich an einem öffentlichen Ort auf deine Freundin stürzt, zieht das nicht zwangsläufig eine Disziplinarmaßnahme des JQC nach sich. Allerdings macht es auch keinen besonders guten Eindruck, dass er etwas mit einer Angestellten des Gerichts hat. Und noch viel wichtiger: ich frage mich, wie das wohl bei Paula ankommt? Wenn sie erfährt, dass Stackpole noch eine andere Freundin hat – außer ihr?«

»Ich werde sie wohl danach fragen müssen.« Grace zog unwillkürlich den Kopf ein.

»Tu das. Und sag mir Bescheid, was dabei herauskommt«, gab Mitzi zurück.

63

An jenem schwülen Montagmorgen traf Grace um acht Uhr in der Praxis von Paula Talbott-Sinclair ein. Sie wollte unbedingt vor den ersten Klienten da sein.

Gelangweilt beobachtete sie, wie die Einkaufsstraße allmählich zum Leben erwachte. Um neun Uhr schloss eine Frau in einem strahlend orangen Seidensari die Türen des Windelgeschäfts auf. Um halb zehn kamen zwei Latinas mittleren Alters und gingen in das Hörgeräte-Zentrum.

Zweimal klingelte ihr Handy. Beide Male war es Wyatt. Grace war versucht abzunehmen, nur um seiner Stimme zu lauschen und zu hören, dass er sie zurückwollte. *Mit beiden Händen* umklammerte sie das Lenkrad, um nicht zum Apparat zu greifen. Es war besser so.

Um zehn vor zehn schließlich fuhr der VW Käfer drei Plätze weiter in eine Parklücke. Forsch marschierte Paula Talbott-Sinclair zu ihrer Praxistür, schloss auf und verschwand im Gebäude.

Als Grace eintrat, stand die Therapeutin am Empfang und starrte auf ihren Computer.

»Grace?« Stirnrunzelnd schaute sie auf.

Ihre blonden Locken waren zerzaust, sie hatte dunkle Ringe unter den ungeschminkten Augen. Sie trug ein verblichenes, formloses schwarzes Jerseykleid, das wie ein Sack an ihrem schlanken Körper hing, dazu einfache rote Flipflops. Heute hatte sie keine klirrenden Ohrringe oder Fußkettchen angelegt. Sie sah nicht aus, als hätte sie ein angenehmes Wochenende hinter sich.

Da wären wir schon zwei, dachte Grace.

»Das ist ja eine Überraschung«, sagte Paula. »Musst du irgendwas ganz dringend mit mir besprechen?«

Grace räusperte sich. »Ähm, ja, da wäre was ziemlich Wichtiges, worüber ich gerne mit dir reden würde. Das ist doch in Ordnung, oder? In der ersten Stunde hast du uns gesagt, wir könnten dich immer anrufen, egal weswegen.«

»Hm … stimmt, ich hab auch noch ein bisschen Zeit«, sagte Paula zögernd. »Meine erste Gruppe beginnt um halb elf. Komm rein!«

Grace folgte der Therapeutin in den Praxisraum. Es war heiß und stickig. Sie beobachtete, wie Paula *das Licht* anmachte und eine kleine Klimaanlage im Fenster einschaltete.

»Setz dich!«, sagte Paula, holte einen Klappstuhl

aus dem Halbkreis und zog ihn vor ihren Schreibtisch. »Ich mache Tee«, erläuterte sie. »Willst du auch eine Tasse?«

Was Grace jetzt gerne gehabt hätte, war eine Beruhigungstablette oder zumindest ein starker Cocktail. »Nein, danke«, lehnte sie höflich ab.

Paula schwebte durch das Zimmer, stellte einen Kessel auf eine heiße Herdplatte und rückte die Stühle im Kreis zurecht. Als der Kessel schließlich pfiff, goss sie das Wasser in einen schlichten Becher.

»So«, sagte sie und setzte sich hinter ihren Schreibtisch. »Was passiert momentan so in deinem Leben, Grace?«

»Hm.« Grace nestelte am Riemen ihrer Tasche herum. Zu Hause und im Wagen war sie ein halbes Dutzend Mal durchgegangen, was sie sagen wollte, aber so gut sie sich auch vorbereitet hatte – einfach würde es nicht werden.

»Die Sache ist die, Paula«, begann sie. »Ich glaube, dass in *deinem* Leben momentan einiges passiert, woüber wir sprechen müssen.«

»Aha?« Vorsichtig nippte Paula an ihrem Tee. »Und wieso sollte irgendetwas in meinem Leben von Bedeutung für dich sein?«

Grace merkte, dass ihr Gesicht heiß wurde. »Ich besuche deine Trennungsbewältigungsgruppe jetzt seit sechs Wochen, weil Richter Stackpole die Teilnahme zur Bedingung für das Scheidungsurteil gemacht hat. Die anderen in der Gruppe – Camryn, Ashleigh und Wyatt – wurden ebenfalls von Richter Stackpole zu dir geschickt.«

»Das stimmt«, sagte Paula. »Der Richter ist ein wunderbarer Fürsprecher meiner Heilarbeit.«

»Und er war dein Geliebter«, platzte es aus Grace heraus. »Stimmt's?«

Paula sah aus, als hätte sie eine Ohrfeige bekommen. »Wie bitte?«

Grace holte tief Luft, dann kamen die Worte wie von selbst. »Wir haben euch zusammen gesehen! In der Nacht, als der Richter unsere Sitzung besucht hat. Wyatt und ich sind hinterher noch mal hierhergefahren. Wir haben gesehen, wie du aus Stackpoles Auto gestiegen bist. Es sah nach einem dicken Streit aus. Du hast ihn angeschrien, bist ausgestiegen und hast gegen die Reifen getreten. Du hast herumgeschrien und warst wirklich auf hundertachtzig.«

»Du irrst dich«, sagte Paula leise.

»Wir haben dich beide gesehen, Paula«, beharrte Grace. »Und wir wissen, dass es Richter Stackpole war, weil wir ihm anschließend bis zu seinem Haus auf Longboat Key folgten.«

Grellrosa Flecken erblühten auf Paulas langem, blassem Gesicht. »Der Richter ist ein … ein Freund von mir. An dem Abend hatten wir eine Meinungsverschiedenheit. Mehr nicht.«

»Das glaube ich nicht. Uns allen ist aufgefallen,

wie du dich an dem Abend in seiner Nähe verhalten hast. Du warst total … aufgedreht. Komm, Paula! Du verlangst immer von uns, dass wir ehrlich sein sollen. Warum bist du dann nicht ehrlich zu mir? Gib zu, dass du eine Affäre mit Stackpole hast.«

Paulas Hände zitterten so heftig, dass sie den Teebecher auf den Schreibtisch stellen musste. »Therapeuten besprechen ihr Privatleben nicht mit ihren Patienten. Das ist höchst unangemessen, Grace.«

Ihre Stimme war streng, doch Grace fiel auf, dass sie die Hände auf dem Schoß fest zusammenpresste. Wahrscheinlich damit sie nicht so zitterten.

Grace bebte ebenfalls. Aber nicht vor Angst, sondern vor Wut.

»Unangemessen? Willst du mit mir über angemessenes Verhalten sprechen, Paula? Das ist nämlich ein Thema, über das ich mich auch gerne mit dir austauschen würde. Was würdest du von einem bekannten Richter halten – übrigens ein verheirateter Mann –, der eine Affäre mit einer Therapeutin hat? Würdest du es für angemessen halten, dass dieser Richter die Scheidungswilligen in seinem Gericht *zwingt*, die Therapie bei seiner Mätresse zu besuchen?«

»Mätresse!«, japste Paula. »Wie kannst du es wagen?«

Paulas Empörung machte Grace nur noch aufmüpfiger.

»Ja, Mätresse! Ein hässliches Wort, nicht wahr,

Paula? Aber genau das bist du. Du schläfst mit ihm, und als Belohnung dafür schickt er dir die traumatisierten Scheidungsopfer in die Praxis. Dort müssen sie ein hübsches Sümmchen für das Privileg hinblättern, sich deine Heucheleien anzuhören. Die Personen in meiner Gruppe schieben dir jede Woche tausendfünfhundert Dollar für diesen Bockmist zu«, sagte Grace. »Wie viel musst du davon an Stackpole abdrücken, Paula? Die Hälfte? Oder sackt er noch mehr ein?«

»Du hast kein Recht, so mit mir zu sprechen!« Paula schob ihren Stuhl zurück und sah sich hektisch um.

»Was hast du jetzt vor, Paula? Mich beim Richter verpfeifen? Mich aus dem Scheidungs-Camp werfen? Ich habe jedes Recht, dich zur Rede zu stellen. Aber was ich wirklich wissen will, ist: Wann redest du Klartext mit ihm? Hm? Wann hörst du auf, sein Opfer zu sein?«

Paulas Augen blitzten. »Du hast keine Ahnung, wovon du da redest.«

»Aber sicher. Du bist von Oregon hierhergezogen, nachdem dein Leben aus den Fugen geriet – eine schlimme Scheidung, eine hässliche kleine Tablettenabhängigkeit, dann Strafe und der Entzug. Du *bist nach* Florida gezogen, um noch mal von vorne anzufangen, nicht wahr? Aber du bekommst hier keine Zulassung und darfst dich nicht mal Therapeutin nennen. Dann lerntest du Stackpole kennen, und gemeinsam habt ihr diese Masche mit der Trennungsbewältigungsgruppe ausgetüftelt.«

»Das ist keine Masche«, widersprach Paula empört. »Meine Patienten sind mir unheimlich wichtig. Ich berate sie und tue verdammt nochmal mein Bestes, um ihnen zu helfen –« Sie verstummte, ihre Schultern sackten nach vorn.

»– damit ihnen nicht dasselbe passiert wie dir?«, beendete Grace den Satz. »Wie willst du uns helfen, Paula, wenn du selbst noch so durcheinander bist?«

Tränen traten der Therapeutin in die Augen. »Das ist gemein. Ich nehme keine Tabletten mehr. Es stimmt, ich hatte einen Rückfall, aber das ist jetzt vorbei. Und gerade wegen allem, was ich durchgemacht habe, kann ich meinen Patienten wirksam helfen. Ich kann meine Erfahrung nutzen, um ihnen durch ihre Schmerzen und das Verlustgefühl zu helfen.«

»Red dir das nur ein, Paula«, sagte Grace. »Vielleicht stimmt das ja sogar zum Teil. Aber was ist mit dem *Rest? Du steckst mit* Stackpole unter einer Decke. Er schanzt dir die Patienten zu – wir haben überhaupt keine Wahl. Wenn wir mit unserem Leben weiterkommen wollen, musst du uns die Teilnahme an der Therapie bescheinigen. Das ist Betrug.«

Paula knetete unablässig die Hände. »Ich bin eine *gute* Therapeutin. Ich kann Menschen helfen;

das kann ich wirklich. Aber wie sollte ich mir hier eine neue Praxis aufbauen? Passende Räume mieten, mich an den entsprechenden Stellen bekanntmachen? Wo auch immer ich mich vorstellte, schlugen mir die Leute die Tür vor der Nase zu. Das war so demütigend. Und ungerecht. Schließlich war mein Ex derjenige, der mit einer Patientin geschlafen und damit seinen Berufseid verletzt hat. Aber ich bin diejenige, die alles verlor. Er konnte ein neues Leben mit einer neuen Frau beginnen, und ich bekam –« Sie sah sich um, schaute auf den abgetretenen, fleckigen Teppich, die billigen Möbel, die erdrückenden Wände in Amtsgrün. »Ich bekomme das hier.«

Grace seufzte. »Tja, willkommen in meiner Welt. Dasselbe ist mir passiert – dank des Urteils deines Geliebten, des ehrenwehrten Cedric N. Stackpole.«

Trotzig hob Paula das Kinn. »Du bist jetzt in einer besseren Lage, Grace, und zwar wegen mir! Ich weiß, dass du das nicht glauben willst, aber es stimmt. Jeder in eurer Gruppe hat beachtliche Fortschritte erzielt. Schau dir Suzanne an! Sie ist nicht mehr derselbe Mensch, der vor sechs Wochen in diese Praxis kam.«

»Gut«, sagte Grace. »In dem Punkt gebe ich dir recht. Suzanne ist vielleicht die Vorzeigepatientin deiner Gruppe. Aber deswegen bist du noch lange *nicht* aus dem Schneider, was Stackpole angeht. Er ist ein Ekel, Paula. Er ist ein Verbrecher, *ein Gauner* und Schwindler. Er betrügt seine Frau, und er betrügt dich. Hast du zufällig gestern Abend die Nachrichten gesehen?«

Paula biss sich auf die Lippe.

»Hast du sie gesehen?«

»Ja«, bestätigte sie mit leiser Stimme, die kaum mehr als ein Flüstern war. »O mein Gott! Das ist alles so hässlich.«

Paula tat Grace leid. Auch Eileen Stackpole tat ihr leid. Sie selbst tat sich leid, und alle anderen in ihrer Trennungsgruppe taten ihr ebenfalls leid. Aber Mitleid konnte nicht mal ansatzweise wiedergutmachen, was Stackpole angerichtet hatte.

»Sie ist dreiundzwanzig, wusstest du das?«, fragte Grace. »Dieses Mädchen. Mit dem er dich betrogen hat. Sie ist Gerichtsdienerin in seinem Saal. Sie heißt Monique Massey.«

»Er ist ihr Mentor!«, stieß Paula mit bebendem Kinn hervor.

»Das hat er dir erzählt?«, fragte Grace. »So ein Schlawiner! Sie ist Angestellte, er ist Richter! Man bespricht nicht um zehn Uhr abends in einem teuren Restaurant *berufliche* Fragen. Die bespricht man bei einer Tasse Kaffee im Pausenraum. Oder beim Mittagessen in irgendeinem Laden in der Nähe des Gerichts. Nicht mal du würdest so einen Schwachsinn glauben.«

Paula sprang auf. »Meine Patienten kommen gleich. Du musst gehen, Grace.«

Grace blieb sitzen. »Es kommt jetzt alles ans Tageslicht, Paula. Meine Anwältin und ich haben mit anderen Patientinnen von dir gesprochen. Wir werden Anzeige erstatten. Wir können beweisen, dass Stackpole Frauen gegenüber voreingenommen ist. Wyatt ist dein einziger männlicher Patient in der Trennungsbewältigung, nicht wahr? Wir wissen, dass Stackpole irgendeine unkoschere Abmachung mit dir getroffen hat. Und jetzt wissen wir auch von seiner Affäre mit der Gerichtsdienerin.«

Paula öffnete die Eingangstür. »Geh. Sofort. Ich höre mir das nicht länger an.«

Endlich stand Grace auf. »Ich gehe«, sagte sie in der Tür. »Aber ich halte nicht den Mund. Die Sache wird Folgen haben.« Sie musterte das Gesicht der Therapeutin, empfänglich für jedes Zeichen, dass Paula vielleicht die Seiten wechseln würde.

»Ich glaube wirklich, dass dir deine Patienten etwas bedeuten, Paula. Warum hast du dich nur auf so einen Widerling wie Stackpole eingelassen? Dir muss einfach klarwerden, dass er dich benutzt. Er hat seinen Amtseid verraten, er hat dich betrogen. Vielleicht solltest du dir deinen eigenen Rat zu Herzen nehmen. Sieh dir mal ehrlich an, was in deinem Leben passiert ist, seit du mit Stackpole zusammen *bist.* Leg dir einen Schlachtplan zurecht.«

Es klingelte an der Tür, und eine Frau mittleren Alters kam herein.

»Hallo, Rachel!«, rief Paula. »Ich bin sofort bei dir.«

Sie senkte die Stimme zu einem Flüstern. »Du musst jetzt gehen!«

Grace strich über das Handgelenk der Therapeutin. »Denk drüber nach, Paula. Wir brauchen deine Hilfe! Wir werden ihn auf jeden Fall anzeigen. Es wird gegen ihn ermittelt werden. Man wird Fragen stellen.«

Die Tür öffnete sich, die nächste Frau erschien. Paula sah hektisch von Grace zu den beiden Frauen im Wartebereich.

»Komme sofort«, rief sie fröhlich.

»Meine Anwältin ruft dich an«, sagte Grace ruhig. »Sie heißt Mitzi Stilwell. Sie ist eine nette Frau. Wirst du zumindest mit ihr reden?«

»Geh jetzt!«, zischte Paula.

64

Die Mitglieder des Gartenkreises *Frauenschuh* stellten unendlich viele Fragen über die ungewöhnliche Bromelien- und Orchideensammlung von *Jungle Jerry*, und Wyatt beantwortete geduldig jede einzelne. Gegen Mittag hatte er die elf Frauen durch den Park geführt und sie zum Souvenirladen zurückgelotst, wo sie ihren Mittagsimbiss aus der Butterbrotdose aßen und dem bewährten Vortrag lauschten, den sein Großvater vierzig Jahre zuvor geschrieben hatte.

Um kurz vor zwei schließlich komplimentierte Joyce auch das letzte Gartenclub-Mitglied hinaus auf den Parkplatz.

Wyatt sackte auf seinen Schreibtischstuhl und leerte die Flasche mit kaltem Wasser, die Joyce ihm gebracht hatte.

»Wie war ich?«, fragte er, als sie ihm gegenüber Platz nahm.

»Du warst einmalig«, sagte Joyce. »Bist du immer. Jede einzelne Frau wollte dich adoptieren, mit nach

Hause nehmen und verhätscheln. Ein paar von den jüngeren hätten sicher noch Besseres mit dir vor.«

Lachend errötete Wyatt.

»Wann geht sie endlich?«, fragte Joyce.

»Wer?«

»Callie. Du weißt, dass ich meine Nase normalerweise nicht in deine Angelegenheiten stecke, aber ich will ehrlich zu dir sein, Wyatt. Wenn sie bleibt, gehe ich.«

Wyatt schob das Kinn vor. »Sie ist schon weg. Genaugenommen hatte ich ihr heute früh gesagt, dass sie bis zum Mittag weg sein muss.«

»Sie ist aber noch da. Sie hat Bo zu Scout gebracht und war ein paar Stunden lang fort, aber jetzt ist sie wieder da, und dein Vater ist stinksauer. Solange sie da ist, betritt er nicht das Haus. Deshalb macht er jetzt schon seit Stunden die Vogelvolieren sauber, und es ist bestimmt nicht gut für ihn, zu dieser Tageszeit draußen in der Hitze zu sein.«

»Danke, Joyce. Ich kümmere mich darum. Machst du hier bitte zu und holst Nelson mit der Botschaft rein, dass *die Luft rein ist?*«

Joyce lächelte. »Nur zu gerne.«

Er fand Callie in der Küche. Sie war barfuß, summte leise vor sich hin und rührte in einem Topf auf dem Herd.

»Was glaubst du, was du da machst?«, fragte Wyatt.

»Wonach sieht es denn aus?« Sie schaute nicht auf. »Ich mache meine Spaghettisoße fürs Abendessen. Das ist Bos Leibgericht.«

»Hör auf damit!«, sagte Wyatt.

Jetzt drehte sie sich um, in der Hand hielt sie den Holzlöffel, mit dem sie gerührt hatte. »Ach, verdammte Hacke, Wyatt. Du weißt doch ganz genau, dass ich nirgendwo hin kann. Warum bist du so mies zu mir?«

Er entwand ihr den Kochlöffel und pfefferte ihn in die Spüle. »Wir lassen uns scheiden, Callie! Das war dein Wunsch, und jetzt wird er erfüllt. Trotz deiner ganzen Gemeinheiten ist es mir gelungen, ein neues Leben aufzubauen. Ohne dich. Ich habe immer versucht, höflich zu sein, aber das funktioniert bei dir nicht. Also: Ich will, dass du deine Sachen packst und verschwindest.«

»Wohin denn?« Sie zog ein Schnütchen.

»Das ist mir egal«, erwiderte er und staunte selbst darüber, dass es ihn wirklich nicht interessierte. »Geh zurück zu deiner Schwester oder in ein Motel, mir egal. Aber hier bleibst du nicht.« Wyatt griff in seine Tasche und zählte vier Hundert-Dollar-Scheine ab. »Mehr Geld hab ich nicht. Das ist alles, was du bis nächsten Monat bekommst. Also bild dir nicht ein, du könntest wiederkommen und noch mehr verlangen.«

Sie starrte ihn an. »Du meinst das wirklich ernst?«

Er nahm ihre Hand, drückte die Geldscheine hinein. »Todernst.«

»Wenn Bo von Scout zurückkommt und mich hier nicht vorfindet, wird er ganz traurig sein. Ich hab ihm für heute Abend Spaghetti und Knoblauchbrot versprochen –«

»Schluss jetzt. Bo ist es gewöhnt, dass du deine Versprechen nicht hältst«, gab Wyatt zurück. »Er kommt schon drüber weg. Du kannst ihn anrufen, wenn du weißt, wo du wohnst.«

Callie hielt ihm die zerknüllten Scheine unter die Nase. »Und was soll ich bitte machen, wenn die hier weg sind? Auf einer Parkbank schlafen? Bei den Tafeln essen?«

Wyatt zuckte mit den Schultern. »Vielleicht probierst du es mal mit Arbeit. Aber das ist auch nicht mein Problem.«

Sie musste zweimal laufen, um ihre Sachen in den Jeep zu laden. Beide Male schlug sie die Fliegenschutztür heftig zu. Schließlich hörte Wyatt den Motor stottern, absterben und dann wieder röhren. Die Reifen drehten auf dem Muschelsplitt durch, als Callie davonfuhr, hinaus aus seinem Leben. Fürs Erste.

Montags wurden in der *Sandbox* Vorräte angeliefert. Grace fand Rochelle im Lokal, ein Klemmbrett in der Hand. Der Fahrer von Budweiser lud Bierfässer ab und rollte sie in die Küche.

»Hab mich schon gewundert, wo du steckst«, sagte sie, als Grace hinter die Theke ging, um sich ein kaltes Getränk einzuschenken.

»Ich war überall … und nirgends«, erwiderte Grace. »Das Wochenende habe ich in Mitzis Apartment verbracht.« Sie lächelte ihre Mutter entschuldigend an. »Ich hätte wohl mal anrufen sollen, was?«

»Wäre nett gewesen«, antwortete Rochelle. »Aber du bist erwachsen. Ich habe verstanden, dass du deinen Freiraum brauchst.« Sie sah von den Rechnungen hoch. »Wenn du drüber reden willst, was los ist, höre ich gerne zu.«

»Ich fasse es nur kurz zusammen. Samstag bin ich zu meinem alten Haus gefahren und habe Beweise dafür entdeckt, dass es tatsächlich J'Aimee war, die Arthurs Haus verwüstet und in Brand gesteckt hat. Ich habe Ben erpresst, damit er sich auf eine finanzielle Regelung einlässt. Ich habe mich außerdem von Wyatt getrennt. Hast du gestern die Nachrichten gesehen? Die Frau von Richter Stackpole hat ihn in einem Restaurant in Sarasota mit einer anderen erwischt. Das kam gestern im Fernsehen, weil der Richter dabei handgreiflich wurde. Heute Morgen bin ich bei Paula vorbeigefahren und hab sie zu überreden versucht, dass sie uns dabei hilft, Stackpole dranzukriegen. Es war viel los, Mom.«

»Das ist eine ganz schön eindrucksvolle Liste. Hast du gerade gesagt, du hättest dich von Wyatt getrennt?«

»Ja«, bestätigte Grace.

Seufzend tätschelte Rochelle ihrer Tochter die Hand. »Ach, Gracie. Warum?«

»Seine Frau will ihn zurück«, erklärte sie. »Bo will, dass seine Eltern wieder zusammen sind.« Sie zuckte mit den Achseln. »Ist wahrscheinlich unvermeidlich.«

»Hat Wyatt dazu auch eine Meinung?«

»Er meint, dass er nie wieder mit Callie zusammen sein wird, sondern dass er mit mir leben will, aber …«

»Aber du willst ihn trotzdem aufgeben?« Rochelle schüttelte den Kopf. »Mein Gott, Grace, ich hätte schwören können, dass du bei deiner Geburt ein Rückgrat hattest.«

»Es geht nicht um Rückgrat! Sei doch mal realistisch, Mom. Callie wird alles tun, was in ihrer Macht steht, um Wyatt wieder gefügig zu machen. Sie hat Freitag bei ihm übernachtet, nachdem sie mit ihrem Freund Schluss gemacht hatte. Und Wyatt hat mir das verheimlicht. Durch Zufall habe ich es herausbekommen – als ich bei ihm auftauchte, um Sweetie abzuholen. Sie machte mir die Tür in seinem Bademantel auf. Und sorgte dafür, dass ich sah, dass sie nichts darunter trug.«

»Glaubst du wirklich, dass Wyatt mit ihr geschlafen hat? Oder es überhaupt wollte?«

Grace nahm sich Zeit für die Antwort, schälte

langsam das Schutzpapier von einem Strohhalm. »Nein«, sagte sie schließlich. »Aber darum geht es nicht …«

Rochelle winkte ab. »Es geht darum, dass du dem Mann nicht vertraust. Du vertraust deinen Gefühlen für ihn nicht. Du traust ihm nicht zu, dass er seine Ex durchschaut. Und du traust dir selbst nicht zu, gemeinsam mit ihm die Sache durchzustehen«, sagte Rochelle. »Und das ist verdammt schade.«

»Ich will nicht mehr mit dir darüber reden«, sagte Grace und drehte die Strohhalmverpackung zu einer Spirale. »Ich finde es schön, dass du Wyatt magst und willst, dass wir zusammen sind, aber ich muss das tun, was ich für richtig halte.«

»Und wenn ich dich nicht so liebhaben würde, würde ich dir zustimmen und dich in Ruhe lassen«, sagte Rochelle. »Aber ich habe dich leider zu lieb, um einfach zuzusehen, wie du dir das Glück durch die Finger flutschen lässt. Du hast Ben verlassen, als du merktest, dass er dich betrügt. Ich habe dich unterstützt. Zu hundert Prozent. Aber, mein Schatz, Wyatt ist nicht Ben. Wyatt ist ein guter, ehrlicher, treuer Mann. Und wenn ich sehe, wie er dich anguckt und wie du ihn anguckst, wenn du meinst, dass keiner was merkt, dann weiß ich, er ist der Richtige. Und ich glaube, das weißt du auch.«

Grace schob ihr Glas von sich. »*Ich* weiß überhaupt nichts. Das ist das Problem. Ja, ich glaube schon, dass ich ihn liebe. Und ich dachte, er liebt mich auch. Aber guck dir an, wie es mit Ben lief. Ich hatte keine Ahnung, dass er eine Affäre mit J'Aimee hatte, dabei haben sie es buchstäblich vor meiner Nase getrieben. Wie also kann ich sicher sein, dass Wyatt der Richtige ist? Wir kennen uns erst seit zwei Monaten.«

»Vertraue einfach deinem Bauchgefühl«, sagte Rochelle sanft. »Und vergiss nicht: nichts im Leben wird jemals hundertprozentig sicher sein. Aber du kannst dich deswegen nicht immer nur verstecken. Was wäre das denn für ein Leben?«

»Ein sicheres«, sagte Grace.

»Nein.« Heftig schüttelte Rochelle den Kopf. »Kein sicheres. Ein langweiliges. Trauriges. Totale Verschwendung.«

Grace saß auf der Bank an Coquina Beach und drückte Sweetie an ihre Brust. Es war Ebbe; ein einsamer Graureiher jagte im seichten Wasser. Es war dieselbe Bank, auf der sie noch vor wenigen Tagen mit Wyatt gesessen hatte. Sweetie wand sich in ihren Armen, hob den Kopf und leckte Grace am Kinn. In der letzten Stunde hatte Grace mindestens zehnmal auf ihr Handy geschielt, das auf dem Picknicktisch lag. Wyatt hatte sie am Vormittag zweimal angerufen und vor einer halben Stunde eine SMS geschickt.

Seine Nachricht war kurz und knackig: *Sie ist weg. Ich will sie nicht zurück. Ich will dich.*

Er wirkte so überzeugt. Warum konnte sie das nicht auch sein?

Weil, dachte Grace, weil du das Mädchen bist, das seine erste Wohnung in der ersten Woche sechsmal in verschiedenen Weißtönen gestrichen hat. Weil du zwei Jahre lang mit Ben gingst und noch mal zwei weitere mit ihm zusammenlebtest, bis du dich endlich durchringen konntest, ihn zu heiraten.

So lange hatte sie bei Ben gezögert und gezaudert und letztendlich trotzdem einen Fehler gemacht. Vielleicht hatte ihre Mutter recht. Fehler waren unvermeidlich. Und vielleicht hatte sie diesmal wirklich den Richtigen gefunden. Es gab nur eine Möglichkeit, sich davon zu überzeugen.

Grace griff zum Handy und drückte auf das Icon neben Wyatts Namen. Sie würde hier nicht länger rumgrübeln. Diesmal würde sie einfach auf ihr Herz hören.

»Grace?« Wyatt meldete sich beim ersten Klingeln.

»Sag nichts«, unterbrach Grace ihn. »Sag einfach, *wo wir* uns treffen sollen.«

»Wo du willst«, erwiderte Wyatt. »Hat es Zeit, bis ich um fünf den Park zumache? Bo ist bei Scout.

Wenn ich ihn abgeholt habe, passt Dad auf ihn auf. Bleibt es beim Treffen heute Abend in der *Sandbox*?«

»Ja und ja«, sagte Grace. »Ich bin in Mitzis Apartment.«

65

Grace lief im kleinen Wohnzimmer auf und ab. Sie blieb alle fünf Minuten stehen, um aus dem Fenster auf den Parkplatz zu schauen, die Vorhänge zurechtzuzupfen, ein Kissen aufzuschütteln oder ihr Gesicht im Spiegel zu prüfen. Seit ihrem ersten richtigen Date mit fünfzehn war sie nicht mehr so nervös vor dem Treffen mit einem Mann gewesen. Sie hatte tatsächlich verschwitzte Hände.

Grace hatte sich geschminkt und dreimal umgezogen – nicht dass sie überhaupt viele Klamotten zum Wechseln besaß –, bis sie sich schließlich für eine blaue Seersucker-Caprihose und eine ärmellose weiße Bluse entschied. Sie hatte sich sogar die Zehennägel in einem leuchtenden Blutrot lackiert.

Sweetie lag auf einem Kissen auf dem Sofa und wirkte verwirrt angesichts der ganzen nervösen Energie. Als Grace gerade zum dritten Mal das Apartment durchschritt, klingelte ihr Handy. Sie sprang hinüber, hielt aber inne, als sie den Namen auf dem Display las: Ashleigh Hartounian. Wahrscheinlich rief sie an, um sich nach dem Treffen am Abend in der Kneipe zu erkundigen.

»Hi, Ashleigh«, sagte Grace.

»Gra-ha-ha-hace«, schluchzte Ashleigh.

»Ist alles in Ordnung?«

»Nei-hei-hein«, heulte sie. »Nichts ist in Ordnung. Es wird nie wieder in Ordnung sein.«

»Was ist denn?«, fragte Grace. »Was ist passiert?«

»Es ist … es ist … wegen Boyce.«

Jetzt fiel es Grace wieder ein: Heute war der Tag, an dem Ashleigh von ihrem Noch-Mann zum Essen eingeladen worden war. Der Tag, an dem sie ihn zurückgewinnen und in ihr märchenhaftes Leben als Arztfrau zurückkehren wollte. Offensichtlich war es nicht so gelaufen, wie Ashleigh erwartet hatte.

»Willst du reden?«, fragte Grace, hoffte insgeheim aber auf das Gegenteil. Sie stand am Fenster und spähte mit gerecktem Hals auf den Parkplatz. Wann fuhr Wyatt endlich vor? Es war schon nach fünf Uhr.

»Nein! Ich bin so fertig, ich hab das Gefühl, dass mein Kopf gleich *explodiert*.«

»Tja …«, machte Grace.

»Diese verfluchte Suchita!«, giftete Ashleigh. »Ich hätte damit rechnen sollen, dass sie sich so einen Trick einfallen lässt. Mehr ist das nämlich nicht. Ein Trick, eine Falle, um Boyce zu halten.«

»Suchita?« Grace verstand nur Bahnhof. Ein Pick-up fuhr auf den Parkplatz der Wohnanlage, aber es war nicht der von Wyatt.

»Du weißt schon: Suchita! Diese kleine Schlampe von der Pharmafirma, mit der er geschlafen hat. Sie ist schuld daran, dass ich vor Gericht musste.«

»Aah, richtig«, machte Grace. »Die Frau, deren Haus du angemalt hast. Jetzt weiß ich es wieder. Was für eine Falle hat sie Boyce denn gestellt?« Kaum hatte sie die Worte ausgesprochen, überkam sie eine Ahnung, was sich Suchita wohl hatte einfallen lassen.

»Die blöde Kuh hat sich schwängern lassen! Behauptet sie jedenfalls. Das ist der älteste Trick der Welt, aber Boyce ist so doof, dass er es nicht schnallt. Kannst du das glauben?«

»Das heißt, er hat dich nicht zum Essen eingeladen, um wieder mit dir zusammenzukommen?« Dämliche Frage, dachte Grace.

»Er hat mir mitgeteilt, dass er sie heiraten will!«, kreischte Ashleigh. »Sobald unsere Scheidung durch ist. Er hat sich nur mit mir getroffen, weil er es mir persönlich sagen wollte. Damit ich es nicht von irgendeinem Mädchen in der Praxis höre. Kannst du das glauben?«

Ashleigh weinte wieder, sie heulte so laut, dass Grace das Handy ein Stück vom Ohr weghalten musste.

»Diese Schlampe!«, fluchte Ashleigh. »Sie ist im

fünften Monat. Das erklärt auch, warum sie so fett aussah, als ich sie am Wochenende aus der Praxis kommen sah. Und es wird ein Junge! Boyce ist total aus dem Häuschen. Er konnte über gar nichts anderes reden, das Schwein. Ich hätte ihn am liebsten geohrfeigt – so fertig war ich.«

»Das tut mir so leid«, sagte Grace.

»Sie ist diejenige, der es noch leidtun wird«, sagte Ashleigh. »Ich lasse nicht zu, dass diese Schlampe mein Leben zerstört.«

»Ashleigh!«, rief Grace. »Reiß dich zusammen! Wenn sie schwanger ist und Boyce sie heiraten will, kannst du nichts dagegen tun.«

»Das meinst du. Aber ich kann eine Menge tun. Und das werde ich auch.«

»Hör auf damit, Ashleigh!«, warnte Grace. »Tu nichts, was du später bereuen wirst. Natürlich bist du jetzt durcheinander, aber wahrscheinlich ist es so am besten.«

»Du hast ja keine Ahnung, Grace«, gab Ashleigh zurück und klang plötzlich eiskalt. »Nur weil du deiner Ehe den Rücken gekehrt hast, heißt das noch lange nicht, dass ich dasselbe tun werde. Ich hätte es besser wissen müssen, statt zu erwarten, dass du verstehst, was ich hier durchmache. Ich habe nicht die Absicht, mir von diesem kleinen Flittchen den Mann ausspannen zu lassen.«

Ein Schauer lief Grace über den Rücken.

»Ashleigh, wo bist du gerade?«, fragte sie ruhig. »Es wäre besser, wenn du nicht allein bist. Komm, wir reden darüber. Ich habe das auch erlebt, das weißt du doch.«

»Vielen Dank, aber ich bin gerade nicht in der Stimmung zum Plaudern«, erwiderte Ashleigh.

»Du kommst aber doch heute Abend in die *Sandbox*, oder?«

»Wozu?«, fragte Ashleigh. »Ich hab schon letzte Woche gesagt, dass ich nicht mehr zu den Gruppenstunden komme.«

»Hast du gestern nicht die Nachrichten gesehen?«, fragte Grace. »Stackpoles Frau hat ihn in einem Restaurant in Sarasota mit einer anderen erwischt und einen Aufstand gemacht.«

»War es Paula?«, wollte Ashleigh wissen.

»Nein, deshalb ist es ja so herrlich anrüchig. Er war mit einer Dreiundzwanzigjährigen da, die Gerichtsdienerin in seinem Saal ist. Absolut unmoralisch natürlich.«

»Weiß Paula das schon?«, fragte Ashleigh.

»Yep«, bestätigte Grace. »Ich habe heute Morgen lange mit ihr gesprochen. Ich glaube, sie ist kurz davor, uns bei einer offiziellen Beschwerde gegen Stackpole bei der Justizbehörde zu helfen.«

»Und warum sollte sie das tun?«

»Weil ihr wohl langsam klarwird, dass er sie nur ausgenutzt hat, als er all die Frauen aus Scheidungsverfahren in ihre Therapiegruppe schickte und Paula ihm dafür Provision bezahlen musste.«

»Ha! Kannst du das beweisen?«

»Noch nicht«, gab Grace zu. »Komm doch heute Abend zu uns in die *Sandbox*. Dann erzähle ich die ganze Geschichte.«

»Eigentlich ist mir das alles egal«, sagte Ashleigh brüsk. »Das geht mich nichts mehr an. Hör zu, Grace, ich muss jetzt los.«

»Wo willst du denn hin? Ashleigh, wo bist du? Bist du zu Hause? Gibt es irgendjemanden, den du anrufen kannst und der zu dir kommt und eine Weile bei dir bleibt?«

»Ich bin mit dem Auto unterwegs«, sagte Ashleigh. »Fahre schon seit Stunden durch die Gegend. Und ich brauche keinen Babysitter. Danke. Ich wollte nur mit jemandem reden. Aber inzwischen weiß ich, was ich zu tun habe.«

»Ashleigh?«

Sie hatte aufgelegt.

Fluchend drückte Grace auf die Wiederwahl-Taste.

Es klingelte zweimal, dann ging Ashleigh dran.

»Lass mich in Ruhe, Grace«, sagte sie. »Das ist eine Sache zwischen ihr und mir.«

»Ihr?«

»Du weißt genau, wen ich meine. Suchita. Ich werde mich um die Sache kümmern. Werde tun, was ich schon vor Monaten hätte tun sollen, bevor alles aus dem Ruder lief.«

»Ashleigh, lass dieses Mädchen in Ruhe! Du bist wütend und verletzt, aber hinter ihr herzulaufen ist keine Lösung! Du machst dir nur noch mehr Probleme.«

»Ist mir egal«, gab sie zurück. »Mir ist alles egal. Nur Boyce nicht. Er ist alles, was ich habe. Er ist das Einzige in dieser Welt, das mir wichtig ist.«

»Komm«, sagte Grace. »Das stimmt doch nicht! Du hast eine Familie, du hast Freunde …«

»Was für Freunde? Meinst du die ganzen Loser in der Gruppe? Ich bitte dich! Keiner von euch schert sich auch nur ein bisschen um mich.«

»Doch«, widersprach Grace. »Wir sorgen uns alle um dich. Ich sorge mich. Das musst du doch wissen, sonst hättest du mich nicht angerufen.«

Schweigen.

»Ashleigh, bist du noch da?«

»Ja«, sagte sie. Dann weinte sie wieder. »Das ist lieb von dir, Grace. Tut mir leid. Ich wollte dich nicht Loser nennen. Du bist nicht wie die anderen.«

»Du bist durcheinander«, sagte Grace beruhigend. Wieder schaute sie aus dem Fenster und überlegte, wie spät es wohl war.

»Du hast gesagt, du sitzt im Auto. Wo bist du denn? Willst du dich mit mir treffen? Wir *könnten* uns bei einem Kaffee unterhalten.«

»Ich bin … ach, Scheiße. Ich fahre einfach so durch die Gegend. Ich glaube, im Moment bin ich in Bradenton Beach. Aber ich will keinen Kaffee. Lieber einen Drink. Genau, noch einen Margarita.«

»Noch einen? Du hast schon getrunken und sitzt trotzdem hinterm Steuer?«

»Nur zwei Gläser. Aber es waren kleine mit ganz vielen Eiswürfeln. Wenn du mir jetzt einen Vortrag über Alkohol am Steuer halten willst, lege ich sofort auf.«

»Nein, schon gut«, ruderte Grace schnell zurück. »Hör mal, fahr doch zur nächsten Tankstelle und ruf mich noch mal an. Ich bin gar nicht so weit weg. Dann komme ich zu dir. Wie findest du das?«

»Wenn du willst«, sagte Ashleigh. »Aber ich warne dich. Mit mir ist nicht zu spaßen.«

»Ruf mich gleich wieder an«, sagte Grace. »Ich komme rüber, egal wo du bist.«

Sie ließ Sweetie schlafen und rief Wyatt an.

»Hi, Grace!« Er klang atemlos. »Ich weiß, dass ich spät dran bin, aber ich musste zum Drive-in von Wendy's und für Bo was zu essen holen. In einer halben Stunde bin ich da, versprochen.«

»Ehrlich gesagt, ist das kein Problem«, entgegnete Grace. »Ashleigh hat mich gerade angerufen. Sie war heute mit ihrem Ex zum Essen verabredet. Aber er hat sie nicht gebeten, zu ihm zurückzukommen, sondern verkündet, dass seine neue Freundin im fünften Monat schwanger ist und er sie heiraten wird, sobald das Scheidungsurteil verkündet ist.«

»Oh, wow«, machte Wyatt. »Dabei war sie so überzeugt, dass er sie zurückwill. Wie nimmt sie es auf?«

»Ungefähr so, wie man erwarten kann«, sagte Grace. »Sie ist völlig besessen von der Idee, Boyce zurückzuerobern, beziehungsweise will sie das Mädchen davon abhalten, ihn zu heiraten. Sie fährt durch die Gegend, trinkt Margaritas und plant irgendeinen Rachefeldzug. Ich mache mir wirklich Sorgen, dass sie irgendwas Schlimmes anstellt. Ich will mich mit ihr treffen und versuchen, sie zur Vernunft zu bringen.«

»Ist das wirklich eine gute Idee?«, fragte Wyatt. »Wenn sie was getrunken hat?«

»Ich weiß nicht, was ich sonst tun soll«, erwiderte Grace. »Sie redet völlig wirres Zeug. Ich habe Angst, dass sie sich was antut – oder jemand anderem.«

»Bitte triff dich nicht allein mit ihr«, sagte er. »Warte bitte noch eine halbe Stunde, ja? Ich bringe Bo direkt nach Hause, dann hole ich dich ab. Wir können zusammen zu ihr fahren. Vielleicht hört sie ja zu, wenn wir sie zu zweit bearbeiten.«

»Vielleicht«, sagte Grace zögernd, »aber ich habe ihr versprochen, dass ich sofort losfahre, wenn sie an der nächsten Tankstelle wartet. Ich versuche sie hinzuhalten. Aber beeil dich bitte, ja?«

»Ich bin in zehn Minuten zu Hause, dann brauche ich noch mal eine Viertelstunde zu dir«, sagte Wyatt. »Bleib in der Wohnung.«

66

»Ich bin jetzt hier«, sagte Ashleigh, ohne sich mit einer Begrüßung aufzuhalten. »Und, kommst du jetzt, oder was?«

»Wo ist hier?«, fragte Grace.

»An der *Hess*-Tankstelle auf der Manatee Avenue, aber du beeilst dich besser, denn hier gefällt's mir überhaupt nicht. Ist 'ne ganz üble Gegend. Das Klo war so ekelig, dass ich im Stehen pinkeln musste.«

»Ich überlege gerade, wo das sein kann«, sagte Grace langsam. »Bei welcher Kreuzung auf der Manatee ist das?«

»Woher soll ich das wissen?«, fuhr Ashleigh sie an. »Ich weiß nicht mal, warum wir uns überhaupt treffen. Du kannst mich nicht beruhigen, verstanden? Diese Schlampe Suchita ist erledigt.«

»Red bitte nicht so«, flehte Grace. Sie zögerte und *überlegte*, ob sie erwähnen sollte, dass Wyatt auch gleich komme. Sie solle Ashleigh hinhalten, hatte er vorgeschlagen. Leichter gesagt als getan. Grace sah sich um. Sweetie war von der Couch gesprungen und saß vor der Glasschiebetür, die auf das Meer ging.

»Hör mal, Ashleigh, ich muss nur noch schnell mit Sweetie Pipi machen gehen, bevor ich sie allein lasse«, sagte Grace.

»Wer ist Sweetie?«

»Mein Hund, ich habe ihn gerettet. Wir sind jetzt in der Wohnung einer Kundin, aber ich kann ihn nicht allein lassen, wenn ich nicht vorher noch mal mit ihm draußen war. Gib mir eine Viertelstunde, ja?«

»Ich soll hier eine Viertelstunde rumhängen? Von wegen! Du hast gesagt, du würdest sofort kommen. Scheiße, wenn ich hier noch eine Viertelstunde stehe, klauen die mir das Auto unterm Arsch weg. Shit«, fluchte Ashleigh leise. »Ich wusste, dass das keine gute Idee ist. Danke, Grace, aber ich muss weiter.«

»Nein, bleib da!«, flehte Grace. »Okay, ich komme jetzt sofort. Du hast gesagt, du bist auf der Manatee, aber was ist da in der Nähe? An welcher Kreuzung bist du? Welche Querstraße? Gib mir irgendeinen *Anhaltspunkt, Ashleigh!* In der Ecke kenne ich mich nicht besonders gut aus.«

»Verdammt nochmal, was weiß ich! Mal sehen … Hm, also, direkt gegenüber von der Tankstelle sind Geschäfte, unter anderem *Bealls*.«

»Wenn du dich an der Tankstelle unwohl fühlst, fahr doch rüber«, schlug Grace vor. »Du kannst einfach bei *Bealls* parken und warten, bis ich da bin. Da klaut dir niemand dein Auto.«

»Mal sehen.« Sie klang nicht gerade überzeugt. »Vielleicht bleibe ich auch hier und hole mir noch 'ne Weinschorle für die Wartezeit.«

»Ich glaube, du solltest jetzt wirklich nichts mehr trinken«, sagte Grace.

»Und mir geht es völlig am Arsch vorbei, was du glaubst«, gab Ashleigh zurück. »Es ist jetzt viertel vor sechs. Wenn du um sechs nicht hier bist, war's das.«

»Ich komme«, beeilte sich Grace zu sagen. »Bleib, wo du bist.«

Grace rief Wyatt vom Auto aus an. »Tut mir leid, aber ich kann nicht mehr warten. Ich treffe mich mit Ashleigh an der *Hess*-Tankstelle auf der Manatee. Sie ist so was von aufgedreht, dass ich sie nicht länger hinhalten konnte. Will sich jetzt eine Weinschorle an der Tankstelle kaufen. Ich versuche, sie so lange wie möglich aufzuhalten, dann kannst du dort hoffentlich zu uns stoßen.«

Wyatt seufzte vernehmlich. »Das gefällt mir gar nicht, Grace. Wenn sie was getrunken hat, wirst du nicht vernünftig mit ihr reden können. Vielleicht solltest du besser die Polizei benachrichtigen und das den Profis überlassen.«

»Ashleigh respektiert mich. Sie wird auf mich hören«, sagte Grace energisch. »Mach dir keine Sorgen. Ich werde sie beruhigen und überzeugen, ihren Wagen stehen zu lassen und mit mir nach Hause zu fahren. Sie ist keine Irre, Wyatt. Sie ist durcheinander, und sie redet Blödsinn, aber ich glaube wirklich nicht, dass sie in der Lage ist, jemanden zu verletzen – höchstens sich selbst.«

»Ich hoffe, dass du recht hast«, sagte Wyatt. »Ich habe Bo gerade bei meinem Vater abgesetzt. In zehn Minuten bin ich bei dir, ja?«

»Beeil dich!«, flehte Grace und legte auf.

Sie entdeckte den roten BMW, kaum dass sie auf die Tankstelle gefahren war. Der Motor lief, und als die Fensterscheibe lautlos runterglitt und Grace sich vorbeugte, um mit ihrer Freundin zu sprechen, schlug ihr eine üble Fahne entgegen. Grace' Mut sank, als sie zwei leere Weinschorleflaschen auf dem Beifahrersitz sah.

»Hey, Grace«, sagte Ashleigh. Ihr Gesicht war blass, ihr sonst makelloses Make-up verschmiert und von Tränenspuren durchzogen. »Du weißt, dass das *reine Zeitverschwendung* ist, nicht?«

»Ich hab nichts gegen Zeitverschwendung«, sagte Grace leichthin. »Lass uns doch in meinem Auto sitzen und reden, hm?«

»Nix da!« Ashleigh schüttelte vehement den Kopf. »Mir gefällt mein BMW sehr gut.« Sie klopfte auf das Leder des Beifahrersitzes. »Du kannst dich hier hinsetzen.« Sie beugte sich vor und hielt Grace eine volle Flasche Weinschorle mit Limettengeschmack hin. »Hier, hab ich für dich gekauft. Wir machen Party! Eine Loser-Party, was?«

»Ähm, ich hab eigentlich keinen Durst«, sagte Grace. »Komm, Ashleigh. Du hast schon zu viel getrunken, um Auto zu fahren. Setzen wir uns in meinen Wagen, dann bringe ich dich nach Hause. Wir sollten deinen Feldzug gegen Suchita morgen fortführen.«

»Ganz bestimmt nicht!«, sagte Ashleigh. »Heute ist es so weit. Diese Schlampe mach ich k. o.!« Trotzig warf sie das blonde Haar über die Schulter nach hinten. »Und wenn du der Spielverderber sein willst, kannst du zu deiner Scheidungsgruppe gehen. Ich hab nämlich noch was vor. Bis dann, Grace!« Sie ließ die Fensterscheibe hochfahren.

»Warte!«, rief Grace und klopfte auf das Dach des BMW. Sie sah sich in der Hoffnung um, Wyatts Pickup zu erblicken. Ashleigh war wirklich nicht in der Lage, ein vernünftiges Gespräch zu führen.

Die Scheibe rollte wieder hinunter. »Kommst du jetzt, oder was?«

Ashleigh hielt ihr die Weinschorle hin. Seufzend nahm Grace sie in die Hand und ging um den Wagen herum. Ashleigh öffnete die Verriegelung, und Grace räumte die leeren Flaschen beiseite, bevor sie auf den Beifahrersitz rutschte.

Voller Erwartung sah Ashleigh sie an. Grace schraubte die Flasche auf und trank einen Schluck von der zuckersüßen Mischung.

»So ist's richtig«, lachte die Blondine gackernd. »Par-ty! Ju-hu!« Sie legte den Rückwärtsgang ein und schaltete dann genauso schnell auf »Drive«.

»Warte«, schrie Grace und schlug mit dem Hinterkopf gegen die Kopfstütze. »Ashleigh, nein! Du kannst gar nicht mehr fahren!«

»Stell dich nicht so an, mir geht's gut!«, gab Ashleigh zurück.

Sie schaute flüchtig nach rechts und links, schoss vom Gelände der Tankstelle und fädelte sich mehr schlecht als recht in den Verkehr ein. Als sie die Mittellinie überquerte und die äußerste Spur nach Westen nahm, entging sie nur knapp dem Zusammenstoß mit einem entgegenkommenden Fahrzeug.

Grace schielte zu ihr hinüber, Ashleigh erwiderte den Blick und lachte. »Siehst du? Hab doch gesagt, dass es mir gutgeht. Diese Weinschorlen haben so gut wie keinen Alkohol, und ich vertrag eh ziemlich viel. Ich kann echt ein halbes Dutzend Margaritas trinken, ohne dass ich groß was merke. Wir sind nur zwei Mädels, die durch die Gegend fahren, genau wie damals auf der Highschool. Hast du dir mit deiner Freundin nie einen gezwitschert und bist dann rumgecruist?«

»Dir geht es überhaupt nicht gut«, sagte Grace

entrüstet und tastete nach dem Gurt. »Wir sind nämlich nicht mehr auf der Highschool, und du bist auch mehr als ein bisschen angeschickert. Außerdem dachte ich, wir würden uns irgendwo hinsetzen und reden. Ashleigh, wenn du betrunken Auto fahren willst, ist das deine Entscheidung, aber bitte ohne mich.«

»So ein Blödsinn«, sagte Ashleigh. »Ich sag dir doch die ganze Zeit, dass ich nicht betrunken bin, ja? Und wenn du reden willst, los geht's.«

Sie wechselte wild von einer Fahrspur auf die andere. Zweimal war sie so kurz davor, einen anderen Wagen zu streifen, dass Grace die Augen zusammenkniff und betete.

»Ich möchte jetzt auf der Stelle, dass du umdrehst und mich zurück zur Tankstelle bringst«, stieß Grace durch zusammengebissene Zähne hervor. »Oder halt einfach an und lass mich raus. Das ist wirklich nicht mehr lustig, ja?«

»Du hast recht: Das ist nicht lustig. Es ist total traurig, das ist es«, sagte Ashleigh. Tränen standen ihr in den Augen. »Ich hab versucht Boyce anzurufen, als ich auf dich gewartet hab. Aber jedes Mal hat er mich weggedrückt. Dabei hat er mich von genau dieser Nummer angerufen, heute Morgen noch. *Sicherlich* hat sie das Handy und drückt mich weg. Das weiß ich genau. Einer von ihren Spionen hat bestimmt gepetzt, dass Boyce heute mit mir essen war. Aber was sie nicht weiß: Ich hab meine eigenen Spione.«

Sie tastete in der Mittelkonsole nach ihrem Handy und zeigte es Grace. »Hier! Halt mal das Lenkrad«, sagte sie.

Grace griff hinüber und hielt das Lenkrad mit der linken Hand fest. Sie war dankbar, dass Ashleigh wegen des starken Verkehrs auf der Manatee nicht schneller als fünfzig fahren konnte. Die Blondine schielte auf die Liste von Kontakten auf ihrem Telefon und scrollte runter. Sie suchte etwas.

»Wen rufst du an?«, fragte Grace.

»Da, ich hab sie!«, rief Ashleigh triumphierend. Sie wählte die Nummer und wartete stirnrunzelnd. »Die Schlampe geht nicht dran. Ich wette, dass Boyce ihr gesagt hat, sie soll nicht drangehen.«

»Suchiiita!« Ashleighs Stimme war ganz leise und unheimlich. »Geh ans Telefon, kleine Mama! Ich habe eine Nachricht für dich. Wie, du willst nicht mit mir reden? Kein Problem, ich komme dich holen, Schlampe! Schon vergessen? Ich weiß genau, wo du *wohnst. Und weißt du* was? Du kannst davonlaufen, aber ich werde dich finden.«

Sie drückte auf die rote Taste, legte sich das Telefon in den Schoß und hielt wieder das Lenkrad fest.

Grace' Mund wurde ganz trocken, Schweißperlen traten ihr auf die Stirn, obwohl die Klimaanlage das Wageninnere stark kühlte. Hoffnungsvoll blickte sie in den Rückspiegel, aber von Wyatts Pick-up war nichts zu sehen. Auch das Handy in ihren Shorts war still, vorsichtig zog sie es heraus und legte es unauffällig in ihren Schoß.

Grace musste Wyatt anrufen, damit er erfuhr, was Ashleigh im Schilde führte. Vielleicht konnte er Boyce Hartounian warnen, dass seine zukünftige Ex gerade Amok lief. Vorsichtig schielte Grace zum Fahrersitz hinüber. Ashleigh schien auf die Straße zu schauen. Es gelang Grace, ihre letzten Anrufe aufzurufen und Wyatts Nummer zu wählen. Als der BMW jedoch plötzlich auf die äußerste linke Spur wechselte und kurz darauf ohne jede Vorwarnung scharf nach links abbog und dabei zwei Spuren der Gegenfahrbahn überquerte, gab es ein Hupkonzert von mehreren Autos, die Ashleigh beinahe seitlich rammten. Das Handy rutschte Grace durch die Finger und verschwand zwischen den Sitzen.

»Ashleigh!«, rief Grace. »Was machst du da, verdammt nochmal?«

Die Freundin zuckte mit den Achseln. »Tut mir leid. War ein bisschen knapp, was?«

»Du hast mich fast umgebracht«, sagte Grace wütend. »Wenn du dein eigenes Leben aufs Spiel setzen willst, ist das deine Sache, aber ich möchte jetzt aus*steigen*. Halt an, verdammt nochmal, halt an!«

Mit der linken Hand tastete sie unter ihrem Sitz, konnte das kleine Telefon aber nicht finden.

Ashleigh lachte. »Mach dir nicht in die Hose, Grace! Guck doch, ich fahre keine fünfzig.«

Das stimmte. Sie waren in eine schmale, ruhige Wohnstraße abgebogen, die von großen Bäumen gesäumt war. An beiden Seiten standen Autos am Straßenrand, so dass man langsam fahren musste. Grace fragte sich, ob sich die Verbindung zu Wyatt aufgebaut hatte, bevor das Handy runtergefallen war. Vielleicht konnte er sie hören. Sie hoffte es inständig.

»Wo sind wir hier?«, fragte sie laut.

»In Newtown«, erklärte Ashleigh. »Die Schlampe wohnt hier irgendwo. Ich weiß nur nicht mehr genau, wie die Straße heißt. Aber wenn ich das Haus sehe, erkenne ich es wieder.«

Ashleigh betrachtete beide Straßenseiten, schaute auf die Schilder. Sie fuhren jetzt ganz langsam, so langsam, dass Grace aus dem Wagen flüchten konnte, ohne ihr Leben aufs Spiel zu setzen. Unauffällig schob sie die rechte Hand zur Beifahrertür, ihre Finger schlossen sich um den Griff.

Klick. Grace zog daran, aber es passierte nichts.

Ashleigh lachte. »Kindersicherung. Super Erfindung, was? Komm, Grace! Wieso willst du das sinkende Schiff verlassen? Ich dachte, du wärst meine Freundin.«

»Ich möchte mit der ganzen Sache hier nichts zu tun haben«, sagte Grace. »Du machst mir wirklich Angst, Ashleigh. Halt bitte an und lass mich aussteigen, ja? Oder lass mich wenigstens fahren. Du bist echt nicht mehr in der Lage, hinterm Lenkrad zu sitzen. Du machst noch irgendeine Dummheit, und dann bekommst du richtigen Ärger.«

»Ärger?« Ashleigh warf ihr einen kurzen Blick zu. »Was für Ärger? Dass Stackpole mich wieder zur Scheidungsberatung schickt? Mich zu Sozialstunden verurteilt? Du begreifst es einfach nicht, Grace, oder? Mir geht das alles so was von am Arsch vorbei. Ich will der Schlampe geben, was sie verdient. Sobald sie von der Bildfläche verschwunden ist, wird Boyce einsehen, was ihm gefehlt hat.«

Grace presste die Lippen aufeinander. Ihr dämmerte, in welcher Lage sie steckte: Nichts, was sie sagte, würde Ashleighs Meinung ändern. Grace schielte wieder in den Rückspiegel. Hatte sie da gerade etwas Rotes gesehen? War das Wyatts Pick-up? Sie betete still vor sich hin.

Ashleigh fuhr eine Querstraße weiter, bog nach rechts ab und nahm nach einer Weile eine Straße links. Der Pick-up kam näher, schien den Abstand zum BMW zu verringern, musste dann jedoch warten, weil ein riesengroßer SUV rückwärts aus einer Einfahrt auf die Straße rollte und sie kurzfristig blockierte.

Los komm, komm, komm, flehte Grace stumm.

»In dieser Straße wohnt sie!«, murmelte Ashleigh. »Ich wusste doch, dass es hier irgendwo ist.«

Sie bog scharf nach links ab und verlangsamte. Mit zusammengekniffenen Augen schaute sie auf die Hausnummern an den Briefkästen.

Wenn Grace nicht so verängstigt gewesen wäre, hätte sie den Kopf gereckt. Die Straße war mit moosbewachsenen Eichen, dichtem grünen Rasen in den Vorgärten und sorgfältig gepflegten Blumenbeeten gesäumt. Die Bungalows, die auf Holzständerwerk standen und verputzte Außenmauern hatten, wirkten gemütlich. Wie für Bauten aus den Zwanzigern und Dreißigern üblich, hatten sie Giebeldächer und einladende Veranden.

Es war eine Straße wie aus dem Bilderbuch, aber Grace hatte das Gefühl, dass diese Geschichte kein glückliches Ende nehmen würde.

»O ja«, sagte Ashleigh leise. »Das hier ist der richtige Abschnitt.« Sie warf Grace einen kurzen Blick zu. »Guck dir diese Gegend an! Ich hab nachgesehen – das billigste Haus in dieser Straße hat 377 000 Dollar gekostet. Und ich wohne in einer runtergekommenen Wohnung für 1100 Dollar Miete im Monat. *Man fragt sich, wie eine* achtundzwanzigjährige Pharmareferentin hier ein Haus kaufen kann. Ich sage dir wie: Sie schnappt sich einen reichen Schönheitschirurgen und lässt sich von ihm ein Kind machen.«

Sie wies auf ein Gebäude am Ende der Straße. »Da ist es. Das ist ihr Haus.«

»Was … was hast du jetzt vor?« Grace schaute in den Rückspiegel. Keine Spur von dem Pick-up.

»Ich will nur mit ihr reden, mehr nicht«, flötete Ashleigh. »Sie soll einsehen, dass sie den Weg frei machen muss.«

Während die beiden sich unterhielten, fuhr ein silberner Audi rückwärts aus der Einfahrt des besagten Grundstücks. Kaum war er auf der Straße, beschleunigte er so schnell, dass die Reifen quietschten.

»Das ist sie!«, rief Ashleigh. Sie gab nun auch Gas, aber der Audi war schon an der nächsten Kreuzung und bog ab, ohne langsamer zu werden.

»Sie weiß, wie mein Auto aussieht«, brummte Ashleigh und holte auf.

Zweimal bog der Audi ab, aber Ashleigh blieb ihm auf den Fersen. An Stoppschildern raste sie einfach vorbei. Dennoch gelang es dem silbernen Wagen, immer zwei Wagenlängen Abstand zu ihnen zu halten. Ohne zu entschleunigen, schoss er plötzlich nach links in eine Straße.

Sie waren wieder auf der Manatee und fuhren in Richtung Westen. Der Audi raste davon, fädelte sich von einer Spur in die nächste, doch Ashleigh, das Lenkrad umklammert, blieb dicht dran. Sie fuhren jetzt mit einer Geschwindigkeit von knapp hundert *Stunden*kilometern und schafften es irgendwie, alle Ampeln bei Grün zu passieren. Grace schaute fortwährend in den Rückspiegel, und als sie den roten

Pick-up endlich wieder entdeckte, schöpfte sie ein klein wenig Hoffnung. Wyatt war da, nicht weit hinter ihr. Irgendwie würde er diese verrückte Verfolgungsjagd stoppen.

Der Audi gab noch mehr Gas, Ashleigh drückte ebenfalls auf die Tube. Sie waren jetzt nur noch eine Wagenlänge von ihm entfernt, der Tacho des BMWs zeigte fast 110 km/h. Das Straßenschild wies nach »Gulf Beaches«.

»Sie will zu Boyce' Strandhaus auf Anna Maria«, bemerkte Ashleigh. »Als ob er sie da verstecken könnte. Dumme Kuh.«

Grace sah die Kasuarinen am Strand, den weißen Sand und das glitzernde Sonnenlicht auf dem funkelnden Wasser von Palma Sola Bay. Der Audi war nur eine Wagenlänge vor ihnen, aber Ashleigh trat aufs Gaspedal, so dass die Tachonadel ausschlug. Sie fuhren jetzt 135 km/h. Auch als sich der Audi zwischen anderen Fahrzeugen hindurchschlängelte, blieb der BMW immer dicht dahinter. Grace hielt die Luft an vor Angst, dass Ashleigh über den Asphaltstreifen in das Wasser unter ihnen schlitterte. Als sie eine Brücke überquert hatten und den nächsten Dammabschnitt nahmen, waren sie von sandigen Stränden und dem flachen Wasser der Bucht gesäumt.

Vor ihnen tauchte auf der rechten Spur ein lahmer Müllwagen auf, der den Audi zum Bremsen zwang.

Ashleigh scherte schnell auf die linke Spur aus und preschte vor bis auf Höhe des Müllwagens. Sie lachte triumphierend. Jetzt war der Audi eingekesselt.

Grace schaute hinüber zur Fahrerin – ein langer Vorhang aus schwarzem Haar bedeckte ihr Gesicht. Als die Frau bemerkte, wer neben ihr fuhr, zuckte sie merklich zusammen.

»Hab dich!«, schrie Ashleigh. Sie riss das Lenkrad des BMWs nach rechts. Grace hörte die Bremsen des Audis kreischen. Der BMW kam von der Straße ab.

Grace hatte das Gefühl, alles liefe in Zeitlupe ab. Sie hörte Schreie. Ob es ihre eigenen oder die von Ashleigh waren, wusste sie nicht. Der Wagen brach durch eine Metallabsperrung, die Windschutzscheibe zersplitterte, Holz traf auf Metall. Sie prallten von einer Pinie ab, und kurz darauf hörte man rauschendes Wasser.

Dann war es still.

67

Als Wyatt Grace' Stimme über das Handy hörte, trat er das Gaspedal des alten Pick-up bis zum Boden durch. Ashleighs Lallen jagte ihm einen Schauer über den Rücken. Sie war betrunken, verwirrt, außer Kontrolle. Und Grace saß angeschnallt auf dem Beifahrersitz neben ihr und war völlig hilflos.

Als die Lücke zwischen dem davonrasenden Wagen und seinem kleiner wurde, konnte er genau beobachten, mit welcher Rücksichtslosigkeit Ashleigh den silbernen Audi verfolgte. Sie schien völlig von Sinnen. Wyatt nahm an, dass hinter dem Steuer des anderen Wagen Suchita saß, Ashleighs Erzfeindin.

Bis *jetzt hatte er keine* genaue Vorstellung davon, was er tun würde, falls er die Frauen einholte, aber irgendwie würde er handeln müssen. Flüchtig fragte er sich, ob Ashleigh wohl bewaffnet war. Wyatt besaß nur eine Waffe – und das war die alte Dienstpistole von Nelson –, aber die wurde im Aktenschrank im Büro unter Verschluss gehalten. Doch selbst wenn, hätte er sie benutzt? Dem fahrenden Wagen in die Reifen schießen? Albern.

Furchtbare Szenen gingen ihm durch den Kopf, während er versuchte, nicht den Anschluss an die beiden anderen Wagen zu verlieren. Er fragte sich, ob Grace wohl ähnliche Horrorvorstellungen hatte. Ihre Stimme klang noch recht ruhig am anderen Ende der Leitung.

»Gib nicht auf, Grace!«, murmelte Wyatt.

Sie überquerten die erste Brücke, und er konnte bis auf zwei Wagenlängen aufholen. Doch dann zwang ein klappriger alter Müllwagen alle, kräftig in die Bremsen zu steigen.

Im Bruchteil einer Sekunde änderte sich alles: Der BMW wechselte die Spur, zog auf die Höhe des Müllwagens, ließ sich wieder ein wenig zurückfallen und versuchte dann, den Audi von der Straße zu drängen.

Die Frau im Audi reagierte, indem sie kräftig abbremste, woraufhin der BMW zu Wyatts Entsetzen von der Straße flog und eine Metallabsperrung durchbrach. Er sah die von den durchdrehenden Reifen aufgewirbelten Sandwolken, hörte das Kreischen von Metall auf Metall und, am schlimmsten, die durchdringenden Schreie aus dem Innern des BMW.

Dann war Stille, nur sein eigenes Blut rauschte ihm in den Ohren. Er sah, wie der Wagen im jadegrünen Wasser von Palma Sola Bay versank.

Kaum stand der Pick-up, da sprang Wyatt auch schon mit dem einzigen Utensil heraus, das er zur Hand hatte. Es war eine schwere Maglite-Taschenlampe, die er unter dem Vordersitz aufbewahrte. Er hastete durch die Öffnung, die der BMW ins Gitter gerissen hatte, und watete in das warme seichte Wasser. Der Wagen war bis zum Logo auf der Motorhaube überspült. Wyatt fluchte, weil er nicht daran gedacht hatte, seine schweren Arbeitsstiefel aus Leder vorher auszuziehen; er hatte das Gefühl, Stunden bis zum Auto zu brauchen.

Schließlich war er da. Die Windschutzscheibe war zersplittert, Wasser lief hinein. Wyatt sah, dass die Airbags aufgegangen und schon wieder geschrumpft waren. Er watete zur Beifahrerseite. Sein Herz tat einen Satz, als er Grace' braunes Haar sah. Hektisch riss er an der Tür, bis ihm einfiel, dass Ashleigh sie ja verschlossen hatte.

»Grace!«, rief er. »Grace! Ist alles in Ordnung?« Sie wandte den Kopf leicht nach rechts, und er sah, dass ein dünnes Rinnsal Blut an ihrem Gesicht hinablief.

»Dreh den Kopf weg!«, rief er und schlug mit dem Kolben der Taschenlampe gegen die Scheibe. Immer und immer wieder hämmerte er gegen das Glas, bis das Fenster schließlich in eine Million kleiner Splitter zerfiel.

»Gib mir deine Arme!«, befahl Wyatt, aber Grace

starrte ihn nur an. Ob sie benommen war oder unter Schock stand, wusste er nicht genau zu sagen. »Deine Arme!«, wiederholte er. »Ich ziehe dich raus! Komm, Grace, ich muss dich aus dem Wasser holen!«

»Ich kann nicht«, sagte sie mit schwacher Stimme. Wyatt packte ihre Schulter. »Los, Schatz, du schaffst das!«

Sie schüttelte heftig den Kopf und nestelte an etwas auf ihrem Schoß. Wyatt schob den Kopf durchs Fenster und sah, dass Grace immer noch angeschnallt war. Das Wasser stand ihr bereits bis zu den Knien. Er beugte sich vor, bis sein Oberkörper im Wageninnern war. Mit zitternden Fingern gelang es ihm, den Gurt zu lösen.

»Gut«, sagte er. »Gut. Alles wird gut. Gehen wir, Gracie. Holen wir dich hier raus.«

Endlich schienen seine Worte wirklich zu ihr durchzudringen. Sie nickte, drehte sich um, stieg mit den Knien auf den Sitz. Dann streckte sie die Hände nach Wyatt aus. Er schob die Arme unter ihre.

»Leg mir deine Arme um den Hals«, ordnete er an.

Dann zog er sie heraus, bis sie schließlich im Freien war. Im hüfthohen Wasser ließ sie sich gegen Wyatt sacken. Er drückte sie fest an seine Brust, wollte sie nicht mehr loslassen.

»Hast du dir weh getan?«, fragte er. »Kopf, Arme, Beine, irgendwas?«

»Alles in Ordnung«, sagte sie zitternd. Dann lachte sie grotesk auf und flüsterte ihm ins Ohr: »Aber ich glaub, ich hab mir in die Hose gemacht.«

Wyatt musste ebenfalls lachen. »Erzähl's keinem, aber ich glaub, ich auch. Nur ein bisschen, als der BMW durch die Luft flog.«

»Ashleigh!«, sagte Grace plötzlich. »Hol Ashleigh raus!«

»Ich muss dich erst ans Ufer bringen«, widersprach Wyatt und stapfte los in Richtung Strand. Grace löste sich von ihm.

»Nein. Ich kann alleine gehen. Hol Ashleigh. Bitte, Wyatt!«

Er nickte finster und kehrte zum BMW zurück. Ashleigh saß zusammengesunken auf dem Fahrersitz. Wyatt schlug das Fenster mit der Taschenlampe ein und rief ihren Namen. »Ashleigh? Ashleigh? Sag was! Los, Ashleigh! Ich bin's, Wyatt! Sag was!«

Er griff ins Auto und fühlte an ihrer Kehle. Sie war warm, und er spürte ihren Puls. Immerhin atmete sie schwach. Das Wasser stand ihr bis zur Taille, es strömte unablässig *durch* Windschutzscheibe und Beifahrerfenster. Wyatt schob sich halb durch das Fahrerfenster und stellte fest, dass sich Ashleigh, anders als Grace, nicht angeschnallt hatte. Eigentlich keine Überraschung.

Er packte die reglose Frau unter den Armen, aber im Unterschied zu Grace konnte Ashleigh ihm nicht helfen. Wyatt probierte den Türgriff, wusste aber sofort, dass sich die Tür nicht öffnen lassen würde.

Das Wasser stieg weiter. Jetzt stand es ihr brusthoch. Wieder griff Wyatt Ashleigh unter die Arme und zog an ihr. Doch er konnte ihren Körper nur quälend langsam, zentimeterweise bewegen. Irgendwann hörte er Sirenen und Stimmen vom Strand. Dann packte ihn jemand grob am Arm. Neben ihm standen zwei Sanitäter in Uniform.

»Wir übernehmen jetzt, Kumpel. Sie ist ohnmächtig, aber sie atmet.«

»Danke«, sagte der eine. »Sie können jetzt zur Seite gehen.«

Grace saß in eine Decke gewickelt in der Tür des Krankenwagens. Auf der Wunde über der Augenbraue hatte sie ein Pflaster. Neben ihr saß eine umwerfend aussehende Brünette, die hemmungslos weinte. Sie zitterte und war trotz der Augusthitze ebenfalls in eine Decke geschlungen. Es war Suchita, die Fahrerin des Audis.

Die Rettungssanitäterin hatte Suchita die Blutdruckmanschette um den Oberarm gelegt. »Nun ist alles vorbei«, sagte die Frau mit beruhigender Stimme. »Ihr Blutdruck ist ein bisschen hoch, aber Ihrem Kind müsste es gutgehen. Wenn Sie auf Nummer Sicher gehen wollen, können wir Sie ins Krankenhaus bringen.«

»Nein!«, rief Suchita. »Ich will auf meinen Verlobten warten. Boyce ist unterwegs. Er müsste jeden Moment hier sein. Er ist Arzt; er kann sich um mich kümmern.«

Wyatt fing den Blick der Sanitäterin auf und wies mit dem Kinn auf Grace. »Ist alles in Ordnung mit ihr? Nichts gebrochen?«

»Alles gut«, sagte sie. »Behalten Sie sie heute Abend gut im Auge, um sicherzugehen, dass sie keine Gehirnerschütterung hat. Ansonsten ist der Schnitt über dem Auge die einzige Verletzung. Sie hat verdammt viel Glück gehabt.«

Suchita sah Grace an. »Sind Sie ihre Freundin? Warum? Warum haben Sie zugelassen, dass sie mich verfolgt? Sie hat versucht, mich umzubringen. Sie wollte mein Baby und mich umbringen.«

»Ich konnte nichts machen«, sagte Grace im Flüsterton. »Ich habe versucht, sie aufzuhalten. Aber sie hatte was getrunken …«

»Sie ist irre«, sagte Suchita tonlos. »Ich habe Boyce gewarnt, dass sie gefährlich ist. Nachdem sie mein Haus *besudelt hatte, wollte* ich da nicht mehr alleine wohnen. Ich wusste, dass seine Ex mich nicht in Ruhe lassen würde. Sie verfolgte mich, beobachtete uns, wenn wir zusammen ausgingen. Dann bekam sie irgendwie meine Telefonnummer heraus und fing an, Nachrichten aufzusprechen. Ich habe es Boyce erzählt. Ich spielte ihm die Nachrichten auf dem

Anrufbeantworter vor. Er meinte, sie würde bloß versuchen, mich einzuschüchtern. Sie wäre nicht gefährlich.« Suchita erschauderte. »Ich bin heute nur zu Hause vorbeigefahren, um die Post abzuholen. Und da tauchte sie plötzlich auf.«

Grace schaute zu Wyatt hoch. »Ist Ashleigh …?«

»Sie ist ohnmächtig, aber sie lebt«, sagte er. »Sie war nicht angeschnallt. Ich denke, sie ist mit dem Kopf irgendwo gegengeschlagen.«

»Es ging alles so schnell«, sagte Grace. »Mein Gott, was hatte ich für eine Angst! Ich hab mich immer wieder umgedreht und gehofft, dass du hinter uns bist.«

»Ich bin so schnell gekommen, wie ich konnte«, sagte Wyatt. »Aber dann stand da der verfluchte SUV und blockierte die gesamte Straße. Als ihr dann draußen auf der Manatee wart und Gas gegeben habt, kam mein alter Pick-up einfach nicht mehr mit. Ab hundert fängt die alte Kiste an zu vibrieren.«

»Das ist jetzt egal«, sagte Grace und nahm seine Hand. »Du hast es geschafft. Du hast mich aus dem Auto geholt und bist jetzt hier. Nur das ist wichtig.«

»Ich bin da, und ich bleibe«, sagte Wyatt mit bebender Stimme. Er schaute zu der Sanitäterin hinüber. »Kann ich sie jetzt mit nach Hause nehmen?«

In dem Moment kam ein kleiner Mann mittleren Alters mit schütterem Haar auf den Krankenwagen zugelaufen. Wyatt trat beiseite, doch die Sanitäterin hob die Hand, um den Fremden aufzuhalten.

»Ich bin Arzt«, keuchte er atemlos. »Dr. Hartounian. Das ist meine Verlobte. Haben Sie ihre Vitalfunktionen geprüft? Hat sie Ihnen gesagt, dass sie im fünften Monat schwanger ist?«

»Es war alles in Ordnung«, sagte die Medizinerin. »Sie hat keinen Kratzer abbekommen. Jedenfalls nicht körperlich.« Mit diesen Worten ließ sie den Mann durch.

»Suchita! Meine Güte! Ist alles in Ordnung?« Hartounian wies auf zwei Sanitäter, die eine Trage in den zweiten Rettungswagen schoben. »Ist das wirklich Ashleigh?«

»Ich … ich bin …« Suchita verstummte und warf sich schluchzend in die Arme des Mannes.

»Schon gut, Schätzchen. Ich bin ja da. Boyce ist bei dir«, säuselte er zärtlich und rieb ihr über Rücken und Arme.

Sie war fünf Zentimeter größer als er, aber er hatte gebräunte, muskulöse Arme. Mit zusammengekniffenen Augen starrte er Grace an.

»Und Sie sind?«, fragte er im Ton eines Geschäftsmannes. »Ashleighs Freundin? Ich habe gerade mit einem Polizisten gesprochen. Er sagte, Sie beide hätten vorher was getrunken. Was haben Sie sich bloß dabei gedacht, Ashleigh ans Steuer zu lassen? Falls unserem Kind irgendwas passieren sollte …«

»Ich heiße Grace Davenport«, erwiderte Grace und spürte, wie Wut in ihr aufflammte. »Ich habe nichts getrunken. Das war allein Ashleigh. Und ich habe sie auch nicht fahren lassen. Ganz im Gegenteil: Ich habe versucht, sie nach Hause zu bringen. Aber sie ließ sich nicht überzeugen. Nach dem Mittagessen mit Ihnen war sie völlig durcheinander –«

Suchita schaute auf. »Du warst mit ihr *essen*? Ohne mir Bescheid zu sagen?«

Wyatt nahm Grace' Arm und führte sie sanft fort. Er wollte sie nach Hause bringen, ihr trockene Kleidung geben, sie in die Arme nehmen. Aber neben seinem Pick-up standen zwei Polizeibeamte in Uniform, die auf Antworten warteten.

Nachdem Grace bei der Polizei ihre Aussage und einen Alkoholtest gemacht hatte, um zu beweisen, dass sie nichts mit dem halben Dutzend leerer Weinflaschen im BMW zu tun hatte, stieg sie eine Stunde später endlich auf den Vordersitz von Wyatts Wagen.

Er hatte sich die Sachen angezogen, die er in einer Sporttasche dabeihatte: ein Shirt von den Manasota Maulers, Shorts und Baseballschuhe mit Stollen.

»Wie geht es jetzt mit Ashleigh weiter?«, fragte Grace, als er langsam auf die Straße rollte.

Er zuckte mit den Schultern. »Ich weiß, sie tut dir

leid, aber im Moment hoffe ich ehrlich, dass sie in einigen der Anklagepunkte schuldig gesprochen wird. Sie hätte heute beinahe drei Menschen getötet – vier, wenn man Suchitas Kind mitzählt. Auf jeden Fall wird sie aber wegen Alkohol am Steuer angeklagt. Und es klingt, als ob Boyce Hartounian auch noch auf versuchten Totschlag plädieren wird, oder wie man das nennt.«

Beim Gedanken an den Arzt verzog Grace das Gesicht. »Was für ein aufgeblasener Fatzke!«

»Aber irgendwas scheint er zu haben, das die Damen lieben«, bemerkte Wyatt. »Sonst würden sich zwei so schöne Frauen wie Ashleigh und Suchita nicht um ihn streiten.«

»Er hat ein dickes Bankkonto, das ist alles«, gab Grace zurück. Sie schloss die Augen und lehnte den Kopf gegen die Rückenlehne. Dann richtete sie sich abrupt wieder auf. »Wie spät ist es?«

»Gleich sieben.« Wyatt legte seine Hand auf ihre. »Ruh dich einfach aus, ja? Ich bringe dich zum Apartment, da kannst du duschen und dich umziehen. Ich habe *deine Mutter* angerufen, damit sie Bescheid weiß und sich keine Sorgen macht. Und ich habe auch mit Nelson gesprochen. Er weiß, dass ich heute Abend nicht nach Hause komme. Die Rettungssanitäterin meinte, jemand müsse heute Nacht ein Auge auf dich haben.«

»Aber das geht nicht«, rief Grace. »Ich meine, das

ist ja alles lieb von dir und so, aber heute Abend treffen sich doch alle in der *Sandbox*. Mitzi kommt auch. Die rechnen mit mir.«

»Keine gute Idee«, sagte Wyatt entschieden. »Warum rufst du nicht deine Mutter an und lässt sie den anderen ausrichten, dass du nicht kommst?«

»Ich kann niemanden anrufen. Schon vergessen? Mein Handy ist noch im Wrack von Ashleighs Auto. Außerdem muss ich selbst zu dem Treffen hin, und du musst auch dabei sein. Das ist wichtig, Wyatt! Wenn wir Anzeige gegen Stackpole erstatten, müssen alle eine Aussage bei Mitzi machen. Sie bringt heute auch Frauen aus den anderen Gruppen mit. Außerdem besteht eine kleine Chance, dass Paula auftaucht.«

»Meinst du wirklich, Paula wird sich gegen ihren Liebhaber wenden?« Wyatt lachte verächtlich. »Jetzt bin ich mir nicht mehr sicher, ob du nicht doch vielleicht eine schwere Kopfverletzung hast.«

Grace erzählte Wyatt von dem nicht besonders feinen, aber äußerst aktiven Liebesleben des ehrenwerten Richters Cedric N. Stackpole.

»Ich habe Paula von unserem Treffen heute Abend erzählt«, sagte Grace. »Sie war hin und her gerissen. Aber vielleicht hat sie es ja satt, immer nur das Opfer *zu sein. Ich* glaube, es besteht eine geringe Chance, dass sie auftaucht und uns hilft.«

»Bezweifle ich«, sagte Wyatt.

»Ist mir egal. Fahren wir am besten direkt zur *Sandbox*. Ich kann da duschen und mich umziehen.« Sie warf ihm ein Lächeln zu. »Bitte! Ich brauche dich in meiner Mannschaft.«

Er zuckte mit den Achseln. »Ein Grace-Team? Okay, ich bin dabei.«

68

Rochelle trug gerade ein Tablett mit Essen und Getränken zum Tisch der Softballspieler, die hinten im Raum saßen, als ihre malträtiert aussehende Tochter versuchte, unbemerkt durch den Seiteneingang in die Kneipe zu huschen.

Ruckartig stellte Rochelle das Tablett ab. Das Bier schwappte über den Cheeseburger, den der Shortstop geordert hatte, und die scharfen Chicken Wings, die für den Catcher vorgesehen waren, segelten vom Tisch auf den Schoß des zweiten Basemans.

»'tschuldigung.« Rochelle warf dem Trainer ein trockenes Barhandtuch zu, der zum Glück ein Stammgast war. Dann eilte sie hinüber zu ihrer Tochter und schloss sie aufgelöst in die Arme. »Du siehst furchtbar aus! Musst du auch wirklich nicht in die Notaufnahme?«

»Ich sehe schlimmer aus, als es ist«, sagte Grace. »Wenn ich erst mal geduscht habe, geht's mir wieder gut.« Sie sah über die Schulter ihrer Mutter zu einem

Tisch in der Ecke, wo ein Dutzend Frauen saßen und plapperten. »Sind alle da?«

»Alle außer dir – und Ashleigh. Aber wenn die Alte noch nicht tot ist, bringe ich sie eigenhändig um«, sagte Rochelle.

»Hast du den anderen erzählt, was passiert ist?«, fragte Grace.

»Nur dass ihr einen Unfall hattet, dass es dir gutgeht und Ashleigh ins Krankenhaus gebracht wurde«, erwiderte ihre Mutter. »Den Rest erklärst du besser, wenn dir danach ist.«

»Das kann Wyatt übernehmen, während ich mich umziehe.« Grace beugte sich vor und küsste Wyatt auf die Wange. Er lief rot an und küsste sie zurück.

»Ich nehme an, ihr habt euch wieder zusammengerauft?«, fragte Rochelle, als Grace nach oben ging.

»Denke schon«, sagte Wyatt. »Hoffe ich wenigstens. So einen Tag wie heute stehe ich kein zweites Mal durch. Als mir klarwurde, dass sie zusammen mit *Ashleigh im Auto* saß und in welcher Gefahr sie sich befand –«

Er zog den Kopf ein und schluckte. »Wenn ihr etwas zugestoßen wäre … Ich weiß wirklich nicht, was ich getan hätte, Rochelle. Ich weiß, es ist verrückt, sich in jemanden aus der Trennungstherapie zu verlieben. Aber so ist es nun mal. Und ich glaube, ihr ging's genauso. Und wenn das alles vorbei ist, dann wünsche ich mir, dass wir heiraten.«

Rochelle hob die Augenbraue. »Fragst du mich um Erlaubnis?«

Wyatt lachte und errötete erneut. »Wohl nicht. Eher um deine Billigung. Ich weiß, dass ich finanziell gesehen nicht der beste Fang bin. Für Grace wäre es ein Abstieg von der Villa mit ihrem Ex zu einem Wohnwagen – auch wenn der die doppelte Breite hat. Aber ich verspreche dir: Ich liebe Grace und werde ihr niemals weh tun. Ich werde den Rest meines Lebens auf sie aufpassen.«

»Grace kann gut auf sich selbst aufpassen«, sagte Rochelle. »Bring sie einfach nur zum Lachen und sorg dafür, dass sie das Leben wieder so liebt wie früher. Seid gut zueinander. Der Rest kommt von ganz allein.«

Mitzi Stilwell betupfte die unzähligen Bierringe auf der Tischplatte mit einer Papierserviette, bevor sie eine dicke Aktenmappe hervorholte. Sie betrachtete die elf Frauen, die sich an den beiden Tischen zusammengefunden hatten. Rochelle hatte ihnen eine ruhige Ecke reserviert. Camryn Nobles war gerade dabei, eine kleine Videokamera auf Mitzi zu richten, dann schwenkte sie zu den anderen Frauen.

Suzanne reichte die Unterlagen weiter, die Mitzi für den heutigen Abend vorbereitet hatte: Es waren

Verzichtserklärungen, damit Camryn die Frauen filmen durfte, wenn sie ihre Geschichten erzählten und bezeugten, dass jede ihre Aussage aus freiem Willen gemacht hatte. Harriett Porter räusperte sich nervös.

Camryn nickte ihr ermutigend zu. »Stell dir einfach vor, du sprichst mit einer Freundin«, riet sie.

Harriett fuhr sich mit der Zunge über die Lippen und begann: »Wir hatten unseren ersten Termin bei Richter Stackpole am 1. Dezember. Ich … ähm … hatte etwas getan, was ich jetzt bereue, und Richter Stackpole verurteilte mein Verhalten aufs strengste.«

»Was genau hast du getan, das ihn so wütend machte?«, fragte Camryn.

»Also, ich hatte herausgefunden, dass mein Mann eine Affäre mit einem Stripper hat …« Sie sah Camryn an. »Darf ich sagen, dass es ein männlicher Stripper war?«

Camryn lachte und nickte.

»Gut, ein Typ also. Er hieß Anubis. Schätze mal, das war sein Künstlername. Egal, Daryl – das ist mein Mann – belastete unsere American-Express-Karte in diesem *Jeepers-Peepers*-Laden in Tampa mit Zehntausenden von Dollar. Ich bereite immer unsere Sachen für den Steuerberater vor, und da fand ich die Rechnungen von AmEx. Und … na ja, dann bin ich, also, dann bin ich an einem Donnerstagnachmittag zu diesem *Jeepers-Peepers* gefahren. Und da sah ich ihn, Daryl meine ich, wie er auf dem Parkplatz stand und diesem Typen Geld in die – wie nennt man das? Ein Tanga für Männer? So eine Art Penisschutz mit Pailletten – steckte.«

Thea, eine attraktive Frau von Anfang fünfzig, hob die Hand. »Genaugenommen ist das kein Suspensorium oder Sackschutz. Man nennt es Schamkapsel. Das weiß ich, weil ich aus New Orleans komme.«

»Danke, Süße«, sagte Harriett. »Also, er stopfte diesem Stripper Fünfzig-Dollar-Scheine in die Schamkapsel! Bei hellstem Tageslicht! Ich wurde so fuchsteufelswild, dass ich durchdrehte. Zuerst versuchte ich, mit dem Handy Fotos von Daryl und seinem Freund zu machen, aber dann fuhr ich mit dem Auto gegen den Müllcontainer. Die Polizei behauptet, ich wäre Daryl über den Fuß gefahren. Daran kann ich mich nicht erinnern. Ich weiß aber noch, dass er seine teuren italienischen Slipper anhatte, die ich ihm zum Vatertag geschenkt hatte.«

Camryns Brust bebte vor unterdrücktem Lachen, Tränen liefen ihr über die Wangen. Harriett jedoch war zu sehr in ihre Geschichte vertieft, um die Reaktion der Reporterin zu bemerken.

»Richter Stackpole beschimpfte mich daraufhin als aufsässig!«, sagte sie wütend. »Mein Anwalt war überzeugt, ich müsste eigentlich die Hälfte von Daryls *Pensionsansprüchen* bekommen. Es war bei uns nämlich so gewesen, dass ich nach unserer Hochzeit nicht mehr gearbeitet hatte, weil er wollte, dass ich mit den Kindern zu Hause bleibe. Aber Stackpole sagte zu mir, ich sei eine gesunde Frau, ich solle mir eine Arbeit besorgen und aufhören, meinem Mann auf der Tasche zu liegen. Er fügte hinzu, dass er unser Scheidungsurteil nicht unterschreiben würde, solange ich nicht diese Trennungsbewältigungstherapie mache. Bei einer Frau namens Paula Talbott-Sinclair. Die nicht mal eine Zulassung hat, um in diesem Staat zu praktizieren, wie ich später herausfand!«

»Gab dir der Richter die Möglichkeit, dich von einem anderen Therapeuten behandeln zu lassen? Oder nannte er speziell Ms. Talbott-Sinclair?«, fragte Camryn.

»Er gab mir ihre Visitenkarte, schon im Gerichtssaal«, erwiderte Harriett. »Und er sagte, sie würde ihn benachrichtigen, wenn ich sechs Sitzungen erfolgreich hinter mich gebracht hätte. Danach würde er das Scheidungsurteil sprechen.«

Harrietts Gesicht war rot vor Empörung. »Die behandelnde Therapeutin hat mir neunhundert Dollar pro Sitzung in Rechnung gestellt! Später, als ich mit den anderen Frauen in der Gruppe redete und wir alles verglichen, stellte ich fest, dass viele nur ein Drittel davon bezahlen mussten! Und die Sache ist die, dass die Behandlung nicht mal geholfen hat: Ich bin immer noch stinksauer auf Daryl! Und meine Trennung habe ich überhaupt nicht bewältigt! Ich weiß gar nicht, ob das überhaupt geht.«

»Danke, Harriett«, sagte Camryn nüchtern. Sie legte die Kamera beiseite und strahlte die um den Tisch sitzenden Frauen an.

»Das war super. Wer spricht als Nächstes?«

Suzanne holte tief Luft und trank einen Schluck Eistee. Sie trug ein auffällig orangefarbenes Oberteil und einen schmeichelhaften neuen Lippenstift. Ihr Haar war geschnitten und gefärbt.

»Soll ich?«, fragte sie.

»Ach, du meine Güte!«, flüsterte Grace, den Blick auf die Eingangstür gerichtet. Eine schlanke Frau mit ungezähmten blonden Locken kam herein und blieb im Rahmen stehen. Zögernd sah sie sich um, schien etwas zu suchen.

Grace sprang auf und winkte. »Paula! Wir sind hier drüben!«

Die Gespräche am Tisch wurden abrupt unterbrochen, als Paula Talbott-Sinclair sich schüchtern näherte. Einen Meter vor dem Tisch blieb sie stehen und sah Grace fragend an.

»Was will die denn hier?«, sagte eine der Frauen zornig. »Uns für Stackpole ausspionieren?«

Paulas bereits blasses Gesicht wurde noch einen Ton bleicher.

»*Ich hab sie* eingeladen!« Grace erhob sich und nahm die Therapeutin bei der Hand. »Paula, *direkt* neben mir ist ein Platz frei.«

Paulas Unterlippe zitterte. »Ich möchte mich nicht aufdrängen. Vielleicht ist es besser, wenn ich wieder gehe.«

»Nein«, sagte Camryn. »Bleib!«

»Bitte!«, flüsterte Suzanne.

Als Paula endlich saß, eilte Rochelle herbei, um die Bestellung des Neuankömmlings aufzunehmen.

»Mom?«, sagte Grace höflich. »Das ist Paula. Paula, das ist meine Mutter Rochelle.«

»Die Therapeutin?« Rochelle schaute von Paula zu Grace und Wyatt.

»Beraterin«, korrigierte Paula. »Und ich nehme nur einen Eistee, bitte. Mit Grüntee, falls Sie das haben.« Sie senkte die Stimme und beugte sich zu Grace vor. »Wie geht es Ashleigh? Hast du was gehört?«

»Du weißt davon? Kam das in den Nachrichten?«

Paula schüttelte den Kopf. »Ashleigh hat mich heute Nachmittag angerufen. Das war wohl kurz bevor du dich mit ihr getroffen hast. Eben rief mich dann ein Polizeibeamter an. Sie hatten Ashleighs Handy aus dem Autowrack sichern können, und meine Nummer war unter den letzten abgegangenen Anrufen. Viel wollten sie mir nicht verraten – nur dass Ashleigh versucht hat, einer anderen Frau das Leben zu nehmen, und sich selbst dabei fast ebenfalls umgebracht hat.«

Grace sah die Therapeutin ungläubig an. »Noch mal von vorn: Ashleigh hat dich angerufen? Heute?«

»Sie hat mich in der Praxis angerufen. Man hörte sofort, dass sie was getrunken hatte. Sie tobte und fluchte, dass sie sich rächen würde – wie heißt die andere Frau noch mal?«

»Suchita.«

»Genau, an Suchita. Ashleigh war wie von Sinnen. Es war schwer, ein normales Wort mit ihr zu wechseln. Ich flehte sie an, in die Praxis zu kommen, aber sie wollte nichts davon wissen. Sie wütete und stieß alle möglichen Drohungen aus. Sie sprach davon, das Haus ihres Ex in Brand zu stecken und die Frau irgendwie zu vergiften.« Paula schüttelte den Kopf.

»Ich verstehe immer noch nicht, warum sie *dich* angerufen hat«, sagte Grace. »Nichts für ungut, Paula, aber sie hält dich für einen Quacksalber.«

»Das ist mir wohl bewusst«, sagte die Therapeutin. »Das hat sie mir heute mehrmals gesagt. Aber ich glaube, Ashleigh spürte, dass sie die Kontrolle über sich verlor. Sie suchte verzweifelt Hilfe.« Paula sah sich am Tisch um und erkannte all die bekannten Gesichter. »Ich habe Ashleigh im Stich gelassen. Und diese Frauen hier ebenfalls.« Dann schaute sie zu Wyatt hinüber, der auf der anderen Seite von Grace saß. »Und dich auch.« Ruckartig drückte sie die Schultern durch und sah Grace an. »Du hast gesagt, *deine Anwältin* wäre hier. Wo ist sie?«

Mitzi hob die Hand. »Mitzi Stilwell, Rechtsanwältin.«

Paula gab Camryn ein Zeichen. »Du kannst jetzt die Kamera einschalten. Ich bin bereit, meine Geschichte zu erzählen. Die ganze Geschichte. Falls ihr sie hören wollt:

Ich lernte Cedric auf einer Cocktailparty kennen, kurz nachdem ich hergezogen war. Wir kamen ins Gespräch. Er schien sich für meine Arbeit zu interessieren; ich erzählte ihm von meinem Buch und den Seminaren, die ich im Westen gegeben hatte. Und … ich nehme an, ich hab ein bisschen zu viel über meine kaputte Ehe geredet. Er zeigte sich sehr verständnisvoll, und man merkte, dass er sich deutlich zu mir hingezogen fühlte –«

Paula schaute direkt in die Kamera. »Ich weiß, dass das total abgeschmackt klingt, aber damals hatte ich keine Ahnung von seiner Ehe. Ich hätte sonst niemals etwas mit ihm angefangen. Nicht nach der Erfahrung aus meiner eigenen Ehe. Das ist keine Entschuldigung, das weiß ich. Ich hätte es mir zur Aufgabe machen sollen, Fragen zu stellen, als er sich *nicht öffentlich* mit mir treffen wollte. Vielleicht wollte ich es damals einfach nicht wissen. Cedric war der erste Mann nach meiner Scheidung, mit dem ich intim war.

Ungefähr einen Monat nachdem wir uns das erste Mal getroffen hatten, gestand er mir, dass er verheiratet war. Ich war schockiert, wollte Schluss machen.

Aber er schien gewillt, seine Frau zu verlassen und zu mir zu kommen. Ich schenkte ihm also mein Buch und riet ihm, sich mit dem Thema Scheidung auseinanderzusetzen. Es dauerte nicht lange, da schlug er vor, mir Klienten zu überweisen – Klienten, deren Scheidungsverfahren er leitete.

Mir kam gar nicht in den Sinn, dass das ein Verstoß gegen das Berufsethos sein konnte. Vielmehr fühlte ich mich geschmeichelt, dass ein ausgesucht feiner Richter meinte, ich könne diesen Menschen helfen.«

»Mein Gott nochmal!«, sagte Camryn und drückte auf Pause. »Paula, versuchst du uns gerade zu verklickern, dir sei nie in den Sinn gekommen, dass ihr eine Goldader gefunden hattet, als Stackpole diese Beratungsstunde verbindlich machte? Ich bitte dich! Du hast nur mit den paar Leuten in meiner Gruppe jede Woche tausendfünfhundert gemacht.«

Paula biss sich auf die Lippe und sah beiseite. Rochelle brachte ihren Eistee. Sie trank einen langen Schluck. »Das beantworte ich ebenfalls vor der Kamera, wenn du willst.

Als ich herzog, war ich fast völlig abgebrannt. Ich war in der Suchtklinik gewesen und hatte meine Lizenz in Oregon verloren. Nach der Scheidung verkauften wir unser Haus. Da der Markt am Boden war, bekamen wir buchstäblich nur Kleingeld dafür. Mit ein paar Kleidern, meinem Auto und nur wenig anderen Sachen machte ich meinen Umzug nach Florida. Ich wohnte in einem Motelzimmer und hatte eine Teilzeitstelle als Sozialarbeiterin in einem Pflegeheim, als ich Cedric kennenlernte.

Er überzeugte mich, wieder eine Privatpraxis aufzumachen. Und schlug mir vor, ich könnte die strengen Berufsvorschriften in Florida umgehen, indem ich mich nicht Therapeutin nannte. Er lieh mir auch das Geld, damit ich mir Praxisräume mieten, einen Computer und Büroeinrichtung aus zweiter Hand kaufen konnte. ›Gründungsdarlehen‹ nannte er das. Weil er so viele Scheidungsfälle hatte, glaubte er, dass es einen großen Bedarf an Therapieformen gebe. Und er sagte, es könne sehr einträglich sein.«

»Das würde ich auch behaupten«, unterbrach Harriett die Therapeutin. Camryn richtete die Kamera auf sie. »Mit dem, was ich dir allein in den letzten sechs Wochen gezahlt habe, hätte man sich einen *schönen Mittelklassewagen* leisten können. Aber du fährst noch in dem winzigen Spielzeugauto rum und sitzt in dieser Klitsche fest? Was ist mit dem ganzen Geld passiert? Wir haben gehört, du hattest mal Tablettenprobleme. Hast du das Geld dafür ausgegeben?«

Mehrere Frauen blickten Paula erwartungsvoll

an. Einige grinsten böse. Grace und Suzanne blieben ernst.

Paula zuckte zusammen. »Die Frage ist verständlich, Harriett. Ich nehme mal an, mit ›Tablettenproblem‹ meinst du meine Verhaftung in Oregon wegen gefälschter Rezepte für Beruhigungsmittel. Ich habe dort meinen gerichtlich angeordneten Entzug durchgeführt und war eigentlich kuriert … bis die Sache mit Cedric anfing. Und dann … tja, ich hatte einen Rückfall. In Florida kommt man zudem viel schneller an Tabletten. Ich ging zu einer dieser Kliniken im Gewerbegebiet, ließ mir ein Rezept ausstellen, und schon war's um mich geschehen.

Trotzdem ging das meiste Geld nicht für Tabletten drauf. Ich bin wieder clean. Das meiste musste ich Cedric geben. Am Anfang machte er mir klar, dass meine Gebührenordnung ein Witz sei. Er meinte, die Patienten, die er an mich überweisen würde, seien absolut fertig und wollten ihre grausige Ehe nur möglichst schnell hinter sich bringen. Daher könne man gut abkassieren. Und er müsse natürlich für die ganzen Überweisungen entschädigt werden. Vor allem da er mir ja schon so viel Geld ›geliehen‹ hatte, um den Neuanfang überhaupt zu ermöglichen.«

»Provision«, sagte Mitzi mit Nachdruck. »Sie *haben ihm* Provision bezahlt? Wie viel?«

»Eine genaue Summe kann ich nicht *nennen*«, sagte Paula. »Aber ich habe nie mehr als ein Drittel des Geldes behalten. Den Rest habe ich an Cedric weitergegeben.«

»Wie haben Sie ihn bezahlt?«, fragte Mitzi. »Bar? Mit Scheck? Haben Sie Quittungen?«

Paula sah sie mit großen Augen an. »Rechnungen? Ach, Quatsch! Vergessen Sie nicht, Cedric ist Anwalt. Und ziemlich intelligent.«

»Wie hast du ihn denn bezahlt?«, fragte Camryn von der anderen Seite des Tisches. »Wenn wir Stackpole an den Pranger stellen wollen, braucht unsere Mitzi auch ein paar Beweise.«

»Verstehe«, sagte Paula. »Ich komme dazu, Camryn, wenn du noch ein wenig Geduld hast.«

»Sorry.« Camryn lächelte ihr zu und filmte weiter.

»Cedrics Frau führte für die Stackpoles das Haushaltsbuch. Er meinte, sie würde über jeden Penny wachen. Ich weiß, dass sie selbst ziemlich viel Geld hat, was er ihr insgeheim übelnimmt. Vor allem weil sie nicht arbeitet, aber den Schlüssel zur Kasse hat. Mit den Zusatzeinnahmen war er daher sehr vorsichtig. Er gründete einen Hausmeisterdienst namens *Wisch & weg*. Das ganze Geld, das ich ihm gab, lief über Schecks an *Wisch & weg*. Es sollte so aussehen, als ob ich das Geld für Putzdienste und Material ausgegeben hätte.«

»Aber das war eine Scheinfirma?«, fragte Mitzi.

»Soweit ich weiß, war ich die einzige Kundin von *Wisch & weg*«, sagte Paula. »Und ich hatte natürlich nie eine Putzfrau in der Praxis. Ich hab immer selbst saubergemacht.«

»Hört sich an, als wärst du ausgenommen worden wie eine Weihnachtsgans«, tönte Thea.

Paula seufzte. »Er beteuerte, dass er mich lieben würde. Aber er hatte vor der Hochzeit mit seiner Frau einen Ehevertrag unterschrieben. Im Falle einer Scheidung hätte er vom Gehalt eines Richters leben müssen. Das waren Peanuts für ihn. Das Geld, das er von mir bekam, nannte er unseren Notgroschen. Irgendwann wollten wir uns davon ein Cottage auf Anna Maria kaufen. Mein Ziel war es, wieder eine Zulassung als Therapeutin zu bekommen. Er wollte sich mit einer eigenen Kanzlei selbständig machen. Gemeinsam wollten wir uns ein neues Konzept für Scheidungsseminare ausdenken und durchs ganze Land reisen. Sogar ein Buch hatten wir geplant. Für den Titel schlug er vor: *Entgiften nach der Scheidung*.«

»Scheiße«, sagte Camryn. »Das ist zweifelsohne ein geiler Titel. So ein Buch würde ich tatsächlich kaufen. Ich meine, wenn es jemand anders als Stackpole geschrieben hätte.«

»Und ich«, ergänzte Paula. Sie zuckte mit den Schultern. »Mehr wollte ich eigentlich nicht erzählen. *Es tut mir leid*, dass ich bei Cedrics Betrug mitgemacht habe. Euch alle im Stich gelassen habe. Könntest *du* jetzt bitte die Kamera ausschalten, Camryn?«

Camryn legte den Apparat vorsichtig auf den Tisch.

»Danke, Paula«, sagte Grace. »Im Ernst. Dass du heute Abend gekommen bist und deine Geschichte erzählt hast, hat sicher viel Mut gekostet. Aber wir wissen es alle zu schätzen, nicht wahr, Mädels?«

Suzanne erhob sich. Langsam begann sie zu klatschen. Grace nickte, stand ebenfalls auf und klatschte. Wyatt tat es ihr nach. Erwartungsvoll sahen sie Camryn an, die nickte und mitmachte. Allmählich erhob sich eine Frau nach der anderen und fiel in den höflichen Applaus ein.

69

Wyatt schlich auf Zehenspitzen ins Schlafzimmer und stellte die Teetasse auf den Nachttisch. Er eilte zum Fenster, um die Vorhänge zuzuziehen. Die Rettungssanitäterin hatte ihm die Verhaltensregeln nach Gehirnerschütterungen eingeimpft: kein direktes Sonnenlicht, keine lauten Geräusche, keine stärkere körperliche Aktivität; dafür viel Schlaf, viel Flüssigkeit, viel Beobachtung.

Grace war am Vorabend im Pick-up eingeschlafen, kurz nachdem sie die *Sandbox* verlassen hatten. Wyatt hatte sie ins Bett gebracht und im Sessel daneben geschlafen. Gelegentlich war er aufgewacht, um ihrem sanften, gleichmäßigen Atem zu lauschen, zärtlich ihr Haar zu betasten und sich zu vergewissern, dass sie bei ihm und in Sicherheit war.

Jetzt war es fast zehn Uhr. Sweetie kam hereingetrottet und setzte sich erwartungsvoll vor Wyatts Füße. Er warf ihr ein Leckerchen zu, das sie geräuschvoll kaute.

»Psst«, mahnte er.

Grace drehte sich um und setzte sich langsam auf. »Ach, hör auf, hier herumzuschleichen! Ich bin wach, mir geht's gut!« Sie klopfte neben sich aufs Bett, und Sweetie sprang hinein und machte es sich in Grace' Armbeuge bequem.

Wyatt drückte Grace einen Kuss auf die Stirn und hockte sich auf die kleine Fläche, die der Hund noch nicht vereinnahmt hatte.

»Wie geht's deinem Kopf?«

»Tut ein bisschen weh, aber schon besser als gestern Abend.« Grace schielte zur Uhr auf dem Nachtschrank hinüber. »Schon zehn Uhr! Warum hast du mich nicht geweckt?«

»Du brauchst deinen Schlaf«, erwiderte Wyatt. »Und die Rettungssanitäter haben mir extra eingeschärft, dass du es in den nächsten Tagen langsam angehen lassen sollest.«

»Ich brauche aber keinen Aufpasser. Und du musst doch sicher in den Park. Also beweg dich, Mister!«, ordnete Grace an.

Er hielt ihr vier Finger vors Gesicht. »Wie viele sind das?«

»Vier.«

»Wie hast du dich verletzt?«

Sie verdrehte die Augen.

»Jetzt komm schon«, maulte Wyatt. »Ich soll dein Gedächtnis überprüfen.«

»Ich saß in einem rasenden Auto, das von einer Verrückten gefahren wurde. Wir kamen von der Straße ab und fielen ins Wasser. Ab da ist es ein bisschen verschwommen. Aber ich weiß, dass du mich rausgezogen und mir das Leben gerettet hast.«

»Und dann hast du versprochen, mich ewig zu lieben und meine Sexsklavin zu sein«, ergänzte Wyatt.

»An den Teil kann ich mich nicht erinnern«, grinste Grace.

Er zuckte mit den Schultern. »War 'n Versuch wert.«

Wyatt holte eine Packung Paracetamol hervor und zeigte auf Grace' Tee. »Nimm zwei hiervon, und trink den Tee dazu. Du sollst heute Bettruhe halten. Ich war schon mit Sweetie draußen, in der Küche sind Cornflakes und Obst. Ich fahr jetzt rüber zum Park, aber deine Mutter kommt vorbei, sobald der Mittagstisch vorbei ist.«

»Jetzt mach schon«, sagte Grace. »Du bist lieb, aber ich brauche wirklich keinen Aufpasser und kann es auch nicht ausstehen, so betüddelt zu werden.«

»Lass mich doch«, sagte er. »Ich habe dich gestern beinahe verloren.« Er klopfte sich auf die Brust. »Ich liebe dich, Grace. Ganz ehrlich und aufrichtig.«

»Das weiß ich.« Sie gähnte. »Und ich erwidere *deine* Liebe von ganzem Herzen. Aber jetzt muss ich noch ein bisschen schlafen.«

70

Grace schlief ein bisschen länger. Trotz ihrer Proteste wollten Wyatt und Rochelle nicht aufhören, sie zu verhätscheln. Nach einer Woche hatte sie genug. Als Wyatt am Freitag nach Feierabend im Apartment auftauchte, saß sie voll bekleidet am Esszimmertisch und tippte auf ihrem Laptop herum.

»Hey«, sagte er, machte Sweeties Leine los und stellte die Tüte mit dem Essen vom Chinesen ab. »Was machst du da?«

»Schreibe meinen Blog. Ich habe seit fast zwei Wochen kein einziges Wort mehr verfasst. Meine Leser glauben bestimmt, ich sei tot.«

Wyatt versuchte über ihre Schulter mitzulesen, doch sie schirmte den Monitor mit beiden Händen ab.

»Das ist noch nicht für den öffentlichen Gebrauch freigegeben. Meine Fähigkeiten sind ein bisschen … ähm … eingerostet. Du kannst es lesen, wenn ich redigiert und korrigiert habe.«

»Na gut.« Er öffnete eine weiße Papiertüte. »Was willst du zum Abendessen? Kung Pao oder Shrimps?«

»Keins von beiden, danke«, entgegnete Grace. »Ich hocke seit einer gefühlten Ewigkeiten hier drin rum. Lass uns ausgehen. Egal wohin, Hauptsache, ich muss nicht diese vier Wände anstarren und Paracetamol in mich reinwerfen.«

Wyatt wies mit dem Kinn auf die Glasschiebetüren. »Der Anblick des Golfs von Mexiko langweilt dich?«

»Ich will ihn nicht mehr *sehen*«, sagte Grace. »Ich will reinlaufen, drin rumplantschen, nass werden, schwitzen, voller Sand sein – aber bestimmt nicht länger hier drin rumhängen. Das habe ich jetzt schon eine Woche lang getan.«

»Bist du auch wirklich schon so weit?« Zweifelnd sah Wyatt sie an. »Keine Kopfschmerzen?«

»Ich bin völlig symptomfrei, aber mir ist zum Gähnen langweilig. Ich bin dir und meiner Mutter ehrlich dankbar für die liebevolle Pflege in dieser Woche. Du musst deinen Sohn und deinen Vater unglaublich vernachlässigt haben, von deiner Arbeit ganz zu schweigen.«

»Zu dieser Jahreszeit werden wir bei *Jungle Jerry* nicht gerade von Gästen überschwemmt«, sagte Wyatt. »Gestern haben wir genau zweiundsechzig Dollar an Eintrittsgeldern eingenommen. Außerdem hatte Dad Verständnis für die Situation, und Bo freut sich schlichtweg, dass er so viel Zeit mit Sweetie hatte. Ach ja, er hat mir das hier für dich mitgegeben.«

Wyatt griff in seine Hosentasche und reichte Grace ein sorgsam gefaltetes Blatt Papier.

»Oooh«, stieß sie leise aus. Es war ein Meisterwerk an Buntstiftmalerei. Lebhafte Orange-, Grün- und Rottöne vor einem schwarzen Hintergrund, stachelige Gegenstände, die aus einem Mülleimer oder Raumschiff flogen. In ausladenden roten Buchstaben stand am unteren Rand: »GUTE BESERUNG, GRACE! LEIBE GRÜSE, DIEN FREUND BO.«

»An der Rechtschreibung arbeiten wir noch«, grinste Wyatt. »Wenigstens deinen Namen hat er richtig geschrieben! Und seinen auch.«

Grace fuhr mit den Fingern über die Zeichnung. »Wunderschön! Was soll das darstellen?«

»Also wirklich!«, schalt Wyatt sie. »Das ist ein Strauß mit roten Rosen, das sieht man doch auf den ersten Blick! Bo wollte dir einen Strauß bei *Quik-Trip* kaufen, aber der war aus Plastik, und weil ich dachte, das käme nicht ganz so gut an, hab ich ihm vorgeschlagen, einen zu malen.«

»Das lasse ich mir einrahmen und hänge es auf. Er ist wirklich ein außergewöhnlich lieber Junge.«

»Hat er von mir«, sagte Wyatt bescheiden. »Und damit der Sohn den Vater nicht aussticht, hab ich dir auch ein Geschenk mitgebracht.« Er zog ihr Handy aus der Tasche.

»Mein iPhone!« Grace drückte auf ON, und das Display leuchtete auf. »Es funktioniert! Wie hast du das denn geschafft?«

»Die Polizei hat mir verraten, wo Ashleighs Auto hingeschleppt wurde. Am Dienstagvormittag bin ich zum Abschleppunternehmer gefahren und hab ihn mit zwanzig Dollar bestoch… ähm … bezahlt, damit ich es mitnehmen konnte.«

»Aber es muss doch völlig durchnässt gewesen sein.«

»Ja, es war nass. Aber ich hab im Internet nachgeguckt, wie man es retten kann. Es ist wohl so, dass man es nicht einschalten darf, was ich nicht gemacht habe. Man legt es einfach ein paar Tage in eine Plastiktüte mit Reiskörnern, dann zieht der Reis die Feuchtigkeit raus, und es besteht zumindest die Möglichkeit, dass es danach wieder funktioniert.«

Grace drehte das Telefon hin und her. »Es ist peinlich, wie sehr mir dieses Ding gefehlt hat. Ich kam mir so isoliert vor.«

Wyatt machte ein schuldbewusstes Gesicht. »Ich habe es gestern wieder aufgeladen. Dabei kam ich nicht umhin zu sehen, dass du mehrere Anrufe in Abwesenheit hast. Und ein paar Nachrichten auf der Mailbox.«

Grace scrollte ihr Protokoll durch. Es waren viele Anrufe in Abwesenheit. Einer von Paula Talbott-Sinclair, einer von Arthur Cater, mehrere mit einer

Vorwahl, die sie nicht kannte. Plus drei Anrufe von Ben und zwei Mailboxnachrichten. Fragend schaute sie Wyatt an.

»Ich hab nichts davon abgehört, wirklich nicht. Obwohl ich zugeben muss, die Versuchung war groß. Wenn du sie jetzt abhören oder jemanden anrufen willst, ist das kein Problem. Ich kann später wiederkommen.«

Grace war tatsächlich versucht, Wyatt fortzuschicken und sich wieder auf den aktuellen Stand der Dinge zu bringen. Es interessierte sie brennend, warum ihr Ex sie in der letzten Woche öfter angerufen hatte als in den vergangenen drei Monaten zusammen. Dann schaute sie aus dem Fenster, auf die im Wasser funkelnde Sonne und die spätnachmittäglichen Strandläufer.

»Das kann warten«, sagte sie und schob das Telefon in die Hosentasche. Sie pfiff nach Sweetie. »Komm, wir gehen!«

Sie holten sich Zackenbarsch-Sandwiches und zwei Dosen Bier bei *The Rod and Reel Pier*. Diese vertilgten sie auf dem unteren Deck, während sie den Fischern zusahen und über Belangloses plauderten. Sweetie saß erwartungsvoll zu ihren Füßen, um ihren Teil vom Essen abzubekommen.

»Betsy rief heute an und teilte mir mit, dass mein Scheidungsverfahren an einen anderen Richter übergeben wurde«, berichtete Wyatt. »Charlie Davis heißt er. Betsy meint, er wäre noch relativ jung, hätte aber einen guten Ruf. Und er ist schnell. Sein Spitzname ist Rakete. Es kann jetzt also nur noch wenige Wochen dauern.«

»Das ist gut«, sagte Grace bemüht unverbindlich. »Mitzi kam heute auch vorbei. Wir werden Catherine Chandler zugeteilt. Sie ist die dienstälteste Richterin – und laut Mitzis Aussage überzeugte Feministin. Mitzi geht davon aus, dass Dickie Murphree und Ben deswegen protestieren werden, aber sie können überhaupt nichts dran ändern.« Unbewusst nestelte Grace an ihrem Handy in der Hosentasche herum.

»Nun mach schon und hör deine Nachrichten ab«, sagte Wyatt. »Du hältst es doch vor Neugier kaum noch aus. Ich geh noch mal hoch und hol mir ein Stück Limettenkuchen. Schreib mir eine SMS, wenn du fertig bist, dann gehen wir spazieren, wie versprochen.«

»Wirklich?« Grace lächelte ihn dankbar an.

»Grace?« Arthur Cater schrie geradezu ins Telefon. »Sind Sie da? Hören Sie, ich hatte Besuch von Ihrem … ähm … Mann. Er ist doch noch Ihr Mann, oder? Egal, er hat mich jedenfalls ordentlich zurecht*gestutzt*. Anschließend hab ich mit meiner Frau gesprochen. Sie will nun auch, dass Sie Ihre Arbeit in dem Haus auf Anna Maria zu Ende führen. Kurz und gut: Wir würden Ihnen das Haus gerne verkaufen, wenn Sie noch Interesse haben. Aber rufen Sie mich besser schnell an, bevor wir es an einen Makler übergeben.«

»Jippie!« Alle Köpfe drehten sich zu Grace um, die mitten am Pier einen kleinen Freudentanz aufführte.

Sie trank einen Schluck Bier und drückte auf die Rückruftaste.

»Sind Sie das, Grace?« Arthur schrie schon wieder. »Ich dachte schon, Sie hätten nun ein anderes Projekt gefunden.«

»Überhaupt nicht, Arthur! Mein Handy und ich waren ein paar Tage außer Betrieb, deshalb habe ich Ihre Nachricht gerade erst bekommen. Ich würde sehr gerne mit Ihnen über den Kauf von Mandevilla Manor sprechen.« Ihr Herz klopfte schnell, so aufgeregt war sie, aber sie musste die schwere Frage stellen. »Haben Sie eine ungefähre Vorstellung, wie viel Sie dafür haben wollen?«

»Was ich will und was ich nehmen würde, sind zwei verschiedene Paar Schuhe«, sagte er lachend. Er nannte seinen Preis. Grace' Puls setzte einmal kurz aus, und sie bekam einen trockenen Mund.

»Sind Sie noch da?«, dröhnte Arthur.

»Doch, doch, Arthur. Aber das Haus ist mindestens fünfzigtausend mehr wert.«

»Es ist wahrscheinlich sogar fünfundsiebzigtausend mehr wert«, korrigierte er sie. »Aber mein

Steuerberater hat mich gewarnt. Wenn wir zu viel Gewinn machen, bin ich gekniffen, wenn's an die Steuern geht. Wichtiger noch, meine Frau hat mir klargemacht, dass ich es ewig bereuen werde, wenn ich nicht dafür sorge, dass Sie das kleine alte Cracker House fertig machen.«

»Ihre Frau möchte ich wirklich gerne mal kennenlernen, Arthur«, sagte Grace.

»Das lässt sich einrichten. Und … was sagen Sie?«

Grace wählte ihre Worte mit Bedacht. »Ich würde sagen, da werden wir uns einig. Aber ich will ehrlich sein: Meine Scheidung ist noch nicht durch. Wir haben zwar eine neue Richterin bekommen, und meine Anwältin meint, dass vermutlich alles jetzt sehr schnell geregelt sein dürfte, aber –«

»Schon gut. Rufen Sie mich an, wenn die Sache durch ist, ja?«

»Ich melde mich, sobald ich etwas weiß. Und danke, Arthur. Wirklich, tausend Dank.«

Grace trank noch einen Schluck Bier und schaute aufs Wasser. Ein Schwarm winziger Meeräschen flitzte direkt unter der grünen Meeresoberfläche dahin. Zwei kreischende Möwen stießen hinunter, um sich die Fische zu schnappen.

Arthur hatte von Bens Besuch berichtet. Was auch immer er zu dem alten Mann gesagt hatte, es musste Arthur veranlasst haben, seine Meinung über den Verkauf des Hauses zu ändern. Grace fragte sich, ob ihre eigenen, eher nichtigen Drohungen, der Polizei von J'Aimees Verwüstung des Hauses zu erzählen, der Grund für Bens Besuch bei Arthur gewesen waren.

Immer wieder drehte sie das Handy zwischen den Fingern. Ein Teil von ihr starb fast vor Neugier, ein anderer hatte Angst, Bens Stimme zu hören. Aber es gab nur eine Möglichkeit zu erfahren, was er von ihr wollte. Sie hörte die erste Nachricht ab, die er am Montagabend hinterlassen hatte.

»Hey, ähm, ich bin's. Ruf mich doch bitte an.«

Am Dienstagmorgen die nächste Botschaft.

»Gut, Grace, wenn du jetzt versuchst, dich rar zu machen, das zieht nicht. Ruf mich an, ja? Ich … ähm … ich will dir einen Vorschlag machen.«

Einen Vorschlag? Ob sie den überhaupt hören wollte? Doch. Sie wollte ganz genau wissen, was Ben vorhatte. Ohne groß nachzudenken, wählte sie seine Nummer.

»Grace?«

Ben klang … anders. »Hör zu, ich wusste nichts von dem Unfall. Deine Anwältin hat gerade Dickie wegen eines Termins zur endgültigen Einigung angerufen. Sie hat erzählt, dass du eine Kopfverletzung hattest. Unglaubliche Geschichte. Ist wieder alles in Ordnung?«

»Mittlerweile schon. Geht es um die endgültige finanzielle Einigung? Rufst du deshalb an?«

»Das ist einer der Gründe. Ähm, hier hat sich außerdem so einiges getan. Ich dachte, ich sag dir besser Bescheid, bevor es öffentlich wird und so.«

»Aha?«, sagte Grace langsam. Was war jetzt schon wieder? Warum war er so höflich? Hatte Ben vielleicht auch einen Schlag auf den Kopf bekommen?

»Erstens habe ich vor, das Haus zum Verkauf anzubieten und umzuziehen«, sagte er forsch. »Dickie hat mir mitgeteilt, dass die neue Richterin die Einkünfte zwischen mir und dir wahrscheinlich fifty-fifty aufteilen wird. Ich muss dir Bescheid sagen, meint Dickie, falls du Interesse hast, mir meine Hälfte abzukaufen.«

»Du ziehst um? Wohin? Warum?«

»Es ist einfach an der Zeit«, sagte er. »Ich habe ein Angebot von einer großen Agentur in New York bekommen. Die gründen gerade eine Sparte für neue Medien, und die Gelegenheit kann ich mir einfach nicht entgehen lassen. Aber die wollen, dass ich direkt nach dem Labor Day im September anfange. Mir bleibt also nicht viel Zeit, das Haus zu verkaufen und eine neue Wohnung zu suchen.«

Grace' Gedanken rasten. »Was ist mit dem Blog? Und J'Aimee? Zieht sie mit dir um?«

Am anderen Ende der Leitung war es kurz still.

»Nein. J'Aimee ist nicht Teil des neuen Plans«, sagte Ben. »Wenn du es genau wissen willst: Sie ist weg. Und was den Blog angeht, nun ja …«

»Aha, was ist damit?«

»Falls du den Blog verfolgt hast, wirst du gemerkt haben, dass unsere Anzeigenkunden abgesprungen sind und die Zahlen stagnieren. Auf die Gründe will ich nicht näher eingehen.«

Ein Lächeln huschte über Grace' Lippen. Natürlich würde Ben nicht auf die Gründe eingehen, warum *Gracenotes* abgestürzt war. Es lag schlicht daran, dass der Grace-Teil nicht mehr dabei war. Nicht dass sie ihm das unter die Nase reiben würde.

»Ich halte es immer noch für ein gutes Geschäftsmodell«, sagte Ben. »Wenn es die entsprechende Person leitet. Jemand wie du. Also, wenn du den Blog zurückhaben willst, schicke ich dir die neuen Passwörter und die Infos zu den aktuellen Anzeigenkunden. Über die Abzahlung können wir dann noch reden.«

Versuchte er gerade, ihr unbemerkt ein Kompliment zu machen?

»Worauf läuft das alles hinaus, Ben?«, fragte Grace.

»Scheiße.« Er seufzte.

»*Ben?*«

»Was? Muss ich jetzt um Gnade winseln? Um Vergebung betteln? Ist nicht mein Stil, Grace, und das weißt du auch.«

»O Mann, du weißt wirklich, wie man ein Mädchen bezirzt«, höhnte Grace.

Ben seufzte. »Tut mir leid. Das fällt mir nicht

leicht. Es ist viel passiert, Grace. Und ja … ich … ich bereue es. Ja, wirklich. J'Aimee war ein Fehler. Ein Riesenfehler. Und dafür übernehme ich die Verantwortung. Ich bilde mir gerne ein, dass ich eigentlich ein besserer Mann bin.«

»Du warst mal ein besserer Mann«, sagte Grace leise. »Aber ich bereue auch eine Menge. Dein Auto zu versenken, war wohl nicht meine glorreichste Tat.«

Er lachte. »Aber ich hatte es wohl verdient.«

»Aha. Und was sagt uns das jetzt?«, fragte Grace.

»Du willst mir nicht zufällig meine Haushälfte abkaufen?«

Grace erschauderte. Auch wenn Ben sich quasi bei ihr entschuldigt hatte, war es unvorstellbar für sie, auch nur eine Nacht in dem Haus zu verbringen, in dem er sie betrogen hatte.

»Nein, danke.«

»Hab ich auch nicht gedacht. Ich maile dir also den Maklervertrag. Du kannst mir dann sagen, ob du den vorgeschlagenen Verkaufspreis realistisch findest. Ich hätte das gerne so schnell wie möglich vom Tisch.«

»Wie du willst«, sagte Grace. »Je schneller es verkauft wird, desto schneller kann ich mir selbst ein *Haus kaufen.*«

»Ach ja, deswegen noch. Ich habe den alten Mann da drüben auf Anna Maria besucht.«

»Arthur. Er hat es mir erzählt. Und er hat mir das Haus für einen Preis angeboten, den ich mir nicht entgehen lassen kann.«

»Gut«, sagte Ben knapp. »Finde ich richtig, wenn du dein eigenes Haus hast. Und das Cottage passt zu dir, Grace.«

Sie war gerührt. »Danke, Ben. Das ist das Netteste, was du seit sehr langer Zeit zu mir gesagt hast.«

»Siehst du? Ich bin halt doch kein völliges Arschloch.«

»Das weiß ich ja.«

»Das solltest du Rochelle auch mal sagen. Sie hat keine sehr hohe Meinung von mir.«

»Mom? Hast du in letzter Zeit mit ihr gesprochen?«

»Hab sie heute sogar gesehen. Als Dickie mir sagte, du hättest einen Unfall gehabt, bin ich mit Blumen für dich rüber in die *Sandbox*. Sie meinte, du wärst nicht da, und wollte mir partout nicht sagen, wo du gerade wohnst. Ich denke mal, du bist mit dem neuen Typen zusammengezogen?«

Vernahm Grace da einen Anflug von Eifersucht?

»Nein, ich lebe nicht mit Wyatt zusammen«, sagte sie.

»Geht mich ja auch nichts an, aber ist es was Ernstes mit euch?«

Sie konnte es sich nicht verkneifen: »Das beantworte ich dir erst, wenn du mir sagst, was mit J'Aimee passiert ist. Wieso ist sie weg? Ist sie gegangen, bevor oder nachdem du die neue Stelle in New York angenommen hast?«

»Du zuerst«, sagte Ben.

»Ja, die Sache mit uns ist ziemlich ernst. Aber seine Scheidung ist auch noch nicht durch, und er hat einen kleinen Sohn. Außerdem gibt es Probleme mit seiner Ex. Abgesehen davon ist er ein toller Kerl, und ich glaube, dass wir eine gemeinsame Zukunft haben. Jetzt du.«

»Herrje«, grummelte er. »J'Aimee ist nach Kalifornien gezogen. Ende der Geschichte.«

»Nix da, so leicht kommst du mir nicht davon«, schimpfte Grace. »Was macht sie in Kalifornien?«

»Probt für so eine bescheuerte Reality Show, von der sie im Internet gelesen hat. Hör zu, Grace, ich muss mal Schluss machen.«

»Erst wenn du mir erzählt hast, was das für eine Show sein soll«, sagte Grace. »Das ist ja wohl das Mindeste, Ben.«

Er murmelte etwas Unverständliches.

»Wie bitte?«

Erneutes Gemurmel.

»Ich verstehe nicht, was du da sagst, Ben.«

»Die Sendung nennt sich *Seitensprung*. Jetzt verstanden? Letzte Woche kam ich vom Golf nach Hause, da hatte sie schon ihren ganzen Scheiß gepackt und ins Auto geschleppt. Sie verkündete, sie würde nach Hollywood gehen, um eine Rolle in einer Reality Show über Frauen zu spielen, die mit verheirateten Männern schlafen. Anders ausgedrückt: über Seitensprünge.«

Grace lachte so heftig, dass sie kaum noch Luft bekam.

»Freut mich, dass du das lustig findest«, schimpfte Ben.

»Tja, da hast du wohl Pech gehabt«, stieß sie hervor. »Tut mir sehr leid. Auf Wiedersehen, Ben.«

Wyatt kam zu Grace zurück und teilte sich seinen Limettenkuchen mit ihr. Der war so gut, dass sie ihren Freund losschickte, um noch ein zweites Stück zu holen. Dann stiegen sie in Wyatts Pick-up und fuhren an den Strand. Sie sprachen nicht darüber, aber Grace wusste, wohin es ging. Wyatt parkte am Coquina Beach.

»Hunde sind an diesem Strand immer noch nicht erlaubt«, bemerkte Grace mit Verweis auf Sweetie, die auf ihrem Schoß hockte.

Wyatt ging um den Wagen herum und zog ihre Tür auf. »Ich petze nicht, wenn du den Mund hältst.«

Sie ließen ihre Schuhe auf dem weichen Teppich aus Kiefernnadeln stehen und gingen hinunter ans Ufer. Grace' Füße versanken im blassgrauen Sand. Sie schaute auf das warme Wasser, das ihre Knöchel umspülte, auf die Schaumkronen der kleinen Wellen, die an den Strand platschten. Es schien ewig her zu sein, dass Grace angeschnallt in Ashleighs Auto und voller Panik zugesehen hatte, wie das Wasser an ihren Beinen hochstieg. Jetzt, mit ihrer in Wyatts Hand, fühlte sie sich so leicht wie die im Wasser vorbeitreibende Möwenfeder. Sie atmete tief durch.

»Wie schön! Genau das habe ich gebraucht.«

Sie liefen fast eine Stunde, bis die strahlend orangerote Sonne knapp über den Wipfeln der Kasuarinen schwebte. Sie fanden eine Bank und setzten sich, um das Schauspiel zu genießen.

»Ich habe mit Ben gesprochen«, sagte Grace. Wyatt hatte ihr den Arm um die Schultern gelegt.

»Aha?«

»Er ist bereit, sich zu einigen. Ich denke, sein Anwalt hat ihm dazu geraten. Übrigens hat Ben eine neue Stelle in New York angenommen. Er will so schnell wie möglich umziehen und wollte wissen, ob ich ihm seinen Teil vom Haus abkaufen will.«

»Die Villa?«

»Nenn sie, wie du willst. Mich interessiert sie nicht mehr.«

»Geht seine Freundin mit?«

»Nein. Sie sucht Ruhm und Erfolg in Hollywood. Ben klang aber nicht allzu geknickt deswegen. Ich *glaube* sogar, er war erleichtert.«

Wyatt sah sie fragend an. »*Und du? Bist* du auch erleichtert, dass sie aus dem Rennen ist?«

Grace zuckte mit den Schultern. »Komisch, dass du fragst. Ich stelle überraschenderweise fest, dass J'Aimee mir mittlerweile total gleichgültig ist. Wahrscheinlich habe ich die Wut hinter mir gelassen.«

»Wahrscheinlich würde Paula sagen, dass du ›innerlich gewachsen‹ bist.« Wyatt malte mit den Zeigefingern Anführungsstriche in die Luft.

»Kann schon sein«, sinnierte Grace. »Sollte ich am besten direkt in meinem Tagebuch festhalten.« Sie griff nach seiner Hand und verschränkte beider Finger. »Was ist mit dir? Bist du in letzter Zeit auch innerlich gewachsen?«

»Ehrlich gesagt: ja. Sogar mehrmals.«

»Erzählst du's mir?«

»Dad und ich haben diese Woche mehrere lange Gespräche geführt. Wie's aussieht, hat er nichts dagegen, wenn ich *Jungle Jerry* an den Staat verkaufe. Die wollen dann einen Park daraus machen.«

»Wirklich? Dann … dann steht das also fest?«

»Wir haben es hier mit dem Staat Florida zu tun, Grace! Da geht alles nur im Schneckentempo voran. Aber ich hab *rausgefunden*, dass es eine öffentliche Förderung für Projekte gibt, bei denen urbane Parklandschaften entstehen. Die Gelder gibt es für kleinere Parks wie unseren, die unter fünfundzwanzig Hektar groß sind und deren Schwerpunkt auf Bildung und Erziehung liegt, nicht auf Erholung. Wir könnten die Grünanlagen behalten, würden die alten Spielgeräte rauswerfen und an deren Stelle einen Schaugarten für alte Obst- und Gemüsesorten und typische Blumen aus Florida anlegen. Der Typ von der staatlichen Stelle meinte, es bestehe eine gute Chance, dass man mir den Posten des Parkaufsehers anträgt, oder wie auch immer man das heutzutage nennt.«

»Das ist ja super, Wyatt«, strahlte Grace. »Das klingt wie gemacht für dich!«

»Ich weiß. Wenn ich meinen Traumjob beschreiben würde, wäre er das.«

Sweetie stellte plötzlich die Ohren auf und knurrte. Wyatt und Grace schauten hoch und sahen einen älteren Mann, der langsam über den Strand auf sie zukam. Er trug kein T-Shirt, und seine sonnengebräunte Haut schimmerte im untergehenden Sonnenlicht. Eine weite schwarze Shorts hing ihm auf der Hüfte und endete kurz über seinen knubbeligen dunkelbraunen Knien. Es sah aus, als trage er weiße Stützstrümpfe und schwarze Gummisandalen mit dicker Sohle. Er schien sie weder zu sehen noch zu hören – auch Sweetie nicht. Der alte Mann trug einen riesigen Kopfhörer, der an einen sperrigen Metalldetektor angeschlossen war. Mit stur auf den Boden gerichtetem Blick schwenkte er den Stab des Detektors hin und her.

Grace nickte in seine Richtung. »Meinst du, er findet jemals was Wertvolles? So wie es aussieht, muss er ja stundenlang mit diesem Teil herumlaufen.«

»Wahrscheinlich findet er jede Menge Schraubverschlüsse und Pennys. Vielleicht hin und wieder mal einen Schlüsselbund oder ein Schmuckstück. Gerade genug, um Sprit und Bier bezahlen zu können«, sagte Wyatt.

»Aber er gibt nie auf. Und er läuft kilometerweit. Ich habe ihn von Mitzis Apartment aus jeden Tag am Strand gesehen«, sagte Grace. »Du hast gesagt, du bist in dieser Woche mehrmals innerlich gewachsen?«, hakte Grace nach, während sie dem Schatzsucher nachsah. »Wann denn noch?«

Wyatt drückte seine Lippen kurz auf Grace' rechte Schläfe. »Callie ist gestern wieder im Park aufgetaucht und hat mich um einen Job angefleht. Und sie wollte noch eine Chance für uns beide.«

Grace wollte aufstehen und sich Wyatt entziehen, doch er machte ihr Zeichen, sich wieder neben ihn zu setzen.

»Ich habe ihr eine Abfuhr erteilt«, sagte er und legte die Hand auf ihre Wange. »Und was für eine. Was du eben gerade gesagt hast – dass da nichts mehr für dich ist, in deinem alten Haus mit Ben –, so ist das jetzt auch bei Callie und mir. Ich wünsche ihr alles Gute, Bo zuliebe, aber das ist es auch.«

»Wirklich?« Grace hielt den Atem an.

»Jetzt gibt's nur noch dich und mich, Süße … also, wenn du mich haben willst.« Langsam zog er den schweren Goldring von seinem linken Ringfinger, stand auf, holte aus und schleuderte das Schmuckstück fort.

»Ich lasse jetzt los«, sagte er.

Der Ehering schraubte sich in die Luft und beschrieb einen Bogen, wobei das stumpfe Gold die dämmernde Sonne reflektierte. Der Ring landete zwanzig Meter entfernt im weichen Sand, ungefähr zehn Meter vor dem alten Mann, der ihn nicht zu sehen schien.

»Guter Wurf, was?«, prahlte Wyatt scherzhaft.

Grace schlang ihm die Arme um den Hals und küsste ihn anerkennend. »Guter Wurf, guter Mann«, murmelte sie. »Alles gut.«

Epilog

TrueGrace, 14. Februar

Früher waren die Anstandsregeln für die zweite Eheschließung in Stein gemeißelt. In ihrem steifen Regelwerk über gesellschaftliche Etikette vertrat Amy Vanderbilt 1957 die Meinung, dass die zweite Hochzeitszeremonie klein gehalten werden müsse, die »reife« Braut auf keinen Fall Weiß oder einen Schleier tragen und – Gott bewahre! – schon gar keine Geschenke annehmen dürfe. Sie mahnte ebenfalls, dass viele Priester sich möglicherweise weigern würden, eine zweite Trauung in der Kirche durchzuführen! Die Einladungen sollten nicht gedruckt sein wie bei einer förmlichen ersten Hochzeit, stattdessen wäre eine handgeschriebene Mitteilung ratsam.

Zum Glück wurden diese Vorschriften inzwischen gelockert und in mancherlei Hinsicht sogar völlig ad acta gelegt. Auch wenn ich eigentlich ein sehr traditionsbewusster Mensch bin, haben mein Zukünftiger und ich uns für unsere zweite Hochzeit eine persönliche, bedeutsame Zeremonie gewünscht, an der nur wenige enge Freunde und Angehörige teilnehmen sollten.

Wir verrieten unseren Gästen vorher gar nicht, dass sie zu einer Hochzeit eingeladen waren, sondern erzählten etwas von einer schlichten Gartenparty.

Nun haben wir das große Glück, einen der schönsten Orte, den ich mir vorstellen kann, zur Verfügung zu haben: den kleinen, aber feinen botanischen Garten von Wyatts Familie hier an der Golfküste von Florida.

Diese Party sollte die letzte private Familienfeier bei Jungle Jerry *sein, einem altmodischen Freizeitpark, der kurz nach dem Zweiten Weltkrieg von Wyatts Großeltern gegründet wurde. Danach wird der Park in den Besitz des Staates Florida übergehen.*

In der Dämmerung trafen unsere Gäste am Eingangstor ein und wurden in Golfwagen in den Park gefahren. Beim kleinen eingefriedeten Schmetterlingsgarten wurden sie mit rosa Champagner, Eistee und regionalem Bier begrüßt.

Wyatt und ich mischten uns unter die Gäste, die die gemeinsam von uns zubereiteten Speisen von ortsansässigen Bauernhöfen und Fischern genossen: Krabbencocktails, Gazpacho mit Krabben und Avocado, Krabbenschaumcreme mit Ananas-Mango-Salsa.

Das Essen war auf rustikalen Picknicktischen angerichtet, die Wyatts Großvater noch selbst gezimmert hatte. Als Tischschmuck hatten wir

Gestecke aus Hibiskus, Lilien, Orchideen und anderen im Park gepflückten Blumen gewählt.

Kurz vor Sonnenuntergang traf ein kleines Streichquartett ein und begann, klassische Musik zu spielen. Wir forderten die Gäste auf, sich in einen Halbkreis aus alten Strandstühlen zu setzen, und eröffneten ihnen die Überraschung des Abends: unsere Hochzeit!

Der Priester, ein Freund der Familie, der Stammgast in der Kneipe meiner Mutter ist, trat vor ein verwittertes Holzspalier mit blassrosa New-Dawn-Rosen, das von Hunderten winziger Lichter erleuchtet wurde. Als der Hochzeitsmarsch erklang, traten Wyatt und ich vor den improvisierten Altar.

Amy Vanderbilt ist der Ansicht, dass sich die Trauzeugen bei einer zweiten Eheschließung auf je eine Person beschränken und im Alter des Paares sein sollten. Aber da Amy schon lange nicht mehr unter uns weilt, haben wir auch diese Vorschrift verletzt – ein kleines bisschen zumindest.

Die Braut (ich!) trug ein Minikleid aus den Sechzigern aus Spitze und Seide. Das Kleid hatte genau denselben Farbton wie die Rosen. Meinen Brautstrauß hatte Wyatt mir eigenhändig aus Blumen im Park gebunden: pinkfarbene Lilien, violette Hortensien und meine Lieblingsblumen, wolkenweiße Gardenien. Weiterer Blumenschmuck war nicht notwendig, da der Duft der Orangenblüten von der Zitrusplantage in der abendlichen Luft lag.

Für Wyatt war es wichtig gewesen, sich nicht übermäßig in Schale zu werfen. Er hatte daher seine khakifarbene Hose, ein hübsches weißes Anzughemd und – größtes Zugeständnis an die Bedeutung der Zeremonie – ein dunkelblaues Jackett gewählt, das er aber direkt nach der Trauung wieder ablegte. In seinem Knopfloch steckte ein kleiner Strauß: Rosmarin mit weißem Phlox aus dem Garten unseres winzigen renovierten Cottage.

Da mein Vater nicht mehr lebt, erklärte sich Wyatts Vater Nelson bereit, mich zum Altar zu führen. Wyatt wählte seinen sechsjährigen Sohn Bo als Trauzeugen. Nelson trug seinen guten (und einzigen) grauen Anzug, Bo sah in seiner beigen Hose und dem blauen Sakko hinreißend aus.

Ich hatte meine Mutter gebeten, meine Trauzeugin zu sein, doch sie lehnte ab, weil sie nicht fälschlicherweise für eine Brautjungfer gehalten werden wollte.

Stattdessen wurde meine Freundin Camryn Trauzeugin. Camryn liebt Mode; sie trug ein schickes, asymmetrisch geschnittenes violettes Seidenkleid von einer so angesagten Designerin, dass ihr Name zu uns Normalsterblichen noch nicht durchgedrungen war. Dazu hatte sie passende Highheels an – Camryn behauptet, sie fühle sich barfuß, wenn sie nicht mindestens zehn Zentimeter Absatz unter den Füßen habe, selbst auf einer Gartenparty im Februar.

Amy Vanderbilt ist wahrscheinlich nie auf die Idee

gekommen, ein Haustier mit zu einer Hochzeitsfeier zu nehmen. Da unser kleiner Findling Sweetie aber so ein wichtiger Teil unserer Patchworkfamilie ist, musste sie an unserem großen Tag natürlich auch dabei sein. Bo war stolz und glücklich, sie den Gang entlangzuführen, auch wenn er etwas zu laut darüber meckerte, dass die rosa Tüllblume, die ich an ihrem Hundehalsband befestigt hatte, »voll ätzend« sei.

Nachdem wir unseren Treueschwur geleistet hatten, präsentierte meine Mutter ihr Meisterstück: eine dreistöckige Zitronentorte verziert mit Zuckerguss aus Erdbeerrahm und Braut und Bräutigam, die Bo gebastelt hatte – aus Legosteinen.

Wir schnitten den Kuchen an und sagten Trinksprüche auf. Als es dunkel und kühler wurde, verlagerten wir die Party in die Sandbox, *die Kneipe meiner Mutter im nahen Cortez.*

Amy Vanderbilt hätte unsere zweite Hochzeit sicherlich entsetzlich stillos gefunden, für mich aber war es eine unvergessliche Feier.

Grace war überall. Sie wirbelte durch die Kneipe und begrüßte jeden ihrer Gäste. Als sie aus dem Augenwinkel einen weiteren Neuankömmling bemerkte, warf sie der Frau die Arme um den Hals.

»Suzanne! Du bist gekommen! Ich freue mich so, dich zu sehen!«

»Um nichts in der Welt hätte ich mir deine Party

entgehen lassen – und dann war es ja sogar noch klammheimlich eine Hochzeitsfeier. Tja, was soll ich dazu sagen? Es war wunderschön, unerwartet und sehr romantisch, Grace. Wie im Märchen.«

»Danke!« Grace strahlte. Sie begrüßte die schlanke junge Frau an Suzannes Seite. »Und du bist bestimmt Darby.«

»Genau, darf ich vorstellen, Darby. Und das ist unsere wundervolle Braut Grace, die gerade ganz rot wird.«

Wyatt kam herbei und legte Suzanne und Grace einen Arm um die Taille. »Und vergiss nicht den errötenden Bräutigam.«

Darby war brünett und großgewachsen. Sie überragte ihre Mutter um gute fünf Zentimeter, hatte aber dieselben eindrucksvollen olivgrünen Augen.

»Herzlichen Glückwunsch«, sagte sie schüchtern. »Mom hat mir alles von Ihnen und dem Rest der Gruppe erzählt.«

»Guckt mal, wer da ist!« Camryn kreischte und drückte Suzanne an sich, bevor sie zurücktrat, um deren Aufmachung zu würdigen. »Du siehst super aus«, sagte sie. »Wie läuft es in North Carolina? Und mit dem neuen Job?«

»Gut«, sagte Suzanne. »So langsam gewöhne ich *mich an* den Winter. Und an den Schnee! Ich musste mir erst mal einen Wollmantel und Stiefel kaufen. Aber die Arbeit macht Spaß.« Sie warf einen Blick hinüber zu Darby, die weitergegangen war und sich nun mit Camryns Tochter Jana unterhielt. »Elon passt gut. Zu uns beiden.«

Camryn beugte sich vor, ihre Augen blitzten verschmitzt. »Und was ist mit den Männern? Läuft da irgendwas?«

Suzanne lief tiefrot an. »Ich war ein paarmal verabredet. Mit dem Fußballtrainer der Herren. Er ist ein ganzes Stückchen jünger, aber –«

»Ooh, Suzanne! Jetzt wilderst du schon unter den jungen Männern!« Camryn schob Grace und Suzanne einen Arm unter. »Guckt uns nur an, Leute! Grace und Wyatt verheiratet. Suzanne treibt oben in North Carolina ihr Unwesen …«

»Und was ist mit dir?«, fragte Suzanne. »Grace sagt, du hättest *News 4 You* verlassen.«

»Aber so was von«, sagte Camryn. »Irgendwann wurde die Stelle eines Senior Producers frei, und ich wurde nicht mal gefragt. Da bin ich weg. Jetzt produziere ich die Sechs-Uhr-Nachrichten auf *Kanal 2*. Wird nicht ganz so gut bezahlt, aber zum ersten Mal *seit zwanzig Jahren* kann ich morgens ausschlafen. Und ich bin Ersatzfrau für die Kameras, wenn jemand krank oder im Urlaub ist.«

»Und Männer?« Suzanne hob fragend die Augenbraue.

»Ich hatte da einen, aber das funktionierte nicht richtig«, erwiderte Camryn. »Ich bin da jetzt rabiater. Das ist auf jeden Fall etwas, das ich aus meiner Scheidung gelernt habe: Wenn es nicht passt, passt es eben einfach nicht. Da kann man nichts machen.«

»Hat jemand was von Ashleigh gehört?«, fragte Suzanne und sah sich um.

Kamryn nickte. »Aber sicher«, sagte sie. »Das Mädel lässt sich nicht unterkriegen. Einen Teil ihrer Strafe für den versuchten Mord an der schwangeren Freundin ihres Ex konnte sie im Freigang absolvieren. Sie arbeitet jetzt für einen anderen Schönheitschirurgen und wohnt unten in Naples. Sie muss so eine elektronische Fußfessel tragen. Das findet sie furchtbar, weil ihre Knöchel damit dick aussähen, und deshalb müsse sie ständig Hosen tragen und könne ihre Beine nicht mehr zeigen.«

»Ashleigh wäre heute auch gekommen, nur wurde sie ein bisschen nervös bei der Vorstellung, dass das hier eine Party ist – also mit Alkohol und allem Pipapo«, erklärte Grace. »Sie ist jetzt seit sechs Monaten trocken.«

»Wirklich?« Suzanne machte ein verwundertes Gesicht. »Soll das heißen, ihr beide redet miteinander? Nach allem, was passiert ist?«

»Grace hat ein viel größeres Herz als ich«, sagte Wyatt. »Aber selbst ich hab mich mit Ashleigh versöhnt, obwohl ich Grace verboten habe, jemals wieder zu ihr ins Auto zu steigen.«

Grace lachte. »Sie hat sich sehr verändert seit damals. Ich glaube, das war der Wendepunkt für sie.«

»Du wirst niemals raten, wer Ashleigh beim Entzug geholfen hat«, sagte Camryn.

»Wer denn?« Suzanne suchte immer noch den Raum nach bekannten Gesichtern ab.

»Niemand Geringeres als Paula Talbott-Sinclair«, sagte Camryn.

»Ich hab mich schon oft gefragt, was aus Paula geworden ist«, gab Suzanne zu. »Ich weiß, dass ihr das anders seht, aber ich finde schon, dass sie letztendlich allen in der Gruppe geholfen hat.«

Wyatt zog Grace in seine Arme. »Ich für meinen Teil bin Paula ewig dankbar. Ohne sie hätte ich vielleicht nie meine große Liebe kennengelernt.«

Grace belohnte ihren Mann mit einem Kuss, dann grinste sie ihre Freundinnen an. »Er ist ein großer Süßholzraspler, aber was Paula angeht, hat er recht. Wenn sie auch sonst nichts getan hat, uns hat sie zumindest zusammengebracht. Und sie hat uns gezwungen, unsere Einstellungen und Erwartungen an *die Liebe* zu überdenken.«

»Vergiss aber auch nicht, was wir für *sie* getan haben«, klinkte sich Camryn ein. »Sie wäre vielleicht heute noch mit diesem Schleimscheißer Stackpole zusammen, wenn wir nicht aufgedeckt hätten, was für ein dreckiger Abzocker er in Wirklichkeit ist. Ich wette, alleine hätte sie niemals den Mut gehabt, ihn zu verpfeifen. Und mit Sicherheit wäre sie nicht in der Lage gewesen, noch mal neu anzufangen.«

»Paula hat sich neu erfunden?« Suzanne war verwirrt. »Wie denn? Und was hattest du damit zu tun?«

»Paula ist jetzt ein zertifizierter Lach-Coach«, erklärte Camryn. »Sie arbeitet mit Menschen, die Depressionen, unheilbare Krankheiten oder große emotionale Probleme haben. Bevor ich *News 4* verließ, habe ich einen Beitrag über sie gemacht, und jetzt hat sie sogar ihre eigene Radiosendung.«

»Gibt es eigentlich was Neues über Stackpole?«, fragte Suzanne.

»Er tauchte in letzter Zeit öfter mal in den Nachrichten auf«, entgegnete Grace, ohne ihre Schadenfreude zu verbergen. »Die Bundespolizei hat eine Razzia in seiner neuen Rechtsanwaltskanzlei gemacht und seine gesamten Steuerunterlagen beschlagnahmt. Meine Anwältin meint, das Finanzamt wird ihn richtig drankriegen wegen Fälschung von Steuerunterlagen und Steuerhinterziehung und so.«

»Das ist eine Story, an der ich gerne mitgearbeitet hätte«, gestand Camryn. »Wie viel ich darum geben würde, ihm ein Mikro vor die armselige Fresse zu halten!«

»Nur vor die Fresse?«, fragte Wyatt lachend. »Und vergiss nicht, Stackpole hat immer noch das Verfahren mit dem Typen am Hals, der ihn und seine

Freundin damals in Sarasota gefilmt hat. Da hat es doch genau den Richtigen getroffen, oder?«

Während sie miteinander plauderten und sich gegenseitig auf den neusten Stand brachten, ließ sich erst leise, dann immer lauter Musik vernehmen. Stühle wurden beiseitegeschoben, und die Gäste begaben sich an den Rand der improvisierten Tanzfläche.

»Ihr habt einen DJ engagiert?« Suzanne sah sich fragend um.

»Besser«, sagte Rochelle, die zu den anderen trat. »Als Grace mir sagte, ich müsste mal ordentlich aufräumen, hab ich endlich den alten Spielautomaten von Butch rausgeworfen. Er war kaputt, und ich hab niemanden gefunden, der ihn reparieren konnte. Stattdessen habe ich eine alte Musikbox auf dem Flohmarkt entdeckt und aufarbeiten lassen. Ich habe alle Schallplatten reingetan, zu denen wir früher getanzt haben.«

»Und sogar ein paar Platten aus den letzten fünfzig Jahren«, neckte Wyatt sie.

Grace zupfte ihn am Arm. »So, genug geredet, Mister. Heute ist unsere Hochzeit, und du wirst jetzt mit mir tanzen, Widerrede zwecklos.«

»Sehr gerne«, sagte Wyatt und führte sie auf die Tanzfläche.

Suzanne sah Camryn an. »Wollen wir auch tanzen?«

»Aber so was von«, erwiderte Camryn. »Bloß denk dran: Ich führe. Immer.«

Um zehn Uhr, die Party war noch in vollem Gange, näherten sich die grauhaarigen Stammgäste Miller und Bud der Tür zur *Sandbox*. Miller wollte sie aufdrücken, aber sie gab nicht nach.

»He«, sagte er erstaunt. »Das Licht ist an, aber die Tür ist abgeschlossen. Was ist denn da los?«

Bud wies auf ein kleines handgeschriebenes Schild in der Tür:

HEUTE GESCHLOSSENE GESELLSCHAFT

»Das können die nicht mit uns machen«, protestierte Miller. »Es ist Sonntagabend. Wir gucken sonntags doch immer die Spiele, Scheiße.«

Bud drückte seine rote Knollennase gegen die Glastür und spähte hinein. »Mann! Die haben alles Mögliche zu essen auf den Tischen, Luftballons und Girlanden und so 'n Firlefanz, und ganz schicke rosa Drinks in Martinigläsern.«

Miller schob ihn beiseite und sah selbst nach. »Die tanzen!« Staunend sah er Bud an. »Die tanzen richtig da drin!« Er runzelte die Stirn. »Ich sehe mehrere Typen – da, ein alter Kerl im Anzug und ein jüngerer, der mit Rochelles Tochter tanzt. Und ein kleiner Junge – hey, der Junge tanzt mit Rochelle!«

»Lass mal sehen.« Bud schubste seinen Kumpel weg. Er machte ein angeekeltes Gesicht. »Sind ja fast nur Frauen da. Und das Spiel läuft nicht mal.«

»Ist wahrscheinlich so ein Weiberabend«, schloss Miller enttäuscht und wandte sich zum Gehen. »Sieht aus, als müssten wir uns was anderes suchen, Bud.«

Mary Kay Andrews

Zurück auf Liebe

Aus dem Amerikanischen von Christiane Winkler

Band 03193

Keeley Rae Murdock will morgen ihren Verlobten heiraten. Doch der vernascht beim Probedurchlauf im Country Club kurzerhand die Trauzeugin. Keeley verliert die Fassung: Sie verpasst der Trauzeugin einen saftigen Fausthieb, zerkratzt das Auto ihres Verlobten und schleudert dem Pfarrer das Beweismaterial – einen roten Stringtanga – mitten ins Gesicht. Aber Keeley lässt sich nicht unterkriegen. Sie nimmt den Designauftrag eines jungen Mannes an, der neu in der Stadt ist. Für ihn soll sie ein altes Haus in eine Traumvilla für zwei verwandeln. Doch was ist mit ihrem ganz persönlichen Traum – ihrem Traum von der ganz großen Liebe?

Ein neuer Roman der Bestseller-Autorin Mary Kay Andrews

Das gesamte Programm gibt es unter www.fischerverlage.de

Leonie Lastella
Brausepulverherz
Roman
Band 03546

Jiara lebt eigentlich in Hamburg, jobbt aber den Sommer über in einer Trattoria an der italienischen Riviera. Ihr ansonsten so strukturiertes Leben steht Kopf, als sie Milo trifft. Naja, von einem „Treffen" kann hier nicht die Rede sein, eher von einer Explosion, einem Tsunami, einem Feuerwerk. Nein, Letzeres wäre dann doch zu kitschig. Sofort ist da dieses Knistern und Kribbeln. Nur manchmal fühlt es sich eher an wie viele kleine Stromschläge – so grundverschieden sind die beiden. Und eigentlich darf das alles nicht sein: Jiara hat einen Freund, ein Leben und eine Zukunft in Hamburg – oder?

Ein Roman über die große Liebe, die einen trifft wie eine Explosion und die die Welt aus den Angeln hebt!

Das gesamte Programm gibt es unter
www.fischerverlage.de